雨果小说全集

笑面人

I

【法】维克多·雨果 著

郑克鲁 译

复旦大学出版社

译 序

　　《笑面人》是雨果继《巴黎圣母院》和《悲惨世界》之后的又一部力作，写于1869年，在巴黎公社起义的前夕。小说有四个主要人物：格温普兰（笑面人）、盲女蒂（女神之意）、于尔苏斯（流浪卖艺人）和约瑟安娜公爵小姐。小说以他们经历的奇崛和性格的不同寻常而别具一格。仅就格温普兰而言，他就像《巴黎圣母院》中的加西莫多一样是个残疾，不过是人为的残疾，经历更惨，这就比加西莫多更令人同情。

　　从小说的内容看，这是一部历史小说，它以十七、十八世纪之交的英国社会现实为背景，展现了当时英国的下层社会和上层社会的真实面貌，把批判的矛头直接指向君主专制制度。

　　就下层社会来说，最令人触目惊心的是儿童贩子的活动和罪恶行径。泛滥一时的儿童贩子之所以充斥社会，原因就在于社会上层的暗中支持："詹姆士二世容忍儿童贩子……可以利用他们。"国王甚至承认他的共谋关系，"这正是君主恐怖政治的厚颜无耻。"贩卖儿童居然在国王的庇护下不被看作犯罪。内中的原因是，出于国家利益，不时希望有人失踪，这样可以有利于没收财产，并把爵位转移。王朝复辟之后，林诺斯·克朗查理仍然坚持共和观点，逃往瑞士，结婚后生下一个儿子。他死后，两岁的儿子费尔曼·克朗查理被詹姆士二世以 10 英镑卖掉。国王对他犯下的罪行也是对人民犯下罪行。儿童贩子为了日后能谋利，给这个孩子的脸部动了骇人的手术，在他脸上"放上了一个永恒的笑容"的面具，成为卖艺的工具，在城市的广场和路口展出。把一个本来生得俊俏的人脸改变成一个怪物，这是非人性的行为。格温普兰成为"笑面人"不仅代表了穷人的悲苦，他作为受压迫者的化身，和他们一起分享可诅咒的命运。雨果还从中得出象征性的意义：这咧嘴的笑是"作为人民在压迫者下面假设满意的意象"，"这笑容表达了全人类的痛苦……百姓身处苦海，不过表面上在笑。"雨果这一具有哲理性的臧否将笑面人的悲惨遭遇，升华为下层人民无可奈何、任人摆布的可悲命运，提升了小说的深刻批判意义。

小说描写到在波特兰海边挂在绞刑架上的尸体的一幅惨象，这是对当时的英国存在的陋习的一种白描，虽然是针对走私犯采取的一种杀一儆百的措施，但其阴森恐怖、不堪入目的景象，也是从另一个角度对下层社会的一幅写照，因为"富人的天堂是由穷人的地狱建成的"。当时的英国不乏酷刑。给格温普兰的脸动手术的恶人阿尔卡诺纳尽管罪大恶极，但是州长为了让他招供，竟然对他用了酷刑：脱光衣服，四肢分开绑在柱子上，胸部放了一块铁板，再放上大石头压着，几乎不给吃不给喝，一连好几天。然而效果微乎其微。

无论在海边吊着绞刑犯任凭风吹雨打，还是采取肉体惩罚，似乎并不能遏制走私和其他犯罪行为，这只不过是对付下层人民的统治手段罢了。铁棒官能随时捉人，只用铁棒去触碰一下人的身体，这人便不能做任何反抗，只得乖乖地跟着警察走；政府以养了一头狼为借口，下令于尔苏斯离开英国，并把收容他们的客店老板和伙计都逮捕入狱，法律几乎不问情由地极端严厉由此也可见一斑。英国十八世纪初的社会对百姓实行的是残酷的镇压政策。

小说以格温普兰和于尔苏斯的人道精神去对照这残忍无情的社会。格温普兰被儿童贩子抛弃在波特兰海岸上，只得漫无目的地向前走，在大雪纷飞中冉冉而行，光着脚在坑坑洼洼、崎岖难走的半岛上跋涉。他不期然地遇上了冻死在雪地上的一个女人，还有半埋在雪中不到九个月的小女孩。虽然他没穿多少衣服，饥肠辘辘，还是义无反顾地抱走小女孩，用自己的衣服包裹她，抱在怀里，去寻找不知在哪里的居民点。他的心里只有一个念头，就是不管怎样也要救人。而在他遇到的城镇里，居民都不肯开门，而只有龟缩在小篷车的卖艺人于尔苏斯毫不犹豫地收留了他，并把自己不多的晚餐给了他和小女孩吃。随后把他们俩抚养了十五年。

就揭露上层社会而言，首先是对国王和女王所作所为的批判。正如前述，詹姆士二世为了自身利益，纵容儿童贩子。安妮女王心胸狭窄，她自己长得丑陋，便嫉妒妹妹约瑟安娜长得漂亮；得知格温普兰破了相，就急不可耐地把他送给公爵小姐做丈夫，以此来打击公爵小姐的傲气。贵族生活的穷奢极侈令人咋舌。属于格温普兰即费尔曼·克朗查理的产业多得惊人，他有七八处美轮美奂的城堡和领地，这些城堡有上百个房间，里面的布置极其华丽，堆满了华贵的设施，花园里绿树葱茏。其他大贵族的城堡都是一样的豪华。他们拥有世袭的权利，依靠苛捐杂税和对穷人的搜刮来享受。约瑟安娜的行宫卧室不比任何一个国王的内室差多少。她身上是绫罗绸缎，珠围翠绕，一年要吃掉穷人的三千万。公爵小姐是一个非常奇特的形象。在形体上，笑面人是一个丑的形象（虽然他的身材并不丑），而她是一个尤物，或者说达到肉体美的极致，谁见到她都会被吸引住。她懂得自己的美，以此来炫耀。但她要保持自己行动的自由，不急于结婚，宁愿和名义上要成为她丈夫的大卫保持若即若离的关系，将"自由的生活"时间拖得更长一点。她讨厌恋爱，又渴望恋爱，这无非是想把逢场作戏维持长一点时间。国王把她封作公爵小姐，而上天把她封为海神。她要别人崇拜她，成为她的奴隶。其实，她是贵族放荡的化身，只是她的放荡发展到变态。她并不要长得俊美的男子做情人，而偏偏看中了笑面人，因为他的脸非常丑。可是她需要笑面人只做她的情人，一旦女王宣布让格温普兰成为她的丈夫，她便马上把他赶出房间，对他产生了恨。她的"奇癖"也就原形毕露，显出了她本来是想摆脱一下百无聊赖的枯燥生活，来点刺激而已。此外，大贵族出行时华丽马车成群，侍从成队，而且他们个个穿着笔挺。贵族与百姓的生活差距不可以道里计。女王的丈夫本来已经享有充分的权利，还觉得不够，女王要上议院批准给他增加十万英镑的津贴。格温普兰在上议院发表一席讲话，对上院议员们指出："你们有一切，这一切由别人的一无所有构成。"他声色俱厉地说到处都是失业，渔夫在捕不到鱼的时候，要以树皮草根充饥，婴儿只能睡在挖出来的土洞里，穷人在死亡线上挣扎，他警告建筑在地狱上的天堂摇摇欲坠了，百姓要同上层做出较量。

笑面人从卖艺小丑一变而为英国议会的上院议员，一时之间青云直上，但是他并不留恋和羡慕上层地位和巨额财富，他已经习惯了民间的平凡生活，一心要回到蒂和于尔苏斯那里。他虽然多少受到一点公爵小姐的迷惑，但他的情感始终在蒂一边，丝毫没有离开她的想法。他和蒂的爱情是牢不可破的。蒂幼年时在雪地里受到寒冷的侵袭，冻瞎了眼睛，看不到他的面貌，不知道丑为何物，只知格温普兰救过她。而格温普兰被她纯洁的美和热烈的爱感染，知道世间也只有她是真正爱他，别的女人一般看到他只会表现出厌恶和蔑视，公爵小姐那种变态的爱只能是一个巨大的陷阱，她内心把他看作一个玩物，随时都可以抛弃他。所以他迫不及待要逃离上层社会。可是天不从人愿。他被警察带走后，打击接二连三地落到于尔苏斯的头上。本来，由于上演他创作的《被征服的混沌》，下层观众看得如痴如醉，钢镚儿像雨点一样落下来，他们的生活大大改善。格温普兰一走，当局又来赶走他们。戏没法演下去了，他只得卖掉大篷车。蒂很聪明，尽管于尔苏斯的口技演得惟妙惟肖，想重现晚上演出的一幕，但骗不过蒂灵敏的感觉，她感觉到格温普兰不在，而且于尔苏斯在关禁格温普兰的地方看到送葬的行列，以为格温普兰死了。身体孱弱的蒂经不起这沉重的打击，命悬一线，最终在格温普兰的怀中一命呜呼。失去了蒂的格温普兰，也失去了生活下去的勇气，自行落入海中，随蒂而去。小说以悲剧告终。

《笑面人》中也运用了雨果一贯主张的对照艺术。这就是人物之间和人物本身的对照。公爵小姐的肉体美和格温普兰不正常的笑脸是外表的差异，两人的内心正如公爵小姐所说：**"你在外表是怪物，我在内心是怪物。"** 蒂虽然是盲人，但是形体和内心都是美的，不同于公爵小姐形体和内心是截然相反的。"蒂有一幅面纱，就是黑夜；格温普兰有一副面具，就是他的脸……蒂的孤独是悲惨的，她什么也看不见；格温普兰的孤独是可怕的，他什么都看得见……蒂是光芒的流放者；格温普兰是生活的被排除者……""他赤贫、忧虑和不幸，却让自己成为保护人……他完蛋了，却去救人；他没有房屋和躲避的地方，却收容了她……他在世上孑然一身，却以收容来回应遗弃……"大卫是公爵小姐的名义丈夫，巴基尔费德罗是公爵小姐（包括女王）的亲信。大卫只将公爵小姐当作情人，而巴基尔费德罗虽然受到公爵小姐的恩惠，却一直怀恨在心，不甘心自己的地位低下，寻找机会狠狠地报复公爵小姐的傲慢和高高在上。他想方设法让公爵小姐见到笑面人，被他的笑脸吸引，又让笑面人重新成为上层贵族的一员，让公爵小姐的愿望落空。他并非要打击上层贵族，而只是显露了他善于钻营、内心歹毒而已。公爵小姐的塑造是对照艺术运用得最出色的一个。她的内心被挖掘得非常深入。她直言不讳地表白："我爱怪物，我爱丑角。一个情人受到蔑视、嘲笑、滑稽、丑陋，在所谓的戏台这示众柱上供人乐，这有不同寻常的味道……牙齿下咬的不是天堂而是地狱的苹果，这就是吸引我的东西，我有这种饥渴，……"她要显得与众不同，标新立异，寻求刺激。表面上她是一人之下，万人之上，高不可攀，傲然不可一世，其实内心是虚弱的："我需要蔑视自己……高贵要和卑贱相混杂……你知道我为什么崇拜你吗？因为我蔑视你。"其次，下层人民嘈杂地聚在一起看戏的热闹情景，上议院有气派、有秩序、分等级，对女王的意旨唯命是从，对犯上的言论嗤之以鼻，这些都形成鲜明对照。

郑克鲁

原　序

英国的一切都是伟大的，甚至并不好的东西，甚至寡头政治。从绝对的字义上说，英国的贵族社会就是贵族社会。没有更加显赫、更加可怕、更加根深蒂固的封建社会了。应该承认，这种封建社会当时是有用的。正是在英国，"领主权"这个现象应该得到研究，正如在法国必须研究"君主政体"这个现象。

这本书的真正名称可能是《贵族政治》。接下来的一本书可以叫作《君主政治》。如果作者能够完成这两本书，就会带来另一本书，书名会是《九三年》。[1]

1　这个三部曲没有完成。雨果发表《九三年》(1874)，这是一本关于法国大革命历史的小说，他考虑了很久（1862年至1863年的冬天），当时他放弃了当中隔开的关于法国君主政体的一部作品。君主政体的问题事实上在《笑面人》和《九三年》组成的两者合一的作品中谈到了。

目　录

第一部

海洋和黑夜

开端两章[1]

---

1 这开头两章是后来加上去的，所根据的是雨果偏离中心和离题的常有实践：《悲惨世界》的第一稿是从让·瓦尔让出现后马上开始的，雨果还未决定在这之前要先刻画米里埃尔主教的肖像。同样，在这里，叙述主要人物的出现，被介绍附属的辅佐的人物（于尔苏斯）和反面角色（儿童贩子）拖后了。

第一章
于尔苏斯

一

于尔苏斯和奥莫情深意厚。于尔苏斯是人，奥莫是狼。他们的性情两相契合。是人给狼取了这个名字。兴许他也给自己取了他本人的名字；他感到于尔苏斯的名字对他来说挺好的，又感到奥莫的名字对这头动物也挺好。[1]这个人和这头狼的合伙，在市集上、教区的节日上、行人麇集的街角上、在老百姓到处想听到无聊话和购买药剂的需要中发展起来。这头狼很温驯，和蔼可亲地言听计从，深得观众喜爱。我们最大的满足是看到各种各样训练过的动物列队而过。怪不得在御林军经过时，有那么多的人驻足观看呢。

1　于尔苏斯在拉丁文中是"熊"的意思，而对狼用了奥莫这个名字（拉丁文意思是"人"）。于尔苏斯把自己看作"玩世不恭者第欧根尼"的继承者（犬儒），这个古代哲学家宣扬对荣耀和社会礼仪的蔑视。传说中对他转达的轶事暗含在于尔苏斯这个人物的素质中，江湖卖艺者的"绿箱子"就是第欧根尼著名的"木桶"的转换，它的讽刺继承自哲学家巧妙的答辩。

于尔苏斯和奥莫从这个十字路口走到那个十字路口，从阿伯里斯特维思公共广场走到耶德伯格[1]广场，从这一地走到那一地，从这一州走到那一州，从这一城市走到那一城市。一个市场生意都做尽了，他们就到另一个市场去。于尔苏斯住在一辆小篷车里，奥莫驯养有素，白天拉车，夜里守护。遇到难走的路、上坡路，车辙太多，泥泞不堪，人便把带子套在脖子上，亲密无间地和狼肩并肩一起拉车。他们这样一起年深月久地生活，遇到一片荒地，一个林中空地，一个树林的平地，一个多岔路口，一个村口，一个镇子入口，菜市场，公共散步场所，公园边上，教堂前面的广场，他们就随便安顿下来。当车子停在市集场地，娘儿们张着嘴巴跑过来，好事者围成一圈时，于尔苏斯便高谈阔论起来，奥莫加以附和，它嘴里叼着一只木碗，彬彬有礼地在观众中乞讨。他们这样谋生。狼有知识，人也一样。狼受过人的训练，或者他独自训练过狼的各种可爱动作，有助于增加收入。它的朋友对它说："尤其是不要堕落成人啊。"

狼从来不咬人，人却有时要做咬一下的动作。至少于尔苏斯有咬人的企图。于尔苏斯是个愤世嫉俗者，正是为了强调他的愤世嫉俗，他才成为卖艺者。也是为了生活，因为肚子强行限定它的要求。再者，这个厌世的卖艺者要么是为了自找麻烦，要么是为了自我完美，竟然是个医生。医生不算什么，他还会口技呢。人家看见他说话，而他的嘴巴却不在翕动。他模仿遇到的人的声调和发音，令人误以为是真的；他模仿别人的声音，令人以为听到这人在说话。他

1　耶德伯格，在英国西部瓦尔斯（阿伯里特维思在阿伯泰菲海湾），直到苏格兰。耶德伯格是泰弗达尔省的首府。

仅仅一个人，能发出一群人的窃窃私语声，这使他有理由获得"口技专家"[1]的称号。他就用这个称号。他会再现各种各样的鸟鸣，画眉、鸫鹩、叽叽喳喳的云雀，像他一样流浪的候鸟；以致有时候，他会让你听到要么在人声嘈杂的公共广场上的声音，要么是草地上杂乱的动物叫声；时而嘈杂得像风雨，时而像清晨一样纯净和宁谧。——再说，这种才能虽然罕见，却是存在的。在上一世纪，有个名叫图泽尔的人，能模仿人与兽相混的语笑喧阗声和各种动物的叫声，他依附于布封[2]，专管动物园。于尔苏斯很精明，怪里怪气，又很好奇，喜欢做我们称之为荒诞不经的奇特解释。他看来对此是信以为真的。这种厚颜无耻属于他的狡黠。他给不知名的人看手相，随便翻开书看看，便下结论，预言命运，教导说，遇到黑母马危险；出门旅行时，听到一个不知你到哪儿去的人叫你，那就更加危险。他自称是"迷信的商人"。他说："在坎特伯雷大主教和我之间有不同；我呀，我敢承认。"以致有一天大主教有理由生气，把他叫来；但于尔苏斯很机灵，把自己在圣诞节的一篇讲道词背诵出来，将大主教缴了械；大主教听得入迷，记在心里，在讲坛上当作自己的东西讲了一通。据此，他宽恕于尔苏斯。

于尔苏斯作为医生，好歹总算治好过人。他使用香料，钻研药草，从一大堆被人轻视的植物中提取潜在的力量，诸如果核、白色药鼠李、荚蒾属植物、柞栎、忍冬、鼠李。他用毛毡苔治肺病；他

1　这里用的是"engastrimythe"一词，借用拉伯雷《巨人传》第4卷，以及狄德罗在《定命论者雅克和他的主人》中的用语和描写。

2　布封（1707—1788），法国博物学家、作家，著有《博物史》《论风格》。

恰当地利用蓖麻，从植物下部抽取出来，得到泻药，从植物上部抽取出来，得到催吐剂；他用一种所谓的"犹太人耳朵"的植物赘生物治疗咽喉痛；他知道用什么灯心草医治耕牛，用什么薄荷医治马；他熟悉曼德拉草的美妙和优点；没有人不知道，这种草有阴阳两性。他有一些药方，用蝾螈毛医治烫伤，据普林尼乌斯[1]说，尼禄有一条餐巾就是蝾螈毛做成的。于尔苏斯有一只曲颈瓶和一只长颈瓶，他用来改变物质性能；他出售万应灵丹。有人说他曾经在贝德朗被关禁过一阵，幸好有人把他看作疯子，发现他只是一个诗人，把他释放了。这个故事指不定不是真实的；我们大家都经历过这种传言嘛。

事实是，于尔苏斯学问平平，倒是个风雅的人，一个年老的拉丁语诗人。他在这两方面是博学的：他既是伊波克拉特[2]，又是品达罗斯[3]一类的人。他在文笔的晦涩方面，比得上拉潘和维达[4]。他写作不比布乌尔神父[5]有耶稣会士品味的悲剧更成功。他对古人的可尊敬节奏和韵律十分熟悉，由此他有自己的意象和一整套古典隐喻。他说到一位母亲走在两个女儿的前面："这是一种长短短格。"说到一位父亲跟着两个儿子走路："这是一种短短长格。"说到一个孩子走在祖父和祖母之间："这是一种长短长格。"那么多的学问，结果只

---

1 普林尼乌斯（23—79），罗马博物学家，著有《博物史》，曾做过海军元帅。

2 伊波克拉特，生卒年不详，古希腊公元前3世纪名医。

3 品达罗斯（公元前522或518—前442或438），古希腊抒情诗人。

4 尼古拉·拉潘（约1540—1608），耶稣会士，诗人，16世纪末的散文诗歌合集《曼尼佩讽刺集》的合作者之一；维达（1485—1566），意大利主教，拉丁语诗人。

5 布乌尔神父（1628—1702），布瓦洛和拉辛的朋友，他身上体现了17世纪的古典主义。

能是挨饿。萨莱尔纳[1]的派别说："要少吃和常吃。"于尔苏斯吃得很少却难得吃；因此服从一半信条，而不服从另一半；不过这是观众的错，观众总是不肯蜂拥过来，也不常买东西。于尔苏斯说："像吐痰一样吐出一个句子，便轻松一点。狼嗥叫一声感到心安，绵羊被剪掉羊毛感到心安，森林由于有黄莺感到心安，女人由于爱情感到心安，哲学家由于发了一句感叹结语感到心安。"在必要时，于尔苏斯便制作喜剧，差不多由他来演；这有助于卖药。其中他创作了一部蹩脚的英雄牧歌，赞扬休·米德尔顿骑士，这个骑士在一六〇八年把一条河引到伦敦。这条河平静地流淌在哈特福州，离伦敦六十英里。米德尔顿骑士来了，占有这条河；他带领六百人的队伍，拿着铁锹和铁镐，开始挖掘，这儿挖土，那儿筑堤，有时堤坝筑到二十尺高；挖到三十尺深，空中架起引水渠，这儿那儿筑起八百座石桥、砖桥、木板桥。一天早上，河流进入缺水的伦敦。于尔苏斯把所有这些平凡的细节改编成描写泰晤士河和塞旁厅河的一篇美好的牧歌；泰晤士河请这条河流到自己那里，把自己的河床让给它说："我太老了，不能取悦女人，但是我很富有，可以给她们付钞。"手法巧妙、典雅，表达了休·米德尔顿自己出钱来建造所有的工程。

于尔苏斯独语时非常出色。他爱孤独又唠唠不休，不想看到别人，自言自语就能完事。但凡独居的人都知道，独白在天性中能深入到何种程度。内心话语要吐露出来。对着空间高谈阔论，就是一种发泄。独自高声讲话，就会产生和心中的神对话的效果。众所周

1　当时的萨莱尔纳在意大利南部，在中世纪以此地的医学流派和经验传统闻名于世。某些信条在 19 世纪仍以格言方式流传。

知，这是苏格拉底[1]的习惯。他对自己高谈阔论。路德[2]也是这样。于
尔苏斯和这些伟人是一样的。他具有这种两重性，成为自己的听众。
他自问自答；他自褒自贬。街上的人可以听到他在车里自言自语。
路人有自己的方式评价才智之士，他们说："这是一个白痴。"上文
说过，他有时自我侮辱，但是有时他公正地对待自己。有一天，在
一次他对自己的演说中，有人听到他高声说："我研究过植物的一切
奥妙，包括茎、胚芽、花萼、花瓣、雄蕊、心皮、胚珠、芽苞、孢
子囊。我深入研究过色素、渗透和乳糜，就是说颜色、气味和味道
的形成。"在于尔苏斯自我表白的这份证明书中，无疑有点自负，就
让那些根本没有深入研究过色素、渗透和乳糜的人向他扔出第一块
石头吧[3]。

　　幸亏于尔苏斯从来没有去过荷兰。那里的人一准想称一称他有多
重，知道他的重量是否正常，过轻或过重，这个人是不是巫师。在荷
兰，这个重量是通过法律审慎地确定的。没有什么更简单和更巧妙的
了。这是一种验证。把你放在一个天平上，如果你打破了平衡，显而
易见就摆在眼前：太重就要被绞死；太轻就要被烧死。今日在乌德瓦
特还能看到称巫师的天平，但是如今用作称奶酪，宗教退化得多么厉
害啊[4]！于尔苏斯准定同这架天平有得争执了。流浪中他要避开荷兰，
做得很对。再说，我们相信他根本没有走出过大不列颠。

1　苏格拉底（公元前469—前399），古希腊哲学家。苏格拉底认为，有个魔鬼启迪他
　的决心。
2　路德（1483—1546），德国宗教改革家，新教创始者之一。
3　见《圣经·约翰福音》第8卷第7节，耶稣对想向一个通奸的女人扔石头的法拉赛
　人和斯克里布人说："但愿你们之中从来没有犯过罪的人向她扔出第一块石头。"
4　讽刺的说法。

无论如何，他穷困潦倒，生活艰难，在一座树林里结识了奥莫，便想尝一下流浪生活的滋味。他和这头狼合伙，同他一起走大路小路，呼吸自由的空气，优哉游哉地生活。他很有本事，内心盘算很多，各方面都本领高强，会治病、动手术、妙手回春，治好过惊人的特殊病例；他被看作出色的卖艺人和出色的医生；可以理解，他也被看作魔术师；有一点儿这样，但不太高明；因为在那个时代，被认为是魔鬼的朋友是不正常的。说实话，于尔苏斯热衷于制药，喜欢植物，招来闲言碎语，因为他常去吕西费[1]的生菜地——密集的矮树丛——里采集草药，就像德·朗克尔推事所证实的，在那里的夜雾中会碰到一个人从地下钻出来，"右眼瞎了，不穿斗篷，身边挂着一把剑，赤脚"。再说，于尔苏斯尽管举止和性情古怪，但这个人过于文雅，不会呼风唤雨，不会变脸，至于用狂跳乱舞去累死人，启发人做平淡的、忧郁的、恐怖万分的梦，孵化出四只翅膀的公鸡，他不做这些恶毒的玩意儿。他做不出某些劣行败迹。譬如，就像没有学过就说德语、希伯来语或者希腊语，这就是一种该诅咒的卑劣行为，或者有某些忧郁性情前兆的、天生疾病的标志。如果于尔苏斯讲拉丁语，那么他是懂拉丁语。他绝不会让自己讲叙利亚语，因为他不懂这种语言；此外，可以证实叙利亚语是巫魔夜会的语言。在医学上，他准确地更喜欢加勒努斯[2]而不是卡尔达诺[3]；卡尔达诺虽

1　"吕西费"从中世纪起，被认作撒旦。
2　加勒努斯（约131—约201），古希腊和罗马的名医，提出关于"脾气"的理论，其巨大影响延续到17世纪。
3　卡尔达诺（1501—1576），意大利物理学家、医生、数学家，他的理论受到天文学的影响。

然博学，但和对加勒努斯的重视相比，只不过是条蚯蚓。

　　总之，于尔苏斯绝不是令警察感到不安的人物。他的小篷车相当长，相当阔，他能睡在一只箱子上，箱里放着他并不华丽的旧衣服。他有一盏提灯，几顶假发，挂在钉子上的一些用具，其中有乐器。另外他拥有一张熊皮，每逢有重要意义的日子，他把熊皮裹在身上；他管这叫穿礼服。他说："我有两张皮，这是真皮。"而且他炫耀熊皮。有轮子的小篷车是属于他和狼的。除了他的小篷车、曲颈甑和狼，他还有一支笛子和一把低音古提琴，他演奏起来很动听。他亲自制作药酒。他运用自己的才能，有时找到可吃的东西。小篷车的顶篷上有一个窟窿，铁炉的烟囱就穿过这窟窿，铁炉离箱子相当近，烤焦了木板。这只炉子有两格；于尔苏斯在一个格子中做炼金术，在另一个格子中煮土豆。夜晚，狼睡在篷车下面，友好地被拴在链子上。奥莫一身黑毛，而于尔苏斯的头发是灰白的。于尔苏斯五十岁，要不然已有六十岁。他安于命运到了这个程度，正如上述，他吃土豆，这种脏东西当时是喂猪和给苦役犯吃的。他吃这个，愤愤不平，忍气吞声。他并不魁梧，身材倒颀长。他弯着身子，愁眉不展。老人弯腰曲背，这是生命力在衰退。大自然把他造就成生性忧郁。他难得一笑，却始终哭不出来。他缺少眼泪这种安慰，也缺少快乐这种减轻症状的药剂。一个老人是一个会思想的废墟；于尔苏斯就是这个废墟。卖艺人的饶舌，先知的瘦削，装满炸药的地雷一触即发，于尔苏斯就是这样。青年时代他在一个爵士家里做过炼金术士。

这是一百八十年前的事了，当时的人比当下的人有点儿更像狼。如今的人不太像狼了。

二

奥莫不是一头能随意遇到的狼。从它喜欢吃欧楂和苹果，可以把它看作一头草原狼，从它深色的毛皮，可以把它看作一头四趾猎狗，从它减弱的嗥声，可以把它看作智利狗；但是人们还根本没有仔细观察过智利狗的瞳孔，确认这绝不是一头狐狸，奥莫是一头真正的狼。[1] 它身长五尺，甚至在立陶宛也是一条漂亮的大狼；它非常强壮；目光斜视，这不是它的过错；它的舌头柔软，有时去舔于尔苏斯；背脊有一条很窄的像刷子的短毛，它很瘦，是森林里那种动物的精瘦。在认识于尔苏斯和拉车之前，一夜能轻松跑上四十法里。于尔苏斯在一条湍急的小溪旁的荆棘丛里遇到它，看到它聪明而谨慎地逮到虾，很是赞赏，把它尊重地看作一条可以接受的真正的库帕拉狼，是所谓的食蟹狗。

于尔苏斯觉得奥莫作为役畜胜过驴子。他厌恶让一头驴子拉篷车。另外，他认为驴子做这种事是大材小用。他已发现驴子这四脚的思想家不太了解人，有时在哲学家胡说八道时便竖起耳朵。生活中，在我们的思想和我们之间，驴子是第三者：使人感到拘束。作为朋友，于尔苏斯更喜欢奥莫，而不是一条狗，认为狼来自更远的

1　狼被认为是狗的亚属，草原狼产在北美，吃肉少些，也吃水果和浆果；四趾猎狗或黑毛狼产在俄国、北欧和加拿大；智利狗产在智利、法尔克朗群岛，比豺稍大。

地方，奔向友谊。

因此奥莫对于尔苏斯来说已经足够了。奥莫对于尔苏斯而言超过一个同伴，这是一个相同的人。于尔苏斯拍拍狼的空腹部说："我找到了第二个我了。"

他还说："我死了以后，谁想了解我，只要研究一下奥莫。在我死后，我留下奥莫这个复制品。"

英国法律对林中兽不是那么和颜悦色，会寻找这头狼的麻烦，指摘它竟敢随便地走到城里；但是奥莫利用爱德华四世[1]关于"仆役"法令给予的豁免权。"一切仆役可以跟着他的主人自由来去。"另外，对狼的法律有点放松，来自斯图亚特王朝最后几位君主时期，宫廷贵妇的时尚是把小"柯萨克狼"当作狗，这是所谓"阿迪弗狼"，像猫一样大小，要花大价钱从亚洲弄来。

于尔苏斯把自己的一部分本事教给了奥莫，教它站起来，表达坏脾气时的愤怒，用低声抱怨的方式，而不是嗥叫，等等；而狼那方面，也把它知道的教给人，怎样不需要屋顶，不需要面包，不需要火，宁愿在树林里挨饿，而不要在宫殿里当奴隶。

篷车是一种房车，沿着复杂多变的路线走，但不走出英国和苏格兰。它有四只轮子，对狼多一根车辕，对人多一根横档。这根横档是遇到道路不好时使用的，虽然用薄木板造就，好像鸽棚一样，但很结实；前面是一扇玻璃门，有一个小阳台，是演讲时才用的，上面有一个讲台，后面有一扇满是格子窟窿的气窗。三级的踏脚板

---

1 爱德华四世（1442—1483），英国国王（1461—1470，1471—1483），在两次玫瑰战争时期，同亨利六世争夺王位。

在铰链上旋转，能放下来，又竖起到气窗格子门后面，让人进入篷车里，晚上把门闩好、上锁。在上面落了真是不知多少雨和雪。篷车油漆过，但看不太清是什么颜色，季节的变换对朝臣来说犹如改朝换代。车子前面、外面，有一种木牌从前可以辨清这段题字，是白底黑字，字迹逐渐混在一起漫漶了：

> 黄金每年要磨去千分之十四；这就是所谓"损耗"。因此，全世界流通的十四亿金子，每年要损耗一百万。这一百万金子化作灰尘，飞扬、飘荡，变成原子，可以呼吸，充满意识，有一定剂量，填塞和压紧意识，和富人的心灵混合，使之变得壮美，和穷人的心灵混合，使之变得凶狠。

这段题字由于雨水和上天的好意而模糊、散落了，幸好还能辨认，因为这段关于吸入黄金的哲理像猜谜一样，似有所指，大概不会符合州长、市长和其他戴法律假发的人的口味。英国的法律那时是不开玩笑的。很容易就成为叛逆。官吏传统上是凶狠的，残酷是家常便饭。宗教裁判所的法官多如牛毛。杰弗理[1]子孙满堂。

三

篷车里有两篇题字。在车厢上方，用石灰水洗刷过的木板壁上，

---

1 杰弗理（1645—1689），男爵，英国政治家詹士二世在1685年任命他为首相，他在审判蒙穆的拥护者中特别残酷。

可以读到用墨水手写的这些字：

　　重要的是只要知道这些事：

　　英国上院议员、男爵，戴六颗珍珠的帽子。

　　从子爵开始戴冠冕。

　　子爵戴珍珠数目不限的冠冕；伯爵所戴的珍珠冠冕，帽尖衬底缀有草莓叶；侯爵冠冕上的珍珠和叶子并列；公爵冠冕的花叶饰上没有珍珠；王族的公爵戴附有十字架和百合花的圆箍；威尔士亲王的冠冕和王冕相同，但不是闭合型的。

　　公爵是**非常尊贵和非常有权势的亲王**；侯爵和伯爵是非常高贵和有权势的领主；子爵是**高贵和有权势的领主**；男爵是**实实在在的领主**。

　　公爵是**大人**；其他贵族是**老爷**。

　　爵士人身不可侵犯。

　　上院和法院（concilium et curia），管立法与司法。

　　"最可敬的"高于"可敬的"。[1]

　　上议院的爵士称作"理所当然的爵士"，不是上议院的爵士是"以礼相待的爵士"，只有进入上议院的才真正是爵士。

　　爵士既不对国王，也不对司法发誓。他的话足够了。他说："**以我的名誉作担保。**"

1　"最可敬的"（most honorable）是对侯爵或巴斯爵士的尊称，"可敬的"（right honorable）是对伯爵以下贵族的尊称。

下议院议员[1]是从老百姓来的，他们被召唤到上院的栏杆前，应谦恭地脱帽肃立，站在戴帽的贵族面前。

下议院如有议案呈交上院，应派四十名议员呈交，深鞠躬三次。

上议院只需派出普通的书记，将议案交给下院。

发生冲突时，两院聚在上过漆的房间里商议，上议院议员戴帽坐着，下议院议员脱帽站着。

根据爱德华六世[2]颁布的法令，爵士有无故杀人的特权。爵士平白无故地杀人，不受追究。

男爵和主教地位相同。

要成为上院的男爵，必须隶属于国王，获得完整的男爵采邑（baroniam integram）。

完整的男爵采邑由十三又四分之一块贵族采邑组成，每块贵族采邑值到二十镑，合到四百马克。

男爵采邑的首府（caput baroniœ）是一个像英国本身一样的世袭支配的古堡，就是说只能在没有男孩子时转归给女儿，在这种情况下，传给长女（cœteris filiabus aliunde satisfactis[3]）。

男爵称为爵士，撒克逊语叫"拉福尔"，高级拉丁语叫"主人"，低级拉丁语叫"爵爷"。

子爵和男爵的长子和幼子是王国的首批侍从。

贵族的长子压倒获得嘉德勋章的骑士；幼子不行。

子爵的长子位于男爵后面，而位于准男爵前面。

凡是爵士的女儿称为"夫人"，其他英国女子称为"小姐"。

所有法官都低于上议院议员。执达吏有一顶羔羊皮风帽；法官有一顶小灰鼠皮风帽（minuto vario），由各种白色小皮拼起来，除了白鼬皮。白鼬皮是上院议员和国王专用的。

不能签发对爵士的逮捕令（supplicavit）。

不能限制爵士的人身自由。除了关在伦敦塔。

被召到国王那里的爵士，有权在御花园里猎杀一两头黄鹿。

爵士在他的城堡里设男爵法庭。

爵士穿一件披风，带上两个仆人上街是不相称的。只能带上一大帮仆从露面。

上议院议员坐上一长串华丽马车去赴议会；下议院议员绝不能这样。有几个上议院议员坐四轮和有后靠椅子的马车到西敏寺。这些马车和华丽马车有纹章和冠饰，只允许爵士使用，属于他们的尊贵身份。

只有爵士可以对爵士罚款，从不超过五先令，除了公爵，可以罚他十先令。

爵士可以在家里留六个外国人，其他英国人只能留四个。

爵士可以有八桶酒不纳税。

只有爵士不受出巡的州长传唤。

爵士可以不交自卫队的税。

爵士要是高兴，可以招募一个团队，献给国王，阿索尔公爵、汉密尔顿公爵和诺腾伯兰公爵就是这样献媚的。

爵士只受爵士管辖。

如果在法官中连一个骑士也没有，爵士可以要求民事案件停审。

爵士任命他的牧师。

一个男爵任命三个牧师；一个子爵任命四个牧师；一个伯爵和一个侯爵任命五个牧师；一个公爵任命六个牧师。

爵士即使叛国，也不能被拷问。

爵士手上不能打烙印。

爵士是一个文人，即便他不会阅读。他在法律上是识字的。

凡是国王不在场，一个公爵就有华盖伴随；一个子爵在家里有一个华盖；一个男爵有一个试用的盖子，喝酒时让人放在杯子底下；一个男爵夫人有权在子爵夫人面前让人托住裙裾。

八十六位爵士或者爵士的长子，主持每天在王宫举行的八十六桌宴席，每桌有五百副餐具，费用由王宫周围的地方承担。

平民打了爵士，手要砍掉。

爵士差不多是国王。

国王差不多是上帝。

大地是爵士的领土。

英国人对上帝说："我的爵爷。"

在这篇题词对面，可以看到第二篇，以同样的方式写成，是这样的：

一无所有的人就以此为满足：

格兰撒姆伯爵亨利·奥弗古克在上议院里，坐在泽西伯爵和格林威治伯爵之间，年入息有十万英镑。格兰撒姆——平台宫就属于这位老爷，宫堡全部是用大理石盖的，以走廊像迷宫一样闻名，这真是一个奇葩：有的走廊用的是萨兰柯林大理石，是浅红色的；有的走廊用的是阿斯特拉坎的贝壳大理石，是棕色的；有的走廊用的是拉尼的大理石，是白色的；有的走廊用的是阿拉班达的大理石，是黑色的；有的走廊用的是斯塔雷马的大理石，是灰色的；有的走廊用的是黑塞的大理石，是黄色的；有的走廊用的是蒂罗尔的大理石，是绿色的；有的走廊用的是波希米亚的红纹大理石和柯尔多巴的贝壳大理石，是红色的；有的走廊用的是加泰罗尼亚的花岗岩，是紫色的；有的走廊用的是穆尔维埃德罗的页岩，是黑白条纹，像举丧一样；有的走廊用的是阿尔卑斯山的云母大理岩，是粉红色的；有的走廊用的是诺奈特的贝壳大理岩，是珍珠色的；有的走廊有各种色彩，所谓朝臣走廊，用的是七拼八凑的角砾大理岩。

朗斯台尔子爵理查·洛思在西莫兰有一座洛思宫，外表豪华，石阶好像邀请国王走进去。

斯卡博洛伯爵、龙莱子爵和男爵、爱尔兰的瓦特福子爵、诺撒姆伯兰和多尔汉姆的州长兼海军副帅理查，在斯坦蒂特有新旧两座城堡，一座在城里，一座在州里，可以欣赏到一道半圆形的美丽栏杆，围住一个池子，喷泉无可比拟。他另外有一座龙莱的城堡。

霍尔德奈斯伯爵罗伯特·达尔西在霍尔德奈斯有领地，包括几座男爵塔楼、法国式的无边花园，他坐在六匹马拉的华丽马车里溜达，前面有两个骑马的仆人，就像英国上院议员的气派。

圣阿尔班公爵、布福尔伯爵、赫丁顿男爵、英国驯鹰总管查理·博克莱克，在温莎有一所住宅，在王宫旁边，可以和王宫媲美。

罗伯茨爵士、特鲁罗男爵、博德明子爵查理·博德维尔在剑桥有一座温普尔堡，有三座带三角楣的宫殿，一个成拱形，两个呈三角形。进口有四排树。

最高贵和最有权势的爵爷菲利普·赫伯特是卡埃尔迪夫子爵、蒙戈默里伯爵、彭布罗克伯爵、坎达尔、马米翁、圣昆丁和休兰的上院议员和领主、柯努阿伊和德冯两州的锡矿监督、耶稣学院的世袭检查员，他在威尔顿有一个奇妙的花园，里面有两个带喷泉的水池，比笃信天主教的路易十四的凡尔赛宫还要漂亮。

索默塞特公爵查理·西摩尔在泰晤士河上有一座索默塞特宫，能和罗马的篷菲利别墅媲美。在大壁炉上可以看到两个元朝的瓷瓶，在法国值到五十万法郎。

在约克州，伊格兰姆爵士、欧文子爵阿瑟有一座纽森庙宇，由一个凯旋门进入，平展展的大屋顶酷似摩尔人的平台。

恰特莱、鲍奇埃和洛范的费雷爵士罗伯特，在利塞斯特州有一座斯托顿-哈罗尔德大屋，按几何图形设计的花园，具有带三角楣的庙宇形式；池水前面的方形钟楼大教堂是属于爵爷的。

在诺尔撒顿州，森德兰伯爵、枢密大臣查理·斯宾塞有一座阿塞罗普宫，通过栅栏进去，四根柱子上面是一组大理石雕像。

罗彻斯特伯爵劳伦斯·海德在苏雷有一座新园地，雕刻的三角楣顶尖饰像、绿树环抱的圆形草地和森林非常壮观；森林尽头有一座小山，艺术地弄成圆形，上面有一棵大橡树，从远处就能看见。

彻斯菲尔伯爵菲利普·斯坦霍普在德比州有一座布雷德比城堡，里面有壮观的钟楼、驯鹰场、养兔场、美丽的湖水，有长条形的、方形的和椭圆形的，有一个湖是镜子形状，两个喷泉的水喷得很高。

埃伊男爵科康华理爵士，有一个布罗姆庄园，是十四世纪的一座宫殿。

马尔登子爵、埃赛克斯伯爵、非常高贵的阿尔杰农·卡佩尔，在赫斯福德州有一座大写 H 形的卡希奥伯里城堡，是猎物很多的打猎场。

查理·奥苏尔顿爵士在米德尔塞克斯有一座道利堡，通过意大利花园进入那里。

萨利斯伯里伯爵詹姆士·塞西尔在离伦敦七英里的地方有一座哈特菲尔德大宅，包括四座壮观的亭阁，中间是钟楼，主要院子铺着黑白相间的石板，就像圣日耳曼的院子那样。这座宫堡正面长两百七十二尺，是英国财务主管，也就是现今在位的伯爵的曾祖在詹姆士一世[1]时期建造的。那里可以看到萨利斯伯里伯爵夫人的床，是件无价之宝，完全用巴西木制作，这是医治蛇咬的万应灵药，名叫"milhombre"，意为"一千个人"。床上镂刻几个金字："思想恶毒的人应得耻辱。"

沃里克和荷兰伯爵爱德华·里奇有一座沃里克城堡，那里的壁炉可以烧整棵橡树。

在七橡树教区，巴克赫斯特男爵、克兰菲尔德子爵、多尔塞和米德尔塞克斯伯爵查理·萨克维尔有一座诺尔城堡，大得像一座城市，由三幢平行的宫殿组成，一座挨着另一座，仿佛步兵列阵，在主要宫殿正面，是十座带楼梯的山墙，在有四座塔楼的主塔下面有一扇门。

威茅斯子爵、瓦敏斯特男爵托马斯·蒂恩有一座朗利特城堡，那里的壁炉、灯笼式天窗、绿树环绕的小亭子、圆锥形屋顶的哨楼、楼阁和小塔楼，几乎和法国的尚博尔城堡里的建筑一样多，这个城堡是属于国王的。

苏福克伯爵亨利·霍华德，在离伦敦十二法里的米德尔塞克斯有一座奥德林宫，很难说在宏伟瑰丽方面比不上西班牙国王的埃斯柯里亚宫[2]。

---

1 詹姆士一世（1394—1437），苏格兰国王（1406—1437）。
2 埃斯柯里亚宫，位于马德里西北，为巨大的花岗岩建筑，由菲利普二世建造，是历代国王和王后的行宫。

在贝德福州，有一座雷斯特园林，由壕沟和院墙围住，树木蓊郁，河流纵横，山丘耸立，属于肯特侯爵亨利的产业。

希埃福德州有一座汉普顿城堡，拥有雉堞的强固主塔楼，一片水把花园和森林隔开，是属于科宁斯比爵士托马斯的产业。

林肯州有一座格林索弗城堡，正面拉得很长，当中被一些高耸的尖顶的小塔楼切断，有花园、池塘、养雉场、羊舍、草坪、梅花形的林荫道、公共散步场所、乔木林、裁成方形或菱形像地毯一样花团锦簇的花坛、跑马草坪，还有壮观的环形大道，华丽马车绕一个弯才能进入城堡；这座城堡为林德赛伯爵、华尔汉森林的世袭爵士罗伯特所有。

在苏塞克斯有一座叫厄普派克的方形城堡，主要院子的两旁有对称的两座钟楼亭，属于格雷爵士、格兰戴尔子爵和坦凯尔维尔伯爵非常可敬的福德所有。

沃里克州有一座纽恩汉·帕多克斯城堡，里面有两个四方形的鱼塘，一堵山墙带四面彩画玻璃窗，属于登比格伯爵，他也是德国的赖因费登伯爵。

伯克州有一座威撒姆庄园，里面有法国式的花园，盖了四个修剪过的棚架，有雉堞的大塔楼，两艘高耸的战舰靠在旁边，属于阿宾格唐伯爵蒙塔古爵士；他还有赖科特庄园，他是那里的男爵，大门上写着格言："Virtus ariete fortiori"[1]。

德冯州的公爵威廉·卡文迪什有六座城堡，其中的查茨沃

1　这是于尔苏斯将此句算作诺雷伊斯·德·赖科特的格言（拉丁文）：勇敢比一部战争机器更加强大。

斯是最美的希腊式三层楼，另外，他在伦敦有一座公馆，里面的狮子塑像背对着王宫。

吉纳米基子爵在爱尔兰是科克伯爵，在皮卡第莱有一座伯林格顿别墅，花园很宽广，一直通到伦敦之外的田野中；他还拥有蔡斯威克庄园，里面有九座美轮美奂的建筑；还有朗德伯格庄园，这是在旧官旁边的新公馆。

博福特公爵有一处切尔西的产业，包括两座哥特式城堡和一座佛罗伦萨城堡；他在格洛塞斯特还拥有巴德敏顿，这是一处住宅，一条条林荫道散射出去，就像星光一样。博福特公爵非常高贵和强大的亨利亲王，同时是沃塞斯特侯爵和伯爵、拉格兰男爵、鲍威尔男爵、赫伯特·德·切普斯汤男爵。

纽卡斯特公爵和克莱尔侯爵约翰·霍尔斯有一处博斯索弗的产业，方形主塔楼很壮观，他另外在诺丁汉有一处霍格顿的产业，池塘中央有一座圆形金字塔，模仿巴别塔[1]。

克莱文爵士、汉普斯蒂德的克莱文男爵威廉，在沃里克州有一座叫康阿贝的住宅，那里可以看到英国最美的喷泉。他还在贝克州有两块男爵领地，一块叫汉普斯蒂德·马歇尔，正面有五个哥特式灯笼样天窗，另一块叫阿斯道恩公园，是一座城堡，坐落在一座森林十字路口的交叉处。

克朗查理和亨凯维尔男爵、西西里的科尔莱恩侯爵林诺斯·克朗查理爵士，在克朗查理城堡有一块贵族领地，城堡由

1　巴别塔，《圣经》中诺亚子孙想建造的通天塔，耶和华让他们口音不同，无法建造下去。

老爱德华建于914年，为了对抗丹麦人。在伦敦还有一处亨凯维尔别墅，是座官殿；在温莎还有科尔莱恩宅，这是另一座别墅，包括八个小城堡，其中一个在特伦特河上的布勒克斯顿，有权开采大理石矿，然后是冈德雷思、亨布尔、莫里坎布、特伦沃德雷思、赫尔凯特（那里有一口奇特的井）、皮林莫尔和产泥炭的沼泽、靠近古城瓦尼亚克的雷卡尔弗、莫尔-恩利山上的文可顿；还有具备大法官的十九个镇和村子，潘纳思-查斯全境。所有这些产业每年可以给这位爵爷带来四万英镑的收入。

詹姆士二世[1]统治下的一百七十二位爵士，每年的收入达到一百二十七万二千英镑，相当于英国收入的十一分之一。

在最后一个名字"林诺斯·克朗查理爵士"的空白边上，可以看到于尔苏斯亲手写上的注释：

叛逆者；流亡国外；财产、城堡和领地查封。大快人心。

四

于尔苏斯很欣赏奥莫。人欣赏身边的事物。这是一个规律。

总是无言地愤怒，这是于尔苏斯的内心状态，而低声埋怨是他的外部状态。于尔苏斯对造物不满。他本性中要表示反对。他从坏

---

1 詹姆士二世（1633—1701），英国和爱尔兰的国王。

的方面对待宇宙。他无论对什么人，对什么事都不满意。酿蜜不能使蜜蜂不蜇人；盛开的玫瑰不能使太阳不传染黄热病和"vomito negro"[1]。有可能于尔苏斯在内心对上帝有很多责难。他说："显然，魔鬼身上有发条，上帝的过错是松开发条。"他不太赞赏亲王，他有自己的方式向他们喝彩。有一天，詹姆士二世给爱尔兰的天主堂圣母献了一盏实心金灯，于尔苏斯和奥莫打那儿经过，奥莫比较不在乎；于尔苏斯在所有人面前发出赞叹的喊声："毫无疑问，圣母需要一盏金灯，远远超过小孩子们，他们的赤脚需要鞋子啊。"

从他这种"光明磊落"的证明和对当局强权的尊敬，说不定对此不无关系：让行政官员能容忍他的流浪生活，以及和一头狼等而下之的结合。有时在夜里，他出于友好的友情弱点，让奥莫伸展四肢，自由地绕着篷车徘徊；狼不会滥用信任，他表现得喜爱"群居生活"，就是说在人中间生活，跟鬈毛狗一样小心谨慎；不过，如果碰到脾气不好的官员，就可能产生麻烦；因此，于尔苏斯尽可能将正直的狼锁起来。从政治上说，他关于黄金的题词变得难以辨认了，况且也很费解，只不过是在木板上乱涂一气，根本没有暴露他。甚至在詹姆士二世之后，在威廉和玛丽[2]"值得尊敬的"统治之下，英国各州的小城可以看到他的马车平静地彳亍而行。他自由地旅行，从大不列颠的一端走到另一端，贩卖春药和小瓶药物，一半和狼扮演江湖郎中的滑稽戏，他轻易地穿越当时警察在英国全境张

1　西班牙文，即黄热病的另一个名字。这种传染病的特点是呕吐黑色的东西。
2　威廉三世，本是荷兰总督，1689 年英国革命后被请到英国和他的妻子、詹姆士二世的女儿斯图亚特的玛丽二世分享王权。

开的法网，这是为了清除流浪的匪帮，特别是阻止"comprachicos"[1]穿过去。

再说，这是合情合理的。于尔苏斯绝不是匪帮。于尔苏斯和奥莫生活在一起；他同奥莫亲密相处，狼可爱地把自己的脸贴上去与他亲昵。于尔苏斯的心思是做加勒比人[2]，由于做不到，他只好单独一个人。孤独者是一个弱化的野蛮人，被文明接受了。流浪的人就更是一个孤独的人。由此，他不断地变换地方。待在一个地方，他觉得好像被驯化了。他通过走路来打发日子。看到城市使他陡增对丛林、荆棘丛、有刺的小树和岩洞的兴味。他的家是森林。他在广场的嘈杂声中，仿佛在树木的沙沙声中一样，并没有感到身在异乡。人群在一定程度上满足我们对旷野的感受。在这种简陋的住房中，他讨厌的是它有一扇门和窗户，就像一所房子那样。如果能在一个岩洞上放上一个轮子旅行，那才达到他的理想呢。

上文说过，他不微笑，但是他笑，甚至有时常常笑；一种苦笑。微笑中有赞同，而笑往往是一种拒绝。

他专注的大事是憎恨人类。在这种仇恨里，他是残酷无情的。他厘清了这一点：人类生活是可怕的事，他发现灾害重叠相生，国王压在百姓头上，战争压在国王头上，瘟疫压在战争上，饥饿压在瘟疫上，愚蠢压在一切之上，他看到仅在生活中就有一定数量的惩罚，他承认死亡是一种解脱，只要有人给他领来一个病人，他就治

1　西班牙文：儿童贩子。
2　加勒比人，安的列斯群岛和美洲附近海岸的印第安人，这里相当于"善良的野蛮人"。

好病人的病。他有补药和延年益寿的药草。他让双腿残缺者重新站起来，挖苦他们说："看你又站立起来了。但愿你在泪谷中能走很久！"他看到一个饿得快死的可怜人，会把身上所有的钱都给这个人，嘟哝着说："活下去，可怜虫！吃吧！长久地熬下去！缩短你苦役的不是我。"然后，他搓搓手说："我对人做了我所能做的一切坏事。"

路人可以后面的小窗洞里，在篷车的天花板上明显看到用木炭写的几个大字：

哲学家于尔苏斯。

第二章
儿童贩子

一

那时谁认识"comprachicos"这个字呢？谁知道是什么意思呢？

"Comprachicos"或者"comprapequeños"，是流浪行业一个丑陋而古怪的分支，在十七世纪很有名，十八世纪被人遗忘，今日已无人知晓。儿童贩子宛如"连续弹药"[1]一样，是往昔一种有社会特征的现象。他们属于人类的古老丑史。以历史的广阔目光来看全局，儿童贩子与奴隶制的广泛事实有联系。约瑟[2]被他的兄弟们卖掉，是传说中的一章。儿童贩子在西班牙和英国的刑法中留下了痕迹。在英国法律的晦暗不明中，可以找到对这类骇人听闻的事实的镇压，就像在森林中找到野人的脚印一样。

---

1 这是 17 世纪一个有名的下毒犯拉伏瓦赞给砒霜起的名字，路易十四的宫廷最高层发生下毒事件，她是主犯（其中有拉辛和蒙泰斯潘），下毒事件持续了十年（1670—1680）。
2 《圣经·旧约》第 37 章，记述约瑟被他的兄弟们卖给埃及人，后来成了宰相。

"Comprachicos"和"comprapequeños"一样，是一个西班牙复合词，意思是"买卖孩子"。

他们买进再卖出。他们不拐孩子。拐孩子是另一种行业。

他们拿这些孩子来干什么？

造成怪物。

为什么造成怪物？

为了引人笑。

老百姓需要笑；法律也需要。在十字街头需要卖艺人；卢浮宫需要小丑。一个叫作图尔吕潘，另一个叫作特里布莱[1]。

人为了取乐的努力，有时值得哲学家注意。

我们在开场这几页想打什么样的草稿呢？这是最令人震惊的书之中的一章，书名可以叫作《幸福者对不幸者的剥夺》。

二

拿儿童当作人的玩具，这种事存在过（现今还有）。在幼稚和野蛮的时代，这构成一种特殊行业。十七世纪，即所谓伟大的世纪，属于这种时代之一。这是一个非常拜占庭式的世纪；它具有腐败的幼稚和巧妙的残忍，这是文明的奇怪变种。一只老虎嘟起了小嘴巴。

1　特里布莱即"亨利大帝"，法国喜剧演员，卒于1634年，以特里布莱之名闻名，成为市集的小丑。据说他非常讨黎世留的喜欢，由此进入布戈涅府。另有路易十二和弗朗索瓦一世的小丑也叫特里布莱，雨果的戏剧《国王取乐》中的主人公亦叫特里布莱。

德·塞维涅夫人谈到火刑柴堆和车轮刑就扭捏作态[1]。那个世纪大肆利用儿童；赞颂这个世纪的历史学家把伤口隐藏起来，但是他们让人看到万桑·德·保尔[2]是一个治疗创伤的人。

想让"玩具人"获得成功，必须及早动手。侏儒应该从小时开始。人们喜欢玩儿童。但是一个挺直的儿童不好玩，一个驼背更加有趣。

由此产生一门艺术。出现驯养者。取一个人，让他发育不全；取一副面孔，把它变成兽脸。渐渐停止发育；塑造面貌。这种人工畸形术有它的规则。这是一门学问。可以设想一下一种反面的整形外科。上帝放上眼睛的地方，这门艺术把它弄成斜视。上帝放上和谐的地方，把它弄成畸形。上帝放上完美的地方，重新变成草稿。在内行人看来，这草稿却是完美的。对动物来说，同样有部分修理；有人创造黑白两色的马；图雷纳就骑一匹黑白两色的马[3]。今日，不是有人把狗涂成蓝绿两色吗？大自然是我们的画稿。人总是想给上帝增添点东西。人修饰创造物，有时修饰成好的，有时修饰成坏的。宫廷小丑只不过是把人返回猴子的一种尝试。后退式的前进。往后退的杰作。克里夫兰公爵夫人和骚尚普顿伯爵夫人巴尔布，用卷尾猴做侍从。杜德莱男爵夫人、第八个有男爵爵位的上院议员弗朗索瓦丝·苏顿，在家里用一只穿金色锦缎的狒狒侍候喝茶；杜德莱夫

1　指塞维涅夫人（1626—1696，法国散文家）1675 年看到布列塔尼人起义时的描述中，特别是在 1675 年 11 月 24 日，在给德·格里尼昂夫人的信中提到酷刑。

2　万桑·德·保尔（1581—1660），法国教士，为穷人做慈善事业的创始人，创建主宫医院（1634），创立帮助弃婴事业（1638）。

3　图雷纳（1611—1675），法国元帅。

人把它叫作"我的黑人"。多尔彻斯特伯爵夫人卡特琳·赛德莱坐着有纹章的华丽马车到国会开会，车后站着三只面孔朝天、穿着制服的狒狒。有一个梅迪那-塞利公爵夫人，波吕斯红衣主教看到她起床，由一只猩猩替她穿袜子。这些被提拔的猴子，与受虐待和禽兽不如的人相抗衡。贵族所愿意的人兽相混，在侏儒与狗方面显得特别突出。侏儒从来不离开狗，狗总是比他地位还高一点。狗和侏儒是形影不离的一对。这仿佛是被两条颈圈锁起来。这种并列由一连串英国的文艺珍品所证实，尤其是亨利四世的女儿、查理一世[1]的妻子、法兰西的昂丽埃特[2]的侏儒杰弗理·赫德森的肖像。

把人贬低导致使人畸形。通过脸容毁损来达到取消地位的目的。那时的某些活体解剖家非常成功地把神圣的人像从人脸上抹去。阿门-斯特里特学院的成员、伦敦的化学家商店宣过誓的检查员康奎斯特博士，用拉丁文写过一本关于违反常理的外科手术的书，提供了各种方法。如果相信贾斯特斯·德·卡里克-弗格斯的话，这种外科手术的发明者，是一个名叫阿文-莫尔的僧侣，这个爱尔兰名字的意思是"大河"。

选侯的侏儒佩凯奥，这个玩偶——或者这个魔鬼——从赫德尔堡地下室的一只玩偶盒中出来，成为运用这门多变的学问的出色标本。

这就造成了一些人，他们的生存规律非常可怕地简单：让人受苦，又命令使人作乐。

---

1 查理一世（1600—1649），英国、苏格兰和爱尔兰国王（1625—1649）。
2 法兰西的昂丽埃特（1609—1669），英国王后。

三

这种制造怪物大规模地进行，包括不同的类型。

有苏丹需要的；有教皇需要的。前一位用来看守他的女人；另一位用来诵经。这是特殊的一种，不能再传宗接代。这些与人接近的人对肉欲和宗教有用。后宫和西斯廷教堂消耗的是同一类怪物，后宫是残忍的，教堂是温柔的。

那时人们懂得生产如今再也不生产的东西，他们具有我们缺乏的技能，有些才智之士大喊堕落也不是没有理由。今天已不再懂得在人的皮肤上雕刻了；这是由于酷刑的艺术失传了；人们简化了这种艺术，以致不久也许就会完全消失。切割活人的四肢，剖开他们的肚子，挖去他们的内脏，当场观察现象，获得新发现；必须放弃这些，于是我们便缺乏刽子手使外科手术获得的进步。

从前这种活体解剖不限于为公共广场制造畸形人，为宫廷制造小丑（这种人只不过比朝臣夸张一些），为苏丹和教皇制造阉奴。它的变种层出不穷。这种得意之作，就是替英国国王制造一个"鸡鸣人"。

英国王宫里有种风俗，要用一种像公鸡一样打鸣的人来打更。正当大家睡觉的时候，这个老人在宫廷里逛来逛去，每个钟头都要发出家禽饲养场的公鸡鸣声，按需要报时，代替钟声。为此，这个鸡鸣人小时候在喉头动一次手术，属于康奎斯特博士所描述的艺术。在查理二世[1]时期，这种手术所固有的流口水使朴次茅斯公爵夫人很

---

1 查理二世（1630—1685），英国、苏格兰、爱尔兰国王（1660—1685）。

讨厌，这种职能被封存起来，为了不要污损王冠的光彩，但是人们通过一个没有动过手术的人发出鸡鸣声。一般选择一个旧军官来担当这光荣的职务。在詹姆士二世时代，这个官员名叫公鸡威廉·桑普森，他每年打鸣收入是九镑两先令六便士。[1]

不到一百年前，在彼得堡，卡特琳二世的回忆录叙述，当沙皇或者女沙皇不满意一个亲王时，便让他蹲在王宫的大接待室里，这种姿势要保持指定的几天，命令他学猫叫，或者学孵蛋母鸡咯咯叫，啄食地上的东西。

这种风气已经过去了，不过不像人们相信的那样，消失得那样干净。今天，朝臣为了取悦人而学鸡鸣，改变了一点声调。不止一个人在地上——我们还不说在烂泥里——捡起他要吃的东西。

幸亏国王们不会搞错。这样，他们的矛盾绝不会让我们尴尬。由于不停地赞同，就肯定总是对的，心情愉快。路易十四不喜欢在凡尔赛看到一个军官学鸡鸣，或者一个亲王学火鸡叫。在英国和俄国提高王家或皇家尊严的事，在路易大帝看来是和圣路易的王冠不相容的。昂丽爱特夫人一天夜里梦见一只母鸡而忘乎所以，这确实在一个宫廷贵妇身上是不相宜的，大家知道路易十四是不满的。地位高贵的人不应该梦见低贱的事。大家记得，博须埃[2]同意路易十四的愤慨。[3]

1　见张伯伦博士的《英国现状》(1688) 第 1 卷第 13 章第 179 页。——原注
2　博须埃（1627—1704），主教，法国作家，著有《诔词》《世界史述评》。
3　事关路易十四的弟媳昂丽爱特–安娜·德·英格兰，她于 1670 年暴卒，博须埃发表了一篇诔词。博须埃在另一篇诔词中又提到，安娜·德·贡扎格做了两个梦，梦见"一只母鸡变成母亲"，由此而改宗。雨果总是把博须埃说成是"将宗教雄辩和君主专制结合起来"。

四

上文已经解释过，十七世纪买卖孩子通过一个行业互为补充。儿童贩子做这个买卖，从事这个行业。他们买来孩子，在原材料身上做点加工，然后再卖出去。

卖孩子的人是各种各样的，从摆脱自己家庭的贫穷父亲起，到利用买卖奴隶场地的主人为止。卖掉人是非常简单的事。今天，为了维持这个权利而搏斗。人们记得，不到一个世纪以前，黑塞选侯把自己的臣民卖给英国国王，后者需要人到美洲去送死。人们到黑塞选侯那儿，就像到肉店去买肉。黑塞选侯掌握人肉炮灰。[1]这个亲王将他的臣民挂在他的肉店里。讲价钱吧，就是要出售。在英国杰弗理时期，在蒙莫思[2]的悲惨事件之后，有许多领主和贵族被斩首和四马分尸；这些受酷刑者留下妻子和女儿，詹姆士二世把这些寡妇和孤女给了他的妻子王后。王后把这些夫人卖给威廉·潘恩。很可能这位国王抽百分之几十的回扣。令人惊讶的并非是詹姆士二世卖掉这些女人，而是威廉·潘恩把她们买下来。[3]

潘恩的购买可以自行辩解，或者解释，原因是：潘恩有一片荒漠要接种后人，所以需要女人。女人属于他的工具。

这些女人对尊贵妩媚的王后来说是一笔好买卖。年轻的卖得贵。

---

1 黑塞的腓特烈二世从 1776 年至 1783 年派了 2 万多人在美国独立战争中为英国人作战。

2 蒙莫思（1649—1685），英国公爵，新教领袖，反对约克公爵的阴谋失败后，逃往荷兰（1683）。1685 年被斩首。

3 威廉·潘恩是 1682 年英国潘西瓦尼公谊会的创建者，他提出自由民主国家的法律，令雨果感到吃惊。

人们想到这复杂的丑事就有不安感，潘恩可能便宜地弄到了一些老公爵夫人。

儿童贩子也自称"cheylas"，这个印度字意思是"拐孩子的人"。

儿童贩子长久以来若隐若现。有时社会秩序中对这些罪恶行当有一种容忍的无言，他们便保存下来。今日我们看到在西班牙有一种这类团体，由强盗拉蒙·塞尔领导，从 1834 年持续至 1866 年，让瓦伦西亚、阿利康特和穆尔西三个省三十年中处于恐怖之中。

在斯图亚特时代，儿童贩子在宫廷中绝没有坏名声。需要时，国家利益运用他们。对詹姆士二世来说，他们几乎是"instrumentum regni"[1]。那个时代，要截去一些过大的和逃避兵役的家庭，要切断一些亲子关系，要突然取消继承人。有时要剥夺一个分支的人，有利于另一分支的人。儿童贩子有毁容的技能，把他们推荐给政治。毁容胜过灭口。可以戴铁面具[2]，但这是一个麻烦的办法。不能让欧洲布满戴铁面具的人，而畸形的卖艺者走街串巷不会令人不信；再说，铁可以拽下来，而肉面具不行。你永远让自己的面孔戴面具，没有什么比这更妙的了。儿童贩子在人身上下功夫，就像中国人做盆景一样。上文说过，他们有秘密；他们有诀窍。这种艺术已经失传。有些奇特的矮小植物出自他们的手。这很好玩，也有深刻含义。他们以奇妙的巧思用在小孩身上，以致父亲认不出他来。有时，他们让脊椎笔直，但是重新改变了面孔。他们去掉一个孩子的面部特点，

1　拉丁文：统治手段。
2　1703 年 11 月，有一个神秘的囚犯死在巴士底狱，铁面具引申变成了这个囚犯的名字，伏尔泰在《路易十四时代》中叙述过。1839 年，雨果在一出戏剧《双胞胎》中写过这个题材，其中一个人物是路易十四的孪生弟弟。

如同去掉手帕上的商标一样。

变成卖艺者的结果，就是以灵巧的方法使关节脱臼。仿佛让他们柔若无骨。这就产生体操家。

儿童贩子不仅改变了孩子的面貌，而且去掉了他们的记忆。至少他们去掉孩子身上所能做到的事。孩子根本没有意识到他遭到的损伤。这种可怕的外科手术，在他的脸上留下痕迹，而不是在精神上。他至多回忆起有一天他被人抓住，然后他睡着了，再然后他痊愈了。痊愈什么？他不知道。硫磺烧伤和刀的割伤，他一点不记得了。儿童贩子在动手术期间，用一种有麻醉性的药粉让小孩睡着，这种药粉被看成有魔法作用，消除痛苦，在中国很早就被发现了，当下还在使用。我们所有的发明，中国在我们之前就有了，如印刷、大炮、气球、麻醉药。只不过，这发现在欧洲马上获得生命和发展，变成奇迹和神奇的东西，而在中国却仍然是萌芽，保持死寂状态。中国是一个保存胎儿的酒精瓶。

既然我们说到中国，那么就再说得细一点儿。在中国，历来可以见到对艺术和工艺的追求，比如对活人的塑造。他们把一个两三岁的小孩拿来，放在一个多少有点奇特的、没有盖也没有底的坛子里，让头和脚伸出来。白天，让坛子竖直，夜晚放平坛子，让孩子能够睡觉。孩子这样长大而不长高，压缩的肉体和扭曲的骨头塞满了坛子鼓凸的地方。这样在坛子里生长要过好几年。到了一定时候，这种生长便无药可救了。当他们认为成功了，怪物已经长成，便把坛子打碎，孩子从中出来，那就得到一个坛形人。

这个方法简单；可以预订你所需要的那种形状的侏儒。

五

詹姆士二世容忍儿童贩子。他有一个理由，就是他可以利用他们。至少这不止有过一次。我们总是不会无视我们蔑视的东西。下层的这种行业，对于所谓政治的上层行业来说，有时是很好的方法，虽然被看作卑劣，却绝不会受到迫害。没有任何监视，但加以某些注意。这也许是有用的。法律闭上一只眼睛，国王张开另一只眼睛。

有时国王甚至承认他的共谋关系。这正是君主恐怖政治的厚颜无耻。破相的人有百合花标志；上帝的烙印被去除，换上了国王的烙印。梅尔顿老爷、诺福克郡的警官、骑士和准男爵雅各·阿斯特莱，家里有一个买来的孩子，卖主在孩子额上用烧红的烙铁印了一朵百合花。有时候，出于某种理由，如果要证明孩子新身份的王家渊源，就用这种办法。英国总是给我们荣耀，在有关人的阅历上，运用百合花。

儿童贩子在行业上和狂热稍有差别，而与印度的勒死人集团相同；他们成群生活在一起，有点像卖艺者，不过这是借口。这样行走起来更加方便。他们在这儿那儿驻扎下来，但很庄重，遵守教规，和其他游牧民族毫不相似，不会去偷窃。老百姓长久错误地把他们与西班牙的摩尔人和中国的摩尔人混同起来。西班牙的摩尔人是伪币犯，中国的摩尔人是骗子。儿童贩子与之没有丝毫共同之处。他们是体面的人。不管人们作何想法，他们有时真诚地一丝不苟。他们推开一扇门走进去，谈一个孩子的价钱，付了钱，把孩子带走。事情做得规规矩矩。

他们来自各个国家。在儿童贩子这个名字下，英国人、法国人、卡斯利亚人、德国人、意大利人友好相处。同样的想法，同样的迷信，共同从事同样的职业，实现了这种联合。在这种团伙的友爱中，地中海东岸的人代表东方，"波囊坦人"[1]代表西方。很多巴斯克人和很多爱尔兰人用方言交谈；巴斯克人和爱尔兰人彼此理解，他们讲的是古老的布匿行话[2]；除此以外，还要加上信奉天主教的爱尔兰和信奉天主教的西班牙的亲密关系。由于关系的紧密，在伦敦差点儿吊死一个爱尔兰国王、威尔士人勃拉尼爵士，由此产生了莱特林郡[3]。

儿童贩子与其说是一群乌合之众，不如说是一个团伙。这是世界上以罪恶为业的整个卑劣事物。这是由各种破衣烂衫组成的杂凑民众。吸收一个人，等于缝上一块破布。

流浪是儿童贩子的生活规律。出现，然后消失。只被容忍的人不会扎根。即使在他们的行业为王宫输送小丑的王国里，而且必要时这种行业是王权的助手，他们有时也会突然受到粗暴对待。国王利用他们的艺术，却把这些艺术家打发去做苦役。这种反复无常是国王任性地来回摆动。因为这就是随兴所至嘛。

滚动的石头不生苔，流动的行业不聚财。儿童贩子都很贫穷。他们可以像这个瘦削的衣衫褴褛的女巫那样，看见火刑场的火把点

---

1 波囊坦人，地中海的水手使用的词汇，他们把欧洲西海岸和地中海东海岸区分开来，儿童贩子和他们很相似。
2 古代迦太基的语言。
3 莱特林郡，在爱尔兰北部，从前构成一个王国，1588年有1000西班牙士兵避居在此，3年后被赶出去处决。

燃时说："玩把戏比不上点蜡烛。"兴许，他们的头儿，他们不为人知，进行大宗贩卖儿童，却是富有的。这一点，过了两个世纪，却很难弄清楚了。

上文说过，这是一种团伙。它有自己的律令、自己的誓言、自己的格言。它几乎有自己通鬼神的魔法。有谁今日想更详细了解儿童贩子，只要到比斯卡亚和加利西亚 [1] 去。那里有许多巴斯克人在他们中间，他们的传说正是出在这些山区里。在奥亚真、乌尔比斯通多、勒左、阿斯蒂加拉萨加，现今人们还说："Aguarda te，niňo，que voy a llamar al comprachicos！" [2] 在这个地方，是母亲对孩子的恐吓喊声。

儿童贩子就像茨冈人和吉卜赛人举行集会；领袖不时交流会谈。十七世纪，他们有四个主要的聚会地点。一个在西班牙，潘柯博山口 [3]；一个在德国，所谓坏女人的林中空地，靠近迪吉尔什，那里有两个谜一样的浮雕，表现一个有男人头的女人和一个没有头的男人；一个在法国，小山丘上有巨大的马苏-拉-普罗梅斯塑像，位于博尔沃·托莫纳的神圣古树林中，靠近波旁-莱-班；一个在英国，在约克的克里夫兰、吉斯布鲁骑士、威廉·查洛纳花园的墙后，方塔和插入一个尖拱门的大山墙之间。

1　比斯卡亚，西班牙的巴斯克省，在比斯开湾北面；加利西亚，历史地区，在伊比利亚半岛的西北。
2　小心，我去叫儿童贩子！——原注
3　雨果在1811年曾经同母亲和弟弟们经过那里，寻找父亲，见雨果的《生平见证录》。

六

英国取缔流民的法律始终是十分严厉的。英国在哥特时期的立法似乎取自这个原则："Homo errans fera errante pejor."[1]特殊条规中的一条将没有居处的人称作"比蝮蛇、龙、猞猁和蛇怪更危险"（atrocior aspide，dracone，lynce et basilico）。英国长期对吉卜赛人忧心忡忡，想摆脱他们，把他们清除出去。

在这方面，英国人不同于爱尔兰人，爱尔兰人为狼的身体健康祈求神灵，称狼为"我的教父"。

但是，正如前述，英国法律既然容忍了这条养驯了的狼，可以说变成了一条狗，也就容忍变成了臣民的流浪状态的人。人们既不担心卖艺者、游浪的理发匠、江湖郎中、货郎、露天学者，根据是他们有一门职业谋生。此外，除了某些例外，在流浪的人中有一些无所事事的人就令法律害怕了。一个过路人是一个可能的公众敌人。闲逛这种现代的事，还没人知道；人们只了解这种古代的事：徘徊。"面目不善"，这种今日大家都明白的含义，却不能下定义，足以让社会揪住他的领子。你住在哪里？你是干什么的？如果他不能回答，严厉的刑罚便等待着他。法典上规定了要惩罚杀人放火。法律要对无业流民实施烙刑。

由此，在英国全境，对无业流民，也就是做坏事的人，特别是对吉卜赛人实施真正的"惩治嫌疑者法"；英国驱逐吉卜赛人不应该

---

1 拉丁文：流浪人比流浪的猛兽更坏。

同西班牙驱逐犹太人和摩尔人，法国人驱逐新教徒相提并论。至于我们，我们绝不会把拍打树林赶出野兽混同于迫害人。

需要强调，儿童贩子和吉卜赛人毫无共同之处。吉卜赛人是一个民族；儿童贩子是由各种民族组成的；上文说过，是社会渣滓；装满污水的可怕脸盆。儿童贩子不像吉卜赛人有自己的方言，他们的行话是方言的混合；一切混杂的语言就是他们的语言；他们说一种杂乱语言。他们最终会像吉卜赛人一样，是一个在其他民族中穿来穿去的民族；但他们的共同联系是团伙，而不是种族。在历史的所有时期，在人类的洪流中可以看到有几股分开流动的含毒素的细流，向周围分布毒素。吉卜赛人是一个大家庭；儿童贩子是共济会；这个会社没有庄严的目标，但是一个丑恶的行业。最后一个区别，就是宗教信仰。吉卜赛人是异教徒，甚至是良好的基督教徒；正像它适合一个团伙那样，虽然各国的人都混杂其中，它却是在圣地西班牙产生的。

他们不只是基督教徒，他们是天主教徒；他们不只是天主教徒，他们是罗马教廷的教徒；他们这样胆小、这样纯洁，以致他们拒绝同佩斯特[1]地区的匈牙利游牧民族联合，他们由一个老人指挥和领导，他以一根银球棒为权杖，银球上面是一只双头奥地利老鹰。这些匈牙利人确实是教会分立派，居然将庆祝圣母升天节定在八月二十七日。这是可恶可恨的。

在英国，只要是斯图亚特王朝统治，儿童贩子团伙就差不多受

1　佩斯特，布达佩斯的部分地区，在多瑙河左岸，1873 年之前是一个独立的城市。

到保护，原因我们已经知晓。詹姆士二世作为虔诚的人，迫害犹太人，围捕吉卜赛人，对儿童贩子倒是个好国王。原因读者已知。儿童贩子是人肉贩子，国王是商人。他们善于使人消失。国家利益不时希望有人失踪。一个妨碍人的继承者，小时候被他们弄走了，做了手脚，失去原有模样。这有利于没收财产。把爵位转移给宠臣就方便了。再者，儿童贩子非常审慎，守口如瓶，保证沉默，很守信用，这对于国家的事情是必不可少的。他们泄露国王的秘密事几乎没有例子可循。说实在的，这也是他们的利益所在。如果国王失去对他们的信任，他们就会处于极度危险之中。因此，他们在政治上运用策略。另外，这些艺术家给圣父提供歌手。儿童贩子对阿莱格里[1]的《上帝怜我》是有用的。他们特别对马利亚虔敬。这一切都迎合斯图亚特王朝对教皇的崇敬。詹姆士二世不会敌视这些信教的人：他们将崇信圣母推至制造阉奴。一六八八年，英国改朝换代。奥兰治代替了斯图亚特。威廉二世代替了詹姆士三世。

詹姆士二世在流亡时去世，他的坟墓上多次显灵，他的遗物治愈了奥顿主教的瘘管，这是对这位王爷的基督教品德的应有报偿。

威廉的思想和政策都与詹姆士不同，他对待儿童贩子很严厉。他表现出良好的意图要压死这些害人虫。

威廉和玛丽亚统治初期的一项法令，严厉打击儿童贩子团伙。这对儿童贩子是当头一棒，今后被打得粉碎。根据这项法令，这个团伙的人被捕和被正式证实以后，要在他们的肩上用炽热的铁

1　阿莱格里是意大利作曲家和教廷的教堂的歌手，创作了《上帝怜我》。

烙上一个"R"字母，意味着"rogue"，意为恶棍，左手上烙一个"T"字母，意为"thief"，就是小偷，在右手烙上一个"M"字母，就是杀人犯。头目"虽然外貌是乞丐，但推想是富人"，要处以"collistrigium"，即桩刑，并在额头上烙上一个"P"字母，加以他们的财产被没收，他们的树林里的树被连根拔掉。凡是根本不揭发儿童贩子的人，要"处以没收财产和终身监禁"，作为重罪处理。至于在男子中间发现的妇女，她们要忍受"cucking stool"，这是一种平衡装置，由法文字"coqnine"和德文字"stuhl"组成，意思是"婊子坐的椅子"。英国法律效力特别长，至今这种惩罚还存在于对"争吵不休的女人"的立法中。人们把这"婊子椅"架在河流或者池塘之上，让女人坐在上面，再让椅子落到水里，然后再捞上来，如此浸这个女人三次。注释家张伯伦说："让她的愤怒头脑冷静一下。"

第一卷[1]

人心比夜还黑

---

1 这是雨果最初写成的，手稿上写着《海洋和黑夜》，他写道："1866 年
7 月 21 日我生日那天，开始于布鲁塞尔的街垒路 4 号。"

第一章
波特兰南端

一六九八年十二月和一六九〇年一月，持续不断的北风不停地在欧洲大陆上肆虐，英国上空刮得尤其厉害。因此，这灾难性的寒冷，在伦敦"不肯宣誓"[1]的长老会教堂破旧《圣经》的空白边上注明这年冬天是"穷人难以忘怀的"。由于君主专政时代官方登记用的古羊皮纸结实有用，饿死和冻死的穷人长名单，今日在很多地方志，特别在萨斯华克镇的克林克自由法院、皮抛德（意思是"沾满灰尘的脚"）法院，以及白教堂法院（设在斯泰普内村子里，掌握在领主的大法官手中）的财产清册里还看得到。泰晤士河结了冰，这种事百年碰不到一次，由于海浪的冲击，冰很难冻结起来。冰的厚度保持了两个月。难熬的一六九〇年，严酷的程度甚至超过了十七世纪初著名的冬天。杰德恩·德洛恩博士非常细致地观察过那几个冬天，伦敦城塑造了一尊带座的胸像，纪念这个国王詹姆士一世的药剂师。

1　指1688年英国"光荣革命"后不肯宣誓服从国教的教士。

一六九〇年一月里天寒地冻的一个日子将尽的傍晚，在波特兰海湾无数的荒凉港湾中，发生了一件不常见的事，使得海鸥和野鹅在这个海湾入口一面鸣叫，一面盘旋，不敢飞进来。

在这个海湾中，当起风时，就数这个小港湾最危险，也由于危险，因此对于躲藏在里面的船也最荒凉、最安全；这时来了一条小船，几乎靠着悬崖，由于水深，停泊在岩石的尖端上。说是黑夜降临，那是不对的；应该说黑夜升起来了；因为黑暗来自陆地。在悬崖下部，已经黑夜降临；而在上部还是白天。谁靠近停泊的小船，会认出这是一条比斯开湾的单桅船。

整天藏在云雾中的太阳刚刚沉落。人们开始感到愁惨的焦虑不安，这可以被称为缺少太阳的不安吧。

由于海上没有风吹来，港湾里的水是平静的。

尤其在冬天，这是一个幸运的例外。波特兰的这些海湾几乎总是有小港湾。大海在坏天气时波涛汹涌，必须异常灵活和有操作经验，才能安全渡过。这些小港湾从表面看比真实的港湾更难派用场。进去很可怕，出来也岌岌可危。这一晚却是例外，绝无危险。

比斯开的单桅船是一种过时的古船。这种单桅船有坚固的船壳，从大小看只是一条小船，坚固程度却是一条大船。它在无敌舰队[1]显过身手。这艘单桅战船确实有很大的吨位；因此，洛普·德·梅迪纳策划的"大格里封号"的旗舰容积是六百五十吨，装载四十门

1　无敌舰队是 1588 年西班牙的菲利普二世派出的舰队，为了在英国登陆，惩罚英国女王伊丽莎白对玛丽·斯图亚特的处决，并为了重建天主教。这敲响了西班牙海军占优势的丧钟，造就了英国海军的荣耀。

大炮；但是经商和走私的单桅船是一种轻构架的船。海员重视和高估这种瘦弱的小船。单桅船的索具由麻绳组成，有些在当中放一根铁丝，尽管缺乏科学根据，也许想在受磁力影响时得到一点指示；这种脆弱的索具绝不排除粗大的缆绳、西班牙帆桨战船的"卡布里亚"绳索、罗马的三层桨战船的"卡默里"绳索。舵柄很长，这有大杠杆的优点，但缺点是转小弧度很费力。在舵柄末端的两个滑车孔中的两个滑轮纠正了这个缺点，弥补了一点力量的损失。指南针装在一只方正的柜子里，用两个平放的铜框来平衡，就像卡当灯[1]一样拴在小螺钉上。在单桅船的建造中，既有科学又有灵巧，但这是愚昧的科学和粗蛮的灵巧。单桅船像平底船和独木舟一样原始，但跟平底炮艇一样稳，跟独木舟一样快速，它像出于海盗和渔民本能建造的所有小船一样，具有出色的航海优点。它适用于内河和外洋；帆篷的作用因绳索的复杂和特殊，使它可以狭窄地航行在几乎像水池一样的阿斯图里的封闭港湾中，比如像帕萨日，而且能在大海中自由航行；它可以在湖里兜圈子，也可以周游世界；这种古怪的帆船，有两种用途，既适合于池塘中行驶，也适合于风暴中航行。单桅船在船舶中，就像白鹡鸰在鸟类中一样，这是最小又最大胆的鸟儿之一；白鹡鸰仅仅压弯一棵芦苇，却能飞越大洋。

　　比斯开湾的单桅船即使是最穷酸的，也漆成金色并绘上图画。画出花纹，属于这些迷人的、有点野蛮的民族的才能。他们的山峦的五颜六色，白雪和草场相混杂，显示出他们酷爱装饰。他们很贫

1　卡当是一种吊灯的发明者。卡当灯能固定住，不受船颠簸的影响。

穷，却很爱美；他们把纹章放在茅屋上；驴子身上挂着铃铛，牛头上装饰羽翎；离开两法里地就听得到车轮的轧轧声，车上着色，镂刻，扎上饰带。补鞋匠的门上有浮雕；这是圣克雷潘[1]和一只破鞋，不过这是石头的。他们在皮外套上镶饰带；他们不补破衣，但是他们在上面刺绣。内心快乐而又爱美。巴斯克人像希腊人一样，是太阳之子。瓦伦西亚人光着上身，裹上洞穿的褐色毛毯，头从窟窿中伸出来，而加利西人和比斯开人却高高兴兴穿着露水漂白过的漂亮布衬衫。他们的门口和窗上挤满了金黄色的鲜艳面孔，在玉米的花饰下笑盈盈。在他们天真的艺术、行业、习惯、姑娘们的衣衫和歌声中，爆发出快活的平静。大山，这庞然大物，在比斯开光彩四射；光线在所有的缺口进去又漏出来。粗犷的雅伊兹吉维尔充满了田园诗意。比斯开是比利牛斯山的胜地，正如萨伏瓦是阿尔卑斯山的胜地那样。邻近圣塞巴斯蒂安、勒左和封塔拉比的可怕海湾，混杂了风暴、乌云、盖过峡角的泡沫、风和浪涛的怒吼、轰隆声、戴着玫瑰花的撑船女。这是被祝福过的土地。一年收获两季，快乐和欢声阵阵的乡村，贫穷却又自傲，整个星期日充满吉他声、跳舞声、响板声、谈情说爱声，屋子很干净、明亮，钟楼里有白鹤。

再来谈谈大海上险峻的高山波特兰吧。

波特兰半岛呈现几何图形，是只鸟的头颅形状，鸟嘴朝向大洋，枕骨朝向威茅斯；地峡是脖子。

很遗憾波特兰非常荒僻，今日只为工业而存在。在十八世纪中

1　鞋匠的主保圣人。

叶，石匠和石膏匠在波特兰的岸边有所发现。从这个时代起，人们用波特兰的岩石制成所谓的罗马水泥，这有用的开采使当地富裕起来，改变了海湾的面貌。两百年前，海岸像悬崖一样被冲毁，今日变成了采石场；十字镐逐渐啃食，海浪则大量啃食；由此，美景在缩小。人类有节制的采伐代替了大洋壮观的乱啃。这种有节制的采伐消灭了比斯开的单桅船系缆的港湾。要重新找到这毁掉的小港湾的残余，就必须在半岛的东海岸、靠近尖端，越过富利码头和迪德尔码头，甚至越过威克汉，在所谓"教会希望"和所谓"南泉"之间去寻找。

小港湾四周被悬崖围住，悬崖的高度超过宽度，黄昏越来越侵入其中；黄昏固有的浊雾变得浓厚了；仿佛井底的黑暗在上升；小港湾出海处是条狭窄的走廊，在这几乎是黑暗的波涛涌动的内部，形成一条泛白的裂缝。必须离得很近才能看到停泊在岩石间的单桅船，犹如藏在黑暗的大氅中。一条跳板搭在悬崖又低又平的突出岩石上，这是唯一的落脚点，让船和陆地相通。在这晃动的桥上，黑色的人影在走动，穿插而过，人们在这黑暗中上岸。

由于海湾北面高耸着岩石的屏障，在里面没有海上那么冷；寒冷的减弱并没有阻止这些人瑟瑟发抖。他们在匆匆做事。

黄昏把人形切割得不成样子；他们的衣服隐约可见成锯齿状，显示出这些人属于英国称之为"ragged"，也就是衣衫褴褛的人。

可以模糊地在悬崖的突出处分辨出一条弯弯曲曲的小路。一个姑娘把她的鞋带绑在她的椅背上奔拉下来，毫无疑问，这就几乎把悬崖和山间的所有小路都勾画了下来。这个港湾的小路满布山结和曲里拐弯，几乎是直上直下的，对山羊比对人更合适，一直通到跳板所在的平台上。悬崖的小路一般说是令人胆寒的斜坡；不太像道路，而更像是塌陷下来的；宁可说滚落，而不是下降。就像在平原上真正的小路分支，看起来很不舒服，实在是太陡直。从下可以看到悬崖高处的基础部位曲折而上，通过崩坍处，经过一个岩石中的切口，突然出现在上层平台。这条船在这个港湾中等待的乘客，正是应该通过这条小路来到这里的。

在港湾里的人登陆的动作明显慌乱不安，周围一切是静悄悄的。既听不到脚步声、说话声，也听不到呼吸声。在这个停泊场的另一边，在林斯泰德海港的入口，勉强可以看到一串显然迷路的捕捉鲨鱼的船队。这些极地的船被奇怪的海浪从丹麦海域冲到英国海域。极地的北风对渔民玩弄这些花招。这些渔民刚刚躲到波特兰的抛锚地，这是可以预见到的坏天气的征兆，在大海上会有危险。他们正忙着抛锚，按照挪威船队以往的习惯，领头的船位于突出位置，它所有的船具在海洋白色的平面上显得乌黑，可以看见船首分叉的渔架，托着各种各样捕捉极地鲨鱼、角鲨的铁钩、鱼叉和捕捉姥鲨的网。除了这几艘船外，所有被刮到同一角落的船，在波特兰这广阔的海面上，目力所及根本看不到活的东西。没有一幢房子，没有一艘船。这个时期，海岸没有人居住，停泊场也不能住人。

不管天气看来多么恶劣，坐上比斯开的单桅船驶来的人，还是急于要出发。他们在海边杂乱地忙作一团，举止急促。很难把他们彼此分辨出来。很难看出来他们是年老还是年轻。朦胧的黄昏把他们混杂在一起，使他们分辨不清。黑暗这面具落在他们脸上。这是一些黑暗中的身影。他们是八个人。中间兴许有一两个女人，这群人身上裹着破衣烂衫，很难辨认他们，他们的衣服既不是女人的衣服，也不是男人的衣服。破衣烂衫是没有性别的。

　　一个更小的黑影在大人中间来来去去，表明是一个侏儒或者一个孩子。

　　这是一个孩子。

第二章
孤　寂

走近看，才能写出下面的情形。

所有人都穿着长斗篷，布满补过的窟窿，不过衣料是呢子的；必要时一直蒙住眼睛，能阻挡北风和别人的好奇。他们在这些斗篷下面灵活地活动。大部分人用一条手帕缠住脑袋。这是一种在西班牙开始流行的头巾的雏形吧。这种头巾在英国没有什么奇特的。这个时期，南方的东西在北方流行。也许这就使得北方攻打南方。北方打败南方，却又赞赏南方。在无敌舰队败北以后，卡斯蒂利亚语成为伊丽莎白王朝的南腔北调的典雅语言。在英国女王朝中说英语，几乎是"很糟糕的"。忍耐一点对之制定法律的人的风俗，这是野蛮的战胜者对文明的战败者屈从的习惯；鞑靼人欣赏和模仿中国人。因此，卡斯蒂利亚的时尚就渗入英国；反过来，英国的利益渗入西班牙。

船上那些人中有一个像是首领。他穿一双灯心草和绳子编织的鞋子，滑稽地穿着金色、银色丝线编织的破衣和一件缀着金属片的背心，在他的斗篷下闪闪发光，就像鱼肚一样。另外一个人戴一顶阔边毡帽，罩住了脸。这顶毡帽没有放烟斗的窟窿，表明这是一个文人。

根据大人的外衣可以当孩子的一件披风的原则，孩子在破衣外面，穿一件水手的长布衫，一直垂到膝盖上。

他的个子让人猜测他是个十岁至十一岁的男孩子。他光着脚。

单桅船的船员由一个船主和两个水手组成。

单桅船确实来自西班牙，再返回那里。毫无疑问，它从一个海岸到另一个海岸，进行鬼鬼祟祟的活动。正在装载的人互相窃窃私语。

这些人交换的低语是拼凑的语言。有时是一句卡斯蒂利亚语，有时是一句德国话，有时是一句法国话，有时是威尔士语，有时是巴斯克语。如果不是一种切口，就是一种土话。

他们看来属于各个民族，却是同一团伙。

船员兴许是他们一伙的。船上的人是沆瀣一气的。

这五颜六色的一群人似乎是同气相求的一伙，指不定是一些同谋犯。

倘若再多一点亮光，看得仔细一点，就会发现在这些人中破衣底下半藏着念珠和圣牌。混在人群似女非女中的一个有一大串念珠，大小几乎像伊斯兰教苦行僧的念珠，很容易认出是良南塞弗赖伊（也叫作良南迪弗赖伊）的爱尔兰念珠。

倘若天没有那么黑，也可以在船首发现一个圣母怀抱耶稣的金雕像。这也许是巴斯克的圣母，古老的康塔布尔人[1]的一种

1　康塔布尔人，伊比利亚半岛的民族，出自巴斯克人。

"panagia"[1]。在这个作为船首圣像的下面，有一只放灯的框架，这时没有点着灯，这种过度的小心表明极度注意隐蔽。这种灯的框架明显有两种用途：点着时是为了供奉圣母，照亮海面，信号灯用作蜡烛。

艏斜桅下面的船首冲角，长、尖而弯曲，突出于前面，好似一弯新月。冲角的起点，圣母像脚下，跪着一个天使，背靠艏柱，用望远镜观察天边。天使如圣母一样是镀金的。

冲角中有一些窟窿和空隙，让海水通过，必要时镀金和绘上阿拉伯式装饰图案。

在圣母像下面，用大写的金色字母写上"Matutina"[2]，这是船名，此刻由于天黑看不清。

在悬崖脚下，存放着乘客出发前搬来的凌乱不堪的承载物，通过用作过道的跳板，迅速地从岸上搬到船里。一袋袋饼干，一桶咸鱼，一大罐汤，三只大桶（一桶淡水、一桶麦芽、一桶柏油），四五瓶啤酒，一只用皮带扣紧的手提箱，几只箱子，一捆用来做火把或者信号灯的麻绳，承载物就是这些东西。这些穿破衣烂衫的人，有一些手提箱，这表明过的是流浪生活；流浪的乞丐不得不拥有一些东西；他们有时想如同鸟儿一样飞翔，但是他们除了放弃混饭吃的家什，什么也办不到。不管他们干的是哪门子流浪职业，他们必然有工具箱和干活的器物。这些人拖着这些行李，不止一个时候感到

1　借代的圣母名。
2　意为晨星（Stella matutina）。

累赘。

把这些东西搬到悬崖底下，可不是一件轻松的事情。这再一次证明他们决心要走了。

他们没有失去时间；从岸上到船上，从船上到岸上，不停地经过；每个人都有自己的事；有一个拎口袋，另一个背箱子。看来好像或者可能是的女人，在这群乱糟糟的人群中像其他人一样干活。也给孩子搬过重的东西。

这个孩子在这群人中是否有他的父母，值得怀疑。没有人给他关心。他们让他干活，如此而已。他看来不像家庭中的一个孩子，而是部落中的一个奴隶。他伺候大家，没有人同他说话。

再说，他匆匆忙忙，就像他所属的这一群暗影幢幢的人，他好像只有一个想法，就是快点上船。他知道为什么吗？也许不知道。他机械地忙忙碌碌。因为他看到别人忙碌。

单桅船盖好护舱板。装载物迅速进了船舱，出海的时刻到了。最后一只箱子放到了甲板上，除了人没有什么要装上船的了。这群人中两个好像女的已经上船；六个人中有一个孩子，他们还在悬崖底下的平台上。船上已做好出发的准备，船主抓住了舵，一个水手拿起一把斧头，要砍断缆绳。砍缆绳表明紧急；如果有时间，可以解缆绳。"Andamos"[1]，六个人中那个看来像首领的人低声说，他的破衣服上面缀着金属片。孩子冲向跳板，想第一个上去。他刚把脚踏上去，有两个人便奔过来，险些把他撞到水里去，第三个人用手肘

1　西班牙语：快走。

撞开他，走了过去，第四个人用拳头把他一推，跟着第三个人，第五个人是首领，宁可说是跳过去，而不是上到船里。跳进去后，他用脚后跟把跳板踢落到海里，一斧头砍断了缆绳，船舵转动起来，船离开了岸，孩子留在陆地上。

第三章
孤　独

　　孩子一动不动地待在岩石上，目光呆滞。他没有叫唤一声，也一点没有提出要求。但这是出乎意料的事；他一言不发。船上也寂然无声。孩子对这些人不叫一声，这些人对孩子不说再见。双方无言的间隔越来越大。这就像冥河边阴魂的分别一样。孩子仿佛钉在岩石上，上涨的潮水开始浸到岩石，孩子望着船渐渐远去。好像他是明白的。什么？他明白什么？明白黑暗。

　　过了一会儿，单桅船到达港湾出口的海峡，钻了进去。在劈开的岩石上方明亮的天空中，可以望见桅杆尖；海峡在劈开的岩石中间蜿蜒而过，仿佛在两堵墙壁之间穿行。这根桅杆尖在岩石上空迤逦而行，仿佛要钻进去。再也看不到了。结束了。船驶进了大海。

　　孩子望着这只船消失。他很惊讶，但是沉思起来。

　　他的惊讶因生活的阴暗真相而变得复杂。他觉得，在这正在开始的生活中有经验可循。也许他已经在做判断？考验来得太早，有时在孩子阴暗的思考中构成说不清的可怕天平，这些可怜的细小心灵要把上帝在上面称一称。

他感到自己无辜，同意这种安排。没有一声抱怨。无可指责的人并不指责。

别人突然把他抹去，并没使他做出一个动作。他的心好像僵硬了。这次他的命运突然转折，似乎把他生活的结局几乎放在开端之前，孩子没有屈服。他站着接受这雷霆的一击。

对于看到他毫无沮丧只感到吃惊的人来说，显然在这群抛弃了他的人当中，没有人爱他，他也不爱他们。

他沉思凝想，忘记了冷。突然，水浸没了他的脚：潮水上涨；一股气息掠过他的头发；起了北风。他打了个寒噤。他从头到脚颤抖起来，他醒悟过来了。

他扫视周围。

他是孑然一身。

至今他在世上没有别的亲人，只有此刻在单桅船上的人。这些人刚刚不辞而别了。

再者，说出来也奇怪，他仅仅认识的这些人，对他来说是陌生的。

他说不出他们是些什么人。

他的童年在他们中间度过，而没有意识到属于他们之中。他和他们并列，如此而已。

他刚被他们忘却。

他身上没有钱，脚上没有鞋，身上只有一件衣服，口袋里甚至没有一块面包。

眼下是冬天。此刻是晚上。他必须走好几小时，才能到达一家住户。

他不知道自己在哪里。

他一无所知，除了那些同他一起来到海边，丢下他又走掉的人。

他感到自己被排除出生活。

他感到自己算不得人了。

他才十岁。

孩子待在一个荒凉的地方，在两个深渊之间，一边他看到黑夜升起，另一边他看到波涛轰鸣。

他伸开瘦削的小手臂，打了一个哈欠。

然后，冷不丁，仿佛一个下定决心的人，壮起了胆，摆脱麻木，带着松鼠般的灵活——也许像个小丑——他向港湾转过背去，开始沿着悬崖攀登。他爬上小径，离开小径，又返回来，既轻巧又冒险。如今他匆匆朝陆地走去。好像他有一个目的地。他只不过漫无目的地走。

他毫无目的地匆匆走着，就像在命运面前的潜逃者。

攀登的是人，攀爬的是野兽；他攀登又攀爬。波特兰的陡峭处朝向南面，小径上几乎没有雪。况且，寒冷刺骨，使这层雪变成了泥土，行走起来相当不舒服。孩子摆脱了困难。他的上衣太宽，不好摆弄，碍手碍脚。他不时在悬崖或者斜坡上碰到一点冰，使他摔倒在地。他在悬崖上吊了一会儿，才抓住一条干枯的树枝，或者一处凸出的石头。有一次，他踩到一条石缝，石头突然在他脚下崩塌了，也把他拖了下去。石缝塌陷是很凶险的。在几秒钟之间，孩子就像屋顶上的一块瓦片一样滑落；他一直滚到深渊的边缘；他及时抓住一丛草，这才救了他。他面对深渊没有喊叫，如同在男人面前没有喊叫一样；他惊魂甫定，默默地又往上爬。陡峭的山崖很高。他这样经历过几次险情。悬崖由于黑暗攀登起来更加困难。陡直的岩石没完没了，在孩子面前一直退到高处的深渊。随着孩子攀登，山顶也仿佛在增高。他一面攀登，一面观察黑黢黢的顶部，犹如一道屏障横在天空和他之间。他终于到达了。

他跳上高台。几乎可以说他爬上了陆地，因为他是从悬崖下爬上来的。

他刚刚爬上悬崖，便瑟瑟发抖。他的脸感到北风，就像黑夜在咬噬。切肤的西北风呼呼吹着。他把水手的粗布衣紧紧裹在胸前。

这是一件暖和的衣服，用船上的话来说是"油布上衣"，因为这种粗布上衣，西南风带来的雨水不大能淋透它。

孩子来到高台后停住了，把赤裸的双脚牢牢地站在冰冻的土地上，四下瞭望。

他身后是海洋，前面是陆地，头顶是天空。

但是天上没有星星。浓雾遮住了天顶。

他到达岩壁高处后，转向陆地那边观察。陆地一望无际，一马平川，上了冻，覆盖着白雪。一些灌木丛在抖动。看不到道路。什么也没有。甚至没有一间牧人的木板屋。四处看到一阵阵白色的旋风，这是卷起的细雪，被风从地上刮起来，飞舞着。连绵起伏的地面随即变得雾蒙蒙，堆积在地平线下面。晦暗的广大原野消失在白雾下。万籁俱寂。这犹如无限一样广袤，犹如坟墓一样寂寥。

孩子又转向大海。

大海和陆地一样是白色的；一边是白雪，另一边是泡沫。没有什么比这种双重的白色反射出来的光更凄凉的了。有些夜里的光亮有这种非常明晰的冷酷感；从孩子所待的高处看去，波特兰的港湾几乎显得是一张地图，——山丘的半圆形呈现白色；这幅夜景有点儿像在梦幻中；白色的圆形嵌入晦暗的月牙形中，月亮有时呈现出这种面貌——从这个海角到那个海角，在这整片海岸，看不到一点闪光，表明有生火的炉子、一扇照亮的窗户、一幢有人住的房子。陆地和空中一样缺乏光亮；下面没有一盏灯，上面没有一颗星星。海湾中广阔平坦的水面，这儿那儿突然掀起波澜。风扰乱和吹皱这片海面。海湾里现在还看得见逃逸而去的单桅船。

这是一个黑三角，在这片白色的水面上滑行。

远处，无垠的阴森森的半明半暗中，朦胧地展现的海面在起伏。

"晨星号"飞快地驶行，一分钟又一分钟地缩小。没有什么像钢铁的船消失在海的远方那样迅速。

某个时候，船头的信号灯点亮了。也许黑暗使周围的人害怕，领航员感到需要照亮海浪。这发光的一点，从远处看在闪烁，阴惨惨地越发衬出它的长而高的黑色形状。好像一块直竖的裹尸布，在海洋中行走，尸布下有一个人手里举着一颗星星。

天空中有一场风暴临近了。孩子没有意识到，可是一个水手会胆战心惊。正是这即将来临的不安时刻，四大元素就要变成人：风就要变成风暴，海要神秘地变成大洋之神，力量就要变成意志，人们看成事物的东西就要变成灵魂。下文就会看到。人的灵魂害怕和大自然的灵魂较量。

混沌即将来临。风撕开雾，在背后堆起层云，放上海浪和冬天的这场可怕戏剧的背景，我们称之为暴风雪。

看来船只都在返航。不久之前，港湾不再荒凉。每时每刻海角后面都出现不安的船只，匆匆地驶向停泊地。有些船绕过波特兰海角，其他的船绕过圣阿尔班海角。[1]风帆来自最远的地方，这是要躲一躲。南面，黑暗加深了浓度，厚厚的乌云接近大海。风暴垂直而下，沉甸甸而阴森森地压住浪涛。这绝不是启程的时刻。单桅船却已经出发了。

单桅船在南面绕过海角，已经驶出海湾，来到大海上。突然北风发出呼啸；还能清晰地看到的"晨星号"张满的帆，仿佛决意要利用风暴。这是西北风，从前人们称为"加来纳"，这是狡黠而愤怒的北风。西北风马上向着单桅船发起猛烈的进攻。单桅船的船身遭到风吹而倾斜，但是毫不迟疑，继续向大海航行。这表明它是在逃跑，而不是在航行，不那么怕大海，而是更怕陆地，更加担心人的追逐，而不是风的追逐。

单桅船逐渐缩小，深入到天边；它拖在黑暗中的小星星苍白无光了；单桅船越来越和黑暗混合，消失了。

这回，它永远看不见了。

至少，孩子似乎这样理解。他不再看海。他的眼睛转向平原、荒野和山丘，朝向也许可能遇到活人的空间。他朝这个陌生世界走去。

1　前者位于半岛南端，后者位于半岛东端。

第四章
问　题

把孩子撇在身后，逃跑而去的这帮人是何许人呢？

这些逃跑的人是儿童贩子吗？

前文已经详细叙述过，威廉三世怎样在国会通过措施，惩治那些作恶的男男女女，即所谓的儿童贩子，西班牙文是"comprapequeños"，又称"琪拉"（cheylas）。

有一些驱散人的法律。这些落在打击儿童贩子身上的法规决定了普遍的逃亡，不仅是儿童贩子的逃亡，而且是各种流浪者的逃亡。他们纷纷潜逃，坐上了船。大部分儿童贩子返回西班牙。我们已知，很多是巴斯克人。

这项保护儿童的法律第一个奇怪的后果是，突然出现一批被遗弃的儿童。

这条刑法马上产生一批弃儿，就是说丢失的孩子。没有比这更容易理解的了。凡是拥有一个孩子的流浪人群都形迹可疑；仅仅有孩子存在的事实就暴露无遗。——他们可能是儿童贩子。——这是州长、法官和警官的头一个想法。由此进行逮捕和搜查。一般的穷人、被迫流浪和乞讨的人都担心被看作儿童贩子，虽然他们并不是；可是弱者对司法可能犯错并不放心。再说，流浪家庭习惯胆小如鼠。对儿童贩子的指责，就是盘剥别人的孩子。但不幸和贫穷交织在一起，以致有时父母亲很难确认这是他们的孩子。这个孩子你们是在哪儿弄来的？怎样证明是从上帝那儿弄来的？孩子变成一个危险；有人把他甩掉了。他们独自逃亡会更容易。父母便决心把他抛弃，有时是抛弃在树林里，有时是在沙滩上，有时是在井里。

蓄水池里也发现过淹死的孩子。

还要加上，此后全欧洲都效法英国，围捕儿童贩子。围捕他们的行动开始了。这只不过是开始一件困难的事。今后各国警察为了抓住他们而开展竞赛，西班牙的警察像英国警官一样埋伏。二十三年前，在奥特罗门口的一块石头上还可以看到一段难以翻译的题词："Aqui quedan las orejas de los comprachicos，y las bolsas de los robaniños，mientras que se van ellos al trabajo de mar"[1]。可以看到，耳朵等被没收了以后，绝不能阻挡做苦役。由此，流浪者都四散溃逃了。他们恐惧地离开，又发抖地来到另一个地方。在欧洲的所有海岸上，人们监视偷偷来到的人。对一个团伙来说，带一个孩子上船是不可能的，因为带一个孩子上岸是很危险的。

扔掉一个孩子，不如尽早去做。

读者刚刚在波特兰荒僻处的昏暗中看到的那个孩子，是谁抛弃的呢？

从表面看，是儿童贩子。

1　西班牙文：在赴海上干活时，儿童贩子把自己的耳朵和拐孩子的钱包留在这里。

第五章
人类发明的树

眼下大约是傍晚七点钟。风力减小了，这是随后要再发作的预兆。孩子待在波特兰海角南端的平台上。

波特兰是一个半岛。但孩子不知道什么是半岛，甚至不知道波特兰这个词。他只知道一件事，就是可以一直走到摔下去的地方为止。概念是一个向导，而他没有概念。有人把他带到那里，留在那里。"有人"和"那里"，这两个谜代表了他的全部命运；"有人"指人类；"那里"是世界。他在人间绝对没有别的支撑点，只有他把脚后跟放在那里的一点土地，他赤裸的双脚下感到坚硬和冰冷的土地。在这四周开阔的广大的黄昏世界里，对这个孩子来说有什么？什么也没有。

他走向这"什么也没有"。

他周围是人抛弃的广阔世界。

他横穿过第一个高台，然后是第二个高台，再然后是第三个高台。在每一个高台的尽头，孩子发现一片裂开的土地；斜坡有时很陡峭，但总是不长，波特兰海角光秃秃的高台平原，很像半压在一起的大石板；南海岸好像插在前一片平原的下面，北海岸又抬起在下一片平原之上。这就形成凸起部分，孩子灵活地穿越过去。他不时停住脚步，似乎在跟自己商量。黑夜变得非常幽暗，他的视野在缩小，他只看见几步远的地方。

突然他站定了，倾听了一会儿，几乎看不见，满意地点点头，猛地一转身，朝他右边朦胧地看见的一个了无意趣的高地走去，就在离悬崖最靠近的平原尖端。在这个高地上，雾中显现的似乎是一棵树，孩子刚刚听到这边海岸有响声，既不是风声，又不是海浪声。这也不是野兽声，他以为那里有一个人。

他跨了几步，来到小丘脚下。

在如今看得见的高坡顶上，那是一件模糊的东西。

这东西仿佛从地底下笔直伸出来的一条大手臂。在这条手臂的上端，有根东西像食指，下面由拇指支撑着，往横里伸长。这条手臂，这只食指和这只拇指，在天空中构成一把角规。在这种食指和这种拇指连接的地方，有一条绳子，挂着说不清的黑色的不成形的东西。这条绳子被风吹动，发出链条的声音。

孩子听到的正是这声音。

在近处看，这声音所显示的，表明绳子正是一条链子。这是一条半实心的铁环构成的铁链。

整个大自然中这种神秘的混合规律将表面重叠在现实之上，地点、时间、雾、激荡的大海、天际远处的乱云，都加在这黑影上面，使它变得非常巨大。

与铁链相连的一团东西，呈现一把刀鞘的形状。它被包裹起来，像一个孩子，长得却像个大人。上方有一个圆东西，链条的顶端围绕在四周。刀鞘在下方撕裂开来。从这撕裂处露出一些消瘦的东西。

一阵微弱的北风吹动这根链条，吊在铁链上的东西微微晃动起来。这被动的一块物件听从空中风的吹动，有着难以形容的恐怖；恐怖使物体变得不匀称，几乎使它消失了体积，只留下它的轮廓；这是有形状的黑色物体的一种凝结；它的上面是黑夜，里面也是黑夜；经受着坟墓的扩展；黄昏、月亮升起、流星落在悬崖后面、空间的浮动、云彩、罗盘方位标，最后都进入了这可见的虚无的构造中；这种悬挂在风中的整体，在海洋和天空的黑暗远处，具有散乱的非人形状，使这曾经是人的东西完结了。

这是已不存在的物体。

成为一个尸体，这是摆脱了人类的语言。不再存在和继续存在，待在深渊里和深渊外，重新出现在死亡上方，就像不会沉没一样，有某些不可能的事物掺杂在这样的现实中。因此难以形容。这个人——是个人吗？——这个黑色的证人是一个遗体，一个可怕的遗体。什么东西的遗体？首先是大自然的遗体，然后是社会的遗体。零和全部。

彻骨的寒冷支配着他。荒野的灭寂包围着他。他陷入无知王国的冒险中。他毫无防卫地对抗黑暗，黑暗则为所欲为。他永远是被动者。他要忍受。风暴落在他身上。这是狂风产生了令人悲伤的作用。

这个幽灵在那里任人宰割。他忍受着这种可怕的暴力侵袭，在露天受摧残。他得不到躺进棺材的权利。他在毁灭之中，没有安宁。他在夏天变成了灰，在冬天变成了泥。死亡应该有帷幕，坟墓应该有遮羞布。这里既没有遮羞布也没有帷幕。这种腐烂是肆无忌惮的，得到准许的。死亡暴露它的成果是可耻的。当它在实验室即坟墓之外工作时，它侮辱黑暗的全部宁静。

这个死人已被剥光了。剥夺一个遗体，是无情的收尾工作。他的骨头里已经没有骨髓，他的肚子里已经没有五脏，他的咽喉里已经没有声音。一个尸体是死亡的翻转和掏空的口袋。如果尸体有一个自我，这个自我在哪里？也许还在那儿，想起来令人揪心。有些东西徘徊在被锁住的东西周围。能不能想象黑暗中更凄惨的景象呢？

世间存在一些现实，它们好像通向未知世界的出口，思想似乎能从中出去，假设也冲向这里。揣测有自身的"compelle intrare"[1]。如果人们走过某些地方，从某些事物前面经过，就不由自主地站住，陷入沉思，让他的思想进入到里面。在看不见的东西之中，有半开半掩的黑暗之门。谁遇到这死者都不能不思索。

物质广大的扩散作用悄悄地侵蚀它。它有过血，被喝掉了，有过皮肤，被吃掉了，有过肌肉，被偷走了。无论什么经过，都要拿走它的一点东西。十二月借走寒冷，午夜借走恐怖，铁借走铁锈，瘟病借走瘴气，花朵借走香气。缓慢的解体是一种通行税。尸体给狂风、雨水、露水、爬虫和鸟雀的通行税。黑夜所有黑乎乎的手搜索过这个死人。

这是难以形容的奇怪居民，黑夜的居民。它在平原上，在一个山丘上，可是又不在那里。它是可触摸的，可是却消灭了。它是补

1　"强迫人进去。"这是福音书中的隐喻，主人让穷人、残废者、瞎子、跛脚的人进餐。

充黑暗的黑影。在白天消失之后，在广阔的沉寂的黑暗里，它阴森森地和一切协调，仅仅因为它在那里是风暴的丧服、星星的寂静。这难以述说的东西在荒野中，压缩在里面。作为未知事物的漂浮物，它加入黑夜所有的粗俗保留之中。在它的神秘中有一切奥妙的反射。

在它周围可以感到仿佛生命在缩小，一直通到深渊。在周围的广阔的范围里，自信和信念在缩减。矮树丛野草的颤抖，荒凉的忧郁感，仿佛有意识活动的不安，将周围景色和挂在铁链上的黑色形象悲惨地融合起来。在地平线上存在这样一个幽灵，加剧了孤独。

它是一个幽灵。不停息的风吹在它身上，它是无情的。始终在抖动使它显得很可怕。在空间中似乎有一个中心，说起来骇人，有种无限支撑在它身上。谁知道呢？也许是隐约可见的、受到对抗的公平，处在正义之外。在它还待在坟墓之外的期间，它在向人类报仇，对自己报仇。在这黄昏的荒野中，它在做见证。它是令人不安的物质见证，因为人对之发抖的物质是灵魂的毁灭。要让死去的物质使我们内心紊乱，就必须让精神在其中生活过。它向上天的法律控告人间的法律。由人类放在那里，它等待着上帝。在它之上漂浮着黑暗的巨大梦幻，混合着云彩的浪涛分辨不清的变形。

在这幅景象后面，有说不清的不祥阻塞。无边无际，没有什么限制，没有一棵树、一个屋顶、一个路人的限制，包围着这个死人四周。当内在之物直接降落在我们身上时，天空、深渊、生命、坟墓、永恒，便显得不容置疑，正是这时，我们感到一切都不可接近，一切都是禁地，一切都被墙壁堵住。当无限打开时，没有比关门更加可怕的了。

第六章
死亡和黑夜的搏斗

孩子面对这样东西，一言不发，异常惊讶，目光专注。

对一个大人来说，这是一个绞刑架，对一个孩子来说，这是一个幽灵。

大人在哪里见过尸体，孩子就在哪里见过幽灵。

再说，他一点儿不明白。

深渊的吸引力是各种各样的；在这个山丘之上有一种；孩子走了一步，然后是两步。他一面想走下山丘，一面却往上走，一面想后退，一面走近了。

走到近处，他壮起胆子，瑟瑟发抖，认出是个幽灵。

来到绞刑架下，他抬起头观察。

幽灵涂上了柏油。它这里那里发光。孩子看清了面孔。脸上也涂着柏油，这副面具是黏糊糊的，在黑夜的反光里显出轮廓。孩子看到嘴巴是一个洞，鼻子是一个洞，眼睛是两个洞。身体好像用绳子裹在一大块沾满柏油的布里。布已经霉烂裂开。一只膝盖从中伸出来。一条裂缝使人看到肋骨。有的部分是尸体，其他部分是骨架。面孔是土色，鼻涕虫在上面爬来爬去，留下模糊的银色带子。布贴在骨头上，露出突出的轮廓，如同一尊塑像的袍子。头骨裂开，就像一只烂水果裂开了。牙齿仍然是原来那样，保留着笑意[1]。在张开的嘴里好像还发出一点笑声。在脸颊上有几根胡子。脑袋倾斜，有一副专注的神态。

最近曾经做过一些修整。面孔刚刚涂上柏油，从布中露出来的膝盖和肋骨也是这样。两只脚挂在下面。

就在下边的草丛里，可以看见一双鞋，在雪和雨水中走了样。这双鞋是从死人脚上落下来的。

孩子光着脚，望着这双鞋子。风越刮越令人不安，停歇一下是为风暴做准备；风完全停止有些时候了。尸体不再晃动。铁链像铅线一样一动不动。

孩子像所有刚入世的人，意识到命运的特殊压力，他身上无疑产生早年固有意识的觉醒，尽力敲开脑子，活像鸟儿啄开蛋壳；此刻在他的小孩意识中所有的一切，消失在惊讶中。过度的感觉，就像油太多一样[2]，要堵塞思想。大人对自己提出问题，孩子不提问题；他在看。

柏油使这副脸显出湿漉漉的样子。在眼睛处凝结的柏油滴酷似眼泪。另外，由于柏油，死亡的损坏明显减缓，如果不是取消了，至少可能的破坏减少了。孩子面前的东西是别人留心保存的。这个

1　绞刑犯是第一个笑面人。
2　油灯里的油太多会熄灭火焰。

人显然是宝贵的。人们没有坚持让他活着，但是坚持保留他的尸体。

绞刑架已经老朽了，生虫了，尽管很坚固，已使用了很多年。

将走私犯涂上柏油，在英国已是很古老的习惯。人们把他们吊在海边，涂上柏油，挂在那里；榜样放在露天，涂上柏油的保存得更好。涂柏油是讲人性，用这种方法可以不经常换绞刑犯。将绞刑架隔开一段距离设在海岸上，就像今日的路灯那样。吊死的人像路灯那样。它以自己的方式照亮他的同伴——走私者。走私从老远的海上看见绞刑架。这儿是一个，这是第一次警告；然后是另一个，这是第二次警告。这绝不妨碍走私；但是国家秩序由这种东西组成。这种模式在英国持续到本世纪初。一八二二年，在道弗尔城堡前还可以看到三个涂了漆的绞刑犯。再说，这种保存尸体的方法绝不限于用在走私犯身上。英国对盗贼、纵火犯和杀人犯也同样用这种方法。约翰·佩特放火烧朴次茅斯的海军仓库，在一七七六年上了绞刑和涂上柏油。科耶神父[1]称他为画家约翰，一七七七年见过他。约翰·佩特被锁住吊在他造成的废墟上，不时被再涂上柏油。这具尸体几乎可以说保存了近十四年。一七八八年它还被好好利用过一次。一七九〇年，人们不得不把它替换了。埃及人很重视国王的木乃伊；老百姓的木乃伊看来也可能有用。

风狂吹小丘，吹走了上面所有的积雪。草重新长出来，这儿那儿有一些蓟草。小丘覆盖住矮小而密集的海边草坪，在悬崖顶上像一幅绿毯。在绞刑架下，在受刑人脚下那个地方，有一片高而厚密

---

1 科耶神父是伏尔泰的同时代人，译过好几本书，雨果从中汲取过材料。

的草，长在这块贫瘠的土地上。几个世纪以来，那里的尸体散成碎块，解释了野草长得美丽的原因，土地吸取了人的养料。

这幅悲惨的景象吸引住孩子。他待在那里目瞪口呆。他低了一会儿头，为了看刺他大腿的一株荨麻，它使他感到是一只虫子。然后他挺起身来，望着他头上盯住他看的那副面孔。尤其因为它没有眼睛，所以看得特别专注。这是一种流泻而出的目光，一种难以描述的凝视，里面有光亮与黑暗，从脑壳和牙齿射出来，就像从空眉弓里射出来那样。整个死人的脑袋在注视，这是令人胆战心惊的。没有眼球，人们感到被人注视。对鬼魂产生恐惧。

孩子自己逐渐也变得丧胆销魂。他纹丝不动，恐怖攫住了他。他没发觉自己失去了意识。他麻木了，变得迟钝。冬天无声地把他出卖给黑夜；冬天有叛徒。孩子几乎像座塑像。寒冷像石头一样进入他的骨髓；黑暗像爬虫滑行到他身上。从雪中萌生出来的睡意像幽暗的海潮升到人身上；孩子慢慢地被尸体一样的凝固不动侵袭。他快要睡着了。

在睡眠的手中有死亡的手指。孩子感到被这只手抓住。他就要倒在绞刑架下。他已经不知自己是不是还站着。

这结局迫在眉睫，在存在与不存在之间没有任何过渡，回到原来的熔炉里，每时每刻都可能滑落，这个深渊就是创造。

再过一会儿，孩子和死亡，刚开始的生命和毁灭的生命，即将在同样的消失中融合。

幽灵的模样好像是明白了，却不愿意这样。突然它开始蠕动起来。似乎它在警告孩子。这时又起风了。

没有什么比这蠕动的死人更奇特的。

铁链尽头吊着的尸体被看不见的风吹动，倾斜一下，向左升上去一点，又倒下来，再向右升上去一点，重新倒下来，像拍打一样缓慢而可怖的准确重新升起。可怕地来回运动。在黑暗中真以为看到了永恒之钟在摆动。

这样持续了一段时间。孩子面对这死人的晃动，感到惊醒过来，透过一阵发冷，相当清晰地害怕起来。铁链每摆动一次，带着可怕的规律咔咔地响。它好像重新呼吸，又重新开始。这种响声模仿蝉鸣。

风暴的临近产生了风的突然膨胀。微风冷不防变成北风。尸体的晃动惨不忍睹地加剧。这不再是摇晃，这是震荡。铁链嘎吱地叫。

似乎这叫声被人听到了。如果它在呼唤，那么就有回应。在天际的深处，传来一阵嘈杂的声音。

这是翅膀的拍击声。

一件怪事突然而至，这是坟墓和荒野发生的来势汹汹的怪事，一群乌鸦飞来了。

飞舞的黑斑点刺破云层，刺破浓雾，越来越大，飞近了，混杂在一起，变得厚厚一层，匆匆朝山丘飞来，发出鸣声。这就像来了一支军队。这群黑暗的飞虫直扑绞刑架。

惊惶不安的孩子往后退。

成群的动物服从指挥。乌鸦集结在绞刑架上。没有一只落在尸体上。它们在互相说话。乌鸦的聒噪是可怕的。噪叫、鸣叫、吼叫，这是生命的显示；聒噪是对腐烂满意的接受。真以为听到了坟墓破裂，打破寂静的声音。聒噪是一种里面有黑夜的声音。孩子浑身冰凉，这是恐惧超过寒冷引起的。

乌鸦沉寂下来。其中一只跳到骨架上。这是一个信号。所有的乌鸦都冲过去，这是一片翅膀的乌云，然后所有的羽毛重新收拢，被绞死的人消失在黑暗中蠕动的一堆黑鼓鼓的东西中。这时，死人动了动。

是死人在动，还是风吹动？它吓人地跳了一下。升起的风暴来帮助它。死尸痉挛起来。已经很强劲的狂风攫住了它，把它吹得朝四面八方晃动。它变得可怕，开始东倒西歪。可怕的木偶，操纵它的细绳是绞刑架的铁链。黑暗手下一个演戏的，抓住这条细绳，要弄这具干尸。它转身、跳跃，仿佛就要解体。乌鸦受惊，一飞而起。犹如所有这些卑污的动物喷射出去一样。然后它们又返回。于是开始一场搏斗。

死人好像妖魔附身。风把它抛上去，似乎就要把它吹走；它好像在挣扎，使劲要逃走；它的枷锁留住它。乌鸦回应它所有的动作，后退，然后又拥向前，受到惊吓，却又坚韧不已。一面是想奇怪地逃逸，另一方面是追逐被锁住的人。死人在北风阵阵劲吹的推动下，跳动、撞击、发怒、来去、升降，驱逐四散的群鸦。死人是棍子，群鸦是尘埃。这群围攻的凶恶的飞禽不放弃猎物，坚持不懈。死人在乌鸦的猛啄下如同发了疯，在空中越发盲目地拍打，就像投石器上石头在打击一样。乌鸦的爪子和翅膀不时落在它身上，然后什么也没有了；这群乌合之众消散了，随后又是疯狂的返回。可怕的酷刑，在死后还要继续。乌鸦似乎疯狂了。地狱的通气窗应该给这群乌鸦提供通道。爪子抓、用嘴啄、聒噪、扯下已不是肉的肉条、绞刑架的咔嚓声、骨架的摩擦声、铁链的碰撞声、狂风的呼啸声、喧闹声，没有更凄惨的搏斗了。这是鬼魂对魔鬼的搏斗。一种幽灵的战斗。

有时，北风加剧，绞死者转个不停，面对各个方向的乌鸦，显得想在乌鸦后面奔跑，好像它的牙齿尽力在咬。风在它一边，铁链反对它，仿佛黑天神混杂在一起。风暴也参加战斗。死人在扭动，群鸦在它上面盘旋。这是旋涡中的旋转。

只传来底下海洋无边的怒涛声。

孩子望着这梦境。突然他四肢哆嗦起来，寒噤沿着他的身体而下，他踉踉跄跄，身体颤抖，差点跌倒，转过身来，双手捧住脑袋，犹如额角是个支撑点，惊恐不安，头发在空中尽舞，大步走下山丘，紧闭眼睛，几乎也像一个幽灵，拔腿奔逃，把黑夜中这折磨人的一幕抛在后面。

第七章
波特兰的北面海角

　　他跑得气喘吁吁，漫无目的，失魂落魄，在雪地里，在平原上，在荒野里。奔逃使他暖和了些。他正需要这个。如果没有这次奔跑，没有感到恐怖，他就要死了。

　　他上气不接下气，站定了。可是他绝不敢朝后看。他觉得乌鸦应该追逐他，死人应该解开了它的铁链，可能就在他身边走着，无疑，绞刑架也从山丘上下来，在死人后面奔跑。他怕看到这些，如果他回过身来的话。

　　当他稍微歇了口气，他又重新跑起来。

　　意识到事实真相不是童年的事。他通过恐惧的扩大看到印象，但在他的脑子里没有把事实联系起来，也没有下结论。他毫无目的地走，也不知为什么；他带着不安和梦中的艰难奔跑。他被抛弃近三个小时以来，一直往前走，迷迷糊糊，改变了目的；先前他在寻找，如今他在逃跑。他不再感到饥饿，也不再感到寒冷；他恐惧不安。一种本能代替了另一种。眼下逃跑是他的全部思想。逃避什么？逃避一切。他觉得生活在他周围，就像一堵可怕的墙从四面八方围住他。如果他能从中逃出去，他早就这样做了。

可是孩子绝不明白所谓自杀这种摆脱牢笼的办法。

他奔跑。

他这样跑了不知多少时候。可是气力用尽时恐惧也竭尽了。

冷不丁，仿佛骤然获得毅力和智力一样，他停下不跑，好像他对自己逃跑感到羞耻；他挺直身子，踩了踩脚，坚决抬起了头，转过身去。

再也没有山丘，没有绞刑架，没有乌鸦的飞舞。

雾重新占据了地平线。

孩子继续走他的路。

现在他不再奔跑了，他行走。真想不到遇到一个死人使他变成了一个大人，这会局限他经受的复杂而混乱的印象。在这种印象中有更加复杂和更加简单的东西。这个绞刑架在他思想的简单理解力中显得非常复杂，对他来说是个幽灵。只不过，克服了的恐惧增强了意志，他感到更加坚强了。如果他到了能自我探索的年龄，他会在身上找到千百种思索的开端，但是孩子的思索是不成形的，至多他感到对孩子来说这种晦暗的东西苦涩的回味，成年人后来对这种晦暗的东西称之为愤怒。

需要补充说，孩子有这种很快接受感觉结果的能力。遥远的逃逸的轮廓造成痛苦事物的大小，他却抓不住。孩子受到限制的约束，抗拒太复杂的激动是他的弱点。他看到事实，以及身边很少的东西。费力地满足于片面思想对孩子并不存在。人生的争讼要到后来才得到历练，经验随着材料的增加而来到。于是才有一组组遇到事实的对比，增长和扩大的智力做出比较，回忆起年轻时代，在激情下重现，就像涂改过的隐迹纸本；这些回忆是逻辑的支撑点，在孩子头脑里的幻觉在成人头脑里变成了三段论。再说，经验是各种各样的，根据本性转好或转坏。好的东西成熟，坏的东西腐烂。

孩子跑了四分之一法里，走了另外四分之一法里。突然，他感到自己的胃在抽搐。一个想法马上好像山丘上的幽灵一样闪过，强烈来到：吃。幸亏人身上有一只动物；这只动物把他引回到现实。

但是吃什么？到哪里去吃？又怎样吃？

他摸自己的口袋。下意识地，因为他很清楚，口袋是空瘪的。

然后他加快步子。他不知道往哪里去，他朝可能有人住的地方走去。相信找到住的地方，渊源在于天主植入人心中的根子。

相信有一个住处，这是相信天主。

再说，在这片雪原中，没有什么像是一个屋顶。

孩子往前走，荒原继续延伸，光秃秃地一望无际。

这片高台上从来没有人烟。从前，古老的原始居民由于没有树木盖木板屋，住在悬崖下的岩洞里，他们的武器是投石器，用干牛粪做燃料，竖在道恰斯特的林中空地的赫尔偶像[1]是他们膜拜的宗教，以捕捞灰色的假珊瑚为行业，威尔士人管这些假珊瑚叫"plin"，希腊人叫作"isidis plocamos"。

孩子尽可能辨认方向。全部命运就像一个十字路口，选择方向

---

1 道恰斯特在波特兰北面，以古代遗迹著名。这些穴居人远至英国的原始社会，赫尔是撒克逊人的偶像。

是令人生畏的，这个小家伙很早就在厄运中做选择。但他在往前，尽管他的腿肚子像钢铁似的，他开始疲惫了。在这片平原上没有小路；即使有，雪也已经把小路淹没。他本能地继续偏向东面。锋利的石子擦破了他的脚后跟。如果是白天，就能看到他在雪地上留下的足迹，殷红的一点点，那是他的血。

他什么也辨别不出。他从南到北，穿过波特兰高台。同他来的一群人，也许为了避开与人相遇，是从西往东穿过去的。他们确实坐上渔船或者走私船，从乌杰斯孔布海岸的某个地方，就像圣卡特琳海角或者斯万克里走掉了，为了到波特兰重新找到等待着他们的单桅船。他们大概在威斯顿的一个海湾里上了岸，再到埃斯顿的一个海湾里上船。这个方向就与孩子如今走的那条路十字交叉。他不可能重新认出自己走的路。

波特兰高台到处是隆起的高地，在海岸处突然陷落，被大海垂直切断。流浪的孩子来到其中一个高坡上，停住脚步，竭力观看，期望在更大的空间找到更明确的方向。他面前的整个地平线上是广阔的苍白的朦胧一片。他仔细地观察，在目光专注下，这一片地方变得清晰一些了。在遥远的地形皱褶的尽头，在东面，这苍白的朦胧底下，有一种起伏的苍白的峭壁，很像黑夜的悬崖，爬动和飘浮着一些模糊的黑破布似的东西，像散开的碎片，这是雾；那些黑破布是烟。有烟的地方就有人。孩子朝这个地方走去。

他看见一段距离之外有一个斜坡，在斜坡脚下，雾气使之朦胧的奇形怪状的岩石中间，有一条像是沙洲或者狭长的半岛，也许将他刚穿过的高台和天际的平原联结起来。必须从这里过去。

他确实来到了波特兰地峡，人们称作"象棋墩"的洪水冲积层。

他走到高台的斜坡。

斜坡崎岖难走。他走的是刚才从海湾出来后向上升的路的背面，不那么难走。整个上升的路以下降结束。爬上去之后，他迅速往下走。

他从一块岩石跳到另一块岩石，冒着会扭伤，会滚落到看不清的深渊中的危险。为了在滑溜的岩石和冰上站稳，他用手抓住野草和长满刺的荆豆的长条茎叶，根根刺都插进他的手指。他不时找到一点平缓的斜坡，一面喘息，一面走下来，然后又是陡峭的路，每一步他都必须采取应急的办法。走下悬崖时，每个动作都要解决一个问题。必须灵活，否则要摔死。这些问题，孩子以一种本能解决了；猴子出于本能也会这样做，一个卖艺人会赞赏这种本领。下降的路陡峭而漫长。不过他到达了底端。

他逐渐接受这一刻：他就要踏上刚才看到的那个地峡。

他不间断地下降或跳到一块块岩石上，他侧耳细听，跟一只麂子竖起耳朵留心听一样。他听到左边老远的地方有一片细微的声音，有如喇叭深沉的号声。空气中确实有一种风的飒飒声，赶在这可怕的极地风的前面，可以听到这极地风来自北边，就像喇叭声传来。与此同时，孩子不时感到额头上、眼睛上、面颊上有样东西，好似冰冷的手掌按在他的脸上。这是大片冰冷的雪花，先是柔软地散落在空中，然后在盘旋，预示着暴风雪的到来。孩子身上落满了雪。暴风雪一个多小时以前已经落在海上，眼下开始来到陆地。它慢慢地侵入平原，从西北边斜插进波特兰高台。

第二卷

单桅船在海上

第一章
超越人的法律 [1]

　　暴风雪是大海不为人知的事情之一。这是最晦暗的大气现象；在这个词的各个含义上是晦暗不明的。这是雾和风暴的混合，时至今日，人们还没有清醒地意识到这个现象。由此产生许多灾难。

　　人们想通过风和浪涛来解释一切。可是在空气中有一种力量不是风，在水中有一种力量不是浪涛。这种力量，在空气中和在水中是一样的，这就是气息。空气和水是两种流体，几乎相似，通过凝结和扩张互相转化，以致呼吸就是喝水；只有气息是流动的。风和浪涛都受到推动；气息是一股潮流。风通过云层是可见的，浪涛通过泡沫是可见的；气息是不可见的。然而气息不时说：我在这里。这个"我在这里"，是一声霹雳。

　　暴风雪提出了和干雾一样的问题。如果弄清西班牙人的"卡利纳"和埃塞俄比亚人的"科巴尔"是可能的话，无疑，这种弄清就

1　这一章是对风暴的思考，表达对无限的感叹和对科学的颂扬。

要仔细观察磁流。

　　没有气息，一大堆事实就像谜一样。严格地说，风速的改变在风暴中可以从每秒三尺改变到两百二十尺[1]，说明浪涛从平静的海面的三寸到狂浪的海面三十尺的变化；严格地说，即使在刮狂风时，平吹过来的风让人理解三十尺高的浪涛怎样能够有一千五百尺长；但是，为什么波特兰的浪涛在美洲附近要比亚洲附近高出四倍呢？就是说西方的浪涛比东方的浪涛更高；为什么在大西洋则相反，为什么赤道上海的中部最高，海洋隆起的转移来自哪里？只有用磁流与地球自转和星球的引力结合在一起，才能解释清楚。

　　这种神秘的复杂现象，必须通过了解风的移动才能理解，比如，一八六七年三月十七日的暴风雪开始的时候，风向是从西向东，然后自东南至东北，再突然返回，兜了个大圈子，从东北转向东南，以致在三十六小时内走了五百六十度的惊人路线。

　　澳大利亚的风暴掀起的浪涛达到八十尺高；这是因为接近南极。在这种纬度的风暴不在于风的乱刮，而在于海底连续的放电；一八六六年，大西洋的海底电缆在二十四小时之间有规律地在两小时内受到干扰，从中午到下午两点钟，像发间歇热一样。力量的某些组成和分解产生这种现象，水手估计不到就会产生沉船。航海习以为常的一天将会变成一种数学，那时，比如人们力图了解为什么在我们的地区热风来自北边，冷风来自南边，有一天人们将会明白温度降低和海洋的深度成正比，有一天人们脑子里会想到地球是宇

1　这里，1尺相当于 2.7 厘米或 2.5 厘米，在航海中运用的度量单位。

宙中一大团有南北磁极的星球，一极管自转，另一极管气息，在地球中心互相交叉，磁极在地理的南北极转动；等到有人冒着生命危险作科学冒险，在研究过的不稳定地带航行，船长是一个气象学家，领航员是一个化学家，那么，就可以避免许多灾难。海洋是有磁性的，也有水性；具有潜在力量的海洋飘浮着，在浪涛的海洋里却无人知晓；顺水漂流，可以这样说。在海洋里只看到大量的水，这是没有看到海洋；海洋是来来去去的液体，潮涨潮落；引力也许比风暴更加复杂；在其他现象中间，分子的黏附通过毛细管的吸力表现出来，对我们来说有显微镜的作用，在海洋里具有广大的延伸作用；气息的波浪有时在协助，有时不利于气浪和波浪。谁不知道电的规律，就不知道水的规律；因为要从这一个进入另一个。没有更艰巨的研究，确实就没有更深入的研究；它接触到经验主义，就像天文学接触到星相家。但没有这种研究，就没有航海。

说完这些以后，我们就撇下不提了。

海洋最可怕的构成因素之一，就是暴风雪。暴风雪尤其是有磁性的。极地产生暴风雪，就像它产生极光一样；它在这片雾中，就像在这片光中一样；在雪片中就像在火的条纹中，气息是可见的。风暴是大海的神经病发作和精神错乱发作。可以把风暴比作疾病。有些风暴是致命的，另外一些绝对不是；有的可以幸免，有的不免一死。暴风雪一般被看作致命的。麦哲伦[1]的一个领航员哈拉皮哈管

---

1 麦哲伦（1480—1521），葡萄牙航海家，效力于查理五世和西班牙，往西去到达印度尼西亚盛产香料的海岛，发现了麦哲伦海峡，以及从大西洋到太平洋的通道，证明地球是圆的，美洲构成和亚洲不同的大陆。

它叫"从魔鬼的坏肋之中飘出来的云"（Una nube salida del malo lado diabolo）。

苏尔库夫[1]说："这种风暴里有虎列拉。"

以前的西班牙航海家管这种挟着雪的风暴叫"纳瓦达"，挟着冰雹的风暴叫"赫拉达"。据他们说，蝙蝠随着雪片从天空落下来。

暴风雪是极地所固有的。但有时它滑落到，几乎可以说崩塌到我们的气候中，灾难密切地插入到空气的变幻中。

上文提到过，"晨星号"离开了波特兰，毅然地闯到黑夜的捉摸不定之中，风暴的临近使危险更加增大了。它带着一种悲怆的大胆闯到这种威胁中。需要强调的是，对它不是一点没有警告过。

1　苏尔库夫（1773—1827），法国海盗，大胆，爱冒险，在印度洋对抗英国贸易（1795—1801，1807—1809），然后隐居到圣马洛，成为一个富有的船主。

第二章
确定开头的剪影

　　只要单桅船待在波特兰海湾，它就一点儿不怕大海；海面上几乎是风平浪静。不管大洋多么晦暗，天空中还是明亮的。微风轻轻推动着船。单桅船尽可能沿着悬崖行驶，悬崖对它来说是一道好屏障。

　　在比斯开小帆船上有十个人，三个船员，七个乘客，其中两个是女人。在大海的亮光下——因为黄昏中大海还是白天，所有人的脸如今都可见而清晰。再说不再躲躲藏藏了，不再感到尴尬，每个人都恢复行动自由，发出喊声，露出自己的脸，出发是一种解脱。

　　这群人的混杂显露出来。女人说不出年纪；流浪生活造成早熟，贫穷造成皱纹。一个是"旱港"[1]的巴斯克人；另一个是佩戴大念珠的爱尔兰人。她们有穷人毫不在乎的神态，上船后就挨着蜷伏在桅杆下的箱子上面，一面交谈。上文说过，爱尔兰语和巴斯克语是有

1　旱港，指越过比利牛斯山的困难通道。

亲缘的两种语言。巴斯克女人的头发有洋葱味和罗勒[1]味。单桅船的船主是吉普兹科亚[2]的巴斯克人;一个水手是比利牛斯山北坡的巴斯克人,另一个是南坡的巴斯克人,就是说他们是同一个民族,尽管前者是法国人,后者是西班牙人。巴斯克人绝不承认正式的祖国。"Mi madre se llama montaňa"("我的母亲叫大山"),骡夫查拉勒斯说。五个男人陪伴两个女人。一个男人是朗格多克的法国人,一个是普罗旺斯的法国人,一个是热那亚人,一个是老头,戴一顶没有烟斗洞的宽边毡帽,看来是德国人,第五个是比斯卡罗斯[3]的朗德地区的巴斯克人。正当孩子要上船时,正是他一脚把跳板踢到海里去。这个强壮的人动作突兀、迅速,读者记得,身穿缀满丝带、发光金属片的破烂衣服,在一个地方待不住,不停地从船的一头到另一头来回走动,仿佛在他刚做的事和即将发生的事之间感到不安。

这群人的首脑,单桅船的船主和船员中的两个男人,四个人都是巴斯克人,有时讲巴斯克话,有时讲西班牙话,有时讲法国话,这三种语言分布在比利牛斯山两坡。再说,除了两个女人,所有人几乎都讲法语,法语是这帮人行话的基础。法语从这时起开始被各个民族选作北方偏重辅音和南方偏重母音之间的中介。在欧洲,人们记得,伦敦的窃贼吉比懂得卡尔图什[4]是什么意思。

单桅船是一条上好的帆船,行驶迅速;但是十个人,再加上行李,对于一只如此单薄的帆船来说,未免过重了。

1　罗勒,味如薄荷。
2　吉普兹科亚,西班牙巴斯克的一个省。
3　比斯卡罗斯,法国朗德地区的村子。
4　卡尔图什(1693—1721),名噪一时的法国窃贼。

这帮人通过这只船潜逃，不一定牵涉到船员加入这帮人当中。船主是瓦斯孔加德[1]人，这就够了，而且这帮人的首脑是另一个瓦斯孔加德人。互相帮助在这个种族中是一个职责，不允许有例外。上文说过，巴斯克人既不是西班牙人，也不是法国人，他只是巴斯克人，无论何时何地，他应该救一个巴斯克人。这就是比利牛斯人的义气。

单桅船在海湾期间，天空虽然看起来不好，却还没有坏到令逃跑者不安。他们逃跑，他们逃出来了，闹哄哄地快乐。一个在笑，另一个在唱。这笑是憋出来的，却是自由的；这唱是低声的，却是无忧无虑的。

朗格多克人喊道："卡乌卡尼奥！"（"科卡涅！"）这是纳尔博纳人满意到顶点的喊声。这是半个水手，克拉普南坡格吕伊桑水边的村民，不如说是船夫，而不是水手，习惯于操作巴热池塘中的小船，在圣吕西的碱滩上拉满的是鱼儿的拖网。他这个种族的人，头戴红帽，划西班牙式的复杂十字，喝羊皮袋的酒，撕扯火腿，跪下来诅咒和带威胁地哀求他的主保圣人："伟大的圣人，请给我所要求的东西，否则我把一块石头扔到你头上（ou té feg' un pic）。"

在需要时，他可以有效地帮助船员。普罗旺斯人在他的食品储藏室里，在他的铁锅下面点燃一堆泥炭做汤。

这种汤是一种"普什罗"[2]，里面，鱼代替了肉，普罗旺斯人在汤里放了一点鹰嘴豆、小方块肥肉、几颗红辣椒。吃惯马赛鱼汤的人

1　瓦斯孔加德，西班牙的三个巴斯克省中的一个。
2　这种西班牙菜用蔬菜的肉（牛羊肉、鸡肉、辣味小香肠）做成。

要让位于西班牙大杂烩。一只打开的粮食袋放在他旁边。他在头顶上点燃一盏滑石板的铁灯，吊在房间天花板的一个钩子上摇来晃去。旁边的另一个钩子上摇晃着一个翠鸟风标。当时这是一种民间信仰，一只翠鸟死了，把嘴吊住，总是让胸脯对着风来的方向。

普罗旺斯人一面做汤，一面不时把一只葫芦口放在嘴里，喝一口阿爪迪昂特烧酒。这是一种宽而扁的、套上柳条箍的葫芦，有两只护耳，用皮带挂在腰间，当时叫作"胯骨葫芦"。在两口酒之间，嘟哝着一节乡下的小曲，内容什么也没有；唱的是一条洼路，一道篱笆；通过灌木丛的空隙看到草地上一辆车和夕阳下的一匹马拉长的阴影，不时在篱笆上面装满干草的叉子顶端时隐时现。

在人的心里或脑子里，动身是一种放松或是难受。所有人都很轻松，除了一个人，就是这群人中的老头，戴着没有放烟斗地方的帽子。

这个老人更像德国人，而不是其他地方的人，虽然他的脸完全看不见，国籍隐去；他是秃顶，非常严肃，像是一个剃发的修士。每当他从船首的圣母像前经过时，他总是抬起一下毡帽，可以看到他的脑壳上老年突起的青筋。他穿一件道切斯特褐色哔叽破旧长袍，紧裹在身上只半截露出的狭窄紧身内衣，好像教士的长袍那样一直扣到领子。他的双手交叉在一起，好像平常祈祷时机械地捏在一起那样。他有一种所谓苍白的面容；因为面容尤其是一种反映，如果说思想没有颜色那是错误。这副面容显然是古怪内心的显现，有时要行善有时要作恶的矛盾组合结果，对于观察的人来说，几乎是人性的反映，可能跌落到比老虎还残忍，或者提升到超越人的地步。

心灵的这种混乱是存在的，在这张脸上有着看不清楚的东西。秘密一直深入到抽象。人们明白，这个人了解谋划作恶的预感和对一无所有的回味。在他也许仅仅是表面的冷漠无情中，烙上了两种僵化，刽子手固有的心灵僵化和名流固有的精神僵化。由于怪人有自己变得完美的方式，可以肯定，一切对他都是可能的，甚至会感动。所有学者都是有点像死尸；这个人是一个学者。只要看到他，就能琢磨出这种学问刻印在他这个人的举动中和他的袍子的皱褶中。这是一种化石脸，它的严肃由于通晓多种语言的人的灵活皱纹，就要变成鬼脸而显得令人不快。再说，他是个严肃的人。没有什么虚伪之处，也没有什么厚颜无耻。这是一个悲剧性的梦想家。罪恶使他陷入沉思。他具有一个大主教的目光改变了的强盗的眉毛。他稀稀拉拉的灰白头发在两鬓已全白。可以感到他是个基督徒，因土耳其的宿命论而变得复杂。痛风的疙瘩扭曲了瘦得分开的手指；他挺直的高身材很可笑；他有水手的腿，在甲板上慢慢行走，不看别人，神态自信而阴鸷。他的眸子朦胧地充满一种专注目光，就像心灵注视黑暗，受到良心重新显现的支配。

　　这帮人的首领动作突兀而灵活，不时在船上快速地绕圈子，来到老人耳边说话。老人点头回答。好像是闪电在咨询黑夜。

第三章
不安的人在动荡不安的海上

　　船上的两个人都是全神贯注，一个是老人，一个是单桅船的船主，不应该把首领和这帮人混淆起来；船主被大海吸引，老人被天空吸引。一个眼睛不离开海浪，另一个在注视云彩。海水的动态是船主关注的所在；老人似乎在怀疑天空的变化。他通过散开的云层观察星星。

　　眼下天还很亮，几颗星星微弱地刺破夜晚明亮的天空。

　　天际很奇特。雾气变幻无常。

　　陆地上雾更浓，大海上云更多。

　　甚至在驶出波特兰海湾之前，专注于浪涛的船主便马上精心安排好操作。他不等绕过海角。他巡视索具，看到下边的侧支索状态良好，支撑住支索与桅楼的连接，便放了心。这是一个打算大胆加速航行的人要小心注意的事。

　　船头比船尾吃水多半个瓦尔，这是单桅船的缺点。

　　船主时刻从航海罗盘观察罗经差，用两个觇板对准海岸的目标，以便认出目标与之相应的风向方位。起先吹的是切入的微风，虽然偏离航路五度，并不令人不快。他亲自尽力把舵，好像他只相信自己，不失去任何力量，舵的效果能保持快速航行。

真正的罗经方位和表面的罗经方位之间的不同，由于船有更大的航速而显出更大的差别。单桅船好像更多的是朝风源的方向驶去，而不是朝实际的方向行驶。单桅船没有受到后侧风的吹袭，也没有最靠近岸边行驶，但只有船后受风时，才能直接认清真正的罗经方位。如果在云雾中看到连接到天边同一点的狭长条，这一点就是风源；但这天傍晚，有好几种风，罗经方位的风向位置是混乱的；因此船主不放心船的晃动产生的错觉。

他掌舵既小心翼翼又很大胆，转向风的一边，监视着风突然的偏离，小心船不对劲的震动，不让船到达岸边，观察偏航，记下舵的轻微撞击，盯住晃动的各种情况、航速的不平均和狂风，生怕出危险，持续地注意他沿着航行的海岸吹来的阵风，尤其保持风标和龙骨的角度，这比帆的角度更大，由于航海罗盘太小，罗盘指出的罗经方位总是可疑。他的眸子沉着地低垂，观察水形成的各种形状。

但有一次，他抬眼看天，尽力看到猎户座的三颗星：这三颗星叫作三王[1]星，西班牙的古老领航员有一句谚语说："谁见了三王星，就离救世主不远了。"

船主对天空的这一瞥，和老人在船的另一头小声地自言自语吻合：

"我们甚至看不到明亮的加德星，也看不到心宿二，尽管它是红

1　朝拜初生耶稣的三博士。

彤彤的。没有一颗星是清晰的。"

其他逃亡者没有一点忧虑。

但是在逃亡的头一阵快乐过去后，必须看到是在一月里的大海上，北风是寒冷彻骨的。不可能都睡在船舱里，船舱太狭小，再说堆满了行李和包裹。行李是乘客的，包裹是船员的，因为单桅船绝不是一艘游船，它是做走私的。乘客只得待在甲板上；对这些游民来说很容易忍受。过露天生活的习惯，使得这些流浪人很容易安排过夜：美丽的星星是他们的朋友；寒冷帮助他们入睡，有时会使他们死去。

再说，上文说过，这一夜没有美丽的星星。

朗格多克人和热那亚人等待吃晚饭，蜷缩在女人旁边，桅杆脚下，在水手们扔给他们的油布下面。

秃顶的老人站在船头，一动不动，仿佛对寒冷毫无感觉。

单桅船的船主从他所在的船舵那边，发出一种带喉音的呼唤，很像美洲人叫作"感叹鸟"的叫声；听到这叫声，这帮人的首领走了过来，船主对他发出这声感叹："Etcheco jaüna"！这两个巴斯克字意为"山区的庄稼汉"，是往昔的康塔布尔人进入庄严的话题，并引人注意时使用的话。

接着，船主向首领指着老人，对话继续用西班牙语交谈，再者说得不太准确，这是山区的西班牙语。一问一答是这样的（下文是法语的译文）：

"山区的庄稼汉，这个人是什么人？"

"一个人。"

"他讲什么语言？"

"所有语言都说。"

"他是哪国人？"

"哪一国人都不是，又哪国人都是。"

"他信仰什么神？"

"信仰天主。"

"你怎么称呼他？"

"疯子。"

"你怎么叫他的？"

"贤人。"

"在你们这群人中，他是干什么的？"

"就像他现在这样。"

"首领？"

"不是。"

"那么，他是什么人？"

"灵魂。"

首领和船主分开了，各人回到想自己的心事，不久，"晨星号"驶出了海湾。

大海的强烈颠簸开始了。

大海在泡沫之间表面看来黏糊糊的；从黄昏不清晰的微光中看去，浪涛好像是一片胆汁。到处是平坦的水面，呈现一条条皱纹和星状，就像用石头掷在玻璃上。在这些星星的中心，在一个旋涡中，颤动着一片磷光，很像猫头鹰的眼珠里消失的光柔媚的反射。

．

"晨星号"像勇敢的游泳家骄傲地穿过令人可怕地战栗的尚堡滩。尚堡滩中波特兰锚地出口的隐蔽障碍，不是一道屏障，而是一个圆形剧场。一个水下的沙子竞技场，由一圈圈波浪雕刻成的阶梯座位，一个对称的舞台，好像荣弗洛峰[1]一样高耸，但淹在水下，是一个大洋中的科利塞[2]，被一个潜水员在水里可见的透明中看到的。这就是尚堡滩。七头蛇在那里搏斗，海中怪兽在那里聚会。根据传说，里面在巨大的漏斗深处，有着被巨大的蜘蛛克拉肯[3]抓住和沉没的船只残体，人们也把这种蜘蛛叫作"大山鱼"。这是海洋可怕的幽灵。

这些人不知晓的幽灵般的现实，通过波浪的颤抖呈现在海面上。

十九世纪，尚堡滩已经倾圮。最近建造的防波堤，由于激浪冲倒和截去了这高耸的海底建筑，同样，一七六〇年在克罗瓦西建造的防波堤，在一刻钟内改变了海潮的涌动；但永恒的东西比我们所想象的更加听从人的意愿。

1　荣弗洛峰，瑞士的阿尔卑斯山峰，高 4158 米。
2　科利塞，古罗马的圆形剧场。
3　克拉肯，挪威传说中一种巨大的章鱼。

第四章
一片怪云的出现

这群人的首领起先被看作疯子，然后称为贤人的那个老人，不再离开船头。经过尚堡滩时，他的注意力既看天也看海洋。他低下头来，又抬起来；他特别探索的，是东北方向。

船主把舵交给水手，跨过放缆绳的池子盖板，穿过主甲板从艏至艉的通道，走到船头的老人那里。

他走近老人，但不是面对面。他站在后面一点，头歪向肩部，张大眼睛，耸起眉毛，嘴角现出微笑，这是好奇的姿态，游移于讽刺和尊敬之间。

老人要么习惯有时自言自语，要么感到有人在身后，刺激他说话，这时开始独白，一面注视着天空。

"计算赤经的子午线，本世纪由四颗星星来标志：北极星、仙后星、仙女星和飞马座的壁宿星。可是眼下一颗都看不见。"

这些话机械地、模糊地相继而出，几乎是说出来的，也可以说他不想说出来。它们从他嘴里飘出来，消失了。独白是精神的内在之火的烟雾。

船主打断说：

"老爷……"

老人兴许有点耳背，同时思想过于集中，继续说：

"星星不够多，风却太多。风总是离开自己的路，吹到海岸上。它垂直而下。这是由于地面比海洋热。空气更轻。冷风更重，从海上扑向陆地，想代替空气。因此，广阔天空中的风从四面八方吹向陆地。重要的是在估计的纬度和预想的纬度之间抢风行驶。只要观察到的纬度和预想的纬度之间，三分钟不超过十海里，四分钟不超过二十海里，就是正常行驶。"

船主鞠了一躬，但是老人根本没有看见。这个人几乎穿的是牛津大学或者哥廷根大学的长袍，保持高傲而不好惹的姿态，一动不动。他作为海浪和人的内行观察大海。他研究海浪但几乎像是要在海湾的喧嚣中要求轮到他发言，教会它们每件事。他是学究和预言者。他有深渊学究的神态。

他继续独白，说到底，也许是为了让人倾听。

"如果有一只飞轮而不是一只船舵的话，可以进行斗争。以每小时四海里的速度，在飞轮上用三十斤的力，就可能产生三十万斤的力用在行驶上，如果在舵上再多转两圈，力量会更大。"

船主第二次鞠躬，说道：

"老爷……"

老人的目光盯住他。脑袋转过来，但身子不动。

"叫我博士。"

"博士老爷，我是船主。"

"是这样，""博士"回答。

博士——我们以后就这样称呼他——好像同意交谈：

"船主，你有英国的八分仪吗？"

"没有。"

"没有英国的八分仪，你就既不能测量高度，不能从后面测量，也不能从前面测量。"

"巴斯克人在英国人之前，已经测量高度了。"船主反驳说。

"别相信迎风行驶。"

"必要时我放松缆索。"

"你测量过船速吗？"

"测量过。"

"什么时候？"

"刚才。"

"用什么方法？"

"用测程仪。"

"你仔细观察过测程仪的木板吗？"

"注意过。"

"沙漏每三十秒准确吗？"

"准确。"

"你能肯定两个小细颈瓶之间的窟窿没有损坏？"

"能肯定。"

"你通过吊起的火枪子弹的颤动来检验过沙漏吗？"

"在一根湿麻上面放平拉直一根线吧？当然是这样。"

"你生怕线会拉长，上过蜡吗？"

"是的。"

"你试测过测程仪吗？"

"我用火枪子弹试测过沙漏，用炮弹试测过测程仪。"

"你的炮弹直径是多少？"

"一尺。"

"重量够了。"

"这是我们以前的单桅战船'拉卡斯·德·帕尔格朗'的旧炮弹。"

"属于无敌舰队吗？"

"是的。"

"它装载六百名士兵、五十个水手和二十五门大炮？"

"海底的沉船才知道。"

"水对炮弹的冲击是怎样计算的？"

"用德国秤。"

"把海水对牵住炮弹的绳子计算进去了吗？"

"算进去了。"

"结果如何？"

"水的冲击力是一百七十斤。"

"就是说船速每小时四法里。"

"是三荷兰海里。"

"但这只不过是船速和海流速度之差。"

"当然。"

"你驶向哪里?"

"在罗约拉和圣塞巴斯蒂安[1]之间我知道的一个港湾。"

"赶快朝目的地的纬度驶去。"

"好的。尽可能不偏离。"

"要警惕风和海流。风推动海流。"

"Traidores."[2]

"不要说骂人话。海洋听得见,绝不要侮辱。观察就够了。"

"我观察过,现在还在观察。眼下海流顶着风;但是待会儿,当海流随风走时,我们就会好的。"

"你有航海图吗?"

"没有。没有这片海面的航海图。"

"那么,你是摸索着航行吗?"

"绝不是。我有指南针。"

"指南针是一只眼睛,航海图是另一只眼睛。"

"独眼龙也能看。"

"船的航路和龙骨的交角,你是怎样测量的?"

"我有罗经差,另外我猜测。"

"猜测,很好;知道航路就更好。"

"克里斯托夫[3]是猜测的。"

"麻烦来临,罗盘方位标乱转时,不再知道风从哪个方向刮来

1　圣塞巴斯蒂安,在西班牙的吉普兹科亚的巴斯克省。
2　都是叛逆。——原注
3　指哥伦布。——原注

时，最后再也不能估计，也不能修正了。一头有航海图的驴子胜过一个有神谕的预言家。"

"北风还没有麻烦，我看不到有警报的理由。"

"船是海洋这蜘蛛网里的苍蝇。"

"眼下，在浪涛和风中一切还是相当良好的。"

"在浪涛上有黑点在颤动，这就像大洋中的人。"

"今夜我看无大碍。"

"可能会有大麻烦，你会很难脱身。"

"至今一切顺利。"

博士的目光盯住东北角。

船主继续说：

"不过咱们要到加斯科涅海湾，我就能保证一切安全。啊！我在那儿就像在我家里。我稳得住它，我的加斯科涅海湾。这是一个常发脾气的盆地，但是我熟悉那里水的所有深度和海底的情况；是面对西普里亚诺的一个泥潭，面对西扎尔克的贝壳，佩纳斯海角的沙滩，布科·德·米米藏的小卵石，而我知道每颗石子的颜色。"

船主打住了；博士不再听他说话。

博士继续注视东北角。他冰冷的脸上掠过一点奇异的表情。石头面具所能有的一切恐惧呈现出来。他的嘴说出这样一句话：

"还来得及！"

他的眸子变得完全像猫头鹰，睁得圆圆的，在观察空中的一点时，因惊讶而扩张。

他加上说：

"很正确。至于我，我同意。"

船主望着他。

博士又说起来，是在自言自语，或者是对深渊中的某个人说话：

"我说是的。"

他沉默了，越来越睁大眼睛，更加注意他看到的东西，接着说：

"这来自远方，但是要知道这是一定会来的。"

博士的目光和思想投向的那一块天空，和夕阳方向相反，被黄昏广大反光照得几乎像白天一样。这块天空范围不大，笼罩在灰蒙蒙的一片雾气之中，干脆显得湛蓝，但比蓝天更接近铅灰色。

博士完全转向大海一边，此后不再看船主，用食指指着那片天空，说道：

"船主，你看。"

"什么？"

"那个东西。"

"什么？"

"那边。"

"蓝色的。不错。"

"这是什么？"

"一角天空。"

"对于要去天空的人来说，这是天空，"博士说，"对于要去别的地方的人来说，这是别的东西。"

他以消失在阴影中的可怕目光强调这谜一样的话。

一阵沉默。

　　船主想着首领给这个人的双重称呼，心里提出这个问题："这是个疯子吗？这是个贤人吗？"

　　博士骨棱棱的僵直的食指挺直不动，指着天边混浊的蓝色角落。

　　船主观察这蓝色。[1]

　　"确实，"他咕噜着说，"这不是天空，这是云彩。"

　　"蓝色的云比黑色的云更糟糕，"博士说，他又加上一句：

　　"这是雪云。"

　　"La nube de la nieve,"船主说，仿佛他在竭力翻译这句话，更好地理解。

　　"你知道雪云是什么吗？"博士问。

　　"不知道。"

　　"待会儿你就知道了。"

　　船主重新开始观察天边。

　　船主一面观察云彩，一面在牙缝里咕噜着。

　　"这个月刮暴风，下个月下暴雨，一月咳嗽，二月哭泣，这就是我们这些阿斯图里亚人[2]的冬天。我们的雨是热雨。我们只有在山里下雪。啊！要小心雪崩！雪崩谁也不认识；雪崩是野兽。"

　　"龙卷风是怪物。"博士说。

　　博士停了一下，加上一句：

　　"它来了。"

　　他又说：

1　蓝色表示风暴。
2　西班牙北部山区的人。

"好几种风同时干活。强劲的风是西风，速度很慢的风是东风。"

"东风是伪善的风。"船主说。

蓝色云在增大。

"如果山上降下的雪是可怕的，"博士继续说，"当它从北极崩塌下来时，想想看会怎样吧。"

他的目光是呆滞的。乌云在他脸上好像与天际那边一样增大。

他用做梦似的音调又说：

"每分钟都带来一小时。上天的意愿展露出来了。"

船主重新在内心提出这个疑问："他是个疯子吗？"

"船主，"博士又说，眼睛始终盯住乌云，"你在英吉利海峡多次航行过吗？"

船主回答：

"至今还是第一次。"

博士被蓝色的云吸引住了，如同海绵只会吸水一样，只会忐忑不安，对船主的回答，并不激动，只轻轻耸了一下肩膀而已。

"怎会这样？"

"博士老爷，我平时只走爱尔兰的航路。我从封塔拉比到黑港或者阿吉尔岛，那是两个岛。我有时到布拉希普尔，那是威尔士的一个海角。但我总是在西利群岛外航行，我不熟悉这片海洋。"

"那就麻烦了。不熟悉海洋的人要倒霉！英吉利海峡是一个必须流畅熟读的海洋。英吉利海峡是司芬克斯。要小心海底。"

"这儿是二十五寻[1]。"

1　1 英寻约 1.83 米，1 法寻是 1.624 米。

"必须到达落日那边五十五寻的地方，避开东面二十寻的地方。"

"往前走，我们测量一下。"

"英吉利海峡和其他海域不同。涨潮能升到五十尺，不涨潮时二十五尺。这里，退潮不是退潮，水位不下降。啊！我觉得你确实样子很狼狈。"

"今夜，我们会测量。"

"测量必须停船，而你做不到。"

"为什么？"

"因为风的缘故。"

"我们会试试看。"

"风暴是腰间的一把剑。"

"我们会测量的，博士老爷。"

"你不能停船。"

"要相信天主。"

"说话要小心。不要轻易说出会生气的名字。"

"我对您说，我会测量的。"

"要谦虚些。待会儿你就会被风吹得飘起来。"

"我想说我会尽力测量。"

"水的冲力会阻止铅沉下去，绳子会断掉。啊！你是第一次来到这片海域！"

"第一次。"

"那么在这种情况下，听着，船主。"

"听着"这个词是命令式的，船主鞠躬。

"船主老爷，我听着。"

"左舷拉下角索，右舷拉紧帆角索。"

"这是什么意思？"

"绕过西边的海角。"

"不可能。"

"随你便。我对你说的是为了大家。我呢，我接受安排。"

"但是，博士老爷，西边的海角……"

"是的，船主。"

"船会颠簸得见鬼！"

"要选择别的字眼。是的，船主。"

"船就像在拷问架上。"

"是的，船主。"

"也许桅杆会断掉。"

"也许。"

"您想让我绕过西边！"

"是的。"

"我做不到。"

"在这种情况下，那么你就随意和海争执吧。"

"必须等风向改变了。"

"今天整夜风向不会变。"

"为什么？"

"这风的长度是一千两百海里。"

"顶着这风向前！不可能的事。"

"我对你说，绕过西边的海角！"

"我试试看。但无论如何，我们会偏离方向。"

"那就危险了。"

"风把我们赶到东边。"

"不要往东去。"

"为什么？"

"船主，你知道，对我们来说，死亡叫什么名字吗？"

"不知道。"

"死亡叫作东边。"

"那么我就驶向西边。"

这回博士望着船主，定睛地看他的目光，仿佛要把一个想法插入到脑壳里。他向船主完全转过身来，缓慢地，一个音节又一个音节地说出句话：

"我们来到海上，如果今夜听到钟声，那么船就完蛋了。"

船主惊讶地望着他。

"您这话是什么意思？"

博士没有回答。他的目光刚才射了出来，现在又缩回去了，重新变成内敛的目光。他仿佛没有听到船主惊奇的问话，只注意倾听自己内心的声音。他的嘴唇好像机械地说出这低沉的几个字，如同咕哝一样：

"清洗肮脏灵魂的时刻到来了。"

船主有意味地嘟起了嘴，将鼻子接近脸的下部。

"这更像疯子，而不是贤人。"他喃喃地说。

他走开了。

但他让船绕过西边的海角。

可是风使海洋变得汹涌澎湃起来。

第五章
阿尔卡诺纳

　　各种各样膨胀起来的东西扭曲了雾的形状，在天际的各个点上同时变大，仿佛看不见的嘴忙不迭地吹胀风暴的皮囊[1]。云层鼓起，令人惴惴不安。

　　蓝色的云布满天际深处。如今在西方和东方也布满蓝色的云。这云顶着和风。这种矛盾现象正是风起云涌。

　　大海不久前呈现的是鱼鳞，如今是一张皮。这条龙就是这样。这不再是鳄鱼，这是蟒蛇。这张铅色而肮脏的皮，似乎很厚，沉甸甸地起皱。海面上，大浪冒出的水泡彼此分开，活像脓包，变成圆形，然后破裂。泡沫好像麻风。

　　正是在这时，单桅船被抛弃的孩子在老远还能看见，点燃了信号灯。

　　一刻钟过去了。

　　船主用眼睛探索博士；博士不再在甲板上。

1　这是借用《奥德赛》第10歌的形象：尤利西斯的同伴不幸打开了伊俄勒制造的风的皮囊，"里面把怒吼的风的道路都封住了"。

船主刚刚离开他，博士已将他不那么灵活的身体钻进厨房的遮盖帆布下面，走进了船舱。他靠近炉子坐在一只大木砧上；他从口袋里掏出一只驴皮墨水袋和一只戈尔杜皮夹；从皮夹里抽出一张一折为四的羊皮纸，陈旧，发黄，布满斑点；他打开这张纸，在墨水袋里抽出一支羽毛笔，将皮夹平放在膝盖上，再将羊皮纸放在皮夹上，在羊皮纸的反面，在照亮厨房的提灯照亮下，他开始写起来。浪涛的震动妨碍他写字。博士写了很长时间。

博士一面写，一面注意烧酒葫芦，普罗旺斯人每次在"普什罗"这道菜里加辣椒，都要尝一尝，仿佛他要检查加调料的味道。

博士注意这只葫芦，并非因为这是一只烧酒瓶，而是由于柳条编织的名字，在白色灯心草中间配上红色灯心草。船舱里相当亮，可以看清这个名字。

博士停住了笔，小声念出来。

"阿尔卡诺纳。"

然后他对厨子说："我还没有注意到这个葫芦。它是属于阿尔卡诺纳的吗？"

"属于我们可怜的同伴阿尔卡诺纳？"厨子说，"是的。"

博士继续说：

"他在监狱里吗？"

"是的。"

"在查塔姆[1]的主塔里吗？"

---

1 查塔姆，在伦敦东南 40 公里处。

　　"这是他的葫芦，"厨子回答，"他是我的朋友。我留下这只葫芦是为了纪念他。我们什么时候能再见到他呢？是的，这是他挂在腰间的葫芦。"

　　博士又拿起笔，重新开始在羊皮纸上艰难地画出有点弯曲的线。他显然关心要让人看得清楚。尽管船在颠簸，年纪大了，手在发抖，他终于做完他想做的事。

　　正是时候；因为冷不防刮来一股海浪。浪涛急速而至，袭击单桅船，可以感到这可怕的舞蹈冒头了，船就要迎接风暴。

　　博士站起身来，走近炉子，巧妙地弯曲膝盖，对抗大浪的突然袭击，尽可能让炉火烘干刚才写的几行字，再把羊皮纸折好放进皮夹里，然后把皮夹和文具放进口袋里。

　　炉子也是单桅船上精心安排的设施；它周围没有东西。但铁锅在摇晃。普罗旺斯人注视着它。

　　"鱼汤。"他说。

　　"是喂鱼的。"博士回答。

　　然后他转身回到甲板上。

第六章
他们以为得到帮助

博士带着越来越大的忧虑，检查了一下局面，有谁在他身边，就会听到这句话从他嘴里说出来：

"摇摆过分，而颠簸不足。"

博士又回到他晦暗的思索中，好像矿工下矿井一样，重新回到自己的思索中。

这种思索绝不排除观察海洋。被观察的海洋是一个梦幻。

永恒地折腾的海水喧嚣翻腾要开始了。从这整片浪涛里发出悲鸣。在无垠的空间正在准备阴森森的刑具。博士注视眼前的东西，不漏掉任何细节。再说，在他的目光中没有任何静观的神态。人们静观不了地狱。

广阔的波涛起伏虽然还一半潜伏着，但是在无边的海面的激荡中已经明显可见，越来越加剧，扩展着风、雾气和涌浪。没有什么比大洋更有逻辑，也似乎更荒诞。这种自我扩散是它的绝对权力的内在所具有的，也是它的宽广的因素之一。浪涛不停地媾和又相克。

它相聚只是为了分解。它的斜面之一攻击，另一斜面解脱。没有什么视觉像浪涛那样。怎样描绘这交替的似真非真的空陷与突出，深谷与吊床，像马的前胸消失，以及这些不成形的草图呢？怎么表达这些荆棘丛一样的泡沫，它们好像大山和梦幻的混合？在撕裂、皱眉、不安、不断的沮丧、半明半暗、低垂的云层、总是形不成的拱顶石、没有缺失和断裂的瓦解，这种错乱所产生的阴森爆裂中，处处都是难以描述的。

北面开始刮风了，劲风非常有利，对远离英国也很有用，"晨星号"船主决定张满帆。单桅船在浪涛中急驶，所有帆都张开了，风从后面吹来，它好像奔跑着，狂热而快乐。那些逃跑者快活，欢笑。他们拍着巴掌，向长浪、波涛、疾风、风帆、速度、潜逃、未知的未来欢呼。博士似乎没有看到他们，他在沉思默想。

白天的一切悄然而过。

这一刻，正是孩子关注远处的悬崖，看不到单桅船的时候。直到这时，他的目光是专注的，仿佛落在船上。这目光在命运中占有什么份额呢？此刻，距离使得单桅船消失，孩子什么也看不到了，他朝北面走去，而船往南面而去。

所有东西都陷入黑夜中。

第七章
神圣的恐惧

　　单桅船载走的人从他们那边，带着心花怒放和轻松的心情，望着他们后面敌对的陆地后退和缩小。大洋幽暗的圆形逐渐在黄昏中升起，而波特兰、普尔贝克、泰纳哈姆、吉梅里杰、两个马特拉弗雾蒙蒙的悬崖长长的沙洲和点缀着灯塔的海岸在缩小。

　　英国消失不见了。逃跑者周围只有大海。

　　黑夜突然变得可怕。

　　既没有边界，也没有空间：天空变得漆黑，它覆盖在单桅船上。开始慢慢地降雪。一些雪片出现，好像是灵魂。在风驰骋的领域，再也没有可见的东西。人们感到被出卖了。这是陷阱，什么都可能发生。

　　在我们的气候里，北极的龙卷风就是通过这种地窖的黑暗开始的。

　　大片乌云犹如七头蛇的腹部压在大洋上，这白色的肚腹有好几处插入浪涛中。入水的地方好像撕破的口袋，吸着海水，倒空气体，充满了海水。吮吸到处掀起泡沫圆锥体的浪涛。

来自北面的风暴直扑向单桅船。单桅船在风暴里面冲击着。狂风和船彼此迎击，仿佛要侮辱对方。

在第一次疯狂的接触中，没有一片帆折拢，没有一片三角帆刮掉，逃跑真是一种狂热。桅杆嘎吱地响，向后弯去，好像害怕似的。

在我们的北半球，旋风是从左向右转的，方向跟时针一样，移动的速度达到每小时六十海里。单桅船即使完全听任旋风的强烈推动，就像待在适宜航行的半圆圈里，只消注意的是站在浪头上，船头面对前面的风，右舷接受眼前的风，避免后边侧面的撞击。遇到风从一端吹到另一端，这种似乎小心谨慎则毫无用处。

在远不可及的地区传来隆隆声。

没有什么能与深渊的怒吼相比的了。这是世间无边的兽吼。我们称之为物质的东西，这不可探测的有机体，这不可估计的能量的混合体，有时人们能从大量看不见的意图，这盲目的黑暗的宇宙，这不可理解的潘神，发现一种声音，古怪的、拖长的、持续不断的声音，不比说话声清楚，却比雷霆更响。这声音是风暴。其他声音，鸣声、和弦、喧哗、话语，从鸟巢、雏鸟窝、交尾、闺房和住宅里发出；这龙卷风从虚无发出，而虚无却是一切。其他声音表达宇宙的灵魂；这风暴却表达怪物。这是无形的东西，它在怒吼。这是无限发出的音节不清的语言。既动人又吓人。这些喧嚣在人之上和人之外对话，升起，降落，起伏，决定声音的浪潮，构成各种各样令精神惶恐不安的惊吓，时而在我们的耳边带着铜管乐令人腻烦的声音使一切爆炸，时而从远方传来嘶哑的声音；令人昏眩的嘈杂声酷似一种语言，其实这就是一种语言；这是世界为了说话做出的努力，这是奇迹发出的吃吃话语声。在这种啼哭声中，混杂地表现出黑暗巨大的脉搏所忍受的、遭遇的、感到苦痛的、接受的和抛弃的东西。往往这是胡言乱语，就像慢性病的发作，不如说是扩散的癫痫病，而不是使出的力量；真以为看到癫痫病落到无限之中。有时，可以看到水元素的一种要求，混沌对创造一时生出的、难以叙述的微弱愿望。有时，这是一种诉怨，空间在哭诉和辩解，就像为世界的案情辩护；人们以为猜到宇宙是一场诉讼；人们在倾听，竭力抓住提出的理由、可怕的赞成和反对的主张；黑暗这样的呻吟具有三段论式的坚定。对思想来说这是广阔的混乱。神话和多神论的存在理由就在这里。除了这广大的喃喃声以外，还有一闪即逝的超人侧影，约略清晰的欧墨尼得斯[1]，描绘在云层中的复仇女神的胸部，几乎可以确定的普卢同[2]式的妖怪。任何恐惧比不过这种呜咽、这种笑声、这种柔和的喧闹声、这种要求、这种分辨不清的回答、这种对不知名字的助手的呼唤。面对这可怕的咒语，人不知会变何等样。他在这些龙似的声调的谜语中屈服。这隐含什么意思呢？这些声调意味着什么呢？它们在威胁？在哀求吗？这就像大发雷霆。从悬崖到悬崖，从天空到海水、从风到浪涛、从雨到岩石、从天顶到地心、从星星到泡沫的大喊大叫，这是深渊解开了嘴套，轰鸣就是这样，其中混杂着难以形容的神秘和恶意。

　　黑夜的饶舌和它的沉默是一样阴森森的。从中可以感到未知世

1　欧墨尼得斯，复仇三女神的别名。
2　普卢同，罗马人的地狱之神，它待在地狱的前厅，口吐火焰。

界的愤怒。

黑夜是一种存在。什么存在呢?

再说,在黑夜和黑暗之间,必须做出区分。黑夜中有绝对,黑暗是复合的。语法从逻辑出发,不允许黑暗用单数。黑夜是单一的,黑暗是多种的。

夜雾的神秘,这是散乱的,一闪即逝的,陷落的,阴森的。人们不再感到陆地,感到的是另一个现实。

在无限的和不能确定的黑暗中,有种活生生的东西,或者某个活人;但是那活的东西属于我们的死亡。在我们经历过人世之后,这黑暗对我们来说成了光明之后,在我们的生命之外的生命就会抓住我们。在这期间,它似乎在抚摸我们。黑暗是一种压力。黑夜是一种按在我们灵魂上面的手。在某些可恶而庄严的时刻,我们感到坟墓墙后的东西在侵犯我们。

这未知的临近比海洋的风暴更加不可触摸。可怕因离奇而扩大。人的行动可能的截断者,这古代云的聚集者[1]有支配权,可以随意塑造事件,塑造易变的元素、无限的支离破碎、无定见的分散力量。风暴这神秘之物每时每刻接受和执行难以描述的意志改变,不管表面的还是真实的。

诗人们任何时候都管这叫作浪涛的任性。

我们称之为令人困惑的东西,在大自然中是任性的,在命运中是偶然的,是约略可以见到的几段法则。

---

1 指宙斯,在《伊利亚特》和《奥德赛》中,宙斯是"云的聚集者"。

第八章
NIX ET NOX[1]

暴风雪的特点是黑暗。大自然在暴风雨中惯常的面貌则相反，陆地或海洋是晦暗的，天空是苍白的；海洋是白茫茫的，天空是黑漆漆的。下面是泡沫，上面是黑暗。天际笼罩着雾气，天顶蒙着黑纱。但在这个大教堂里没有任何亮光。在浪尖上没有电光[2]，没有火花，没有磷光；只有无边的黑暗。极地的旋风和赤道的旋风不同处在于：一个点燃了所有的亮光，另一个熄灭了所有的亮光。世界突然变成一个地窖圆顶。从这黑夜中洒落尘埃般的白点，在天与海之间犹豫不定。这些白点是雪片，滑落、徘徊、漂浮。这东西好似复活的活动着的僵尸眼泪。疯狂的北风掺杂在这撒落中。这一点点白色的黑暗，这黑暗中的狂人，坟墓才能有的喧闹，追思台下的风暴，暴风雪就是这样。

下边，覆盖着可怕的未知深渊的大洋在颤抖。

1　拉丁文：雪和黑夜。
2　电的现象，浮在浪涛、桅桁上。

在有电的极风中，雪花马上形成冰雹，空气充满了抛射物。海水在闪光，像遭到射击一样。

没有雷声。极地风暴的闪电是静悄悄的。有时人们说猫在"诅咒"，可以说这种闪光就是这样。这是一种半张开嘴的威胁，奇异地无情。暴风雪是盲目和无声的。它掠过时，船是盲目的，水手是无声的。

从这样一张嘴里逃出来是困难的。

以为沉船不可避免，那是搞错了。迪斯科[1]和巴尔散的丹麦渔夫、黑鲸的捕捉者、到白令海峡去寻找铜矿河口的海尔纳[2]、赫德逊、马肯齐、温库弗、罗斯、杜蒙-杜维尔，就在极地遭遇到最无情的暴风雪，死里逃生。[3]

单桅船满帆和胜利地进入这种风暴里。以疯狂对待疯狂。当蒙戈默里[4]逃离里昂，划动帆桨战船的船桨全速驶向在拉布伊拦住塞纳河的锁链时，他有同样的无畏。

"晨星号"快速行驶。它张满帆不时与海倾斜可怕的十五度角，但是它良好的突起龙骨插入浪涛，就像插入胶水中一样。龙骨抵挡

---

1 迪斯科，海岛，在格罗安兰西北的海岸边。
2 海尔纳（1745—1792），英国航海家，1796年赫德逊湾公司派遣他去探索一条河流，1771年到达铜矿河口。
3 亨利·赫德逊（约1550—1611），在加拿大东北部发现了海湾，以他的名字命名；亚历山大·马肯齐（1764—1820），北美极地的探险家，在加拿大的一条河上留下自己的名字；乔治·温库弗（1757—1798），第一个画出加拿大西北的准确地图，有个岛以他的名字命名；约翰·罗斯（1777—1856），北极探险家，或者他的侄子克拉克·罗斯（1800—1862），南极探险家，在一个岛上留下他的名字；杜蒙-杜维尔，法国人，1837年至1840年航行到南极地区，发现了路易-菲利普陆地。
4 加布里埃尔·德·蒙戈默里（1530—1574），改信新教后，1562年宗教战争爆发，他保卫里昂，对抗王军。

住风暴的撕扯。匣子里那盏灯照亮了船头。夹着风的乌云在大洋上推动单桅船，在船的周围越来越压缩和侵蚀海洋。没有一只海鸥，没有一只燕鸥。唯有白雪，看得见浪涛的地方越来越小和可怖。只能看见三四只巨浪。

不时有一只红铜色的巨大闪电，在天际和天顶的幽暗云层后面出现。这鲜红色的扩大闪电，呈现出云层的可怖。远处突然出现的火光，在一秒钟里突现出乌云的前景和天上混沌的远逃景象。在现出火光的深处，雪片变成黑色，好像幽暗的蝴蝶在炉子里飞舞。然后一切都熄灭了。

第一阵爆发过后，狂风总是在驱逐单桅船，开始持续地低沉怒吼。这是怒吼的阶段，爆裂声减弱却很可怕。没有什么比风暴的独语更岌岌可危的了。这毫无生气的宣叙调就像神秘的搏斗力量暂时停止战斗，标明对未知领域的窥伺。

单桅船继续没命地奔驰。它的两面主帆尤其显出惊人的作用。天空和大海像墨水一样，喷射的浪花跳得比桅杆还高。浪头时刻像洪水一样穿过甲板，每一次颠簸时，一会儿是左锚的链条洞，一会儿是右锚的链条洞，变成张开的嘴巴，把泡沫重新喷到海里去。女人们躲在船舱里，但男人们待在甲板上。盲目的雪片在旋舞。大浪的翻卷混杂其中。一切都狂怒不已。

这当口，这帮人的首领站在船尾舵柄后面，一只手抓住固定桅杆的缆绳，另一只手抓住包头布，在灯光中摇动，傲慢，高兴，脸容自豪，头发披散，沉醉于这整片黑暗中，喊道：

"我们自由了！"

"自由了！自由了！自由了！"那些逃跑者重复说。

这帮人用手抓住索具，站在甲板上。

"乌拉！"首领喊道。

这帮人在风暴中呼喊：

"乌拉！"

这喧嚣声在狂风中消失时，一个庄重而高亢的声音在船的另一端响起，说道："别喊！"

所有的脑袋都转过来。

他们刚刚认出博士的声音。越来越黑暗；博士倚在桅杆上，他的瘦削和桅杆混在一起，别人看不见他。

这声音又说：

"你们听！"

这时可以在黑暗中清晰地听到一口钟的钟声。

第九章
受怒海的摆布

单桅船的船主在掌舵，爆发出笑声。"一口钟！很好。我们沿左边行驶。这口钟说明了什么？我们的右边是陆地。"

博士坚定而缓慢的声音回答：

"您的右边不是陆地。"

"有陆地！"船主喊道。

"没有。"

"可是这钟声来自陆地。"

"这钟声，"博士说，"来自海洋。"

在这些胆大包天的人之中起了一阵战栗。两个女人惊恐的脸出现在舱口的方斗篷中，仿佛是两个已被召唤的鬼魂。博士走了一步，他修长的黑色体形从桅杆中显现出来。黑夜深处传来钟声。

博士又开口了：

"海洋中，在波特兰和英吉利海峡的群岛中间，有一只浮标，在那里发出警告。这只浮标用链条拴在浅滩，漂浮在水面上。浮标上固定住一个铁支架，一口钟就悬挂在这支架上。在坏天气时，海浪翻腾，摇晃浮标，钟便敲响。你们听见的就是这只钟。"

博士让一阵加强的北风过去，等待钟声重新占据上风，继续说：

"当西北风刮起来，在风暴中听到这钟声，那就完了。为什么？是这样的：如果你们听到这钟声，那是风将钟声传过来。可是，风来自西面，而奥里尼暗礁在东面。你们听到钟声，只因为你们来到了浮标和暗礁之间。风正是将你们吹往暗礁。你们是在浮标不妙的一边。如果你们走对了路，你们就应在大海上，浪涛虽然汹涌，但这是走在安全的路上，你们不会听到钟声。风不会把声音吹向你们。你们会从浮标附近经过，而不知道浮标在哪里。我们偏航了。这口钟，这是敲响警告的丧钟。现在你们考虑吧！"

正当博士说话时，钟声被降低的风力变得平缓些，缓慢地敲响，一下接着一下，这间断的钟声似乎注意到老人的话。好像这是深渊的丧钟。

第十章
风暴是粗暴的野人

船主已经抓住他的话筒。

"Cargate todo，hombres！[1] 解开帆脚索，拉紧滑车，松开帆卷和下帆索！对准西面！重新向大海行驶！船艏对准浮标！船艏对准钟！那边是洋面。一切还没有到绝望。"

"设法试试。"博士说。

在这里说说，这个海上钟楼式的鸣响浮标，在一八○二年已撤掉。非常老的航海家还记得听到过它的钟声。它提出警告，但有点为时已晚。

船主的命令得到服从。朗格多克人当了第三个水手。大家都来协助。他们比收缩船帆做得更进一步，他们把帆卷起来。他们扎紧所有的系索，系好绞帆索、底帆索和帆角索；把止动索放在索套上，这样，索套能用作侧支索；他们加固桅杆；钉住舱舱盖，这是一种

1　西班牙文：兄弟们，鼓起勇气！

封闭船的方法。这些操作尽管执行得很乱，仍然是正确的。单桅船已恢复到简单之极。但是随着船收紧一切，缩小自身，风卷浪翻，却越来越扑向它。巨浪几乎达到极地的规模。

风暴就像匆忙的刽子手，开始将船分解。一瞬间，发生可怕的断裂，第二层方帆的绳索断了，船壳板被刮掉，前下角索断开，侧支索毁掉，桅杆断裂，不幸的爆裂声炸飞开来。粗绳松动，虽然它们有四寻锚链长。

暴风雪所固有的磁力协助绳索的断裂。绳索在气浪和风的作用下一样断裂。不同的链条脱离了滑车，不再起作用。在船头这面部和船尾这臀部，屈服于极大的压力之下。一个浪头卷走了指南针和它的支架。另一个浪头卷走了小船，按照阿斯图里亚人的习惯，它系在艏斜桅的吊艇柱上。第三个浪头卷走了承载帆索的前桅桁。第四个浪头卷走了船艏的圣母像和灯匣。

只剩下船舵了。

他们点着一个用充满烧着的废麻和点燃的柏油的大榴弹，吊在艏柱上，代替失去的信号灯。桅杆折成两段，耸起绳子、滑车、斜桁上面抖动的破布，堆满了甲板。桅杆在落下时，砸碎了右舷的一段船帮。

船主始终把着舵柄，喊道：

"只要我们还能操纵，就什么也没完蛋。吃水线下的船板很结实。斧子！斧子！把桅杆推到海里去！清理甲板。"

船员和乘客有着决战的狂热。这不过是几斧头的事情。他们把桅杆从船舷上推下去。甲板被扫除干净了。

"现在，"船主又说，"你们找到一条绳子，把我绑在舵柄上。"

大家把他绑在舵上。

在绑他的时候，他笑了。他向大海叫喊。

"叫吧，老不死的！叫吧！我在马奇查科海角[1]见过更糟糕的情况。"

他被绑住以后，双手握住舵柄，带着危险处境中那种古怪的快乐。

"伙伴们，一切都很好！布格洛斯圣母万岁！向西行驶！"

一个从侧面扑来的巨浪，打在船尾上。在风暴中总是有一种猛虎似的浪头，凶恶而有决定性，在一定的时刻到来，像用腹部躺在海面上爬行一会儿，然后跳起来，怒吼，咬牙切齿，扑向遇难的船只，把它肢解。泡沫吞没了"晨星号"的整个船尾，只听到在海水和黑夜的混战中肢解的声音。当船尾重新出现时，泡沫消失了，再也没有船主和船舵。

一切都被冲掉了。

刚刚缚住的舵柄和人，被浪头卷进风暴杂乱的嘶叫声中。

这帮人的首领呆呆地望着黑暗，喊道：

"Te burlas de nosotros？"[2]

这反叛的喊声之后，是另外一个喊声：

"抛锚！把船主救上来。"

大家跑向绞盘，把锚抛下水去。单桅船只有一只锚。这只会导

1　在比斯开湾比尔鲍北面，属于巴斯克。
2　西班牙文：你嘲笑我们吗？

致让单桅船完蛋。海底是坚硬的岩石和疯狂的大浪。缆绳像头发一样扯断了。

锚沉到了海底。

船头的破浪角上，只剩下用望远镜瞭望的天神像了。

从这时起，单桅船只是一个漂流物。"晨星号"无可救药地失去操纵。这艘船刚才展翅飞翔，在奔驰中几乎是勇不可挡的，如今却成了残废。没有一个动作不是被截断的和关节不灵的。它发僵和被动，听从吃水线奇特的疯狂摆动。几分钟之间，一只鹰就变成双腿残缺了，这只能在海上才可以看到。

空中的呼啸声越来越吓人。风暴是一只骇人听闻的肺。它不停地给伸手不见五指的黑暗增加阴森森。海中那只钟绝望地敲响，仿佛被一只凶恶的手摇晃着。

"晨星号"听任海浪支配；一只软木塞在漂浮；它不是在行驶，而是在漂流；它时刻准备好如同死鱼一样肚腹翻转在水面上。使它免于沉没的是它的船身保持完好，完全是密封的。在吃水线下没有一块护船板开裂，既没有裂缝，也没有开口，没有一滴水进到船舱。还算幸运，因为唧筒已经损坏，不能使用。

单桅船在浪涛的翻滚中，歪七扭八地跳荡。甲板像一个膈膜患病想呕吐的人在痉挛，仿佛竭力抛弃遇难的人。他们没有活力，抓住隐索、船帮、横木、掣索、短绳、干舷的裂口（木板上的钉子都把他们的手划破了）、弯曲的框架肋骨，所有的破烂可怜的突出处。他们不时侧耳倾听。钟声越来越弱。好像它也寿终正寝。它的鸣声只不过是间歇的断气前的喘息。然后这喘息消失了。他们是在哪里？他们离浮标有多少距离？钟声曾使他们恐惧，它的沉寂使他们害怕。西北风使他们走了一段也许不可弥补的错路。他们感到被一阵狂风推向前去。漂浮物冲向黑暗。盲目的速度，没有什么更加骇人的了。他们感到前面、脚下、头上都是深渊。这不再是奔驰，这是坠落。

在雪雾的轰鸣中，猝不及防地出现一团红光。

"一座灯塔！"遭受劫难的人喊道。

第十一章
卡斯盖[1]

这确实是卡斯盖灯塔。

十九世纪的一座灯塔是一种高耸的圆锥体水泥建筑，上面安放一个非常科学的照明机械。特别是卡斯盖灯塔，今日是一座白色的三重塔，有三座灯房。这三座灯房在钟轮上旋转，非常准确，从海上观察到它们的值班者，在灯光发亮时不变地在船上走十步，而在灯光熄灭要走二十五步。在焦点和圆鼓形的八角尖顶的旋转，一切都是经过计算的，八面普通的透镜一级级升上去，上下是两组折光环；这种代数升级通过一毫米厚的玻璃挡住风吹和海浪的打击，有时却被扑到上面的海鹰撞碎，这些海鹰像大飞蛾一样直扑这些巨大的灯。包容、支持和镶嵌这机械的建筑，像它一样也依据数学。其中的一切都是简洁的、准确的、光脱脱的，精密的，正确的。一座灯塔是一个数字。

1　卡斯盖，根西岛西北的暗礁。

十七世纪，一座灯塔是海岸边陆地上的一种装饰品。一座灯塔的建筑是美轮美奂的，怪诞的。一股脑儿把阳台、栏杆柱子、小塔楼、小屋、亭子、风信标都堆上去。这都只是些怪面饰、雕像、叶饰、涡形装饰、圆雕、大小人像、带碑文的圆柱形小器皿。埃迪斯通灯塔这样写着："Pax in bello."[1] 我们顺便观察一下，这个和平宣言并不能始终解除大洋的武装。温斯坦莱在普利茅斯前面的一个险恶的地方、自费建造的一座灯塔上，重复这几个字。灯塔建造好以后，他待在里面，让它经受风暴的试验。风暴来了，卷走了温斯坦莱灯塔[2]。再说，这种过分的建筑要四面招风，犹如过分打扮的将军在战斗中会招来子弹射击。除了石头建筑的标新立异，还有铁啊、铜啊、木头啊的新奇别致；铁饰突起，构架棱棱角角。在灯塔的侧面，阿拉伯花纹中间，到处摆着各种有用和无用的器械，绞盘啦、复滑车啦、滑轮啦、平衡锤啦、梯子啦、起重机啦、救命的铁钩啦。在塔顶上，在火炉四周，是精细的锁具，承载着铁制大蜡烛台，里面是一段段在油脂中浸过的缆绳，这些灯芯持久地燃烧着，任何风都吹不灭。塔楼从上到下花里胡哨地插满航海旗、军旗、信号旗、骑士的三角旗、国籍旗，旗杆一层层地上升，混合着各种颜色、各种形式、各种纹章、各种信号、各种喧闹气氛，直到灯塔放灯的小屋，在风暴中火光的周围，这些破衣烂衫形成欢闹的景象。在深渊边这种光的晃眼好像一个挑战，使陷于灾难的人置于大胆的狂热中。但

1　拉丁文：战争中的和平。在普利茅斯灯塔上有这个雕刻的碑文。
2　雅克·温斯坦莱（1660—1708），英国工程师，让人建造埃迪斯通灯塔，对灯塔的坚固充满信心，想让人分享他的信心，住在灯塔里面，但灯塔被风暴掀翻，他死在废墟中。

是卡斯盖灯塔绝不属于这种类型。

在当时，这是一座普通的古老的原始灯塔，就像亨利一世在"白船号"失事后[1]建造的灯塔一样，那是在一块高耸的岩石上桁架下熊熊燃烧的火堆，栅栏后面的一堆炭火，像在风中飘扬的一束火焰的头发。

这座灯塔从十二世纪以来唯一完善的地方，是一个铁风箱，一只挂铁锅的钩挂着石头，使之摆动，一六一〇年人们在灯房里做了调整。

在这些古老的灯塔中，海鸟的遭遇比在其他灯塔更加悲惨。鸟儿在亮光的吸引下，飞到那里，扑到上面，落入炭火中，只看到它们的扑腾，黑色的精灵在这地狱里咽气；有时它们又落在岩石上红彤彤的灯房外，身上冒着烟，跟跟跄跄，眼睛看不见，仿佛半烧焦的飞蛾在灯火外一样。

对于一艘能操作的船来说，只要它的索具都能使用，领航员能够操纵，卡斯盖灯塔是有用的。它喊道："小心！"它提醒有暗礁。对于一艘解除了装备的船来说，它就非常可怕了。船身瘫痪，没有活力，抵挡不了海水疯狂的起伏，也不能防御风的吹打，这是没有鳍的鱼，没有翅膀的鸟儿，只能来到风把它吹向的地方。灯塔向它表明它终结之处，指出它消逝的地方，照亮它的埋葬。灯塔是坟墓的蜡烛。

照亮这无情的入口，警示不可避免的结局，没有更加悲惨的讽刺了。

---

1 1120 年，英国的亨利一世在"白船号"失事中失去他的儿子。

第十二章
和暗礁肉搏

"晨星号"上那些不幸的可怜虫，马上明白了陷于灾难之外这种神秘的嘲笑。灯塔的出现先是使他们振奋，随后使他们难受。什么也做不了，也没有什么好尝试的。关于国王们那句话也可以用来说浪涛。人们是他们的百姓；人们是他们的猎物。他们的胡作非为，人们只能忍受。西北风把单桅船吹到卡斯盖灯塔去。他们前往那里。不可能拒绝。他们很快飘向暗礁。可以感到海底在上升；如果还能有效地投下探测器的话，这探测器不会超过三四寻。遇险者听到海浪在海底岩石断裂中沉闷的吞没声。他们在灯塔下面，花岗岩的两片刀刃之间，分辨出可怕的荒野小港的狭窄通道，可以猜测到上面充满人的尸骨和船的残骸。这不如说是一个洞口，而不是一个港口。他们听到在铁笼子里高高的火堆噼啪声。一团令人惊恐的红光照亮了风暴，火焰和冰雹的相遇搅乱了雾气，乌云和红烟在搏斗，蛇和蛇相搏，一团炭火飞到空中，雪片好像面对火星的突袭仓皇逃跑。暗礁先是朦胧的，如今清晰地显现，埋没在岩石中，有尖顶、脊部和脊骨。它的棱角被鲜艳的红色线条和红光的滑行通向的平面所制约。随着往前，暗礁的突兀在增大和上升，阴森可怕。

其中一个女人，爱尔兰人，发狂地数着她的念珠。

失去作为领航员的船主，剩下的首领就是船长了。巴斯克人都熟悉高山和大海。他们面对悬崖很大胆，遇到灾难会想出办法。

他们来到礁石了，快要撞上去。他们突然那么接近卡斯盖北边的巨大岩石，突然岩石掩住了灯塔。这块岩石矗立在雾中，活像一个黑女人，戴一顶火的头巾。

这块恶名昭著的岩石名叫"小福音书"。它在北边支撑着暗礁，另一块暗礁，名叫埃塔克-奥-吉乐梅，在南面支撑着它。

首领望着"小福音书"，叫道：

"一个有良好意志的人，要把一条绳子送到暗礁上！这儿有人会游泳吗？"

没有回答。

船上没有人会游泳，甚至水手也不会游泳；再说，在航海的人中间，这种无知是常见的。

一块船壳板差不多脱离联结处，在船帮上摇来晃去。首领用两只拳头紧紧抓住它，说道：

"帮帮我。"

人们把船壳板取下来。可以用它来做愿意做的事。它从防守变成进攻性的。

这是一根很长的木头，是橡木实心的，可以用作进攻武器和支撑工具；可以当作起重的杠杆，进攻塔楼的羊角槌。

"提防点!"首领喊道。

他们是六个人,身子顶在桅杆上,把这木头平伸到船外,像一把标枪一样,直对着暗礁。

这样操作很危险。被大山推一下,这是个大胆行为。六个人都可能被反弹到海里去。

同风暴斗争的复杂性就在这里。狂风过后是礁石;风过后是花岗岩。人们有时要和抓不住的东西打交道,有时要和不可支援的东西交手。

有这样的一种时刻,头发一下子就会变白。

暗礁和船,快要撞上了。

一块岩石是一个被动者。暗礁在等待。

大浪卷过来,不可抑制。它结束了等待。它把船压在底下,又抬起来,摇晃一下,仿佛投石器在晃荡抛射物。

"顶住!"首领喊道,"这只是一块岩石,我们是人。"

木头停住了,六个人和它合成一体。船板的尖钉刮着他们的腋窝,但是他们丝毫感觉不到。

大浪把单桅船抛到岩石上。

产生撞击。

这发生在总是掩藏这些突变的一片七歪八扭的泡沫下面。

当这片泡沫落在海上时,当浪涛和岩石分开时,六个人滚在甲板上;"晨星号"沿着礁石逃逸而去。木头顶住了,决定了偏离而去。在几秒钟里,浪涛滑行迅猛,卡斯盖灯塔抛在单桅船后面。"晨星号"立刻被排除在瞬间的危险之外。

这种事情发生了。艏斜桅对着悬崖是直撞上去的，在泰伊河口救了伍德·德·拉尔戈[1]。在温泰尔通海角的危险海域，在哈密尔通船长的指挥下，正是通过对布拉诺杜–恩的可怕岩石做出同样的杠杆操作，"王家玛丽号"才逃脱了沉船，虽然这只是一艘苏格兰式的三桅战舰。浪涛的力量突然分解，容易改变方向，至少是在最强烈的撞击之中。风暴里有兽性的东西；单桅船是公牛，可以欺骗它。

尽力从割线转到切线，避免沉船的秘密就在这里。

这就是船板给船的效力。它起到桨的作用；它代替了舵。但是这解脱的操作是一次完成的；它不能重新开始。木头已经落在海里。猛烈的撞击使它从人的手里越出船帮，消失在浪涛中。再解开另一块木板，就等于进行肢解。

暴风把"晨星号"刮走。卡斯盖灯塔似乎马上在天际无用地沉没。在这样的情况下，没有什么像暗礁一样显得窘迫了。在大自然中，可见的东西和不可见的东西混杂在一起，这是人所不知道的，有些一动不动的恼怒剖面，仿佛因放走一只猎物而生气。

"晨星号"逃走时，卡斯盖灯塔就是这样。

灯塔在后退，变得苍白、暗淡，然后消失了。

这种消失是死气沉沉的。浓雾堆积在变得散乱的火光上。光芒渗入到无边的湿漉漉之中。火焰在漂浮，在搏斗，沉没，消失了。好像一个淹死的女人。炭火快烧尽了，只不过是苍白而模糊地抖动着。周围的一切扩大成摊开的一圈亮光。这仿佛深夜灯光的熄灭。

1　泰伊和拉尔戈分别是苏格兰的一条河和一个海湾。拉尔戈是英国灵活的航海家，死于18世纪初，他参加了探索麦哲伦海峡的航行（1669—1671）。

威胁人的钟声消失了；威胁人的灯塔熄灭了。当这两种威胁消失时，就格外恐怖。一个是声音，另一个是火炬，它们多少都有点人的气息。它们都没有了，只剩下深渊。

第十三章
面对黑夜

单桅船重新在不可捉摸的黑暗中漂流了。

"晨星号"逃脱了卡斯盖暗礁，在浪涛里滚动。暂时休息，不过是在混沌之中。它被风横里吹，被浪涛的千百种牵引摆弄着，回应浪涛疯狂的摇动。它几乎不再有前后颠簸，这是一艘船灭亡的可怕信号。漂浮物只有左右摇摆。前后颠簸是换气的痉挛。只有船舵能够顶住风。

在风暴中，尤其在暴风雪中，海洋和黑夜最终融合起来，混在一起，只形成一团烟雾。浓雾、旋风、狂风，滑行到各个方向，没有任何支撑点，没有任何基准点，没有任何停歇的时间，永远重新开始，一个洞接着另一个洞，没有看得见的天际，深度的在后退的一片黑暗，单桅船在黑暗中漂流。

从卡斯盖暗礁摆脱出来，避开礁石，这对遇难者来说是一个胜利。尤其是一次胆战心惊。他们绝没有发出乌拉的呼声；在海上，不会再做一次这种冒失的举动。向不能猜测深度的海上发出挑衅，这是严重的事。

推开礁石是不可能的事。他们被礁石吓呆了。但他们逐渐重新生出希望。这是人的心灵不沉没的海市蜃楼。甚至在最危险的时刻，任何困境中都会在底部看到难以描述的希望升起。那些不幸的人求之不得地承认他们得救了。他们心中有这种低语声。

但在默认中突然出现一件越来越大的可怕东西。在左舷的浓雾深处，出现、成形、突现高耸、不透明的一团东西，直上直下，形成直角，这是深渊上的一座方塔。

他们目瞪口呆地望着。

狂风把他们吹向那里。

他们不知道这是什么。这是奥尔塔什悬崖。

第十四章
奥尔塔什

礁石又出现了。在卡斯盖礁石之后，是奥尔塔什礁石。风暴绝不是一个艺术家，它是粗暴的，威力无比，不变换它的方法。

黑暗是无尽的。它永远不会用尽陷阱和背信弃义。而人呢，却很快用尽谋略。人要花费精力，而深渊不会。

遇险者向首领——他们的希望——转过身来。他只能耸耸肩；对无能为力表示沮丧的轻蔑。

大洋中的一块石头，这就是奥尔塔什悬崖。奥尔塔什礁石，一整块矗立在海浪冲击之上，傲视浪涛，直升到八十尺[1]高。浪涛和船撞在上面便粉碎。这个立方体一成不变，垂直的平面直插入海洋无数弯曲的弧线里。

黑夜，它显现为一块巨大的木砧放在一大幅黑被单的皱褶上。在风暴中，它等待着斧劈，也就是雷霆的轰击。

---

1 约 25 米。

可是暴风雪中从来没有雷霆的轰击。确实，单桅船在眼睛上蒙上了布；所有的黑暗聚集在它上面。它像一个受刑者做好了准备。至于雷霆，它会很快结束，绝不应该去期望它。

"晨星号"不过是一样漂浮的搁浅物，朝这块悬崖漂去，就像朝刚才那块悬崖漂去那样。那些不幸的人，刚才一时以为得救了，现在又回到惴惴不安之中。他们留在身后的沉没又出现在他们面前。礁石又从海底冒了出来。束手无策。

卡斯盖礁石是有千百个格子的烘焙点心模子，奥尔塔什是一堵墙。在卡斯盖礁石沉船，会撕得四分五裂；在奥尔塔什沉船，就要粉身碎骨。

可是有一个机会。

撞上笔直的正面，而且奥尔塔什有一个笔直的正面，浪涛比炮弹更要反弹回来，使得这种来回很简单。这是涨潮和退潮，波浪来了，又退回去。

在同样情况下，生死问题是这样提出的：如果波浪把船送到岩石上，就会把船砸个粉碎，船就完蛋了；如果在船触到礁石之前浪涛就返回，也会把船带回来，船就得救了。这是动人心魄的焦灼。遇险者在昏暗中看到巍然的巨浪向他们扑来。浪头会把他们带到哪里呢？如果波浪遇到船就散开，他们就会撞上岩石而粉碎。如果波浪在船的下面通过……

波浪就在船的下面通过。

他们长吁一口气。

波浪会怎样返回呢？回浪会使他们变成怎样呢？

回浪把他们带走了。

几分钟后，"晨星号"离开了礁石的海面。奥尔塔什像卡斯盖礁石一样消失了。

这是第二次胜利。单桅船第二次濒于沉船，却及时退回来。

第十五章
PORTENTOBUM MARE[1]

浓雾落在那些漂流的可怜虫身上。他们不知道自己在哪里。他们勉强看到单桅船周围几百米远的地方。尽管冰雹宛如真正的投掷石子那样，逼得他们都低下头去，女人们执着地不肯下到船舱里。绝望的人没有不愿意在露天之下沉船的。这样接近死亡，仿佛自己头上的天花板就是棺材的开端。

浪涛越来越翻江倒海一般，变得短促迅猛。波浪的隆起标志着受阻；雾中水的某些环带预示着海峡。果然，他们不知不觉中沿着奥里尼的海岸漂去。在西面的奥尔塔什和卡斯盖，以及在东面的奥里尼之间，大海受到约束和阻碍，海洋的不舒适状态局部决定了风暴的状态。大海像别的东西一样难受；但凡它难受的地方，它就发怒。这段通路是令人丧胆的。

"晨星号"就在这段通路中。

1　拉丁文：恐怖的海洋。

请设想水下有一块龟壳，大得好像海德公园或者香榭丽舍，它们的每一个条纹就是一个浅滩，每一个隆起的地方就是一块礁石。奥里尼的西岸就是这样。大海覆盖和隐藏起这些沉船的工具。在这些海底龟壳般的礁石上，撕碎的浪涛跳跃，化成泡沫。在平静时，发出拍岸声；风暴中是一片混沌。

这种新的复杂现象，遇难的人注意到了，却无法解释。他们突然明白了。天顶上出现一丝苍白的亮光，海面上散射出一点淡白的光，使左舷出现一长条障碍，朝东边横向展开，风将船推向前面，往东边驱赶。这道障碍就是奥里尼。

这道障碍是什么？他们吓得发抖，感到如果有个声音回答他们：是奥里尼，他们会颤抖得更加厉害。

没有小岛像奥里尼那样抗拒人的到来了。它在海上和海水下都有一个凶恶的守卫，奥尔塔什就是哨兵。在西边，是布尔豪、索特里奥、安弗罗克、尼安格尔、封杜克罗克、莱朱梅尔、拉格罗斯、拉克兰克、莱埃奎龙、勒弗拉克、拉福斯－马利埃尔；在东边，是索盖、奥莫、弗洛罗、拉布里纳布泰、拉奎斯林格、克罗克利乌、拉福尔什、勒索、诺瓦尔－普特、库皮、奥尔布。这是些什么怪物呢？七头蛇吗？是的，属于礁石类。

其中一个暗礁叫作"目的地"，仿佛表明一切旅行在此终止。

这群礁石在海水和黑夜的掩蔽下，在遇险者看来，形状像一条普通的朦胧的带子，在天际像一种黑色的杠杠。

沉船是无能的理想选择。待在岸边，却不能上岸，漂浮海上，却不能航行，脚踩在似乎坚硬却是脆弱的东西上，活生生地存在却同时又宛若死去，困在空间中，封闭在天空和海洋之间，无限就像地牢一样压在你身上，周围是风和浪的无边逃越，被抓住、捆绑、瘫痪，这种难受使人惊讶，又使人愤怒。人们以为从中看到不能近身的斗士的嘲笑。把你抓住的东西，等同于让鸟儿放生，让鱼儿自由。这什么也不像，却又是一切。人们取决于用嘴搅浑的空气，人们取决于手心里捧起的水。从这漫天的风暴里汲取一杯水，这只不过是一点苦水。一口喝下去要恶心；浪涛是毁灭。沙漠中的沙粒，大洋里的一个泡沫，是令人昏眩的显现：无所不能者用不着隐藏它的原子，他使柔弱变成力量，把他的一切充满虚无，无限大正是用无限小来压垮你。海洋正是用水滴来压垮你，人感到自身是玩物。

玩物，多么可怕的字眼！

"晨星号"约略在奥里尼的上方，这是有利的；但往北面的尖角偏航，这是致命的。西北风像张开的弓一样射出一支箭，将船推向北海角。这个海角上离开科布莱海湾不远处，存在诺曼底群岛的水手们称之为"猴子"的东西。

"猴子"（swinge）是一股疯狂的海流。海底有一串漏斗，在浪涛中产生一串旋涡。一个放掉了你，另一个又把你抓住。一艘船被"猴子"抓住，从这一旋涡滚到另一旋涡，直到一个尖锐的岩石戳破了船壳。于是，被戳破的船停下来，船头浸到水里，船尾从浪涛里翘出来，深渊就来收尾，船尾沉下去，一切都被海水封闭。一片泡沫扩大、漂浮，在浪涛表面这里那里只看到一些水泡，来自水底下被抑制的呼吸。

在整个英吉利海峡，三个最危险的"猴子"中，一个在有名的吉尔德莱·桑茨的沙洲附近，一个在皮尼奥奈和诺瓦蒙海角之间的泽西岛，还有一个是奥里尼"猴子"。

当地的一个领航员曾在"晨星号"上，他警告过这次新的危险的遇险者。他们缺乏领航员，却有本能；在极度危险的处境下，有一种第二视觉。在狂风的袭击下，泡沫耸起的扭曲沿着海岸飞溅。这是"猴子"的喷射。许多船在这陷阱里沉没。他们不知道这里有什么，恐惧地向它接近。

怎样绕过这海角呢？没有任何办法。

如同他们看见卡斯盖礁石出现一样，随后他们看见奥尔塔什礁石出现，现在他们看到奥里尼海角、整块高耸的岩石矗立在那里。就像巨人一样，一个在另一个后面。这是一组恐怖的搏斗。

卡律布狄斯和斯库拉[1]只是两个海怪；卡斯盖、奥尔塔什和奥里尼是三个。

礁石侵犯水平线的现象，同深渊的壮伟和单调同时再现。大洋的战斗，与荷马笔下的战斗一样，因崇高而不显得啰唆。

随着他们接近，每个浪头都使他们离海角近十米，海角在浓雾中可怕地增大了。距离缩小似乎越来越无法挽救。他们接触到猴子的边界。抓住他们的第一个波浪会拖走他们。再一个浪头过来，一切便完蛋了。

猛然间，单桨船被往后推去，仿佛被一个巨人的拳头打了一下。大浪在船下跳跃、翻腾，把漂浮物抛到它浪涛的鬃毛里。"晨星号"

1　卡律布狄斯和斯库拉，守卫着海峡，尤利西斯曾与之搏斗。据希腊传说，两者均为海怪，其实是在意大利和西西里之间海湾里的礁石，通过非常危险。

在这一推动下，离开了奥里尼。

它重新返回大海上。

这次救援是从哪儿来的？是风吹的。

风暴刚刚改变了方向。

刚才浪涛玩弄他们，眼下轮到风玩弄他们。他们自动摆脱了卡斯盖礁石；但在奥尔塔什礁石前面，大浪起了突变；在奥里尼前面，刮的是北风。风突然从北面跳到南面。

西南风代替了西北风。

海流是水里的风；风是空气中的气流；这两股力量刚刚发生冲突，风任性地把它的猎获物从海流那里夺了过来。

海洋的突兀变化是晦暗不明的，这也许是永恒的现象。受到这种变化的控制，就既不能希望也不要绝望。这种变化在创造，也在毁灭。大洋在玩耍。野兽凶狠的千变万化就在这个广阔而狡黠的海洋里，让·巴尔[1]管海洋叫"巨兽"。它用爪一击又间歇地用掌心的绒毛来抚摸。有时候，风暴粗暴地对待沉船；有时候又细心地照料它；几乎可以说，在抚摸它。大海有的是时间。垂死的人注意到这一点。

可以说，有时，酷刑中这种放松预示着解脱。这种情况很少有。无论如何，垂死的人很快看到得救的希望，风暴的威胁中一点儿平息对他们就足够了，他们认定脱离了危险，在自以为要被淹死以后，他们注意到要复活了，热切地接受还没有拥有的东西，厄运所包含

---

[1] 让·巴尔（1650—1702）法国著名的水手，生于顿盖尔克，为路易十四效劳，作为少将，多次获得对荷兰人和英国人的胜利。

的一切耗尽了，这是显而易见的，他们自称很满意，他们获救了，他们用不着天主了。绝不应该这样过急地把收条给未知神灵。

西南风以旋风开始。遇险者都是性情粗暴的。"晨星号"被剩下的索具急速地拖到大海里，犹如被头发拖住的一具死尸。这酷似提拜耳[1]以强奸为代价释放的女人。风粗暴地对待它挽救的人，愤怒地为他们效劳。这是毫无怜悯的救助。

在解救者这种粗暴对待中，漂浮物终于解体了。

冰雹又大又硬，像是从喇叭口火枪发射出来一样，叭叭地落在船上。在浪涛的翻腾中，这些冰雹像弹子一样滚落在甲板上。单桅船几乎夹在两股海浪之间，在浪涛的坠落下，在泡沫的散落下，失去了一切形态。船上的每个人只顾自己。

他们尽可能抓住可抓的东西。每次浪头过后，他们吃惊地看到他们重新聚在一起。好几个人被木头的碎裂划破了脸。

幸亏绝望会产生力量。一个受惊孩子的手有着巨人抓紧的气力。焦虑不安会使女人的手指像老虎钳一样。一个恐惧中的姑娘会把玫瑰色的指甲插入铁器之中。他们互相抓住、牵住、拉牢。但每个浪头都给他们带来被冲掉的恐惧。

他们突然松了一口气。

1　提拜耳（公元前42—前37），罗马皇帝。

第十六章
谜一样的突然平静

风暴刚刚停息。

空中既没有西南风，也没有西北风。空中疯狂的喇叭声沉默了。天空中挂下来的倾盆大雨，事先没有减少的迹象，没有过渡，仿佛它垂直地滑落到深渊中。不知道跑到哪儿去了。雪片代替了冰雹。雪重新慢慢地落下。

再没有浪涛，大海平滑如镜。

这种突然停息是暴风雪所固有的。电力耗尽了，一切恢复平静，海浪在平时的风暴中往往会保持长久的波动。眼下却根本没有。没有任何浪涛愤怒的延长。仿佛一个劳动者在疲乏过后，浪涛马上入睡，这几乎违背静力学的规律，但是绝不让老领航员惊讶，因为他们知道海洋中一切意外都可能发生。

这种现象在一般的风暴中会发生，但非常罕见。因此，今日，在一八六七年七月二十七日泽西岛难忘的风暴，风狂刮了十四个小时以后，旋即平息下来。

过了几分钟，单桅船周围是一片像睡着了的海水。

与此同时，因为最后阶段和最初阶段一样，人们什么再也分辨不清了。在掠过云彩的翻卷中可见的东西又变得模糊了，苍白的影子融化在散乱的水面中，无限之阴影从四面八方接近单桅船。这黑夜的墙壁，这圆形的封闭，这个直径不断缩小的圆柱体内部，带着封闭的冰山阴森森的缓慢，可怕地变小。在天顶，什么也没有，只有一个雾盖，一个终结。单桅船就像在地狱。

在这个深渊中，有一潭液体铅，这是海洋。海水纹丝不动。死寂的静止。大洋就像池塘一样荒凉。

一切寂静、平息、黑蒙蒙。

事物的寂静也许等于沉默寡言。

沿着船壳边滑动着最后的拍溅。一些分解物微微颤动。代替信号灯的榴弹壳中，一些浸在柏油里的废麻燃烧着，在艏斜桅不再晃动，不再向海上抛洒着火的油滴。云中剩下的微风不再有声音。雪花厚密、柔软，有点儿斜着飘然而下。礁石上听不到泡沫声。黑暗中的平静。

在风高浪急和汹涌澎湃之后，这歇息对于长久颠簸的不幸者来说，是难以形容的舒适。他们觉得已经不再受到拷问了。他们在周围和头顶上看到同意拯救他们。他们重新获得信心。所有狂怒的东西如今平静了。他们觉得这是定局的和平。他们可怜的胸部膨胀起来。他们可以放松手里捏紧的那段绳子和木板，站起身来，挺起胸来，站直身子，走路和活动。他们感到难以表达的平静。在这天堂般美好的黑暗深处，有着做其他事的准备氛围。很明显，他们断然摆脱了风雨，摆脱了波涛，摆脱了狂风，摆脱了怒海，获得解脱。

此后，人人都有的是机会。再过三四个小时，白天就要来临，他们会被路过的船看到，得到接纳。最危险的时刻已经过去。他们会回到生活中。重要的是能够在海上坚持到风暴停息。他们心里想："这回结束了。"

突然他们发现确实是结束了。

其中一个水手，北部的巴斯克人，名叫加尔德真，走进舱里寻找缆绳，走上来说：

"舱里装满了。"

"装满了什么？"首领问。

"装满了水。"水手回答。

首领喊道：

"这是什么意思？"

"这是说，"加尔德真又说，"再过半小时，我们就要沉没。"

第十七章
最后的办法

龙骨有一个裂缝。海水渗了进来。什么时候的事？没有人能够说清楚。是靠近卡斯盖礁石的时候吗？是在奥尔塔什的前面吗？是在奥里尼西面触到海底了吗？最可能的是他们触到了"猴子"，他们挨到了不清楚的猛烈一击。他们在狂风刮得他们颠来倒去的时候，一点没有发觉。得了破伤风，感觉不到一点针刺的痛。

另一个水手，南部的巴斯克人，名叫夏娃-玛利亚，也下到船舱，回来时说："水深达到两伐尔。"

两伐尔约等于六尺。

夏娃-玛利亚又说：

"再过四十分钟，我们要沉没。"

漏洞在哪儿？他们看不到，漏洞被淹没了。充满船舱的水遮住了这个裂缝。船在吃水线下的某个地方有一个漏洞，在船体下部靠近船头。不可能看到它。不可能堵塞它。有伤口而又无法包扎，不过水渗透得不快。

首领喊道：

"必须抽水。"

加尔德真回答：

"我们已经没有唧筒。"

"那么，"首领又说，"我们靠岸吧。"

"陆地在哪里？"

"我不知道。"

"我也不知道。"

"但是陆地在某个地方。"

"是的。"

"让人把我们领到陆地去，"首领又说。

"我们已经没有领航员。"加尔德真说。

"你来掌舵吧。"

"我们没有舵柄了。"

"随便找一根木梁马马虎虎做一个舵柄吧。找一些钉子、一把锤子。快拿工具来！"

"木工的大箱子卷到水里了。我们没有工具了。"

"仍然要驾驭，不管到哪里！"

"我们没有舵了。"

"救生小艇在哪儿？把它放到水里。我们划桨？"

"我们没有救生小艇了。"

"我们在漂浮的船上划船。"

"我们没有桨了。"

"那么张帆！"

"我们没有帆了，没有桅杆了。"

"我们就用梁木做桅杆，用油布做帆。我们离开这儿。我们就依靠风！"

"已经没有风。"

风确实早已离开他们。风暴过去了，他们把风暴的离开看作获救，其实是一种损失。西南风持续下去的话，会把他们疯狂地推到岸边，会超过漏水的速度，兴许把他们送到一个有利的沙洲，在船沉没之前让他们搁浅。风暴将船迅速卷走，会让他们着陆。没有风就没有希望。没有风暴他们也会送命。

最危急的局面出现了。

风、冰雹、狂风、旋风，是可以制服的无节制的斗士。风暴可能因缺乏甲胄而被抓住。暴力不停地暴露，行动错误，往往击中的是旁边，人们有办法对付。可是，对付平静却无法可想。你抓不住一个突出点。

风像哥萨克的攻击一样；你坚守住，他们就溃散了。平静，这是刽子手的钳子。

海水并不迅速，却是不停地，不可阻挡地，沉甸甸地，升上船舱，随着水上升，船在下降。这个过程很缓慢。

"晨星号"的遇险者逐渐感到，他们身下最令人绝望的灾难、不能改变的灾难张开了口子。对无意识的事实沉静而不祥的信念缚住了他们。空气不晃动，大海也不动。一动不动是无情的。麻木默默地把他们消融。透过厚层的静止不动的水，不愤怒，没有激情，不知不觉，没有兴趣的水，地球决定命运的中心吸引着他们。在休息时，恐惧侵袭他们。这不再是浪涛张大的口，不是风和海浪打击这凶恶而威胁人的上下颚，不是风暴的咧嘴大笑，不是大浪泡沫飞溅的贪婪；在这些可怜虫身下，是无限黑洞洞的难以形容的哈欠。他们感到自己走进了死亡这个平静的深渊。露出在水面上的船帮越缩越小，就是如此。可以计算这段距离过几分钟以后会消失。涨潮和沉船恰恰相反。海水不是向他们升上来，他们在向海水降下去。是他们自己在挖掘坟墓。他们的重量就是掘墓工。

他们被处决了，不是被人的法律，而是被事物的法律。

下着雪，由于漂浮物不再移动，这白色的一层在甲板上形成一块布，仿佛用裹尸布覆盖住了船。

船舱越来越沉重。没有办法克服这个进水漏洞。他们甚至连一只戽水的铲子也没有，再说，铲子也是空想，实际用不上，单桅船上面是甲板。他们要照明，点燃了三四支火把，尽可能插在洞眼里。加尔德真拿来几只旧皮桶；他们着手装船舱的水，排成一长条。但是皮桶已经不能使用了，有些桶的皮脱线，其他的底部裂开，桶里的水在半路就漏空了。一进一出的差别微不足道。一桶水渗进来，一杯水倒出去。没有其他成功的办法。这是一个吝啬鬼试图一个铜板又一个铜板地用尽一百万。

首领说：

"让我们减轻船的重量！"

在风暴中他们把几只箱子绑在甲板上，箱子和桅杆的石墩连在一起。他们解开绳子，通过一个船舷的缺口把箱子滚到海里。有一只箱子属于一个巴斯克女人，她忍不住叹了口气：

"噢！我的红里子新斗篷啊！噢！我可怜的桦树皮的花边袜子啊！噢！我的圣母月望弥撒时戴的银耳坠啊！"

甲板被打扫干净以后，剩下舱房里的东西了。舱房堆得满满当当的，读者记得，摆满了乘客的行李和水手的包裹。

他们拿走了行李，通过船舷的缺口，扔掉了所有的累赘。

他们把包裹拿出来，扔到大海里。

他们终于出清了船舱。提灯啊，木砧啊，木桶啊，一袋袋东西啊，小木桶啊，饮水桶啊，连汤带锅啊，通通扔到浪涛里。

他们拧开了早已熄灭的铁炉子里的螺丝帽，把炉子拆下来，抬到甲板上，一直拖到缺口边，把炉子扔出船外。

他们把凡是能拽下来的船护板、框架肋骨、支索和碎裂的帆缆和索具一股脑儿扔到海里。

首领不时拿上一支火把，去照射船首上漆的最低水位数字，看看船沉到什么程度。

第十八章
孤注一掷的办法

漂浮的船减轻了重量，下沉得慢一些，可是始终在下沉。

局势无法可想，既一筹莫展，更无权宜之计。他们已用尽了办法。

"还有什么东西可以扔到海里的吗？"首领喊道。

谁也不再想到的博士从船舱帆布盖的角落里走了出来，说道：

"有的。"

"什么东西？"首领问。

博士回答：

"我们的罪恶。"

一阵战栗掠过，所有的人喊了起来：

"阿门。"

博士站着，面色煞白，一只手指指向天空，说道：

"跪下。"

他们跌跌撞撞，这是下跪的开始。

博士又说：

"把我们的罪恶扔到海里去吧。罪恶压在我们身上。正因此使船下沉。我们不要再想得救，让我们想永生吧。尤其是我们最后一桩罪恶，我们已经犯下的罪恶，或者不如说刚才做过的罪恶，你们这些听我说话的可怜虫，这罪恶压在我们身上。企图把杀人罪置于自己身后，这是到深渊来冒险、亵渎天主的无耻罪行。对一个孩子的犯罪就是对天主的犯罪。必须上船，这个我是知道的，但这准定是堕入地狱。风暴来临了，这是我们的行动造成的黑暗提出的警告。这是很对的。再说，你们绝不要后悔。我们在这里，离我们不远，在这片黑暗中，就有沃维尔沙洲和乌格海角。这是法国。只有一个可能躲避的地方，就是西班牙。法国不比英国更少危险。我们摆脱了海洋，要导致上绞刑架。要么完蛋，要么淹死；我们没有其他选择。天主替我们做了选择。让我们感谢天主吧。天主给了我们洗涤罪恶的坟墓。我的兄弟们，这是无法避免的。试想，我们不久前竭尽所能将某个人，就是那个孩子送上天去，就在此刻，在我说话的当儿，兴许在我们的头顶之上有一个灵魂，在望着我们的判官面前指控我们。让我们利用这最后的暂缓时刻。如果还有可能，我们要尽力在取决于我们的机会之中，弥补我们做过的坏事。如果孩子还活着，我们就去帮助他。如果他死了，要尽力让他原谅我们。我们要把罪恶从身上丢掉。让我们的良心去掉这个重负。尽力让我们的灵魂不要在天主面前被吞没，因为这是可怕的沉没。葬身于鱼腹，灵魂又喂了魔鬼。可怜一下你们自己吧。跪下，我对你们说。忏悔，这是不沉的船。你们再也没有指南针了吧？错了。你们有祈祷。"

这些狼变成了绵羊。这些变化可以在忧心忡忡中看到。老虎也会舔十字架。当黑暗之门打开一点时，信仰是困难的，不信仰是不可能的。不管人所尝试的不同宗教草图多么不完善，即使信仰还不成形，即使教条的轮廓根本不适于永生的雏形，在最终时刻到来时，仍然会有灵魂的震动。有些事在死后开始。这种压力压在垂死时的心态上。

垂死是一种到期。在这致命的时刻，会感到身上有扩散的责任感。曾经存在的使未来复杂化。往昔返回，进入未来。已知的和未知的一样，变成深渊，这两个深渊，一个存在于他的错误，另一个存在于他的等待，两者混杂它们的反光。正是两种深渊的混合使垂死者恐惧。

他们已经最后耗尽了获救的希望。因此他们转向了另一侧。他们只有在这黑暗中存在机会。他们明白这一点。这是一种阴森的眩目，马上又坠入恐惧。人们在垂死时明白的东西，就像在闪电中看到的东西。一切，然后荡然无存。看到了，然后什么也看不到。死后，眼睛重新张开，曾经是闪光的东西会变成太阳。

他们高声问博士：

"你啊！你啊！眼下只有你了。我们会服从你。必须干什么？说吧。"

博士回答：

"就是要越过未知的深渊，到达生命的彼岸，在坟墓之外。作为知道得更多的人，我所处的危险比你们都大。你们让负载最重的人选择过桥是做对了。"

他又说：

"学问压在良心上面。"

随后他又说：

"我们还剩下多少时间？"

加尔德真看了看最低水位线，回答说：

"一刻钟多一点。"

"好。"博士说。

他蹲在那边，舱房低低的帆布篷顶成了一张桌子。博士从口袋里拿出墨水盒、笔和皮夹，他从皮夹里抽出一张羊皮纸，几个小时以前，就在这张羊皮纸的背面，写下歪歪扭扭、挤在一起的二十来行字。

"借个光。"他说。

雪片像瀑布的泡沫一样，已经一个接一个把火把都扑灭了。只剩下一支火把。夏娃-玛利亚拔下火把，手里拿着，站在博士身边。

博士把皮夹放回兜里，把笔和墨水盒放在帆布篷的顶上，打开了羊皮纸，说道：

"听着。"

于是，在海洋中，在这个坟墓的颤动地板，即在缩小的浮桥上，由博士庄重地开始阅读一段文字，黑暗似乎也在倾听。所有这些判定要死的人，在他周围低下头来。火把的光芒增加他们脸色的苍白。博士念的东西是用英文写下的。当有一个忧愁的目光似乎希望解释一下时，博士停顿一下，要么用法语，要么用西班牙语，要么用巴斯克语，要么用意大利语，重复一遍他刚刚念过的一段。只听到压抑的呜咽声和拳头敲在胸脯上的沉闷声音。漂浮的船继续往下沉。

念完以后，博士将羊皮纸平放在帆布篷上，抓住了笔，在他所写的字下边的空白处签上了名：

"杰哈杜斯·吉斯特门德博士。"

然后，他转向其他人说：

"来吧，签名吧。"

巴斯克女人走过来，拿起了笔，签上**"阿森西昂"**。

她把笔递给爱尔兰女人，后者不会写字，画了个十字。

博士在这个十字旁边写上：

"巴尔巴拉·费尔摩伊，埃布德群岛的蒂里夫岛人。"

然后，他把笔递给这帮人的首领。

首领签上**"加伊多拉，班长"**。

热那亚人在首领下面签上**"吉昂吉拉特"**。

朗格多克人签上**"雅克·卡图尔兹，又名纳尔博纳人"**。

普罗旺斯人签上**"吕克-皮埃尔·卡普加卢普，来自马翁苦役监"**。

在这些签名下面，博士写上这个注释：

"三个船员中，船主被一股浪涛卷走了，只剩下两个船员，都签了名。"

两个水手将他们的名字签在这个注释下面。北部巴斯克人签上**"加尔德真"**。南部巴斯克人签上**"夏娃-玛利亚，小偷"**。

然后，博士说：

"卡普加卢普。"

"在。"普罗旺斯人说。

"你有阿尔卡诺纳的葫芦吗？"

"有。"

"把葫芦给我。"

卡普加卢普喝了最后一口烧酒，把葫芦递给博士。

舱里的海水越涨越高。漂浮的船越来越沉到海水里。

甲板倾斜的边缘覆盖薄薄一层吞噬的海水，正在增大。

所有人都聚集在船的甲板脊弧上。

博士在火把边将签名的墨水烤干，把羊皮纸折得比葫芦口还要细小，一直塞进葫芦里。他喊道：

"木塞。"

"我不知道在哪儿。"卡普加卢普说。

"这儿有一段没有涂柏油的绳子。"雅克·卡图尔兹说。

博士用这段绳子塞住葫芦口，说道：

"柏油。"

加尔德真走到船首，用废麻灭灯器罩住熄灭的榴弹照明灯，把它从艄柱上取下来，递给博士，里面装了一半滚烫的柏油。

博士把葫芦的细颈浸到柏油里，然后抽了出来。

装着大家签了字的羊皮纸的葫芦，瓶口是塞住的，沾上了柏油。

"成了。"博士说。

从每个人的嘴里，以各种语言模糊地喃喃发出像是从坟墓中逸出的哀怨声。

"但愿如此！"

"Mea culpa！" [1]

"Asi sea！" [2]

"Aro raï！" [3]

"阿门！"

好像传来的是巴别塔在黑暗中面对上天断然拒绝听的阴沉喊声。

博士对他不幸中的罪恶伙伴转过身去，向船舷走了几步。到达漂浮的船舷后，他望着无边的海空，用深沉的声音说：

"Bist du bei mir？" [4]

他指不定在向鬼魂说话呢。

漂浮的船在下沉。

在博士身后，大家在沉思。祈祷是一种不可抗拒的力量。他们没有弯下腰，而是俯下身去。在他们的忏悔中，有不由自主的因素。他们变得憔悴，就像没有风的帆萎靡不振一样。这粗野的一群人双手合十，拍着额头，逐渐采取虽然绝望地信仰上帝，但不同的、受压的态度。难以形容的、来自深渊的、可敬的反光浮现在罪人们的面孔上。

博士又向他们返回来。不管他的往昔如何，这个老人面对结局显得高大。他关注的是周围普遍的保留态度，但并不使他为难。这个人并没有措手不及。他身上有的是平静的恐怖。对天主崇高的理解反映在他脸上。

1　拉丁文：我罪，我罪！（《悔罪经》中的一句。）
2　但愿如此！
3　好极了！（罗马方言）
4　你在我身边吗？

这个会思索的老强盗，毫无疑问，有教皇的姿态。

他说：

"注意。"

他注视一会儿天际，添上说：

"现在我们就要死了。"

然后，他从夏娃-玛利亚的手里拿过火把，摇动起来。

从中溅出一缕火焰，飞到夜空中。

博士将火把扔到海里。

火把熄灭了。全部火光消失。只剩下无边的不为人知的黑暗。仿佛坟墓合拢一样。

在火光消失时，只听到博士说：

"咱们祈祷吧。"

所有人都跪了下来。

他们不再跪在雪上，而是跪在水里。

他们只有几分钟的时间。

唯有博士仍然站着。雪片落在他身上，星星点点地在他身上洒上了白色的泪花，在黑暗的背景中显现出他。好像会说话的黑暗塑像。

博士画了一个十字，正当他的双脚开始难以觉察地晃动，表明船即将沉没时，他提高了声音，说道：

"Pater noster qui es in cœlis."

普罗旺斯人用法语重复：

"在天上的天父。"

爱尔兰人用威尔士语再说一遍，巴斯克女人听得懂：

"Ar nathair ata ar neamh."

博士继续说：

"Sanctificetur nomen tuum."

"愿您的名字变得神圣，"普罗旺斯人说。

"Naomhthar hainm，"爱尔兰女人说。

"Adveniat regnum tuum，"博士继续说。

"Tigeadh do rioghachd，"爱尔兰女人说。

跪着的人身上，海水已经漫到肩膀。博士又说：

"Fiat voluntas tua."

"愿您的意志实现，"普罗旺斯人喃喃地说。

爱尔兰女人和巴斯克女人齐声喊出：

"Deuntar do thoil ar an Hhalâmb！"

"Sicut in cœlo，et in terra，"[1] 博士说。

没有声音回应他。

他低头一看。所有的脑袋都在水下。没有一个人站起来。他们都跪着让自己淹死。

博士右手抓住放在帆布篷上的葫芦，高举过头。

船沉了下去。

博士一面往下沉，一面喃喃地念完余下的祈祷。

他的胸脯露出水面一会儿，然后是脑袋，然后只剩下拿着葫芦

---

1 博士用拉丁文所说的话意为：在天上的天父；愿您的名字变得神圣；愿您的名字，愿您的旨意降临大地。借自《天主经》。

的手臂，仿佛他要显示给无限。

这条手臂消失了。深海除了一只油桶以外，没有一点皱褶。雪继续降落。

有样东西浮现出来，随着浪涛漂到黑暗中。这是柳条套子托起涂了柏油的葫芦。

第三卷

黑暗中的孩子

第一章
象棋墩

陆地上的风暴并非不如海洋上猛烈。

在被抛弃的孩子周围，是同样的风疾雨暴。弱者和无辜者变成了盲目力量无意识发怒的摧残物；黑暗不做识别；物体根本没有人们所设想的那种仁慈。

陆地上风很少；寒冷有难以形容的静止性。没有冰雹。落下的雪厚度十分可怕。

冰雹噼啪地下，烦扰人，打伤人，砸坏人，震耳欲聋；雪片更厉害，无情而柔软的雪片默默地工作，触到它，它就融化了。它是纯洁的，就像伪善者的诚实一样。正是通过慢慢积累的白色，雪片达到雪崩，欺骗达到罪恶。

孩子继续在雾中向前走。雾是一种软绵绵的障碍；由此而产生危险；它让步，却坚持；雾像雪一样，充满了叛变。孩子在所有这些危险中是奇特的斗士，终于到达斜坡底下，闯进象棋墩。他不知不觉来到一个地峡，两边是海洋，在雾、雪和黑夜中走错路，右边，要落入海湾的深水中，左边，要落入大海汹涌的浪涛里。他一无所知地走在两个深渊中间。

波特兰地峡在当时特别险峻而崎岖。今日再也没有往日的地形。自从人们想到开采波特兰的石头，制造水泥以来，整个悬崖经历了翻挖，消除了原来的面貌。那里还找到细粒硬质石灰石、板岩、从砾岩沙洲挖出来的好像牙床中的牙齿一样的暗色岩；但鸭嘴锄把所有凸出的、高低不平的丘顶截去和削平，胡兀鹫丑陋地栖息在上面。再也没有和贼鸥能约会的峰顶，它们像爱嫉妒的鸟，喜欢弄脏山顶。人们徒劳地寻找所谓"戈多尔芬"的巍峨的巨石，"戈多尔芬"是威尔士的古语，意为"白鹰"。夏天，人们还在这些好像海绵一样多孔和小洞的地块收集迷迭香、除蚤薄荷、野生海索草、海茴香（浸泡后成为补药），以及那种多结草（从沙土里长出来，用来编席子）；但从那里再也捡不到灰琥珀、黑锡以及三种板岩，一种是绿色食品的，一种是蓝色的，另一种是鼠尾草叶子的颜色。狐狸、獾、水獭、貂都一走而空；在波特兰的悬崖上，就像在科尔努阿伊的海角上，还有过岩羚羊；如今再也没有了。人们还在某些波谷捕到鲽和沙丁鱼，但是胆怯的鲑鱼再也不在圣米歇尔节和圣诞节之间上溯到拉维斯产卵。人们再也不像在伊丽莎白时代那样看到不知名的老年鸟儿，它们就像雀鹰一样大小，能把苹果一切为二，只吃里面的籽。在那里再也看不到小黄嘴乌鸦，英语叫作"corniche chough"，拉丁语叫作"pyrrcarax"，它们狡黠地把烧着的嫩枝扔到茅草屋。那里再也看不到一种妖鸟，是从苏格兰群岛飞来的候鸟，从嘴流出油来，岛民用这种油来点灯。那里傍晚在退潮声中再也听不到传说中长着猪蹄，发出牛鸣声的古代"奈特斯"鸟的叫声了。潮水再也不把那种长胡子、卷耳朵、尖牙齿、没有爪子、拖着蹼掌走路的海狮冲上沙滩了。在今日难以辨认的波特兰,由于缺乏森林,再也没有黄莺,而老鹰、天鹅和海鹅都飞走了。如今波特兰的绵羊肉很肥,毛很细;两个世纪以前,那些吃这种咸草的母羊都很小,肉咬不动,毛很粗糙,和凯尔特人的羊群一样,它们从前是由吃大蒜的牧羊人放牧的,他们能活到一百岁,用一米二长的箭从半英里外射穿敌人的盔甲。不毛之地产生粗糙的羊毛。今日的象棋墩丝毫不像从前的象棋墩,它被人和能啃掉石头的索尔林格[1]的狂风彻底改变了。

今日,这长条陆地铺了一条铁路,直达一处宛如棋盘似的新房子:舍西尔通,有一个"波特兰车站"。火车滚动的地方是海豹从前爬行之处。

波特兰地峡在两百年前是一个驴背似的沙洲,带着岩石垂直的脊骨。

对孩子来说,危险改变了形态。孩子在斜坡上所担心的是,滚到悬崖底下;在地峡中,这是掉到洞里去。和悬崖打过交道后,他要和坑洼打交道。在海边,到处都是陷阱。岩石滑溜,海滩流动。支撑点是陷阱。有如一个人把脚踏在玻璃上。在你脚下,一切可能冷不丁破裂。人从破裂的地方消失。海洋底下有几层,仿佛是一个有机关布景的舞台。

地峡两边长斜坡所依附的长条花岗岩脊背,走起来很困难。用

---

1 索尔林格,在科尔努阿伊州西端,位于大西洋的群岛。

导演的话来说，很难找到可以在上面行走的路。人从海洋那里，岩石也好，海浪也好，等不到任何好意接待；只有鸟和鱼是海洋预计到要来的。地峡尤其光秃秃，犬牙交错。浪涛从两边侵袭和毁坏地峡，使之陷于最单调的样子。到处是切断的凸起石块、石脊、锯齿状石头、可怕的碎裂石头，像鲨鱼尖利的牙齿一样微微张开、湿苔藓布满的难走通道，直达通到泡沫处的快速熔岩流。谁想穿过地峡，每一步都要遇到大得好像房子一样的奇形怪状的大块石头，呈现出胫骨、肩胛骨、大腿骨、脱皮岩石的丑陋解剖。这些海边的一条条沟渠叫作"肋骨"，不是毫无意思的。路过的人尽可能摆脱这杂乱的堆积。穿过这巨大的骨架，要做的工作几乎就是这样。

眼下就是让一个孩子去做这赫拉克勒斯[1]的工作。

大白天也许更好些，可是眼下是黑夜；有个向导也许是必要的，可他是单独一个人。一个成年人的全部活力兴许不是太多，但这孩子只有微弱的力气。缺少向导，一条小径兴许能帮助他，可是根本没有小径。

他本能地避开一连串尖锐的岩石，尽可能沿着海滩走。正是在那里他遇到坑坑洼洼。在他面前，这些坑洼呈现三种形态：水坑、雪坑和沙坑。沙坑最可怕。这是坑人的流沙。

知道面临的危险令人惊慌，但不知道却很可怕。孩子同未知的危险做斗争。他在也许是坟墓里摸索。

他毫不犹豫。他绕过岩石，避开裂缝，猜测出陷阱，遇到曲曲

---

1 赫拉克勒斯，希腊神话里的英雄，做过12件大事。

折折的障碍，但是在往前走去。他不能笔直走，但他步子坚定。

必要时他有毅力后退。他知道及时摆脱流沙可怕地粘住。他抖掉身上的雪。他不止一次进入水里，水漫到膝盖。他一从水里出来，湿漉漉的衣服在黑夜中便被严寒马上冻结住了。他穿着硬邦邦的衣服快步走着。但他机智地让胸前那件水手粗布短工作服保持干燥，在胸脯前是暖和的。他始终饥肠辘辘。

在深渊附近冒险伸至四面八方；在那里什么事都可能发生，获救也有可能。出路看不见，可是能找得到。孩子裹在令人窒息的雪的螺旋中，迷失在深渊的两只大口之间的狭窄堤岸上，那里什么都看不到。他终于穿过地峡，这连他自己也无法解释。他滑溜、爬行、滚动、寻找、步行、坚持，如此而已。这是一切成功的秘密。不到一小时，最后他感到土地在上升，他来到另一边的海岸，走出了象棋墩，来到坚实的土地上。

今日连接桑德福德-卡斯和斯马尔茅思-桑德的桥梁，那时还不存在。在他机智的摸索中，有可能他一直上升到威克·雷吉斯的对面，那里有一长条沙滩，真正的自然海堤，穿过东弗利特。

他逃离了地峡，但重新面对风暴、冬天和黑夜。

在他面前，重新展开阴暗的平原，一望无际。

他观看陆地，寻找一条小径。

突然他弯下身来。他刚刚在雪地里看到一样东西，他觉得是足迹。

这确实是足迹，一个脚印。白雪清晰地显出脚印，使之变得历历在目。他注视脚印。这是一只光脚，一只比成年人还小的脚，但比孩子的脚要大。

可能这是一个女人的脚印。

脚印之外，有另一个脚印，然后又是一个；脚印相继而去，一步步隔开，朝右边伸展到平原。脚印还很新鲜，覆盖的雪很少。一个女人刚刚走过这里。

这个女人行走的方向正是孩子看见有烟的地方。

孩子盯住脚印，开始随着这步子走下去。

第二章
雪的效力

他跟着这足迹走了一会儿。不幸足迹越来越模糊了。雪密集得吓人。正是在这时，单桅船在大海上同样的雪中沉没。

孩子像这艘船一样不幸，但是方式不同，待在他面前矗立的黑暗无法摆脱的交织中，除了脚踩在雪地上，没有其他办法，依附这足迹，宛若依附于迷宫中的线一样[1]。

突然，要么由于雪终于盖住了足迹，要么是由于别的原因，脚印消失了。一切重新变得平坦，浑然一体，齐刷刷的，没有一个斑点，没有一个值得注意的细节。大地只剩下一块白布，天空只剩下一块黑布。

仿佛路过的女人飞走了。无计可施的孩子弯下身子寻找。徒劳。

他站起来时，感觉到有样东西，他隐约听到，但又不能肯定听到。这似乎是一个声音，一下呼吸，一个影子，不如说是人的，而

---

1 指忒修斯在阿里阿德涅所给的线的帮助下杀死怪物，走出迷宫。

不是动物的；不如说是坟墓的，而不是活人的。这是声音，不过是梦幻。

他四下里打量，一无所见。

他面前是光秃秃、白乎乎而孤独的外海。

他倾听。他刚才以为听到的声音消失了。也许他什么也没有听见。他继续听。万籁俱寂。

在这片迷雾中只有他的幻觉。他又走起来。

他随意乱走，此后再没有脚印引导他了。

他刚刚离开，这声音又起来了。这回他无法怀疑。这是一声呻吟，几乎是一声啜泣。

他回过身来。用目光扫视夜空。他一无所见。

声音重新响起来。

倘若灵薄狱能够发出喊声，就是这样叫唤的。没有什么比这声音更加令人揪心、动人心魄和微弱的了。因为这是一个声音。这来自灵魂，在这喁喁声中有颤动。但这几乎像是无意识的。这就像在召唤的一声痛苦喊叫，却不知道它是痛苦，它在召唤。这声音指不定是第一声呼吸，指不定是最后的咽气，与结束生命和初生婴儿的哇哇啼哭等量齐观的嘶哑喘气声。这是在呼吸，这是在窒息，这是在哭泣。在不可见的地方的哀告。

他侧耳细听。声音还在传来。他清晰地听到。这声音有点儿像羔羊在叫。

于是他害怕起来，想到逃走。

又传来呻吟声。这是第四次。声音奇怪地悲惨和可怜。令人感到在这最高的，与其说是机械的，还不如说是自觉的努力之后，这声音可能要消失。这是一种临终的请求，本能地发出那么多的求救，紧张地伸展到远方；这是向上天发出的难以形容的临终细语。孩子走向声音传出的地方。

他始终一无所见。

他继续往前走，一面在观察。

呻吟声在继续，从刚才不清晰的模糊，转到清晰和几乎是颤动的声音。孩子就在这声音附近。可是声音在哪里呢？

他在呻吟声旁边。呻吟在空中的颤动，从他身边掠过。人的呻吟声在看不见的地方飘荡，这就是他刚刚遇到的。至少这就是他的印象，如同他迷失在其中的浓雾一样混沌。

一方面本能促使他逃走，一方面本能又对他说留下来，他迟疑不决，他在雪中，在脚下，在离他几步远的地方，看到一个人的身体大小起伏的东西，一个长而狭窄略微隆起的小东西，有如墓穴的凸起，像是一个白色坟墓的墓地。

与此同时，声音在喊叫。

它是从底下发出的。

孩子弯下身子，蹲在这起伏的东西面前，他用双手开始把雪扒开。他在扒开的雪下看到一个像人形的东西。突然，在他的手下，在他挖空的地方，出现一张苍白的脸。

绝不是这张脸在叫喊。它的眼睛闭拢，嘴巴张开，盖满了雪。

它一动不动。它在孩子的手下没有颤动。孩子手指感到冰冻，触碰到这张脸的冰冷，哆嗦了一下。这是一个女人的脑袋。散乱的头发掺杂着雪。这个女人死了。

孩子重新扒开雪。死者的头颈显露出来，然后是上半身，可以看到破衣烂衫下面的肉体。

猛然间，他在触摸中感到有样东西微微颤动。这是一个被埋的小孩身子，它在颤抖。孩子赶快去掉雪，发现了一个发育不好的可怜小身子，它还活着，在死者赤裸的胸怀中赤身露体。

这是一个小姑娘。

她被包起来，但是破衣不够，她挣扎着从破衫之中伸出来。她可怜的四肢瘦骨嶙峋，她的呼吸在头上方把雪融化了一点。一个奶妈给她喂了五六个月的奶，她也许只有一岁，因为在贫困中生长会遭到令人难受的抑制，有时甚至发展到萎缩病。她的脸露在空气中之后，她发出一下喊声，这是痛苦的呜咽的继续。母亲既然没有听到这哭声，那么她准定是完全死了。

孩子将小姑娘捧在怀里。

僵直的母亲阴森可怕。从这张脸发出一种幽灵的光。张开的没有气息的嘴似乎用一种冥冥中不清晰的语言，回答对冥府死者提出的问题。冰天雪地的平原的苍白反射，照在这张脸上。可以看到在褐色头发下面年轻的额角，几乎愤怒的眉头紧皱，抽紧的鼻孔，紧闭的眼皮，眉毛被霜贴住，泪沟很深。雪照亮了死者。冬天和坟墓并不互相损害。尸体使人变成冰块。乳房的赤裸令人触目，使用过度有着崇高的损伤，那是失去生命的人给予生命的印记，母性的崇高代替了处女的纯洁。在一个乳房的尖端，有一滴白色的珍珠。这是一滴冰冻的乳汁。

让我们马上述说一下，在这个迷路的孩子也经过这片原野的时候，一个女乞丐正在喂奶，也在寻找一个栖息的地方，几小时前，她迷了路。她冻得麻木了，在风暴中倒下，未能再站起来。大雪覆盖住她。她尽可能抱紧女儿，断了气。

小女孩竭力吮吸这大理石的乳房。

天性做出悲哀的信赖，因为似乎一位母亲甚至在咽气之后仍然可能最后一次哺育。

可是孩子的嘴巴找不到乳房，被死亡夺走的奶水结了冰，在雪中，更习惯摇篮而不是坟墓的婴儿哭喊起来。

被抛弃的小男孩听到了垂死的小不点的喊声。

他把她挖掘出来。

他把她抱在怀里。

当小不点感到自己在怀抱里时，她停止了哭喊。两个孩子的两副面孔触到一起，婴儿发紫的嘴唇挨近小男孩的面颊，仿佛挨近一只奶头。

小女孩几乎到了这一刻：快要凝结的血液即将停止心脏跳动；尸体互相传递，冷却在传染。小不点的手脚、手臂和膝盖仿佛被冰雪麻痹了。小男孩感到这可怕的冰冷。

他身上有一件暖和的干衣服，他的水手短上衣。他把婴儿放在死者的胸脯上，脱下他的上衣，包住小不点，又把婴儿抱起来，婴儿在北风吹来的雪片下，如今几乎是赤裸裸的。他把婴儿抱在怀里，重新上路。

小不点终于又找到男孩子的面颊，把嘴附在上面，她暖和起来，沉沉入睡。在黑暗中这两个灵魂第一次亲吻。

　　母亲仍然躺着，背靠雪地，脸朝黑夜。正当小男孩脱下衣服给小女孩裹上时，也许母亲在无限的深处望着他呢。

第三章
痛苦的道路因重负而更难走

单桅船把这个男孩抛弃在岸上，离开波特兰小海湾后，已经有差不多四个多小时了。自从他被抛弃这么长时间以来，他一直往前走，在这个他也许要进入的人类社会中，他只有过三次遭遇，遇到过一个男人、一个女人和一个孩子。这个男人在山丘上；这个女人在雪地里；这个小女孩，他抱在怀里。

他精疲力竭，饿得发晕。

他比以前更加奋然而行，力气少了，负担重了。

如今他差不多没有衣服。他剩下的一点破衣烂衫，因冰雪而冻得硬邦邦的，像玻璃一样切割着他，刮破他的皮肤。他是冻得哆嗦，而另一个孩子却暖和起来。他失去的并没有失去，她得到了。他看到对可怜的小不点来说因暖和重新获得了生命。他继续往前走。

他一面抱紧她，一面不时地弯下身子，用一只手抓一把雪，去擦拭她的脚，免得被冻伤。

有的时候，他喉咙里像有火一样，他把一点雪塞进嘴里，含着这雪，骗过一会儿干渴，却变成身上发烫。想减轻反而加重了不舒服。

风雪肆虐，不断加剧。大雪如洪水，这就是一例。达到顶点的风雪横扫海岸，同时使海洋波卷浪翻。也许这就是迷失方向的单桅船在和暗礁的搏斗中解体的时候。

他在北风中穿越这广阔的雪原，始终朝东走。他不知道是什么时辰。他很久没有看到炊烟了。黑夜中这种指示很快消失；况且，眼下是烧饭的火熄灭的时刻；也许他搞错了，在他所走的方向，既没有城市也没有乡村。

他虽然心存疑惑，却继续往前走。

小不点儿喊叫了两三次。于是他变换姿势，摇晃一下；她安静下来，不出声了。她终于沉睡了，睡得很香。他感到她热烘烘的，自己却冻得发抖。

他经常拉紧水手短上衣的皱褶，围住小不点的脖子，不让霜通过张开的地方钻进去，也不让雪融化在衣服和孩子之间。

原野起伏不定。在低下去的斜坡，被风堆积在地褶中的雪，因他人小而显得很高，他几乎要整个儿钻进去，只得身子半埋地行走。他用膝盖推开雪，才能走路。

穿越过洼地以后，他终于到达被北风扫荡过的高台，那里的雪很薄，地面有薄冰。

小女孩的热气掠过他的面颊，使他暖和了一会儿，他停下来，头发结了冰，热气形成了冰块。

他意识到事情变得复杂而可怕，他不能摔倒。他感到自己会站不起来。他疲惫得要垮了，黑暗会像铅一样把他压倒在地上，如同那个咽气的女人，冰雪会把他活生生地连接在地上。他从悬崖斜坡上跑下来，得以脱身；他在窟窿中跌跌跄跄，摆脱了窟窿；此后只要摔倒就是死亡。踏错一步就是坟墓。不能滑倒。他甚至会没有力气跪着爬起来。

可是他周围到处都很滑；都是冰霜和变硬的雪。

他抱着的小不点儿使他步履维艰；这不仅是一个重负，因他筋疲力尽而显得过重；这可是个障碍。她占据了他的双臂，对于在薄冰上行走的人来说，双臂是天然的必不可少的平衡工具。

必须放弃这平衡工具。

他放弃了，继续行走，不知道在重负的压力下会变成怎样。

这个小不点儿是使之溢出痛苦之瓶的水滴。

他一步一摇地走着，仿佛在跳板上，在任何人看来都是完成平衡的奇迹。但也许，我们再说一遍，在这条痛苦的道路上，他受到在黑暗的远方张开的眼睛，母亲的眼睛和天主的眼睛所注视。

他颠踬一下，打了个趔趄，重新稳住，小心护着孩子，给她重新盖好衣服，盖住她的脑袋，又趔趄一下，始终往前，滑了一滑，然后又挺直身子。风可恶地把他推向前去。

他确实走了许多冤枉路。从表面看来，他就在后来宾克利夫农场建立的原野上，如今叫作春园和名流住宅之间。现在是租田和房屋，当时是荒地。草原往往不到一个世纪就变成一座城市。

突然，使他睁不开眼的冰冷狂风停了一会儿，他在前面不远的地方看到一组三角墙和烟囱，被雪凸现出来，同黑影相反，这是画在黑色地平线上的白色城市，就像今日叫作底片的东西一样。

有屋顶、住房，一个住人的地方！他终于到了一个地方！他感到难以形容地燃起了希望。一条迷失方向的船的瞭望水手高喊"陆地！"，就有这种激动。他加快了步子。

他终于接近了人。因此他就要到达有人的地方。再没有什么可害怕的了。他身上生出了这突然而起的热量，就是安全。今后再没有黑夜了，没有冬天，也没有风暴。他觉得厄运中可能有的一切如今都丢在身后。小不点不再是一个重负。他几乎跑了起来。

他的目光盯住这些屋顶。生命在那里。他的目光不再离开屋顶。一个死人会这样通过坟墓的墓盖张开一点。这样望着会属于他的东西。这是烟囱，他刚才看到从中冒出烟来。

眼下已经不再冒烟了。

他迅速行动，到达居民点。他来到一个城市的郊区，有一条敞开的街道。当时，在夜晚，街道设路障已经过时了。

街道从两座房子开始。在这两座房子里，看不到任何蜡烛和任何灯光，整条街上、整座城里也没有，目力所及之处都是如此。

右边的房子不如说是一个屋顶，而不是一座房子；没有什么更加可怜兮兮的了；墙壁由柴泥建成，屋顶是茅草的；茅草比墙壁面积更大。在墙根生长的一株高大的荨麻触到了屋顶边缘。这所简陋小屋只有一扇猫屋似的门和一扇天窗作为窗户。整个屋子门关户闭。旁边，一个猪圈表明茅屋还是住人的。左边的房子很宽很高，全是石头垒成，屋顶盖石板，同样关闭。富人家面对穷人家。

男孩没有犹豫。他走向大房子。双扇门的门后，可以猜度有一个上了锁的粗木架，上面吊着一把铁槌。

他提起铁槌，费了一些劲，因为他冻麻木的手不如说是残废的，而不是手。他敲了一下。

没有回应。

他又敲了两下。

房子里没有任何动静。

他敲了第三次。什么动静也没有。

他明白了，里面的人已睡着，或者没有考虑要起来。

于是他转向穷人的房子。他在雪地上捡了一颗卵石，去敲低矮的门。

没有回应。

他提起脚尖，用石子敲打窗户，轻轻地，避免敲碎玻璃，但也重得让人听见。

没有任何声音响起，没有任何脚步移动，没有任何蜡烛点燃。

他心想，里面也是没有人想爬起来。

在石头房子里和茅草房子里的对落难人都是装聋作哑。

男孩决定走得更远一点，穿过在他面前延伸的峡道似的房子，街道这样黑黝黝，不如说是穿过两排悬崖，而不是进入一个城市。

第四章
另一种形式的荒野

他刚进入的是威茅斯。

那时的威茅斯绝不是今日令人尊敬的壮丽的威茅斯。昔日的威茅斯不像今日的威茅斯，是一个无可挑剔的长方形码头，有一座塑像和一家旅店，纪念乔治三世[1]。这是因为当时乔治三世还没有出生。出于同样的理由，在东边绿山丘的斜坡上，与土地成平面，用削去草地和铺上光秃秃的白垩的办法，勾画出占地一长条"阿庞"[2]的"白马"，马背上驮着国王，始终为了纪念乔治三世，马尾转向城市。再说，这样的荣誉是配称的；乔治三世在晚年失去青年时代从未有过的理智，绝对不能为他的统治时期的灾难负责。他是无辜的。为什么不能有塑像呢？

一百八十年前的威茅斯几乎和散乱的游戏棒一样对称。传说中

---

1 乔治三世（1738—1820），英国国王，因措施失当，和美洲发生战争，最后导致 1783 年美国独立。1765 年出现精神错乱，1810 年发疯。

2 1 阿庞等于 20—50 公亩。

的阿斯塔罗特[1]有时到人间漫步，背着一个褡裢，里面应有尽有，甚至有一些善良的女人待在她们的房子里。乱七八糟的木板屋从这个妖精的褡裢中落下来，可以给人设想不规则的威茅斯是什么样子。再者，在木板屋中有善良的女人。剩下的音乐家之屋就是这类住屋的标本。一些雕刻的、虫蛀的木屋混杂在一起，这是另一种雕刻，摇摇晃晃，凸出在外，属于形状丑陋的建筑，彼此支撑，不致在风中倒塌，在它们之间留下弯弯曲曲的、拙劣的道路狭窄的空间，春秋分的大潮往往水淹这些小巷子和十字路口，扎堆的祖母般的老房子簇拥在祖先辈的教堂周围，这就是威茅斯。威茅斯是一种搁浅在英国海岸的诺曼底人的村庄。

旅客如果走进如今被旅馆代替的小酒馆，非但不能豪华地支付一条煎箬鳎鱼和一瓶二十五法郎的葡萄酒，而是要屈辱地花两个铜板，喝一盆鱼汤，不过是非常美味的。真是可怜得很。

迷路的孩子抱着捡来的孩子，沿着第一条街道走去，然后是第二条街，然后是第三条街。他抬头在多层楼房和屋顶上寻找一扇有灯光照亮的窗户，但是一切房屋都门关户闭，熄灯灭火。他间隔地敲门。没有人回应。没有什么比暖暖和和地待在被窝中变得更铁石心肠的了。这声音和敲门终于惊醒了小不点。他发觉了，因为他感到小不点在吮吸他的面颊。她没有喊叫，信赖这是一个母亲。

他大胆转过身，也许长时间徘徊在斯克兰桥纵横交错的小巷，那里当时的作物比房子多，带荆棘的篱笆比住房多，他刚好踏入一

1　阿斯塔罗特，波斯的精灵，传到西方，犹太人和腓尼基人设在树林中崇拜；或者是叙利亚人的女神，她的希腊名字是阿斯塔泰。

条通道，这条通道现今在三一学校附近还存在，一直通到一个海滩，那里有一个初具规模的带栏杆的码头，他在右边看到一座桥。

这是威河桥，它把威茅斯和梅尔康布-里贾斯连接起来，在桥洞下，哈布河和黑水河相通。

威茅斯这个村子当时是港口城市梅尔康布-里贾斯的郊区；今日梅尔康布-里贾斯是威茅斯的一个堂区了。村子吞并了城市。这个工作就是通过这座桥完成的。桥梁是古怪的吮吸工具，吸收人口，有时取消对岸，扩大成一个河边区域。

男孩向这座桥走去，当时，桥是有遮篷的木桥。他穿过这座桥。

由于有桥篷，桥面上没有雪。他的光脚走在干木板上，一时之间有舒适感。

穿过桥后，他来到梅尔康布-里贾斯。

那里的木屋子比石屋少。这不再是一个镇子，这是城市。桥通到一条相当漂亮的街道：圣托马斯街。他踏入街道。路边是高高的山墙，这儿那儿是店铺的橱窗。他又开始敲门。他已没有力气喊叫。

在梅尔康布-里贾斯，就像在威茅斯一样，没有人动弹。都扎扎实实地上了双重锁。窗户盖上了护窗板，就像眼睛合上了眼皮。采取了各种小心措施，不被人惊醒，令人不快地受到惊吓。

流浪的孩子遇到沉睡城市难以说清的压力。瘫痪的蚁窝的沉寂散发出昏眩。所有这些昏睡掺杂了噩梦，这些睡眠结成一团，从躺下的人体中逸出一股梦的轻烟。睡眠有些生命之外的幽暗邻居；睡着的人分解的思想飘浮在自己的身体之上，这是活的和死的气息，和可能的事融合在一起，这种可能兴许也在空间思索。错综复杂由此而来。梦这云彩叠加它的厚度和透明度，直到这星辰就是精神。在这闭上的眼皮中，幻觉代替了视觉，而在眼皮上面，身影和面貌阴森森的解体，在不可触摸中膨胀。神秘存在的扩散通过睡眠这死亡的边沿与我们的生命汇合。亡灵和灵魂的这种交织，就在空中。甚至没有睡觉的人也会感到身上压着这充满阴森森生命的环境。周围的幻觉，这猜测到的现实，使他困惑。醒着的人穿过别人睡眠的幻想，朦胧地驱逐掠过的形态，有着或者以为有着与看不见事物敌意接触的朦胧恐惧，时刻感到一次难以表达的隐去的相遇暗暗地推动。就像在梦幻黑夜的扩散中，行走在森林里的效果。

这就是所谓无缘无故的恐惧。

成年人所感到的，孩子更加强烈地感到。

这种鬼魂般的房子所扩大的夜间恐惧，加上这阴森森的整体；孩子在挣扎着。

他走进康奈卡小巷，在这条小巷尽头他看到黑水河，却看作是大海；他不再知道大海在哪边；他按原路返回，通过梅登街转向左边，退到阿尔庞街。

那儿，他不加选择，偶然在看到的第一批房子中，狠狠地敲门。他使尽最后的力气敲门，乱敲一阵，断断续续，几乎又生气地再敲。发烧的间歇使他这样敲门。

有个声音回应。

这是报时的声音。

凌晨三点钟缓慢地在他身后的尼古拉老钟楼上敲响。

然后一切复归沉寂。

甚至没有一个居民打开一点窗子，这可能显得奇怪。不过在某种程度上这种沉默是可以解释的。必须说，一六九〇年一月，正是伦敦发生一场相当严重的鼠疫之后，担心接待有病的流浪汉，使得好客的程度到处减低。人们生怕呼吸到瘴气，甚至不敢打开一点窗户。

孩子感到人的冷漠比黑夜的寒冷更加厉害。这是一种有意为之的冷漠。他的心揪紧了，那是他在孤独时也没有的。现在，他回到人们的生活中，但仍然是孤独的。他忧虑重重。无情的荒漠，他领教过了；而无情的城市，这是过犹不及。

大钟敲响，他刚刚数了有几下，这是更增加一层难受。在某种情况下，时间敲响，没有什么更令人心里冰凉的了。这是宣布无动于衷。这是永恒在说：跟我有什么干系！

他站住了脚。不能确定的是，在这种悲哀的时刻，他有没有想过，睡觉和死亡哪样更简单。小不点把脑袋放在他的肩膀上，重新睡着。这种朦胧的信任又使他往前走。

他的周围是一片倾圮，他感到他没有一点支持。这是职责提出的高要求。

无论想法和处境都不符合他的年龄。很可能他不明白这些。这是出于本能，他做他正在做的事。

他朝着约翰斯通街的方向走去。

但是他走不动了，他拖着脚步。

他把圣玛丽街丢在左边，在小巷里七弯八拐，在两个破房子之间一条曲折小道的出口，他来到一个相当宽阔的无人广场。这是一片空旷地，没有建筑，可能是今日彻斯特菲尔广场的地方。房子在那里终止。他在右边看到海，在左边几乎没有城市的建筑。

怎么办？乡村重新开始。在东边，大片倾斜的雪原标志着拉迪波尔广阔的斜坡。他要继续走下去吗？他要往前，回到孤独中去吗？他要后退回到街道中去吗？处在这两种寂静中，即无声的平原和静悄悄的城市中，怎么办？这两种拒绝，他选择哪一种？

有仁慈之锚，也有仁慈的目光。可怜的、绝望的男孩用这目光扫视周围。

冷不防他听到一下威胁声。

第五章
厌世者养孩子

难以形容的古怪而吓人的嘎嘎声传到黑暗中他的身边。

他本应后退，但他往前。

对于寂静使之沮丧的人来说，吼声倒是使他高兴。

这凶狠的狞笑使他安下心来。这种威胁是一种承诺。其中有一个活着的警醒的生物，哪怕是一头猛兽。他走向嘎嘎声传来的地方。

他绕过一个墙角，后面，在雪和大海的反光下，在这种阴森森的大片光亮中，他看到一样东西，就像藏在那里似的。这是一辆大车，要不就是一间木板屋。有轮子，这是一辆车；有屋顶，这是一辆房车。从屋顶冒出一根烟囱，从烟囱冒出一股烟。这股烟是鲜红色的，似乎表明里面烧着很旺的火。后面，凸起的铰链表明是一扇门，门的中央是一个方形的开口，让人看到车里的亮光。他走过去。

那个嘎嘎响的东西感觉到他过来了。当他来到篷车旁边时，威胁变得咄咄逼人。这不再是与他有关的吼叫，而是一种吠声。他听到清脆的声音，就像一条铁链被拉紧了，突然，从门底下，后轮分开的地方，露出两排尖锐、雪白的牙齿。

与车轮之间露出狗嘴的同时，一只人头从窗洞探了出来。

"别叫！"那个人头说。

狗嘴沉默了。

人头又说：

"有人吗？"

孩子回答：

"是的。"

"是谁？"

"是我。"

"是你？你是谁？你从哪儿来？"

"我疲倦了。"孩子说。

"几点钟了？"

"我冷。"

"你在那里干什么？"

"我饿。"

脑袋反驳：

"不是所有人都像爵爷一样幸福。滚开。"

脑袋缩回去，气窗关上了。

孩子低下头，抱紧睡着的小不点，集中自己的力气，准备上路。他走了几步，准备离开了。

但与气窗关上的同时，门打开了。踏板放了下来。刚才对孩子说话的声音从车子里愤怒地喊道：

"那么，干吗不进来呀？"

孩子回过身来。

"进来吧，"那声音又说，"像这样一个又饿又冷、不肯进来的无赖，是谁给我送来的？"

孩子被推拒又受到吸引，待着一动不动。那声音又说：

"对你说进来，怪人！"

他下了决心，一只脚踏在踏板的第一级上。

但是车下有声音在咆哮。

他后退了。那张开的嘴重新出现。

"别叫！"那个人的声音喊道。

那张嘴缩了回去。咆哮停止了。

"上来吧。"那人又说。

孩子艰难地爬了三级。他受到另一个孩子的妨碍，她已经麻木了，裹在衣服里，受到西南风的吹拂；根本分不出她来，这只是不成形的一小团。

他越过三级踏板，到达门口，停住了。

车里根本没有点蜡烛，也许是因贫困而节约。小屋只有生铁炉子的炉口的红光照亮，里面泥炭的火焰跳跃着。炉子上一只碗和一只锅在冒热气，锅里看来盛的是食物。能闻到一股香味。屋里的家具有一只箱子、一只凳子和一只没有点燃的提灯，挂在顶上。另外，墙板是几块小木条和一只铁钩，吊着杂乱的东西。木板上和钉子上叠放着玻璃器皿、铜器、蒸馏器，一只像将蜡碾成粒的器具、一堆孩子无法理解的奇形怪状的物件，那是化学家的一组电池加热器。

篷车是长方形的，炉子放在前面。这甚至不是一个小房间，而仅仅是一个大匣子。外边被雪照得更亮，超过被炉子照亮的内部。小屋里的一切分不清楚，朦胧一片。但火光反射在车顶上，使人能看清用大写字母写成的题词：**哲学家于尔苏斯。**

孩子确实来到奥莫和于尔苏斯那里。他刚刚听到一个在吠叫，另一个在说话。

孩子来到门口，在炉子边看到一个人，高个子，没有胡子，瘦削，苍老，穿着暗淡的衣服，站在那里，秃脑袋碰到车顶。这个人不能踮起脚尖。篷车正好和他身体一样高。

"进来吧，"那人说，他就是于尔苏斯。

孩子走了进去。

"把你的包裹放下。"

孩子把他的重负小心地放在箱子上，生怕惊吓了她和惊醒她。

那人又说：

"你轻手轻脚地放下来！如果这是一个圣人遗骸盒，也不会差到哪里去。难道你怕把你的破衣服弄出裂口吗？啊！可恶的无赖！怎么这个时候在街上？你是谁？回答。不，你不用回答。抓紧吧；你受冷了，暖和一下吧。"

他推着他的双肩来到炉子前面。

"你身上湿得够呛！你冻得够呛！怎能允许你这样进到房子里啊！得了，给我脱下所有这些破烂衣服，坏蛋！"

他用一只手兴奋地突然一拉，拽下孩子的破衣服，撕成了一条条，而用另一只手从钉子上取下一件男人的衬衫和一件现在还称作

"快吻我"的毛衣。

"瞧，都是旧衣服。"

他在衣服堆里挑选了一件羊毛旧衣，在炉火前擦拭孩子的四肢，孩子蹲着，有气无力，这时赤裸的身子暖和了，以为看到和触到了天堂。四肢擦拭过以后，那人擦拭双脚。

"嘿，骨头架子，你一点没有冻伤。我真够傻的，担心有地方冻伤，前后都一样！这回他不会动弹不了。穿上衣服吧。"

孩子穿上衬衫，那人替他把毛衣套上。

"现在……"

那人用脚把凳子推过来，让他坐下，在男孩子肩上推一把，用食指对孩子指着在炉子上热气腾腾的碗。孩子在这只碗里看到的仍然是天堂，就是说土豆和肥肉。

"你饿了，吃吧。"

那人在一块木板上拿了一块硬面包和一只铁叉，递给孩子。孩子迟疑一下。

"你还要我摆上一副餐具吗？"那人说。

他把碗放在孩子的膝盖上。

"通通吃下去吧！"

饥饿战胜了惊愕。孩子吃了起来。可怜的人不如说在狼吞虎咽，而不是在吃。嚼面包的欢快声音充满了车厢。那人咕噜着说：

"不要吃得这样快，真是贪吃得吓人！这个坏蛋，那样贪吃！这些饥饿的坏蛋吃起来令人反感。应该看看一个爵爷吃饭。我平生看过公爵吃饭。他们不在吃；这就叫尊贵。他们可是喝酒。得了，野猪仔，你塞饱吧！"

耳背是肚子饥饿的特征，使得孩子对粗暴的字眼不敏感；再说，仁慈的行动把粗暴冲淡了，转成有利的误解。此刻，他被两件要紧的事，两样狂喜吸引了：取暖、吃饭。

于尔苏斯心里悄悄地继续诅咒：

"我看过詹姆士国王在宴会大厅单独吃饭，那里可以欣赏著名的鲁本斯的绘画；陛下什么也不触动。这个叫花子在大嚼！大嚼，这个词从粗人转化而来。我怎么想起到威茅斯来，这地方七倍忠于地狱魔鬼！从早晨起我什么也没有卖掉，我对白雪讲话，我对风暴吹笛子，我一个铜板也没有装进口袋，晚上我遇到穷人！这鬼地方！在愚蠢的路人和我之间，有战斗，有斗争和竞争。他们竭力只给我铜钱，我尽力只给他们药丸。今天什么都没有卖出去！在十字路口没有一个傻瓜，在钱箱里没有一个便士！吃吧，地狱的孩子！撕吧，嚼吧！在我们这个时代，没有什么比吃白食更加厚颜无耻的了。消费我的东西，养肥自己吧，寄生虫。他超过饥饿，这家伙发狂了。这不是胃口好，这是饿狼一般。他是受到疯狂病毒的驱使了。谁知道呢？他也许得了瘟疫。你有瘟疫吗，强盗？要是他把瘟疫传给奥莫，那就糟了！啊，不行！贱骨头，饿死吧，但我不愿我的狼死掉。啊，我也饿了。我要说，这是一个令人不快的意外事件。今天我直到深夜还在工作。人生总有几次受到紧逼。今天晚上吃饭就是这样。我是孤零零一个人，我生了火，我只有一只土豆，一块面包，一块肥肉，一点牛奶，我把这些东西热一下。我心想：好！我想我马上要吃饭了。啪嚓一声！这条鳄鱼这时落到我这里。他直接坐在食物和我之间。我的餐室被洗劫一空。吃吧，白斑狗鱼，吃吧，鲨鱼，你嘴里有几排牙齿？狼吞虎咽的家伙，狼崽子。不，我收回这句话，要尊重狼。吞掉我的食物吧，蟒蛇！今天我空着肚子，喉咙不舒服，胰腺难受，五脏撕烂地工作到深夜；我的报偿是看着另一个吃饭。这没有关系，两人分享嘛。他有面包、土豆和肥肉，但我有牛奶。"

这时，在篷车里升起一个哀怨的拖长的声音。那人竖起了耳朵。

"现在你在叫，告密者！你为什么叫？"

男孩子回过身来。显然他没有叫。他的嘴塞得满满的。

叫声没有停止。

那人走到箱子那里。

"是包裹在叫喊！若萨法的山谷啊！[1] 你把什么东西带到我这儿来了，强盗？你看得很清楚，她口渴了。得了，这孩子，她必须喝水。好啊！我眼下连牛奶也没有。"

他在木板上杂乱的一堆东西中拿出一卷绷带、一块海绵和一只瓶子，愤愤地喃喃说：

"该死的地方！"

然后他注视小不点。

"这是一个女婴。这从叫声里可以听出来。她也是一身湿。"

就像刚才对男孩那样，他拽下破衣服，她不如说是被包在里面，而不是穿着衣服。他把她裹在一块褴褛的破布中，不过是干净和干燥的。迅速而突然地再穿衣服激怒了女婴。

1　若萨法的山谷，据《圣经》中的若埃尔先知所说，这个山谷是最后审判的地方。

"她哭得好厉害。"他说。

他用牙齿咬下一长条海绵，从布卷里撕下一方块布，抽出一些布丝，将牛奶罐放在炉子上，将瓶子装满牛奶，把海绵半塞进瓶口，用布盖住海绵，用线扎住这塞子，把瓶放在自己的面颊上，确认不是太热，然后把继续哭喊的婴儿夹在自己的胳肢窝下。

"得，吃晚饭吧，小家伙！给我咬住奶头。"

他把瓶口放进婴儿的嘴里。小不点儿贪婪地喝起来。

他扶住瓶子，保持好斜度，一面嘟囔着说：

"这些胆小鬼，他们全都一样！他们有了想要的东西，便一声不哼了。"

小不点儿喝得非常有力，那样使劲地咬住粗暴的上天奉献的一截奶头，以致她咳嗽起来。

"你要把自己呛死啊，"于尔苏斯吼了一句，"像那一位一样是个狂热的馋鬼！"

他把她吮吸的海绵从她嘴里抽出来，让咳嗽平息下来，然后又把瓶子塞进她的嘴唇中，一面说：

"吸吧，好色的女人。"

男孩子已经放下他的叉子。看到小不点儿喝奶，使他忘了吃东西。刚才他吃饭的时候，他目光里所具有的是满意，现在这是感激。他看到小不点儿又活了过来。这由他开始的复活最后完成，使他的眸子充满难以形容的闪光。于尔苏斯继续在他的牙缝里憋出愤怒的语句。小男孩不时向于尔苏斯抬起因无法确指的激动而湿润的眼睛，可怜的人受到责骂又受到善待，无法表达，却感受到激动。

于尔苏斯恼怒指责他：

"喂，吃啊！"

"您呢？"孩子浑身发抖地说，眼里含着一滴泪水，"您什么也没有了吧？"

"你都吃掉了，坏东西！对你来说并不太多，因为都不够我吃的。"

孩子重新拿起叉子，但一点没吃。

"吃吧，"于尔苏斯大声喊道，"难道关系到我吗？谁对你提到我？'一文不名'教区的赤脚坏教士小子，我对你说都吃掉。你到这里为的是吃、喝、睡。吃吧，否则我把你扔到门外去，你和你的女婴！"

男孩子在这种威胁下，又吃了起来。要处理完碗里剩下的东西，并不费多大的事。

于尔苏斯喃喃地说：

"这屋子封闭得不严实，从窗户里吹进冷风。"

前面确实有一扇窗敲碎了，不是车子震破的，就是被顽童用石子打碎的。于尔苏斯在损坏的地方用纸剪了一个五角星，贴在上面，现在已经脱胶了。北风从那里进来。

他半坐在箱子上。小不点儿在他怀里，被放在他的膝盖上，好不痛快地吸着瓶子，昏昏欲睡，心满意足，像天使在天主面前，孩子在乳房面前。

"她喝得过饱了。"于尔苏斯说。

接着又说：

"你们得发誓节食！"

风把贴着的那张纸从玻璃上刮下来，纸在车厢里飞舞；尽管如此，也没有扰乱两个要获得再生的孩子。

在小不点儿喝奶，小男孩吃饭时，于尔苏斯在发牢骚。

"酗酒从襁褓中就开始了。真要成为蒂洛松主教[1]，愤怒申斥酗酒！可恶的穿堂风！有风我的炉子不顶用了。风让一股股烟吹进来，熏得你睁不开眼睛。冷得你难受，火也熏得你难受。你看不清楚。待在这里的家伙滥用我的好客。我还没有看清这家伙的脸呢。这里缺少舒适。以朱庇特起誓，我非常看重在关得严严实实的房间里吃美味的宴席。我辜负了我的职业，我生来要享受。最伟大的贤人是菲洛克塞奈斯[2]，他希望自己有一只鹤的脖子，可以更长久地品味桌上的美味。今日没有一点收入！白天什么也没有卖出去。灾难啊。居民、仆人、市民，医生在这儿，医术在这儿。你白费力气，老兄。把你的药都打包吧。这里的所有人都身体健康。这儿有一个该诅咒的城市，没有人生病。只有老天爷拉肚子。多大的雪啊！阿那克萨戈拉[3]教导说，雪是黑的。他说得对，寒冷是黑色的，冰是黑夜。多大的风啊！海上的人的消遣，我可想而知。风暴，这是撒旦经过，这是幽灵在我们骨棱棱的盒子上方奔跑、头和脚互相颠倒地翻腾、喧闹。云层里这一个幽灵有一条尾巴，那一个幽灵有角，这一个有

1　蒂洛松主教（1630—1694），英国教会最好的布道师之一。

2　菲洛克塞奈斯（公元前4—前5世纪），有不同地方的两位：一是诗人；一是懒鬼，贪吃。

3　阿那克萨戈拉（公元前5世纪），希腊爱奥尼亚派的著名哲学家，弟子有欧里庇德斯，据说苏格拉底也是他的弟子，著有《自然论》，从物理角度解释天象。

火焰舌头，那一个翅膀有爪子，这另一个有大法官的大腹便便，那
另一个有院士的脑袋，在每个声音里可以分清一个形体。新刮来的
风，是不同的魔鬼；耳朵在倾听，眼睛在观察，吵闹声是一副面孔。
海上有人，这是很显然的。我的朋友们，摆脱风暴吧。我摆脱生活
的困苦，要做的事够多的了。啊，我呀，我开客栈吗？为什么我有
旅客到来？满世界的不幸一直溅到我的贫困中。人类的污泥浊水落
到我的木板屋里。我置身于过路人的吞噬中。我是一个猎获物。饿
死鬼的猎获物。冬天、黑夜、一个纸盒般的篷车，外面车底下有一
个不幸的朋友，风暴、一只土豆、像拳头大小的炉火、寄生虫，通
过所有裂缝吹进来的风，一文不名、在叫嚷的包裹。打开包裹一看，
里面有女叫花子。这是什么命啊！再说一句，法律受到践踏！啊！
带着女的流浪，狡猾的扒手，不怀好意的干瘦娃娃，啊！宵禁以后
你还在街上转悠！如果我们的好国王知道了，他会让你好看，把你
送进地牢里，教训一下你！先生带着小姐在黑夜漫步！十五度的天
气，光着头，光着脚！要知道这是禁止的。有规定，有命令，捣乱
分子！流浪者要受到惩罚，正派人有自家的房子，受到保护，国王
是人民之父。我呀，我在自己家里！如果有人遇到你，你会在公共
广场受到鞭刑，这做得很对。在一个有警察的国家里，必须有秩
序。我呀，我不向警官揭发你是犯了错误。但我是这样的人，我懂
得什么是好事，而我在做坏事。啊！投机取巧的家伙，在这种情况
下到我这儿来！他们进来时，我没有注意到他们身上的雪，雪已经
融化了。我整个家都弄湿了。我家里闹水灾了。要烧多少煤才能烘
干这汪水啊。一筐煤要十二个铜板呢！在这间小屋里怎样做才能容

得下三个人呢？现在完了，我进了儿童游戏室了，我将来要给英国的贫困断奶了。我今后的职务和使命就是教养'贫困'这个淫妇的早产儿，在早年就把该上绞刑架的家伙变得更丑陋，给年轻的扒手哲学家的体形！熊的舌头就是上帝的凿子。如果说我在过去三十年没有被这类家伙骗光钱财，我会很富有，奥莫会养得很肥胖，我会有一间充满奇珍异宝和外科器械的诊所，就像国王亨利八世的外科医生李纳克尔[1]那样，还有各种各样的动物、埃及的木乃伊和其他类似的东西！我会属于医学院，我有权利使用著名的哈维[2]在一六五二年创建的图书馆，并到圆顶塔楼的顶塔去工作，那里可以俯瞰伦敦全城！我可以继续估计太阳的暂时减弱，证明这是从太阳逸出的一种雾气。这是约翰·开普勒[3]的见解，他生在圣巴托罗缪之夜[4]的前一年，是皇帝的数学家。太阳是一个壁炉，有时冒烟。我的炉子也是一样。我的炉子比不过太阳。是的，我会发财，我会做一个不相同的人物，我不会这样平庸，我绝不会在十字路口玷污科学。因为老百姓与学说不相配，老百姓只是一群疯子，是各种年龄、性别、脾气、地位的大杂烩，历代的智者绝不犹豫加以蔑视，出于公平，他们之中最稳健的人也都憎恶他们的狂妄和狂暴。啊！我对存在的事物感到厌倦。此后，人活不长久。人类生活转瞬即过。唉，不对，这是很长的。其间，为了让我们不要泄气，为了让我们愚蠢地同意

1　托马斯·李纳克尔（1460—1524），亨利七世，然后是亨利八世时英国的著名医生，古希腊语学者，参与创建皇家医学院。
2　威廉·哈维（1578—1657），发现了血液循环。
3　约翰·开普勒（1571—1630），德国著名的天文学家，新教徒，受到德国皇帝鲁道夫二世（1576—1611 年在位）的保护。
4　1572 年 8 月 24 日，查理九世下令屠杀新教徒，造成惨案。

存在，为了让我们利用绳子和钉子给我们大好机会去上吊，大自然好像有点关心我们人类。但不是这样的晚上。大自然这狡猾的家伙，它让小麦生长，让葡萄成熟，让黄莺鸣啭。不时一道晨曦，或者一杯杜松子酒，这就是人们所说的幸福。一条善的细镶边，围绕着恶的巨大尸布。我们有一种命运，魔鬼在给命运织布，上帝在做绳边。在这期间，你吃掉我的晚餐，贼骨头！”

但他一直抱着婴儿，婴儿一面慢慢地狂喝着奶，一面蒙眬地合上眼睛，这是吃饱了的表示。于尔苏斯察看瓶子，嘟哝着说：

“她喝光了，这个厚脸皮的小娃子！”

他站起身来，用左臂抱住小不点儿，用右手掀起箱盖，从里面抽出一张熊皮，读者记得，他称之为“真正的皮”。

他一面做这件事，一面听另一个孩子吃饭，他从侧面观察男孩。

“如果今后需要养活这个正在发育的贪吃鬼，那就是一件棘手的事！我干活的肚子就要经常挨饿了。”

他始终用一只手尽可能地把熊皮摊开在箱子上，运用手肘，减轻动作，不致摇醒，女婴刚刚入睡。然后他把女婴放在熊皮上，最靠近炉火那一边。

做完后，他把空瓶放在炉子上，大声说：

“该我喝了！”

他往罐里看了看；还剩下几口奶；他将罐凑近嘴唇。正当他要喝的时候，他的目光落在女婴身上。他又把罐放在炉子上，拿起瓶子，打开塞子，把剩下的奶都倒进里面，正好装满瓶子，他重新塞上海绵，在瓶口周围的海绵上用细绳扎紧布片。

"我毕竟又饿又渴，"他说。

他又加上一句：

"吃不到面包时。就喝水。"

可以看到在炉子后面有一只缺损的罐子。

他拿起来，递给男孩：

"你想喝水吗？"

孩子喝了几口水，又开始吃起来。

于尔苏斯重新拿起罐子，凑到嘴边。罐子里水的温度，由于旁边的炉子，有冷热不同的变化。他喝了几口水，做了个鬼脸。

"所谓纯水，就像假朋友一样。上面是温的，下面是凉的。"

男孩终于吃完了晚饭。那只碗不止空无一物，而且像洗过一样。他捡起一些毛衣皱褶上和膝盖上的面包屑，若有所思地吃着。

于尔苏斯向他转过身来。

"事情没完呢。现在就剩下咱们两个。嘴巴不仅是为了吃的，它也是为了说话的。现在你身上热了，填饱了，畜生，小心你自己，你回答我的问题。你从哪儿来的？"

孩子回答：

"我不知道。"

"怎么，你不知道？"

"今天晚上我被抛弃在海边。"

"啊！坏东西！你叫什么名字？他是个孬货，竟然连父母都不要他。"

"我没有父母。"

"留意一下我的脾气，注意我绝不喜欢别人给我乱编一气。你是有父母的，因为你有妹妹。"

"她不是我的妹妹。"

"她不是你的妹妹？"

"不是。"

"那么这是怎么回事？"

"这是我捡到的一个小不点儿。"

"捡到的！"

"是的。"

"怎么你捡到这个？"

"是的。"

"在哪儿？如果你撒谎，我就把你干掉。"

"在一个雪地里死去的女人身上。"

"什么时候？"

"一小时前。"

"在哪儿？"

"离这儿四公里。"

于尔苏斯的眉头皱起来，这是哲学家激动时眉毛特有的激烈形状。

"死了的女人！这一个是幸运的！就让她躺在那里。她在那里是好的。在哪一边？"

"在海那一边。"

"你过了桥吗？"

"是的。"

于尔苏斯打开后窗，观察外面。天气没有变好。雪下得很厚密，阴沉沉的。他又关上窗。

他走到打破的玻璃窗前面，用一块破布塞上洞口，在炉子里又加上泥炭，尽可能把熊皮摊开在箱子上，在角落里拿了一本厚厚的书，放在床头下面，当作枕头，又把睡着的小不点儿的脑袋放在长枕上。

他转向男孩子。

"你睡在这里。"

孩子听从了，横下身子，和小不点儿睡在一起。

于尔苏斯把熊皮卷在两个孩子身上，并塞在他们脚下。

他从木板上抽出一条有大口袋的布带，束在腰上；布带口袋里可能装着外科医生的工具盒和几瓶万应灵药。

然后他从篷车顶上取下提灯，点燃了它，这是一盏有遮光装置的灯。点燃灯后，能让孩子们睡在黑暗中。

于尔苏斯打开一点门，说道：

"我出去一下。别害怕。我一会儿就回来。睡吧。"

他放下踏板，喊道：

"奥莫！"

温柔的嗥叫声回应他。

于尔苏斯手里拿着提灯，走了下来，又拉上踏板，关上门。只剩下孩子们。

外面有一个声音，是于尔苏斯的声音，在问：

"刚吃掉我的晚饭的孩子！你说，你还没有睡觉吧？"

"没有，"男孩回答。

"好的！如果她喊叫，你就把剩下的牛奶给她喝。"

只听到铁链解开的咣当声和一个男人的脚步声，掺杂了野兽的步子，远去了。

一会儿后，两个孩子沉沉入睡。

无法形容呼吸声的混合；超过了纯洁，是无邪；媾和之前的婚礼之夜。小男孩和小女孩，光着身子，并排睡着，在这寂静时刻像黑暗中天使般的杂处；这种年纪大量可能做的梦从一个飘飞到另一个；在他们紧闭的眼皮下，可能有星光；倘若结婚这个词在这里不算不相称的话，他们是一对天使夫妻。在这样的黑暗中这样的无邪，在这样的拥抱中这样的纯洁，这种提前到天堂，只可能在童年才有，任何广大无边都接近不了孩子这种伟大。在所有深渊中，这是最深的深渊。这是将死人锁在生命之外的可怕永恒，是海洋对遇难者激烈的攻击，是覆盖住掩埋形体的冰雪广漠的白色，在动人方面，都比不上孩子的两张嘴在睡眠中那样神圣地接触在一起，它们的相遇甚至不是一个吻，也许是订婚；也许是灾难。未知数压在这种并列之上。这是迷人的；谁知道这是否吓人呢？人们感到心揪紧了。无邪比德行崇高。无邪是神圣黑暗的产物。他们睡着了。他们是平静的。他们感到暖和。抱在一起的裸体融合了灵魂的贞洁。他们在那里就像在深渊的巢穴里。

第六章
醒　来

　　白天开始时是阴沉沉的。一缕凄惨的白光射进车厢里。这是冰冷的黎明。这种灰白色把黑夜蒙上鬼影的凸出事物勾画成悲哀的现实，并没有唤醒沉睡的孩子。车厢暖烘烘的。只听到两人的呼吸声就像平静的浪涛一样交替。外边已没有风暴了。晨曦慢慢地占据了天际。星星如同蜡烛一样被风一个接一个熄灭了。只有几颗大星星还坚持着闪出亮光。海洋上传来无限天空的深沉歌声。

　　炉子没有完全熄灭。黎明逐渐变成大白天。男孩睡得没有女孩那样死。他身上有着守夜人和守卫者的责任。一条光线比其他光线更亮地穿过玻璃时，他睁开了眼睛；孩子睡眠结束时把事情都忘记了；他处在半醒状态中，不知道自己在哪里，身边有什么人，也不做出努力去回想，望着车顶，以题铭中的几个字"哲学家于尔苏斯"营造起朦胧的梦中构想，他不解地观察这几个字，因为他不识字。

　　一把钥匙在锁孔里搜索的声音使他抬起了头。

　　门旋转打开，踏板在移动。于尔苏斯回来了。他登上三级踏板，手里的提灯熄灭了。

与此同时，四只爪子的踩踏声慢慢升上踏板。这是奥莫，紧随着于尔苏斯，它也回到自己家里。

醒来的男孩吓了一跳。

一头狼，也许饿了，咧着嘴，露出所有的雪白牙齿。

它在半路停了下来，将两只前爪搁在车厢前面，两只肘子搁在门口，仿佛讲坛边上的一个讲道师。它隔开距离嗅着箱子的气味，它不习惯看到有人住在这里。它的前胸嵌在门口，在晨光下显得乌黑。它下了决心，走了进来。

男孩看到车厢里的狼，从熊皮中钻出来，起来站在女婴前面，她比先前睡得更熟。

于尔苏斯刚刚把提灯重新挂在车顶的钉子上，慢慢而机械地解开挂用具袋的腰带扣子，把腰带放在木板上。他什么也没有看，好像什么也没有看见。他的眸子无神。他的脑子里转悠着深沉的东西。他的思想终于像平常那样从打开的话语中显露出来。他嚷道：

"她肯定是幸运的！死了！真死了。"

他蹲下来。在炉子里加了一铲煤渣，拨旺了泥炭，咕噜着说：

"我好不容易找到了她。冥冥之神把她埋在两尺深的雪下。奥莫的鼻子和克里斯托夫·哥伦布的脑子一样清晰，要是没有奥莫，我可能还在雪地里踩踏，和死神玩捉迷藏呢。第欧根尼[1]提着他的灯笼找人，我拿着提灯找女人，却找到尸体。她身体冰凉了！我摸她的

---

1 第欧根尼（公元前 412—前 323），古希腊哲学家，苦行者，蔑视荣誉和财富，住在桶里。

手，像石头一样。她的眼睛多么平静啊！撇下孩子死去是多么愚蠢啊！眼下在这个匣子里挤下三个人会多么不合适啊！多么倒霉啊！如今我有一家子了！有女孩和男孩。"

当于尔苏斯说话时，奥莫钻到炉子旁边，睡着女婴的手垂在炉子和箱子之间。

它轻轻地舔她的手，女婴没有醒过来。

于尔苏斯回过身来。

"好，奥莫。我将是父亲，你将是叔叔。"

然后他重操哲学家的工作，拨弄炉子，不间断他的"独白"。

"领养他们，说好了。再说奥莫很愿意。"

他又站起来。

"我想知道谁来负责料理这个死去的女人。是人呢还是？……"

他的眼睛朝上望着，但没有越过车顶，他的嘴巴嘟囔着：

"杀死这个女人，黑夜要负责。"

他的目光抬起来，遇到了醒来听他讲话的男孩的脸。于尔苏斯突然问他：

"有什么好笑的？"

男孩回答：

"我没有笑。"

于尔苏斯一怔，定睛观察他，停了几秒钟，又说：

"那么你显得很可怕。"

车厢在夜里很暗，于尔苏斯还没有看清男孩的脸。大白天把这张脸显示给他看。

他把两只手掌放在孩子的双肩上，越来越悲哀地注意看他的脸，对他喊道：

"不要再笑了！"

"我没有笑，"孩子说。

于尔苏斯从头抖到脚。

"你在笑，我对你说。"

然后，如果不是出于怜悯，就是出于愤怒，他抓住孩子摇晃，厉声问道：

"是谁把你弄成这样？"

孩子回答：

"我不知道您想说什么。"

于尔苏斯又说：

"你从什么时候起这样笑？"

"我始终是这样的。"孩子说。

于尔苏斯朝箱子转过身，小声说：

"我还以为已不再做这种事呢。"

他轻轻拿起放在女婴脑袋下面当作枕头的那本书，放在枕边，为了不惊醒婴儿。

"让我们看看康奎斯特[1]怎么说的，"他小声说。

这是一本对开本的书，用软羊皮纸装订。他用大拇指翻阅，停在一页上，将书摊开在炉子上，念起来：

---

1 康奎斯特，著名的产科医生，逝世于 1866 年。雨果弄错了人。

"... De Denasatis.[1] 就在这里。"

他继续念:

"Bucca fissa usque ad aures，genzivis denudates，nasoque murdridato，masca eris，et ridebis simper." [2]

"正是这里。"

他将书重新放在一架木板上，喃喃地说:

"再深入下去就不正常了。就停留在表面上吧。笑吧，我的孩子。"

女婴醒了过来。她的问早安是叫了一声。

"得，奶妈，喂奶吧。"于尔苏斯说。

女婴坐好后，于尔苏斯在炉子上拿起瓶子，给她喝奶。

这时候，太阳升起来了，爬到地平线上。红色的光芒透过玻璃，正面落在向他转过来的女婴脸上。孩子望着阳光的眸子好像两面镜子，反射出鲜红的圆形。眸子一动不动，眼皮也一样。

"瞧，"于尔苏斯说，"她是瞎子。"

---

1 拉丁文：关于刑罚。
2 拉丁文：嘴巴一直裂到耳朵，露出牙床，弄塌鼻梁，就得到一个面具，永远在笑。

第二部

奉国王的命令

第一卷

过去永远存在，
这几个人反映了人的本性

第一章
克朗查理爵士

一

在那个时代，有一个古老的传说。

这个传说就是关于林诺斯·克朗查理爵士的事迹。

林诺斯·克朗查理男爵是克伦威尔[1]的同时代人，我们得赶紧说，他是为数不多接受共和国的英国上院议员之一。这种接受有存在的理由，必要时可以解释，因为共和国暂时得到了胜利。很简单，只要共和国占据上风，克朗查理爵士就站在共和国一边。但在革命终止和议会政府垮台以后，克朗查理爵士仍然坚持下去。贵族元老很容易回到重建的上议院，查理二世[2]对重新归依的人是一个好君主；但是克朗查理不识时务。正当全民族欢呼国王重新掌控英国，议会一致通过对国王的裁决，老百姓向君主政体致意，王朝在光荣

1　奥利维·克伦威尔（1599—1658），英国政治家，推翻王朝后任护国公。
2　查理二世（1630—1685），英国苏格兰和爱尔兰国王。

和胜利的反复中重新振兴，过去变成了未来，而未来也变成了过去的时候，这个爵士仍然无动于衷。他对这种欢乐掉转头去；他自愿流亡；本来可以成为上院议员，却宁愿当被放逐者；一年年这样过去；他在忠于覆灭的共和国中衰老了。因此，他变成了笑柄，自然而然隶属于这类天真可笑的人。

他隐居在瑞士，住在日内瓦湖边一所高大的破房子里。他在湖边山路最崎岖的一个偏僻角落选择了这个住宅，那是在博尼瓦尔[1]的黑牢所在地的希隆和吕德劳[2]的坟墓所在地沃维尔之间。严酷的阿尔卑斯山，暮色重重，狂风阵阵，云层翻滚，包围着他；他生活在那里，消失在高山之下浓重的黑暗中。很少有路人遇到他。这个人远离故国，几乎远离他的时代[3]。当时，对于那些了解和熟悉时势的人来说，任何抵挡事态发展的人都是情有可原的。英国是幸运的；恢复王朝就像夫妇的和解；君主和民族不再分居了；没有什么更加美妙和更加令人愉快的了；大不列颠光芒四射；有一个国王，已经很不错了，再加上有一个迷人的国王；查理二世很可爱，既能寻欢作乐，又能治理国家，是在路易十四之后的一个伟大人物。查理二世受到他的臣民的赞赏；他曾同汉诺威打过仗，准定知道为什么打仗，但只有他一个人知道；他把敦刻尔克卖给法国，这是运用高级的策略；民主的上院议员中的张伯伦说过："该诅咒的共和国把它的臭气

1　弗朗索瓦·德·博尼瓦尔（1494—1570），日内瓦历史学家，圣维克托寺院的住持，为建立城市的自由而斗争，反对萨伏瓦公爵，两次被关在希隆监狱的地下黑牢里，那里比莱蒙湖的地势还低。拜伦曾为他写过《希隆的囚徒》（1816）。

2　爱德蒙·吕德劳（1617—1692），激烈的共和党人，反对查理一世和克伦威尔，复辟时期流亡到瑞士。

3　在克朗查理的背后，有着雨果流亡的艰苦生活背景。

污染了好几个高尚的贵族。"这些议员有良知，意识到明显的事实，忠于他们的时代，恢复了他们在上议院的席位；为此，他们向国王宣誓效忠就足够了。当人们想到所有这些现实，想到这美好的统治，想到这个出色的国王，想到热爱人民的神圣仁慈还回来的令人敬畏的亲王；当人们心想，一些重要的人物，诸如蒙克[1]，后来是杰弗理[2]，与王位联合，他们以光明磊落和热诚正当地换来了最出色的职位和最有利可图的职务，克朗查理爵士不可能不知道，光荣地坐在他们旁边，享受荣耀，只取决于他。由于国王，英国重又提升到繁荣的顶点，伦敦一派节庆和骑兵竞技表演景象，人人都生活富足，热情洋溢，宫廷雅致、快乐、富丽；如果偶然在这些繁华景象之外，有人在难以描述的阴森的半明半暗时刻，就像在夜幕降临时一样，看到了这个身穿像平民衣服的老人，脸色苍白，心不在焉，弯腰曲背，也许在坟墓边，站在湖畔，对风暴和冬天几乎不在意，漫无目的地走路，白发在夜风中飘荡，目光专注，默默无声，孤独一人，若有所思，很难不令人会意一笑。

这是一种疯子的身影。

想到克朗查理爵士，想到他可能是什么样的人，如今又是怎样的人，微笑是一种宽恕。有些人高声大笑，另外一些人感到愤怒。

人们明白，严肃的人会被这样孤独的傲岸伤害。

情有可原的是：克朗查理爵士从来没有头脑。人人都同意这一点。

1　蒙克（1608—1670），英国将军、政治家，为议会的事业效劳。在克伦威尔死后，主宰了局势，说服了查理二世在布雷达宣誓（1660）后，恢复了王国。
2　男爵，政治家。

二

看到有人胶柱鼓瑟，是令人不快的。人们不喜欢雷古卢斯[1]的这种举止，在舆论中，由此产生一些讽刺。

这种固执酷似责备，对此会意一笑是有理的。

总之，这种执拗，这种高不可攀，算是美德吗？在这种过分的克己和尊严的表征中，不是有太多的炫耀吗？与其说这是自炫其美，不是别的。为什么孤独和流亡，这样大事声张？一点不要夸张，这是智者的格言。做出反对，可以；如果你愿意，就责备，不过要得体，一面高喊"国王万岁！"真正的德行是有理智。垮台的应该垮台，成功的应该成功。上天自有理由，给应该得到王冠的人戴上王冠。你想比上天知道得更多吗？当一个制度代替了另一个制度时，当真与假的替换通过成功确定下来时，当局势这儿表明灾难，那儿表明胜利时，任何怀疑都不再可能，正直的人和取得优势的人联合，而且尽管这对他的财产和家庭有好处，却不会受到这种考虑的影响，他只想到公共事务，大力协助战胜者。

如果没有人同意效劳，国家会变成什么样子？一切会就此停顿吗？守住自己的位置是一个好公民的事。要懂得牺牲自己秘密的偏好。最好保持职位。一个人必须忠诚。忠于公共职责是一种忠诚的表现。官员的退避三舍会是国家的瘫痪。你自己放弃，这很可怜。

---

1 雷古卢斯（公元前3世纪），古罗马将军和执政官，公元前255年，在第一次布匿战争期间被迦太基人俘虏，后迦太基人让其返回罗马与元老院人谈交换俘虏之事。他不满意劝说罗马元老院接受迦太基的条件，返回迦太基受刑。

这是一个榜样吗？虚荣心多大啊！你以为自己是什么人呢？要知道，我们配得上你。我们会临阵逃脱。如果我们愿意，我们也会是不好对付的，驯服不了的，我们会做比你更糟的事。但我们宁愿做聪明人。因为我是特里马西翁[1]，你认为我不会做卡同[2]吗？得了吧！

三

没有比一六六〇年的局势更加明了，更有决定性的了。没有什么比要遵守的行为对一个头脑清醒的人来说标志得更清晰的了。

英国摆脱了克伦威尔的统治。在共和国时期，产生了许多不正常的事。英国人创造了自己国家的优势；在三十年战争的帮助下，英国人控制了德国，在投石党[3]的帮助下，压低了法国，在布拉冈斯[4]公爵的帮助下，削弱了西班牙。克伦威尔降服了马扎兰[5]；在签署条约时，英国的保护人在法国国王的名字上面签字；让联省罚款八百万，用暴力对待阿尔及尔和突尼斯，征服了牙买加，污辱了里斯本，在巴塞罗那挑起了法国的竞争，在那不勒斯挑起了马萨尼洛[6]的竞争；让葡萄牙落在英国的控制下；从直布罗陀到克利特

1　特里马西翁，1世纪时名噪一时的不法之徒，极富有和庸俗，是罗马帝国衰落的典型。

2　卡同（约公元前93—前46年），罗马共和国的保卫者、苦行者，想在庞培的军队战败后自杀，而不愿苟活在共和国。

3　路易十四未成年时发生的混乱，由大贵族组成一派，与王朝对立。

4　布拉冈斯是葡萄牙家族，从1644年至1910年在葡萄牙统治。

5　马扎兰（1602—1661），法国红衣主教，在路易十四未成年时掌权。

6　马萨尼洛（1620—1647），那不勒斯的革命者，反对西班牙的殖民统治，夺取了城市，后被暗杀。

岛肃清了柏柏尔人；在胜利和商业这两种形式下建立了海上霸权；一六五三年八月十日，那位取得三十三次胜仗的人，自称"水手祖父"的老元帅，那位打败了西班牙舰队的马丁·赫伯茨·特罗姆普，被英国舰队打败[1]。大西洋里的西班牙海军，太平洋里的荷兰海军，地中海里的威尼斯海军，都被英国海军赶走。英国利用航海法案，占据了全世界的海岸，通过海洋掌握了世界；荷兰国旗在海上卑顺地向英国国旗致敬；法国有个名叫芒希尼的大使跪着觐见克伦威尔；这个克伦威尔玩弄加来和敦刻尔克，就像在球拍上玩两只羽毛球一样；英国让大陆颤抖，决定和平，下令战争，将英国国旗插在所有的屋顶上；护国公的一团铁军[2]同一支军队一样，压得欧洲害怕。克伦威尔说："我要人们尊敬英吉利共和国，就像人们曾经尊敬罗马共和国一样。"没有什么更加神圣的了；言论自由；报刊自由；在大街上愿意说什么都可以；没有控制也没有报刊检查，印行一切愿意印刷的东西；各国王位的平衡被打破了；所有欧洲的君主制，斯图亚特属于其中，都被推翻了。最后，人们摆脱了这个可恶的制度，英国获得了大家的原谅。

查理二世很宽容，发表了《布雷达宣言》。他让英国忘记了这个时代：亨廷顿一个啤酒商的儿子把脚踩在路易十四的头上。[3]英国表示认错，获得喘气。我们已经说过，心灵的开放是彻底的；绞死弑

1　1639年战胜西班牙的荷兰元帅，1652年在杜弗尔附近打败了英国，但在波特兰遭到败绩，后和蒙克一起在荷兰海岸附近的一次海上行动（1653）中被杀死。

2　克伦威尔的这支军队很有纪律，在1644年马斯顿荒原战役中闻名。克伦威尔正是靠重组这支军队夺取了政权。

3　克伦威尔生于亨廷顿，是一个啤酒商的儿子，他的父亲属于一个骑士之家，是个乡村贵族。

君犯的绞刑架更使举国欢腾。复辟是一下微笑；但是有点绞刑架没有什么不合适，必须满足公众的意识。不守纪律的思想消除了，光明磊落重新建立。做个好公民从今以后成为唯一的奢望。人们从政治的疯狂返回；人们嘲弄革命，讽刺共和国和那些古怪的时代：权利、自由、进步这些大字眼总是挂在嘴上；人们嘲笑这些夸张的词汇。理智的返回是令人赞赏的；英国曾经做过梦。摆脱这些迷惑是多么幸福啊！还有什么更疯狂的吗？要是随便一个人都有权利，会是什么局面？试想人人都统治是什么样？试想城市由公民操纵是什么样？公民是一个套车，而套车不是车夫。[1]让投票来决定，等于付诸清风。你愿意国家像浮云一样飘荡吗？混乱不能建立秩序。如果混沌是建筑师，建筑就会是巴别塔。再说，这种所谓自由是多么暴虐啊！我呢，我想玩乐，而不是统治。投票令我心烦；我想跳舞。一个承担一切的君主是个老天爷啊！当然，这个国王是慷慨的，替我们劳心费力！再说，他在里面长大，他知道怎么回事。这是他的事情。和平、战争、立法、财政，难道这跟老百姓有关系？毫无疑问，老百姓必须出钱，毫无疑问，老百姓必须效劳，不过对老百姓来说这应该够了。老百姓在政治上有了一定地位；国家的两种力量，即军队和预算正是出自老百姓。纳税，当兵，难道这还不够吗？老百姓需要别的东西吗？它是军队的助手，它是财政的助手。多么出色的作用。国王为老百姓统治。他必须为老百姓付报酬。捐税和国

1　这是柏拉图《费德尔》中有名的比喻，苏格拉底将人的灵魂比作有翅膀的套车和车夫。车夫代表应利用好马的理智，而坏马代表生命的作用。

家元首专用款，就是老百姓要履行的薪水和君主们得到的待遇。老百姓出血和出钱，据此国王才领导他们。想自己领导自己，那是多么古怪的想法！一个向导是必不可少的。老百姓愚昧无知，因而才是瞎子。瞎子不是有一条狗吗？只不过，对老百姓来说，同意成为狗的国王是一头狮子。多么仁慈啊！为什么老百姓愚昧无知呢？因为必须这样。愚昧无知是美德的守护者。凡是没有远见，就没有雄心；愚昧无知处在有用的黑暗里，消灭目光，消灭贪婪。无邪由此而来。识字的人会想，会想的人追根究底。不追根究底是责任，也是幸福。这些真理是无可争辩的。社会就建筑在这上面。

英国良好的社会理论就是这样重新建立的。国家也是这样获得重振的。同时也回到出色的文学中。人们蔑视莎士比亚，赞赏德莱顿[1]。"阿齐托菲尔"[2]的译者阿泰伯雷说："德莱顿是英国和本世纪最伟大的诗人。"在这个时期，索梅兹竟然批驳和侮辱《失乐园》的作者[3]；阿弗朗什的主教于埃[4]写信对他说："您怎么能关注弥尔顿这样的小角色？"一切再生，一切恢复其位。德莱顿在上面，莎士比亚在下面。查理二世高踞王位，克伦威尔在绞刑架上。英国从往昔的耻辱和狂妄中恢复过来。君主政体回到良好秩序和文学的良好趣味中，这对民族是大好事。

---

1 约翰·德莱顿（1631—1700），复辟时期的官方诗人，追求将英国戏剧和法国的古典趣味相结合，写作悲喜剧和悲剧。
2 这是德莱顿的讽刺诗剧第一部分"押沙龙与阿齐托菲尔"（1681），他将现代人搬上舞台，作品获得很大成功。
3 即弥尔顿（1608—1674）。《失乐园》被看作英国浪漫主义的奠基作。
4 皮埃尔·达尼埃尔·于埃（1630—1721），法国高级教士和学者，王太子的副家庭教师（1670），阿弗朗什主教（1692—1699），代表古典派阵营，蔑视莎士比亚和弥尔顿的才华。

这样的好事不被承认，很难令人相信。对查理二世转过背去，对他重新登基时那种宽宏大度不表示感谢，难道不是很可恶吗？林诺斯·克朗查理爵士对正直的人表示很痛心。对祖国的幸运赌气，这是多么反常啊！

众所周知，一六五〇年，议院颁布了这样一个文告："我同意，除了国王、君主和领主，忠于共和国。"克朗查理爵士借口发过这个可怕的誓言，生活在王国之外，面对普遍的幸福，自以为有权伤心。他抑郁地尊敬不再存在的东西；古怪地依附于消亡的事物。

原谅他是不可能的；最仁慈的人抛弃了他。他的朋友们长时间以来好意地相信，他加入共和派的行列只是想更近地看看共和国的盔甲的缺憾，时间一到，更加稳妥地打击共和国，以有利于国王的神圣事业。这种等待有利时机，以便从背后消灭敌人，属于光明磊落。人们对克朗查理爵士期望这个，人们多么倾向于对他判断有利。可是，面对他古怪的坚持共和，必须放弃这种良好的看法。显然，克朗查理爵士坚持不懈，也就是说是个傻瓜。

宽容者的解释在幼稚的坚执和老年人的顽固之间游移。

严厉的人、正直的人走得更远。他们痛斥这个归附异端的人[1]。愚蠢的人有自身的权利，但是也有限度。你可以是一个粗鲁的人，但不应该是一个反叛者。再说，克朗查理爵士究竟是何许人呢？一个变节者。他离开了自己的营垒，即贵族阶级，为了到相反的营垒，即人民之中。这个忠诚的人是一个"叛徒"。他确实是个强大的"叛

---

1 据研究，雨果笔下的共和党人都是变节者（可参阅《九三年》），离开本阶级，真诚地忠于共和。

徒"，忠于最弱者；确实，被他放弃的阵营是胜利者的阵营，而被他
接受的阵营是战败者的阵营；确实，在这种"叛变"中，他失去了
一切：他的政治特权、他的家庭、他的上议院议员头衔和他的祖国；
他只得到受人嘲笑；他得到的好处只是流亡。但这能说明什么呢？
他是一个傻瓜。同意。

叛徒，同时是受骗者，这是显而易见的。

只要不给人树立坏榜样，愿做什么傻瓜都悉听尊便。只求傻瓜
是正直的人。据此他们可以追求做君主政体的基础。克朗查理的思
想简单是难以想象的。他待在革命幻影的迷雾中。他让共和国拉了
进去，又被抛弃在外头。他羞辱自己的国家。他的态度是纯粹的背
叛！他好像避开公众的幸福，如同避开瘟疫。在自愿放逐时，找到
一个说不清的避居地，躲开万众欢腾。他把王朝看作传染病。他把
君主政体说成是检疫所，在广大人民的欢乐中，他是一面黑旗。什
么！在重建的秩序、复兴的民族、恢复的宗教之上，摆出这副阴惨
惨的面孔！[1]在宁静之中投下这黑影！从坏的方面去对待兴高采烈的
英国！是这广阔的蔚蓝天空中的一个黑点！酷似一种威胁！抗议民
族的愿望！拒绝同意全民的赞同！如果这不是滑稽，就会是可笑。
这个克朗查理没有意识到人们可以同克伦威尔一起误入歧途，但必
须和蒙克一起返回。你们看看蒙克吧。他指挥着共和国的军队；查
理二世在流亡，获悉他的忠诚，给他写信；蒙克将德行和狡猾的举

---

[1] 这段话是对第二帝国的批驳：《惩罚集》的前 6 部分是反用法的标题：《社会得救了》
《秩序重建了》，等等。克朗查理对复辟的抗拒，也是雨果不与拿破仑三世联合的
抗拒。

止调和起来，先是隐蔽起来，然后突然在军队面前取消了捣乱的议院，扶正国王，蒙克成了阿尔布马尔公爵，他的荣耀是挽救了社会，变得十分富有，永远使他的时代有光彩，得了嘉德勋位，还有葬在西敏寺¹的希望。这就是一个忠诚的英国人的光荣。克朗查理爵士无法达到这样尽责的理解。他迷恋流亡生活，不想挪动。他以空话来满足自己。这个人被骄傲僵化了。良心、尊严，等等，毕竟只是字眼。必须看实质。

这实质，克朗查理没有看到。他的良心近视，他在做一件事之前，要相当近地观察，闻一下气味。由此产生荒唐的厌恶。谨小慎微做不了政治家。过于讲究良心会变得懦弱。顾虑面对要抓牢的权杖时变成独臂人，面对结婚的机遇却是个阉奴。别相信顾虑重重的人。他们会拖延得太远。不近人情的忠实像一条通到地窖去的阶梯。一级，一级，又一级，终于走到黑暗中。灵活的人往上走，幼稚的人止步不前。不应轻易让自己的良心变得担惊受怕。逐步到达深沉的政治节操。这时就会完蛋。这就是克朗查理爵士走过的历程。

原则最后变成了深渊。

他背着手，沿着日内瓦湖踱步；多舒坦地向前走啊！

在伦敦，有时有人谈到这个不在眼前的人。面对舆论，他几乎受到指控。有人为他辩护，有人攻击他。辩论结束，由于他愚蠢，他倒得益了。

许多前共和派的热情参与者，加入斯图亚特一派。这一点应该

1　从 11 世纪以来英国历代国王登基的地方，埋葬着民族名人。

赞扬他们。他们自然而然有点污蔑他。顽固的人要受到驯顺的人讨厌。有头脑的人在宫廷受到看重，居于高位，讨厌他不受欢迎的态度，自然会说："他没有参与进来，是因为没有得到厚待。"——"他想得到大法官的位置，国王却给了海德爵士了。"——他的一个"旧友"甚至窃窃私语说："他对我说过的。"有时候，虽然林诺斯·克朗查理深居简出，会遇到一些流亡者，一些年老的犯过弑君罪的人，例如安德烈·布鲁通，这个人住在洛桑，这些言论有的传到他那里。克朗查理只限于令人觉察不到地耸耸肩，这是深深不在意的表示。

有一次，他小声说了这句话，补足了耸肩："我可怜那些相信这种话的人。"

四

查理二世是个好人，却看不起他。在查理二世统治下，英国不只是幸福，而是沉浸在狂喜之中。复辟，这是一幅古老发黑的油画，重新上了光泽；过去的一切重现了。良好的古老风俗返回了，漂亮的女人在统治和治理。伊夫林[1]对此做过记录；人们在他的日记中读到："穷奢极欲，亵渎宗教，蔑视上帝。有一个星期天晚上，我看到国王和三个妓女，朴次茅斯的，克利夫兰的，马扎兰的，还有两三个其他的妓女；所有妓女几乎在游乐长廊里是赤裸的。"可以感到在这幅描述中渗透了某些讽意；伊夫林是一个爱埋怨的清教徒，沾染

1　约翰·伊夫林（1620—1706），英国人，除了科学著作，以日记闻名，记录了17世纪下半叶的风俗和社会上有趣的事情。

了共和幻想。他不赞赏国王们通过这种巴比伦式的寻欢作乐做出可资借鉴的榜样；这种享乐最终培养了奢侈风气。他不明白恶习的有用之处。有条规律：如果你想拥有迷人的女子，就绝不要连根拔除恶习。否则你就像一面迷恋蝴蝶，却一面消灭蛹虫的傻瓜。

上文说过，查理二世仅仅发觉有一个名叫克朗查理的抗拒者，但詹姆士二世却格外注意。查理二世统治软弱，这是他的方式；我们说他统治得并不差。有时水手在控制风的绳子上打一个很松的结，让风来吹紧它。这就是暴风愚蠢之处，老百姓也是如此。

这个很松的结很快变成一个抽紧的结，这就是查理二世的政府。

在詹姆士二世时期，收紧开始了。对革命后所留下的东西必不可少的收紧。詹姆士二世具有要做一个有效的国王这种可赞赏的雄心。查理二世的统治在他看来只是复辟的开始；詹姆士二世想回到更加完整的秩序中。一六六〇年，他抱怨只限于绞死十个弑君者。他是一个真正的权力重建者。他强力施行了一些严肃的准则；他让真正的司法占据统治地位，置于感情夸张表白之上，首先注重社会的利益。从这些保护性的严格措施中，人们把他认作国父。他把司法权交给杰弗理，把军权交给柯克[1]。柯克多次做出榜样。这个实干的上校有一天连续三次把同样一个共和派上吊又取消上吊，每一次都问这个共和派："你发誓弃绝共和国吗？"这个坏蛋由于总是说不，最后被结束了生命。柯克满意地说："我把他绞死了四次。"重新开始酷刑是王权力量的重大标志。李尔夫人曾把她的儿子送去攻打蒙

---

[1] 柯克，英国军官，以残酷闻名。他打败了蒙莫思公爵，镇压公爵的拥护者。1688 年复辟后，反过来反对詹姆士二世。

莫思，但却在家里隐藏了两个叛逆者，被判处死刑。另一个叛乱分子由于老实供认一个浸信会女教徒隐藏过他，得到了赦免，而女教徒被活活烧死。另外一天，柯克让一个他知道是共和派的城市知道，他绞死了那儿的十九个市民。须知，在克伦威尔时期，切掉了教堂里圣徒石像的鼻子和耳朵，因此，这样镇压也非常合理。詹姆士二世知道任用杰弗理和柯克，是一个笃信宗教的君主，由于他的情妇丑陋才禁欲苦修，他听拉柯龙比埃尔神父[1]讲道，这个讲道师几乎像什米内[2]神父一样虚情假意，但更有热情，他的荣耀是在前半生当过詹姆士二世的顾问，在后半生是玛丽·阿拉柯克[3]的启发者。正是由于这种强有力的宗教培养，后来詹姆士二世能够理所当然地忍受流亡，在他的圣日耳曼隐修地做出高于对手的国王的表现，平静地触摸瘰疬，和耶稣会士聊天。

可以理解，这样一个国王在一定程度上应该注意到像林诺斯·克朗查理那样的叛逆者。世袭的上院议员有一定的前途，显然，如果对这个爵士采取一点小心措施，詹姆士二世是不会迟疑的。

1　克洛德·德·拉柯龙比埃尔（1611—1682），法国的耶稣会士，因参与阴谋，在被逐出英国之前，在查理二世面前宣教，后来成为玛丽·阿拉柯克的良心导师。

2　什米内（1652—1689），耶稣会士，《讲道集》发表于1690年。

3　玛丽·阿拉柯克（1649—1690），圣母往见会修女，她说是见过耶稣显灵，1864年列入真福品。

第二章
大卫·迪里-莫伊尔爵士

一

林诺斯·克朗查理爵士并非一直熬到年老和流亡。他有过青年阶段和激情阶段。通过哈里松[1]和普赖德[2]，可以得知克伦威尔年轻时喜欢过女人和寻欢作乐，有时这（在女人问题的另一方面）表明了他是个叛乱者。不要相信腰带系得不紧的家伙。Male prœcinctum juvenem cavete.[3]

克朗查理爵士像克伦威尔一样有过犯错误和行为不检点的时候。人们知道他有一个私生子，一个男孩。这个儿子在共和国结束时来

---

1 托马斯·哈里松（1606—1660），议员，积极参与促使查理一世下台；1651 年任国家枢密院成员，护国公崩溃时，拒绝承认他。

2 托马斯·普赖德（？—1658），在英国内战（1642—1651）时任军队中的上尉、中校，因驱逐 140 名议院中的长老派而闻名（1648），审判查理一世的法官，1656 年被克伦威尔封为骑士。

3 拉丁文：别相信腰带系得不紧的年轻人。

到世上，正当他的父亲流亡时出生在英国。因此他从来没有见过他
的亲生父亲。克朗查理的这个私生子在查理二世的宫廷里作为侍从
长大，大家称他为大卫·迪里-莫伊尔爵士；由于他的母亲是贵族妇
女，因而他是出自艳情的爵士。克朗查理在瑞士过着猫头鹰生活的
时候，这个母亲由于长得标致，打定主意不那么赌气，通过第二个
情人原谅了第一个野蛮的情人。这第二个情人无疑是有教养的，甚
至是保王党人，因为他就是国王。她似乎做了查理二世的情妇，陛
下迷恋于从共和国夺回的这个俏丽的女人，给了他的被征服者之子
大卫小爵士一个高级卫士的差使。这使私生子成了军官，在宫廷里
有口粮，作为间接后果，成了热烈的斯图亚特派。大卫爵士作为高
级卫士，有段时间是佩带长剑的一百七十人之中的一个；然后进入
执槊的一帮人之中，是四十个手执镀金槊的侍从之一。另外，他作
为亨利八世设立的贵族护卫部队的成员，有在御席上端碟子的特权。
正因此，他的父亲在流亡中白发苍苍时，大卫爵士在查理二世治下
欣欣向荣。

随后，他又在詹姆士治下欣欣向荣。

国王驾崩，国王万岁，这就是所谓："non deficit alter，aureus."[1]

正是在约克公爵[2]上台时，他才得到允许自称大卫·迪里-莫伊
尔爵士，这是他刚去世的母亲留给他的、在苏格兰大森林里的一块

---

1 拉丁文：第一根树枝拔掉了，第二根树枝很快又长出来，这是金的树枝。维吉尔
《埃涅阿斯纪》第6卷中的话。
2 即詹姆士二世。

封地；森林里有一种克拉格鸟 ¹，用嘴在橡树的树干中挖洞筑巢。

二

詹姆士二世是国王，他的偏好是当将军。他喜欢身边簇拥着年轻军官。他乐于在公众中骑马，戴着头盔，穿上盔甲，一顶宽大的假发从盔甲上面的头盔下露出来；这是愚蠢的战争时代的一种骑马塑像。他友好地看待年轻的大卫爵士的优雅风度。他感激这个保王党人有一个儿子；一个被否定的父亲绝不损害他在宫廷中前途似锦。国王让大卫爵士成为寝宫侍从，薪金是一千利弗尔。

这是出色的提升。寝宫侍从每夜睡在国王身边一张搭起来的床上。一共有十二个侍从。轮流值班。

大卫爵士担任这个职位时，也是国王的粮秣长官，掌管马匹的燕麦，薪金二百六十利弗尔。他手下有五个御用车夫，五个御用的车夫副手，五个御用马夫，十二个御用跟班，四个御用轿夫。他管理国王养在海马凯的六匹赛马，陛下每年要花费六百利弗尔。他在管理国王的藏衣室上称王称霸，嘉德爵士 ² 们的礼服也是由这藏衣室提供的。国王的黑棒官对他鞠躬到地。在詹姆士时期，这个黑棒官是杜帕骑士。大卫爵士得到王室书记官巴克先生和议会书记官布朗先生的敬重。富丽堂皇的英国宫廷是一位好客的主人。大卫爵士作

---

1 借自比弗雷尔的书，迪里-莫伊尔是英格兰的一座森林，称为"克拉格"的鸟是一种鹦鹉，用嘴在橡树中挖洞筑巢。
2 嘉德爵士是 14 世纪由爱德华三世建立的，以国王作为主宰，除了威尔士亲王，有24 个在最高贵族中挑选出来的骑士。

为十二个侍从中的一个，主持宴席和接待。在国王将拜占庭帝国时的金币"byzantium"[1]奉献给教堂时，这些奉献仪式的日子里，在只有国王和亲王们领圣体、国王戴着他的品级项链那些引导圣体的日子里，他有站在国王身后的荣耀。在圣体节时，是他把十二个穷人带到陛下旁边，国王按照自己的年龄赏给他们同样数目的铜板，按照自己统治的年数赏给他们同样数目的先令。当国王生病时，他的职责是叫来两个身为教士、担任布施的侍从官来看陛下，不许医生在没有国家枢密院的准许下接近国王。再者，他是禁卫军的苏格兰团队的中校；这支禁卫军在行进时演奏苏格兰进行曲。

他以这种身份打过几次仗，满载荣誉，因为他是个骁勇的战将。这是一个勇敢的爵爷，身材魁梧，十分俊美，慷慨大方，风度和举止非常高雅。他表里一致。他身材高大，正像出身高贵那样。

有一个时期他被任命为御衣侍从，这使他有特权侍候国王穿衬衣；但是为此必须是亲王或者上院议员。

成为一个上院议员，这是很出格的。这要取得贵族爵位，就会引人嫉妒。这是一种恩宠；一种恩宠使国王成为一个朋友，却形成上百个敌人，还不算朋友会变得无情无义。詹姆士二世由于政策所限，很难册封上院议员，但愿意实施转让。一个转让的上院议员不引起骚动。这不过是一个名分的继续。贵族身份受到很少扰乱。

国王从良好意愿出发，对大卫·迪里-莫伊尔提升到上议院并不反感，只消出现一个替换的上院议员的门路就行。陛下对此求之不

---

1 "十字军东征"时散发的拜占庭金银币。

得：有机会把大卫·迪里-莫伊尔从礼仪上的爵士变为名分正式的爵士。

三

这个机会出现了。

有一天，传闻一个年老的流亡者林诺斯·克朗查理出了许多事，主要的一件是他去世了。死亡对大家好的地方是成为话柄。大家谈论已知的或者以为知道的关于林诺斯晚年的事。有猜测，可能有传闻。要相信这些故事，无疑是道听途说的，接近他生命的终了，克朗查理爵士可能是共和思想变本加厉，据说出于流亡中古怪的执着，他居然娶了一个弑君犯的女儿安娜·布拉德肖——说准了她的名字。据说，她在生下了一个男孩时也死了，如果所有这些细节是正确的，这个孩子才是克朗查理爵士的合法儿子和法定继承人。这些说法非常模棱两可，更像是谣言而不是事实。发生在瑞士的事，对当时的英国来说，就像对今日的英国来说发生在中国一样。克朗查理爵士在他结婚时可能有五十九岁，在他的儿子出生时是六十岁，可能不久后就去世了，身后留下了这个孩子，孩子成了无父无母的孤儿。无疑有可能，但不太真实。还有，这个孩子"像白天一样漂亮"，这在童话中能读到。詹姆士二世国王结束了这些显然没有任何根据的传言，一天早上宣称，"由于孩子的生父林诺斯·克朗查理缺乏合法的孩子和出于国王良好的意愿"，大卫·迪里-莫伊尔是唯一最终的继承人；由于缺乏其他一切血亲和已证实的后裔，据此，证书被列入上院。根据这些证书，国王让大卫·迪里-莫伊尔接替了所谓已故的林诺斯·克朗查理的名分、权利和特权，唯一的条件是大卫爵士要等到此刻还是婴儿，只有几个月，在她还在摇篮时国王就封其为公爵小姐的一个女儿长到结婚时娶了她。谁也不知道是怎么回事。人们称这个小姑娘为约瑟安娜公爵小姐。

英国的时尚当时是取西班牙名字。查理二世的一个私生子叫卡洛斯，普利茅斯伯爵。约瑟安娜可能是约瑟法和安娜两个名字拼在一起。亨利三世的一个贵族名叫约西亚斯·杜·帕萨奇。

国王把克朗查理的上院议员给了这个年幼的公爵小姐。她等待着嫁给一个上议院议员，她就是上议院女议员。她的丈夫会是上议院议员。这个爵位建立在两个城堡的领地之上，一个是克朗查理男爵领地，另一个是亨凯维尔男爵领地；另外，克朗查理的几个爵士称号由于战功和国王特许，享有西西里的科尔莱恩侯爵的爵位。英国的上议院议员不能用外国称号，但有例外；因此，阿伦德尔·德·瓦伦男爵亨利·阿伦德尔和克利福尔爵士，都是神圣罗马帝国的伯爵，考珀爵士是帝国的亲王；汉密尔顿公爵在法国是沙泰勒罗尔公爵；邓伯格伯爵巴齐尔·菲尔丁在德国是哈普斯堡伯爵、劳芬堡伯爵和莱恩费登伯爵。马尔波罗公爵（马尔布鲁格）是苏亚布的明德尔海姆亲王，同时惠灵顿公爵是比利时的滑铁卢亲王[1]。这个惠灵顿爵士又是西班牙公爵修达-罗德里戈，葡萄牙伯爵维梅拉。

在英国，过去和现在都有贵族产业和平民产业。克朗查理爵士

---

1 指惠灵顿公爵（1769—1852），1815 年 6 月 18 日在滑铁卢战胜拿破仑，他曾在 1808 年在葡萄牙和 1813 年在西班牙战胜法军。

的产业都是贵族的。这些产业，城堡、市镇、大法官管辖区、封地、地租、自由地和属于克朗查理-亨凯维尔上议院议员的领地，暂时都属于约瑟安娜小姐，国王宣称，约瑟安娜一旦出嫁，大卫·迪里-莫伊尔爵士就成为克朗查理男爵。

除了克朗查理的遗产，约瑟安娜小姐有个人的财产，数量很大，好些来自"无尾夫人"给约克公爵的赠予，所谓"无尾夫人"，就是夫人的简称。人们这样称呼英国的亨利埃特，奥尔良公爵夫人，在王后之后法国的第一夫人[1]。

四

大卫爵士在查理和詹姆士时期声名显赫之后，在威廉时期也享受荣华。他的激进主义没有发展到跟随詹姆士流亡。他虽然继续热爱他的合法国王，却意识到国王是个篡位者。再说，尽管他不大守纪律，却不失为一个优秀的军官：他从陆军转到海军，在白色分舰队[2]中表现出众。他成为当时所谓的"轻型三桅战舰的舰长"。最后成为一个风流人物，把恶习远远发展到优雅的程度，像大家一样有点诗人气质，国家的好公仆，亲王的好仆人，执着于节庆、狂欢，清晨得到贵妇的接待，仪式、战斗，恭而敬之地效命，傲视一切，看对象而确定是低眉颔首还是咄咄逼人，乐观正直、巴结奉承或者

---

1 查理一世的女儿亨利埃特-安娜嫁给了路易十四的弟弟菲利普·德·奥尔良，猝死于 1670 年。
2 在一个正规舰队中分三个分舰队，白色分舰队在战斗中是后卫。

盛气凌人，第一个动作坦率而诚恳，随后哪怕重新戴上面具，仔细观察国王的好脾气和坏脾气，面对剑锋毫无惧色，总是准备好在陛下的会意下英勇而卑微地冒生命的危险，能够行动出轨，决不失礼，举止文雅，注重礼仪，在王国的重大场合下跪而感到自豪，英勇开朗，表面是朝臣，骨子里是勇士，四十五岁仍然显得年轻。

大卫爵士爱唱法国歌曲，这种风雅的快乐让查理二世高兴。

他喜欢雄辩和优美的语言。他非常欣赏所谓"博须埃诔词"这种有名的吹嘘玩意儿。

在他的母亲方面，他几乎以他继承的财产为生，约有一万镑的收入，也就是二十五万法郎。他以负债来摆脱困境。在奢华、行动荒谬、新奇玩意儿方面，他无人能比。一旦有人模仿他，他便改变方式。他骑马时穿舒适的长靴，牛皮能翻下来，带着马刺。他有别人没有的帽子、没人见过的花边和独具一格的大翻领。

第三章
约瑟安娜公爵小姐

一

一七〇五年左右，虽然约瑟安娜小姐是二十三岁，大卫爵士四十四岁，他们还没有结婚，这是由于世上最好的理由。他们互相憎恨吗？远远不是。可是，对你不能逃过的东西，丝毫不必火急火燎的。约瑟安娜想自由自在；大卫想保持年轻。尽可能晚才戴上羁绊，对他来说好像是延长青春，在风雅时代，晚婚的年轻男子比比皆是。他们像贵妇一样把头发弄成花白；假发是同谋，随后粉末是辅助性的装饰品。布隆莱的杰拉德家的杰拉德男爵、查理·杰拉德爵士，五十五岁时在伦敦有的是恋爱上的好运气。年轻漂亮的白金汉公爵夫人、科文特里伯爵夫人，疯狂地爱上了六十七岁的法尔康伯格子爵、俊美的托马斯·贝拉西斯。有人举出七十来岁的高乃依给一个二十岁的女人的有名诗篇："侯爵夫人，若我面孔……"[1]女人年龄到秋季也有成功的，尼侬和马丽蓉[2]可以为证。这就是例子。

约瑟安娜和大卫以一种特殊的方式谈情说爱。他们并不相爱，只是打情骂俏。互相接近对他们来说就足够了。何必草草了事呢？当时的小说将情侣和未婚夫妇推到这种最高雅的培训阶段。再说，约瑟安娜知道自己是私生女，感到自己是公主，她以某种安排对他采取高压。她对大卫爵士是有兴趣的。大卫爵士长得帅，但这是附加的情况。她觉得他潇洒。

潇洒就是一切。潇洒而出色的卡利班超过可怜的爱丽儿。[3]大卫爵士长得帅，好极了；好看的礁石令人乏味；他不是这样，他打赌、拳击、负债。约瑟安娜很看重他的骏马、他的狗群、赌博赌输、他的情妇们。大卫爵士那方面则感受到约瑟安娜公爵小姐的魅力，她是个没有瑕疵、无所顾忌、高傲自负、不可接近、大胆无忌的姑娘。他给她写十四行诗，约瑟安娜有时也看一下。在这些十四行诗中，他断定，能占有约瑟安娜，那等于直上云天，这并不妨碍他总是将这种上天放到来年。他在约瑟安娜的心房门口的接待室内等待，这对他们俩都很合适。在宫廷里，大家很赞赏这种结婚延期最高尚的

1 这是给女演员帕尔克的几节诗："侯爵夫人，若我面孔／有点衰老的条纹，／须知在我的年龄／您不会比我更嫩，／最美时光的青春／很乐意给人一点丑，／会使您的玫瑰憔悴／像使我额头起皱。"
2 尼侬·德·朗克洛斯（1616—1706），放荡的贵妇；马丽蓉·德洛尔姆（1611—1650），著名的交际花，是散—马尔斯、白金汉、圣埃弗尔蒙、孔代，也许还是黎世留的情妇；雨果由此写了一出戏《马丽蓉·德洛尔姆》（1831）；1650年她到了英国，在投石党运动中受到连累，可能嫁给了一个爵士，随后变成寡妇，后又两次再婚。
3 在莎士比亚的《暴风雨》（1611）中，卡利班是一个魔鬼和女巫所生的丑陋侏儒，与优雅的精灵爱丽儿成为一对。

雅趣。约瑟安娜小姐说："我不得不嫁给大卫爵士很没趣，我呀，只求能和他恋爱！"

约瑟安娜是肉体。没有什么更加美妙的了。她长得高大，过于高大。她的头发有一种奥妙的差别，可以叫作鲜红的金黄色。她很丰满、鲜嫩、强壮、肉红色，大胆过人，才华横溢。她的眼睛过于聪颖。情人，绝对没有；贞洁，更谈不上。她封闭在倨傲之中。男人，呸！至多一个天神能与她相配，或者是一个魔鬼。倘若德行就在陡坡中，约瑟安娜就是尽可能的全部德行，没有任何无邪。她出于蔑视，没有风流事；但是别人设想她有，她也绝不会生气，只要风流事是古怪的，配得上像她这样一个人。她并不重视自己的声誉，却非常重视她的荣耀。好像很容易，却无法做到，这就是杰作。约瑟安娜感到自己威严庄重，能提供素材。这是一种体积过大的美。她不如说是踩踏别人，而不是在迷人。她行走在别人的心上面。她是世俗的。向她指出她心中有一个灵魂，与让她看到她的背上有翅膀，同样使她吃惊。她论述洛克[1]。她有礼貌。有人怀疑她懂得阿拉伯文。

作为肉体和作为女人，这是两回事。女人易受攻击，比如在怜悯心方面，那样容易变成爱情，约瑟安娜却不是这样。并非她不敏感。古代将肉体和大理石做比较是绝对错误的。肉体的美，绝不是大理石那样的；这是突突地跳，这是颤抖，这是脸红，这是出血；这是坚定而不是死硬；这是雪白而不是冰冷；这是瑟瑟发抖而不是

---

1 约翰·洛克（1632—1704），英国哲学家，著有《人类理解论》。

残疾；这是生命。而大理石是死亡。肉体从美的一定程度上来说，几乎有裸体的权利；它仿佛用纱布遮住耀眼的光芒；谁见过裸体的约瑟安娜，只是通过光的扩大才能看到这起伏的身子。她在色情狂或者阉奴面前很情愿脱光。她有神话人物的镇定。把裸体变成一种酷刑，逃避坦塔洛斯[1]，会使她高兴。国王把她封为公爵小姐，而朱庇特把她变为涅瑞伊得斯[2]。这个女人奇特的光组成了双重辐射。欣赏她时，你会觉得自己变成了异教徒和奴仆。她的出身是私生女和海洋。她似乎从泡沫中产生。她的命运的第一个喷射是随波逐流，不过是在王家的大环境中。她身上有浪涛、偶然的境遇、领地和风暴。她识文断字，而且博学。激情从来没有接近过她，而她探索过所有的激情，她既厌恶付诸实施，同样也有兴趣实施。如果她用匕首自杀，事后只会像卢克蕾提亚[3]那样。各种幻想的堕落都落在这个处女身上。这是可能的阿斯塔耳忒[4]和真正的狄安娜[5]加在一起。她由于出身高贵而盛气凌人，爱挑衅，不可接近。她能在自己安排的堕落中找到消遣。她带着从光环下来的朦胧愿望，将光荣放在光环中，也许带着从那儿摔下来的好奇心，对于自己光荣的云彩，她是沉重了一些。犯错误是消遣。王族的无拘无束给人一种尝试的特权，公

1　坦塔洛斯，希腊神话中的国王，被判永远得不到想要的东西：他待在湖中，口渴时水便退去，想吃水果时，树枝便升高。

2　涅瑞伊得斯，希腊神话中的海洋女神，美丽而快乐，往往是半女人半鱼，是海神涅柔斯的50个女儿之一。

3　卢克蕾提亚，古罗马女英雄，被罗马国王塔克文的儿子奸污后自杀，成为古典德行和荣誉的榜样。

4　阿斯塔耳忒，巴比伦女神伊什塔的希腊名字，腓尼基的丰产女神，又代表晨星。因此，约瑟安娜和儿童贩子以及"晨星号"便联系起来。作为异教女神，她属于恶的潜在世界。

5　罗马的月亮女神和猎神，贞洁而凶狠，爱报复。

爵小姐在一个平民女子失足之处是在娱乐。约瑟安娜由于在一切方面，在出身、美貌、讽刺、智慧方面，几乎是女王。她曾经一时迷恋过路易·德·布弗莱，他能用手指把马蹄铁掰断。她惋惜赫拉克勒斯死了。她生活在对难以描述的、一个淫荡的、最高的理想人物的等待中。

在道德方面，约瑟安娜使人想起《致皮宗人的诗简》：Desinit in piscem....[1]

一个女人漂亮的上身以七头蛇结束。

胸部高贵撩人，丰满的乳房与一颗高贵的心、生动而明亮的目光、纯洁而高傲的脸和谐地配合而高耸，谁知道呢？在半透明的浑浊的水下，有着起伏的、超自然的、也许像龙一样丑陋地延长的东西。在梦的深处，崇高的美德以邪恶结束。

二

除此以外，她还是女才子。

这是当时的风尚。

人们可以回想起伊丽莎白时代。

1　拉丁文：这个女人上身是美的，下身却是鱼尾。《致皮宗人的诗简》即贺拉斯的《诗艺》。这里表明约瑟安娜是一个反古典的怪物。

伊丽莎白[1]是一个典型，在英国，这个典型统治了三个世纪，十六世纪、十七世纪、十八世纪。伊丽莎白不仅是一个英国人，这是一个英国国教的信徒。由此，对这个女王来说，她深深尊敬圣公会；这种尊敬被天主教感受到，它混杂了一点要把她革除出教门的意味。在把伊丽莎白革出教门的西克斯图斯[2]的嘴里，诅咒转成了恭维，他说："Un gran cervello di principessa."[3] 玛丽·斯图亚特不太关心教会问题，更加关心女人问题，对她的姐妹伊丽莎白不够尊重，对后者用女王对女王、卖弄风情的女人对假正经的女人的口吻写信："您远离婚姻，来自您不想失去别人爱您的自由。"[4] 玛丽·斯图亚特玩弄扇子，伊丽莎白玩弄的是斧头[5]。双方力量悬殊。另外她们俩也在文学方面竞争。玛丽·斯图亚特写法文诗；伊丽莎白翻译贺拉斯的作品。伊丽莎白长得丑，自己宣布是美女，喜欢四行诗和藏头诗，让美貌少年把城市的钥匙呈献给她，按意大利人的方式紧闭嘴唇，按西班牙人的方式转动眼睛，在她的衣柜里有三千件衣服和服饰，其中有好几套弥涅耳瓦[6]和安菲特里忒[7]的

---

1 伊丽莎白（1533—1603），英国女王（1558—1603），重建英国国教。
2 西克斯图斯（1520—1590），第228任教皇（1585—1590），在法国支持亨利三世和天主教同盟，在财政上支持阿马达远征英国（1588）。
3 意大利文：女王是个杰出的女人。
4 尽管国会下令，伊丽莎仍然一直拒绝结婚，没有孩子，由此，她的绰号叫"处女女王"。
5 玛丽·斯图亚特（1542—1587）是苏格兰王后（1542—1567）和法国王后（1559—1560），十分美丽，很有教养，过着浪漫的生活（有很多宠臣）。作为天主教徒，她被新教和贵族的叛军逐出苏格兰，不得不躲到英国，在监狱中生活了28年。经过多次阴谋，玛丽变成对王位的威胁后，1587年，伊丽莎白决意处死她。
6 弥涅耳瓦，罗马神话中的智慧女神，相当于希腊神话中的雅典娜，全副武装出自宙斯的脑壳。
7 安菲特里忒，希腊神话中的海洋女神。

服装。她敬重宽肩膀的爱尔兰人，用金属片和闪光片缀满她的裙垫圈，喜欢玫瑰，爱骂人，爱诅咒，爱跺脚，给宫女飨以老拳，叫杜德莱滚蛋，把大法官伯利这个老家伙打得哭泣，向马修啐唾沫，揪住哈同的衣领，打埃塞克斯的耳光，向巴松皮埃尔露出大腿，却是个处女。[1]

她对巴松皮埃尔所做的事，如同示巴女王对所罗门所做的事[2]。因此，这是正确的，《圣经》创造了先例。《圣经》上所说的事都可能符合英国国教。《圣经》上甚至说有一个孩子，名叫埃布纳哈克姆或者梅利莱舍特，就是说"贤人之子"。

为什么反对这种风尚呢？玩世不恭总比虚伪好。今天，英国有一个罗耀拉[3]，名叫卫斯理，在这种往昔的事实面前有点垂下眼睛。英国对此不悦，但却感到自豪。

在这类风尚中，对畸形者的趣味，特别在妇女中间，尤其在美女中间存在。要是没有一个奇丑的男人，美有什么用呢？要是不被一个矮胖子亲昵地称呼，成为女王有什么用呢？玛丽·斯图亚特对一个驼背里齐奥[4]有"善心"。西班牙的玛丽·苔蕾丝和一个黑人"有

---

1 罗伯特·杜德莱（1532—1588），伯爵，伊丽莎白的宠臣，差一点娶了她；威廉·塞西尔，伯利男爵（1520—1598），伊丽莎白的秘书，在她40年的统治时期主要的大臣；托比·马修，可能是约克的大主教；克里斯托夫·哈同爵士（1540—1591），禁卫军军官，后为大法官（1587—1591）；罗伯特·德弗勒，第二位埃塞克斯伯爵，伊丽莎白身边接替杜德莱的人物，最后被逐出宫廷，由于伙同英格兰的詹姆士十四世策划阴谋，被判处死刑；弗朗索瓦·德·巴松皮埃尔（1579—1646），法国元帅，在亨利四世时期得宠，在得罪黎世留之前是路易十三的大使，在监狱里关了12年。

2 示巴女王在所罗门王面前露出了大腿。——原注。这是根据传说，但《圣经》中没有证实；示巴女王可能与所罗门王有一段风流史，生有一子。

3 罗耀拉（约1491—1556），耶稣会创始人。

4 大卫·里齐奥，据说里齐奥被女王任命为国务秘书，派驻法国办事。他被说成是女王情人。

点亲密"。由此而得名"黑色女修道院院长"。在伟大世纪的私生活中，驼背是有好身体的，卢森堡元帅可以为例。

在卢森堡之前有孔代，"这个非常帅气的小个子"。

美女本身可以毫无麻烦地伪造。这是大家同意的。安妮·德·博林的乳房比别人更大，一只手有六只手指，而且多长了一颗牙。拉·瓦利埃尔是罗圈腿，这并不妨碍亨利八世[1]爱得发狂，路易十四爱得神魂颠倒。[2]

在精神上，同样出现偏差。在高层，几乎没有一个女人不是畸形的。阿涅丝牵制住梅吕辛。[3]白天是女人，夜里是吸血食尸女鬼，到刑场去吻铁桩上刚砍下的人头。玛格丽特·德·瓦洛亚，女才子老祖宗，在腰带上系着锁好的白铁罐，罐里装着她已故情人的所有心脏。[4]亨利四世就藏在她的裙垫圈中。

十八世纪，摄政的女儿贝里公爵夫人，在一个王族荒淫的典型中，概括了所有这些人物。

另外，美丽的贵妇懂得拉丁文。十六世纪以来，这是女人的一种风雅。雅娜·格雷将雅致推到懂得希伯来文。[5]

约瑟安娜公爵夫人说拉丁文。另外，妙的是，她是天主教徒。

---

1 亨利八世（1491—1547），英国国王（1509—1547）。
2 亨利八世为了娶安妮·德·博林，不惜和教皇闹翻，与教会分立。路易丝·德·拉·瓦利埃尔（1644—1710）是路易十四的著名情妇之一，后来失宠，成为修女，在一个修道院度过36年。
3 莫里哀的《太太学堂》的女主角，或者指圣女阿涅丝，她牵制住中世纪传说中的仙女梅吕辛，这是个半女半蛇的怪物。
4 指亨利·德·纳瓦尔，即未来的亨利四世的妻子玛尔戈王后，大仲马在1845年所写的、以她的名字为书名的小说，把她写成充满热烈的爱情。
5 雅娜·格雷（1537—1554），是亨利七世外孙女，受过好教养，曾经不由自主地成为玛丽·都铎的竞争者，被处决了。

据说，是私底下的，而且她更像她的叔叔查理二世，而不像她的父亲詹姆士二世。詹姆士二世由于信仰天主教而丧失了王位，约瑟安娜绝不想拿她的上院议员来冒险。因此，她内心在高雅的男女之间是天主教徒，而在外表是新教徒。为了讨好下层人民。

这种理解宗教的方式是讨人喜欢的；可以享受到依附于圣公会的官方教会的各种好处，以后可以像格罗蒂乌斯[1]那样死时处在天主教的馨香中，得到佩托神父[2]为你做一台弥撒的光荣。

约瑟安娜尽管很胖，身体很好，需要强调的是，她是一个完美的女才子。

有时，她拖长句子末尾那种睡意蒙眬的、激起情欲的方式，模仿母老虎在丛林中迈步时将爪子延伸。

才学的用处在于这能降低人的社会地位。如今人们不再以此为荣了。

首先，与人保持一定距离，这是最重要的。

当没有奥林匹斯山时，那就选朗布耶府[3]了。

朱诺化为阿拉曼特[4]。想变得神圣却不被接受，结果变成装腔作势的女人。缺乏雷霆之势，便出言不逊。神庙收缩成贵妇的小客厅。不能做女神，便做偶像。

再者，在才学中有某种令女人喜欢的卖弄学问。

1　格罗蒂乌斯（1583—1645），荷兰司法家、外交家，不得不躲在法国，成为驻瑞典大使。
2　德尼·佩托（1583—1652），耶稣会神父，据说是当时最博学的人之一。
3　朗布耶府，17世纪上半叶的贵族沙龙，长期被看作才学的高地之一。
4　朱诺是天神之后，婚姻女神；阿拉曼特是法国18世纪喜剧家马里沃的《假心腹话》（1713）中的年轻寡妇。

卖弄风情的女人和卖弄学问的男人是邻居。在自命不凡中，他们的依附明显可见。

敏锐来自感觉。贪食追求细腻。挑剔的鬼脸适合贪婪。

再有，女人的弱点受到过分追求风雅的保护；这种风雅代替了女才子的顾虑。这是一种有沟渠的封锁壕。凡是女才子都有一种厌恶表情。这起保护作用。

她会同意的，但是不屑一顾。等等吧。

约瑟安娜内心惴惴不安。她感到自身有一道放荡的斜坡，以致要假装正经。我们骄傲地抗拒恶习，会把我们引导到相反的恶习。为了贞洁做出的过度努力，使她变成假正经。过度防卫，这表明暗地里进攻的愿望。凶狠不是严厉。

她封闭在自己的地位和出身的傲慢抗拒中，上文说过，也许同时在思索突然间有个出路。

这是在十八世纪之初。英国在步法国摄政时期的后尘。沃波尔和杜布瓦互相扶持。[1] 马尔波罗[2] 反对前国王詹姆士二世，据说，他曾把他的妹妹丘吉尔出卖给詹姆士二世。可以看到博林格布罗克[3]

1　罗伯特·沃波尔（1676—1745），英国政治家，1715 年任财政部首位爵士和财政大臣，玩世不恭和实用主义者，寻求与法国联合，在巴黎受到红衣主教威廉·杜布瓦（1656—1723）的帮助；杜布瓦是菲利普·德·奥尔良以前的家庭教师。

2　约翰·丘吉尔，马尔波罗公爵（1650—1722），他的发迹有赖于约克公爵，即未来的詹姆士二世，后者以丘吉尔的妹妹阿拉贝拉·丘吉尔为情妇。但他却是在 1688 年最早抛弃国王的人之一。虽然威廉·德·奥兰治不信任他，但他得到女王的信任，被任命为总司令，指挥对法国的战争。他的名字改变了一点（马尔布鲁格），成为法国的一首民歌，十分有名。

3　博林格布罗克（1678—1751），政治家，作家，在威廉三世和安妮女王时期得宠，玩世不恭，自然神论者。

光芒四射，黎世留[1]崭露头角。风雅使得地位有些混杂变得适宜；由于恶习而形成彼此平等。后来应该实现了思想的平等。与平民为伍，这是贵族政治的前奏，开始了革命要完成的东西。离杰利奥特[2]在大白天公开坐在埃皮奈侯爵夫人床上不是很远了。由于风气是传播的，确实，十六世纪曾经看到安娜·德博莱恩的枕头上有斯默通的睡帽。

如果女人意味着错误（我不知道哪一次主教会议确定的），那么就没有比这个时代的女人更是女人了。尽管她们用妩媚掩盖她们的脆弱，用强权掩盖她们的软弱，也没有比这个时代的女人更专横地让人原谅的了。将禁果变成可吃的果子，这是夏娃的堕落；但使可吃的果子变成禁果，这是女人的胜利。胜利以此结束。十八世纪，妻子对丈夫抽上门闩。她和撒旦被关在伊甸园里。亚当待在外面。

三

约瑟安娜的所有本能倾向于风雅地献身，而不是合法地献身。风雅地献身，有文学意味，使人想起梅纳尔克和阿马里丽丝[3]，几乎有点学究意味。

1　黎世留元帅（1696—1788），红衣主教黎世留的侄孙，18 世纪上半叶在对外政策中是个重要人物。
2　杰利奥特（1711—1782），著名歌唱家，1733—1755 年唱红歌剧院，成功地创造了拉莫歌剧中的主角。
3　古希腊作家泰奥克里特的牧歌（公元前 40—前 37 年）中的男女牧童。

斯居戴利小姐向佩利松让步，除了丑对丑的吸引以外，没有别的动机。[1]

姑娘是女王，妻子是奴隶，这是英国的古老风俗。约瑟安娜尽可能把她变成奴隶的时间推迟。她迟早要和大卫爵士结婚，因为女王乐意这样要求，无疑这是必须的，但是多么遗憾啊！约瑟安娜既允诺又拒绝大卫爵士。他们之间有默契，绝不缔结婚约又绝不废除婚约。他们互相拒绝。这种相爱的方式走一步退两步，用当时的舞蹈可以表达为小步舞和加沃特舞。结了婚的人，脸上黯然失色，使得所戴的丝带也失去光泽，显得老态了。婚礼令人懊丧地取消了光彩。由一个公证人交付一个女人，是多么乏味啊！婚姻的粗暴产生确定的地位，取消了意志，绞杀了选择，像语法上的造句一样，用拼音代替灵感，使爱情变成听写，摧毁了生活的神秘，把坦诚变成定期不得不改造的职务，拨开云雾，露出只穿衬衫的模样，对施权者和对受权者一样都缩小了权利，由于一方天平的倾斜，打乱了强壮有力的雄性和力与美的女性迷人的平衡，这边制造了一个主人，那边制造了一个女仆，而在婚姻之外，一个是奴隶，一个是女王。将婚床变得单调乏味，直到使之变得合乎礼仪，试想还有什么更加粗俗的吗？让相爱不再有坏事发生，那是相当愚蠢的啊！

大卫爵士已经老成持重了。四十岁，时间之钟敲响了。他却没有发觉。事实上，他的模样始终是三十岁。他向往得到约瑟安娜，比要占有她，感到更加有趣。他占有别的女人；他有几个女人。约

---

[1] 斯居戴利小姐（1607—1701），法国田园小说作家，保尔·佩利松-封塔尼埃（1624—1693），文学家，脸上有麻子，据说对她有不可比拟的魅力。

瑟安娜则有梦想。

梦想更糟糕。

约瑟安娜公爵小姐有一个特点，比人们想象的更加少有，她的一只眼睛是蓝色的，另一只是黑色的。她的眸子包含爱情和仇恨、幸福和不幸。白天和黑夜混杂在她的目光中。

她的抱负是这样的：表现出能做做不到的事。

有一天，她对斯威夫特[1]说：

"你们这些人，你们以为自己的嘲讽指的是实事。"

你们这些人，是指人类。

她是极端的教皇主义者。她的天主教义绝不超过高雅所需要的数量。今日看这应是普西主义[2]。她身穿丝绒或缎子或波纹织物的宽大长裙，有些裙子长达十五或十六"奥纳"[3]，衬上金银颜色的布料，腰带周围有很多珍珠结和宝石结。她滥用饰带。有时她像一个中世纪渴望成为骑士的年轻贵族那样穿镶边饰的上衣。尽管十四世纪理查二世[4]的妻子安妮将女子马鞍引进了英国，但是骑马时还是坐在男子的马鞍上。她以卡斯蒂利亚[5]的方式，把糖融化在蛋白里洗脸、洗手臂、洗肩膀、洗胸部。有人机智地在她身边讲话，她会特别妩媚地露出一丝思索的微笑。

另外，她一点儿不凶狠。她是非常善良的。

1　斯威夫特（1667—1745），爱尔兰作家，讽刺小说家，著有《格列佛游记》。《木桶的故事》（1704）讽刺教会，令安妮女王不满，不让他当主教。
2　普西主义，普西（1800—1882）所发起的宗教运动，接近英国国教。
3　奥纳，法国以前的衡量单位，约 1.2 米，1834 年取消。
4　理查二世（1367—1400），英国国王（1677—1399）。
5　卡斯蒂利亚，在西班牙中部。

第四章

MAGISTER ELEGANTIARUM[1]

约瑟安娜百无聊赖,这是无须多言的。

大卫·迪里-莫伊尔在伦敦的吃喝玩乐生活中有一个权威的地位。贵族和士绅都尊敬他。

可以记录大卫爵士的一项光荣行为:他敢于不戴假发。反对戴假发刚刚开始。同样,一八二四年欧仁·德维里亚[2]敢于第一个留胡子,一七〇二年普赖斯·德弗鲁敢于第一个在巧妙的卷发之下,大胆当众露出自己自然的头发。拿自己的头发冒险,几乎等于拿自己的头来冒险。引起了众怒;但普赖斯·德弗鲁是赫尔福德子爵和英国上院议员。他受到侮辱,事实是这种行为应受侮辱。在骂声最凶时,大卫爵士突然出现,也不戴假发,露出自己的头发。这种事预示了社会风气的终结。大卫爵士比赫尔福德受到更大的羞辱。他顶

1 拉丁文:风雅大师。
2 欧仁·德维里亚(1805—1865),雨果的画家朋友,浪漫派画家的首领之一(《亨利四世的出生》),参加《欧那尼》演出。后来地位迅速下降。

住了。普赖斯·德弗鲁是第一个，大卫·迪里-莫伊尔是第二个。有时候，做第二个比做第一个更加困难。才干需要少一些，但要更多的勇气。第一个受到自己革新的陶醉，可能不知道危险；第二个看到深渊，冲了进去。这个深渊是不再戴假发，大卫·迪里-莫伊尔投了进去。随后大家模仿他，在这两个革新者之后，大家勇敢地不戴假发，好像可以减轻罪行似的，流行起扑粉了。

为了顺便确定这重要的历史点，要说的是，在这场假发掀起的战争中，真正的始作俑者是一位女王、瑞典的克丽丝丁，她穿男装，从一六八〇年起露出天生的栗发，扑了粉，头上不戴帽子，头发竖起。米松[1]说："另外，她有几根胡子。"

教皇那方面通过一六九四年三月的谕旨，有点轻视假发，剥夺了主教和教士头上的假发，下令让教会人士留头发。

大卫爵士因此不戴假发，穿上牛皮靴。

这些重要的事使他备受公众赞赏。没有一个俱乐部他不是首脑，没有一次拳击比赛不希望他做"referee"。"Referee"就是裁判。

他起草过好几个贵族俱乐部的章程；他追寻了几个高雅场所，其中一个"几内亚夫人"一七七二年还存在于波尔·摩尔。"几内亚夫人"俱乐部是所有年轻贵族聚会的地方。他们在那里赌博。最低的赌注是一卷五十几尼[2]，赌桌上从来不少于两万几尼。每个赌客身边有一只独脚小圆桌放茶杯和金漆木碗，里面放的是几卷几尼。赌

1　弗朗索瓦-马克西米利安·米松（1722 年卒于伦敦），法国文学家，发表过几部在意大利和英国的游记。

2　几尼，英国旧金币，1 几尼合 21 先令。

客像仆人擦亮刀子时那样，戴上皮袖套，保护他们的花边，穿上皮
胸甲保护他们的皱领，头上戴着缀满鲜花的宽边草帽，遮住他们的
眼睛，抵挡强烈的灯光，并保护他们的卷发。他们戴着假面具，不
让人看到他们的激动，尤其是要赌"十五点"的时候。大家都反穿
衣服，为了有好运气。

　　大卫爵士属于牛排俱乐部、倔强俱乐部、劈分铜钱俱乐部、布
吕人俱乐部、刮铜钱俱乐部、封结俱乐部（这是保王派俱乐部），马
丁纳斯·斯克里布尔罗俱乐部，这是由斯威夫特建立的，它代替了
由弥尔顿建立的罗塔俱乐部。

　　尽管他长得俊美，却属于丑怪俱乐部。这个俱乐部是献给丑人
的。里面的人有斗殴的义务，不是为了美丽的女人，而是为了丑陋
的男人。俱乐部大厅以丑人的肖像来装饰：特尔西特、特里布莱、
邓斯、休迪布拉斯、斯卡隆；[1]壁炉上，两个独眼龙柯克莱斯和卡莫
埃恩斯之间是伊索[2]塑像。柯克莱斯是左眼瞎，卡莫埃恩斯是右眼
瞎，两个人都是雕塑眼睛瞎的一面，这两个没有眼睛的侧面是面对
面。在漂亮的维萨尔太太变成麻脸那一天，丑人俱乐部向她举杯庆
贺。这个俱乐部在十九世纪初还很兴盛；它将一份荣誉会员的证书
寄给米拉波[3]。

1　特尔西特，《伊利亚特》中的丑人，跛脚、驼背、尖脑袋，尤利西斯用木棒打他，
　因他在军队中制造叛乱。特里布莱，弗朗索瓦一世时的小丑，雨果的《国王取乐》
　（1832）中的人物。邓斯可能指邓斯·司各特（1266—1308），苏格兰著名的哲学
　家和神学家。休迪布拉斯，巴特勒的英雄诗（1663—1678）的同名主角。斯卡隆
　（1610—1660），法国作家，瘫痪，体形丑陋。
2　伊索（约公元前4世纪），古希腊寓言家，丑陋，口吃。
3　米拉波（1749—1791），法国大革命时期的演说家，右翼的领袖人物，传说长得
　丑陋。

自从查理二世复辟以来，革命的俱乐部都被取缔了。在毗邻莫尔菲尔的小巷中，拆毁了"小牛头俱乐部"所在的那家酒店，如此取名是因为一六四九年一月三十日查理一世的血流在那里的断头台上；人们曾在一只盛满红酒的小牛脑壳里为克伦威尔的健康干杯。

君主制的俱乐部代替了共和派的俱乐部。

大家符合礼仪地消遣。

有一个"她嬉戏俱乐部"。在街上找到一个女人，一个过路的女人，一个女市民，尽可能那么老，但不那么丑；硬把她推进俱乐部，让她用手走路，两脚朝天，裙子落下来遮住脸。如果她表现出不情愿，就用鞭子抽她没有被裙子遮住的地方。这是她的错。这种像演马戏的演员叫作"翻筋斗演员"。

有一个"热闪电俱乐部"，意为"欢快的舞蹈"。由黑人和白种女人跳秘鲁的"皮康舞"和"亭蒂令巴舞"，特别是"莫萨马拉舞"，即"坏姑娘舞"，这种舞蹈得到喝彩的是舞女坐在一堆麸皮上，起身时留下一个漂亮的屁股印。可用卢克莱斯的一句诗来形容：

Tunc Venus in sylvis jungebat corpora amantum.[1]

有一个"地狱之火俱乐部"，以亵渎宗教取乐。这是亵渎比武。地狱受到最粗俗的亵渎拍卖。

有一个"用头撞俱乐部"，这样命名是因为在那里以头撞人。可

1　拉丁文：于是维纳斯在森林里把情人们的身体汇聚一起。(《物性论》第5卷第962行。)

以看到一个宽胸脯、模样傻的搬运夫，就向他提出，必要时强迫他
接受一罐黑啤酒，让人在他胸脯上撞四下头颅。拿这个来打赌。有
一次，一个人，一个粗鲁的威尔士人，名叫戈甘杰尔德，在第三次
被头撞上时咽气了。事情显得很严重。进行了调查，刑事法官做出
判决："因饮酒过度，引起心脏扩大而死。"戈甘杰尔德确实喝下了
这罐黑啤酒。

有一个"开玩笑俱乐部"。"玩笑"像"切口"和"幽默"，是一
个难以翻译的特殊的词。"切口"之于玩笑，就像辣椒之于盐一样。
闯进一幢房子，打碎屋子里的一块昂贵的玻璃，划破家庭的肖像画，
给狗下毒，把猫放进家禽场里，这叫作"剪裁一幅玩笑"。恶意使
坏，让人相信，错以为家里死了人，这是开玩笑。在汉普顿宫，一
幅霍尔宾[1]的画上被戳出一个方洞，这是开玩笑。如果米罗的维纳斯
像的手臂被打断了，这是值得骄傲的玩笑。在詹姆士二世时期，一
个年轻的百万富翁爵士在夜里放火烧茅屋，使得伦敦人哈哈大笑，
把他称为"玩笑之王"。茅屋里的可怜虫是穿着衬衣逃出来的。开玩
笑俱乐部的成员都是最高层的贵族，在市民酣睡时跑遍伦敦，拽掉
百叶窗上的铰链，切断抽水机的管子，捅穿蓄水池，取下招牌，损
坏庄稼，灭掉路灯，锯断房子的支柱，打碎玻璃窗，尤其在贫民区。
正是富人对穷人这样做。因此怨声载道。再说这是胡闹。这种风俗
还没有完全消失。在英国的各个地方或者属地，比如根西岛，不
时有人在夜里骚扰一下你的房子，摧毁你的围墙，拽掉你的门环，

1　霍尔宾（1497—1543），德国画家，德国文艺复兴的最后一个代表。

等等。如果这是穷人干的，便把他们送到苦役监；但这是一些可爱的年轻人。[1]

最显赫的俱乐部由一个皇帝主持，他头上戴着一个月牙形冠冕，名叫"大莫霍克"。莫霍克超出了开玩笑的范围。为作恶而作恶，这就是纲领。"莫霍克俱乐部"有这个重大的目标：毁坏。为了完成这个任务，可以不择手段。成为莫霍克成员，要宣誓成为毁坏者。以一切代价毁坏，不论什么时候，不论谁，不论怎样做，这是责任。凡是"莫霍克俱乐部"的成员都应有一种才能。一种是"舞蹈教师"，就是说用剑戳进乡巴佬的腿肚子，让他们跳跃。其他成员会"使人出汗"，就是说在一个自炫其美的男子周围，围住六至八个贵族，手里握着剑；这个男子由于四面有人，不可能不背对着其中一个贵族；他所背对的贵族戳他一剑惩罚他，使他转动；又一剑刺他的腰，警告他背后有一个贵族，这样每个贵族都轮流刺他一下；被困在剑圈之中的人满身是血，转够了和跳够了，被仆人们棒打一顿，让他改变思路。另外一些成员"打狮子"，就是说笑嘻嘻地止住一个路人，一拳打扁路人的鼻子，两只拇指戳进那人的眼睛。如果眼睛被戳破了，便赔偿损失。

在十八世纪初，这是伦敦游手好闲的富人的消遣。巴黎游手好闲的人有另外的消遣。德·沙罗莱先生在自己家的门口向一个市民开枪[2]。任何时代年轻人都消遣玩乐。

1　这是雨果经历的事实，他在 1860 年 5 月 9 日的笔记本上写道："今天夜里一些可爱的年轻人砸碎了上城大街所有的门环。这是根西岛的贵族所开的玩笑。"
2　沙尔·德·波旁，德·沙罗莱伯爵（1700—1760），喜欢暴力，向屋顶上的工人开枪，以证明他的灵活。

大卫·迪里-莫伊尔把他出色的自由才智带到不同的作乐机构。他和别人一样，愉快地放火烧茅草顶的木板屋，熏黄里面所有的东西，但他用石头再给他们盖房子。他成功地在"她嬉戏俱乐部"捉弄两个女人。一个是姑娘，他给了她一份嫁妆；另一个已结了婚，他让人任命她的丈夫管理一座小教堂。

斗鸡有可以称赞的改进。大卫爵士让一只公鸡在搏斗之前穿上衣服，十分好看。公鸡互相咬羽毛，就像人互相揪头发一样。因此，大卫爵士让他的公鸡尽量光秃秃的。他用剪刀剪掉尾巴上所有的毛，从头剪到肩上，还有颈上所有的毛。他说："就像对敌人的嘴没什么可啄的。"然后他延长公鸡的翅膀，把每根羽毛一根接一根削得尖尖的，这使羽毛变得像尖刺一样。他说："这是为敌人的眼睛准备的。"然后，他用一把小刀削尖公鸡的爪子，在主要的残留趾上装上锋利的钢刺，在头上和脖子上啐唾沫，就像给竞技者身上涂油一样。最后才把可怕的公鸡放下，喊道："看怎样把一只公鸡变成一头老鹰的，怎样把一只家禽变成一头山上野兽的！"[1]

大卫爵士参加拳击，他就是活生生的拳击规则。在重大的比赛场合，正是他让人树立桩子和拉绳子，确定战斗场地的大小尺寸。如果大卫是助手，他会紧跟拳击手，一只手拿着一瓶酒，另一只手拿着一块海绵，喊道："Strike fair."[2]向对方提示诡计，作为战斗者向他出主意，给他擦拭血迹，把倒地的他扶起来，放在自己的膝盖上，

1　西方古代已经有将人比喻成公鸡，柏拉图把人说成没有羽毛的两腿动物。第欧根尼将一只公鸡带到学校说："这就是柏拉图所说的人。"
2　拉丁文：狠狠地打。——原注

把酒瓶塞进他的嘴里，用自己的嘴吸满了水，像细雨一样喷到他的眼睛和耳朵上，刺激失去知觉的人。如果他是裁判，他就主持公正的击中数。除了助手，不许任何人帮助搏斗者，将不站在对手前面的人宣布为战败者，宣布每一个回合不超过半分钟，阻止用头去撞，用头去撞是犯规；阻止去打倒地的人。所有这些学问绝不使他去卖弄，也丝毫没有消除他在社会上的潇洒态度。

当大卫做拳击裁判的时候，这个或那个满脸粉刺、毛茸茸的、黧黑的同伴，都不敢来帮助体弱的拳击手，推翻打赌的天平，跨过栏杆，进入场地，扯断绳子，拔掉柱子，强行干预搏斗。大卫爵士属于人们不敢殴打的少数裁判之列。

没有人像他那样训练。他同意做"训练员"的拳击手有把握取胜。大卫爵士选中一个大力士，像岩石一样巍然，像塔楼一样高耸，把他变成自己的孩子。把这个像礁石一样的人从防御状态转到进攻状态，这是关键所在。他很擅长这样做。这个巨人一旦被接受，便再也离不开他。他变成了保姆。他为巨人品尝酒，称肉的分量，计算睡眠时间。正是他创造了竞技运动员出色的制度，后来由莫尔莱革新了：早上一只生鸡蛋和一杯雪利酒，中午是带血的羊腿并喝茶，四点钟吃烤面包并喝茶，晚上是淡啤酒和烤面包。然后，他给巨人脱衣服，给世俗巨人按摩，使之睡下。在街上，他的目光不放过巨人，让巨人避开一切危险、脱缰的马、车轮、喝醉的士兵、漂亮的姑娘。他监视巨人的操守。这种母爱的照顾给受监护者的教育不断带来新的完善。他教巨人怎样一拳打碎牙齿，怎样用拇指抠出眼珠。没有更加动人心魄的了。

他这样准备今后要参与的政治生活。要做一个完美的贵族，不是一件小事。

大卫·迪里-莫伊尔爵士热衷于街头表演、舞台上的滑稽戏、奇特野兽的马戏、卖艺的木板屋、小丑、意大利喜剧的假面具、嬉笑怒骂的逗乐小丑、露天闹剧、市场的奇思妙想。真正的领主老爷是能品味老百姓爱好的人；因此大卫爵士常常涉足酒店、伦敦和"五港"[1]的奇迹宫廷。为了在必要时和管理桅杆和帆索的水手或者往船壳缝隙镶嵌废麻的水手发生争执，而不损害他在白色舰队的地位，当他到底层去的时候，穿上一件水手服。对这种改变来说，不戴假发是合适的，因为即使在路易十四时期，老百姓也不戴假发，好像狮子那样披头散发。这样，他是自由的。大卫爵士在嘈杂的人群中遭遇下层人民，与他们混杂在一起时，他们高度尊重他，不知道他是爵士。他们称呼他为汤姆-吉姆-杰克。以这个名字，他在恶棍堆里众所周知，非常有名。他以首脑的身份与坏人为伍。必要时，他也挥舞拳头。他的风雅生活的这一面很有名，深得约瑟安娜小姐的赞赏。

---

1 五港，英国以前颁布在多弗尔等五个商业港口的行政和军事单位的旧称。

第五章
安妮女王

一

在这对未婚夫妇上面的是英国女王安妮。

首先应提到的女人是安妮女王。她是快乐的、仁慈的、多少有点威严的。她的这些品质，任何一方面都达不到美德，她的不完美的任何一方面都到不了恶的程度。她的丰腴绝不是肥胖，她的狡黠并不灵活，她的仁慈是愚蠢的。她很固执而又软弱。作为妻子，她不忠实，却又忠实，她把自己的心交给宠臣，她把自己的床留给丈夫。作为基督徒，她信奉异教，笃信宗教。她的脖子很美，像尼俄柏[1]的脖子。她身体的其余部分则不尽如人意。她笨拙地爱打扮，倒很正派。她的皮肤白皙、细腻，露得很多。大颗珍珠的项链紧紧围

---

1 尼俄柏，坦塔洛斯之女，忒拜王安菲翁之妻，有 14 个孩子。她嘲笑女神勒托只有
  一子一女：阿波罗和阿耳忒弥斯。阿波罗用神箭把她的儿子全部杀死，而阿耳忒弥
  斯把她的女儿全部杀死。尼俄柏因悲痛而化为石头。这成为后代雕塑和绘画的题材。

在脖子上的风尚就是来自她。她的额角狭窄，嘴唇肉感，面颊肉墩墩，眼睛很大，目力很差。她的近视扩展到脑筋。除了有时爆发出快活的笑声以外，几乎像发脾气一样迟钝，她生活在一种无声的责备和喁嚅的沉默中。她迸出一些字句，需要猜测。这是一个好心女人和凶神恶煞的混合物。她喜欢新奇事物，这非常像女性。安妮是一个粗加工的、普遍适用的夏娃样品。偶然让王位落在这个毛坯的头上。她喝酒。她的丈夫是个纯种的丹麦人。

她喜欢托利党，却通过辉格党统治。她是个狂热的女人。她要勃然大怒。她爱好争吵。料理国事没有比她更加笨拙的人了。她让事件颓然倒下。她的全部政策是失常的。她善于以小原因制造大灾难。当权威的幻想攫住她时，她这样说："用拨火棍搅拌一下。"

她用一种深思熟虑的神态说出这样的话："任何上议院议员都不能在国王面前戴帽，除了爱尔兰上院议员金萨尔男爵波赛。"她说："我的丈夫不是海军元帅。那是不公平的，因为我的父亲是海军元帅。"她让丹麦的乔治担任英国和"女王陛下的全部殖民地的"海军统帅。她不断地发脾气，汗流浃背；她表达不出自己的思想，她要把想法渗透出来，这头鹅身上有司芬克斯的因素。

她绝不仇恨开玩笑，那种爱逗弄人的敌意捉弄。如果她能让阿波罗成为罗锅，她会很快活。但是她会让阿波罗成为天神。她好心眼，她不想让任何人绝望，使大家烦恼。她常常用生硬的字句，更有甚者她会骂人，像伊丽莎白一样。她不时从裙子上一个男人口袋里掏出一只小而圆的压纹银盒子，上面有她的侧面肖像，在 Q 和 A

两个字母[1]中间。她打开这个盒子，用指尖取出一点香脂，涂红自己的嘴唇。涂好嘴唇以后，她笑了。她非常喜欢锡兰的扁平香料面包。她对肥胖很自豪。

　　她宁可说是清教徒，而不是别的信徒，但她很乐于出席看戏。她有点想建立音乐院，模仿法国的音乐院。一七〇〇年，有一个名叫福尔特罗什的法国人想在巴黎建造一个"王家马戏场"，造价四十万利弗尔，阿尔让松反对；这个福尔特罗什到了英国，向安妮女王提议在伦敦建造一座有机关布景的剧场的想法，这个剧场比法国国王的剧场更美，有四层高，女王一时被吸引了。像路易十四一样，她喜欢让她的华丽马车奔驰。她驾辕的马和马车有时不到一小时零一刻钟从温莎[2]跑到伦敦。

二

　　在安妮女王时代，没有两个保安法官的准许，不能集会。十二个人集中在一起，哪怕是为了吃牡蛎和喝啤酒，也是叛逆罪。

　　在她的统治下，其他的相对来说温厚一些，但对海军的压制特别严厉；这就悲惨地证明，英国人是臣民而不是公民。几个世纪以来，英国国王采用暴君的方法，拆穿了所有古老的自由宪章的谎言，法国特别对这种宪章感到愤怒，起来战胜它。减少一点这种胜

1　安妮女王的缩写。
2　王家的行宫之一，13 世纪由亨利三世建造在泰晤士河的右岸，离伦敦 40 公里的地方。

利的是，英国是压制水手，而法国是压制士兵。在所有的法国大城市，凡是强壮的男人走在街上办事，都有危险被招募士兵的人拉进一所名叫"炉子"的屋子里。在那里把他乱七八糟地和其他人关在一起，把适宜当兵的人挑出来，抓壮丁的人把这些路人卖给军官。一六九五年，在巴黎有三十个"炉子"。

安妮女王颁布的反对爱尔兰的法律是残酷的。

安妮生于一六六四年，在伦敦发生火灾之前两年。一些星相学家（当时还有星相学家，路易十四可以为证，他出生时有一个星相学家在场，他被包在一个占星家的襁褓里）预言，由于她是"火神之姐"，她会当女王。由于星相学和一六八八年革命，她当了女王。她只能以坎特伯雷的大主教作为教父，她觉得十分屈辱。在英国要成为教皇的教女是不再可能了。一个普通的宗主教是一个平庸的教父。安妮不得不以此为满足。这是她的过错。为什么她是新教徒呢？

丹麦为她的童贞支付了费用，"virginitas empta"[1]，就像古老的宪章所说的那样，寡妇的权利是六千两百五十先令的收入，取自华丁堡的裁判所和费赫马恩岛。

安妮通过习俗，不过并不确信，按照威廉的传统办事。在革命产生的王国下面，英国人只能在禁闭演讲人的伦敦塔和捆绑作家的犯人示众柱之间拥有自由。安妮会讲一点丹麦话，为了和她的丈夫单独交谈；又会讲一点法语，为了和博林格布罗

1　拉丁文：她的童贞是买来的。

克私下交谈。纯粹是听不懂的外国话；但尤其在宫廷，讲法国话在英国是流行的时髦。只有在法语中有风趣话。安妮关注货币，尤其是铜币，铜币在下层老百姓中使用；她想在铜币上铸上自己的肖像。在头三种铜币的背面，她让人简单地铸上一个王位；在第四种的背面，她想铸上一辆凯旋的战车；在第六种的背面，铸上一个一手拿宝剑，另一只手拿橄榄枝的女神，并有题铭"Bello et Pace"[1]。她的父亲詹姆士二世是天真而残忍的，她却是粗暴的。

与此同时，她实质上是温柔的。矛盾只是表面。愤怒把她改变了。拿糖水煮一下，也会沸腾的。

安妮得人心。英国喜欢女人统治。为什么？法国排斥女人。这已经是一个理由。或许甚至没有别的理由了。对英国历史学家来说，伊丽莎白是伟大，安妮是仁慈。随人所愿，是的。可是在女人统治中，丝毫没有什么细微的东西。线条是笨拙的。这是粗俗的伟大和粗俗的仁慈。至于她们清白无瑕的品行，英国是很重视的，我们绝不反对。伊丽莎白是一个受埃赛克斯节制过的处女，安妮是一个让博林格布罗克变得复杂化的妻子。

三

老百姓有一个愚蠢的习惯，就是把他们所做的事归功于国王。

---

1 拉丁文：战时与和平一样。

他们互相打仗。光荣归于谁？归于国王。他们付钱。谁是翘楚？国王。老百姓喜欢他如此富贵。国王从穷人那里得到一个埃居，还给穷人一个铜板。他多么慷慨啊！台座上那个巨人注视着肩负的矮子。米尔米东[1]真伟大！他在我的背上。一个侏儒有一个美妙的方法，变得比巨人更高，这就是骑坐在巨人的肩上。但巨人让他这样做，这是怪事；巨人赞赏侏儒的伟大，这是笨蛋。这是人类的天真。

只让国王有骑马像，出色地代表了君主制度；马是人民。只有这匹马在慢慢变化，开始时这是一头驴，最终这是一头狮子。于是它把骑士摔在地下，英国有一六四二年，法国有一七八九年；有时它把他吞噬掉，英国有一六四九年，法国有一七九三年。[2]

狮子可以又变成驴子，这很奇怪，但事实如此。在英国可以看到这种情况。人民重新背上狂热崇拜王权的鞍鞴。上文说过，安妮女王很得人心。为此她做了什么？什么也没有做。什么也不做，这正是对英国国王所要求做的一切。就因为什么也没做，他每年得到三千万。在伊丽莎白时期，英国只有十三艘战舰，而在詹姆士一世时期，却有三十六艘。一七〇五年有一百五十艘。英国人有三支军队，在卡塔罗尼亚有五千人，在葡萄牙有一万人，在佛兰德尔有五万人。此外，英国人要为君主制的欧洲和外交，给欧洲每年提供四千万，好像英国人总是供养一个妓女。国会通过了三千四百万的

1　米尔米东，泰萨利人，传说他们先是爱琴岛的蚂蚁，在埃阿克国王的要求下，宙斯把蚂蚁变成勇敢的武士，一般用这个词指侏儒。

2　在 1642 年革命的英国和 1789 年革命的法国之后，都处死了国王：1649 年 1 月 30 日在白厅处死查理一世，1793 年 1 月 21 日在革命广场（协和广场）处死了路易十六。

终身年金爱国公债，大家热切地赶到财政部[1]去认购。英国派出一个舰队到东印度群岛，派出一个舰队到西班牙海岸，由利克海军元帅指挥，还不算在舒维尔海军元帅指挥下的四百只帆船组成的后备队。英国刚合并了苏格兰。如今是在霍什斯塔特[2]和拉米利[3]两次战役之间，其中一次胜利使人看见另一次胜利。英国这次在霍什斯塔特撒了一网，俘虏了二十七个营和四团龙骑兵，夺取了法国一百法里的地方，使之从多瑙河退到莱茵河。英国把手伸向撒丁岛和巴利亚里群岛[4]。它胜利地把十艘西班牙战船和许多装满黄金的武装商船带回自己的港口。哈得孙海湾和海峡[5]已经一半被路易十四放弃了；人们感到他就要放弃阿卡迪亚[6]、圣克里斯托弗[7]和纽芬兰[8]，如果英国容忍法国国王在不列颠岬[9]捕鳕鱼，那就是大幸了。英国就要强加给他这个耻辱：亲自拆掉敦刻尔克的堡垒。在这期间，英国夺取了直布罗陀，并且占领了巴塞罗那。完成了多么伟大的事业啊！安妮女王在这段时间里辛辛苦苦地生活，怎能不令人赞叹她呢？

从某种观点看来，安妮女王的统治是路易十四统治的反射。在

1　财政部，最初负责管理国王财产，由于地位重要，变成了一个审计院和高等司法院。
2　霍什斯塔特，1704 年英法在巴伐利亚的霍什斯塔特进行的第二次战役，由马尔布鲁格战胜法军。
3　拉米利，在比利时，靠近卢汶，1706 年马尔布鲁格战胜维勒罗瓦指挥的法军，此战役标志着路易十四统治的结束。
4　巴利亚里群岛，属于西班牙。
5　哈得孙海湾和海峡，在加拿大东部。
6　阿卡迪亚，在加拿大。
7　圣克里斯托弗，即圣基茨岛，在南美洲。
8　纽芬兰，在加拿大。
9　不列颠岬，北美的岛，在圣劳伦斯海湾入口。

所谓历史的这种相遇中，安妮和法国国王在时间上是平行的，同他有一种朦胧的反照相似。她像他一样，上演的是伟大的统治；她有自己的纪念建筑、自己的艺术、自己的胜利、自己的统帅、自己的文学家、自己的给名人津贴首饰箱、在王位侧面的自己的杰作画廊。她有宫廷随行人员簇拥，高奏凯歌，秩序井然，列队而行。这是凡尔赛宫已经变得不那么伟大的所有大人物的缩影。这是假象；要加上"Gog save the Queen"，可能是从吕利那儿剽窃来的 [1]，整体产生幻觉。一个人物也不缺少。克里斯托弗·雷恩是一个还过得去的芒萨尔 [2]；索梅斯比得上拉莫瓦尼翁 [3]。安妮有一个拉辛，就是德莱顿，有一个布瓦洛，就是蒲柏 [4]，有一个柯尔贝，就是戈多尔芬 [5]，有一个卢伏瓦，就是彭布罗克 [6]，有一个图雷纳，就是马尔布鲁格 [7]。扩大假发，缩小额头。一切都庄严和豪华。当时的温莎几乎有点马尔利的景象 [8]。但一切都是女性化的，安妮的勒泰利埃神父名叫萨拉·詹宁斯。[9] 另

---

1 《天佑女王》，英国国歌；让-巴蒂斯特·吕利（1632—1687），在路易十四身边得宠的著名音乐革新家。
2 雷恩和芒萨尔是两个建筑师。克里斯托弗·雷恩（1632—1723）从 1675 年起是建造圣保罗大教堂的启迪者之一；弗朗索瓦·芒萨尔（1598—1666）在创立法国古典主义中起过重要作用。
3 两个反对王权的议员。约翰·索梅斯（1651—1716），参与 1688 年革命，随后在辉格党扮演头等重要角色；纪尧姆·德·拉莫瓦尼翁（1617—1677），巴黎最高法院首席庭长，拒绝审判富凯，寻求更人道的司法。
4 蒲柏的《批评论》起到布瓦洛《诗的艺术》的作用。
5 两个财政家。
6 两个官员。
7 两个元帅。
8 马尔利古堡是于勒·阿尔杜安·芒萨尔为太阳王路易十四建造，在大革命时期被卖掉和拆毁。中心是太阳宫，周围环绕 12 座楼，象征黄道 12 宫。
9 两个神秘的顾问。勒泰利埃神父（1643—1719）是路易十四最后一个忏悔师，懂得如何赢得老国王的欢心，对新教徒和让森派教徒很无情。萨拉·詹宁斯（1660—1744），未来的马尔布鲁格公爵约翰·丘吉尔的妻子、童年朋友，对女王有深刻影响，让辉格党取胜，支持丈夫的事业。1711 年后双双失宠。

外，一种讽刺的萌芽，五十年后成为哲学，在文学中初具规模，新教的伪君子被斯威夫特揭露了，同样，天主教的伪君子也被莫里哀揭露。虽然在这个时期，英国与法国争吵，攻打法国，却模仿法国，从中得到启发；是法国的光照亮了英国的门面。安妮的统治只延续了十二年是很遗憾的，否则，英国人会轻而易举地要说安妮世纪，就像我们说路易十四世纪一样。安妮在一七〇二年出现，当时路易十四正衰落。这个苍白的星辰的升起和鲜红的星辰的落下偶合，是历史的怪现象之一。在法国有太阳王的时候，英国却有月亮女王。

有一件小事必须指出。英国虽然和路易十四作战，他却在英国非常受到赞赏。英国人说："法国必须有这样的国王。"英国人的爱好自由，杂糅了对别人受奴役的某种接受。这种对锁住邻人的链条的接受，有时达到对邻国专制君主的热烈欢迎。

总之，安妮使她的人民"幸福"，就像比弗雷尔著作的法文译者在献辞的第六和第九页，序言的第三页中三次亲切地强调所说的那样。

四

安妮女王出于两个理由，对约瑟安娜怀恨在心。

第一，因为她感到约瑟安娜漂亮。

第二，因为她感到约瑟安娜的未婚夫漂亮。

两个要嫉妒的理由对一个女人来说足够了；仅仅一个理由对一个女王来说足够了。

再补充一句。她怨恨约瑟安娜是她的妹妹。

安妮不喜欢女人漂亮。她感到这是和风俗相悖的。

至于她，她长得丑。

但这不是她选择的。

她的一部分宗教来自这种丑陋。

约瑟安娜亭亭玉立，达观明理，令女王讨厌。对于一个丑陋的女王来说，一个如花似玉的公爵小姐不是一个令人喜欢的妹妹。

还有另一个要气恼的是，约瑟安娜"improper"[1]的出生。

安妮是一个普通贵族女人安妮·海德的合法女儿，但这是詹姆士二世在还是约克公爵时不合时宜地娶为妻子的。安妮的血管里有这下等血统，只感到自己是半个王族，而约瑟安娜虽然完全不正常地来到世上，却突出了一个女王出生虽是微小的不过是真正的错误。门户不当所生下的女儿，在离她不太远的地方，不快地看到一个私生女。这里有一种冒犯人的相似。约瑟安娜有权对安妮说："我的母亲胜过您的母亲。"在宫廷里人们不这样说，可是显而易见这样想。这对女王陛下来说是令人讨厌的。为什么有这个约瑟安娜呢？她对出生有什么想法呢？何必有一个约瑟安娜呢？这样的亲缘关系使人被贬低了。

不过安妮对约瑟安娜是好脸相迎。

倘若约瑟安娜不是她妹妹，兴许她会爱约瑟安娜。

1　英语：不得当的、不得体的。在整部小说中，雨果将历史的准确性与文字游戏的趣味结合起来。

第六章
巴基尔费德罗

　　了解人的行动是有用的，加以一点观察是明智的。

　　约瑟安娜让她的一个心腹多少去秘密监视大卫爵士，他名叫巴基尔费德罗。

　　大卫爵士也谨慎地让一个他信得过的人去观察约瑟安娜，他名叫巴基尔费德罗。

　　至于安妮女王，她暗地里得知她私生的妹妹约瑟安娜公爵小姐和她未来的妹夫大卫爵士的所作所为，通过的是她完全信赖的一个人，他名叫巴基尔费德罗。

　　这个巴基尔费德罗手中掌握这个关键：约瑟安娜、大卫爵士、女王。两个女人中间加上一个男人。有无穷尽的单调变化！有多少复杂的心灵混合啊！

　　巴基尔费德罗并非总是有在三个人的耳畔悄声低语的美妙机会。

　　他是约克公爵以前的仆人。他曾经竭力要做一个教会人士，但是失败了。约克公爵是英国和罗马的亲王，既是教皇派的王族，又是合法的国教派，既有天主教的世家，又有新教的世家，本来可以把巴基尔费德罗推到这个或那个教阶，但是他认为巴基尔费德罗信仰天主教不够，做不了布道师，信仰新教也不够，管理不了小教堂。以至于巴基尔费德罗处在两个教派中间，灵魂躺在地上。

对于某些爬行的灵魂来说，这绝不是一种坏姿态。

有些道路只能爬行。

微贱的但吃食无忧的仆人差使，长期以来就是巴基尔费德罗的全部生活。做仆从有点好处，可更进一步要权力。当詹姆士二世垮台时，他也许快要到达这一步了。一切要重新开始。在威廉三世时期无法可想，这位国王郁郁寡欢，在他的统治方式中，有一种假正经，他以为是正直。巴基尔费德罗在他的保护人詹姆士二世下台后，没有马上变得衣衫褴褛。王爷垮台之后，不知什么样的人物在一段时间内还能维持和支持他们的寄生生活。竭尽的一点汁液还能让连根拔起的树木枝头的树叶活两三天；然后，突然树叶发黄和枯萎，朝臣也是如此。

这位国王虽然下台，被抛到老远，但由于所谓的合法性的防腐剂，坚持和保存下来；朝臣就不是这样了，他比国王更加像死去一样。那边的国王是木乃伊，这里的朝臣是幽灵。成为一个影子的影子，这是瘦得不堪入目了。因此，巴基尔费德罗饿得皮包骨头。于是他成了文人的身份。

可是别人甚至把他从厨房赶出去。有时他不知道睡在哪里。他说："谁会让我摆脱星空下的生活呢？"他在挣扎。他有在落难时坚不可摧的耐心。另外他有白蚁的技能，知道从下到上地挖洞。他借助詹姆士二世的名义，借助回忆，以及他的忠诚打动人，终于一直钻到约瑟安娜公爵小姐那里。

对这个又穷又有才干的人，约瑟安娜感到很合意；这两样东西是能感动人的。她把他介绍给迪里-莫伊尔爵士，让他住在下人那里，把他看作自己的家里人，对他十分和善，有时甚至同他说话。巴基尔费德罗不再忍饥受冻了。约瑟安娜对他以"你"相称。对文人以"你"相称是贵妇的风尚，文人也让人这样做。德·梅利侯爵夫人躺着接见从来没有见过的罗伊时对他说[1]："就是你写出《风雅的年代》吗？你好。"后来，文人也还以"你"来称呼她们。有一天，法布尔·德·埃格朗丁纳对德·罗昂公爵夫人说：

"你不是沙博吗？"[2]

对巴基尔费德罗来说，被人以"你"称呼是一大成功。他感到很高兴。他一直渴望从上到下都这样亲切待他。

"约瑟安娜小姐以'你'称呼我！"他心里想，搓着手。

他利用这样称呼争取地盘。他变成了约瑟安娜小客厅的常客，一点不拘束，不引人注意；公爵小姐几乎就在他面前换衬衣。但这一切是不可靠的。巴基尔费德罗的目标是一种地位。一位公爵小姐，这是走了一半路。地道不能通到女王那儿，还是前功尽弃。

有一天，巴基尔费德罗对约瑟安娜说：

"小姐可以施恩制造我的幸福吗？"

---

1 德·梅利侯爵夫人（1710—1751），路易十五的情妇之一；皮埃尔-沙尔·罗伊（1683—1764），诗剧作家，以写作歌剧和芭蕾剧闻名。

2 法布尔·德·埃格朗丁纳是丹东的秘书，国民公会成员，参与起草革命历法。受到贪腐的指责，1794 年被处死。罗昂-沙博是声誉显赫的罗昂亲王家族的支系。

"你想要什么？"约瑟安娜问。

"一个职位。"

"一个职位！给你！"

"是的，夫人。"

"你要求一个职位是出于什么想法？你什么也不适合。"

"正是为了这个。"

约瑟安娜笑了起来。

"在你并不适合的职务当中，你希望哪一种？"

"拔海洋瓶塞那一种。"

约瑟安娜笑得更厉害了。

"这是什么职务？你在开玩笑。"

"不，夫人。"

"我会很高兴认真地答复你，"公爵小姐说，"你想做什么？再说一遍。"

"拔海洋瓶塞。"

"宫廷里做什么事都可能。难道有这样一个职位吗？"

"是的，夫人。"

"给我讲一点新鲜事吧。继续说。"

"存在这样一个职位。"

"你按你没有的灵魂给我发誓吧。"

"我发誓。"

"我不相信你的话。"

"谢谢，夫人。"

"你究竟想做什么？……重新说一遍。"

"拔海洋瓶塞。"

"这是一个不应使人疲劳的职务。就像给青铜马梳毛一样。"[1]

"差不多吧。"

"什么事也不做。这确实是你所要的位置。你适合干这个。"

"您看，我是适合做点事的。"

"啊！你在说笑。这位置存在吗？"

巴基尔费德罗摆出恭敬的庄重态度。

"夫人，您有一个威严的父亲，国王詹姆士二世；和一个有名的姐夫丹麦的乔治，肯伯兰公爵。您的父亲曾经是，而您的姐夫现在是英国的海军元帅。"

"你来告诉我的新鲜事就是这些吗？我和你一样清楚这些事。"

"但有些事阁下还不知道。在海洋里有三种东西：海底的拉贡；漂浮在海上的弗洛松；被海水抛掷在陆地上的杰特松。"

"然后呢？"

"这三种东西，拉贡、弗洛松、杰特松是属于海军大元帅的。"[2]

"然后呢？"

"阁下明白吗？"

"不明白。"

"所有在海里的东西，那些沉没的，那些浮上来的，那些搁浅的，一切都属于英国的海军元帅。"

"一切。是的。然后呢？"

"除了鲟鱼，是属于国王的。"

"我本来以为，"约瑟安娜说，"这一切都属于海神。"

"海神是一个傻瓜。他放弃一切。他让英国人全部拿去。"

"下结论吧。"

"海洋截获物；这是给找到这些东西的名字。"

"是的。"

"截获物是无穷无尽的。总有东西在漂浮，有东西在靠岸。这是海洋的贡献。海洋给英国付税。"

"我想是这样。下结论吧。"

"阁下明白，就这样海洋设立了一个局。"

"在哪儿？"

"在海军部。"

"什么局？"

"海洋截获物局。"

"怎么样？"

"这个局分为三个科：拉贡、弗洛松、杰特松。每科有一个科长。"

"然后呢？"

"大海上的一条船给陆地一个信息，它航行在某个纬度上，遇到一只海怪，它看到一条海岸，它遇到海难，快要沉没，它完蛋了，等等。船主拿起一只瓶子，将一张纸塞到里面，纸上写了事情经过，然后封上瓶子，把瓶子扔到海里。如果瓶子沉到底，这就关系到拉贡科长；如果瓶子漂浮起来，这就关系到弗洛松科长；如果瓶子被海湾带到岸上，这就关系到杰特松科长。"

"你想成为杰特松科长吗？"

"正是。"

"就是你所谓的拔海洋瓶塞吗？"

"因为这个职位是存在的。"

"为什么你要最后一个位置，而不是其余两个？"

"因为眼下这个职位空缺无人。"

"这个职位的用途是什么？"

"夫人，一五九八年，一个捕捉海鳗的渔夫，在埃皮廷海角的沙滩上捡到一只用柏油封口的瓶子，瓶子被送到伊丽莎白女王那里，从瓶子里抽出的一张羊皮纸，让英国人知道，荷兰悄没声儿地夺取了一个无人知晓的地方，即新藏利亚[1]，这是一五九六年六月夺取的。那里的人被熊吃掉了，在那里过冬的方式表明在一张纸上，这张纸藏在岛上荷兰人留下的木屋烟囱悬挂的火枪筒里；荷兰人全都死了，烟囱是捅穿的木桶做的，嵌在屋顶。"

"我不太明白你的不知所云。"

"是这样。伊丽莎白倒是明白。荷兰多了一块地方，对英国来说是少了一块地方。给出指示的瓶子被看作一样重要的东西。从这天起，下达了命令，谁找到藏在海边的一只瓶子，都要把它交到英国

---

1 俄文，即纽芬兰（新地），北冰洋的群岛，在巴伦支海和卡拉海之间。

的海军元帅那里，违者处以绞刑。海军元帅为了打开这些瓶子，委托一个科长，在必要时把里面的内容告知女王陛下。"

"把这些瓶子送交海军元帅的事常有发生吗？"

"很少。但这是一样的。这个地方存在。科长在海军部有办公用的屋子和住室。"

"这样什么事也不干，拿多少工资？"

"一年一百几尼。"

"你就为这事来麻烦我吗？"

"为的是混口饭吃。"

"像乞丐讨饭。"

"对我这样的人很相称。"

"一百几尼，像一缕烟一样。"

"让您生活一分钟的钱，让我们这些人活一年。这是穷人优越的地方。"

"你会得到这个职位。"

一星期后，由于约瑟安娜的良好意愿，由于大卫·迪里-莫伊尔的信用，巴基尔费德罗进了海军部，此后有了生路，摆脱了拮据，如今把脚踏在实地上，有住的地方，别人支付费用，年收入一百几尼。

第七章
巴基尔费德罗打通了地道

首先有一件迫切的事，就是忘恩负义。

巴基尔费德罗毫不错过。

他得到约瑟安娜那么多的恩惠，自然只有一个想法，就是报复。

还要加一句：约瑟安娜娉婷、高大、年轻、富有、有权、显赫，而巴基尔费德罗丑陋、矮小、老迈、贫穷、受保护、默默无闻。他必须为此报复。

只为黑夜而造就的人，怎能原谅光辉灿烂呢？

巴基尔费德罗是一个否认了苏格兰的苏格兰人，孬种。

巴基尔费德罗只有一样对他有利的东西，就是他大腹便便。

一只大肚子被人看作宅心仁厚。但这只肚子和巴基尔费德罗的伪善是一致的。因为这个人非常凶狠。

巴基尔费德罗多大年纪？没有岁数。是他当下的计划所必需的年龄。他因皱纹和灰白头发而年老，因思路灵活而年轻。他既敏捷又笨重；既像河马又像猴子。当然是保王派，无疑是新教徒。也许支持斯图亚特王族，显然支持布伦斯维克 [1]。"支持"只是在同时"反对"的情况下才有力量。巴基尔费德罗实施这种智慧。

"拔海洋瓶塞"的职位并不像巴基尔费德罗所说的那么可笑。加尔西-费朗代在他的《航路志》[2] 中反对，今日称为大声要求搁浅物即"遇难船只残骸权"的掠夺，反对沿岸居民对漂浮物的抢掠，在英国引起反响，带来对海难者处理的这种进步：他们的财产、实物和地产不仅不是被农民劫走，而是被海军元帅没收。

抛掷到英国海岸的所有海洋残留物，货物、船的框架、包裹、箱子，等等，都属于海军元帅；但是，这里显示出巴基尔费德罗所要求的职位的重要性，包含着信息和情报的漂浮容器特别引起海军部的注意。海难是英国严肃关注的事情之一。航海是英国的生命，海难是它的忧虑所在。英国对海洋持续地保持不安。一艘失事的船投到浪涛里的小玻璃瓶，包含着一个高度的信息，从各方面来看都是很宝贵的。包括船只的信息，船员的信息，地点、时代和海难形式的信息，撕碎船只的狂风的信息，把漂浮的瓶子送到海岸的潮流的信息。巴基尔费德罗所占据的职位在一个多世纪以前就被取消了，但它真正有用。最后一个任职的人是林肯州多丁顿的威廉·休西。任职的人是一种海洋物品的报告员。所有的密封容器，瓶子呀，细颈瓶呀，瓮呀，等等，由潮水推上英国海岸的东西都交给他；只有他有权打开；他第一个知道容器中的秘密；他把它们分门别类，在

1　布伦斯维克家族觊觎英国王位，因为布伦斯维克-吕纳伯格公爵娶了詹姆士一世的孙女。他的儿子乔治-路易将以乔治一世的名义登上英国王位。

2　皮埃尔·加尔西是 15 世纪一部手稿的作者，水手，里面包含英吉利海峡的航路，16 世纪多次印刷，后经过多次修改，署名皮埃尔·加尔西，即费朗代。

保管室贴上标签；在英吉利海峡的群岛上还在沿用的"文件入档"一语就来自于此。实际上，采取了小心措施。任何容器只能在海军部秘密宣誓过的两个审查官在场时，才能拆封和打开瓶塞，他们和负责的科长杰特松共同签署打开记录。但这两个审查官保持沉默，因此，对巴基尔费德罗来说，有某种自由处置的权力；在某种程度上，取消一个事实，或者透露出来，都取决于他。

这些易碎的漂浮物，远远不像巴基尔费德罗对约瑟安娜所说的那样，很少和毫无意义。时而它们相当快就到了陆地，时而要在多年以后。这取决于风和潮流。这种把瓶子扔到海里去的方式，就像还愿物一样有点过时了；但是，在笃信宗教的时代，快要死的人宁愿以这种方式把他们的遗愿传送给天主和人们，有时这些海洋的信件在海军部多不胜数。保存在奥德利埃纳（古老的拼音）古堡中的一张羊皮纸，由詹姆士一世时代英国的财政大臣苏福克伯爵写上批语，表明仅仅在一六一五年就有五十二个由柏油封口的水壶、细颈瓶和扣钩，包含着失事船只的情况，被送到海军元帅的保管室内，做了记录。

宫廷的职位像油滴：它们总是在扩展。正因此，门房变成财政大臣，马夫变成王室总管。负责巴基尔费德罗所渴望并获得的职位的特殊科长，一般是个心腹，伊丽莎白愿意这样做。在宫廷，所谓心腹话就是阴谋，所谓阴谋就是扩展。这个官员最终有点成为一个人物。他是教士，马上就位于布道牧师的两个仆人之后。他能进入宫廷，可以说被称为"卑微的进入"，一直到卧室。因为习惯要求，当机会出现时，他把他往往十分有趣的发现告知陛下本人，诸如绝望者的遗嘱、对祖国的诀别、透露船长失职造成的损失和海上的罪行、给王位的遗物，等等。必须把他的保管室和宫廷保持交流，不时向陛下报告打开那些不祥的瓶子。这是海洋的暗室。

伊丽莎白喜欢讲拉丁语，在她执政时，当科长杰特松给她呈送来自海洋的一份文件时，她问贝克州柯利的坦菲尔："Quid mihi scribit Neptunus？"（海神给我写信告诉我什么呢）

地道打通了。白蚁成功了。巴基尔费德罗接近了女王。

这是他向往的全部。

为了发财吗？

不是。

为了破坏别人发财。

这是更大的幸福。

损害就是享受。

心中有一种损害别人的愿望，朦胧但毫不容情，永远盯住不放，这并不是每个人都做得到的。巴基尔费德罗却死死抓住不放。

狗张开大口咬住不放，他的想法就是这样。

感到自己毫不容情，给了他一种阴暗的满足感。只要他的牙齿咬住一个猎获物，或者心中有做坏事的信念，什么也不能使他错过。

想到有希望让别人绝望得发冷，他高兴得发抖。

做人凶狠，这是一种富有。别人以为贫穷，实际也是如此的人，在狡黠方面却大富大贵，他更喜欢如此。一切都在自我满足之中。搞一个恶作剧，和开一个善意的玩笑，是同一回事，这胜过赚到钱。对于忍受恶作剧的人这是坏事，而对于搞恶作剧的人却是妙事。在教皇派的火药阴谋中，居伊·福克斯的合作者卡泰斯比说："看到议会仰面朝天飞到天空，给我一百万先令我也不换。"[1]

巴基尔费德罗是怎样一个人呢？他是一个最卑鄙最可怕的人，一个嫉妒成性的人。[2]

嫉妒总是在宫廷有地盘。

宫廷里无礼的人，无所事事的人，百无聊赖、说长道短的富人，想大海捞针的人，爱逗弄的人，爱嘲笑的人，并不笨的傻子，他们都需要听一个嫉妒成性者的谈话。

你听到说别人的坏话，是多么舒心的事啊！

嫉妒是制造密探的好品质。

在天生的情感即嫉妒和社会职能即密探之间有深刻的相似。密探像狗一样为别人追逐；嫉妒者像猫一样为自己追逐。

凶狠的自我，所有的嫉妒者都是如此。

其他的品质：巴基尔费德罗是谨慎的、秘密从事的、讲实际的。他保留一切，满脑子仇恨。巨大的谦卑连带着巨大的虚荣。他奉承的人都喜欢他，而受到其他人的仇恨；但是他感到被仇恨他的人轻视，被那些喜欢他的人蔑视。他忍受着。他受到的所有损伤，在他敌意的忍耐中无声地沸腾。他很愤怒，这些混蛋怎么有这个权利。他默默无言地忍受愤恨。忍气吞声，这是他的本事。他心里默默地恼怒，暗地里狂怒不已，孕育着烈火，但别人觉察不到；这是一个愤懑的吸烟器。表面在微笑。他很客气、殷勤、随和、可爱、乐于

1　詹姆士一世时期，天主教的同情者制造火药阴谋，其中，居伊·福克斯和卡泰斯比想炸死国王、大臣和国王议员，将 36 桶炸药藏在议会大厅里。1605 年 11 月 5 日福克斯被捕，企图破产。

2　在雨果笔下，凶狠的人几乎总是嫉妒的人。

助人。无论谁，无论什么地方，他都鞠躬。一阵风刮过，他一躬到地。他的脊骨里有一根芦苇，多好的幸运之源啊！

这种隐蔽的恶毒的人不是像人们想象的那么少。我们生活在阴险的滑行者的包围之中。为什么有坏家伙呢？令人揪心的问题。梦想家不断地向自己提出，思想家却永远解决不了。[1]由此，哲学家忧郁的目光始终注视着这座黑暗的大山，即命运，从山的高处，恶这个巨大的幽灵让一把又一把的蛇落到大地上。

巴基尔费德罗身体肥胖，面孔瘦削。肥硕的身躯，瘦骨棱棱的脸。指甲短而有凹槽，手指骨节凸出，拇指扁平，头发很粗，两鬓相距很远，又宽又低的杀人犯额头。上斜的眼睛在浓密的眉毛下面隐藏着目光的卑劣。鼻子又长又尖又弯又松弛，几乎贴在嘴上。巴基尔费德罗哪怕穿得完全像皇帝，也有点酷似多米尼亚努斯[2]。他那张蜡黄的有哈喇味的脸好像是用黏糊糊的面团捏出来的；不活动的面颊似乎是油灰做的；脸上布满了难看的硬直的皱纹，巨大的腭骨形成棱角，下巴笨拙，坏蛋的耳朵。休息时，从侧面看，他的上嘴唇翘起，成一个锐角，露出两颗牙齿，仿佛盯着你看。牙齿看人，同时目光在咬人。

忍耐、节制、禁欲、矜持、克制、和蔼、恭敬、温柔、有礼、简洁、纯真，这一切补充和补全巴基尔费德罗。他拥有这些品德，却诽谤这些品德。

不多时，巴基尔费德罗就在宫廷站稳了脚跟。

1　雨果始终解决不了这个问题，《撒旦的末日》从 1854 年 1 月写到 1860 年 4 月，就是结束不了。

2　多米尼亚努斯（51—96），罗马皇帝，追求绝对权力，极其残酷，外号"秃头尼禄"。他放逐哲学家和史学家，迫害基督徒。

第八章
INFERI[1]

有两种方式可以在宫廷站稳脚跟：在云端里有威严，在烂泥里有权势。

第一种情况，属于奥林匹斯山。第二种情况，属于藏衣室[2]。

属于奥林匹斯山的人只有雷电；属于藏衣室的人有警察。

藏衣室包含所有的统治工具，有时是惩罚，因为它是叛逆的。海利奥加巴尔[3]就死在那里。于是它称作茅坑。

一般说，它没有那么悲惨。正是在这儿，阿尔贝罗尼[4]赞赏旺多姆。藏衣室往往成为王族人觐见的地方。它起到王座的作用。路易十四在那里接见布戈涅公爵夫人；菲利普五世在那里同王后亲密地

1　拉丁文：地狱。
2　这个词有两种含义，一是指女王和王室的藏衣室，二是指满足生理需要的行为。粗俗的含义出现在海利奥加巴尔（埃拉加巴尔）之死中。
3　海利奥加巴尔（204—222），罗马皇帝（218—222），又叫埃拉加巴尔，他短暂的统治积聚了血腥的杀戮，后被暗杀，尸体被扔在台伯河中。
4　阿尔贝罗尼（1664—1752），著名的意大利红衣主教，阴谋家，被帕尔马公爵派到指挥法国的意大利的军队的旺多姆公爵身边，成为特别秘书，公爵死后，在一段时间里成为西班牙国王菲利普五世权力无边的大臣。

待在一起。教士进入那里。它有时成为忏悔室内的一个分室。

因此，在宫廷有从下面到手的幸运。这并非微不足道的幸运。

倘若你想在路易十四朝中成为重要人物，那么就做法国元帅皮埃尔·德·罗昂；倘若你想有影响力，就做理发匠"黄鹿"奥利维埃。倘若你想在玛丽·德·梅迪奇时期显赫，就做大法官西勒里；倘若你想了不起，就做贴身女仆阿农。倘若你想出名，就做路易十五时期的大臣舒瓦塞尔；倘若你想变得可怕，就做仆从勒贝尔[1]。蓬当为路易十四铺床，由于国王，他比指挥军队的卢伏瓦[2]和打胜仗的图雷纳[3]更加有权。从黎世留那里去掉约瑟夫神父[4]，黎世留几乎就是空壳子。这里少了些神秘。红衣主教是威严的，灰衣主教是可怕的。作为一条毛虫，有多大的力量啊！所有的纳瓦埃和所有的奥多奈尔的人合在一起，还不如一个帕特罗西尼奥修女做的事多呢。[5]

但是，这种权力的条件是卑劣。倘若你想保持强大，那就保持虚弱。要显得虚无。休息的蛇，蜷成一圈，这是无限和零的意象。

其中一种毒蛇般的幸运，落在巴基尔费德罗头上。

扁平的动物哪儿都钻得进去。路易十四床上有臭虫，政治上有耶稣会士。

---

1 勒贝尔，路易十五的贴身仆人，据说他为国王购买和抢劫年轻女人和姑娘，带到鹿苑的国王娱乐宫中。正是他把巴里伯爵夫人带到宫廷，使她成为国王的情妇。

2 卢伏瓦（1639—1691），法国政治家，在图雷纳死后指挥军队，建立军校。

3 图雷纳（1611—1675），法国元帅，在对西班牙人、荷兰人的战役中取得胜利。

4 约瑟夫神父（1577—1638），他是"灰衣主教"，黎世留著名的代理人之一。

5 这里指的是西班牙的政治。1868 年普兰将军发动政变，驱逐了女王伊莎贝尔。玛利亚·纳瓦埃（1800—1868）和莱奥波尔多·奥多奈尔（1809—1867）处于相反的阵营，轮流掌握权力。玛利亚·拉法埃拉·吉罗加，即帕特罗西尼奥修女（1811—1891），女王与她紧密联系，支持年幼王子堂弗兰西斯科，她支持极端保守党。伊莎贝尔得不到舆论和军队的支持，而导致政变。

绝对没有不能并存的。

世上一切是座钟。地心吸力是钟的摆动。一极吸引另一极。弗朗索瓦一世想要特里布莱；路易十五想要勒贝尔。在最高和最低之间有深刻的亲缘关系。

低位的人在领导。没有什么更容易明白的了。下面的人在牵线。

没有更合适的位置了。

他有眼睛，他有耳朵。

他是政府的眼睛。

他是国王的耳朵。

成为国王的耳朵，就可以随意抽开或拉上国王良心的门闩，在这个良心中塞进你所喜欢的东西。国王的头脑，就是你的大柜。如果你是捡破烂的，这就是你的背篓。国王的耳朵不是属于国王的；这就使得这些可怜的家伙总的说来不能完全负责。谁掌握不了自己的思想，就掌握不了自己的行动。一个国王，是听任摆布的。

听谁的摆布？

听邪恶心灵的摆布，它在国王的耳朵里嗡嗡地响。这是深渊阴森森的苍蝇。

这嗡嗡叫在发号施令。统治完全听命于它。高亢的声音是君王发出的；低沉的声音是王权发出的。

在统治中能分辨低沉声音，又听到它向高亢声音发出话语的人，是真正的历史学家。

第九章
恨和爱一样强大

安妮女王周围有好几个低沉的声音。巴基尔费德罗是其中之一。

除了女王之外，他还暗暗操纵、影响和支配约瑟安娜小姐和大卫爵士。上文说过，他低声在三个人的耳边说话。比起当若[1]还多一只耳朵。当若只对两个人低声说话，在迷恋上弟媳昂丽埃特和昂丽埃特迷恋上路易十四之间探过头去，他是路易十四的秘书，而昂丽埃特不知情，他又是昂丽埃特的秘书，而路易十四不知情，他处于两个木偶的爱情的正中心。他提出要求又做出回答。

巴基尔费德罗是那么笑口盈盈，那么乐意承受，那么对任何事都不能自卫，说到底那么不忠实，那么丑陋，那么凶狠，以致很自然，女王终于不能缺少他。当安妮很赞赏巴基尔费德罗时，她不想要别的奉承者。他奉承她就像人们奉承路易大帝，把刺戳向别

---

1 当若侯爵（1638—1720），因在游戏中的才华受到宫廷注目，善写限韵诗。他写过《回忆录或路易十四宫廷的日记》。

人。德·蒙彻弗勒尔夫人说："由于国王一无所知，人们不得不嘲笑学者。"

不时给刺里放点毒液，这是绝妙的艺术。尼禄喜欢看着洛居斯特[1]下毒。

王宫很容易进去。这些石珊瑚[2]里面的通道，被那种叫作佞臣的侵食者很快觉察到，钻进去，搜索一遍。用个借口钻进去就足够了。巴基尔费德罗有这个借口，就是他的职务，不久在女王那里就像在约瑟安娜那里一样，成为必不可少的家畜。一天，他大胆说出的一句话，使他马上了解女王的心意；他有恃无恐地依仗陛下的仁慈。女王非常喜欢她的庶务、德冯州的公爵威廉·卡文迪什。这个爵士非常傻，拥有牛津的所有学位，却不知道拼音。一天上午，他蠢得要命。蠢得要命在宫廷中是非常不谨慎的，因为提到你，别人就毫无顾忌。女王当着巴基尔费德罗的面哀叹，最后叹着气大声说："一个这样可怜的聪明人拥有施展这么多的美德真是可惜！"

"上帝想收回他的驴子！"巴基尔费德罗小声用法语喃喃地说。

女王微笑了。巴基尔费德罗记住这微笑。

他下结论：讽刺使人愉悦。

出于狡黠，他告辞了。

从这天起，他把他的好奇心，也把他的狡黠到处去探索。别人让他去做，因为非常怕他。能使国王开心笑的人，也使其他人心惊

1　洛居斯特（卒于68年），著名的罗马下毒犯，给尼禄提供毒药，毒死布里塔尼居斯，在加尔巴时期被处死。
2　石珊瑚由珊瑚虫石化而成；贵族王宫和海洋世界迷宫似的结构相似，由小动物、珊瑚虫建构而成。

胆战。

这是一个强有力的家伙。

他每天暗地里都往前走几步。巴基尔费德罗成了一个必不可少的人。好几个大人物信任他，甚至有机会托他去办卑劣的事。

宫廷是一个齿轮。巴基尔费德罗变成了发动机。你发现过某些机器的主动轮很小吗？

上文说过，约瑟安娜尤其利用巴基尔费德罗的密探才能，非常信任他，以致毫不犹豫地交给他一把她的房间的秘密钥匙，他用这把钥匙可以随时进入她的房间里。这种把自己的私生活过度的托付，在十七世纪是一种风尚。这叫作：交出钥匙。约瑟安娜交出了两把机密的钥匙；大卫爵士一把，巴基尔费德罗另外一把。

此外，一下子进入卧室，在旧风俗中是一件毫不惊人的事。由此出了一些事。拉费尔泰突然拉开拉封小姐的床幔，看到了黑衣火枪手散松，不一而足。

巴基尔费德罗善于做出这种狡黠的发现，把大人物归附和从属于小人物。他在黑暗中所走的路是迂回曲折的、轻轻的、明智的。像所有完美的密探一样，他有刽子手的无情和显微镜使用者的耐心。他是天生的佞臣。凡是佞臣都是梦游者。佞臣在所谓万能的夜里踯躅。他手里有一盏装备遮光装置的提灯。他照亮他想照亮的地方，仍然处在黑暗中。他用这盏提灯寻找的东西，不是一个人，而是一个傻瓜。他找到的是国王。[1]

1　这是第欧根尼的故事。

国王们不喜欢他们周围自命不凡的人。只要不是讽刺他们的讽刺都使他们喜欢。巴基尔费德罗的才能就在于贬低爵士和亲王，抬高陛下，同时变得崇高。

巴基尔费德罗拥有的机密钥匙有两个用途，一端可以开伦敦的亨凯维尔宫的小套间，另一端可以开温莎的科尔莱恩行宫的小套间，这两处都是约瑟安娜喜爱的住地。这两个王宫属于克朗查理的遗产。亨凯维尔宫邻近奥尔德门。伦敦的奥尔德门是从哈维克来的必经之道，那里可以看见查理二世的一尊塑像，他的头上画有一个天使，脚下是一头雕刻的狮子和独角兽。刮风时，从亨凯维尔宫传来圣马里勒博恩[1]的钟乐声。科尔莱恩行宫是在温莎的桩基上建造的，由大理石柱子、砖石垒成的佛罗伦萨式的王宫，在木桥尽头，有英国最华丽的主要院子之一。

在这邻近温莎堡的最后一个王宫里，约瑟安娜离女王伸手可及。约瑟安娜却乐意待在那里。

外面几乎看不见什么，但巴基尔费德罗对女王的影响却是深深扎根的。没有什么比拔除宫里的莠草更困难的了；莠草扎根很深，外面什么也抓不住。要除掉罗克洛尔[2]、特里布莱或者布吕梅尔[3]，几乎是不可能的。

安妮女王一天天越来越宠幸巴基尔费德罗。

萨拉·詹宁斯很有名；巴基尔费德罗却无人知晓；他的得宠默

---

1 圣马里勒博恩，在伦敦西北面。
2 罗克洛尔（1617—1676），侯爵，后为公爵，被称为"法国最丑的人"，十分机智。
3 布吕梅尔（1778—1840），花花公子，死于贫困。

默无闻。巴基尔费德罗不可能青史留名。捕鼹鼠的人不可能捉尽所有的鼹鼠。

巴基尔费德罗曾想做教士,什么都学过一点,浅尝辄止,毫无结果。人们会受"omnis res scibilis"[1]的毒害。脑壳中有达娜伊得斯[2]的木桶,这是所有称之为一事无成的学者的不幸。巴基尔费德罗在脑袋里装过的东西却让他变得头脑空空的。

精神像本性一样,害怕空虚。本性在空虚中放入爱情;精神往往放入仇恨。仇恨占据着那里。

为仇恨而仇恨是存在的。为艺术而艺术在本性中超过人们的想象。

人们在仇恨。必须做点事。

仇恨免费,多么可怕的字眼。这意思是说仇恨是对自身的报偿。

熊靠舔爪子生活。

绝对不是这样。这爪子,必须供给它养料。必须在里面放点东西。

仇恨朦胧地是温和的,一时得到满足;但必须最终有个目标。对创造散布憎恶,就像孤独的享受一样有穷尽的时候。没有对象的憎恨就像没有靶子的射击一样。这种游戏有趣之处,是要穿透人心。

不能仅仅为了荣耀而憎恨。必须有调料,有男人,有女人,有个要摧毁的人。

---

1 拉丁文:榜样皆知。文艺复兴时期的人文主义者皮克·德·拉米朗多尔的格言。
2 达娜伊得斯,希腊神话中达那俄斯的女儿们,被叮嘱婚礼之夜杀死她们的夫婿,被判永远泡在无底的水桶里。

使游戏有趣，这事要提供一个目标，要确定仇恨来激起仇恨，看到活的猎物才能激起猎人的兴趣，要让即将流出冒烟的热血使窥伺者产生希望，要通过轻信黄莺展翅来使捕鸟者心花怒放，要在头脑中不知不觉做一头被射杀的野兽，这事美妙而可怕，做这事的人还没有意识到。约瑟安娜就让巴基尔费德罗做这种事。

思想是一颗弹丸。巴基尔费德罗从第一天起，头脑中就怀着恶意瞄准约瑟安娜。一个意图和一支喇叭口火枪相似。巴基尔费德罗站定了将心底的全部恶意对准公爵小姐。这令你惊讶吗？你对之开一枪的鸟儿对你做了什么事？你说，这是为了要吃鸟。巴基尔费德罗也是这样。

约瑟安娜不会在心脏中枪：谜一样的地方是很难受伤的；但是她可能在头部受伤，就是说她的骄傲会受伤。

她以为那儿是坚强的，实际是软弱的。

巴基尔费德罗意识到了。

如果约瑟安娜在巴基尔费德罗的黑夜中看得清，如果她能分辨出在微笑后埋伏的东西，这骄傲的女人虽然地位那么高，也兴许会发抖。幸亏她睡得死死的，绝对不知道这个人心里的念头。

意外事不知从哪儿冒出来。生活的底蕴是可怕的。绝对没有小仇恨。仇视总是巨大的。它在最小的事物中保持它的身躯，依然是怪物。一个仇恨就是所有的仇恨。一只蚂蚁憎恨的大象是在危险中的。

巴基尔费德罗甚至在攻击之前，也快乐地感到就要尝尝他想进行的坏事的滋味。他还不知道要对约瑟安娜做什么。但他决心要做点事。下了这样的决心已经是做了很多了。

置约瑟安娜于死地，这会是太大的成功。他绝对不做此奢望。不过，污辱她，使她颜面扫地，折磨她，使她泪水涔涔，染红那对美目，已经是大获成功了。他打算这样做。坚忍不拔、专心致志、定要折磨他人、百折不回，上天让他这样生来不是毫无作为的。他知道怎样找到约瑟安娜金盔的弱点，让这个奥林匹斯山的女神血流如注。要说的是，他这样做有什么好处？好处巨大。以怨报德。

一个爱嫉妒的人是何许样的？这是一个忘恩负义之徒。他憎恨照亮他、给他热力的光芒。左伊洛斯[1]憎恨他的恩人荷马。

让约瑟安娜忍受如今叫作"活体解剖"的痛苦，让她在解剖桌上不住地痉挛，在外科手术中被活生生地、自由自在地解剖，在她狂呼乱喊时把她撕得粉碎，这个梦想迷住了巴基尔费德罗。

要达到这个结果，必须忍受一下。他觉得这样很好。钳子可能夹住自己。刀子折叠时会切割手指；没有关系！接受一下约瑟安娜的折磨，在他是无所谓的。使用烙铁的刽子手也会灼伤自己，对此并不在意。因为受刑人更加痛苦，自己也就感受不到什么。看到受刑人扭曲身子，会解脱你的痛苦。

不管怎样，要做损害人的事。

建构别人的痛苦，因接受不知怎么回事的责任而变得复杂化。在让别人冒危险时，自己也要冒危险，一切连在一起，会带来意想不到的崩溃。这绝不能阻止真正凶狠的人。他快乐地感到病人忧郁的感受。他有这种撕扯的瘙痒感；坏人只在令人恐惧时才欢欣鼓舞。

1　左伊洛斯，公元前 4 世纪古希腊语法家和批评家，批评荷马作品的神奇性，被说成爱嫉妒。

酷刑在他身上反射为舒适。德·阿尔布公爵在火刑柴堆上烘烤手。[1]火堆是痛苦；反射是快乐。如果可以转移，这会使人发抖。我们的黑暗面深不可测。博丹[2]书里的说法"美妙的酷刑"，也许有三层可怕的意义：寻求折磨、受刑人的痛苦、行刑人的快感。野心、贪欲，所有这些字眼意味着有人做出牺牲，而有人得到满足。希望能够变为邪恶，真是令人悲哀的事。怨恨一个人，就是想对他做坏事。为什么不做好事呢？难道我们意志的主要一面会是作恶的一面吗？正直的人最艰苦的工作之一，就是不断地从心灵根除很难竭尽的恶意。我们几乎所有的贪欲都包含着不可告人的东西。对于一个十恶不赦的人，这种丑恶透顶是存在的。对别人糟透了，意味着对我好透了。人心的黑暗像地窖。

约瑟安娜具有这种骄傲无知、轻视一切给人的安全无虞感。女人的轻蔑能耐是异乎寻常的。没有意识到的、不知不觉的、信赖人的轻蔑，约瑟安娜就是这样。巴基尔费德罗对她而言差不多是一样东西。如果有谁对她说，巴基尔费德罗是一个确实存在的人，会使她大吃一惊。

她在这个斜眼观察她的人面前来来去去，欢笑着。

他呢，若有所思，窥伺机会。

随着他等待，他要把绝望投入到这个女人生活中去的决心就越发增长。

---

1 阿尔布公爵是查理五世和菲利普二世（1508—1582）的将军，在回忆录中，是做比利时总督时的血腥刽子手。
2 让·博丹，16 世纪著名的政论家（公共法），有历史、政治经济学和法律的著作。

无情的埋伏。

再说，他给了自己出色的理由。不应相信那些混蛋会互相敬重。他们在傲慢的自言自语中提出一些打算，他们高度看待这样做。怎么！这个约瑟安娜曾经给过他恩惠！她给他散发过她的财富中的几个铜板，像给一个乞丐一样！如果他，巴基尔费德罗，几乎是个教士，有多方面深厚的才能，博学多才，有做可敬牧师的资质，他的职务却是纪录能给约伯刮疮的碎片[1]，他一生都消耗在登记室的顶楼里，庄重地拔出这些愚蠢的瓶塞，瓶子外面裹着海里的各种肮脏东西，还要辨认发霉的羊皮纸、腐烂的难解作品、像垃圾堆的遗嘱、难以形容的看不清的无聊东西，这都是约瑟安娜的过错！怎么！这个女人以"你"称呼他！

他怎能不报仇呢！

他怎能不惩罚这种女人呢！

不然的话，世间就再也没有正义了！

---

1 《圣经》中，上帝考验约伯，让他生疮。他坐在粪堆上，用碎片刮流出来的脓水。

第十章
人体如果透明就能看见里面的火焰

　　什么！这个女人，这个古怪的女人，这个淫荡的爱幻想的女人，直到当时还是处女，这块还没有出售的肉，这个戴着公主冠冕的厚颜无耻的女人，这个骄傲的狄安娜，还没有被任何人得到她，据说，我也同意，也许缺少偶然的机会，这个没有法子留在位子上的混蛋国王的私生女，这个幸运的公爵小姐，她作为贵妇，扮演女神，要是贫穷，就会成为妓女，这个所谓的贵族小姐，这个剥夺流亡者财产的女贼，这个高傲的荡妇，因为有一天，巴基尔费德罗没有钱吃饭，没有住的地方，不谨慎地让他坐在她家里的桌子角上，住在她不能容人的宫里随便一个角落中，在什么地方？随便哪里，也许是在阁楼，也许是在地窖，那有什么关系？比仆从好一点，比马匹差一点！她滥用了巴基尔费德罗的困境，匆匆忙忙阴险地让他效劳，这是富人为了侮辱穷人所做的事，像猎犬那样缚住他们，牵着走路！再说，这样效劳，他付出多少呢？效劳相当于本身价值。她家里有多余的房间。帮助巴基尔费德罗！她这里做了多大的努力啊！

她少喝了一匙乌龟汤了吗？她在多余得满溢的东西中缺少了什么吗？没有。她在这多余中增加了虚荣心、一种奢侈的对象，手上戴了一只戒指，救了一个有才智的人、一个得到原谅的教士！她可以装模作样地说："我不吝惜施舍，我给文人吃食，做他的保护人！这个穷鬼找到我真是幸运！我是艺术的净友啊！"所有这一切只是因为在她阁楼的陋室里支了一张帆布床！至于他在海军部的位置，巴基尔费德罗当然是从约瑟安娜那里得到的！多好的职务啊！约瑟安娜做了巴基尔费德罗现在所有的一切。她创造了他，是的。但什么也没创造。比什么也没有还不如。因为他感到自己在这可笑的职务中受委屈，变得迟钝、扭曲。他欠约瑟安娜什么情义？母亲把他变成畸形，弄成驼背那种感谢之情。看看这些有特权的人，这些心满意足的人，这些暴发户，这些丑陋的命运后母的宠儿吧！而巴基尔费德罗这个有才干的人不得不排列在楼梯上，向仆人致意，晚上爬上一层层楼梯，对人谦恭有礼，殷勤，和蔼可亲，恭恭敬敬，讨人喜欢，脸上总挂着毕恭毕敬的鬼脸！难道这不值得咬牙切齿！而在这段时间里，她脖子上挂着珍珠，和大卫·迪里-莫伊尔爵士这个蠢货摆出恋女的姿态，这个坏女人！

永远不要让人为你效劳，别人会滥用你。不要让人抓住你饥饿，他们会减轻你负担。因为他没有面包，这个女人找到了足够的借口给他吃的！此后，他成了她的仆人！肚子咕咕叫，这就是终身的锁链！感激别人，就要受人剥削。幸运的人，有权势的人，利用你伸手的时候，把一个铜板放到里面，从这一刻起，你成了懦夫，把你变成奴隶，境遇最糟的奴隶，施舍者的奴隶，不得不去爱人的奴隶！多么耻辱！多么粗俗！我们的自尊感到多么意外！完蛋了，你已永远注定感到这个人善良，这个女人漂亮，总是低人一等，赞成、喝彩、赞赏、极力恭维、跪下、跪得双膝起茧，说甜蜜的话，即使你怒火中烧，气得喊起来，赛过海洋的狂风巨浪！

富人就是这样把穷人变成俘虏的吗？

对你所做的好事像粘胶一样弄脏了你，永远使你陷入泥坑。

布施是无可挽回的。感激是瘫痪，恩惠是讨厌的粘胶，剥夺了你的自由行动。吃得饱饱的可恶的有钱人知道，他们的怜悯缠住了你。就这样。你是他们掌握的东西。他们买下了你。多少代价？一根骨头，他们从他们的狗那里抽出来的一根骨头，施舍给你。他们把这根骨头扔到你的头上。你挨了揍，同时得到援助。这是一样的。你啃了骨头，啃了没啃？你在狗窝也有位置。因此感谢吧。永远感谢。崇拜你的主人。永远屈膝下跪。恩惠带来你接受了低人一等的暗示。他们要求你感到自己是可怜虫，他们是神明。你贬低自己就是抬高他们。你弯腰曲背使他们挺直身子。在他们的声音里有一种不适当的柔和的尖刺。他们的家事，结婚、洗礼、女人怀孕、生下小孩，这与你有关。他们生下一个狼崽子，好，你写下一首十四行诗。你是诗人，要卑躬屈膝。如果这没有什么大不了就好了！再进一步，他们会让你使用他们的旧鞋！

"您的宫里那是个什么东西，亲爱的？多么丑啊！这是个什么人？"——"我不知道。我供养的是一个卖弄学问的人。"——这些火鸡就是这样讲的。甚至没有压低声音。你听，你机械地保持可爱的样子。再说，如果你生病了，你的主人会派医生来。不是他们自己的医生。有时候，他们问一下病情。由于和您不是同样地位的人，由于他们不可接近，他们是和气的。他们高不可攀使他们平易近人。他们知道，平起平坐是不可能的。由于轻蔑，他们彬彬有礼。在饭桌上，他们对你点点头。有时候，他们知道你的名字的拼音。他们不让你感到，他们只是在无心践踏你敏感细腻的感情时才是你的保护者。他们仁慈地对待你！

这还不够可恶吗！

当然，当务之急是惩罚约瑟安娜。必须让她知道她在跟谁打交道！啊！有钱人先生们，因为你们吃不完东西，因为东西过多导致消化不良，由于你们的胃和我们的胃一样不大，总之，因为分掉吃剩的食物总比丢掉好，你们才把馅饼皮子慷慨地扔给穷人！啊！你们给我们面包，你们给我们住的地方，你们给我们衣服，你们给我们工作，你们推动大胆、疯狂、残酷和荒唐，直到以为我们对你们感激不尽！这面包是奴役的面包，这住地是仆人的房间，这些衣服是仆人的制服，这份工作是嘲弄，付工资，是的，但使人劳累！啊！你们以为用住房和食物就有权使我们蒙受耻辱，你们设想我们会感恩，你们打算得到感谢！那么，我们会吃掉你们的肚子！那么，我们会掏光你们的五脏，美丽的太太，我们要活吞你们，我们会用牙齿切断你们心脏的联系！

这个约瑟安娜！她不是像怪物一样吗？她有什么功勋？她做出的杰作是来到世上，证明她父亲的愚蠢和她母亲的耻辱，她给了我们生存的恩惠，她要好心好意成为一个公开的丑闻，人们给她支付几百万，她有领地和城堡，有养兔场、猎场、湖泊、森林，我呀，我还知道什么？这一切使她成为一个傻瓜！人家给她写诗，巴基尔费德罗，他呢，他学习过和工作过，千辛万苦，眼睛和脑子里装满了厚厚的书，沉迷在旧书和学问中，才智惊人，会出色地指挥军队，会像奥特韦[1]和德莱顿那样写悲剧，要是他愿意，他生来是做皇帝的，却落到这一文不值的地步，只不让他饿死！可恶的命运选中的这些有钱人的剥夺会走得更远！假装对我们慷慨，保护我们，对我们微笑，而我们会喝他们的血，然后舔舔嘴唇！宫廷的卑劣女人有施恩的可恶权力，高等的男人却注定去捡拾从这样的手里掉下来的残羹剩饭，还有更加可怕的不公平吗！以不均衡和不公道为基础到达这一点，是什么样的社会啊！难道不是时候，从四个角抓住这一切，把桌布、宴会、狂饮、醉酒、酗酒、宾客、双肘搁在桌子上的人、四只爪子放在桌子下的畜生、傲慢无礼的施舍者、接受施舍的傻瓜，统统乱七八糟地扔到天花板上，摔到老天爷的脸上，并把整个地球扔到天上去！在这期间，让我们把爪子插进约瑟安娜的身体中。

巴基尔费德罗是这样想的。这是他在心灵中发出的怒吼。在自己个人的爪子中把公众的罪恶汇合起来，加以原谅，这是爱嫉妒的人的惯例。仇恨的情绪各种粗野的形式，在这个凶狠的人的头脑里来回转悠。在十五世纪古老的两半球地图的角上，可以找到一块很大的空白，不成形状，没有名字，上面写着这三个字："Hic sunt leones."[2] 人心里也有这样一个阴暗的角落。情感在我们身上转

---

1 奥特韦（1652—1685），英国古典主义戏剧家，著有《获救的威尼斯》(1682)。
2 拉丁文：这儿有狮子。

来转去，发出怒吼，在我们心灵的一个幽暗部位也可以说：这儿有狮子。[1]

这猛兽般的议论构架是绝对荒唐的吗？这缺少某种判断吗？必须说：不缺少。

想到我们心里的判断不是公道的，那很可怕。判断是相对的。公道是绝对的。考虑一下法官和正义者的区别吧。

恶人用权势把良心引到邪路上去。作假也有训练。诡辩家是一个作伪者。有机会这个作伪者就要粗暴对待理智。有一种十分灵活的、无情的、敏捷的逻辑替罪恶服务，善于在黑暗中摧残真理。这是撒旦挥向天主的阴险拳头。

这样的诡辩家受到傻瓜的崇拜，除了在人类的良心上留下"青块"，没有别的光荣。

不幸的是，巴基尔费德罗预感到失败。他进行了巨大的工作，总之，他至少害怕打击得不够狠。做一个腐蚀者，身上有一股钢铁的意志、钻石般坚硬的仇恨、幸灾乐祸的强烈好奇心，绝不放火，绝不杀人，绝不毁灭！做他那样的人，有一股蹂躏的力量，一股极大的敌意，一种吞噬别人幸福的愿望，创造出来（因为有一个造物者，不管是魔鬼还是上帝！）、整个儿造出巴基尔费德罗，也许只在弹指间实现；这是可能的！巴基尔费德罗会错过了打击目标！一个能发射大石块的弹簧，放松机关，给一个装腔作势的女人的额头上造成一个疙瘩！一个投石器造成弹一下手指的伤害！完成一件西绪

---

1 在手稿上，雨果用红墨水写上："普鲁东先生是这样。"

福斯¹的工作，只有蚂蚁的结果！发泄所有的仇恨，几乎一无所得！
成为一架要捣碎世界的机械，难道是十分屈辱的吗？让所有的齿轮
起动，在黑暗中让马尔利的机器²忙乱一阵，也许终于夹住一只玫瑰
色手指的尖端！他翻动大石头，谁知道呢？终于使宫廷里的平滑水
面起了一点波纹！上帝有大量花费力量的癖好。大山的移动导致鼹
鼠窝的搬动。

　　另外，宫廷是个奇怪的场地，瞄准敌人却没有打中，没有什么
更危险的了。首先，这使你暴露给敌人，这激怒了他；其次，尤其
是，这使主人不高兴。国王不喜欢笨拙的人。不要打伤人；不要丑
陋。扼死所有的人，不要让任何人鼻孔流血。杀人者灵活，伤人
者无能。国王不喜欢别人把他们的仆从打成瘸腿。如果你碎裂了他
们壁炉上的一只瓷瓶或者伤害了他们随从中的一个朝臣，他们会怨
恨你。宫廷应该是干净的。打碎了，就换上新的；这样才好。

　　另外，这样正完全投合国王们喜欢听别人坏话的趣味。讲坏话
绝不要紧。或者如果你做了坏事，那要做得漂亮。

　　用匕首去捅，但不要刮伤皮肤。除非针是涂了毒的。犯罪情节
减轻。请记住，巴基尔费德罗就是这样做的。

　　满怀仇恨的侏儒是一只装着所罗门的龙的瓶子。瓶子很小，龙
巨大无比。极度的浓缩等待膨胀的重大时刻。预见到爆炸，能安慰
烦恼。内容大过要装的东西。一个潜在的巨人，多么奇特的事啊！

1　西绪福斯，因作恶多端，死后受到惩罚，把巨石推上山头，但石头到了山顶又滚落
　　下来，要再推上去，如此反复不已。
2　这是很复杂的水利机器（1676），给城市和凡尔赛供应水，一个闸门，14个轮子，
　　3个系列的唧筒。

一只疥螨里面有一只九头蛇！成为一只可怕的玩偶盒，身上有海怪莱维亚唐[1]，对侏儒来说，这是一种折磨和一种享受。

因此，任何东西都不能使巴基尔费德罗放弃抓住她。他等待时刻到来。它会来吗？有什么关系呢？他在等待。人很坏，自尊心会掺杂其中。为了追求更高的地位，要在宫廷的幸运中挖洞和挖坑道，冒着危险去破坏，藏在地底下，应该说这很有趣。人们热衷于这样的游戏，迷恋上它，仿佛迷恋要写一首史诗。人很小，却去攻击一个庞大的人，这是光彩奕奕的功勋。成为一只狮子身上的跳蚤是很美的。

高傲的野兽感到被咬了一口，暴跳如雷地要对付这个原子似的东西。遇到一头老虎也不能减少它的恼怒。它们的地位改变了。受侮辱的狮子肉里有昆虫的刺，而跳蚤可以说："我身上有狮子的血。"

但这只能满足巴基尔费德罗一部分的骄傲。这是安慰。治标不治本。逗弄是一回事，折磨就更好。巴基尔费德罗除了轻伤约瑟安娜的表皮，确实没有其他成功的办法。他期望更多，他这样弱小，反对光彩照人的她！刮伤表皮，对于想切割皮肤、让殷红的鲜血流出来，让衣不蔽体、赤裸裸的女人狂呼乱叫的人来说，成功可不就是一丁点事！带着这样的渴望，却无能为力，那是多么令人气恼啊！唉！太不称心了。

总之，他在隐忍。既然不能做得更好，他只揣着一半的梦想。来一个恶作剧，毕竟这是一个目标。

---

1 《圣经》中的怪兽。

恩将仇报，这是什么样的人啊！巴基尔费德罗是这个巨人。一般说来，忘恩负义就是遗忘；在这个专做坏事的人身上，忘恩负义是一肚子怒火。普通的忘恩负义的人只是一肚子的灰烬。巴基尔费德罗满怀的是什么呢？怀的是一只火炉。由仇恨、愤怒、沉默、怨恨砌起炉墙的火炉，等待约瑟安娜来做燃料。从来没有一个男人会无缘无故地恨一个女人恨到这个地步。多么可怕啊！她是他的失眠的原因，是他挂心、烦恼、狂怒的所在。

兴许他有点儿爱上了她。

第十一章
埋伏中的巴基尔费德罗

找到约瑟安娜的敏感点，再打击她；这就是巴基尔费德罗不可动摇的意志，原因上文已经说过。

心想还不够；必须心想事竟成。

怎么做呢？

问题就在这儿。

平庸的无赖把他们想做的坏事小心翼翼地布置好。他们觉得自己不够强大到在过程中抓住事件，随心所欲地或者用强力掌握过程，使之为他们服务。这是有心机的恶人不屑于考虑的预谋。有心机的恶人以他们的邪恶作为先入之见；他们限于全面武装起来，准备应付好几种不同的备用方案，像巴基尔费德罗那样，老老实实地窥伺机会。他们知道，事先策划好的方案有危险陷入猝然而至的事件。这样就不能主宰可能出现的情况，想做的事根本做不了。和命运绝不能事先谈判。明天的事不会听从我们。偶然的事没有一定之规。

因此，他们窥伺着机会，直截了当地以权威去要求马上合作。

没有计划，没有提纲，没有模型，没有对付意外事件的现成可穿的鞋子。他们笔直地栽到阴谋之中，他们迅速地立即利用能够帮助他们的情况，正是灵活显示出恶人的有效性，把无赖提升到魔鬼的高度。粗暴地对待命运的是天才。

真正的恶人用随便捡到的一块石头，像投石器一样投掷我们。

有能耐做坏事的人指望意外事件，许多罪恶都是靠这惊人的助手完成的。

抓住意外事件，扑上去；对于这类才能，没有其他富有诗意的艺术了。

在这期间，要知道跟谁打交道。摸索好地点。

对于巴基尔费德罗来说，这地点就是安妮女王。

巴基尔费德罗接近女王。

离得那么近，有时他以为听到了陛下的自言自语。

有时候，他听到两姐妹的谈话，一点没有被重视。她们不禁止他插入一句话。他利用这种场合贬低自己。这是获得信任的方法。

因此，有一天，在汉顿宫[1]的花园里，由于他在公爵小姐背后，公爵小姐又在女王的身后，他听到女王按照当时的风尚，笨拙地发表一些见解。

"动物是幸福的，"女王说，"因为它们没有下地狱。"

"它们就在地狱里。"约瑟安娜回答。

这个回答突然用哲理代替宗教，令人扫兴。有人偶然说句有深

1　汉顿宫，英国君主的行宫，在伦敦西南，泰晤士河的左岸。从 1689 年起按照法国卢浮宫以及凡尔赛宫改建。

刻含义的话，安妮就会感到自己受到冒犯。

"亲爱的，"她对约瑟安娜说，"我们像两个傻瓜谈论地狱。我们问一下巴基尔费德罗，他怎样想的。他应该知道这种事。"

"像魔鬼那样？"约瑟安娜问。

"像动物一样。"巴基尔费德罗回答。

他鞠了个躬。

"小姐，"女王对约瑟安娜说，"他比我们更有才智。"

对于像巴基尔费德罗这样的人来说，接近女王，就是要掌握住她。他可以说：我做到了。现在必须有利用的方法。

他已踏入宫廷。站稳脚跟，这很了不起。他不能放过任何机会。不止一次，他让女王恶狠狠地微笑。这是获得打猎的许可。

但是他有没有任何保留的猎物呢？这打猎的许可，直到允许伤害像女王陛下自己的妹妹这样的人的翅膀或爪子呢？

首先一点要弄清楚的是，女王喜欢她的妹妹吗？

走错一步，可能失去一切。巴基尔费德罗在观察。

在下赌注之前，赌客先看看自己的牌。他有什么王牌？巴基尔费德罗先开始观察两个女人的年龄：约瑟安娜二十三岁；安妮四十一岁。很好。他有一副好牌。

女人不再指望春天，而开始指望冬天，那是令人生气的。暗暗地怨恨如今的年华。如花似玉的年轻美人，对别人是香喷喷的，而对你是尖刺，你对所有的玫瑰只感到刺人。似乎你被夺走了所有的鲜艳，只因为美是在别人身上生长，而在你身上萎缩。

利用这种暗中的坏脾气，挖掘女王这个四旬女人的皱纹，这是巴基尔费德罗要做的事。

羡慕最能挑起嫉妒，正如老鼠能把鳄鱼引诱出来。

巴基尔费德罗用严厉的目光盯住安妮。

他在女王的眼里仿佛看到一泓死水。沼泽有透明见底之处。在脏水中可以见到邪恶；在浑水中可以见到无活力。安妮只是一泓浑水。

在这不灵活的脑子里，活动着一些见解的萌芽和观念的初步设想。

不甚明晰。仅仅是一些轮廓。但这是实实在在的，不成形罢了。女王想做这件事。要确定什么事很困难。在死水里发生的一些模糊的变化，研究起来很棘手。

女王平时默默无言，有时爆发出愚蠢的突然的想法。必须抓住，当场抓住。

安妮女王内心想对约瑟安娜公爵小姐做什么？是好事还是坏事？

这是问题。巴基尔费德罗提出这个问题。

这个问题解决了，才能走得更远。

有几个机会提供给巴基尔费德罗。尤其他坚持窥伺。

安妮由于丈夫的关系，和普鲁士的新王后有点亲戚关系[1]，普鲁士国王侍从成百；安妮有一帧这个王后的肖像，是按照图尔盖·德·梅央斯[2]的方法画在珐琅上的。这个普鲁士王后也有一个不合法的妹妹德里卡男爵夫人。

---

1 普鲁士的第一个国王（1701—1713）腓特烈一世以奢侈闻名，他的第二个妻子是汉诺威公爵的女儿，未来的英国国王乔治的姐妹（1684年结婚，1705年去世）。

2 图尔盖·德·梅央斯（1573—1655），瑞士医生，詹姆士一世的私人医生，他还发明了涂在珐琅上的彩色颜料。

巴基尔费德罗在场，安妮对普鲁士大使提出关于这个德里卡的问题。

"据说她富有？"

"非常富有。"大使回答。

"她有宫殿吗？"

"比她姐姐王后的宫殿更富丽堂皇。"

"她要嫁给谁？"

"嫁给一个大领主戈尔莫伯爵。"

"他漂亮吗？"

"很迷人。"

"她年轻吗？"

"非常年轻。"

"像王后一样漂亮吗？"

大使压低声音回答：

"更加漂亮。"

"这令人受不了。"巴基尔费德罗喃喃地说。

女王沉吟一下，然后大声说：

"这些狗杂种！"

巴基尔费德罗注意到这个词用的是多数。

另外一次，在小教堂出口，巴基尔费德罗待在女王身边、讲道师的两个仆从后面，大卫·迪里-莫伊尔从几排女人中间穿过，他俊俏的面孔引人注目。他经过时爆发出一阵女人的欢呼声："他多么潇洒啊！"——"他多么优雅啊！"——"他多么有风度啊！"——"他多么俊俏啊!"

"真是讨厌!"女王低声说。

巴基尔费德罗听见了。

他打定了主意。

损害公爵小姐,不会让女王不高兴。

第一个问题解决了。

现在第二个问题提了出来。

怎样才能损害公爵小姐?

要达到这样艰巨的目的,他可怜的职位能提供给他什么办法呢?

显然提供不了任何办法。

第十二章
苏格兰、爱尔兰和英格兰

要指出一个细节：约瑟安娜有 "le tour"（圆转柜）。

考虑到她是女王的妹妹，处于弱的一面，就是说她是个公主，就会明白了。

"圆转柜"是什么？

圣约翰子爵，即博林格布罗克，写信给苏赛克斯伯爵托马斯·莱纳尔："使人伟大的东西有两种：在英国是有圆转柜；在法国是有'le pour'。"

在法国，"le pour"就是国王旅行时宫廷安排食宿的先行官，黑夜来临，驻跸时给国王的随从安排住地。在这些贵族中间，有些人有很大的特权："他们有'le pour'，"一六九四年的《历史年鉴》第六页写道："就是说安排住地的先行官在他们的名字前加上一个'pour'（给），例如（给）苏比兹亲王，不是亲王就不加（给），而是简单地写上名字，例如杰斯弗尔公爵，马扎兰公爵，等等。"这个（给）写在表明一位亲王或者一位宠臣的大门上。宠臣比亲王差一点。国王赐予（给）就像授予蓝色绶带或者贵族称号一样。

在英国，有"圆转柜"没有那么荣耀，但更加实在。这是一个和国王有真正亲密关系的标志。凡是出身或者能与国王直接交往的地位，在他卧室的墙壁上有一个"圆转柜"，安装着一只铃。铃一响，圆转柜就打开了，在一只金碟子上或者一块天鹅绒垫子上出现一封国王的信件，然后柜子又关上。这既亲密又庄严。亲近中包含神秘。圆转柜不做任何其他用途。铃响表示有国王信件。看不见是谁送信件来的。这不过是女王或者国王的一个侍从。莱斯特在伊丽莎白时期，白金汉在詹姆士一世时期都有"圆转柜"。约瑟安娜在安妮时期有"圆转柜"，尽管不受宠爱。谁有"圆转柜"就好比和天上的小邮局有直接来往的人，天主不时派邮差送一封信来。没有更令人羡慕的特权了。这个特权带来更多的奴性。你更像个奴仆。在宫廷，提升反会降低。"有圆转柜"，法文中是这样说的；这种英国礼仪兴许是法国往昔的阿谀奉承。

约瑟安娜小姐，上议院议员，像伊丽莎白是处女女王一样是个处女，有时在城里，有时在乡下，按照季节，过着几乎是公主的生活，她差不多也有一个宫廷，大卫爵士和好几个人是朝臣。大卫爵士和约瑟安娜小姐由于还没有结婚，不能一起出现在公众场合而不显得可笑，而这正是他们所愿意做的事。他们时常去看戏，坐上同一辆马车，在同一个看台上看赛马。他们所容许做的，甚至是强加的婚姻，使他们心灰意冷；总之，吸引他们的是互相见面。"engaged"[1] 所允许的过分亲热，有一道很容易越过的界线。他们避免

1　英语：订婚。

这样做，因为容易做到的事是乏味的。

当时最精彩的拳击赛在兰培思举行，坎特伯雷大主教在这个教区里有一个官邸，尽管那里的空气不好，丰富的藏书在一定的时间向正直的人开放。一次，在冬季，草场关上门，举行了一场拳击赛，大卫带上约瑟安娜参加了。她问："女人也允许参加吗？"大卫回答："Sunt fœminœ magnates." 这可以自由地译作：平民女人不行。直译是：贵妇人可进入。一个公爵小姐哪儿都可以进去。因此，约瑟安娜看了拳击比赛。

约瑟安娜小姐只不过做了让步，穿上骑服，当时这十分通行。女人旅行几乎不穿成别样。在温莎的马车容纳的六个人中，很少没有一两个女扮男装的。这是贵族的标志。

大卫爵士由于陪伴着一个女人，不能在比赛中露面，只得当普通的观众。

约瑟安娜小姐只因这一点才暴露身份，她使用一架观剧镜看比赛，这是贵族的行为。

"精彩的比赛"是由杰尔曼爵士[1]主持的，他是同名爵士的曾祖父或者曾叔祖，杰尔曼爵士约在十八世纪末是上校，在一场战争中逃跑，后来当了国防大臣，逃脱了为敌的比斯开人，却又落入谢立丹[2]的讽刺，这是更糟的攻击。很多贵族下了赌注：卡尔登的哈里·贝洛，企图代替贝拉-阿夸已失去的上院议员，跟海德爵士亨

1　萨克维尔子爵（乔治·杰尔曼爵士，1770—1782），英国将军，1745 年与法军交战时当了俘虏，在路易十五的帐篷里受到照顾。1775 年镇压美洲殖民地的反叛。
2　理查·谢立丹（1751—1816），英国戏剧家，著有《诽谤学校》（1777）；他也是一个政治家，有演讲才能。

利，邓希维德镇的议员，又叫劳恩彻斯通打赌；可尊敬的佩尔格林、特鲁罗镇的议员跟托马斯·科尔佩普先生、梅斯通的议员打赌；洛希安那边的拉米尔博的地主，跟潘林镇的塞缪尔·特雷富西斯打赌；圣伊夫镇的巴尔托洛缪·格雷斯迪厄先生，跟可尊敬的查理·博德维尔，又名罗巴特爵士、康诺伊郡的卡斯托·鲁图洛伦打赌。还有其他人。

　　两个拳击手中，一个是蒂普拉里的爱尔兰人，这是他故乡一座山的名字，另一个是苏格兰人，名叫亨姆斯盖[1]。这是将两个国家地骄傲放在一起。爱尔兰和苏格兰相碰撞；埃林对加若泰尔挥出拳去。这样，赌金超过了四万几尼，预先下注的赌金还不计算在内。

　　两个决斗者光着上身，只穿一条很短的短裤，扣在腰间，鞋底有钉子的短统靴扎在脚踝上。

　　苏格兰人亨姆斯盖是一个仅有十九岁的孩子，但他的额角已经缝过一次了；因此人们在他身上赌二又三分之一比一。上个月，他打伤了拳击手西克斯米莱斯瓦特的肋骨，并且挖出两只眼球：这就说明了观众热情高涨。当时在他身上下注的人赢了一万二千英镑。除了他额角缝过，亨姆斯盖下颚出现过裂口。他是灵活而敏捷的，只有一个小女人那么高，矮壮，粗短，小个儿，咄咄逼人，他天生的优点丝毫没有丢失；没有一块肌肉不适合拳击。他的躯体结实、利索、油光闪亮，像青铜一样黄褐色。他微笑着，笑时显出他缺了三颗牙齿。[2]

1　亨姆斯盖（亨姆斯代尔）本是苏格兰一条河的名字，而下文提到的费仑-格-马多恩是爱尔兰的一条山脉。
2　这是又一个笑面人，他的脸带上贵族政权加在穷人身上的异化标记。

他的对手体大身宽，就是说虚弱。

他四十岁了，六尺高，河马的胸膛，模样温和。他的拳头能打裂船的甲板，但是他不知道怎样出拳。爱尔兰人费仑-格-马多恩是一大块头儿，似乎在拳击中是挨打的，而不是还击的。只不过，可以感到他能坚持很久。是一种烧得不够熟的"rost beef"[1]，很难咬，没法吃，用当地的行话说是"生肉"（raw flesh）。他是斜眼，好像满不在乎。

这两个人昨夜肩并肩地在同一张床上度过，睡在一起。他们在同一只酒杯中喝酒，每人喝了三指高的波尔图甜葡萄酒。

他们彼此都有一群支持者，这些人面目凶恶，必要时威胁裁判。在支持亨姆斯盖的一群人中，可以注意到约翰·格罗曼，他因能背一头牛而闻名，另外一个叫约翰·布雷，有一天他肩上扛了十蒲式耳的面粉，每一蒲式耳有十五加仑，再加上是磨坊主，他这样负重走了两百多步。在费仑-格-马多恩那边，海德爵士从劳恩彻斯顿带来了一个叫凯尔特的人，此人住在绿城堡，他能把一块二十磅重的石头扔得比城堡最高的塔楼还要高。这三个人：凯尔特、布雷和格罗曼是科诺伊人，这给州里争了面子。

其他支持者都是粗野的无赖，肩背结实，罗圈腿，粗关节的大手，愚蠢的面孔，破衣烂衫，天不怕地不怕，几乎都和司法打过交道。

许多人都擅长灌醉警察。每种行当都有自身的本领。

1　英文：牛肉。

选择的场地比熊园更远，那儿从前是斗熊、斗牛和斗狗的地方，在最后几座正在建造的房子之外，靠近被亨利八世[1]拆毁的圣玛利·欧弗里修道院的破房子。当时的天气是刮北风和结霜；下着霏霏细雨，很快结成薄冰。在场的贵族中，可以认出那些做家长的人，因为他们打开了雨伞。

在费仑-格-马多恩那边，有上校蒙克雷夫，吉尔特做护理。

在亨姆斯盖那边，有可敬的裁判珀格·博马里斯和德塞尔顿爵士，他是吉尔卡里人，做护理。

两个拳击手进场后，在别人对表时，有一会儿一动不动。然后他们向对方走去，互相握手。费仑-格-马多恩对亨姆斯盖说："我宁愿回家。"

亨姆斯盖坦诚地回答："阁下一定是有事打扰了。"

他们光着上身，感到了冷。费仑-格-马多恩在颤抖。他的牙床咯咯作响。

约克大主教的侄子埃利诺·夏普医生向他们喊道："你们打吧，两个怪人。这会使你们暖和起来。"

这句客气话使他们解除了冷。

他们开打了。

可是两个人彼此都没有愤怒起来。三个回合软绵绵的。可尊敬的耿德雷斯医生，万灵学院的四十个院士之一，喊道："给他们灌点杜松子酒！"

---

1 亨利八世（1491—1547），英国国王（1509—1547）。

但是两个裁判和两个主持，四个人都是作评判的，他们维持比赛规则。天气十分冷。

传来了喊声："first blood." 要求进行第一次血战。裁判让两个拳击手面对面站好。

他们相对而视，走近来，伸长手臂，互相碰到拳头，然后后退。突然，小个子亨姆斯盖跳了过去。

真正的战斗开始了。

费仑-格-马多恩的眉宇间被正面击中。他整个脸淌下鲜血。人群呼喊："亨姆斯盖让波尔多酒流了出来！"观众鼓起掌来。费仑-格-马多恩像磨坊的风车一样抡起手臂，开始双拳乱打一阵。可敬的佩尔格林·伯蒂说："眼睛看不见了，但是还没有瞎。"

这时，亨姆斯盖听到四面八方爆发出鼓励声："bung his peepers."[1]

总之，两个拳击手确实选得很好，虽然天气不大有利，观众明白，比赛是成功的。几乎像巨人似的费仑-格-马多恩在优势中也有弱点；他移动笨拙。他的手臂是大棒，但身子笨重。小个子奔跑，打击，跳跃，发出尖叫，以速度增加力度，会使用诡计。一边是原始、野蛮、未训练过、无知状态的拳头，另一边是文明的拳头。亨姆斯盖既用神经又用肌肉，既用凶狠又用力量去战斗；费仑-格-马多恩是一种迟钝的拳击手，未预料到就受到打击。这是艺术对付自然。这是凶狠对付野蛮。

---

1 英文：把他的眼珠挖出来。——原注

显而易见，野蛮被打败了。但不是很快。趣味由此而来。

一个小个子对付一个大个子。机会属于小个子。一只猫能占一只看门狗的便宜。歌利亚总是被大卫打败。[1]

像冰雹似的呼叫落在战斗者的身上："好极了，亨姆斯盖！good！Well done，highlander！Now Phelem！[2]"

亨姆斯盖的朋友们向他善意地重复激励："把他的眼珠挖出来！"

亨姆斯盖做得更好。他像爬虫起伏一样，突然低下去又抬起身来，打中费仑-格-马多恩的胸骨。巨人踉踉跄跄。

"犯规！"巴纳尔子爵喊道。

费仑-格-马多恩倒在柯特的膝盖上说："我开始暖和了。"

德塞尔顿咨询了裁判，说道："暂停五分钟。"

费仑-格-马多恩支持不住了。柯特给他擦去眼睛上的血，用一块法兰绒擦去他身上的汗，把一只瓶子塞到他嘴里。他们已经打了十一个回合。费仑-格-马多恩除了额上的伤，他的胸膛也被打得走了样，肚子肿大，前顶也受了伤，亨姆斯盖什么事也没有。

贵族中爆发出一点骚动。

巴纳尔子爵一再说："犯规。"

"赌注不算，"拉米尔博的地主说。

"我收回我的赌注，"托马斯·科尔佩普先生说。

圣伊夫镇的可敬议员巴尔托洛缪·格雷斯迪厄加上一句：

---

1 见《旧约·撒母耳纪》第 17 章第 23 节至第 54 节，未来的大卫王用简单的投石战胜了巨人歌利亚。

2 英文：好！很好，大山！——轮到你了，费仑！——原注

"把我的五百几尼还给我，我要走了。"

"停止比赛。"观众喊道。

费仑-格-马多恩几乎像醉汉那样摇摇晃晃地站起来，说道：

"继续比赛，但有一个条件。我也有权利犯规打一拳。"

观众从四面八方喊道："赞成。"

亨姆斯盖耸耸肩。

五分钟过去，比赛继续。

战斗对费仑-格-马多恩来说是垂死挣扎，而对亨姆斯盖来说是一场游戏。

这才叫作学问！小个子找到方法把大个子打得失去平衡，就是说亨姆斯盖突然用弯成钢铁般的新月形的左臂，夹住费仑-格-马多恩的大脑袋，将后者按在自己的腋窝下，脖子弯曲，头颈朝下，这时他的右拳就像铁槌一上一下敲击在一枚钉子上，而从下到上，把下面对手的脸随意砸个稀巴烂。当费仑-格-马多恩终于被放松，抬起头来时，再也看不到他的脸了。

原来是鼻子、眼睛和嘴巴的地方，如今只是浸满了血的黑色海绵似的东西[1]。他吐了一口。只见四颗牙齿掉在地上。

然后他倒了下去。吉尔特在膝盖上接住了他。

亨姆斯盖仅仅被擦伤。他有几块微不足道的青紫块，锁骨有一道擦伤。

没有人感到冷了。他们用十六又四分之一比一，赌亨姆斯盖战

1　轮到费仑-格-马多恩像笑面人一样呈现。

胜费仑-格-马多恩。

哈里·德·卡尔登喊道：

"没有人再下费仑-格-马多恩的注了。我要以亨姆斯盖来打赌，用我的贝拉-阿夸的牧场和贝洛爵士的头衔来赌坎特伯雷大主教的旧假发。"

"抬起你的头，"吉尔特对费仑-格-马多恩说，用沾满鲜血的法兰绒塞进瓶里，用杜松子酒擦他的脸。又可以看到嘴巴，费仑-格-马多恩张开眼皮，两鬓好像裂开了。

"再来一个回合，朋友，"吉尔特说，又加上一句："为了下城的荣誉。"

威尔士人和爱尔兰人互相能听懂话；但是费仑-格-马多恩没有做任何表示，能表明脑子里在想什么。

费仑-格-马多恩站了起来，吉尔特扶着他。这是第二十五回合。按照这个独眼巨人（因为他只有一只眼睛了）重新站立的姿态，可以明白他是完了，没有人怀疑他完蛋。他把防御姿势放在下巴上方，这是垂死的人的笨拙姿势，亨姆斯盖几乎没流汗，喊道："我在自己身上打赌，一千对一。"

亨姆斯盖举起手臂去打击，奇怪的是，两个人都倒了下来。只听到一阵低低的笑声。

高兴的人是费仑-格-马多恩。

他利用亨姆斯盖打在他脑门上的可怕一击，给了对方肚脐犯规的一击。

亨姆斯盖躺在地上喘气。

观众看到亨姆斯盖躺在地上，喊道：

"一报还一报。"大家鼓掌，甚至对输了的人。

费仑-格-马多恩用犯规对付犯规，有权利这样做。

人们把亨姆斯盖放在担架上。观众认为他不会再回来了。罗巴特爵士喊道："我赢了一千二百几尼。"很明显，费仑-格-马多恩终身残废了。

离开时，约瑟安娜挽着大卫的手臂，这在"已经订婚的人"之间是允许的。她对他说：

"很美。不过……"

"不过什么？"

"我本来以为拳击能去掉我的烦恼。可是没有。"

大卫爵士站住了，望着约瑟安娜，闭着嘴，鼓起双颊，一面摇摇头，意思是说："注意！"又对公爵小姐说：

"要消除烦恼，只有一个药方。"

"什么药方？"

"格温普兰[1]。"

"格温普兰是什么？"

---

1 自第一部结束以来，这个人物，读者已经等待很久了。

第二卷

格温普兰和蒂

第一章
我们见到过这个人的行动，现在来看看他的面貌

大自然慷慨地给了格温普兰不少恩惠。它给了格温普兰一张能咧到耳朵的大嘴，耳朵能折到眼睛上，一只丑陋的鼻子生来是为了架住小丑摇摆不定的眼镜的，一张面孔人们见了都不能不笑。

上文说过，大自然给足了格温普兰恩惠。但这是大自然恩赏的吗？

没有人给过它帮助吗？

两只眼睛像是窗户，一道罅隙是嘴巴，一个隆起的塌鼻子有两个洞，算是鼻孔，面孔受到挤压，这一切结果是使人笑，显然，仅仅大自然不会创造出这样的杰作。

只不过，笑是"快乐"的同义词吗？

如果这个卖艺人——因为这是个卖艺人——出现，如果我们会让快乐的最初印象消失，如果我们仔细观察这个人，就会发现艺术的痕迹。这样一张脸不是偶然出现的，而是有意为之的。自然界里不会有这样完美的东西。人对自身的美无能为力，但对自身的丑却

无所不能。你不能把一个霍屯人的脸变成罗马人的脸，但你能把一只希腊人的鼻子变成卡尔穆克人的鼻子。[1]只消磨掉鼻根，压扁鼻孔。中世纪的拉丁语不是无端地创造出"denasare"[2]这个动词的。格温普兰在小时就很值得注意，以致有人关注给他改变面貌吗？为什么不是呢？难道不是出于展览和牟利吗？从外表看来，灵巧的、给孩子做手术的人，在这张脸上下过功夫。看来很明显，一种神秘的，也许很隐秘的学问，与外科的关系就像炼金术与化学的关系一样，准定在他很小的时候就剪开他的皮肉，事先考虑好，创造了这个面孔。这门学问擅长于切割、封闭和结扎，切开他的嘴巴，割去嘴唇，剥掉牙肉，使耳朵松弛，去掉软骨，弄乱眉毛和面颊的位置，放宽颧骨的肌肉，使缝线痕迹和伤疤变得模糊，把皮肤贴在损伤处，使面孔保持张嘴状态，从这样有力而深入的雕塑制造出这副面孔，就是格温普兰。

天生不会这样。

无论如何，格温普兰被出色地制造成功了。格温普兰是上天赐予人，以消除烦恼的一件礼物。是哪一个上天呢？有一个魔鬼的上天，就像有一个上帝的上天吗？我们提出问题，不去解决。

格温普兰是卖艺人。他在公众场合让人看。没有什么效果能与他的相比。只要他露面，就能治愈忧郁症。戴孝的人应该回避他，因为一看见他就会不合适地笑，既尴尬又无可奈何。一天，刽子手来了，格温普兰使他笑了起来。看见格温普兰，会忍不住捧腹；他

1　霍屯人是非洲南部的民族，卡尔穆克人是蒙古人，生活在俄罗斯南部，扁鼻子。
2　拉丁文：劓鼻。

说话时，人笑得打滚。他是烦恼的相反一极。忧郁在一端，格温普兰在另一端。

因此，在市集广场和十字路口，他很快就获得了一个"丑怪的人"的满意绰号。

格温普兰以自己的笑容引人笑。可是他并没有笑。他的脸在笑，他并不想笑。命运或者一门非常古怪的专门技艺把他制造成这种闻所未闻的笑脸在硬笑。格温普兰没有参与其中。外表不取决于内里。他绝没有把这笑放在额角上、面颊上、眉毛上、嘴巴上，他不能去掉这笑。别人永远把笑置于他的脸上。这是自动有的笑，尤其因为它是僵化的，就更加不可抗拒。没有人躲避得了这咧嘴笑。嘴巴的两种扭曲是笑和打哈欠。由于格温普兰小时可能忍受的神秘手术的功效，他的脸的所有部分都有助于这咧嘴笑，他所有的面容都集中于此，宛如一只车轮都集中于车毂一样；他所有的激动，不管如何，都在增加这古怪的笑脸，说得更加准确些，是在加强笑。他可能有过惊讶，可能忍受过痛苦，可能突然有过愤怒，可能感受过怜悯，都只会增加这种肌肉的快意；即使他在哭，他也会笑；不管格温普兰做什么，不管他想要什么，不管他想什么，他一抬起头来，如果有人群在那里，眼前就会出现这爆发出来的笑。

可以设想一下一只快乐的美杜莎[1]的脑袋。

你脑子里所想的，都会被这意想不到的笑脸驱除，不得不笑。

古代艺术从前在希腊剧院的门楣上放上一副快乐的青铜面孔。

---

1 美杜莎，古希腊神话中的三女怪之一，头上长的是蛇发，谁见到她便化为石头，她以此功能战胜敌人。

这副面孔叫作喜剧。这青铜面孔好像在笑，而且使人笑，在沉思默想。所有一直到精神错乱的滑稽模仿，所有一直到机智的讽刺，都集中和汇合在这张脸上；忧思、失望、厌恶和忧虑的总和都呈现在这无动于衷的额头上，表现出这阴郁的整体：快乐；一边嘴角由于嘲笑翘起，针对的是人类，而另一边的嘴角因辱骂而翘起，针对的是天神；人们将每个人心中所有的讽刺典范，比照这个理想的揶揄的典型；在这个固定的笑脸周围不断更新的人群，面对这冷笑阴沉的始终不动显出欣喜若狂。古代喜剧这阴森森的死人面具，装在一个活人身上，几乎可以说就是格温普兰。这无情狞笑可怕的头，就安放在他的脖子上，永恒的笑对于一个人的肩膀来说是多大的重负啊！

永恒的笑。让我们理解和解释一下。按照摩尼[1]的信徒的说法，绝对会暂时屈服，天主也有间歇的时候。我们也来理解一下意志。意志永远不会完全无能为力，我们不会承认它这样。一切存在就像一封信，附言可以改变它。对于格温普兰来说，附言是这样的：由于意志，集中自身的全部注意力，条件是任何激动都不来扰乱他，他能做到挂起自己脸上永恒的笑，罩上一种悲剧的面纱，于是在他面前，人们不再笑了，而是发抖。

我们要说，格温普兰几乎从来不做这种努力，因为这是又累人又痛苦的事，而且不可忍受地紧张。再说，只要稍微一分心、一激动，这笑容被驱除一会儿，又像潮水一样不可抗拒地回来，重新出

1　摩尼（216—277），波斯人，创立摩尼教，宣扬二元论。

现在他的脸上，尤其因为激动不管怎样，更加强烈，这笑容就格外厉害。

除了这种保留，格温普兰的笑容是永恒的。

人们看见格温普兰就笑。笑过以后，就转过头去。女人尤其害怕。这个男人是可怕的。痉挛的笑好像是观众付的税；他们快乐地，却几乎是机械地忍受着。随后，笑声一冷落下来以后，格温普兰对一个女人来说，不可目睹，也不可能对视。

再说，他高大魁梧，身材匀称，灵活矫健，除了脸以外，绝不难看。这一点又一次证明，可以推测格温普兰是一种艺术的产物，而不是大自然的作品。格温普兰身材健硕，兴许面孔长得漂亮。他出生时应该像别的婴儿一样。别人让他的身体原封不动，仅仅修改了他的脸。格温普兰是特意制造出来的。

至少这是真实可信的。

别人给他留下牙齿。牙齿对笑是必不可少的。骷髅也保留牙齿。

在他身上所做的手术该是骇人听闻的。他不记得了，这绝不能证明他没有动过手术。这种外科雕塑只能在一个很小的孩子身上才能成功，因此他很少意识到他身上发生的事，很容易把这看成得病留下的创伤。另外，从这时起，我们记得，让病人入睡和消除痛苦的方法，已经知晓。只不过，当时，人们称之为魔术。今日称之为麻醉。

除了这副面孔以外，把他养大的人给了他体操和竞技的方法；他的关节被有效地脱过位，能做相反方向的弯曲，接受过小丑的训练，能够像一扇门的铰链一样，从各个方向活动。在适于卖艺者的职业中，没有什么被忽略。

他的头发被一劳永逸地染成赭石色；这个秘密今日又被重新发现。漂亮女人用这种方法；往昔变成丑的，今日被认为适于使人变美。格温普兰是黄头发。这种染发表面看是有腐蚀性的，摸上去感到蓬松和粗糙。这竖起的黄毛不像头发，而像鬃毛，覆盖和隐藏着一个生来容纳思想的深邃脑壳。这种手术去掉了面孔的和谐，将皮肉全都弄乱了，但并没有触到脑壳。格温普兰的面孔轮廓有力而出人意料。在这笑容背后，有一颗心灵，像我们大家一样，在做着一个梦。

此外，这笑容对格温普兰来说是一种本领。别无他法，他只能利用。他利用这来谋生。

格温普兰——读者无疑已经认出了他[1]——是那个冬天的夜晚，在波特兰海岸上被抛弃的孩子，后来他又被收容在威茅斯的流动破篷车里。

1　这是雨果巧妙的叙述方法，他直到很晚才解释读者已经早就看出的联系；在朦胧的感觉中，读者在得到清楚的解释之前，被引导到洞悉此中的联系。

第二章
蒂

　　这时孩子已长大成人。十五年过去了。这是在一七〇五年。格温普兰接近二十五岁。

　　于尔苏斯收养了两个孩子。这就组成一个流浪家庭。

　　于尔苏斯和奥莫老了。于尔苏斯完全变成了秃顶。狼变成了灰白色。狼的年龄不像狗的年龄那样有限度。按照莫兰的观点，有的狼活到八十岁，其中有小库帕拉（caviœ vorus）和赛伊的香狼（canis nubilus）[1]。在死去的女人身上找到的小女孩，如今是一个十六岁的大姑娘，面色苍白，褐色头发，苗条，柔弱，由于纤细几乎在颤抖，使人担心会砸碎她，楚楚动人的眼睛满是闪光，她却是瞎子。

　　把女乞丐和她的孩子翻倒在雪地里的那个致人死命的冬夜，产生双重的打击。它使母亲毙命，使女孩失明。

　　黑矇永远瘫痪了这个女孩的眼珠，如今她已变成了女人。在她

1　这里返回到开头，小库帕拉是比库帕拉更小的食蟹狗的变种，香狼比一般的狼体形更大，散发出一种强烈的恶臭，生活在北美。

的脸上，日光永远透不过去，忧郁地下垂的嘴角表达了忧伤沮丧。她的眼睛大而清澈，有一种古怪的状态，对她来说是熄灭的，对别人来说是闪光的。这神秘的、点燃的火炬只照亮外面。她发出光芒，而她却没有光芒。这双逝去的眼睛在发着光。这黑暗的女俘照亮了她所在的黑暗环境。从她不能治愈的黑暗深处，从这名为失明的黑墙背后，她投出一片光明。她看不到身外的太阳，人们在她身上却看到心灵。

她灭掉的目光有着难以形容的绝美的凝视。

她是黑夜，从与她融合的不可挽回的黑暗中，她像星星脱颖而出。

于尔苏斯对拉丁名字有怪癖，给她命名为蒂[1]。他曾经和他的狼商量过一下；他对它说："你代表人，我代表野兽；我们都是世间的人；这个小女孩代表上天的世界。那么柔弱，却是万能。完整的宇宙，人类、动物和神，就这样在我们的篷车里。"狼没有异议。

就这样，捡到的孩子名叫蒂。

至于格温普兰，于尔苏斯没有费劲儿给他起名字。在他看到了小男孩破了相的那天早上，他曾问："孩子，你叫什么名字？"男孩回答他："人家叫我格温普兰。"

"就叫格温普兰吧。"于尔苏斯说。

在演出时，蒂帮助格温普兰。

如果人类的苦难可以概括，格温普兰和蒂就是这个概括。他们

---

[1] 意为女神。

两人好像生在坟墓的间隔里；格温普兰是在可怖中，蒂是在黑暗中。他们的存在是由黑夜可怕的两边获得的不同的黑暗材料组成的。这黑暗，蒂就在她的身内，格温普兰则在他身上。在蒂身内有幽灵，在格温普兰身上有鬼魂。蒂在悲惨之中，格温普兰在极惨之中。对能看得见东西的格温普兰来说，有一种揪心的可能，那是瞎眼的蒂不存在的：同别人做比较。但是，在格温普兰的处境下，承认他竭力意识到能比较，就再也无法理解自己。像蒂那样，空有眼睛，看不到世界，这是极大的不幸，但比起自己是个谜则是微小的不幸；他也感到缺少某些东西，就是自己本身；看到世界，却看不到自己的本来面目。蒂有一幅面纱，就是黑夜；格温普兰有一副面具，就是他的脸。难以表达的东西，就是格温普兰戴上了自己皮肉的面具。他的脸是什么样子的，他不知道。他的脸已经消失了。别人加在他脸上的是一个假脸。他以消失的东西为脸。他的脑袋活着，而他的脸却死了。他记不起看见过自己的脸。对蒂和对格温普兰都一样，人类是一个外在的事实；他们远离这事实，她是孤零零的，他也是孤零零的；蒂的孤独是悲惨的，她什么也看不见；格温普兰的孤独是可怖的，他什么都看得见。对蒂来说，世界不超过听觉和触觉；现实是有限的，有范围的，短促的，马上丧失的；除了黑暗，没有其他无限的东西。以格温普兰来说，生活就是永远看见自己前面和身外有人。蒂是光芒的流放者；格温普兰是生活的被排除者。当然，这是两个绝望的人。最深入的灾难的底部已被触到。他和她一样，都在这底部。看到他们的人会觉得自己的想象最后导致无尽的怜悯。他们难道不应受苦吗？不幸的法则明显地压在这两个人身上，在这两个什么事也没有做过的人周围，没有什么比天意更残酷地把他们的命运变成折磨，把生活变成地狱的了。

他们是生活在天堂里。

他们在相爱。

格温普兰深爱着蒂。蒂也深爱着格温普兰。

"你长得多么美啊！"她对他说。

第三章
OCULOS NON HABET，ET VIDET[1]

世间只有一个女人望见格温普兰，就是这个女盲人。

她从于尔苏斯那儿知道，格温普兰曾经对她做过的好事，格温普兰对她叙述过从波特兰到威茅斯的艰难路程，以及她被人抛弃后的苦难。她知道，她小不点的时候，在死去的母亲身上奄奄一息，吸着一个尸体的乳房，有个人，比她稍微大一点，把她捡起来；这个人，被抛弃了，仿佛被埋没在世界的断然拒绝接受中，听到了她的哭声；人人都对他充耳不闻，他却没有对她充耳不闻；这个孩子，孤单、体弱，被抛弃，在世间没有支撑地，在荒野中踯躅，筋疲力尽，浑身散了架一样，却从黑夜的手中接受这重负，另一个孩子；在所谓命运的难理解的分配中，没有什么要等待的，他却承担了别人的命运；他赤贫、忧虑和不幸，却让自己成为保护人；即使天空封闭了，他还是打开自己的心灵；他完蛋了，却去救人；他没有房

---

1 拉丁文：她没有眼睛，却能看见。可以在《圣经》的赞歌中找到这句话。

屋和躲避的地方，却收容了她；他做了母亲和奶妈；他在世上孑然一身，却以收容来回应遗弃；在黑暗中，他做出了这个榜样；由于他感到自己还没有太艰难，便愿意再加上别人的苦难；在这个世界上，似乎没有什么是他的份儿，他却发现了责任；在人人都犹豫不前的地方，他却勇往直前；在人人后退的地方，他却同意去做；他将手放在坟墓的开口，把蒂拉了出来；他衣不蔽体，却把自己的破衣烂衫给了她，因为她感到冷；他饥肠辘辘，却考虑给她吃喝；为了这个小不点儿，这个孩子同死神搏斗；他以各种各样形式同死神搏斗，在冬天和风雪中，在寒冷和饥渴中，在暴风雪中同死神搏斗；为了她，蒂，这个十岁的巨人同无边的黑夜进行战斗。她知道，孩子的他这样做，如今成人的他是孱弱的她依靠的力量，是贫穷的她依赖的财富，是有病的她治疗的良方，是眼瞎的她的目光。透过她感到保持距离的陌生地域，她清晰地分辨出他的牺牲精神、忘我精神和勇气。在非物质领域里，英雄行为是有一个轮廓的。她抓住了这个崇高的轮廓；无法表达的抽象领域是思想活动的地盘，阳光照射不到，她却洞察到这德行的神秘线条。隐蔽的事物在她周围活动，这是现实给她的唯一印象；被动生物不安的停滞不动总是窥伺着可能有的危险，毫无防卫的存在感觉是盲人的全部生活，她从中看到格温普兰在保护她。格温普兰永远不冷淡，永远不离开她，永远不消失，格温普兰同情她，救助她，对她温柔；蒂因信念和感激而颤抖，她不安的心放下来，以致迷醉，她以黑洞洞的眼睛从她深渊的天顶瞻仰这种仁厚，这是深邃的光芒。

仁厚的理想是太阳；格温普兰使蒂炫目。

对观众而言，脑袋虽多，却没有思想，眼睛虽多，却没有注视，观众本身是表面，又停留在表面上；格温普兰是个小丑、卖艺人、走江湖的、滑稽演员，比畜生多一点又少一点。观众只认面孔。

对蒂而言，格温普兰是救命恩人，把她从坟墓中挖出来，带到外界；是安慰者，让她有可能生活下去；是解放者，她感到在这失明的迷宫中自己手里有他的手；格温普兰是她的兄长、朋友、向导、支持者、在上天的同类人，有翅膀和光闪闪的丈夫；在芸芸众生看到怪物的地方，她却看到大天使。

这是因为失明的蒂看得到心灵。

第四章
般配的情侣

有哲理头脑的于尔苏斯心里明白。他赞成蒂的迷恋。

他说：

"瞎子看得见看不见的东西。"

他说：

"良心是视觉。"

他望着格温普兰，喃喃地说：

"半个怪物，但是半个天神。"

格温普兰呢，他也迷恋蒂。他有无形的眼睛即精神，还有有形的眼睛即瞳孔。他呀，用有形眼睛去看她。蒂有着理想的光彩照人，格温普兰有着真正的光彩照人。格温普兰并不丑，他使人感到可怕而已；他面前是他的对照。他多么可怕，蒂就多么甜蜜。他是恐怖，蒂是妩媚。在蒂身上有梦想。她就像一个略具形态的梦。在她整个人身上，在她风一样轻盈的体态中，在她像芦苇一样纤细、灵活、不安的身材中，在她也许有看不见的翅膀的肩膀中，在她表明女性的胸脯略显的圆鼓鼓中（不过这是心灵上的而不是性感方面的），在她几近透明的白皙中，在她对尘世神圣地闭上的目力平静的阻塞中，在她的微笑神圣的无邪中，有一种与天使美妙的相近，她正儿八经有足够的女人味。

上文说过，格温普兰比较自己，也比较蒂。

他的存在像如今这个样子，是闻所未闻的双重选择的结果。这是下界和上天的两注光芒，黑光与白光的交叉点。同样的碎屑可以同时被善与恶的两张嘴啄食，一张嘴咬它，另一张嘴吻它。格温普兰是这碎屑，受到伤害又受到抚爱。格温普兰是命运加上上天的产物。不幸将手指触到他，幸福也是这样。两种极端的命运组成他奇特的一生。在他身上有诅咒和祝福。他是受到诅咒的选民。他是什么人？他不知道。当他注视自己，看到一个陌生人。但是这个陌生人是一个怪物。格温普兰生活在一种被砍了头的状态中，有一张不是他原来的脸。这张脸是可怖的，这样可怖，令他觉得好玩。他使人非常害怕，以致使人笑了出来。他滑稽到使人受不了。这是人的脸淹没在畜生的脸谱中。从来没有见过人脸上完全消失了人的相貌，滑稽模仿达到更加完美的地步，在噩梦里可怖的模样更加可笑，一个女人所厌恶的东西更加丑怪地集中在一个男人身上；被这张脸所掩盖和伤害的不幸的心，似乎在这张脸中被永远注定孤独，就像压在坟墓的墓石底下。不！陌生的凶狠竭尽的地方，就轮到看不见的仁厚尽力。这可怜的失落突然重新奋起，在所有排斥人的东西旁边，这仁厚放上吸引人的东西，在礁石中放上磁石，让一

个心灵飞往这个被抛弃者，让鸽子负责安慰被打倒的人，让美去
爱丑。

要让这成为可能，必须不让美人儿看见破相的人。他的幸福必
须与她的不幸相对。上天已使蒂成了盲人。

格温普兰模糊地感到自己是赎罪的对象。为什么受到迫害？他
不知道。为什么要赎罪？他不知道。一道光环落在他受创伤的地方；
这是他所知道的一切。当格温普兰到了懂事的年龄时，于尔苏斯给
他看过和解释过康奎斯特博士的 "*Denasatis*"[1]，在另一册对开本的书
中，雨果·普拉冈的一段译文 "nares habens mutilas"[2]；但于尔苏斯
谨慎地避免"假设"，小心不下任何结论。设想是可能的，关于格温
普兰的童年，有可能受到过粗暴行为的对待；但是对格温普兰来说，
只有一件事是明显的，就是结果。他的命运是生活在伤痕之下。为
什么有这伤痕？没有回答。在格温普兰周围，是沉默和孤独。可以
将猜测和这悲惨的现实相对照的一切都不可捉摸，除了这可怕的事
实，什么也不能确定。在他意志消沉的时候，蒂插了进来；在格温
普兰和绝望之间，这是一种卓绝的介入。他很感动，心里热乎乎的，
看到了这个美妙的姑娘那么温柔地对待他的恐惧；天堂般好心的惊
讶，使他像怪龙般的脸变得柔和了；他虽然变得令人害怕，却在理
想的领域中受到光明的赞赏和崇拜，竟有这种惊人的例外。他像怪
物，却感到一颗星星对他的瞻仰。

1　拉丁文：《论剜鼻》。
2　拉丁文：毁伤的鼻子。

　　格温普兰和蒂，这是一对，这两颗令人动情的心互相迷恋。一个巢，两只鸟儿；这就是他们的故事。他们进入了互相取悦、互相寻找、互相待在一起的普遍法则之中。

　　因此，要说仇恨是弄错了。格温普兰的迫害者不管是什么人，谜一样的残忍手段不管来自那里，都没有达到目的。他们想把他变成一个绝望的人，却把他变成一个迷人者。他们事先把他许给治好的创伤，却命定给一个苦命人去安慰。刽子手的钳子悄悄地变成女人的手。格温普兰的脸是吓人的，人为地变得吓人，由人的手变得吓人；他们期望永远孤立他，首先是同他的家庭，如果他有一个家庭的话，然后同人类孤立；他在孩子时他们便把他变成废墟；但是这个废墟，大自然又重新使之复苏，正像将所有的废墟复苏一样；这种孤独，大自然给予安慰，正像安慰所有的孤独一样；大自然帮助所有孤独的人；凡是缺少一切的地方，它重新给予自身；在所有的废墟之上开花、泛绿；它把常春藤给石头，把爱情给人们。

　　这是黑暗深沉的宽宏大量。

第五章
乌云里露出青天

这两个不幸的人彼此这样生活在一起，蒂得到支持，格温普兰有人接受。

这个孤女有这个孤儿。这个有残疾的女人有这个破相的男人。

两个单身人结合在一起。

从这两者的不幸中释放出难以形容的美好行为。他们感恩。

感谢谁？

冥冥之中的无限。

在自己面前感恩，这就够了。美好的行为有翅膀，飞到应去的地方。你的祈祷知道得比你多。

多少人以为向朱庇特祈祷，实际是向耶和华祈祷！多少信仰护身符的人受到"无限"的倾听！多少无神论没有发觉，通过善良和忧愁的唯一事实，他们就是向天主祈祷！

格温普兰和蒂是感恩的人。

破相是被排斥在外，失明是深渊。排斥受到接待，深渊成了可住之地。

命运的安排像梦境似的，格温普兰看到一片白云降到自己身上，这白云有一个女人的形态，一个光彩夺目的幻象，里面有一颗心，这显现几乎像云彩，其实是女人抱住了他，这个幻象在拥抱他，这颗心想要他；格温普兰不再是破相的人，因为得到了爱；一朵玫瑰要求和一条青虫结合，感到这条青虫是神圣的蝴蝶；格温普兰这个被遗弃的人被人选择了。

得到了自己所需要的，一切就在其中。格温普兰有了自己所需要的。蒂也有自己所需要的。

这个破相的人的卑贱减轻了，好像得到升华，在陶醉中、快活中、自信中膨胀；一只手来引导处在黑暗中犹豫不前的瞎子。

两个不幸的人互相吸引，走进理想的境界。两个被排斥的人互相依存，两个有缺陷的人互为补充。他们通过所缺少的东西互相扶持。在这一个地方是贫穷，另一个地方则是富有。一个的不幸造成另一个的财库。如果说蒂没有失明，她会选择格温普兰吗？如果格温普兰没有破相，他会喜欢蒂吗？她可能不要破相的人，他也可能不要有残疾的人。格温普兰的丑陋对蒂来说是多么幸运啊！蒂是盲人对格温普兰来说是多大的机会啊！撇开是上天对他们的安排，他们相爱是不可能的。彼此惊人的需要是他们爱情的实质。格温普兰救了蒂，蒂也救了格温普兰。苦难相遇产生了眷恋。两个被深渊吞没的人相拥。没有什么更加紧密，没有什么更加绝望，没有什么更加美妙的了。

格温普兰有一个想法：

"没有她我会变成怎样呢？"

蒂有一个想法：

"没有他我会变成怎样呢？"

这两个流亡者找到了一个祖国；两个无药可救的命运，格温普兰脸上的伤痕，蒂的失明，在心满意足中结合在一起。他们俩在一起就够了，不去考虑他们之外的东西；互相倾诉是一种欢乐，互相接近是一种幸福；由于彼此的直觉，他们达到梦想的一致；他们俩有同样的想法。格温普兰走路时，蒂以为听到神的脚步。他们互相抱紧在一种充满香味、光亮、音乐、发光的建筑、梦的星体般的半明半暗中；他们相依相属；他们知道永远待在同样的迷醉中；没有什么更古怪的了，仿佛两个罪人建造了这个伊甸园。

他们难以形容地幸福。

他们把地狱变成了天堂；爱情啊，你的力量就是这样大。

蒂听到格温普兰在笑，格温普兰看到蒂在微笑。

这样理想的幸福找到了，完美的生活欢乐实现了，幸福的神秘问题解决了。通过谁？通过两个悲惨的人。

对格温普兰来说，蒂是光彩夺目的。对蒂来说，格温普兰是活生生的存在。

存在是使看不见的事物神圣化的深邃神秘，从中产生这另一种神秘，就是信任。宗教中只有这种不能缩减的东西。但这种不能缩减的东西就足够了。人们看不到必不可少的无边的东西；只是感觉到而已。

格温普兰是蒂的宗教。有时，她被爱情弄得神魂颠倒，跪在他面前，就像一个标致的女祭司崇拜一个宝塔的快乐的地精。

请设想一下深渊，在深渊中，有一个光明的绿洲，在这绿洲中，这两个与世隔绝的人互相意夺神迷。

没有堪与这种爱情相媲美的纯洁了。蒂不知道接吻是怎么回事，虽然也许她想接吻；因为失明，尤其是一个女子的失明，有其梦想，尽管面对未知事物的接近要发抖，但对接近全然不厌恶。至于格温普兰，年轻畏缩使他陷入沉思；他越是感到自己沉醉，便越是胆怯；他本来可以跟他童年时代的伴侣，跟这个对错误一无所知、就像未见过光明的女孩，跟这个只看见一样东西，就是她爱他的盲女，什么事都敢做。可是他以为是窃取她愿意给他的东西；他甘于闷闷不乐，忍着像天使般的爱，感到自己破相化为庄重的纯洁。

这对幸福的人生活在理想境界里。他们好像是星体一样分隔开的夫妻。他们在蓝天中交换深沉的气息，这气息在无限中是引力，在大地上是性的吸力。他们互相用心灵接吻。

他们一直在共同生活。他们只知待在一起，不知别的方式。蒂的童年和格温普兰的青年时期吻合。他们肩并肩一起长大。他们长期睡在同一张床上，篷车绝不是一个宽大的卧室。他们睡在箱子上。于尔苏斯睡在地板上；安排就是这样的。然后有一天，蒂还很小，格温普兰觉得自己长大了。害羞开始时是在男子这方面。他对于尔苏斯说："我呀，我也愿意睡在地上。"黑夜来临，他躺在老人身边的熊皮上。于是蒂哭了。她要她同床的伙伴。但是格温普兰变得惴惴不安，因为他开始恋爱了，坚持己见。从这时起，他开始实行和于尔苏斯睡在地板上。夏天，在美丽的夜晚，他和奥莫睡在外面。蒂十三岁时还不愿意呢。晚上她常常说："格温普兰，到我身边来；这让我睡得着。"有一个男人在她身边，是无辜少女睡眠的需要。裸体，这要看得见赤裸才行；因此，她不知道裸体是怎么回事。这是阿卡狄或者奥塔伊提[1]的天真无邪。盲女蒂使格温普兰变得很有脾气。蒂已经几乎长成少女，她有时坐在床上梳她的长发，衬衫解开，一半落下来，让人看到她初具形态的女人身躯和夏娃隐约的体态；她把格温普兰叫过来。格温普兰红着脸，眼睛低垂，在这无邪的肉体面前不知所措，嗫嚅着，掉转头去，害怕了，走开去，这个黑暗中的达夫尼在这个黑暗中的克洛埃面前逃走了[2]。

这是在悲剧中产生的田园牧歌。

于尔苏斯对他们说：

"年深月久的野蛮人！你们相爱吧。"

---

1 阿卡狄是古代伯罗奔尼撒的一个地方，古代诗人歌颂为无邪和幸福之地，往往这是一个想象的地方，忠实的牧童生活在爱情中。奥塔伊提是神话中的蛮荒之地，表现格温普兰和蒂生活在田园牧歌中。

2 《达夫尼和克洛埃》是公元 2 世纪末希腊作家朗格弩斯的小说，叙述年轻人在黑夜中产生肉体爱情的感受；他们是两个捡来的孩子，由岛上的农夫养大，在田野的劳作中成长。

第六章
教师和监护人于尔苏斯

于尔苏斯又说：

"我早晚要要弄他们一下，让他们结婚。"

于尔苏斯教给格温普兰爱情的理论，他说：

"你知道上帝是怎么点燃爱情之火的吗？他把女人放在底下，魔鬼放在两个人之间，男人放在魔鬼上面。一根火柴，就是说一注目光，然后就燃烧起来了。"

"一注目光不是必不可少的，"格温普兰回答，他想到蒂。

于尔苏斯反驳说：

"傻瓜！难道心灵还需要眼睛对视吗？"

有时于尔苏斯是个好魔鬼。格温普兰有时迷恋蒂而变得很阴郁，避开于尔苏斯，就像避开一个证人。一天，于尔苏斯对他说：

"啊！别缩手缩脚了。在爱情方面，要像雄鸡挺身而出。"

"可是老鹰是藏起来的。"格温普兰回答。

有时，于尔苏斯自言自语：

"用木棍插进库泰蕾[1]的车轮是明智的。他们爱得太深了。这会产生不利的事情。要预防火灾。让我们让这两颗心节制一下。"

于尔苏斯寻求这类警告：在格温普兰走开的时候，他对蒂说：

"蒂，不要太依恋格温普兰。生活在别人身上是危险的。自私是幸福的根源。男人要摆脱女人；再说，格温普兰最后会自命不凡。他获得那么多成功！你想象不出他有多少成功！"

在蒂睡着的时候，他对格温普兰说：

"格温普兰，不相称就毫无价值。一个是太丑，另一个是太美。这应该让人思考。要节制你的热情，我的孩子。不要对蒂太热情。你认为自己认真说就是为她而生的吗？但要考虑你的丑陋和她的完美。要看到她和你之间的距离。这个蒂，她有一切！多么白皙的皮肤啊，多么美的头发啊，嘴唇像草莓，还有她的脚！至于她的手！她的肩膀曲线美妙，面孔多么妩媚，她走路时散发出光芒，她说话庄重，和她迷人的声音相配！除此之外，要想到她是个女人！她不会这么愚蠢只做一个天使。这是绝色的美女。想想这些，你就会平静下来。"

此后，蒂和格温普兰的爱情有增无减，于尔苏斯对自己的不成功感到很惊讶，有点像这样一个人说：

"真奇怪，我白白地把油浇在火上，我无法灭火。"

要让他们的爱情之火熄灭，甚至只让他们的爱情之火冷却，他想这样做吗？当然不是。如果他成功了，他反倒会被自己大大作弄

1　库泰蕾，维纳斯的绰号。

了。实际上，这爱情对他们是火，对他是热力，使他心里陶醉。

不过，必须戏弄一下使我们着迷的东西。这种戏弄就是人们所谓的智慧。

于尔苏斯对格温普兰和蒂来说近乎父亲和母亲。他一边埋怨，一边把他们抚养长大；他一边责骂，一边供他们吃喝。由于收养，流动的篷车负担更重了，他不得不常常和奥莫一起拉篷车。

要说的是，最初几年过去了，格温普兰几乎长大了，于尔苏斯完全老了，轮到格温普兰来拖于尔苏斯了。

于尔苏斯看到格温普兰长大了，为他的畸形算了一次命。"你会时来运转的。"他对格温普兰说。

这个由一个老人、两个孩子和一头狼组成的家庭，在流浪中形成了越来越紧密的一群人了。

流浪生活没有妨碍教育。"流浪就是成长。"于尔苏斯说。格温普兰明显地生来是要在"市集上表演的"，于尔苏斯把他培养成走江湖的，在这走江湖中，他尽力插入学问和智慧。于尔苏斯在格温普兰那张令人目瞪口呆的面孔前站定，咕噜着说："他开始得不错。"因此，他把哲学和知识的所有精华都给格温普兰补足。

他时常对格温普兰说："要做一个哲学家。有智慧是无懈可击的。就像你看到我那样，我从来不哭。这就是我的智慧的力量。你以为我想哭，我还会没有机会吗？"

于尔苏斯在只有狼听得到的自言自语中这样说："我都教会了格温普兰一切，包括拉丁文，而蒂呢，什么也没教，包括音乐。"他教他们两个唱歌。他本人吹牧笛很有才华，这是当时的一种短笛。他吹得非常好听，就像弹"西风尼"一样，这是一种乞丐四弦琴，贝尔特朗·杜盖斯兰[1]的编年史把它称为"流浪者的乐器"，这是交响乐的起点。于尔苏斯给他的听众看他的乐器，说道："拉丁文叫作'organistrum'。"

他按俄耳甫斯[2]和埃吉德·班舒瓦的方法教蒂和格温普兰。他不止一次以兴奋的喊声打断了上课："真像俄耳甫斯，希腊的音乐家！班舒瓦[3]，皮卡迪的音乐家！"

复杂的细心教育并没有妨碍两个孩子互相迷恋。他们两颗心合在一起长大，仿佛种在一起的两棵幼树的连理枝。

"没有关系，"于尔苏斯喃喃地说，"我会让他们结婚。"

他独自低声抱怨：

"他们的爱情令我烦恼。"

他们的过去至少时间不怎么长，格温普兰和蒂都一点记不清了。他们只知道于尔苏斯对他们所说的一些事。他们管于尔苏斯为"爸爸"。

格温普兰对他的童年只记得像是魔鬼经过他的摇篮。他觉得自己仿佛在黑暗中被畸形的脚践踏过。是故意的呢还是无心的呢？他不知道。他清楚记得的，而且细节历历在目的，就是他被抛弃的那一段悲惨经历。找到蒂对他来说使这一夜变成一个光辉的日子。

蒂的记忆比格温普兰还要处在云里雾里。她这样小，一切都消

1　贝尔特朗·杜盖斯兰（1320—1380），14 世纪法国著名统帅，他的编年史发表在 19 世纪。
2　俄耳甫斯，希腊神话中的歌手，传说是音乐和诗歌的发明者。
3　班舒瓦（吉尔），15 世纪的音乐家，完善了作曲艺术。

散了。她记得母亲像一块冰冷的东西。她见过太阳吗？也许见过。她做出努力要把她的思想重新投入到消失在她身后的迷茫中。太阳吗？太阳是什么？她那种难以描述的光亮和温热的东西，格温普兰已经代替了。

他们低声地诉说。显而易见，喁喁私语是世间最重要的事情。蒂对格温普兰说："你说话时就有光。"

有一次，格温普兰控制不住，透过薄布袖子看到蒂的手臂，他的嘴唇触到手臂。畸形的嘴巴，理想的亲吻。蒂感到欣喜若狂。她的脸变得通红。怪物的吻在这沉浸在黑夜中的美丽额角带来了曙光。但格温普兰带着一种恐惧叹了一口气，仿佛蒂的领饰松开了，他禁不住通过这天堂的开口去看明显可见的白皙皮肤。

蒂提起袖子，把光手臂伸给格温普兰，一面说："再来一下！"格温普兰抽身摆脱了。

第二天，这个游戏重又开始，有了变化。美妙地滑到这温柔的深渊里，那是爱情。

这是善良的上帝以老哲学家的身份对之微笑的事物。

第七章
失明教人怎样看得远

有时格温普兰责备自己。他把自己的幸福当作一个良心问题。他设想,得到这个看不到自己的女人的爱,那是欺骗她。如果她的眼睛突然张开了,她会说什么呢?吸引她的东西会使她多么讨厌啊!面对可怕的情人,她会怎样倒退啊!发出多么恐怖的喊声啊!她会怎样用手捂住她的脸!怎样匆匆逃走啊!难以忍受的顾虑不安纠缠着他。他心想,自己是怪物,没有权利去爱。作为被星星所崇拜的七头蛇,给这盲目的星星指明实际,是他的责任。

有一次,他对蒂说:

"你知道我很丑呢。"

"我知道你很崇高。"她回答。

他又说:

"你听到大家都在笑,他们笑的是我,因为我很可怕。"

"我爱你。"蒂对他说。

过了一会儿,她加上一句:

"那时我快要死了；你又让我回到生活中。你在那里，是天堂在我身边。把你的手给我，让我摸摸上帝！"

他们的手互相寻找，互相捏紧，他们不再说一句话，深沉的爱情使他们变得默默不语。

于尔苏斯性情粗暴，听到了他们的话。第二天，他们三个在一起时，他说：

"再说，蒂也生得很丑。"

这句话没有产生效果。蒂和格温普兰没有听到。他们沉浸在爱情里，很少去听于尔苏斯的感叹。于尔苏斯的深意完全落空。

但这次于尔苏斯说的"蒂也生得很丑"的提醒，表明这个博学的人对女人有某种见识。显然，格温普兰实在是不谨慎。对另一个女人，对一个不像蒂那样失明的女人说这句话："我很丑呢"可能是危险的，失明和恋爱，这是双重的瞎子。在这种情况下，会想入非非；幻想是做梦的养料；让爱情去掉幻想，这是让它去掉养料。在爱情的形成中，所有的热情都有用地加入进来；生理上的赞赏和精神上的赞赏都是一样的。况且，绝不应该对女人说难理解的话。她会在这上面产生梦想。往往她梦想得很糟糕。梦幻中的谜会造成损害。随意说出的一句话带来的损害，会瓦解已经产生的情爱。有时会发生这样的事：也不知怎么回事，由于受到袭来的一句话的暗暗打击，一颗心不知不觉变空虚了。恋爱的人发觉自己的幸福降低。没有什么更加可怕的了，就像裂开的花瓶慢慢渗出水来。

幸亏蒂根本不是这种黏土制造的。用来造出所有女人的材料绝对没有用在她身上。蒂是一种少见的质地。她的身体是脆弱的，而心不是。构成她这个人的本质，是神圣的始终如一的爱情。

格温普兰这句话在她身上所产生的深刻反映，导致使她有一天说出这句话：

"长得丑是什么意思？这是做坏事吧。格温普兰只做好事。他是美的。"

随后，总是以这种孩子和盲人惯有的询问方式，她又说：

"看见？你们这些人，你们把什么称为看见？我呀，我看不见，我知道。看来看见就是隐藏。"

"你这话是什么意思？"格温普兰问。

蒂回答：

"看见是隐藏真实的东西。"

"不，"格温普兰说。

"相反，"蒂反驳说，"既然你说你很丑！"

她沉吟一下，又说：

"骗人！"

格温普兰坦言相告，却不被人相信感到很高兴。他的良心平安了，他的爱情也得到平静。

他们长到如今，蒂十六岁，他差不多二十五岁。

他们不像今日所说的那样，比第一天"更有进步"。甚至后退了些；因为读者记得，在他们结合那天晚上，她是九个月，他是十岁。他们神圣的童年继续存在于他们的爱情中；有时候晚归的夜莺把它的夜歌延续到天明就是这样。

他们的抚摸没有超越手与手捏紧，有时是光手臂接触。柔声细语的乐趣对他们已经足够。

一个二十四岁，一个十六岁。终于有一天早上，于尔苏斯没有忘记"耍弄一下"，对他们说：

"找一天你们选择一种宗教。"

"干什么？"

"你们结婚。"

"已经结过了。"蒂回答。

蒂一点儿不明白夫妻关系超过他们的关系。

说白了，这种空想的童贞的满足，这种心灵对心灵的天真满意，这种把单身看成结婚，一点不令于尔苏斯讨厌。他说了这句话，是因为必须说。他本身作为医生，感到蒂如果不是太年轻，至少太单薄太脆弱，不是他称为的那种"有骨有肉的许墨奈俄斯"[1]。

这总是来得太早了。

再者，他们不是已经结婚了吗？难道在格温普兰和蒂的这种结合中，不是在某些方面已经存在不可分割的关系了吗？令人赞叹的是，他们让不幸投入到彼此的怀抱里。仿佛爱情前来依附、缠绕和紧紧扣住不幸，这初步的联系还不够。什么力量能够断裂花结所加强的铁链呢？

当然，他们是拆不散的。

蒂有美貌；格温普兰有光。每个人带来自己的嫁妆；他们组成的不仅是一对，他们组成的是系在一起的一双；分开的仅仅是天真

1　许墨奈俄斯，希腊神话中婚姻之神。

无邪这神圣的干预。

可是格温普兰白白地梦想和尽可能沉浸在欣赏蒂之中，在他内心的爱情里，他是男人。必不可免的法则不可回避。他像无边的大自然一样，受到造物主所安排的隐秘的发酵影响。当他出现在观众面前时，有时这会使他去看人群中的女人；但是他马上掉转这违章的目光，他匆匆返回，心灵在后悔。

需要加一句，他缺乏鼓励。在他看到的所有女人的脸上，他看到的是憎恨、反感、厌恶、摈弃。很清楚，除了蒂，没有别人可能喜欢他。这使他更加后悔了。

第八章
不仅幸福，而且生意兴隆

神话故事里有多少真实的东西啊！看不见的魔鬼会灼痛你一下，那是邪念的悔恨。

在格温普兰身上，邪念绝对没有产生过，他从来没有悔恨。不过有时会后悔。

这是良心的迷雾。

那是什么？什么也不是。

他们的幸福是十全十美的。幸福到他们甚至不再贫穷。

从一六八九年到一七〇四年，他们的生活有了改观。

在一七〇四年，有时候，夜幕降临时，在沿海的某个小城中，有一辆大而沉重的运货车由两匹健壮的马拉着走进去。这车很像一只翻转身的船壳，龙骨是屋顶，甲板是地板，再放上四只轮子。四只车轮都是一样的大小，像运货板车的轮子一样高。车轮、车辕和运货车都漆成绿色，颜色有逐渐递进的不同，从车轮的瓶子绿色到车顶的苹果绿。这种绿色最终使人注意到这辆车，它在市集的场地上很有名；人们把它叫作"Green-Box"，就是说"绿箱子"。这辆"绿箱子"只有两个窗子，分别在每一端，后边有一扇门和踏脚板。车顶上从一条像其他部分一样漆成绿色的管子里，冒出一股烟来。这个流动房子始终像新漆的一样，洗得干干净净。窗子也当作门来用，在前面插入运货车中的折叠式座席上，在马的臀部上面，在手执缰绳和赶车的老头旁边，两个不生育的女人，就是说吉卜赛女人，身穿仙女衣裳，吹响喇叭。市民惊讶地望着，在评论着这辆骄傲地颠簸着的马车。

这就是于尔苏斯以前那辆车，由于生意成功而扩大了，从马车升级为戏台。

近乎狗与狼之间的一种动物锁在货车底下。这是奥莫。

驾驭马的老车夫就是哲学家本人。

可怜的小篷车怎么扩大成奥林匹克式的大马车呢？

是这样的：格温普兰出名了。

于尔苏斯有灵敏的嗅觉，闻到了有些人得以成功的气味：他对格温普兰说过："人们让你发财。"

读者记得，于尔苏斯让格温普兰成为他的学生。不知什么人曾给格温普兰的脸动过手术。于尔苏斯呢，他在智慧上下过功夫，在这具完全成功的面具后面，他放进了尽可能多的思想。等到孩子长大成人，显得不会负于他的时候，他让孩子登台表演，就是说在篷车的前面。登台的效果异乎寻常，路人马上赞赏。大家从来没有看到过如此惊人的笑脸，不知道这张能感染人的笑脸的奇迹是怎么得到的，有些人以为是天生的，另外一些人宣称是人为的，推测和真实混在一起。到处，在十字路口，在市场中，在所有的市集和节庆之地，人群都涌向格温普兰。由于这"great attraction"[1]，这群流浪人的可怜钱包里，先是装满了如雨一样落下的小铜板，然后是大铜板，最后是先令。一个地方好奇的人没有了，他们就到另一个地方。滚动不会使石头致富[2]，但是会使一辆篷车致富；年复一年，从这城到那城，随着格温普兰长高和越长越丑，于尔苏斯预言的发财也到来了。

"我的孩子，人们帮了你的大忙啦！"于尔苏斯说。

这"发财"使管理格温普兰成功收入的于尔苏斯能够让人去造他梦想的大车，就是说一辆相当宽大的运货车，能承载一个戏台，在十字路口散播科学和艺术。再者，于尔苏斯能够在由他、奥莫、格温普兰和蒂组成的这一群中，再加上两匹马和两个女人，上文说过，这两个女人是仙女，也是女佣。当时，一个神话式的门楣对于卖艺者的房屋是有用的。于尔苏斯说："我们是在一座流动庙宇中。"

这两个不会生育的女人，是哲学家在镇上和郊区杂乱的流民中觅到的，年轻而丑陋，根据于尔苏斯的意思，一个叫作费贝，另一个叫作维纳斯（"Fibi"和"Vinos"）。这样更适于英国的发音。

费贝做饭，维纳斯洗刷庙堂。[3]

再有，"performance"[4]那天，她们帮蒂穿衣。

1　英语：巨大的吸引力。
2　谚语：滚石不生苔。
3　这是对神话的滑稽改造：月神和猎神（费贝）成了厨娘，而爱神成了洗刷的人（在这里，用了英文词"scrober"）。
4　英语：表演。

对卖艺者和对亲王都一样，遇到"公众场合的生活"，蒂像费贝和维纳斯，也穿上一条印满鲜花的佛罗伦萨布裙和一件没有袖子的女短外衣，两条手臂露在外面。于尔苏斯和格温普兰穿着男子的短外衣，仿佛战时的水兵和海军肥大的短裤。格温普兰为了干活和表演力气的技巧，另外在脖子和肩膀上披一件皮大氅。他照料马。于尔苏斯和奥莫互相照料。

蒂由于习惯住在"绿箱子"里，在流动房屋里走动，仿佛她在里面能看见东西。

能看到这座流动建筑的内部结构和布置的人，在一个角落里会看到系在墙上、四只轮子一动不动的、于尔苏斯不用的旧车子，让它生锈，今后奥莫用不着拉车了。

这辆篷车堆在大马车右门的后面，用作于尔苏斯和格温普兰的卧室和衣帽间，现在里面有两张床，对面的角落是厨房。

一条船的布置也不会比"绿箱子"的内部更加简洁、更加精到。里面的一切都安排、布置、预见和设想好。

大车分成三个隔间。隔间通过窗洞相通，没有门。一幅垂下的布差不多就算关上门了。后面一个隔间是男人的住所，前面的隔间是女人的住所，中间的隔间把男女分开，那是戏台。乐器和道具放在厨房里。屋顶的拱形曲线下的小房间有两个布景，打开一扇翻板活门，会露出产生魔幻灯光的几盏灯。

于尔苏斯是表演幻术的诗人。写剧本的是他。

他有各种才能，会耍非常奇特的花招。除了口技，他会表演各种各样意想不到的东西，明暗产生的冲击，在平板上随意产生数字或者字词，半明半暗中混杂形象的忽隐忽现，还有很多古怪的东西；这时，他不去注意感到惊奇的观众，仿佛在思考。

有一天，格温普兰对他说：

"父亲，您的模样是个魔术师。"

于尔苏斯回答：

"这也许在于我就是魔术师。"

"绿箱子"是按照于尔苏斯精巧的图样制作的，精细巧妙，左边下面的中心板壁在铰链之上靠链条和滑车旋转，像吊桥一样随意放下。放下时可以自由支起有铰链的三只巨大撑脚，在板壁放下时能保持垂直，如同桌子的脚一样笔直落在地上，支撑在路面上，这样板壁变成了台面。同时，戏台就显现出来，多了一块台面，成为前台。用露天讲道的清教徒的话来说，这个开口绝对像地狱口，他们吓得离开。可能是由于这类亵渎宗教的发明，梭伦才棒打泰斯皮的。[1]

再说，泰斯皮的名声比人们以为的持续得更久。正是在这类流动的戏台上，英国人演出了阿姆纳和皮尔金顿的芭蕾舞和舞曲，法国人演出了吉贝尔柯兰的牧歌，佛兰德尔人在主保瞻礼节演出了名为《不，爸爸》的双合唱，德国人演出了泰尔斯的《亚当和夏娃》，意大利人演出了阿尼谬奇亚和卡-福西斯的威尼斯滑稽戏、威努兹亲王格舒阿多的森林曲、劳拉·吉迪奇奥尼的《林神》、天文学家之父万桑·伽利略的《菲莱纳的绝望》和《于戈兰之死》；万桑·伽利略在低音古提琴的伴奏下，亲自演唱自己作曲的音乐，还有所有这些

---

1 泰斯皮是公元前 6 世纪古希腊悲剧的创始者，被雅典的立法者梭伦（约公元前 640—前 558 年）逐出，将演戏车带到雅典。

意大利的最初歌剧尝试，从一五八〇年起，这些尝试代替了抒情类的自由灵感创作。

这辆带着希望色彩的大马车，载着于尔苏斯、格温普兰和他们的财富，在马车前头的费贝和维纳斯好像两个勒诺美[1]一样吹喇叭；马车也属于整个流浪的文学团体。泰斯皮不会不承认于尔苏斯，正如康格里奥不会不承认格温普兰一样。

到了乡村和城市的广场上时，在费贝和维纳斯的乐队休息的间隔中，于尔苏斯以一番有教益的启示评论喇叭演奏。

"这是格列高利[2]的交响乐，"他大声说，"公民们，格列高利的圣礼曲，这巨大的进步，在意大利撞上了昂布罗西仪式，在西班牙撞上了拜火教仪式，好不容易取得了胜利。[3]"

然后，"绿箱子"停在于尔苏斯选择的一个地方，夜晚来临时，前台的板壁放了下来，戏台开张，演出开始了。

"绿箱子"的布景是于尔苏斯画的，他不会绘画，所以在需要时这幅风景也可以代表地道。

我们所说的幕布，是对比鲜明的格子绸布。

观众在外面、街上、广场上、台前围成半圆形，在太阳下、骤雨下，这种情况使得当时看戏的人比眼下看戏的人还要讨厌下雨。只要可能，会在一个旅店的院子里演出，把一层层窗子当作包厢。这样，剧场有了围墙，观众也要出更多的钱。

---

1 勒诺美，女神，长翅膀，吹喇叭，总是在滑稽戏中出现。
2 格列高利，5世纪罗马教皇。
3 昂布罗西仪式由圣徒昂布罗瓦兹创立，在米兰教堂沿用，拜火教仪式是阿拉伯人在西班牙统治时的基督徒采用的仪式。

于尔苏斯什么都管，管编剧，管剧团的人，管厨房，管乐队。维纳斯敲鼓，她敲得非常好，费贝弹一只叫"莫拉什"的梨形琴。狼提升了用处，肯定属于"剧团"的一分子，有机会演一些末等角色。于尔苏斯和奥莫时常一起出现在舞台上，于尔苏斯系紧他的熊皮，奥莫身披狼皮更加合适，观众无法分清哪一个是畜生；这使于尔苏斯很高兴。

第九章
没有品位的人把诗歌称作胡言乱语

于尔苏斯编的剧本都是些插曲，这类东西今天已经过时。这些剧本没有传到现在，其中一个名叫"Ursus Rursus"[1]。可能由他演主角。假退场之后又返回，确实是简洁而值得赞赏的题材。

于尔苏斯的插曲标题有时是拉丁文，就像上文那样，诗句有时用西班牙文。于尔苏斯的西班牙诗句押韵，就像几乎当时所有的卡斯蒂利亚的十四行诗。这丝毫不让老百姓犯难。西班牙文当时是一种流行语言，英国水手说卡斯蒂利亚语，就像罗马水手说迦太基语。可参阅普劳图斯[2]的作品。况且，看剧就像望弥撒，拉丁语或者别的语言，尽管听众并不明白，却并不使人犯难。他们快乐地插入一些熟悉的语句就摆脱了难题。我们古老的法国高卢人特别有办法显得虔诚。在教堂里，信徒们在唱"Immolatus"[3]时，却唱"Liesse

---

1 拉丁文：返回的熊。
2 普劳图斯（约公元前254—前184年），拉丁语喜剧作家，《普努吕斯》，或名《迦太基人》中的人物之一说迦太基语。
3 拉丁文：献祭的羔羊。

prendrai" [1]，在唱 "Sanctus" [2] 时，却唱 "吻我吧，宝贝"。必须等到特兰特主教会议 [3] 时，才结束这种随便。

于尔苏斯特别为格温普兰制作了一个插曲，自己觉得很满意。这是他的主要作品，他把自己整个放了进去。把自己的整体放进自己的作品中，这是任何创作的人的胜利。癞蛤蟆生了一只癞蛤蟆就是做出一件杰作。你怀疑吗？试着做同样的事吧。

于尔苏斯仔细地修饰过这个插曲。这头小熊名叫《被征服的混沌》。

作品是这样的：

夜的氛围。正当运货车离开时，聚集在 "绿箱子" 的人群只看到黑暗。在这黑暗中，有三个模糊形状的东西在爬行，是一头狼、一只熊和一个人。狼就是狼，于尔苏斯是熊，格温普兰是人。狼和熊代表自然界凶恶的力量，饿得神志不清和处于荒野中的黑暗，狼和熊扑向格温普兰，这是混沌和人搏斗。分不清任何一个的脸。格温普兰披着一块裹尸布进行挣扎，他的脸藏在垂下来的厚密头发中。再说，一切黑漆漆的。熊在咆哮，狼在咬牙切齿，人在呼叫。人占下风，两头野兽压倒了他；他呼吁援救，向未知发出深沉的呼喊。他在喘气。可以看到这个仅仅摆脱动物状态的初期人的垂死挣扎；这是阴森可怖的，人群喘着气地观看；再有一分钟，野兽就要取胜，混沌就要消灭人。搏斗、喊声、呼叫，突然一片沉默。黑暗中响起

1　拉丁文：我恨不得嘻嘻哈哈大闹一场。
2　拉丁文：我主是神圣的。
3　特兰特主教会议，教皇保罗三世应查理五世的要求召开的会议（1545—1563，有间歇），要对抗新教改革的发展。

一首歌。一阵气息掠过，只听到一个声音。神秘的音乐在飘荡，伴随着这隐没者的歌声，冷不防，不知从哪里来和怎样发生的，出现了一片白色。这白色是一片光，这片光是一个女人，这个女人是神灵。蒂平静、天真、美丽、宁静和温柔得惊人，出现在光环的中心。黎明中光的轮廓。声音，这是她。轻轻的、深沉的、难以形容的声音。隐形的变成看得见的，她在清晨中唱歌。真以为听见了一个天使的歌声或者一只鸟儿的赞歌。这景象出现时，人挺立在炫目光亮的爆发中，用两只拳头打击倒下的两只野兽。

这时，目光投向很难理解、因而更值得赞叹的一下滑动，用英国水手所理解的纯粹西班牙语唱出这些诗句：

> 祈祷吧！哭吧！
> 圣言产生理智。
> 歌声创造了光。[1]

她低头朝下望，仿佛她看到了深渊，于是又唱：

> 黑夜！走开！
> 黎明响起号角声。[2]

随着她唱歌，那人越来越抬起身，他从躺着变成跪着，双手举

---

1 2　原文是西班牙文。——原注

向幻象，双膝压在两只一动不动、似乎遭到雷击的野兽身上。她朝
着他继续唱道：

> 你这个哭泣的人，
> 到天上去欢笑吧。[1]

她带着星球的庄重走近，又唱道：

> 砸碎枷锁！
> 怪物，离开
> 你黑色的
> 甲壳吧。[2]

她把手放在额头上。

于是另一个声音升起来，更加深沉，因此更加柔和，一个悲喜
交集的声音，既温柔又凶狠，这是人的声音在回应星星的歌唱。黑
暗中格温普兰始终跪在被战胜的熊和狼身上，脑袋搁在蒂的手中，
唱道：

> 噢！来哟！灵魂！
> 你是灵魂。

---

1 2　原文是西班牙文。——原注

我是心。[1]

突然，在黑暗中，一注光照在格温普兰的脸上。

在黑暗中可以看到笑逐颜开的怪物。

要描述人群的骚动是不可能的。热烈的笑声响起，这就是效果。笑出自意料不到，没有什么比这结局更出人意料了。没有什么比这注光照射在这滑稽而可怕的脸上更令人震惊的了。大家在这笑脸周围笑；到处，高处、低处、前面、后面，男人，女人，秃顶的老脸，孩子红润的脸，好人恶人，快乐的人，忧愁的人，所有的人；甚至在街上，行人，什么也没看见、只听到笑声的人，都在笑。这笑声在鼓掌和跺脚中结束。运货车重新关闭，狂热地召回格温普兰。由此获得巨大成功，你看过《被征服的混沌》吗？观众向格温普兰奔去。无忧无虑的人前来笑，忧愁的人前来笑，坏心眼的人前来笑。笑如此不可抵挡，以致有时笑可能就像病态似的，但如果有不能逃避的疾病，那也是快乐的传染。不过成功最多绝不超过老百姓的范围。人头攒动，但这是小老百姓。看《被征服的混沌》是一几尼。上流社会不会到只花一个铜板的地方。

于尔苏斯一点不讨厌这部作品，这是经过他长期酝酿才创作出来的。

"这是属于一个名叫莎士比亚的人那类的作品。"他谦虚地说。

蒂的并列增加了格温普兰难以表达的效果。这张白皙的脸衬在

1　原文是西班牙文。——原注

地精的旁边，表现了可以称为连神也要吃惊的画面。老百姓怀着一种神秘的不安注视蒂。她有着说不清的处女和女祭司的崇高：不知道人，却了解上帝。人们看出她是瞎子，却感到她能见物。她似乎站在超自然的门口。她好像一半在我们的光里，一半在另一种光里。她来世间干活，以上天干活那样的方式，随着曙光升起而干活。她遇到一条七头蛇，把它变成了灵魂。她有着对自己的创造又惊又喜的创造神灵的模样；观众看到她可爱的惊讶的脸上对事业执着的意志和对结果的吃惊，感到她爱她的怪物。她知道她的怪物吗？是的，因为她触摸他。不，因为她接受他。黑夜和白日混合在一起，在观众的脑海里融合成一种半明半暗，从中显现出无限的远景。神性怎么会和泥团掺和在一起，灵魂怎样完成渗透到物质中，阳光怎样变成脐带，破相的人怎样改变形象，丑陋的形状怎样变成天国般的美，所有这些约略看到的奥秘，使格温普兰引起的痉挛似的笑声转成无比的激动。不用深究，因为观众根本不喜欢深入思考而引起疲劳，明白在他们看到的东西之外还有一些东西，这奇异的景象有一种毗瑟拏[1]的化身显现。

至于蒂，她的感受超越了人的语言。她感到自己处在人群中，但不知人群是怎么回事。她听到一阵嘈杂的人声，如此而已。对她来说，人群是一种气息；说到底仅仅如此。一代代人是掠过的一阵阵气息。人在呼吸，期望，咽气。在这群人中，蒂感到自己是孤孤单单的，有着止步在悬崖之上的战栗。突然，这不幸的无辜者正准

1　印度教中神的化身总称。

备指责上天，不满于可能要坠落下去，虽然不知所措，却保持平静，抑制住对危险的朦胧不安，但在内心仍然对自己的孤独感到颤抖，她又找到信心和支撑的力量；她重又抓紧黑暗的天地中自己的救生绳，把手放在格温普兰有力的头上。从未有过的快乐！她把粉红的手指按在这浓密的卷曲头发上。触动这羊毛产生一种温柔的感觉。蒂触摸一头绵羊，她知道这是一头狮子。她整个心融化在难以形容的爱情里。她感到自己摆脱了危险，她找到了救人者。观众却以为看到了相反的东西。对观众来说，被救的人是格温普兰，救人者是蒂。于尔苏斯想："没有关系！"对他而言，蒂的心能看得见。蒂放下心来，得到安慰，心里高兴，热爱这天使，而这时老百姓在注视怪物，也受到迷惑，相反地忍受着这普罗米修斯[1]一样可怕的笑脸。

真正的爱情绝不腻烦。全身心去爱，不会冷却下来。炭火会被灰覆盖，一颗星星却不会。对蒂来说，这种美妙的感受每晚都更新。观众捧腹大笑时，她却准备因柔情而哭泣。她周围的人纵情欢笑；她呢，她很幸福。

再说，由于格温普兰令人意外和惊奇的咧嘴笑，这种快乐的效果显然不是于尔苏斯所期待的。他喜欢多一点微笑，少一点大笑，喜欢一种更文雅的赞赏。但成功给人安慰。每天晚上，在计算一堆堆便士折合成多少先令，折合成多少英镑。然后心里想，不管怎样，笑过以后，《被征服的混沌》还存在于观众的心底里。他也许没有完全错；一部作品在观众中扎了根。事实是，这些老百姓关注这只狼、

---

1 普罗米修斯，希腊神话中，普罗米修斯因盗天火给人类，被宙斯钉在高加索山上，忍受兀鹰啄食内脏之苦。

这头熊、这个人，然后是这音乐、这被和谐控制住的咆哮、这被晨曦消散的黑夜、这散发出光的歌声，他们怀着尴尬而深厚的同情，甚至怀着某些动人的敬意接受《被征服的混沌》这首戏剧诗，这种精神对物质的胜利，到达人的欢乐境界。

这就是老百姓的粗俗娱乐。

他对他们足够满意。老百姓没有办法去观看上等人的"贵族比赛"，不能像领主老爷和贵族那样出一千几尼，赌亨姆斯盖和费仑-格-马多恩的胜负。

第十章
局外人对人物和事件的一瞥

人总有一个想法，要对享受到的娱乐报复。由此蔑视演员。

这个人令我迷醉，令我开心，给我消遣，给我启迪，给我愉快，给我安慰，给我理想，使我开怀，对我有用，我能怎样对他使坏呢？侮辱。蔑视，这是隔开距离打耳光。那就给他一记耳刮子吧。他讨我好，因此他很坏。他伺候我，因此我憎恨他。哪里有一块石头，我扔向他？教士，把你的石头给我。哲学家，把你的石头给我。博须埃，把他革出教门。卢梭，侮辱他。演说家，把你嘴里的石子吐到他脸上。熊，拿石头砸他。让我们砸树，砸烂果子，吞吃果子。好极了！打倒他！背诵诗句，这是染上了瘟疫。小丑，滚开！他成功了，我们给他上枷。我们起哄，让他的胜利完蛋。就让他聚集人群，就让他制造孤独。富有阶级，所谓的高等阶层，就是这样给演员发明这种孤立的形式，即喝彩。

百姓没有这样凶狠，绝不憎恨格温普兰，也不蔑视他。只不过，连一个停泊在英国最蹩脚港口、最蹩脚的大帆船、最差的船员中最差的塞船缝工，也认为自己比"贱民"消愁解闷的人高得无法估量，并认为一个塞船缝工高于一个卖艺人，正如一个爵士高于一个塞船缝工一样。

格温普兰于是像所有的演员那样得到喝彩并受到孤立。再说，世间一切成功都是罪行，必须赎罪。有利必有弊。

对格温普兰来说，却没有什么弊。这是就这个意义上说：他的成功的两面都令他高兴。他对喝彩感到满意，对孤立感到高兴。通过喝彩，他有钱了；通过孤立，他幸福了。

在底层有钱，就是不再贫穷。他的衣服上不再有窟窿，他的炉子不再冷却，他的肚子里不再空空如也。饿了有吃的，渴了有喝的。就是什么必需品都有，包括给穷人一个铜板。穷人有了钱，足以自由自在，格温普兰就是这样。

心灵方面他是富有的。他有爱情。他还能希望什么呢？

他一无所想。

至少把破相治好，似乎这种可能正是给他的一种赠予吧。他拒之门外！摆脱这面具，恢复他原来的脸，重新变成他以前可能的模样，俊美、迷人，他不会愿意！他会以什么来养活蒂呢？深爱他的、可怜而温柔的盲女会怎样呢？没有这副使他成为独一无二的小丑的咧嘴笑，他就只是一个像别人那样的卖艺人，随便一个走钢索的，一个在石头缝里捡铜板的穷鬼，蒂兴许不是每天有面包！他感到自己怀着深沉的骄傲的柔情，作为这个天仙般的残疾女子的保护人。黑夜、孤独、贫穷、无能为力、无知、饥饿、饥渴，贫困的这七张大口耸立在她周围，他是同这条龙搏斗的圣乔治[1]。他战胜了贫穷。怎么？通过他的破相，他是有用之人，拯救别人，胜利者，十分高大。他只消露面，金钱会源源而来。他是人群的主人；他看到自己是老百姓的主宰。他能为了蒂做一切。她有需要，他能提供；她的愿望、她的渴望、她的幻想，在一个盲人所能期待的有限范围内，他都能满足。上文说过，格温普兰和蒂彼此互为神灵。他感到自己振翼而起，她感到自己在他的怀抱里。保护爱你的人，将必需品赠予给你星星的人，没有什么比这更加甜蜜的了。格温普兰有这种最高的幸福。他把幸福归于他的破相。这破相使他高于一切。他通过破相谋生，还替别人谋生；他通过破相获得独立、自由、闻名、内心满足、骄傲。破相使人无法接近他。命运在除了打击之外，无法伤害他，因为它的伎俩已经用尽了；而打击使他转为胜利。不幸之底端变成了极乐的高峰。格温普兰被困在他的破相中，但是和蒂在一起。上文说过，这是在天堂的牢房里。在他们和世人之间有一堵墙。非常好。这堵墙把他们囚禁起来，却保护了他们。既然在他们周围同生活这样隔绝，谁能伤害蒂，谁能伤害格温普兰呢？除掉他的成功？不可能。那就必须去掉他的脸。除掉他的爱情？不可能。蒂根本看不见他。蒂的失明神圣地不能治愈。对格温普兰来说，他的破相有什么不利呢。绝对没有。有什么好处呢？什么好处都有。尽管这么可怕，有人爱他。也许是因为破相。死亡和破相本能地接近，成双作对。有人爱，就是一切吗？格温普兰只有感激地想到他的破相。他在这伤残中受到祝福。他怀着不败的永远的快乐感觉到这

1　圣乔治，英国的保护圣人，他的传说不太可靠。他可能打倒一条龙，解救出一个少女。

一点。这个恩惠无法改变是多么幸运啊！只要有十字路口、市集广场、一直通向前面的大路，下面有民众，上面有天，就准定能生活，蒂什么也不会缺少，就会有爱情！格温普兰不会和阿波罗[1]换面孔。成为怪物对他来说是幸福的形式。

因此，一开始我们说，命运使他十分满意。这个被弃绝的人是一个被人喜欢的人。

他是这样幸福，他竟至于为周围的人抱怨。他怜悯其余的人。再说，看一眼外面出自他的本能，因为任何人都不是完整的一块，天性不是一种抽象；他很高兴被封闭起来，但不时他抬起头来越过围墙。经过对比之后，他更加高兴地缩回到待在蒂旁边的孤独中。

他在周围看到了什么？他的流浪生活给他显示了各种各样的人，每一天都被别的人替换，这些人是怎样的呢？始终有新的人群，始终同样人头攒动。始终有新面孔，始终是同样不幸的人。废墟拥堵在一起。每晚各种各样不同的社会命运的人来到他的幸福周围，围成一圈。

"绿箱子"遐迩闻名。

低价格招来下层阶级。来到他身边的人，是弱者、穷人、小人物。他们来到格温普兰那里，犹如去喝金酒。他们用两个铜板来消愁。格温普兰从戏台上检阅面孔阴郁的百姓。他的脑子充满了无边的贫困相继出现的各种幽灵。人的面貌是由良心和生活合成的，是一大堆神秘的皱褶混合而成的。没有一种痛苦，没有一种愤怒，没有一种耻辱，

1　阿波罗是古希腊美的理想体现。

没有一种绝望，格温普兰没有看到其中的皱纹。那些孩子的嘴巴没有吃过东西。这个人是一个父亲，这个女人是一个母亲，可以猜度出在他们身后破产的家庭。这样的面孔摆脱了邪恶，又进入犯罪；能理解是为什么吗？是无知和贫困。另外一个面孔呈现出起先是善良的，却被社会过度的重负抹去了，变成了仇恨。在这个老妇人的额头上，可以看到饥饿；在这个少女的额头上，可以看到卖淫。同样的事实，在女孩子身上是为了生计，但更加悲怆。在这群人中有手臂而没有工具；这些劳动者要求不高，但是缺少工作。有时，一个士兵过来坐在一个工人身边，有时是一个残疾军人，格温普兰看到战争这个幽灵。这儿，格温普兰看到失业，那儿看到剥削、奴役。在有些额头上，他看到难以言说的退向兽性，人缓慢地返回动物是由于上层的幸福的无情压榨在下层造成的。对格温普兰来说，在这黑暗的景象中有一个通风窗。他和蒂，他们通过痛苦中透出的亮光得到了幸福。格温普兰感到自己上面的有权者、豪富者、锦衣玉食者、大人物、幸运者的随意践踏；在下面，他分辨出贫困的人一张张苍白的脸；他看到自己和蒂，在两个世界中间拥有小小的幸福，不过这幸福却是无边的；上面的人来来往往，自由，快乐，跳舞，践踏着；上面的人在行走；下面的人被他们踩踏。无法避免的事，表明深重的社会灾难，光明压榨黑暗！格温普兰看到这悲哀的景象。什么！如此卑微的命运！人这样步履艰难！这样陷入尘土和污泥中，这样恶心，这样放弃，这样卑劣，令人真想把脚踩在上面！这种人世生活能产生什么样的蝴蝶青虫呢？什么！在这群又饥饿又无知的人群中，到处，在所有人的前面，提出了罪行或者羞耻的问号！法律的无情产生了良心的萎靡不振！没有一个孩子不长得矮小！没有一个处女不是为了卖淫长大！没有一朵玫瑰不是为了蜗牛的黏液而生长！有时，他那双又好奇又激动的眼睛，竭力看到这黑暗的底层，在那里，多少努力消沉了，多少灰心丧气在挣扎，家庭被社会吞噬，风俗受到法律的曲解，刑罚使伤口变成坏疽，穷人受到捐税啃咬，智慧顺水飘流到无知的深渊，不幸的木筏载满饥饿的人，战争、饥馑、垂死的喘气、喊声、消失不见；他感到这种激动人心的普遍不安使自己隐约地揪心的痛。他在人的黑暗乱象中看到不幸的这种泡沫。他呀，他在港口中，他望着自己四周的海难。他不时把自己破相的脑袋捧在手中，沉思着。

幸福是多么疯狂啊！就像梦想！许多想法来到他的脑子中。荒唐的想法掠过他的脑海。因为他从前救过一个孩子，他感到掠过拯救人们的念头。梦想的云雾有时使他自己的现实变得暗淡；他失去了比例感，以至于想：对于这些可怜的百姓，能做什么事呢？有时他过于投入，以致大声说了出来。这时，于尔苏斯耸耸肩膀，盯住看他。格温普兰继续梦想：“噢！如果我有权，我会帮助不幸的人！但我是什么人？一个原子。我能做什么？一无所能。”

他搞错了。他能对穷人做很多事。他使他们笑。

上文说过，使人笑，这是使人忘却。

散布遗忘的人，在世上是多大的恩人啊！

第十一章
格温普兰想的是正义，于尔苏斯想的是现实

哲学家是个密探。于尔苏斯作为梦想的窥探者，研究他的学生。我们的自言自语在我们的脑门上留下一些模糊的反光，在会看相的人看来很清晰。因此，格温普兰心里所想的事，逃不过于尔苏斯的眼睛。有一天，格温普兰在思考，于尔苏斯拽着他的外衣，拉了出来，大声说：

"傻瓜，我觉得你像个观察家！小心，这与你没有关系。你要做一件事，就是爱蒂。两个人的幸福使得你幸福：第一个幸福是观众爱看你的嘴脸；第二个幸福是蒂看不到你的面目。你有的幸福，你并没有权利享受。任何女人看到你的嘴，不会接受你的吻。这张使你发财的嘴，这张使你有钱的脸，不是属于你的。你生来没有这副面孔。你是从无限之底得到这副怪相的。你偷了魔鬼的面具。你是丑陋的，你满足于这个双五[1]吧。在这个井井有条的世界上，有些幸

---

1 掷骰子，一下子掷出两个五点。

福的人有权利，有些幸福的人很幸运。你是一个幸运的幸福的人。
你在一个星星被困在里面的地窖中。可怜的星星属于你。试图从你
的地窖中出来，留住你的星星吧，蜘蛛！你在网里有维纳斯这颗光
彩夺目的深红色宝石。你让我得到满足的乐趣吧。我看到你在遐想，
这很愚蠢。听着，我要对你说真正诗歌的语言；让蒂吃些牛的大腿
内侧肉和羊排，六个月后，她就会强壮得像一个土耳其女人；干脆
娶了她，让她生个孩子、两个孩子、三个孩子，一大群孩子。这就
是我所谓的搞哲学。再有，这是幸福，不是愚蠢。有几个小孩，这
是拥有蓝天。有了'小把戏'，给他们擦洗，给他们擤鼻涕，伺候他
们睡觉，让他们邋里邋遢，又把他们弄干净，让所有孩子围着你挤
来挤去；如果他们笑，那很好；如果他们大吵大闹，那更好；喊叫
是生活；望着他们吃半年的奶，一周岁会爬，两周岁会走路，十五
岁长大了，二十岁恋爱了。有这些快乐的人是有了一切。我呢，我
缺少这个，这使得我是个粗人。善良的上帝，会做杰出的诗，是第
一位文学家，给他的合作者摩西口授：'生儿育女吧！'[1]这是原文。
要生儿育女，蠢货。至于世界，它就是这样的；它不需要你去为非
作歹。你不用挂心。不要管外界的事。让地平线安静。一个演员生
来是给人观看的，而不是去观看。你知道外界有什么吗？有权利幸
福的人。你呀，我再说一遍，你是幸运得到幸福的人。你是幸福的，
你还想要什么？让示播列帮助我！[2]这个放荡的人是个骗子。同蒂生

---

1 《圣经·创世纪》中，上帝多次提到要"生长和繁殖"，前五卷组成《摩西之书》。
2 见《旧约·士师纪》第12章第6节：基列人围攻以法莲人，把守约旦河口。凡要
  渡河的人必须说"示播列"三字，但以法莲人咬字不清，说成"西播列"，于是基列
  人把他们杀死。这里，于尔苏斯引错典故，将"示播列"当作人名。

儿育女，这倒是很愉快的事。这样的幸福就像诈骗。那些通过上天
的特权得到人间幸福的人，不喜欢人们允许自己有那么多在他们之
下的快乐。如果他们问你：'你有什么权利享受幸福？'你不知怎么
回答。你没有特许证，他们呢，他们却有。朱庇特、安拉、毗湿奴、
萨巴奥斯，[1]不管哪一个，都给他们一张得到幸福的许可书。要警告
他们。不要参与他们的事，免得他们参与你的事。可怜虫，你知道
有权幸福的人是怎样的吗？这是一个可怕的人，是爵爷。啊！爵
爷，这儿有一个，他在来到世界之前，应该在魔鬼的未知领域中搞
阴谋了，为了通过这扇门来到世界上！他出生应是多么艰难啊！他
只做过这番努力，正义的老天爷！这是一次努力！就从命运这个盲
目的傻瓜那儿得到在摇篮里一下子成为人们的主人！腐蚀一个剧场
管理员，为了让他给你一个看戏最好的位置！看一看我已经废置不
用的旧篷车的备忘录吧，看一看这本我的智慧的经书吧，你会看到
什么是爵爷。一个爵爷，就是拥有一切，就是一切。一个爵爷高于
自己本性的人；一个爵爷年轻时就有老人的权利，年老时却有年轻
人的艳福，邪恶却受到善良人的尊敬，胆小却领导心肠好的人，无
所事事却享受劳动果实，无知却获得剑桥和牛津的文凭，愚蠢却受
到诗人的赞赏，丑陋却获得女人的微笑，泰尔西特却得到阿溪里斯
的甲胄[2]，野兔却披上狮子的皮。不要误解我的话，我没有说一个爵
爷必然是无知的、胆小的、丑陋的、愚蠢的和年老的；我仅仅说他

1　安拉是伊斯兰教的真主，毗湿奴是印度教和婆罗门教的主神之一，萨巴奥斯即耶和
　　华，是希伯来人对上帝的称呼。
2　泰尔西特是《伊利亚特》中的懦夫，阿溪里斯是不可战胜的斗士，中心人物，取得
　　攻打特洛亚的胜利。

可能是这样，却不会使他做错事。相反。爵爷是亲王。英国国王只是一个爵爷，领主老爷中的首位。就是这样，这已经够多的了。从前国王叫爵爷：丹麦爵爷，爱尔兰爵爷，岛国爵爷。挪威爵爷只是三百年前才自称国王。英国最古老的国王路西乌斯[1]被圣泰莱斯福尔称为'路西乌斯爵爷'。爵爷是上院议员，就是说平起平坐的。和谁平等？和国王。我不会犯把爵爷和议院混淆起来的错误。撒克逊人在入侵之前[2]把平民议院称为'wittenagemot'，诺曼底人在征服以后称之为'parliamentum'，逐渐把平民赶出议院。国王召集下议院的密封信从前写上：'ad consilium impendendum'，今日写上：'ad consentiendum'[3]。下议院有同意的权利。说同意是他们的自由。上院可以说不同意。证据是他们说过了。上院可以砍国王的头，平民不行。砍查理一世的头，不是对国王，而是对上院的侵犯，把克伦威尔的尸体放在绞刑架上做得很对。[4]爵爷有权势，为什么？因为他们有财富。谁翻阅过英国的土地清册？这是爵爷掌握英国的证明，这是在'征服者'威廉时期提出的臣民财产的登记册，归财政大臣掌握。要抄录其中的东西，每行字要支付四个铜板。这是一本了不起的书。你知道我在一个名叫马梅达克的爵爷家里当过家庭医生吗？他有九十万法郎的年收入。算一算吧，可怕的傻瓜。你知道仅仅林德赛伯爵的养兔场的兔子，就可以养活'五港'所有的老百姓吗？

---

1 路西乌斯，公元 2 世纪的布列塔尼国王，改信基督教。
2 指 1066 年诺曼底公爵征服英国。
3 "发给议会"改为"同意（国王意愿）"。
4 克伦威尔逝于 1658 年 9 月 3 日，葬在西敏寺的修道院里，复辟时尸体被拖了出来，吊在泰伯恩的绞架上。

你冒险动一动看。他们马上让你安分守己。所有的偷猎者都被吊死。我见过一个有六个孩子的父亲被吊在绞架上，因为他的猎物袋里露出两只毛茸茸的长耳朵。这就是封建领主。一位爵爷的兔子比上帝的子民值钱。领主在那里，你听到吗，坏蛋？我们应该感到这很好。如果我们感到很坏，这能对他们怎样？老百姓反对！普劳图斯本人不接触这种可笑的事。如果一个哲学家劝说这群可怜的民众大喊大叫，反对爵爷的广征重压，那就太可笑了。等于通过毛毛虫讨论大象的脚。有一天，我看到一只河马踩在一只鼹鼠窝上；踩了个稀巴烂；河马是无辜的。它甚至不知道有鼹鼠，这庞然大物平静得很。亲爱的，被压死的鼹鼠，就是人类。压碎一切，就是法律。你以为鼹鼠本身什么也不压碎吗？它是小虫中的庞然大物，小虫对于团藻也是庞然大物。但是咱们不要议论。我的孩子，四轮马车是有的。爵爷坐在里面，老百姓在车轮底下，明智的人站在一边。你站立一旁，让车通过。至于我，我喜欢爵爷，我回避他们。我在其中一个爵爷府生活过。我回忆起来也够美的。我记得他的城堡，像在云里的荣光一样。我呀，我的梦想在后面。马梅达克城堡的雄伟、对称、富裕的收入、建筑装饰和附设，没有什么更加出色的了。再有，爵爷的房屋、府邸、宫殿，在这个欣欣向荣的王国中是最壮观、最华丽的。我喜欢我们的领主。我感谢他们富有、强大和兴旺。我虽然掩没在黑暗中，但是我愉快而有兴味地看到了叫作'爵爷'的这块蓝天的样品。人们通过一个极其宽广的院子进入马梅达克城堡，院子分成八块长方形，有栏杆围住，各个方向分出一条宽阔的路，中央是一个六角形的壮丽喷泉，有两个水池，覆盖着一个圆顶，造得玲珑剔透，由六根柱子支撑。正是在这里，我认识一个博学的法国人杜克罗神父先生，他是圣雅克街雅各宾修道院的修士。在马梅达克城堡，有一半埃尔本尼乌斯[1]的图书，另一半属于剑桥的神学家的大教室。我在里面看书，坐在有装饰的门廊下面。这些东西一般只让少量好奇的游客看到。可笑的孩子，你知道，威廉·诺思大人，也就是格雷·德·罗莱斯通爵士，在男爵中坐第十四把交椅，他山上的乔木林比你可怕的头发还要多吗？你知道诺雷斯·德·赖柯特爵士，也就是阿班格东伯爵，有一个两百尺高的方形堡，上面有这句箴言：'Virtus ariette fortior'，看来是想说：'品德比羊角槌更有力量'，傻瓜！但这是'勇敢比战争机器更有力量'？是的，我崇奉、接受、尊重和敬畏我们的领主。他们是爵爷，和陛下一起，致力于获得和保持民族的优势。他们完美的智慧在艰难的局势中爆发出来。我不希望看到，他们对所有人有优先权。他们却有。在德国这叫作诸侯，在西班牙叫作大公，在英国和法国叫作贵族院议员。人们有权感到这世界太苦了。上帝已感到这鞍鞯伤人，他想证明会让人们幸福，便创造了爵爷来满足哲学家。这个创造改正了别的创造，让善良的上帝摆脱困境。对他来说，他体面地摆脱了虚假的局面。大人物毕竟是大人物。国王把上议院议员称为'consanguinei nostri'[2]，上议院议员修订了一系列明智的法律，其中一条是处死砍掉一株生长三年的白杨树的人。他们至高无上，有自己的语言。在纹章学上，

1　埃尔本尼乌斯（1584—1624），荷兰东方学者托马斯·范·埃尔本的拉丁文名字，他以知识广博著称，会说土耳其语、埃塞俄比亚语、阿拉伯语、希伯来语、波斯语。
2　拉丁文：我们的兄弟。

黑色对贵族来说是'沙子',对亲王来说是'铅',对上议院议员来说是'钻石'。钻石粉是繁星满天的夜,这是幸福者的黑色。甚至在他们之间,这些大领主也有细微区别。一个男爵没有允许,不能和子爵一起洗澡。这是了不起的东西,保存了我们的民族。一个民族有二十五个公爵、五个侯爵、七十二个伯爵、九个子爵和六十一个男爵,一共是一百七十二个上院议员,有些是'大人',另外一些是'老爷',这是多么美好的事啊!除此之外,这儿那儿有几个穿得破破烂烂的人,有什么关系!不可能什么都是金子。破衣烂衫,不错;难道不是有穿红戴绿的人吗?这一个换取另一个。有些东西必须和别的东西一起建设。是的,有穷人,这是好事!他们充实有钱人的幸福。见鬼!我们的爵爷是我们的光荣。单单莫亨男爵查理·莫亨的猎犬就值到摩尔城门的整座麻风病院、爱德华六世在一五五三年为孩子们建造的基督医院。利兹公爵托马斯·奥斯本仅仅为了仆役的制服,每年就花掉五千几尼。西班牙的大公都有一个由国王任命的守护人,不让他们破产。这真丢脸。我们的爵爷既荒唐又出色。我尊敬这一点。不要像爱嫉妒的人那样痛骂他们。我很高兴看到这样美的事物掠过。我没有光,但我反光。你会说这是落在我的溃疡上的反光。见鬼去吧。我是一个能幸运地瞻仰特里马西翁的约伯。噢!空中那颗美丽灿烂的星球!有月光就不错。取消爵爷,这是奥雷斯特也不敢赞同的意见,不管他多么失去理智。[1]要说爵爷是为非作歹或者毫无用处,这等于说必须动摇等级,人们生来不是像畜群

---

1 根据希腊神话,奥雷斯特杀死母亲,为父亲报了仇,受到复仇女神的追逐,发了疯,在希腊流浪。

一样生活的，要吃草，受到狗咬。牧草被绵羊吃掉，绵羊被牧童剪羊毛。还有更公正的吗？对剪羊毛的，要再加码对待。我呀，我对一切无所谓；我是个哲学家，我像苍蝇一样珍惜生命。生命只是一只脚踩在地上。我想，伯克州的伯爵亨利·鲍斯·霍华德在马厩里有二十四辆华丽马车，其中一辆有银马具，另一辆有金马具！我的天！我很清楚，所有人都没有二十四辆华丽马车，但是绝不要攻击。因为有一夜你觉得冷，不是吗？不是只有你。还有别人挨冻受饿，如果蒂没有瞎，她不会爱你！想想吧，傻瓜！再说，如果在各处所有人都抱怨，那就闹翻天了。沉默，这是规矩。我深信，上帝命令打入地狱的人沉默，否则听到永不停止的喊声，上帝也会受不了。奥林匹斯山的幸福要以科库托斯河[1]的沉默为代价。因此，老百姓，沉默吧。我呀，我做得更好，我同意和赞赏。刚才，我罗列了爵爷的数目，但必须加上两个大主教和二十四个主教！说实话，我想到他们便很感动。我记得在拉福埃可敬的长老（这个长老属于领主和教会）负责征收什一税的人家里，有一大堆从附近农民那里夺取来的上等小麦，长老用不着费劲去种小麦。这使他有时间祈祷上帝。你知道我的主人马梅达克爵士是爱尔兰财政大臣和约克州克纳莱斯堡王权的高级总管吗？你知道高级侍从是纽卡斯特公爵家族中的世袭爵位，在加冕时为国王穿衣，为此得到四十尺红丝绒，外加一张国王睡过的床吗？你知道，黑棒掌门官是他的代表！我很想看到你反对这点：英国最老的子爵是罗伯特·布伦特爵士，由亨利五世封

---

1 科库托斯河，地狱的一条河流，由罪人的眼泪供水，岸边徘徊着死无葬身之地的不幸者。

为子爵。所有爵士的头衔都表明对一块地的主宰权，里弗斯伯爵除外，他以家族名称作为头衔。他们征收捐税的权利很了不得，比如，像当时那样，一英镑抽四先令的税，刚持续了一年，所有这些酒精税、间接葡萄酒和啤酒税、船只载重税、进出口税、苹果酒税、梨酒税、啤酒税、麦芽税、酿酒的大麦税，还有煤炭税和其他上百种类似的税，真是了不得！要尊敬现存的事物。教士本身也扶植爵士。曼城的主教是德拜伯爵的百姓。爵士在纹章上放上属于他们的猛兽。仿佛上帝创造得不够，他们要创造。他们创造纹章上的野猪，这种野猪比普通的野猪高，正如野猪比家猪高，领主比教士高一样。他们创造了一种半鹰半狮的怪兽，翅膀能吓唬狮子，鬃毛能吓唬老鹰。他们还有吞婴蛇、独角兽、蛇、蝾螈、塔拉斯贡怪兽、'德雷'兽、龙、半马半鹰的怪兽。所有这些，对我们来说非常恐怖，对他们而言是装饰和华丽服饰。他们的动物园叫作纹章，那里有不知名的怪物在吼叫。没有什么森林能够比拟令他们骄傲的奇珍异兽。他们的虚荣心充满了幽灵，就像在奇特的夜晚游荡，全身武装，戴着头盔，穿着胸甲，带着马刺，手执权杖，用庄重的声音说话：'我们是祖先！'尺蠖吃树根，穿上甲胄的人在吃百姓。为什么不是这样呢？我们要改变法律吗？领主权属于秩序。你知道爱尔兰有一个公爵骑马走了三十法里地还没有跑出他的领地吗？你知道坎特伯雷的大主教每年有一百万法郎的收入吗？你知道陛下每年有七十万镑的俸禄，还不算城堡、森林、领地、采邑、自由租地、教士职位、什一税和杂税、没收和罚款，总共超过了一百万英镑吗？还不满意的人太挑剔了。"

"是的，"格温普兰沉思着说，"富人的天堂是由穷人的地狱建成的。"

第十二章
诗人于尔苏斯驱动着哲学家于尔苏斯

随后，蒂进来了；他望着她，只看到她。爱情就是这样；可以一时被念头的纠缠侵入，但所爱的女人一来到，便马上使所有不是她本人的东西消除干净，而没有怀疑到她也许消除了我们身上的一个世界。

这里谈一个细节。在《被征服的混沌》中，对格温普兰说的一个词"monstro"[1]，令蒂很不高兴。有时，她用当时的所有人都知道的一点西班牙文，做出小小的冲动，用"quiero"来代替，这个词意味着"我要他"。于尔苏斯容忍了她改动原文，心里却有点不耐烦。他很想对蒂说，就像今日莫埃萨[2]对维索[3]所说的："你缺少对节目的尊重。"

"笑面人"。格温普兰是以这个绰号出名。他的名字格温普兰差

1　西班牙文：怪物。
2　西蒙·皮埃尔·莫埃萨（1781—1851），法国演员，年老后成为圣马丁门的舞台监督。
3　路易·弗朗索瓦·维索（卒于1861年），圣马丁门剧院的干事、第二舞台监督。

不多没人知晓，在这个绰号下面消失了，就像他的面孔消失在笑的下面。他的声誉如同他的脸一样，是一个面具。

但他的名字写在"绿箱子"前面的一幅宽大的广告牌上，给观众呈现于尔苏斯所起草的这段话：

> 在这里能看到格温普兰，一六九〇年一月二十九日的夜里，他在十岁时被罪恶的儿童贩子抛弃在波特兰的海岸边，眼下从孩子变成了大人，艺名是：
>
> "笑面人"。

卖艺人的生活就像麻风病人在麻风病院里，幸福的人在大西洋岛上[1]。每天都从最喧闹的集市展示突然转到最完全的悄无声息中。每天晚上，他们离开这个世界。有如死人离去，代价是第二天重新出现。演员是座一闪即逝的灯塔，忽明忽灭，对观众来说，几乎如同走马灯一样一会儿像幽灵，一会儿闪光。

在十字路口之后，接着是离群索居。戏演完了，观众散去，观众满意的喧哗声消失在大街小巷中，"绿箱子"又竖起板壁，就像堡垒拉起吊桥一样，同人的交往切断了。一边是外边世界，一边是这个小板屋；在这个板屋里有自由、善心、勇敢、忠诚、无邪、幸福、爱情、所有的星座。

能洞察事物的瞎子和得到爱情的破相人，肩并肩坐着，手握着

1　大西洋岛是传说中的乐园，位于大西洋中，一天一夜被海水淹没。

手，额角碰到额角，陷入沉醉中，互相低声说着话。

中间的隔间有两个目的；对观众来说是戏台，对演员来说是餐室。

于尔苏斯始终满足于做比较，利用"绿箱子"中央隔间有好几种用处，比作埃塞俄比亚茅屋的"阿拉达什"。

于尔苏斯计算收入，然后吃晚饭。谈恋爱时，一切都容易符合理想，一对恋人在一起吃喝，允许各种各样偷偷的甜蜜相处，吃一口东西会变成接一个吻。在同一个杯子里喝啤酒或者葡萄酒，宛如在同一朵百合花喝甘露。在圣餐中，两个人像鸟儿一样妩媚。格温普兰伺候蒂，给她切面包，给她倒酒喝，离得太近了。

"哼！"于尔苏斯发出一声，他不由自主把责备转成了微笑。

狼在桌子底下吃饭，除了它的骨头，什么也不注意。

维纳斯和费贝也一起分享晚餐，并不拘束。这两个流浪女人，半野蛮，仍然惊恐，互相之间说着别人听不懂的话。

随后蒂跟维纳斯和费贝回到她们的内室。于尔苏斯去把奥莫锁在"绿箱子"底下的铁链上，格温普兰照顾马匹，格温普兰变成马夫，仿佛他是荷马笔下的英雄或者查理曼的武士。半夜，一切都睡着了，狼除外，它不时记起自己的责任，睁开一只眼。

第二天醒来时，他们又聚在一起吃早饭；按习惯是火腿和茶；喝茶在英国始自一六七八年。然后蒂按照西班牙方式，由于于尔苏斯的建议（他觉得她娇弱），睡了几小时，这时格温普兰和于尔苏斯做流浪生活所要求的屋子内外的所有杂事。

　　格温普兰很少在"绿箱子"外面溜达，除了在荒凉的大路上和僻静的地方。在城里，他只在夜里出去，藏在一顶帽檐拉下来的宽边帽下面，为了绝不在街上使用他的脸。

　　只有在戏台上才能看到他整张脸。

　　再说，"绿箱子"很少光顾城市。格温普兰二十四岁，没有看过比"五港"更大的城市。但他的名声的增长，开始越过民众，上升到更上层。在爱好集市稀奇古怪的事和追求新奇事物以及奇迹的人之中，大家知道在某个地方，时而在这里，时而在那里，有一个异乎寻常的面孔，过的是流浪生活。大家在谈论他，在寻找他，互相问："他在哪里？"笑面人断然变得十分有名了。《被征服的混沌》也沾了不少的光。

　　以致有一天，野心勃勃的于尔苏斯说：

　　"必须到伦敦去。"

第三卷

裂痕开始

第一章
塔德卡斯特客店

伦敦当时只有一座桥：伦敦桥，桥上有几所房子。这座桥把伦敦和索斯瓦克接连起来，这个郊区用石块和泰晤士河的卵石铺设路面，都是小巷子，地方非常狭窄，由于是城市，大量的建筑、住宅和木屋，燃料乱堆，很容易发生火灾。一六六六年可做证明。[1]

索斯瓦克那时读作"索德里克"；今日差不多读作"索索奥尔克"。再说，读英文名字最好的方式是不完全读出来。因此，索汤普顿读作"斯特普吞"。

当时，查坦姆（Chatham）读作"我爱你"（je t'aime）。

当时的索斯瓦克和今日的索斯瓦克比起来，就像伏吉拉和马赛相比一样。当时是一个镇子，现在是一座城市。当时船运非常繁忙。泰晤士河岸上有一长条古老的墙，挂了许多铁环，河上的驳船在那儿系缆。这堵墙叫埃弗罗克墙或者埃弗罗克石壁。在撒克逊时代，

1　指伦敦有大火灾，现在可知损失比德国人在第二次世界大战中的炸弹产生的灾害更大。

约克王朝称作埃弗罗克王朝。传说有个埃弗罗克公爵淹死在墙脚下。对公爵来说，水确实相当深。落潮时还有整整六英寻。[1] 这个出色的小抛锚地吸引了海上的船只，古老的荷兰商船"伏格拉号"[2] 就来到埃弗罗克石壁抛锚。"伏格拉号"每周一次从伦敦直接开往鹿特丹，从鹿特丹又开往伦敦。其他驳船一天两次，要么开往戴特福，要么开往格林威治，要么开往格拉弗森德，随着落潮下海，随着涨潮上溯回来。尽管只有二十海里，需要六小时才能开到格拉弗森德。

"伏格拉号"是一种典范，今日只有在海军博物馆才能看到。这种大肚子船有点像帆船。当时，法国正在模仿希腊，荷兰正在模仿中国。"伏格拉号"船壳沉重，有两根桅杆，挡水板是垂直隔开的，船中央有一个很深的船舱和两个上甲板，一个在前面，一个在后面，像今天的铁甲战舰一样是平甲板，这有利于在恶劣天气时减弱海浪对船的冲击，以及由于没有舷墙，船员会受到海浪冲击的不利。船上没有什么阻挡人掉下去的防护。因此常常发生船员掉下去丧生的事儿，使人放弃了这种式样的船。大肚子的"伏格拉号"直放荷兰，甚至不在格拉弗森德停泊。

一条岩石和砖石混合的古代道路，沿着埃弗罗克石壁伸展，有利于船只泊在墙壁上，对整个海洋来说都可以利用。墙壁隔开一段距离就被石级切断。它标志着索斯瓦克的南端。一道路堤让行人可以用手肘靠在埃弗罗克石壁的高处，就像靠在码头的石壁上。由此可以看到泰晤士河。河对岸，伦敦就截止了。只有田野。

1　这个细节为后来格温普兰自杀埋下伏笔。
2　伏格拉意为"请听从劝告"，与结语一节相应。

在埃弗罗克石壁的上游，泰晤士河拐弯的地方，几乎对面就是圣詹姆士宫，在朗贝斯大厦后面，离当时叫作"福克斯豪尔"的散步场不远（也许叫沃克斯豪尔），在制造瓷器和彩绘玻璃瓶之间的地方，有一块很大的空旷地，杂草丛生，从前在法国叫作散步场，而英国叫作"bowling-green"[1]。如今保龄球草地被我们转化成草坪，而且这草地被搬到家里来了，只不过是铺在了一张桌子上，用绿毯代替草坪，称为台球桌。

另外，不知为什么，既然有了"boulevard"（绿球），和保龄球是同一个字，我们又用了"草坪"这个字。令人惊讶的是，像字典这样道貌岸然的先生，居然有这些无用的奢侈品。

索斯瓦克的保龄球草地叫作塔林左荒地，从前属于哈斯西男爵，如今是塔林左和莫斯林男爵的。塔林左荒地从哈斯丁爵士转到塔德卡斯特爵士手里，后者把这块地用作公共场所，正如后来奥尔良公爵用作罗亚尔宫一样。随后塔林左荒地变成无用的牧场和教区的产业。

塔林左荒地是一个常年使用的集市广场，充塞了小偷、走钢索的、卖艺者、在台上表演音乐的，总是挤满了一些傻瓜，就像沙普大主教[2]所说，"来看魔鬼"。看魔鬼就是看戏。

有些客店接受和送出观众到这些集市戏台去，整年向这个假日广场开放，生意非常兴旺。这些客店是普通的摊位，仅仅白天住人。晚上，老板把钥匙放在口袋里，走掉了。其中只有一家客店是一座

---

1 英语：保龄球草地。
2 可能指约翰·沙普（1644—1714），英国最好的布道师之一。

房子，在整个保龄球草地没有其他住宿地，集市广场的木板屋由于所有这些卖艺人缺乏依恋和爱流浪，总是一刹那消失了。卖艺人过着无根的生活。

这间客店叫作塔德卡斯特客店，用的是往昔领主的名字，宁可说是一家客店，而不是一家酒店，与其说是一家旅店，而不是一家客店，有一扇可以通马车的大门，和一个相当大的院子。

通马车的大门从院子开向广场，是塔德卡斯特客店的正门，旁边有一个便门可以供人进出。说是便门就是说大家欢喜走的门。这扇低矮的门是唯一可以走的门。它通到名副其实的小酒店，这是一间很宽敞的、烟熏过的陋室，摆满了桌子，天花板很低。二楼有一扇窗户，窗格调整过，挂着客店的招牌。大门拉闩上锁，关得严严的。

在塔德卡斯特客店里有一个老板和一个伙计。老板叫作尼克莱斯。伙计叫作戈维柯姆。尼克莱斯老板——无疑尼古拉的英文发音变成尼克莱斯——是个吝啬的鳏夫，战战兢兢，尊敬法律。另外，眉毛浓密，毛茸茸的手。至于十四岁的小伙子，给人斟酒，听到戈维柯姆的名字就回应，系一条围裙，大脑袋，笑嘻嘻。头发剃光，这是做奴仆的标志。

他睡在底楼一间陋屋里，从前那里是狗待的地方。这间陋屋有一扇窗，朝向保龄球草地。

第二章
露天演讲

一天晚上，刮着大风，天气相当冷，有理由匆忙走在街上，有一个人在塔林左荒地塔德卡斯特客店的墙下行走，突然停住脚步。这是在一七〇四年至一七〇五年冬天最后几个月里。这个人穿的衣服表明是个水手，面孔和蔼，身材俊美，这是宫廷里的人所限定的，也不受老百姓的拒绝。他为什么站住？为了倾听。他倾听什么？有个声音可能在院子里说话，从墙的那一边传来，声音有点年老，但是很响亮，一直传到街上的路人那里。同时，在传来说话声的围墙里，可以听到人群的声音。有个声音说：

"伦敦的男男女女，我来了。我热诚地祝贺你们是英国人。你们是一个伟大的民族。我说得更明确一些。你们是伟大的百姓。你们的拳头比剑的攻击更加厉害。你们有胃口。你们是吃掉其他民族的民族。了不起的职能。这样吃人把英国置于特殊地位。在政治和哲学方面，还有管理殖民地，人口和工业，损人利己的意志，你们是特殊的，惊人的。世界上将有这样两个牌子的时刻监控了；一个牌

子上写着：'人的一边。'另一个牌子上写着：'英国人的一边。'我
看到这是你们的光荣，我既不是英国人，也不是人，我有做一头熊
的荣耀。再说，我是个医生。这是同时并举的。各位先生，我教导
人。教什么？教两种东西：我知道的东西和我不知道的东西。我卖
药，我给思想。走近来，听着。科学在邀请你们。张开你们的耳朵。
如果耳朵小，那就留不住多少真理；如果耳朵大，很多蠢事就会钻
进去。因此，请注意。我教 'Pseudodoxia Epidemica'[1]。我有一个同
伙引人笑，我呢，我让人思索。我们住在同一个'箱子'里，笑和
知识一样都属于好家族。有人问德谟克利特：'你怎么知道的？'他
回答：'我笑。'[2]而我呢，如果有人问我'为什么你笑？'我会回答：
'我知道。'再说我不笑。我是民众错误的纠正者。我要清理你们的
智慧。它们是不干净的。上帝容许老百姓搞错和受骗。不该有愚蠢
的羞耻；我坦率地承认，我相信上帝，即使他是错的。只不过我看
见垃圾——错误就是垃圾——我就扫掉。我怎么肯定我所知的东西
呢？这只关系到我。每个人都掌握他能掌握的学问。拉克唐蒂乌斯[3]
向一个维吉尔的青铜头像提问，头像回答他：'西尔韦斯特尔二世[4]
同鸟儿对话'；鸟儿会说话吗？教皇会鸟语吗？这是问题。犹太法学
家埃莱亚扎尔死去的孩子和圣奥古斯丁[5]谈话。我们私下里说说，我

---

1 拉丁文：假见解到处流行。
2 德谟克利特（公元前5—前4世纪），古希腊哲学家，传说他对什么都笑，与希拉克
   利特相反，他对什么都哭。
3 拉克唐蒂乌斯（约260—约325），拉丁语修辞学家，约300年改信基督教，康斯坦
   丁之子的家庭教师，著有《神圣建制》。
4 西尔韦斯特尔二世（约938—1003），教皇（999），神学家，博学。
5 圣奥古斯丁（354—430），神学家，著有《忏悔录》。

怀疑所有这些事实，除了最后一件。死去的孩子说话，是的；但他在舌头下有一片金箔，上面刻着各种星座。因此他弄虚作假。事实做出解释。你们看到我的节制。我分开真与假。瞧，可怜的人们，你们无疑要分担其他错误，我希望你们摆脱这些错误。迪奥斯柯里德斯认为天仙子里有神，克里斯普认为在黑醋栗里有神。约瑟夫认为在黄花荇葱里有神。[1]所有人都搞错了。这些植物里并没有神，而是魔鬼。我证实过了。卡德穆斯认为引诱夏娃的蛇有一副人脸，这不是确实的。加尔西亚·德·奥尔托、卡达莫斯托和特雷弗的大主教约翰·雨果，否认锯断一棵树就能抓住一头大象。我倾向于他们的意见。公民们，吕西费尔做出努力是错误意见的根源。在这样一位亲王的统治下，应该出现流星般的错误和堕落。百姓们，克洛狄乌斯·普舍尔的死不是因为母鸡不肯从鸡舍中出来；事实是，吕西费尔预见到克洛狄乌斯·普舍尔之死，倍加小心阻止这些动物吃东西。[2]贝尔泽布斯使韦斯帕西安[3]皇帝有本事触摸一下就能使瘫子恢复健康，使瞎子复明，这个举动本身值得称许，但是动机是有罪的。先生们，不要相信那些假学者，他们利用'布里乌瓦纳'的根和白蛇，又用蜜和公鸡血制造眼药。要会看穿谎言。认为猎户星产生于

---

1 迪奥斯柯里德斯，公元 1 世纪的希腊医生，研究植物学；克里斯普，公元前 4 世纪的希腊医生；弗拉维乌斯·约瑟夫，公元 1 世纪的犹太历史学家，在《奥德赛》中尤利西斯吃了黄花荇葱，保持迷幻状态。

2 克洛狄乌斯·普舍尔（公元前 1 世纪），罗马政治家，在第一次布匿战争中，指挥罗马舰队前往西西里，攻打迦太基人。在战斗之前，显现出不利的预兆：神圣的母鸡拒绝吃东西。于是他回应："那么，把这些母鸡扔到海里去；如果它们不想吃，就让它们喝吧。"罗马船队遭到惨败，人们把吃败仗归咎于这亵渎宗教的话。他因此受到严厉惩罚，但不知他的死因和时间。

3 韦斯帕西安，罗马皇帝（69—79），传说各啬。

木星的天然需要绝对不正确；事实是，水星以这种方式产生猎户星。认为亚当有肚脐眼也是不对的。圣乔治杀死一条龙时，在他身旁并没有一个圣人的女儿。圣热罗姆[1]的书房在壁炉上并没有一只摆钟；首先，因为在他的岩洞里，没有书房；第二，因为摆钟还不存在。要加以纠正。要加以纠正。噢，听我讲话的可爱的人们，如果有人对你们说，谁闻了缬草[2]，脑子里就会生出一条蜥蜴，腐烂的牛会变成蜜蜂，马尸会变成大黄蜂，人死后比活着时更重，公羊的血能化解碧玉，在同一棵树上看见一条青虫、一只苍蝇和一只蜘蛛，预示着饥荒、战争和瘟疫，鼷子头中的虫能治羊痫风，绝不要相信，这些都是谬误。这些才是真理：海豹皮可以防雷击；癞蛤蟆以泥土为生，这使它头里有一块石头；杰里索的玫瑰[3]在圣诞节前夜开花；蛇忍受不了梣木的阴影；大象没有关节，不得不靠在一棵树上站着睡觉；让一只癞蛤蟆去孵一只公鸡蛋，你就会得到一只蝎子，然后会给你一只蝶螈；一个瞎子将一只手放在祭坛左边，另一只手放在眼睛上，会恢复视觉；贞洁不排除母性。正直的人们，你们要以这些明显的事实充实自己。据此，你们可以用两种方式信仰上帝，要么像口渴的人相信橘子，要么像驴子相信鞭子。现在我来给你们介绍一下我的演员。"

说到这里，一股相当强的风把客店的窗框和护窗板摇动起来，客店是一座孤立的房子。这产生一种老天爷长时间的喃喃自语。演

1　圣热罗姆（约347—420），著名的教会神父，将《圣经》译成拉丁文，得到正式承认，往往被画成隐士和学者。
2　缬草，药草，在古代已被知晓，用作镇痉剂。
3　这种植物由于不腐败有多种传说：即使干枯了，放在水里仍然能重新开花。

讲者等了一会儿，然后又说起来：

"我的话打断了。是的。说话吧，北风。先生们，我不生气。风像所有孤独的人一样多话。没有人在上空给它做伴。于是它说闲话。我重拾我的话头。你们在这里瞻仰的是一些合作的艺术家。我们是四个人。'A lupo principium.'[1]我从我的朋友开始，它是一头狼。它并不隐瞒。请看它。它有教养、庄重、聪明。上天兴许有一会儿想过让它成为一个大学的博士；可是它必须有点儿愚蠢才行，而它并不愚蠢。我加上一句，它没有偏见，绝不是贵族。有机会它会和一条母狗谈话，它有权利对待一头母狼。如果它有几位太子，它们也许会优雅地将母亲的吠声和父亲的嗥叫合在一起。因为它会嗥叫。必须同人一起嗥叫[2]。它也会吠叫，出于对文明的屈就。这是宽宏大量变得柔和。奥莫是一条完善的狗。让我们崇敬狗。狗——多么奇怪的动物！——舌头上有汗，尾巴上有微笑。先生们，奥莫在聪明上能与墨西哥无毛的狼这出色的'克索洛伊泽尼斯基'（xoloïtweniski）[3]媲美，而在热情上超过后者。我加上一句，它是谦恭的。它有对人有用的狼的谦虚。它默默地助人和仁慈。它的左爪不知道它的右爪所做的善事。[4]这就是它的价值。关于另一个，我的第二个朋友，我只说一句话：'这是个怪物。'你们欣赏他吧。从前他被海盗抛弃在荒凉的大洋边上。他是一个例外吗？不是。我们都是

1　拉丁文：从狼开始。借用拉丁语的"从木星开始"。
2　模仿谚语：要是想同狼一起奔跑，就必须同狼一起嗥叫。
3　发音有幽默感，这是墨西哥一种无毛的狗，相当于埃及陪伴死人到阴间的"阿努比斯"。
4　戏仿福音书上的一个句子：即使你布施，你的左手绝不知你的右手所做的事。

瞎子。吝啬鬼是瞎子；他只看到金子，看不到财富。挥霍的人是瞎子；他只看到开始，看不到结束。风骚女子是瞎子，她看不到自己的皱纹。学者是瞎子，他看不到自己的无知。正直的人是瞎子，他看不到坏蛋。坏蛋是瞎子，它看不到上帝。上帝是瞎子，他创造了世界那天，他只看到魔鬼藏在里面。我呢，我是瞎子，我说话，而我没有看到你们是聋子。这个伴随我们的盲女是一个神秘的女祭司。韦斯塔[1]把自己燃烧的木头交给了她。她的性格里有着柔和的阴暗，就像羊毛中出现的开裂。我认为她是国王的女儿而无法证实。可赞赏的怀疑是智者的品质。至于我，我无休止地议论，我给人吃药。我思索，我包扎。[2] 'Chirurgus sum.'[3] 我医治发烧、瘭气和瘟疫。几乎我们所有的内脏发炎和痛苦都是可以摆脱的，好好治疗，我们能消除其他更厉害的疾病。然而，我不是建议你们生痈疽，也就是'carbuncle'[4]。这是一种讨厌的病，什么用也没有。得这种病要死，如此而已。我不是无知识的人，也不是乡下人。我崇尚雄辩和诗歌，我和这两个女神生活在亲密无间之中。我以一个忠告结束。先生们，女士们，你们是属于光明来自的一面，培养美德、谦虚、诚实、正义和爱情吧。世间每个人都在自己的窗台上有一小盆花。老爷们，先生们，我说完了。戏就要开场。"

　　墙外那个人，可能是个水手，走进客店的低矮大厅，穿越过去，

1　韦斯塔，罗马的火和灶间的守护神，保持圣洁。
2　有名的双关语：伏尔泰从英国返回，路易十五问他："你在那边学到了什么?""思索，陛下。""包扎马匹吗?"在法语，思索（penser）和包扎（panser）发音相同。
3　拉丁文：我是外科医生。
4　英语：瘤。

付了别人问他要的钱，走到挤满了人的院子，在院子尽头看到一个设在车轮上的木板屋大开着，台上站着一个披熊皮的老人，一个似乎戴了面具的年轻人，一个盲女和一头狼。

　　"天啊！"他嚷道，"这些人多值得看啊！"

第三章
路人再次出现的地方

"绿箱子"，我们刚刚认出了它，来到伦敦。它在索斯瓦克安顿下来。于尔苏斯被保龄球草地吸引，这里的好处是集市从不关闭，即使冬天。

看到圣保罗教堂的圆顶，对于尔苏斯来说是很惬意的。

伦敦归根结底是一个有优点的城市。献给圣保罗一个大教堂，这是很美好的事。真正的大教堂是圣彼得教堂。有人疑心圣保罗是想象出来的，在宗教方面，想象意味着异端。圣保罗被列为圣人，神圣度要减轻。他是通过艺术家之门进入天堂的。[1]

一座大教堂是一个招牌。圣彼得教堂标志着教义之城罗马；圣保罗意味着分立之城伦敦。

于尔苏斯的哲学包括非常广，能容纳一切，他这个人很尊重这些差异，伦敦对他的吸引力也许来自他对圣保罗的某种兴趣。

---

[1] 圣保罗是威廉·莎士比亚尊崇的 12 圣人之一。

塔德卡斯特客店的大院子决定了于尔苏斯的选择。"绿箱子"似乎被这个院子预选好的；这是一个现成的戏院。这个院子正方形，三面都有建筑，有一面墙面对一层层楼房，"绿箱子"靠在墙上，车马大门很大，容许马车进来。一个木头的大阳台，覆盖着披檐，立在柱子上，用作二楼的房间，设在这个院子里面建筑的三面墙上，成直角转回来。底楼的窗户成了包厢，院子的石子地成了正厅，阳台成了楼厅。"绿箱子"靠墙排列，前面是观众的大厅。这酷似格罗布剧院，《奥赛罗》《李尔王》《暴风雨》就在那里上演。

在一个角落里。"绿箱子"的后面，有一个马厩。

于尔苏斯和客店老板尼克莱斯做好了安排，老板尊重法律，接受狼要付更多的钱。从"绿箱子"上摘下来的招牌"格温普兰——笑面人"，挂在客店的招牌旁边。上文说过，大厅有一扇内门，通向院子。在这扇门旁边，用一只洞开的木桶，临时安置了一个"收款人"的小房间，有时是费贝，有时是维纳斯在那里。差不多就像今日一样。进来的人付钱。在"笑面人"招牌下面，在两只钉子上挂着一块漆成白色的木板，用木炭写了几个大字，那是于尔苏斯的大戏的标题《被征服的混沌》。

在阳台中央，正对着"绿箱子"，主要入口是一扇窗户门，两道隔墙之间的隔间是保留给"贵族"的。

这个隔间相当宽，两排可以容纳十个观众。

"我们是在伦敦，"于尔苏斯说，"必须预计到贵族。"

他把客店里最好的椅子来布置这个"包厢"，中间放一张大扶手椅，乌得勒支的丝绒椅面，樱桃木画上金蓓蕾，是给市里官员的妻子准备的。

演出开始了。

人群马上来到。

但给贵族预备的隔间是空荡荡的。

除此以外，非常成功，在卖艺史上盛况空前。全索斯瓦克的居民成群结队跑来欣赏笑面人。

塔林左荒地的卖艺者都怕格温普兰。一只雀鹰落在金翅鸟的笼子里，啄它们食盆里的食物，效果就是这样。格温普兰把他们的观众都抢过来了。

除了吞剑和滑稽戏的少数观众以外，保龄球草地上还有真正的演出。有一个女子马戏团，从早到晚响着各种乐器的声音，古竖琴、鼓、三弦琴、"米卡蒙"、扁鼓、芦笛、钢丝琴、锣、古风琴、风笛、德国号，英国的"爱查盖"、笛子、管形乐器、"弗拉若"、箫，等等。在一个圆形的大帐篷下面，有翻筋斗的杂技演员，比利牛斯山现在的运动员，杜尔马、博尔德纳夫、梅龙加，从皮埃尔菲特的悬崖上降落到利马松高台上，几乎是跌下来，也绝不能与之相比。有一个巡回的动物园，里面有一只滑稽的老虎，角斗士用鞭子抽它，它竭力咬住鞭子，想把鞭梢吞下去。这只有血盆大口和利爪的滑稽老虎甚至本身也黯然失色了。

好奇、喝彩、收入、观众，笑面人都抓住了。一眨眼间，就完成了。只剩下"绿箱子"。

"《被征服的混沌》变成了《胜利的混沌》。"于尔苏斯说，他把格温普兰的成功一半归于自己，就像江湖的语言所说，这是沾别人的光。

格温普兰的成功是惊人的。但只在局部地区。声誉越过海是很难的。莎士比亚的名字花了一百三十年才从英国传到法国；海是一道墙，如果伏尔泰没有给莎士比亚造一副短梯（他后来很惋惜），莎士比亚在眼下也许还会是在英国墙那边，禁锢于岛国的光荣之中。[1]

格温普兰的荣誉绝没有超过伦敦桥，没有达到在大城市产生的规模。至少在开头。但索斯瓦克可以满足一个小丑的野心。于尔苏斯说："收钱的口袋就像一个失身的姑娘，一眼看去是大肚子。"

先上演《落后的熊》，然后是《被征服的混沌》。

在中间休息时，于尔苏斯表演口技，这是很了不起的技巧；他模仿与会者的各种声音，唱歌、喊声，像得连唱歌的人或者喊叫的人都吃惊，有时他模仿观众的喧闹声，有时他吹气，仿佛他一个人就是一大堆人。真是了不起的才能。

此外，上文说过，他像西塞罗[2]一样演说，出售药丸，治疗疾病，甚至治好了病人。

索斯瓦克人被征服了。

于尔苏斯很满意索斯瓦克人的喝彩，但他一点不感到惊讶。

"这是些古代的特里邦特人[3]。"他说。

他还说：

1　伏尔泰带着保留在《哲学通信》(1734) 中引进莎士比亚，并引了一段《哈姆雷特》；雨果多次提到伏尔泰对莎士比亚的责备。
2　西塞罗（公元前 146—前 43 年），古罗马政治家、演说家。
3　英国古代民族。

"从细腻的品位上说，我绝不会把住在伯克斯的阿特罗巴特人、住在索梅塞的比利时人和建立约克郡的巴黎人混淆起来。"

每一场演出，改成了正厅的客店院子挤满了衣衫褴褛的热情观众。他们是船夫、轿夫、码头上的木匠、拉纤的人、刚上岸乱花钱吃喝和玩女人的水手。还有打手、拉皮条的和黑衣守卫，这些士兵违犯纪律被判穿黑色革里的红外表衣服，因此被称作"blackguards"[1]，我们由此造出"blagueurs"[2]这个词。这些人从街上涌进戏院，再从戏院涌进喝酒的大厅。喝掉的啤酒不妨碍演出的成功。

在那些应称作"渣滓"的人中，有一个人比别人更高、更魁梧、更强壮，不那么贫穷，肩膀更宽，穿着像普通老百姓，但更加破衣烂衫，拼命鼓掌欣赏，用拳头开道，戴一顶见鬼的假发，骂骂咧咧，大喊大叫，爱嘲笑人，绝不邋里邋遢，需要时往别人的眼上打一拳，请人喝一瓶酒。

这个常客是过路人，刚才大家听到他热情的喊叫声。

这个马上被迷住的内行旋即接受了笑面人。他不是每场演出都来。但他来的时候，他是观众的"领头者"，鼓掌变成欢呼，成功不是直冲天幕，那里没有天幕，而是直冲云霄，天空是有的。（由于没有天花板，甚至云霄有时下雨落在于尔苏斯的杰作上。）

以至于尔苏斯注意到这个人，格温普兰也望着他。

这是一个陌生而骄傲的朋友！

---

1 英语：出言不逊的人。
2 法语：爱说笑、爱吹牛的人。

于尔苏斯和格温普兰想认识他，或者至少想知道他是何许人。

一天晚上，于尔苏斯从"绿箱子"厨房门那里的后台，看见客店老板尼克莱斯站在自己身边，便指着这个混在人群中的人问老板：

"您认识这个人吗？"

"当然认识。"

"他是谁？"

"一个水手。"

"他叫什么名字？"格温普兰插进来问。

"汤姆-吉姆-杰克，"客店老板回答。

然后，客店老板走下"绿箱子"后面的踏梯，返回客店里面，中止了这场深不见底的思索：

"他不是爵士多么遗憾！这会是一个不简单的无赖。"

再说，"绿箱子"这群人尽管安顿在一间客店里，但丝毫没有改变他们的生活习惯，保持与人隔离。除了和客店老板有时交换几句话以外，他们根本没有参与到客店的住宿者之中，不管是常住的还是暂时的，他们继续在彼此之间来往。

自从来到索斯瓦克以后，格温普兰在演出之后，吃完晚饭，喂过马，等到于尔苏斯和蒂各自睡到自己房间，他养成习惯在十一点和午夜之间到保龄球草地去呼吸一下新鲜空气。脑子里有了一些激动的思绪，会使人夜间散步和星光下溜达；青春是一个神秘的等待时期；因此，乐意在夜里毫无目的地漫步。这时候，在集市广场上再也没有人，至多有几个酒鬼蹒跚走路的身影在黑暗的角落里晃动；空荡荡的客店关闭了，塔德卡斯特的低矮大厅熄灭了灯，仅仅在某个角落里有最后一支蜡烛照亮最后一个喝酒的人，朦胧的亮光从半掩的客店窗框漏出来，格温普兰若有所思，心里高兴，感到一种神圣的模糊的幸福，在半掩的门前走来走去。他在想什么呢？想蒂，什么都不想，想一切，想深不可测的东西。他不会离开客店太远，像被一根线那样留在离蒂不远的地方。在外面走几步对他足够了。

然后他返回，看到整个"绿箱子"的人都睡下了，他随后也睡着了。

第四章
对手在仇恨中友好相处

　　成功不会被人喜爱，尤其不会受到被击败的人喜爱。被吃掉的人热爱吃人者很罕见。笑面人很轰动。周围的卖艺者十分愤怒。舞台成功是个吸管，吸走了观众，把四周吸空了。对面的店铺发狂了。"绿箱子"的收入上升，正如上文所说，马上带来周围收入的降低。至今很热闹的戏突然停止演出了。这就像相反方向表示的枯水期，但非常和谐，这儿是洪水，那儿是水位降落。所有的剧院都了解这种潮水现象；在这儿是水位高，在那儿却是水位低。集市如蚁群一样多的人在附近的戏台上炫耀才能和乐队，看到被笑面人毁掉，感到绝望，但看得目眩神迷。所有滑稽老人的角色、所有的小丑、所有的卖艺者都羡慕格温普兰。拥有一张猛兽嘴脸的人是多么幸运啊！跳芭蕾舞的和走钢丝的女孩的母亲们，都有漂亮的孩子，她们愤怒地望着他们，一面指着格温普兰说："你没有这样一副脸是多么遗憾啊！"有几个母亲看到她们的孩子漂亮，气得打他们。不止一个母亲如果知道其中的秘密，也会安排她的儿子像"格温普兰那张脸一样"。一个天使的脑袋一无所得，还比不上有利可图的魔鬼的脸。一天，有人听到一个长得像可爱天使、常扮演爱神的孩子的母亲嚷道："有人毁了我们的孩子们。只有这个格温普兰取得成功。"她对儿子挥舞拳头，加上说："如果我知道你的父亲是谁，我会和他大闹一场！"

格温普兰是一只生金蛋的母鸡。"多么奇妙的现象啊！"这是所有的木板屋的喊声。卖艺的，激动而又狂热，咬牙切齿地望着格温普兰。愤怒者在赞赏，这叫作嫉妒。于是嫉妒在狂呼乱喊。这些人企图扰乱《被征服的混沌》，他们召集了一伙人，发出嘘声，叫声，喝倒彩。对于尔苏斯来说，有理由发一通霍尔唐修斯[1]式的讲话。而对汤姆-吉姆-杰克来说，有机会打出几拳，恢复秩序。汤姆-吉姆-杰克的拳头终于引起格温普兰的注意和于尔苏斯的尊敬。不过是从远处；因为"绿箱子"的一群人能自我满足，与一切保持距离。至于汤姆-吉姆-杰克，这个无赖的领头人，起到最高首领的作用，与人没有联系，没有亲密的交情，爱打碎玻璃，带头闹事，出现了又消失，是所有人的伙伴，又不是任何人的好友。

嫉妒格温普兰的这股怨气，并没有被汤姆-吉姆-杰克的拳头打消。喝倒彩失败，塔林左荒地的卖艺者起草了一份请愿书。他们去找当局。这是一般的做法。对付一个妨碍我们的成功事例，就发动群众起来，然后要求行政官员干预。

可敬的牧师也加入卖艺者之中。笑面人打击了布道。不仅木板屋十室九空，而且教堂人也走空了。索斯瓦克的五个教区的小教堂

---

1 霍尔唐修斯，公元前1世纪的罗马著名学说家，与西塞罗为敌。

再没有听众了。人们舍弃布道，去看格温普兰。《被征服的混沌》、"绿箱子"、笑面人、所有的"Baal"[1]的可憎行为，战胜了讲坛的雄辩。在旷野里讲话的声音（vox clamantis in deserto[2]），不高兴了，自然到政府那里去恳求。五个教区的牧师向伦敦主教抱怨，主教向陛下抱怨。

卖艺者的抱怨建立在宗教之上。他们宣称宗教受到侮辱。他们把格温普兰说成巫师，把于尔苏斯说成蔑视宗教。

可敬的牧师们，他们要求维护社会秩序。他们把公认信条放在一边，为被侵犯的议会条文辩护。这更加狡猾。因为这是在洛克的时代，他刚去世半年，在一七〇四年十月二十八日。博林格布罗克向伏尔泰注入的怀疑论刚开始。维斯莱后来应该重建了圣经派，正像洛约拉[3]重建了教皇派一样。

这样，"绿箱子"在两边受到卖艺者以《摩西五书》的名义，牧师以治安的名义打开了缺口。一边是以上天，另一边是以路政的名义，可敬的牧师们以支持路政为由，卖艺者以保卫上天为由。"绿箱子"被教士们揭发为阻塞交通，被卖艺者揭发为亵渎宗教。

用借口了吗？给人以把柄吗？是的。它的罪行是什么？是这样的；它有一头狼。在英国，狼是被取缔的。狗可以；狼绝对不行。英国允许会吠叫的狗，而不允许会嗥叫的狼；在家畜院子和森林之间的区别。索斯瓦克的五个教区的牧师和代理牧师在他们的诉状里

1　所有的假神和偶像的总称。
2　《以赛亚书》的摘句："听到了在旷野里叫喊者的声音。"雨果的用法幽默。
3　洛约拉（约1491—1556），建立耶稣会，反对宗教改革。

援引许多王家和议会的法规，把狼逐出法律之外。他们下结论，认为要拘禁格温普兰和关禁狼，或者至少驱逐出去。这是公众利益问题，对行人有危险的问题，等等。在这上面，他们向医学院发出呼吁。他们援引了医学院的判决书，医学院包括八十个伦敦的医生，是亨利八世时代组织的一个博学团体，它的印章像国家的一样，让病人有责任服从，它有权关禁妨碍规章、违反处方的人，除了对公民健康有用的事实之外，明确地提出通过科学得到的事实："如果狼先见到一个人，这个人一生都会声音嘶哑。——此外，人可能被咬。"

因此，奥莫是借口。

于尔苏斯通过客店老板，听说了这些阴谋诡计。他惴惴不安。他担心这两个爪子，即警察和司法。只要担心法官，就足以产生害怕了；不需要犯罪。于尔苏斯很少想接触郡长、市长、大法官、验尸官。他绝不急于去就近欣赏这些官吏的面孔。他想看法官的好奇心，就像兔子想看到猎犬的好奇心一样。

他开始后悔来到伦敦。

"更好是好的敌人，"他独自喃喃地说，"我原以为这个格言已失去信誉了，我错了。愚蠢的真理是真正的真理。"

可怜的"绿箱子"要反对那么多联合的势力：卖艺者将宗教事业捏在手里，牧师以医术的名义表示愤怒，格温普兰有玩弄巫术的嫌疑，奥莫有狂犬病的嫌疑，只有一件事对它是有利的，就是市政府的无能，不过这在英国是一股很大的势力。英国的自由是从地方的随便产生出来的。英国人的自由就像英国周围的海水一样。这是一股潮水。风俗逐渐升到法律之上。可怕的立法沉没了，在无边的自由下面，明显可见残酷的法规，习惯处于上面，这就是英国。

笑面人、《被征服的混沌》、奥莫，可能有卖艺者、牧师、主教、下议院、上议院、女王、伦敦和整个英国反对他们，但只要索斯瓦克人支持他们，就可以安然无恙。"绿箱子"是郊区人喜爱的娱乐，地方当局似乎漠然置之。在英国，无动于衷就是保护。只要管辖索斯瓦克的萨里州的首脑纹丝不动，于尔苏斯便可以自由呼吸，奥莫便可以枕着耳朵睡觉。

只要这些仇恨没有达到扼杀的地步，就有利于他们的成功。"绿箱子"的情况暂时没有更糟糕。恰恰相反。在观众中已经透露出有阴谋。笑面人变得更加遐迩闻名。群众对被揭穿的东西有嗅觉，从好的方面去考虑。受到怀疑引起注意。老百姓本能地接受禁令所威胁的东西。被揭发的事是禁果的先兆；大家急于咬它一口。随后喝彩要撩拨某个人，尤其是这某个人是当局，倒是温和的。度过一个愉快的夜晚，行使造成被压迫者和反对压迫者的权利，这是令人快意的。既是保护人同时又取乐。再说，保龄球草地那些演戏的木板屋继续对笑面人发嘘声、喝倒彩。对成功来说，没有更好的了。敌人发出有效的喧哗，刺激和激活了胜利。一个朋友厌倦于颂扬，快过敌人厌倦于咒骂。咒骂不是损害。这是敌人所不知道的。他们不能不侮辱，这倒是有用的。他们不可能沉默，保持群众的警觉。来看《被征服的混沌》的观众越来越多了。

于尔苏斯把尼克莱斯老板对他说的阴谋和上层的抱怨保留在心里，不对格温普兰说出来，不以担心来扰乱演出的平静。要是发生什么不幸，人们总是相当早就知道了。

第五章
铁棒官

　　不过有一次，出于谨慎本身，他认为应该绕过这种谨慎，觉得让格温普兰担心是有用的。确实，在于尔苏斯的心里，有一件事比集市和教会的阴谋严重许多。格温普兰在算账时捡到掉在地上的一个铜板，观察起来，当着老板的面，对比起代表百姓贫困的铜板和代表皇位豪华和寄生生活的安妮铸像，这番话很刺耳。经过尼克莱斯老板的重复，这些话七转八转，通过费贝和维纳斯传到了于尔苏斯的耳朵里。于尔苏斯为此很着急。这是煽动叛乱的话。大逆不道。他严厉地责备了格温普兰。

　　"要注意你那张可恶的嘴巴。对大人物有一条规矩，什么也不要干；对小人物有一条规矩，什么也别说。穷人只有一个朋友，沉默。只应说一个单音节词：是。承认和同意，这就是他的全部权利。对法官说：是。对国王说：是。大人物如果乐意，会给我们几棍，我就挨过打，这是他们的特权，他们把我们的骨头打断，也绝不会丧失他们的尊严。秃鹫是一种老鹰。尊敬国王的权杖，这是棍子中的第一根。尊敬就是谨慎，卑躬屈膝是明哲保身。谁侮辱他的国王，就像一个姑娘大胆地切割一只狮子的鬣毛一样危险。有人告诉我，你关于铜板说长道短，说是和小铜子是同一回事，你诽谤这枚庄重的像章，我们凭它可以在市场上得到八分之一条咸鲱鱼。小心。要变得严肃。须知会有惩罚。记住立法的真理。你在这样一个国家里：谁锯掉一株三年的小树都要平静地被送上绞刑架。那些骂街的人，要被戴上脚镣。酒鬼要被套在一只穿底的木桶中，以便让他走路，顶部有一只窟窿，让他的脑袋伸出来，旁边有两只窟窿，让他的双手伸出来，他不能躺下。谁在西敏寺的大厅[1]里打人，就要终身监禁，财产被没收。在王宫里打人，右手被砍掉。弹一下鼻子导致流血，你就成为独臂。在主教法庭上确认是异教徒，要被活活烧死。卡思伯特·辛普森因为一点小事在军事法庭受了车裂。这是在一七〇二年，才过了三年，时间不算远，像你所看到的，把一个名叫丹尼尔·德·笛福的罪犯绑在示众柱上旋转，他竟然大胆地把前一天在国会里讲过话的议员名字印出来。[2]谁犯了欺君罪，要活活地破肚，挖出心来，用来打他的脸。要反复记住这些权利和正义的概念。永远不要乱讲话，像鸟儿一样，一有不安就飞走；这就是我实践的勇敢，我劝你也这样。在胆量上，要学鸟儿，在不说闲话上，要学鱼儿。再说，英国出色之处在于它的立法非常温和。"

训斥完以后，于尔苏斯有段时间还忐忑不安；格温普兰却没事一样。青年人的大胆因缺乏经验而形成。但看来，格温普兰有理由

1　这是议会大厅。
2　此人是小说家、诗人、记者（1660—1731），《鲁滨逊漂流记》的作者。

心境平静，因为好几星期平安无事地过去，看来关于女王的话没有
什么不良后果。

须知，于尔苏斯不是一个麻木的人，他就像一只警惕的狍一样，
对各方面都保持警觉。

有一天，在他对格温普兰训诫过之后不久，从开向外面的墙上
的窗子望出去，于尔苏斯变得脸色煞白。

"格温普兰?"

"什么事?"

"你看。"

"看哪里?"

"广场上。"

"怎么啦?"

"你看到那个路人了吗?"

"那个穿黑衣的人?"

"是的。"

"那个手里拿着一根粗棍的人?"

"是的。"

"怎么样?"

"喂，格温普兰，这个人是铁棒官。"

"铁棒官是什么人?"

"百人队的大法官。"

"百人队的大法官是什么人?"

"这是'prœpositus hundredi'[1]。"

"'prœpositus hundredi'是什么人？"

"一个可怕的军官。"

"他手里拿着什么？"

"是铁棒。"

"铁棒是什么？"

"铁做的东西。"

"他用这个干什么？"

"首先，他对着这东西发誓。正因此管他叫铁棒官。"

"其次呢？"

"其次，他用来碰你。"

"用什么？"

"用铁棒。"

"铁棒官用铁棒来碰你吗？"

"是的。"

"这是什么意思？"

"意思是说：跟我走。"

"必须跟他走吗？"

"是的。"

"到哪儿去？"

"我呀，我怎么知道？"

---

1 拉丁文：百人队长。

"他对你说要把你带到哪儿去吗?"

"不。"

"可是不能问他吗?"

"不能。"

"怎么回事?"

"他不对你说什么,你也不对他说什么。"

"可是……"

"他用铁棒一碰,什么都说了。你应该走。"

"到哪儿?"

"跟在他后面。"

"到哪儿?"

"到他想去的地方,格温普兰。"

"如果反抗呢?"

"就把此人绞死。"

于尔苏斯又把头凑到窗子上,松了一大口气,说:

"谢天谢地,他走过去了!他来的不是我们这里。"

于尔苏斯由于对格温普兰的失言所听到的话可能是过分害怕了。

尼克莱斯老板听到了这些话,却没有任何兴趣要损害"绿箱子"里的可怜人。他从笑面人那里也侧面发了一笔小财。《被征服的混沌》有两个成功的地方:在使"绿箱子"的艺术取胜的同时,也使小酒馆的生意兴隆。

第六章
猫审老鼠

于尔苏斯还遭受过另一次相当可怕的惊吓。这一次，关系到他本人。他被主教门传讯，面对三张令人不快的面孔组成的委员会。这三张面孔是三个指派的博士，一个是神学博士，西敏寺院长的代表，另一个是医学博士，八十人学院的代表，还有一个是历史和民法学博士，格雷沙姆学院的代表。这三个"in omni re scibili"[1]专家，在伦敦的一百三十个教区、米德尔塞克斯的七十三个教区、扩而言之索斯瓦克的五个教区的全境之内，对公开讲话做检查。这些神学裁判权在英国现今还存在，起到有用的惩罚作用。一八六八年十二月二十三日，因拱门法庭的判决，得到枢密院的爵士们的批准，可尊敬的麦柯诺奇被判训斥，外加承担诉讼费用，就因为他点燃了一张桌子上的蜡烛。礼拜仪式是不开玩笑的。

因此，有一天，于尔苏斯收到这三个代表、博士的传讯令，幸

1　拉丁文：万事通。

亏交到他的手里，他能保守秘密。他一言不发地接受传讯，想到可能因某种程度的大胆而受到怀疑，被人抓住把柄，便不觉发抖。他嘱咐别人沉默，他却有一次严厉的教训。"Garrute，sana te ipsum." [1]

三个指派的代表、博士坐在主教门底楼大厅底里三张黑皮的圈椅中，米诺斯、埃亚克和拉达芒特 [2] 的三座胸像在他们的头顶的墙壁中，他们面前有一张桌子，脚边有一张小木凳。

于尔苏斯由一个平静而严肃的守卫带进来，他的脑海里立即给这三个人用头顶上的人物所拥有的、地狱判官的名字。

三人中的第一个是神学的指派代表米诺斯，示意他坐在小木凳上。

于尔苏斯恰当地鞠躬，就是说一躬到地，知道要用蜜来取悦熊，用拉丁文取悦博士。他出于恭敬半弯腰地说：

"Tres faciunt capitulum." [3]

然后他低着头，因为谦虚能使人缴械，他过去坐在凳子上。三个博士的每一个在桌子面前有一个案卷，都在翻阅。

米诺斯开始说话：

"你在公众场合讲话吗？"

"是的，"于尔苏斯回答。

"凭什么权利？"

"我是哲学家。"

1　拉丁文：多嘴的人，管好你自己吧。戏仿罗马格言："医生，治好你自己吧。"
2　三个地狱的判官。
3　拉丁文：三个人构成一个教务会。这是教士的法规。

"这不是一个权利。"

"我也是卖艺人。"于尔苏斯说。

"这就不同了。"

于尔苏斯松了口气，不过很谦卑。米诺斯又说：

"作为卖艺人，你可以讲话，但作为哲学家，你应该沉默。"

"我尽力而为。"于尔苏斯说。

他心里想："我可以讲话，但我应该沉默。够复杂的。"

他非常害怕。

上帝的指派人继续说：

"你说的话不好听。你侮辱宗教。你否认最明显的真理。你宣传令人厌恶的错误。比如你说童贞排除母性。[1]"

于尔苏斯温柔地抬起头。

"我没有这样说。我说的是，母性排除童贞。"

米诺斯若有所思，喃喃地说：

"确实是相反。"

这是同一回事。但于尔苏斯躲过了第一次打击。

米诺斯在思索于尔苏斯的回答，陷入自己深深的愚蠢之中，一阵沉默。

历史的指派人，对于尔苏斯来说是拉达芒特，插入进来，掩盖米诺斯的失败。

"被告，你的大胆和你的错误是各方面的。你否认了法萨卢斯战

---

1 与于尔苏斯的有的放矢正好相反。

役[1]是因为布鲁图斯和卡西乌斯遇到了一个黑人。"

"我说的是，"于尔苏斯咕噜着说，"这也由于恺撒是一个更好的统帅。"

历史学家没有过渡，就把话题转到神话。

"你原谅了阿克泰翁[2]的无耻行为。"

"我想，"于尔苏斯巧妙地说，"一个男人看见了一个裸体的女人，并不可耻。"

"你错了，"法官严厉地说。

拉达芒特回到历史中去。

"关于米特里达特[3]的骑兵队遭遇到的事故，你曾经否认草和植物的效能。你否认过像'塞居里杜卡'一类的草能够让马蹄铁脱落。"

"对不起，"于尔苏斯回答，"我说过，只有'斯费拉-卡瓦洛'草才能这样。我不否认任何草的功效。"

他小声加上说：

"也不否认任何女人的能力。"

通过他回答这句额外的话，于尔苏斯向自己证明，不管多么不安，他并非无言对答。于尔苏斯尽管害怕，心里还很镇定。

"我要坚持，"拉达芒特又说，"你曾说过，西皮奥[4]想打开迦太

1　法萨卢斯战役，公元前 48 年恺撒在泰萨利打败了庞培和元老院的军队。
2　阿克泰翁，神话中忒拜的猎人，他突然袭击洗澡中的阿耳忒弥斯，被女神化为一头鹿，送给她的狗去吃。
3　米特里达特，东苏丹篷特的国王，他企图把罗马人从亚洲驱逐出去，公元前 86—前 85 年被西拉打败，公元前 66 年被庞培打败。
4　指非洲人西皮奥，第二次布匿战争的主角，公元前 204 年围困迦太基，取得对汉尼拔的决定性胜利（公元前 202 年）。

基的城门，把'埃蒂奥皮斯'草当作钥匙是他的天真，因为'埃蒂奥皮斯'草没有断锁的性能。"

"我只不过说，最好使用'吕纳里亚'草。"

"这是一种看法。"拉达芒特喃喃地说，轮到他被触动了。

历史学家不说话了。

神学家米诺斯回过神来，重新询问于尔苏斯。他刚才有时间看了一下笔记本。

"你曾把雌黄当作亚坤的产物，你说过用雌黄可以下毒，《圣经》是否认的。"

《圣经》是否认的，"于尔苏斯叹了口气，"但是砒霜是承认的。"

于尔苏斯看作是埃亚克那个人，是医学的指派人，还没有说过话，插了进来，眼睛傲慢地半闭，大声地支持于尔苏斯。他说：

"回答并不荒谬。"

于尔苏斯以最谦卑的微笑表示感谢。

米诺斯恶狠狠地嘟起嘴。

"我再问你，"米诺斯又说，"请回答。你说过，蛇怪是蛇王，用的名字是'柯卡特里克斯'。"

"十分可敬的先生，"于尔苏斯说，"我一点不愿损害蛇怪，我说过，它有一颗人头是确实的。"

"就算这样，"米诺斯严厉地反驳，"但你还说，波里乌斯看见过有一只鹰头的人。你能证明吗？"

"很难。"于尔苏斯说。

这里，他失去了一点领域。

米诺斯抓住上风，推进一步。

"你说过，一个信仰基督教的犹太人并不感到自己香。"

"可是我加上说，一个信仰犹太教的基督徒发出臭味。"

米诺斯看了一眼揭发案卷。

"你确定和宣传不真实的东西。你说过埃利安[1]看见过一头大象写判决。"

"没有，十分可敬的先生。我只简单地说过，奥皮安[2]听到过一头河马讨论一个哲学问题。"

"你曾宣称，一个榉木碟能孵育出所有人想吃的菜是不真实的。"

"我说过，如果碟子有这个功能，那就必须是魔鬼提供给你的。"

"提供给我！"

"不，提供给我，可敬的先生！——不！提供给任何人！提供给大家！"

于尔苏斯心里在想："我不知道在说什么。"他表面虽然极其尴尬，但是并不太外露。于尔苏斯在挣扎。

"这一切，"米诺斯又说，"牵涉到某种程度相信魔鬼。"

于尔苏斯坚持住。

"十分可敬的先生，我不是不信魔鬼，相信魔鬼是相信上帝的反面。这一个证明另一个。谁有点不信魔鬼，也就不是很信上帝。谁相信太阳就应该相信黑暗。魔鬼是上帝的黑夜。黑夜是什么？是白

---

1 埃利安（公元前 2 世纪），希腊诡辩家，编过 17 卷的《动物故事》。

2 奥皮安（1 世纪），希腊诗人，写过打猎和捕鱼的诗。

天的反证。"

于尔苏斯在这里即席将哲学和宗教深不可测地混合起来。米诺斯重新变得若有所思，又陷入沉默之中。

于尔苏斯重新松了口气。

出现一场突然袭击。医学的指派代表埃亚克刚才轻蔑地保卫于尔苏斯，反对神学的指派代表，现在突然成了攻击的助手。他把结实的拳头按在厚厚的写满字的案卷上。于尔苏斯从他那里当胸受到这粗鲁的攻击："眼下已经证明水晶是升华的冰，钻石是升华的水晶；已经证明冰在一千年中变成水晶，水晶在一千个世纪中变成钻石。你却否认了。"

"根本没有，"于尔苏斯忧郁地反驳说，"我只不过说，冰在一千年里有时间溶解，一千个世纪，不容易计算。"

审问在继续，问与答针锋相对。

"你否认过植物会说话。"

"绝对没有。不过为此必须把植物送到绞刑架下。"

"你承认曼德拉草叫喊吗？"[1]

"不，但是它会唱歌。"

"你否认过左手第四指有强心提神功效吗？"

"我只不过说，向左打喷嚏是不好的征象。"

"你曾大胆地污蔑过凤凰。"

"博学的法官，我只不过说，普鲁塔克写道，凤凰的脑子是很精

1　曼德拉草长期被看作有魔力，把它从生长的土中拔出来时会发出呻吟声。

致的东西，但是会使人头疼，不过他扯得太远，根据是凤凰永远未存在过。[1]"

"恶毒的言论。'西纳马尔克'鸟用桂树枝筑巢，'兰塔斯'鸟是帕里萨蒂斯[2]用来制毒药的，'马努科狄亚特'鸟是天堂鸟，'塞芒达'鸟的喙有三根吸管，被人误作凤凰，但凤凰是存在过的。"

"我不反对。"

"你是一个愚蠢而固执的人。"

"我不求更好。"

"你曾忏悔接骨木能治愈扁桃体炎，但你加上说，这并非因为树根上有一个神瘤。"

"我说过，这是因为犹大[3]吊死在一棵接骨木上。"

"还算合情理的看法。"神学家米诺斯喃喃地说，满足于给医生埃亚克还敬一下。

狂妄受到冒犯会马上变成愤怒。埃亚克激动起来。

"流浪汉，你的思想也像你的脚一样流浪。你有可疑的惊人的倾向。你沿着巫术走。你和不知名的动物为伍。你对民众讲一些只有你一个人认为是存在的东西，这些东西的性质没人知晓，比如'赫莫罗乌斯'。"

---

1 传说凤凰能生活几个世纪，浴火后再生（凤凰涅槃）。
2 帕里萨蒂斯（约生于公元前 450 年），波斯女王，残酷折磨杀死她儿子的一伙人。
3 犹大因贪钱而出卖耶稣，后悔而上吊。

"'赫莫罗乌斯'是一种蝮蛇,特雷梅留斯[1]见过。"

这个反驳对埃亚克博士被惹得发怒的学问产生某种混乱。

于尔苏斯添上说:

"'赫莫罗乌斯'跟香鼬狗和卡斯泰吕斯描写的麝猫[2]是同样的真实。"

埃亚克以彻底的进攻来摆脱困境。

"你所说的话真是鬼话连篇。听着。"

埃亚克注视着案卷,念道:

"有两种植物'塔拉格西格尔'和'阿格拉福蒂斯',晚上发光。白天是花,夜晚是星星。"

然后盯着于尔苏斯:

"你有什么话说?"

于尔苏斯回答:

"凡是植物都是灯。香味是光。"

埃亚克翻阅其他几页。

"你否认过水獭的囊相当于海狸香[3]。"

"我只限于说,也许必须在这一点上别相信阿埃蒂乌斯[4]的话。"

埃亚克变得凶狠起来。

1　特雷梅留斯(约于 1510 年生于斐拉拉,1580 年卒于色当),希伯来文的学者,翻译加尔文的著作。
2　麝猫是一种哺乳动物,非洲的食肉兽,身上有一只口袋,里面的液体发出强烈的麝香味。
3　海狸香在海狸的腹部皮下,用于镇痉剂。
4　阿埃蒂乌斯,5 世纪君士坦丁堡宫廷的医生,他的著作汇聚了当时的医药知识。

"你行医吗？"

"我行医。"于尔苏斯胆怯地叹气说。

"给活人看病吗？"

"不如说给死人看病。"于尔苏斯说。

于尔苏斯扎扎实实但平心静气地回击；结合得很巧妙，甜蜜蜜占了上风。他说话柔声细气，埃亚克博士感到需要侮辱他。

"你对我们叽里咕噜说什么？"他厉声说。

于尔苏斯吃了一惊，仅仅回答：

"年轻人是叽里咕噜，老年人是唉声叹气。唉！我在唉声叹气。"

埃亚克反驳说：

"你要注意这一点：如果一个病人找你治病，却死了，你要受到死刑的惩罚。"

于尔苏斯大胆提出一个问题。

"如果他治好呢？"

"这样的话，"博士回答，声音变得柔和了，"你也得判处死刑。"

"没有什么变化。"于尔苏斯说。

博士又说：

"如果死了人，要惩罚你的愚昧无知。如果治好了人，要惩罚你的自高自大。两种情况都处以绞刑。"

"我不知道这样处治，"于尔苏斯小声说，"感谢你的指教。我们不知道法律的种种奥妙。"

"自己注意吧。"

"会认真的。"于尔苏斯说。

"我们知道你在做什么。"

"我呀,"于尔苏斯心想,"我并非总是知道。"

"我们会把你送进监狱。"

"我大约看出来了,几位老爷。"

"你无法否认你违法和侵权。"

"我的哲学请求宽恕。"

"要判你胆大妄为。"

"那是大错特错。"

"据说你治疗病人!"

"我是受污蔑的受害者。"

三对围住于尔苏斯的恶狠狠的眉毛皱紧了;三副博学的面孔凑近了,在窃窃私语。于尔苏斯有幻象,一顶朦胧的驴头帽出现在这三颗威严的脑袋上;三位一体的法官密谈了几分钟,于尔苏斯感到忧虑得发冷又发热;最后,主持的米诺斯朝他转过身来,怒气冲冲地对他说:

"滚吧。"

于尔苏斯有点儿像约拿从鱼肚子里出来的感觉。[1]

米诺斯继续说:

"你被释放了!"

于尔苏斯心想:

"要是他们再审问我,那就糟了! ——医术再见吧!"

---

1 《旧约·约拿书》第 1 章和第 2 章,约拿由于逃避神的指令,被一条大鱼吞入腹中,三天三夜后被鱼吐在海岸上。

他在内心又说：

"今后我让病人死掉时会小心的。"

他把身子弯成两截，四处鞠躬，对博士、对胸像、对桌子、对墙壁，然后倒退转向门，几乎像影子一样消失。

他慢慢走出大厅，就像一个无辜的人，在街上又像罪犯一样迅速奔跑起来。法官离得出奇的近，又那么隐蔽，即使被宣告无罪，也要逃跑。

他一面逃，一面咕噜地说：

"我有惊无险。我是荒野中的学者，他们是家庭中的学者。博士跟博学的人找麻烦。假学问是真学问的排泄物；他们用来毁掉哲学家。哲学家造出诡辩家，也造出了他们自己的不幸。画眉粪里长出槲寄生，用槲寄生做出胶，用胶来捉画眉。'Turdus sibi malum cacat.'[1]"

我们不能说于尔苏斯是个高雅的人。他放肆地使用表达自己思想的词汇。他和伏尔泰有一样的趣味。

于尔苏斯返回"绿箱子"，对尼克莱斯老板说，他因跟在一个漂亮女人后面而迟迟不归，只字未提他的遭遇。

只是到晚上，他才对奥莫低声说：

"要知道这个。我战胜了杰尔贝[2]这三只头恶犬。"

---

1 拉丁文：画眉拉屎拉出自己的不幸。
2 杰尔贝，守卫地狱的三只头恶犬。

第七章
为何一枚金币会堕落到铜板之中

突然发生了一件意外的事。

塔德卡斯特客店越来越像一个快乐和欢笑的大火炉。没有更加闹哄哄的欢乐了。客店老板和他的伙计来不及倒淡色啤酒、浓浓的黑啤酒和普通的黑啤酒。晚上，低矮的大厅，所有的玻璃照亮了，没有一张空桌子。大家唱啊，喊啊；像炉底的偌大旧壁炉，装上铁栅，填满了煤，熊熊燃烧。就像一座热气腾腾、喧嚣不已的房子。

在院子里，就是说在戏园里，还有更多的人。

索斯瓦克所能提供的郊区观众，在《被征服的混沌》演出时多不胜数，幕布一拉开，就是说"绿箱子"的板壁一放下来，就不可能找到一个位置。窗户挤满了观众；阳台上也都是人。院子里的一块石砖也看不到，全被面孔代替了。

不过，为贵族提供的隔间始终空着。

这个地方是在阳台中间，就形成了一个黑洞，用土话来说像个"炉膛"。里面没有人。到处是人，除了这个地方。

一天晚上，有了一个人。

这是一个星期六，这一天，英国人忙于寻欢作乐，星期天就要无聊了。大厅挤满了人。

我们说"大厅"。莎士比亚也持续很久在一个客店院子里演戏，他称之为大厅。英文是"Hall"。

正当《被征服的混沌》的序幕开始时，于尔苏斯、奥莫和格温普兰在舞台上。于尔苏斯像往常一样，瞥了一眼观众，震撼了一下。

"为贵族提供的"隔间有人坐着。

一个女人坐在那里，孤零零的，在包厢中间、乌得勒支的丝绒圈椅上。

她是一个人，却把包厢占满了。

有些人发出光来。这个女人像蒂一样，有她自己的光，但是另一种光。[1]蒂是苍白的，这个女人是红润的。蒂是黎明，这个女人是曙光。蒂是美丽的，这个女人是华美的。蒂是无邪、天真、白皙、纯玉；这个女人是艳红、令人感到她不怕脸红。她的光彩充溢了包厢，她坐在当中，一动不动，好似偶像一样难以形容的饱满。

在这群肮脏的人群中，她有着珍贵宝石的华丽光彩，她以炫目的光浴满这群人，把他们淹没在黑暗中，所有这些黑黝黝的面孔都被她遮没。她的光华使一切消失。

人人的眼睛都望着她。

汤姆-吉姆-杰克混在人群中。他像别人一样消失在这个光彩夺

1　约瑟安娜一下子就成了蒂的对立面。

目的人的光环里。

这个女人先是吸引了观众的注意，同演戏竞争，有点破坏了《被征服的混沌》最初的效果。

对于她旁边的人来说，不管她梦想的神态如何，她还是真实存在的。这确实是个女人。兴许甚至太像个女人。她高大、丰满，尽可能地暴露身体，显得妙不可言。她戴着好大的珍珠耳坠，上面缀满了所谓"英国钥匙"的奇异宝石。上身的袍子是暹罗纱，绣上金线，极其奢侈，因为这样的纱衫当时值到六百埃居。一只大钻石别针扣住她的衬衣，能看到齐胸口处，这是当时色情的时尚，衬衣用的是弗里兹布料，奥地利的安娜[1]的被单这样薄，可以从一只戒指中穿过去。这个女人好像穿上一件红宝石盔甲，有些是磨光而没有刻面的宝石，在裙子上到处缝上宝石。再者，两道用中国墨汁描黑的眉毛，手臂、手肘、肩膀、下巴、鼻孔下面、眼皮上面、耳垂、手掌、涂过化妆品的指甲，有一种难以形容的挑逗人的红色尖刺。除此以外，有一种不可抗拒的要漂亮的意志。她达到这样的程度，变得咄咄逼人。她的一只眼睛是蓝色的，另一只是黑色的。

格温普兰像于尔苏斯一样，注视这个女人。

"绿箱子"有点像魔术幻灯的表演，《被征服的混沌》不如说是一幅梦幻，而不是一出戏。他们习惯在观众身上产生梦幻的效力；这一次梦幻的效力落在他们身上，场院将惊奇返回到戏台，轮到他们惊奇。他们受到迷惑的返回跳荡。

1　奥地利的安娜，路易十三的妻子，未来的路易十四的母亲，在他未成年时摄政（1643—1661）。

这个女人望着他们，他们也望着她。

对他们来说，隔开这段距离，在剧场昏暗的朦胧光线里，细部看不清楚；这就像是一个幻觉。无疑这是个女人，但这也是一个幻想吗？一道光亮照进他们的黑暗里，使他们惊异。这仿佛一个陌生的星球到来，是从幸福者的世界来的。辐射把她的形象扩大了。这个女人身上有夜晚的闪光，宛若一条银河。这些宝石似乎是星星。这枚钻石扣针也许是昴星团。她的胸脯光彩夺目地隆起好像是不可思议的。看到这个外星来的女人，人们感到幸福的区域暂时冰冷的接近。这张无情而宁静的脸从天堂深处俯向微不足道的"绿箱子"和可怜的观众。最高的好奇心得到了满足，同时，也让百姓的好奇心得到满足。在上面的人允许下面的人观看。

于尔苏斯、格温普兰、维纳斯、费贝、观众，所有的人都受到这炫目的震动，除了蒂，她在黑暗里一无所知。

这个女人的出现就像显灵一样，不过这个词一般引起的思想，根本没有被这张脸表现出来；它根本不透明，根本不确定，根本不飘动；根本没有雾气；这是一个粉红色的鲜艳的幽灵，非常健康。但在于尔苏斯和格温普兰所处的角度看来，这是一个幻象。世上存在一种所谓吸血鬼的肥胖幽灵。像这个被观众看作幻象的美丽女王，一年要吃掉穷人的三千万，才有这样的身体。

在这个女人后面的半明半暗中，可以看见她的侍从，"el mozo"[1]，一个白皙、漂亮、神情严肃的小男孩。一个非常年轻和非常

1　西班牙文：仆从。

严肃的侍者是当时的风尚。这个侍从的衣服、鞋子和帽子都是火红色的丝绒，金色饰带的无边圆帽上插着一束织布鸟的羽毛，这是高级侍从的标志，表明他是非常高级的贵妇的仆人。

仆人属于领主，在这个女人所处的黑暗中不可能不注意到这个拉长裙裾的侍从。我们的记忆往往不知不觉中记住一些东西；格温普兰并不怀疑，贵妇侍从圆圆的脸、严肃的表情、镶边的无边圆帽和那束羽毛，在他的脑子里留下了一些痕迹。再说。这个仆人不做什么要引人注意；引人注意是对主人不敬；他在包厢底里站着，若有所思，尽可能远地退到关闭的门那儿。

虽然给这个女人拉长裙裾的侍从在那儿，但仍然只有她孤单单地待在隔间里，因为仆人不算人。

不管这个产生重要人物效果的女人造成的分心有多大，《被征服的混沌》的结尾影响仍然非常强烈。印象如同平时那样不可抗拒。也许是由于这个光彩照人的女观众在场，甚至在大厅里有超强的电力效果，因为有时观众能增加演戏效果。格温普兰的笑容的感染力空前地获得成功。全场观众沉迷在难以描述的快乐疯癫中，从中可以分辨出汤姆-吉姆-杰克响亮的威严的笑声。

只有那个陌生女人像雕像那样一动不动地看戏，眼睛像幽灵似的，她没有笑。

她是个幽灵，不过是太阳似的幽灵。

演出结束后，板壁拉起，"绿箱子"里重又亲密相处，于尔苏斯把收钱的口袋打开，倒空在吃晚饭的桌子上。这是一大堆铜钱，突然滚出一枚西班牙金币。

"是她！"于尔苏斯嚷道。

一枚金币夹杂在铜绿斑斑的铜板中间，正如这个女人混杂在老百姓中间一样。

"她看戏付了金币！"于尔苏斯激动地说。

这时，客店老板走进"绿箱子"，从后面的窗子伸出一条胳膊，打开上文说过的"绿箱子"背靠墙上的一扇气窗，这扇窗让人看到广场，两扇窗一样高。然后他默默地向于尔苏斯示意看看外面。一辆华丽马车由一群插着羽毛、手持火把的仆从簇拥着，威风凛凛地驾着马，奔驰远去了。

于尔苏斯尊敬地在食指和拇指之间拿着金币，给尼克莱斯老板看，说道：

"这是一个女神。"

然后，他的双眼落在准备拐过广场角上的华丽马车，马车上仆人的火把照亮了八瓣花叶饰的金冠。

于是他喊道：

"不止如此。这是一个公爵小姐。"

华丽马车消失了，辚辚声也听不见了。

于尔苏斯半天发呆，就像举起圣体饼一样，在变成存放圣体的金银器的两只手指之间举起金币。

然后他把金币放在桌子上，一面欣赏，一面开始谈起这位"夫人"。客店老板反驳他说，这是一位公爵小姐。是的。大家知道她的爵位，但是名字呢？大家不知道。尼克莱斯老板就近见过华丽马车，车上有纹章，而仆人都穿镶边衣服。车夫戴假发，让人相信看到的是一个大法官。华丽马车的式样很少见，在西班牙称作"coche-tumbon"[1]，这是很像样的变种，车顶像棺材盖，能够出色地顶住金冠的重量。侍从是非常娇小的样本，可以坐在车门外面的踏板上。人们利用这样漂亮的小家伙去托住贵妇的长裙后尾；他们也替她们送信。你注意过这个侍从那束织布鸟的羽毛吗？那束羽毛真大。如果没有权利戴这种羽毛的人，戴了以后要付罚款。尼克莱斯老板也就近注意过这位贵妇。女王的气派。那么多金钱造就了美丽。皮肤更白，眼睛更傲慢，举止更高贵，风度更目中无人。什么也比不上这双不干活的手放肆的优雅。尼克莱斯老板叙述白皙皮肉的手上带着青筋的美妙，这脖子，这肩膀，这扑了金粉的头发，这手臂，这浑身的脂粉，这珍珠坠子，这红宝石，这钻石。

"没有眼睛那样光闪闪。"于尔苏斯喃喃地说。

格温普兰沉默不语。

蒂倾听着。

"你知道最令人惊讶的是什么？"客店老板说。

"什么？"于尔苏斯问。

"这是因为我看见她登上马车。"

"还有呢？"

"她不是一个人登上马车的。"

"是吗？"

"有个人同她一起登上马车。"

---

1 西班牙文：灵车。

"谁?"

"你猜一猜。"

"国王。"于尔苏斯说。

"首先,"尼克莱斯老板说,"眼下没有国王。我们不是在国王的统治下。你猜一猜,是谁和这位公爵小姐登上了华丽马车。"

"朱庇特。"于尔苏斯说。

尼克莱斯老板回答:

"汤姆-吉姆-杰克。"

格温普兰刚才一句话也没说,现在打破了沉默。

"汤姆-吉姆-杰克!"他嚷道。

大家因惊讶而不说话,这时只听到蒂低声说:

"难道不能阻止这个女人来这里吗?"

第八章
中毒征象

这个"幽灵"没有再来。

她虽然没有再来戏院，但是她常常来到格温普兰的脑子里。

格温普兰在一定程度上心里感到紊乱。

他觉得，他平生第一次刚刚看到一个女人。

他突然半沉入奇异的梦想。必须小心防备强行耽于的梦想。梦想有一种香味的神秘和微妙。它和思想的关系就像香味和晚香玉的关系。它有时像有毒的思想一样膨胀，像烟雾一样渗透。可以用梦想像用花一样来下毒。这是醉人的、美味的、不祥的自杀。

心灵的自杀，就是产生恶念。这是服毒。梦想吸引人、诱骗人、引诱人、纠缠人，然后把你变成它的同谋。它把你的一半放入它对良心的欺骗中。她迷惑你。然后腐蚀你。可以说梦想像赌博一样。你以受骗开始，以做骗子结束。

格温普兰在沉思。

他从来没有见过真正的女人。

他在所有的老百姓妇女身上看到女人的影子，他在蒂身上看到的是心灵。

他刚刚看到了真相。

温热的有活力的皮肤，皮肤下面能感到热血在流动，身体轮廓有大理石的精致和浪涛的起伏，高傲而无动于衷的脸，混杂着拒绝和魅力，汇聚在光彩照人之中，头发像大火的反光一样五颜六色，首饰的典雅有着并给人肉欲的战栗，似隐若现的裸体透露出拒绝让观众远远占有的愿望，一种不可攻克的风情，无法渗透的魅力，隐现沉沦有趣味的诱惑，对感官的允诺和对精神的威胁这种双重的不安，一种是愿望，另一种是害怕。他刚刚看到这些，他刚刚看到一个真正的女人。

他刚刚多少看到一个女人，一个雌性的物体。

同时又是奥林匹斯山的女神。

一个上帝的雌性人。

这个秘密，性，刚刚向他显现。

在哪儿？在不可接近的地方。

距离无限远。

嘲弄人的命运啊；灵魂，这天上的东西，他掌握着，他拿在手里，就是蒂；性，这人间的东西，他看到在天空的最深处，就是这个女人。

一位公爵小姐。

于尔苏斯说过，不只是一个女神。

多么高不可攀的陡壁！

面对这样的攀登，连梦想也要后退。

他会发疯地梦想这个陌生女人吗？他在斗争。

他回想起于尔苏斯对他提起过这些近乎国王一样位高爵显的人；哲学家的胡言乱语，本来他以为一无用处，如今对他成为思考的标杆；我们常常在记忆里有一个很薄的遗忘层，到时候这遗忘层会突然让人看到下面的东西；他想象这令人敬畏的阶层——贵族社会，其中的这个女人无情地高于卑微的阶层——人民，他属于人民。甚至他属于人民吗？他作为卖艺者，不是在下等人的下面吗？自从他到了能思考的年龄，他第一次对自己的卑贱感到揪紧了心；这卑贱我们今日称之为屈辱。于尔苏斯的描绘和列举，他的抒情意味的清单，他对城堡、花园、喷水池、柱廊的过分赞美，他对财富和权势的陈述，在格温普兰的脑子里，带着云彩缭绕的现实活生生地浮现出来。这个天顶缠绕着他。一个人可以是一位爵爷，他觉得这是虚幻的。事情居然就是这样。难以想象的东西！竟然有爵爷！但他们像我们一样有血有肉吗？值得怀疑。他呀，他感到自己待在黑暗的深处，周围是堵墙，他在自己的头顶之上，非常遥远的地方，仿佛通过他待在那里的井口，看到蓝天、人像和光线组成的令人目眩的一团东西，这就是奥林匹斯山。在这光荣之中，公爵小姐荧荧放光。他从这个女人身上感到难以描写的不能接近的奇特需要。

这种揪心的不合情理的感觉，不由自主地不断回到他的脑子里：他在身边伸手可及的地方，看到触摸得到的、狭隘的现实中的心灵，而在触摸不到的地方、理想的深处是肉体。

这些想法没有一种到达准确的田地。他心中所有的是一团迷雾，时刻在改变轮廓，飘浮不定。这是极度的模糊不清。

再说，不可接近的这个念头却一点没有触及他的心灵。他甚至在梦想中没有萌生出任何要高攀公爵小姐的想法。幸亏如此。

这些梯子一旦踏上去，其震动会一辈子永远停留在你的脑子里；你以为登上了奥林匹斯山，到达了贝德莱姆[1]。如果他心里形成了这样明显的渴望，会使他感到恐惧。他丝毫没有同样的感觉。

再说，他还能再见到这个女人吗？也许不能。迷恋在天边掠过的一道光，疯狂也绝不会到这一步。欣赏一颗星星，严格地说可以理解，又看到它，它再出现，固定不动。但是能爱上一道闪电吗？

梦想来了又去了。包厢里面的那个偶像，庄重而优雅，在他思想的扩散中朦胧地闪光，然后消失。他想着它，然后不想，考虑别的事情，再回去想它。他感到心旌摇荡，如此而已。

这阻止他好几夜睡不着。失眠像睡眠一样充满了梦幻。几乎不可能在准确的限制中表达在头脑中发生的深奥变化。字句的不方便在于比思想有更多的轮廓。所有的思想通过边缘混杂在一起，而字句不能够这样。心灵的某些散乱总是要摆脱字句。表达有界限，思想没有界限。

我们内心的无边阴暗是这样大，以致在格温普兰心中发生的想法很难触及蒂。蒂在他思想的中心，是神圣的。什么都不能接近她。

但这些矛盾充满人的心灵，他心里有一种冲突。他意识到吗？最多是意识到。

1　贝德莱姆，英国最古老的疯人院，由亨利八世创立于 1547 年。

他在内心可能产生裂缝的地方有朦胧愿望的冲击，我们大家都有这种地方。对于尔苏斯来说，这会是很清楚的；对格温普兰来说，这就不清晰了。

两种本能，一种是理想，另一种是性，在他心中搏斗。这是白天使和黑天使在深渊的桥上进行斗争。

最后，黑天使被推下深渊。

有一天，格温普兰突然不再想那个陌生的女人。在两种原则之间的斗争，在人间方面和天堂方面的斗争，是在他内心最阴暗的地方进行的，地方是那样深，他只朦胧地发觉到。

可以确定的是，他一刻也没有停止爱蒂。

刚开始时，他心中有过一阵紊乱，他的血有过发热，但已经结束。只有蒂在他心里。

如果有人对格温普兰说，蒂可能一度处在危险中，这甚至会使他惊讶。

在一两个星期之内，看来威胁过这两个心灵的幽灵消失了。

在格温普兰身上只有炉火一样的心和火焰似的爱情。

此外，上文说过，"公爵小姐"没有再来过。

于尔苏斯感到事情很简单。"付金币的贵妇"是转瞬即逝的女人。她进来了，付了钱，消失了。如果这再一次来，那就太美了。

至于蒂，她甚至不提这个来过的女人。她可能听到谈话，通过于尔苏斯的叹息，这儿那儿意味深长的感叹，足以了解情况，比如："我们不是天天有金币的"！她不再看到"那个女人"。这是一种深深的本能。心灵采取这种朦胧的预防措施，不过暗中并不总是如此。

对某个人保持沉默，就像是要远离它。想打听它，又担心召回来。对它保持沉默，仿佛把一扇门关上。

这件事淡然忘却了。

这能算作一件事吗？这件事存在过吗？可以说一个阴影在格温普兰和蒂之间飘过吗？蒂不知道，而格温普兰也不知道。不，什么事也没有过。公爵小姐本人好像幻想一样消失在远方。这只不过是格温普兰做了一分钟的梦，已经梦醒了。梦幻的消失，犹如雾的消失，绝不留下痕迹，乌云掠过，爱情在心里没有减少，就像太阳没有在天空消失。

第九章
ABYSSUS ABYSSUM VOCAT[1]

　　另外一个消失的人是汤姆-吉姆-杰克。他突然不再来塔德卡斯特客店。

　　凡是能够看到伦敦大贵族优雅生活两面的人，也许都可以指出，同一时间，在《每周公报》的两段教区记事中间，宣布"大卫·迪里-莫伊尔爵士奉女王陛下之命，出发去指挥巡航的白色舰队的三桅战舰，到荷兰海岸"。

　　于尔苏斯发现，汤姆-吉姆-杰克没有再来；他非常关注此事。汤姆-吉姆-杰克从那天他和付金币的贵妇坐上同一辆华丽马车离去后，没有再出现过。当然，这个汤姆-吉姆-杰克伸长胳膊把公爵小姐掠走是一个谜！深入琢磨一下多么有趣！提出问题多么有趣！有多少事要说！因此，于尔苏斯一句话不说。

　　于尔苏斯经过生活历练，知道什么样的痛苦会形成大胆的好奇

1　拉丁文："深渊呼唤深渊"。

心。好奇心应该适应好奇的人。想听，就要冒耳朵遇到危险；想窥伺，就要冒眼睛遇到危险。什么也不听，什么也不看是谨慎的。汤姆-吉姆-杰克登上这辆王家马车，客店老板目睹他上马车。这个水手坐在这个贵妇身旁，看来像奇迹一样，使于尔苏斯审慎起来。上层人生活的任性对下层人应该是神圣的。所有这些被称作穷人的爬行动物，看到一些奇异的事时，除了蹲在他们的洞穴里没有什么更好的事可干。默不作声是一种力量。如果你没有瞎子的好运，你就闭上眼睛；如果你没有机会聋掉，就塞住你的耳朵；如果你有会说话的缺点，就让你的舌头瘫痪。大人物做他们愿意做的事，小人物做他们能做的事。让陌生人过去吧。绝不要找神话的麻烦；绝不要扰乱表面；要深深尊敬偶像。不要胡说乱道，由于我们不知道的原因，缩小或者夸大上层发生的事。对于我们这些弱小的人，大部分时间会出现视力的幻觉。变形是天神的事；大人物的变化和分裂飘浮在我们之上，就像是不可能理解的云彩，要研究很危险。过分注意会惹恼奥林匹斯山上的神，他们在娱乐和幻想中演变，一声惊雷可能告诉你，被你过分好奇地观察的公牛是朱庇特。不要拨开可怕的有权势者那件墙壁颜色大衣的皱褶。淡漠处之就是聪明。保持一动不动，这就有救了。装作死人，别人不会谋害你。这就是昆虫的智慧。于尔苏斯照此办理。

客店老板也感到惊讶，有一天把于尔苏斯叫来。

“你知道再也看不到汤姆-吉姆-杰克吗?”

“唷，”于尔苏斯说，“我没有注意过他。”

尼克莱斯老板小声说出自己的思考，无疑是关于汤姆-吉姆-杰克坐在公爵小姐的华丽马车里，这种观察兴许是大不敬的，危险的，于尔苏斯留心不听。

但是于尔苏斯有太多艺术家的气质，不得不留恋汤姆-吉姆-杰克。他有点沮丧。他只把自己的感受告诉他信赖的、谨慎的唯一心腹奥莫。他低声地在奥莫的耳边说：

"自从汤姆-吉姆-杰克不再来了，我觉得整个人空虚，像诗人一样冷漠。"

在朋友的心中倾诉使于尔苏斯轻松了一些。

他对格温普兰掩藏起来，而后者则绝不提到汤姆-吉姆-杰克。

事实上，汤姆-吉姆-杰克对格温普兰来说并不那么重要，格温普兰完全沉迷在蒂的身上。

格温普兰越来越把这事遗忘了。蒂呢，她甚至不怀疑产生了有点震动的事。同时，大家不再听到反对笑面人的阴谋和控告了。仇恨似乎放松了纠缠。在"绿箱子"里和周围一切平静。卖艺的、蹩脚的小丑、教士不再捣乱了，外面的责骂也不再有了。只有成功，没有威胁。命运会有突然安静下来的时候。格温普兰和蒂光彩奕奕的幸福，暂时绝对没有阴影了，逐渐提升到不能再升高的地步。有一个词表达这种局面，就是顶峰。幸福像大海一样终于涨满了潮。对于这两个完美地幸福的情侣来说，令人不安的是大海要退潮。

有两种办法令人无法接近，就是高高在上和低微卑贱。至少，第二种人和第一种人一样令人艳羡。纤毛虫逃脱被踩死的可能，肯定超过老鹰被箭射中的厄运。上文说过，如果世上有微贱者，那么他是安全的，这就是格温普兰和蒂这两个人的情况；他们从来没有这样安全过，两人彼此越发相依为命，彼此相恋。他们的心因爱情而满足，仿佛保存爱情的圣盐一样；因此这两个从生命之初就相爱的人能不可腐蚀地眷恋，漫长的爱情延续下去还能保持新鲜。存在一种爱情的防腐保存方法。菲莱蒙和博西斯的爱情是从达夫尼和克洛埃的爱情产生的。[1]这对老年人象征的夜晚和黎明，明显的是保留给格温普兰和蒂的。只不过现在他们是年轻的。

于尔苏斯看待这对恋人的爱情，就像一个医生看待他的诊所一样。再说，他有人们当时所说的"依波克拉特[2]的眼睛"。他对衰弱而苍白的蒂投以明智的目光，喃喃地说："幸亏她很幸福！"另外有几次他说："对她的健康来说她是幸运的。"

他摇摇头，有时他仔细地看一本书，是伏皮居斯·福图纳图斯翻译的阿维森纳[3]的著作，卢汶，一六五〇年版，看到《心脏紊乱》。

蒂很容易疲倦，常常出汗，昏昏沉沉，读者记得，白天她要睡午觉。她一旦睡着，躺在熊皮上，格温普兰不在那里，于尔苏斯便轻轻地弯下身子，把耳朵贴住蒂的胸脯、心脏的部位。他看来听了一会儿，然后挺起身来喃喃地说："她不能受刺激，裂痕会很快扩大。"

观众继续涌来观看《被征服的混沌》的演出。笑面人的成功看来是无穷无尽的。所有人都跑来了；不仅是索斯瓦克，已经有伦敦

1　在奥维德的《变形记》中，弗里吉的一对年老而贫穷的农民菲莱蒙和博西斯，一天晚上接待了宙斯和赫耳墨斯，因而能永不分离，死后一个变成橡树，另一个变成椴树。这则神话故事象征好客和夫妻忠诚。
2　依波克拉特（公元前5—前4世纪），著名的古希腊医生，创立了医学。
3　阿维森纳，10—11世纪阿拉伯-伊斯兰著名的医生、哲学家、神秘学者，他的著作《医学法规》长期以来是东西方医学研究的基础。

的不少人了。观众甚至开始成分混杂；不再是纯粹的水手和车夫；按了解平民的尼克莱斯老板看来，有乔装成老百姓的贵族、准男爵。乔装是优越感的乐趣之一，这是当时十分流行的。贵族混杂在老百姓中是一种好标志，表明成功扩展到伦敦。格温普兰的荣耀一准是进入了广大观众中。事情确实无疑。伦敦人都在谈论笑面人，甚至爵士们经常出入的莫霍克俱乐部也在谈论。

"绿箱子"的人没有意识到；他们只限于过得快乐。蒂的陶醉就是每天晚上触到格温普兰鬈曲的褐色头发的脑袋。在恋爱中，没有什么比习惯更重要的了。整个生命集中在那里。太阳每天重现，这是宇宙的习惯。天地万物不过是一个情妇，太阳是一个情人。

光是承担世界的闪亮的女像柱。每天，在崇高的一刻，黑暗笼罩的大地支撑在朝阳上。盲女蒂在她把手放在格温普兰脑袋上那一刻，同样感到热和希望返回。

两个互相崇拜、在默然无声中互相爱恋的苦命人，能够适应永恒的日子这样过去。

一天晚上，格温普兰怀着过度的幸福，像陶醉在香味中那样，引起一种神圣的不适，他像平时演戏结束以后在离"绿箱子"百来步的草地上散步。人有情感膨胀的时刻，要把心中的块垒一吐为快。夜已深沉，隐约能见物；星光灿烂。整个集市广场空无一人，在塔林左荒地周围散乱的木板屋中唯有睡眠和遗忘。

只有一盏灯还没有熄灭，这是塔德卡斯特客店的风灯，客店的门半掩，等待格温普兰归来。

在索斯瓦克的五个教区，午夜的钟声刚刚敲响，从一个钟楼到另一个钟楼，钟声有间隔和不同。

　　格温普兰记挂着蒂。他在想什么？这一晚，他特别局促不安，充满迷恋和不安。他记挂蒂就像一个男人在惦念一个女人。他责备自己贬低她。他身上开始一种做丈夫的暗暗的冲动。柔和而急切的不耐烦。他穿越看不见的界限；在这边是处女，在那边是女人。他不安地询问自己；他有一种可以称为内心惭愧的感觉。最初几年的格温普兰逐渐变成不知不觉之中产生一种神秘的扩张。以往腼腆的青年感到自己变得心情混乱和不安。我们有一只光明的耳朵，精神在那里讲话，还有一只黑暗的耳朵，本能在那里讲话。在这只扩大的耳朵里，陌生的声音给他提出建议。不管梦想爱情的年轻人多么纯粹，某种增长的肉欲最终总是介于他的梦想和他之间。意图失去了透明性。本性所要求的不能承认的东西进入了他的意识中。格温普兰感到难以形容的、对充满诱惑的物质渴求，在蒂的身上这种物质几乎缺乏。在他感到不健康的狂热中，他改变了蒂，也许是在危险的方面，他试图扩大这种天使般的形状，一直到女人的形状。我们需要的是你——女人。

　　爱情终于不需要太多的天堂情调。它需要发热的皮肤、激动的生命、触电似的不可挽回的接吻、散乱的头发、有目的的拥抱。星光妨碍人。天空压抑人。爱情中过度的天空等于火中过度的燃料；火焰会被憋住。蒂可以抓住，而且已被抓住令人昏眩的接近在两个人中混入创造的陌生感，格温普兰失魂落魄，像在做美妙的噩梦。一个女人！他听到自己身上本性的深沉呼喊。仿佛一个梦中的皮格马利翁[1]在塑造一个天国的加拉泰，他在自己的心灵深处大胆地修饰蒂神圣的轮廓；这轮廓太神妙了，伊甸园的味道不够；因为伊甸园是夏娃；夏娃是一个女性，一个肉体的母亲，一个人间的乳母，传递世代的神圣肚子，乳汁取之不尽的乳房，新生儿世界的摇篮；乳房排除翅膀。童贞只是母性的希望。但在格温普兰的幻想里，至今蒂是处于肉体之上。这时，他神思朦胧，在思想里试图把她重新降下来，拉住性这根线，性把所有少女都拴在人世上。这些鸟儿没有一只逃脱。蒂像别人一样，没有摆脱规律，而格温普兰一面只是一半承认这条规律，一面不由自主地有这种愿望，处在不断的反复中。他把蒂想象成一个女人。他突然产生一个从未有过的念头：蒂作为女人，不仅令人迷醉，而且有肉欲的刺激；蒂的头靠在枕头上。他为这个幻想的侵犯感到羞愧；这就像一个渎神的行为；他抗拒着这种纠缠；他回避了，又返回；他好像犯了强奸罪。蒂对他来说是一片云彩。他抖抖索索地避开这云彩，犹如他掀开了她的衬衫。这时是在四月。

连脊椎都有自己的梦想。

他带着孤独的人消闲的蹒跚步子随意乱走。他周围没有人，这有助于胡思乱想。他想到哪儿去了？他不敢对自己说出来。在天上？不。在一张床上。星星，你们看看他吧。

为什么说是情人？应该说是一个着魔的人。受到的诱惑，是个例外；受到女人的诱惑，这是规律。凡是男人都要经受这种自身的异化。一个漂亮的女人真是个女巫啊！爱情真正的名字是被俘虏。

1　传说中塞浦路斯雕刻家，爱上了他塑造的女塑像加拉泰，要求女神赋予她生命。

我们被一个女人的心灵所俘虏。也被她的肉体所俘虏。有时肉体超过了心灵。心灵是情人；肉体是情妇。

人们在诽谤魔鬼。不是他引诱夏娃，而是夏娃引诱他。女人先开始的。

吕西费尔安静地走过。他看到了女人。他变成了撒旦。

肉体占了未知的上风。奇怪的是，它通过贞洁来挑逗。没有什么更加撩人心魄的了。这个不知害臊的人感到了害臊。

这时，使格温普兰激动，控制住他的是这种可怕的表面爱情。想得到裸体的那一刻多么可怕。滑到错误中是可能的。在维纳斯的雪白中是多么黑暗！

在格温普兰心中有点东西在大声呼喊蒂，姑娘的蒂，男子伴侣的蒂，肉体和火焰的蒂，赤裸的蒂，胸脯赤裸的蒂。他几乎驱逐了天使。凡是爱情都穿越这神秘的危机，理想在里面处于危险之中。这是创造万物时预先安排的。

绝妙的腐蚀时刻。

格温普兰对蒂的爱情变成结婚一样。纯洁的爱情只是一种过渡。现在时刻到了。格温普兰需要这个女人。

他需要一个女人。

这个斜坡，人们只看到第一个斜面。

本性清晰的呼喊是无情的。

凡是女人，都是多么可怕的深渊啊！

对格温普兰来说，幸亏他除了蒂没有别的女人。他想要的唯一女人。只能要他的唯一女人。

格温普兰朦胧地感到强烈颤抖，这是无限焕发生命力的要求。

还要加上春天的挑动。他吸进了星光灿烂的夜晚的无名气息。他往前走，又惊恐又乐滋滋。树液运行散布的香气，在黑暗中飘浮的醉人气息，夜花在远处的开放，隐蔽的小鸟巢的合伙，流水和树叶的簌簌声，物体发出的叹息，新鲜，温热，所有四月和五月这种神秘的苏醒，这低声呼唤着肉欲的、无边的、分散的性，都是使心灵呢喃的、令人昏眩的挑逗。理想不再知道要说什么。

看到格温普兰走路的人都会想：瞧！一个醉汉！

确实，他在心灵、春天和黑夜的重负下几乎踉踉跄跄。

在保龄球草地独自茕茕，是那么平静，以致他不时大声说话。

感到没有人在听，反而使人说话。

他徐徐漫步，低垂着头，反背着手，左右交叉，伸开手指。

突然，他感到有样东西塞进他迟钝的手指缝中。

他猛然回过身来。

他手里有一张纸，面前有一个人。

这个人像猫一样小心，从后面来到他身边，把这张纸塞到他手中。

这张纸是一封信。

被半明半暗的星光照得足够清晰的这个人，面颊丰满，年轻，庄重，从灰色长大衣的缝隙可以看到从上到下穿着火红色制服，这种制服当时叫作"卡普诺什"，这是一个缩写的西班牙字，意思是"夜披风"。他戴一顶深红色绸帽，就像红衣主教戴的圆帽，有一条饰带表明是个仆人。这顶圆帽上，可以看到一束织布鸟的羽毛。

他站在格温普兰面前一动不动。好像这是一个梦幻的影子。

格温普兰认出了公爵小姐的侍从。

在格温普兰能够发出一声惊叫之前，他听到侍从对他说话的、既是孩子又是女声的纤细声音：

"明天同样时间你待在伦敦桥口。我会在那里。我带你走。"

"到哪儿？"格温普兰问。

"到等你的地方。"

格温普兰低头看他手里机械地拿着的信。

他抬起头时，侍从已不再在那里。

在集市广场深处可以分辨出一个模糊的黑影迅速缩小。这是小侍从走远了。他转过街的拐角，再也没有人。

格温普兰望着侍从消失，然后看信。人的一生中有些时候你遇到的事不会再遇到了；惊讶使你有一会儿与事体保持一定距离。格温普兰把信凑近眼睛，就像想看信的人那样；这时，他发现自己出于两个原因，无法看信：第一，因为他没有拆封；第二，因为天黑。过了几分钟他才意识到，客店里有一盏风灯。他往旁边走几步路，仿佛他知道往哪里走。一个幽灵把一封信交给一个梦游患者，就是这样走路的。

最后，他下了决心，他不如跑到客店，站在半掩的门的光亮中，借光亮再一次看这封没拆开的信。在封印上没有任何印记，信封上写着：致格温普兰。他拆开封印，撕开信封，展开信纸，放到灯光下面，信上写的是：

你是骇人的，我是美丽的。你是丑角，我是公爵小姐。我是第一位，你是最后一个，我要你。我爱你。来吧。

雨果小说全集

笑面人

II

【法】维克多·雨果 著

郑克鲁 译

复旦大学出版社

第四卷
上刑罚的地窖

第一章
圣格温普兰的诱惑 [1]

这样的火苗刚刺破一点黑暗，另外的火苗便点着了火山。

有些火舌很大。

格温普兰看信，又看一遍。确实有这句话：我爱你！

恐怖接二连三在他脑海中出现。

第一怕是以为自己疯了。

他是疯了。这是确实无疑的。他看到的并不存在。昏暗的幻影在捉弄他这个可怜人。穿红衣的小个儿是一个幻觉的闪光吧。有时，在黑夜，一点儿凝聚成火焰的东西会来嘲笑你。嘲笑了以后，幻象消失了，留下来的格温普兰像疯了似的。黑暗就做这种事。

第二怕是看到自己是完全有理智的。

一个幻象？不。那么，这封信呢？他手里不是有一封信吗？这不是一个信封、一个封印、信纸、写的字吗？他不知道这封信来自

---

1 这是对3—4世纪在忒拜沙漠中的教士圣安东尼著名的受诱惑传说的变形。圣安东尼在20年中受到可怕的幻象和诱惑的追逐。

何人吗？这件意外的事没有任何晦涩的地方。有人拿了一支笔和墨水，写了信。有人点燃一支蜡烛，用蜡加上封印。他的名字不是写在信上吗？"致格温普兰。"信纸发出香味。一切都很清楚。小个儿男人，格温普兰认识他。这个侏儒是个仆从。这片闪光是他的制服。这个仆从给格温普兰约会，第二天同一时刻在伦敦桥口。伦敦桥是一个幻觉吗？不，不，这一切都站得住。里面没有任何谵妄。一切都是现实。格温普兰完全清醒。这不是马上在他头上化解的幻象，这是一件他遇到的事。不，格温普兰没有发疯。格温普兰没有做梦。他又看一遍信。

确实是的。可是怎么办？

这就可怕了。

有一个女人要他。

一个女人要他！这样的话，今后再也没有人能说这个字：不可相信。一个女人要他！一个看过他的脸的女人！一个眼睛不瞎的女人！这个女人是谁？一个丑女人吗？不。一个美女。一个吉卜赛女人吗？不。一个公爵小姐。

这是怎么回事，这是什么意思？这样的胜利是多么危险啊！但怎么能不冒着头脑发昏投进去呢？

什么！这个女人！这个美人鱼，这个幽灵，这个贵妇，这个包厢里的幻想观众，这个闪光的阴鸷女人！因为这是她。这确实是她。

刚开始的大火噼啪声在他心里四处爆响。这是一个奇特的陌生女人！就是这个女人弄得他晕头转向！他关于这个女人的最初混乱想法又出现了，仿佛被这不祥的火烤热了。遗忘好像只是一张隐迹纸本。一旦出现一件事故，消失的字句又会在惊讶的记忆间隔中重新出现。格温普兰以为已经从脑子中摆脱了这张面孔，却又重新找到了它，她刻印在他的脑子里，在这无意识的脑子中发出沉闷的声音；他的脑子像做了一个噩梦。不知不觉中，梦幻的深印咬得很深。现在已经造成了一些恶果。这整个梦幻今后也许不可弥补，他激动地重新抓住它。

什么！有人要他！什么！公主从她的宝座上走下来，他祭坛的偶像，他台座上的雕像，他云彩里的幽灵！什么！从不可能的深处，怪物来到了！什么！这天顶的女神，什么！这四射的光芒，什么！这浑身珠光宝气的海中仙女，什么！这不可接触的崇高美人，来自光辉灿烂的陡坡，她向格温普兰俯下身子！什么！她驾着斑鸠和龙的黎明轻车在格温普兰的上方挡住了他，对格温普兰说："来吧！"什么！他！格温普兰，他有这种可怕的光荣，成为九天之上的神纤尊降贵的对象！这个女人，如果能把这个名字给予一个星座似的、至高无上的形体的话，这个女人提出要自动献身！令人目眩神迷！奥林匹斯山的神下跪！对谁下跪？对他，格温普兰！妓女的手臂在光轮中张开，要把他抱紧在女神的怀里！而这毫无玷污。这种庄重并不抹黑。光芒洗净了天神，这个走向他的女神知道自己在做什么。她不是不知道格温普兰体现的狰狞面目。她见过格温普兰的面孔这副面具！而这副面具并没使她后退。尽管如此，格温普兰还是被她所爱！

这事超越了一切梦幻，他因此而被爱！远远没有吓退女神，这副面具反而吸引她！格温普兰不止被爱，人家想要他！他超过了被接受，他被选中了。他呀，他被选中了！

什么！这个女人所在之处，是在王家的环境里，光彩炫目，不用负责任，自由专断，威势赫赫。有的是亲王，她可以选择其中一个；有的是爵士，她可以选择其中一个；有的是俊美、迷人、潇洒的男人，她可以选择阿多尼斯[1]。她选择谁？格纳弗隆[2]！她可以在流星和雷电中选择六个翅膀的巨型天使，而她选择在污泥里爬行的幼虫。一方面是殿下、显贵、恢宏的气度、豪华、荣耀；另一方面是一个卖艺者。卖艺者战胜了她！在这个女人的心里有什么样的天平呢？她的爱情有什么样的分量呢？这个女人从头上脱下公爵小姐的冠冕，扔到小丑的戏台上！这个女人从她头上脱下奥林匹斯山的光环，把它放在侏儒头发倒竖的脑壳上！难以描述的世界颠倒，上面是昆虫的蠕动，下面是星星在发光，把昏头昏脑的格温普兰吞没在光的倾泻中，把他变成垃圾堆中的一个光环。一个无所不能的女人抗拒美貌和荣华，献身给一个下地狱的贱民，是格温普兰而不是安提诺乌斯[3]，在极度的好奇中走入黑暗，下降到里面，从女神的让位中，产生了可怜人的王国，戴上了冠冕，不可思议。"你是骇人的，我爱你。"这些话触到了格温普兰虚荣心的丑恶之处。虚荣心，这是所有的英雄脆弱的脚后跟。格温普兰怪物般的虚荣心得到讨好。他被人爱是因为他畸形。他像朱庇特、阿波罗一类的神祇一样，也许

---

1 阿多尼斯，希腊神话中的美男子，为维纳斯所爱，当他被野猪杀死时，请求宙斯让他半年在人间半年在地狱度过。

2 格纳弗隆，醉醺醺的鞋匠，1805 年由洛朗·穆尔盖（1769—1844）所创造，构成第一个真正里昂的木偶。

3 安提诺乌斯，古希腊的美男子，哈德良皇帝的宠儿。155 年淹死在尼罗河。阿德里安把他提升到天神的行列，为他建造了一座庙宇，尊称他为安蒂诺埃。

更加厉害，是个例外的人。他感到自己好像超人那样怪，变成了神。令人可怕的炫目。

现在，这个女人是何许人？他了解她什么呢？知道一切又什么都不知道。这是一个公爵小姐，他知道这个；他知道她很美，她很富，她有很多家丁、仆人、年轻侍从、在饰有冠冕的华丽马车周围手持火把奔跑的跟班。他知道她爱上了他，或者至少她对他这样说。其余的，他不知道了。他知道她的头衔，不知道她的名字。他知道她的想法，不知道她的生活。她结过婚吗，是寡妇还是姑娘？她自由吗？她要屈从某些责任吗？她属于什么家族？她周围有陷阱、埋伏、障碍吗？在百无聊赖的上层领域，风雅是怎么回事？在那些岩洞的顶上，凶恶的巫女在做梦，她们周围乱七八糟地堆着已经被吞噬的情人尸骨，一个女人自以为在男人之上，她的无聊能导致怎样可悲地玩世不恭的尝试啊。格温普兰对此一点没有想到；他甚至在脑子里没有什么东西构筑猜想，在他生活的社会底层不明情况；不过他看到阴影。他意识到这种光亮是暗影幢幢的。他明白吗？不。他猜测吗？更加不。在这封信后面有什么呢？打开了的双扇门而已，同时又是令人不安的关闭的门。一方面是袒露，另一方面是谜。

袒露和谜这两张嘴，一张挑逗你，另一张威胁你，在说同样的话："你敢！"

命运的反复无常从没有这样好地采取措施，让诱惑更及时地来到。格温普兰受到春天和万物复苏的煽动，正在做肉欲的好梦。我们任何一个都战胜不了的这个不倒翁的肉欲老头，在二十四岁的性欲迟来的青年身上苏醒了。正是在这当儿，正是在危机最激烈的时刻，她的建议来了，司芬克斯赤裸的胸脯令人眼花缭乱地出现在他面前。青春是一个斜坡。格温普兰弯着身子。有人在推他。是谁？季节。是谁？黑夜。是谁？这个女人。如果没有四月，我们的道德就会更好。开花的灌木丛，都是同谋啊！爱情是小偷，春天是窝主。

格温普兰烦乱不安。

在谬误之前有一种罪恶的烟，良心呼吸不了。受到诱惑的正直有一种对地狱的朦胧恶心。从地狱张开一点的地方放出一股气体，提醒强有力的人，使弱者头晕。格温普兰有这种神秘的不适。

两难推理，既是转瞬间即逝的，又是坚持不舍的，在他面前飘浮。坚持献身的错误成形了。第二天午夜，伦敦桥，那个侍从？去吗？"去的！"肉体喊道。"不去！"心灵喊道。

要说的是，不管乍看之下，这个问题似乎多么奇怪："去吗？"他一次也没有清晰地问过。要受到责备的行动有保留之处。过强的烈酒，不能一口气吞下。放下杯子，待会儿再看，第一口已经很古怪了。

可以肯定的是，他觉得自己被人从背后推向未知世界。

他在发抖。他约略看到崩坍和边沿。他朝后退，恐怖从四面八方攫住他。他闭上眼睛。他竭力让自己否定这次冒险，重新怀疑自己的理智。显然，这样最好。他更明智地要做的事，就是相信自己发狂了。

要命的狂热。凡是被意外突然袭击的人，平生都有这种悲剧性的脉搏跳动。观察者总是怀着不安倾听命运的羊角槌撞击良心的沉闷响声。

唉！格温普兰询问自己。凡是责任明确的地方，向自己提出问题，已经是战败了。

再说，有一点要指出，即使事情的无耻甚至触犯受到腐蚀的人，也一点没有向他显现。玩世不恭是什么，他不知道。上文提过，卖淫的概念没有接触到他。他无法想象。他太单纯，不能允许复杂的假设。对这个女人，他只看到高贵。唉！他受到恭维。他的虚荣心只看到他的胜利。他不如说是一个不贞洁的对象，而不是一个爱情的对象，为了推测到这一点，必须有他的无邪所没有的多得多的智力。在"我爱你"的旁边，他看不到这可怕的缓和措辞："我要你。"

女神的兽性一面逃过他的注意。

精神能够忍受侵害。心灵有它的汪达尔人 [1]，即毁坏我们道德的邪念。千百种颠三倒四的念头一个接一个扑向格温普兰，有时是一起来的。然后他心里平静下来。这时他把脑袋捧在手里，处在一种阴郁的等待中，仿佛在欣赏一幅夜景。

突然，他发现一样东西，这就是他什么也不再想了。他的思虑达到一切都消失的黑暗时刻。

他也注意到自己没有回去。这时可能是凌晨两点钟。

他把侍从捎来的信放在旁边的口袋里，但发觉就放在心窝上，他又把信取出来，乱糟糟地塞在短裤的第一个小口袋里，然后朝客店走去，静悄悄地进入，没有惊醒等待他、双臂当枕头、睡熟在一张桌子上的小戈维柯姆。他点燃客店风灯的一根蜡烛，拉上门闩，

1　汪达尔人，3世纪时主要生活在西里西亚地区的日耳曼民族，406年越过莱茵河，入侵高卢、西班牙，到达非洲。

把钥匙转了一圈，机械地抱着迟归者的小心，登上"绿箱子"的踏板，溜进当作他的卧室的旧篷车，望了望已睡着的于尔苏斯，吹灭蜡烛，但没有睡下。

一小时这样过去。末了，他疲倦了，想起床就是用来睡眠的，便把头放在枕头上，没脱衣服，向黑暗让步，闭上眼睛；但是侵袭他的激动的风暴一刻不停。失眠是黑夜对人的虐待。格温普兰非常难受。他生平第一次对自己不满意。内心的痛苦和满意的虚荣心交织在一起。怎么办？白天到来了。他听到于尔苏斯起床，没有张开眼皮。但内心风暴并没停止。他想到这封信。所有的字句像一片混沌那样返回心中。在心灵里的某种强风袭击下，思想像液体一样，乱糟糟地涌进来，然后又升起，犹如浪涛沉闷的吼声冲了出去。涨潮、落潮、震荡、回旋，波浪遇到礁石停滞一下，冰雹和雨，缝隙露出亮光的乌云，无力的泡沫可怜的溅落，浪头疯狂的上升又马上跌落，巨大的失败的努力，到处出现海难、黑暗和扩散，这一切在深渊中，在人心中。格温普兰忍受着这种折磨。

他的眼皮始终紧闭，在这种不安达到最强烈的时候，他听到一个美妙的声音在说："格温普兰，你还在睡觉吗？"他惊跳起来，睁开眼睛，翻身坐起，放衣物的篷车的那道门一半打开了，蒂出现在门缝中。她的眼睛、嘴唇上有难以形容的笑容。她迷人地挺身站在不自知的光彩照人的宁静中。在这神圣的一刻，格温普兰注视着她，瑟瑟发抖，目眩神迷，清醒过来：清醒什么？从睡眠中惊醒？不，从失眠中清醒起来。是她，是蒂。突然，他在内心深处感到风暴难以描述的昏眩和善对恶崇高的坠落；出现了上天注视的奇迹，光闪闪的温柔的盲女，除了她的存在，没有任何别的作用。消散了他心中的一切黑暗，云层的幕布从他的脑子拨开，仿佛被一只看不见的手拉开了，格温普兰绝妙地迷住了，意识中像蓝天返回。由于这个天使的作用，他突然重新变成高尚善良和纯洁的格温普兰。心灵像万物一样，有这种神秘的对抗；他们两人都沉默了，她是光明，他是深渊，她是神圣的，他平息下来；在格温普兰激荡的心之上，蒂带着难以表达的、海上星光的效果熠熠放光。

第二章
从欢乐到严峻

奇迹真是太简单了！这正是"绿箱子"开早饭的时候，蒂不过是来了解格温普兰为什么没有到吃早饭的小桌子边。

"是你！"格温普兰大声说，一切和盘托出。除了蒂这片天空，他没有其他天际和其他视野。

谁没有见过风暴之后海洋随即露出的微笑，就不能明白这种平静。没有什么比深渊更快地平静下来。这是由于深渊很容易吞噬。人心也是这样。但不总是如此。

蒂只消出现，格温普兰身上所有的光就发射出来照向她，在被照得目眩的格温普兰身后，幽灵只得逃遁。崇拜真能安定人心！

过了一会儿，他们两人面对面坐着。于尔苏斯在他们中间，奥莫在他们脚下。茶炉下面点着一盏小灯，就放在桌上。费贝和维纳斯在外面，忙于做事。

早饭像晚饭一样，在中央的隔间内进行。非常狭窄的桌子安放的方式，使得蒂的后背朝着板壁的窗洞，窗洞正对着"绿箱子"进来的门。

他们的膝盖相碰。格温普兰给蒂倒茶。

蒂优雅地对茶杯吹气。突然，她咳嗽起来。这时，在灯的火焰之上，有一股消散的烟，有一样像纸的东西落下来成了灰。这股烟让蒂咳嗽起来。

"这是什么？"蒂问。

"没有什么，"格温普兰回答。

他露出微笑。

被爱女人的守护天使，就是恋爱男人的良心。

他刚刚烧了公爵小姐的信。

他身上少了这封信，使他奇异地轻松了些，格温普兰感到自己的正直，就像老鹰感到自己的翅膀那样。

他觉得，随着这股烟，诱惑也消失了，与这纸片同时，公爵小姐也落下变成了灰。

他们把茶杯交混起来，先后在同一只杯子里喝茶，一面交谈。情侣的细语，麻雀的啁啾。堪比鹅妈妈[1]和荷马的天真话语。两颗相爱的心，不用到更远的地方寻找诗意；两个发出响声的接吻，不用到更远的地方寻找音乐。

"你知道一件事吗？"

"不知道。"

"格温普兰，我梦到我们是野兽，我们有翅膀。"

---

1 17世纪法国作家贝洛的童话集《鹅妈妈的故事》。

"翅膀，这意味着是鸟儿。"格温普兰小声说。

"野兽，这意味着是天使。"于尔苏斯喃喃地说。

谈话在继续：

"如果你不存在，格温普兰……"

"怎么样？"

"那就没有善良的上帝了。"

"茶太烫了。你会烫着，蒂。"

"给我的茶杯吹吹气。"

"今天早上你真漂亮！"

"你想想看，我有很多话要对你说。"

"说吧。"

"我爱你！"

"我崇拜你！"

于尔苏斯在旁边说：

"老天爷在上，这是老实人。"

相爱时，美妙的是缄默。爱情仿佛累积起来，然后轻轻地爆发出来。

过了一会儿，蒂嚷了起来：

"你知道就好了！晚上，我们演戏的时候，我的手一摸到你的额头……噢！你有一个高贵的头颅，格温普兰！……我的手指一摸到你的头发，我就哆嗦，我有无上的快乐，我心想：在包围着我的黑暗世界里，在这孤独的天地里，在我所待的这黑暗无边的覆灭中，在我和一切可怕的震荡中，我有一个支撑点，在这儿，就是他。——

就是你。"

"噢！你爱我，"格温普兰说，"我也是，我在世间只有你。你对我来说是一切。蒂，你要我做什么？你想要什么东西？你需要什么？"

蒂回答：

"我不知道。我很幸福。"

"噢！"格温普兰又说，"我们很幸福！"

于尔苏斯严肃地提高声音：

"啊！你们是幸福的！这是违法的。我已经警告过你们。啊！你们是幸福的！那么，尽量不要让别人看见你们。占据尽量少的位置。幸福，这应该藏在一个窟窿里。如果可能的话，你们要变得比眼下更小。上帝要按照幸福的人的渺小来衡量幸福之大。心满意足的人应该像干坏事的人一样躲藏起来。啊！你们是讨厌的萤火虫，你们在放光，见鬼，别人从你们身上踩过去，还以为做得好。所有这些温存叫作什么？我呀，我不是一个专看着情人亲嘴的监督少女的老妇人。你们终于让我烦透了！见鬼去吧！"

他感到自己发怒的声调软下来，直到动了情，把激动淹没在低声埋怨的粗气中。

"父亲，"蒂说，"你怎么粗声粗气说话呀！"

"这是因为我不喜欢别人太幸福。"于尔苏斯回答。

这时，奥莫也回应于尔苏斯。只听到情侣们的脚下的一声嗥叫。

于尔苏斯俯下身来，将手放在奥莫的脑壳上。

"是这样，你呀，你也在发脾气。你嗥叫。你这狼的脑袋上竖起了毛。你不喜欢别人谈情说爱。因为你是明智的。没关系，沉默吧。你刚才说话，你说出你的意见，不错；现在沉默吧。"

狼重新发出嗥叫。

于尔苏斯看了看桌子底下的它。

"安静，奥莫！得了，不要坚持，哲学家！"

但是狼挺起身来，朝门那边露出牙齿。

"你究竟怎么啦？"于尔苏斯说。

他一把抓住奥莫脖子的皮。

蒂没有注意狼的咬牙切齿，完全沉浸自己的思索里，在心中回味格温普兰的声音，在这种瞎子固有的入迷状态中一声不响，有时这仿佛使他们在倾听内心的歌唱。以难以形容的理想音乐来代替他们缺少的光明。失明是一种地道，从那里可以听到永恒的深沉和谐。

正当于尔苏斯一面责备奥莫，一面低下头来的时候，格温普兰抬起了头。

他正想喝一杯水，但没有喝；他把杯子放在桌上，慢吞吞的，好像松开的弹簧，他的手指仍然张开，他一动不动，目光呆定，不再呼吸。

有个人站在蒂背后的门框里。

这个人身穿黑衣，罩上一件法官的短斗篷。他戴一顶假发，一直盖到眉毛，手里拿着一根两端雕刻着王冠的铁棒。铁棒短而粗。可以设想美杜莎在天堂的两根树枝中间探出头来。

于尔苏斯早已感到新来了个人的震动，没有抬起头来，没有放松奥莫，他认出了这个可怕的人。

他从头抖到脚。

他低声在格温普兰的耳边说：

"这是铁棒官。"

格温普兰想起来了。

吃惊的话快要脱口而出，但他忍住了。

两端雕刻王冠的短棍是铁棒。

市法院的法官在就职时就是对着铁棒宣誓的，英国警察以前的铁棒官因此而得名。

在戴假发那个人一边的阴影里，可以看到惊呆的客店老板。

那个人一言不发，体现了古老宪章的"Muta Themis"[1]，越过光彩焕发的蒂，降低右手，用铁棒触了一下格温普兰的肩膀，并用左手的大拇指指了指身后"绿箱子"的门。正因他沉默不语，这双重的动作就格外威严，意思是说："跟我走。"

诺曼底人的文件集里说："Pro sibho exeundi，sursum trahe."[2]

铁棒放在谁身上，谁就只得服从，而没有别的权利。对这个无言的命令，不得反驳。英国严厉的刑罚威胁着不服从的人。

在法律的严厉接触之下，格温普兰震动一下，然后呆若木鸡。

这只不过是铁棒简单地碰了一下他的肩膀，他却像头上挨了重重一击，也没有更加昏昏沉沉。他看到自己不得不跟着司法官吏走。但这是为什么？他不明白。

于尔苏斯也陷入揪心的紊乱中，约略看出相当明晰的事态。他

1　拉丁文：哑巴忒弥斯，司法的象征。
2　拉丁文：当示意你出去，就站起来。

想到那些卖艺者、讲道者、竞争者、受到揭发的"绿箱子"、违法的狼、他自己和"Bishop's gate"[1]的三个裁判所法官的争执，谁知道呢？也许这是可怕的。他想起格温普兰触犯王权不妥当的煽动性长篇大论。他颤抖不已。

蒂在微笑。

无论格温普兰还是于尔苏斯都不说一句话。他们两个有同样的想法：不要让蒂不安。狼说不定也是这个想法，因为它不再嗥叫。于尔苏斯确实没有松开它。

再说奥莫当时也很谨慎。谁没有见过动物也有某些明智的不安呢？

兴许在狼能够理解人的限度内，它也感到自身是要被放逐的。

格温普兰站起身来。

任何反抗都不可能，格温普兰知道这一点，他想起于尔苏斯的话，也不可能提出任何问题。

他站在铁棒官面前。

铁棒官从格温普兰的肩膀上抽回铁棒，让铁棒靠近自身，竖直了，保持命令的姿势，这是当时全体人民都明白的警察态度，模仿这道命令：

"让这个人跟我走，与任何人无涉。所有人待在原位。别说话。"

不得好奇。警察在任何时候都喜欢这样杜绝外界干预。

这类逮捕叫作"监禁人"。

---

1 英文：教会里。

铁棒官好像一个自动转身的机器人，一下子就转过背去，迈着威严、庄重的步子朝"绿箱子"的出口走去。

格温普兰望着于尔苏斯。

于尔苏斯做了一个哑剧动作：耸耸肩，两手张开，双肘支在腰间，眉毛耸起，意思是说：服从陌生人。

格温普兰看了看蒂。她在沉思。她继续在微笑。

他把手指尖放在嘴唇上，向她送去一个难以表达的吻。

于尔苏斯在铁棒官转过背去以后，减轻了一点恐惧，抓住这一刻，在格温普兰的耳畔低声说：

"性命攸关，别人不问你，不要说话。"

格温普兰小心翼翼，好像在病人房间时不要发出响声，在板壁上取下帽子和大衣，将大衣一直裹到眼睛，帽子拉低到额头上；由于没有睡过，他还穿着工作服，脖子上围着皮披肩；他再看一次蒂；铁棒官走到"绿箱子"的外门口，举起铁棒，开始走下出去的小踏板；这时，格温普兰也走起来，仿佛这个人用一根看不见的链条拉着他；于尔苏斯望着格温普兰走出"绿箱子"；狼这时要发出抱怨的嗥叫，但是于尔苏斯让它保持尊重，低声对它说："他就会回来。"

院子里，尼克莱斯老板做了个要别人顺从的威严的手势，堵住了维纳斯和费贝的嘴里发出的惊喊声，她们悲哀地注视着被带走的格温普兰和铁棒官丧服似的衣裳和铁棒。

这两个姑娘变成两尊石像那样，她们保持钟乳石的姿态。

戈维柯姆惊呆了，将脸伸进半开的窗口里。

铁棒官走在格温普兰前面几步，没回过身来，也不看他，带着吃法律饭的人那种自信保持的冰冷平静。

他们两人在坟墓似的寂静中穿过院子，走过客店幽暗的大厅，来到广场上。那儿有聚集在客店门口的几个路人和省里法官带领的一队警察。好奇的人很吃惊，一声不响地散开，按照英国人的规矩，排列在铁棒官前面；铁棒官朝小巷子走去，这些小巷沿着泰晤士河排列，当时叫小河畔街；格温普兰夹在两排警察中间，脸色苍白，除了迈步之外，没有其他动作，裹着大衣，像裹尸布一样，慢慢地离开了客店，在沉默不语的人后面闷声不响地走着，仿佛一尊塑像跟着一个幽灵。

第三章
LEX，REX，FEX[1]

　　不做解释的逮捕，今天会使一个英国人惊讶，却是当时在大不列颠一个非常流行的警察手段。追溯上去，特别在一些微妙的事情上是这样；在法国，国王密信[2]提供这种例子；不用顾及"habeas corpus"[3]；一直到乔治二世[4]时期，有人控告华波尔曾用这个办法或者让人逮捕科西嘉王纳霍夫，不得不为自己辩护。也许这个控告没有什么根据，因为纳霍夫是被他的债权人监禁起来的。

　　悄悄地逮捕在德国的圣凡姆非常流行[5]，日耳曼的习惯允许这样做，它制约着英国一半的古老法律，在某种情况下，由制约着另外一半的诺曼底习惯所依仗。查士丁尼[6]王宫的警察局长名叫"皇家的

1　拉丁文：法律、国王、粪土。
2　这种密信特别是关系到流放和监禁的命令，而不用根据司法逮捕令。
3　拉丁文：人身保障法。
4　乔治二世，英国国王（1727—1760）。
5　秘密法庭13世纪就在德国建立，为了惩罚大人物妨碍一般司法的追逐。成员不为人知，判决秘密，被判决者往往上绞刑，有时被捅死。查理五世毁掉这种法庭，恢复司法（1532）。
6　查士丁尼（483—565），东罗马皇帝，完成重要的立法，成为现代民法的基础。

缄默执行者"（silentiarius imperialis）。英国法官实行这种逮捕法，依仗许多诺曼底的条文："Canes latrant, sergentes silent.——Sergenter agree, id est tacere."[1]他引用伦杜普斯·萨加克斯著作第十六节："Facit imperator silentium."[2]他们引用菲利普国王一三○七年的宪章："Multos tenebimus bastonerios qui, obmutescentes, sergentare valeant."[3]他们引用英国的亨利一世的条例第五十三章："Surge signo jussus. Taciturnior esto. Hoc est esse in captione regis."[4]他们特别炫耀这段指令，它被看作属于英国封建古代地方特权："子爵之下是佩剑警察，他们应当用剑公正地惩治所有和歹徒结伙的人、有任何罪行的人、逃犯和重罪犯……应该严厉而谨慎地逮捕他们，让善良的好人安居乐业，坏人罪有应得。"这样的逮捕是"执剑"拘捕（参阅《诺曼底古习俗》第一部第一卷第二章）。法学家另外还引用"in Charta Ludovict Hutini pro normannis"[5]的"servientes spathœ"[6]一章。后面两个词逐渐接近下拉丁语，直至我们的方言，变成了"sergentes spadœ"这两个字。

静悄悄的逮捕和呼喊的喧嚣[7]相反，表明要保持沉默，直到不明的情况弄清楚。

这些情况意思是说：保留的问题。

1　拉丁文：狗在吠，警察沉默。
2　拉丁文：皇帝让人缄默。
3　拉丁文：我们有很多律师公会会长，他们保持沉默，比得上警察。
4　拉丁文：看到命令的信号就起来吧。保持沉默。就是这样，要服从国王的命令。亨利一世在1100—1135年为英国国王。
5　拉丁文：《于丹人路易对诺曼底人的宪章》。
6　拉丁文：执达吏。
7　根据诺曼底的习俗，逮捕者应该呼喊，听到的人要准备去逮捕。

在警察的活动里，它们表明有一定数量的国家理由。

"private"这个法律词汇意思是说"禁止旁听"，用在这一类逮捕上。

根据某些编年史家的说法，爱德华三世就是这样派人在他母亲伊莎贝尔·德·法兰西的床上逮捕莫蒂梅的。这里仍然可以怀疑，因为莫蒂梅被捕之前在他的城里抵挡围城呢。

国王制造者沃里克[1]乐意用这种方式"抓人"。

克伦威尔也用这个方法，特别在康诺特州；奥尔蒙伯爵[2]的亲戚特雷利-阿尔克洛就是这样静悄悄地小心在吉尔马考被逮捕的。

司法普通签署的这些逮捕，与其说是逮捕状，不如说是传票。

它们有时不过是一种预审方法，甚至通过让大家保持沉默，对被逮捕者的一种安排。

对老百姓来说，不太了解这些细微区别，这些区别便特别可怕。

不要忘记，英国不在一七〇五年，甚至不是很久以后，而是在今日。整体十分模糊，有时十分压制人；丹尼尔·笛福曾经体验过示众柱刑，他在某个地方用这几个字指出英国社会秩序的特征："法律的铁手。"这儿不仅有法律，还有专制。可以回想起斯蒂尔[3]被逐

1　沃里克伯爵（1428—1471），在两次玫瑰战争之间，先是支持和让爱德华四世登上王位，反对亨利六世。在失去爱德华四世的宠幸后，成功地让亨利六世登上王位。

2　奥尔蒙伯爵，后为公爵（1610—1688），支持查理一世，1644 年被任命爱尔兰的副王，1649 年支持保王党，克伦威尔到达爱尔兰后他被逮捕，逃到法国，复辟后回国。

3　理查·斯蒂尔（1672—1729），爱尔兰记者、散文家、戏剧家、政治家，支持辉格党，攻击托利党，1714 年被逐出下议院。

出议会；洛克被逐出讲坛[1]；霍布斯[2]和吉本[3]被逼逃走；查理·丘吉尔[4]、休谟[5]和普里斯特列[6]遭到迫害；约翰·维尔克[7]被关在塔里。如果把惩治"煽动性诽谤"的法规牺牲者都列举出来，名单就太长了。专横的调查差不多散布到全欧：警察的实践形成流弊。在英国可能对所有的权利进行侵犯；请回忆《穿盔甲的记者》。十八世纪，路易十五在皮卡第利把他不喜欢的作家劫走[8]。乔治三世确实想在歌剧院大厅中间抓住这个觊觎王位者。这是两条很长的胳膊，法国国王的胳膊一直伸到伦敦，而英国国王的胳膊一直伸到巴黎。自由就是这样的。

再补一句，他们很乐意在监狱里处决人；变换手法和酷刑混在一起。丑恶的办法，英国当时也采用。这样给世界看到一个伟大民族古怪的景象：这个民族想改善，却选择了最糟的手段，在它面前一方面是过去，另一方面是进步，它却弄错了面孔，把黑夜当成了白天。

---

1 查理二世和詹姆士二世把他看作敌视斯图亚特王朝，剥夺了他在牛津大学的研究员称号。

2 霍布斯（1588—1679），英国哲学家，1640—1651年因保王党观点逃离英国，住在法国。

3 吉本（1737—1794），著有《罗马帝国衰亡史》（1776），1782年因鼓吹革命而被逐，离开英国，隐居在洛桑。

4 查理·丘吉尔（1731—1764），英国讽刺诗人，著有《饥饿预言》。

5 休谟（1711—1776），英国著名哲学家，经验论的创建者。

6 约瑟夫·普里斯特列（1733—1804），英国化学家、哲学家、神学家，支持法国大革命，成为法国公民和国民公会成员，他的房子被抢掠和焚烧后，1794年流亡到美洲。

7 约翰·维尔克（1727—1797），捍卫传统自由，攻击乔治三世的政府，好几次被监禁，1768年被再次选入议会。

8 查理·泰弗诺（1748—约1803），法国小册子作者，最著名的是《穿盔甲的记者（或名法国宫廷的丑闻轶事）》，其中有关于国王情妇杜丽伯爵夫人的事，路易十五要求英国政府同意劫走他，最后派遣博马舍让泰弗诺沉默。

第四章
于尔苏斯侦察警察

正如上文所说，根据当时非常严厉的警察规定，对一个人督促跟着铁棒官走，同时也对在场的所有人命令不许动弹。

有几个好奇的人却很固执，远远跟随着带走格温普兰的行列。

于尔苏斯属于其中之一。

于尔苏斯像理应的那样惊呆了。但于尔苏斯多次受到流浪生活的惊吓和意外恶意的袭击，就像一座战舰一样，有战斗准备，呼吁全体船员回到战斗岗位，就是说准备好全部智慧。

他赶快不再惊呆，开始思考。问题不是激动，问题是要面对。

面对意外事件，这是任何不想当傻瓜的责任。

不是力图去理解，而是去行动。马上，于尔苏斯问自己。

他要做什么？

格温普兰走了，于尔苏斯处在两种恐惧之间：为格温普兰担心，格温普兰对他说跟在后面；为自己担心，他对自己说留下来。

于尔苏斯只有苍蝇般的胆子，像含羞草一样沉着。他的颤抖难以描述。但他还是勇敢地打定了主意，决定违反法律，尾随铁棒官，他对格温普兰可能发生的事感到惴惴不安。

他是非常害怕才有这么大的勇气。

恐惧能使一只野兔做出多么勇敢的行动！受惊的岩羚羊跳过悬崖。受惊到奋不顾身，这是惊吓的表现形式之一。

格温普兰与其说是被捕了，还不如说是被劫走了。苍穹的行动执行得非常迅速，集市在清晨还很少有人来往，几乎没有被惊动。差不多没有人怀疑到铁棒官到塔林左荒地的木板房来找过笑面人。因此好奇的人不多。

格温普兰由于大衣和毡帽几乎遮住了他的脸，不可能被路人认出来。

在跟随格温普兰出去之前，于尔苏斯小心翼翼，他把尼克莱斯老板、戈维柯姆、费贝和维纳斯拉到一边，嘱咐他们对蒂绝对保密，她什么也不知道；要小心不透露一个字，使她怀疑发生的事；对她解释格温普兰和于尔苏斯不在，是要安排"绿箱子"的事；再说，不久就到中午，她睡午觉的时候。在蒂醒来之前，他、于尔苏斯和格温普兰会回来的，这一切只不过是个误会（mistake），就像英国人所说的那样；格温普兰和他很容易向法官和警察讲清楚；他们只要用手指触动一下误会，过一会儿他们两人便会回来。尤其是不要对蒂说什么。嘱咐完了，他才走掉。

于尔苏斯不被人注意，尾随着格温普兰。尽管他保持得尽可能远，他还是能做到不至于看不见格温普兰。大胆盯梢，这是胆小的人勇敢的表现。

无论如何，不管外表多么庄严，格温普兰也许是因为并不严重的犯法事件，要受到普通警官的传讯。

于尔苏斯心想，这个问题马上可以解决。

在他看来，那支队伍所走的方向把格温普兰带到塔林左荒地边缘，到达小河畔巷入口，事情就很清楚了。

如果这支队伍向左转，就是把格温普兰带到索斯瓦克的市政府。那么就没有多大的事可担心了：有点讨厌地稍微触犯了市政法令，行政官训斥一下，罚款两三个先令，然后就会把格温普兰释放，当晚，《被征服的混沌》就会照常演出。谁也不会发觉什么事。

如果这支队伍往右拐，问题就严重了。

那边有几个棘手的地方。

铁棒官带着两排警察，当中走着格温普兰，来到小巷那边，于尔苏斯屏住气望着。人有时整个儿贯注到眼睛中。

他们往哪边拐弯呢？

他们往右拐。

于尔苏斯吓得跌跌撞撞，靠在一堵墙上才没有摔倒。

没有什么比对自己所说的这句话更虚伪的了："我想知道怎么对付。"其实是根本不想知道。心里是非常害怕。不安之中还杂有一种不想下结论的朦胧的努力。不想承认这一点，但又很想退回去，如果往前走，则会责备自己。

于尔苏斯正是这种情况。他颤抖地心想：

"事情糟了。我早应料到这样。我跟着格温普兰是要干什么呢？"

这样思索之后，就像自相矛盾的人那样，他加快了步子，控制住自己的不安，为了接近那支队伍，不让自己在索斯瓦克的小巷迷宫中断掉格温普兰和自己的线索，他匆匆地走着。

警察的队伍由于保持庄严，不可能走得很快。

铁棒官走在前面。

承法官殿后。

这样的队形必然走得慢。

执法助理的全部庄严都集中在承法官身上。他的服装介于牛津音乐博士华丽的怪装和剑桥神学博士简朴的黑色服装之间。他穿着绅士服装，外面罩一件长长的"戈德贝"，这是一种缀着挪威野兔皮的披风。他的打扮半哥特式，半现代式，假发像拉穆瓦尼翁的一样，袖子像特里斯当·莱尔米特[1]的一样。圆圆的大眼睛带着猫头鹰的专注，盯着格温普兰。他走路很有节奏。不可能看到一个更加凶狠的人了。

于尔苏斯在像一团乱线的小巷中一时走错了路，终于又在圣玛利·奥弗-里附近赶上了这支队伍。幸亏他们在教堂前的场地被一群孩子和狗耽搁了一会儿，这是伦敦街上常有的事。警察局的旧档案总是说："dogs and boys."[2] 他们把狗放在孩子前面。

一个人被一队警察带到法官那儿，毕竟是非常普通的事，由于每个人都有自己的事，好奇的人散开了。只有于尔苏斯还尾随着格温普兰。

他们在两座面对面的小教堂前走过："欢乐教派"和"阿利路亚

1　特里斯当·莱尔米特（1601—1665），法国作家。

2　英文：狗和孩子。

联盟教派”的教堂，当时的这两个教派至今还存在。

然后这支队伍在小巷中蜿蜒而行，他们喜欢选择还没有盖房子的街、野草丛生的路和空寂无人的小巷，尽量曲折而行。

最后队伍停住了。

这是一条狭窄的小巷。没有房子，除了路口有两三所破屋。这条小巷由两堵墙夹住，左边那堵墙很低，右边那堵墙很高。高墙黑乎乎的，撒克逊式，有雉堞，投石器狭窄的通气洞装着四方形的粗铁栅。没有窗户，只有这儿那儿有裂缝，那是从前的投石器和投枪的洞眼。在这面大墙的脚下，可以看见一个很小很低的小窗口，好像捕鼠器下面的小洞。

小巷里没有人。没有店铺。没有行人。但是可以听到附近一种延续的声音，仿佛小巷和一条河是平行的。这是嘈杂的人声和马车声。很可能在黑色建筑的另一边有一条大街，无疑是索斯瓦克的主要街道，一端连着坎特伯雷大路，另一端连着伦敦桥。

沿着整条小巷，有一个观察哨，在包围住格温普兰的一队人外面，看不到其他人影，只有于尔苏斯苍白的侧面。他冒着危险，在一堵墙的角落里移步，一面看，一面又怕看。他处在街道的曲里拐弯之中。

那支队伍聚集在小窗口前面。

格温普兰在当中，如今是在铁棒官和他的铁棒的后面。

承法官拿起门锤，敲了三下。

小洞打开了。

承法官说：

"奉女王的命令。"

沉重的橡木铁门在铰链上转动，露出了一个铅灰色的冰冷的洞，像岩洞口一样。黑暗中一条阴森森的拱道延伸而去。

于尔苏斯看见格温普兰消失在下面。

第五章
邪恶之地

铁棒官在格温普兰之后进去。

然后是承法官。

然后是整个队伍。

小门重新关上。

沉重的门又严丝合缝地落在石头门框里，既看不到是谁开的门，又是谁关的门。仿佛门闩自动回到洞穴中。从前发明这种机械的人是出于恐吓，这种机械至今还存在于很古老的监狱中。这种门户看不到守门人。这使得监狱的门就像坟墓的门一样。

这个小门是索斯瓦克监狱的便门。

在这座满是蛀痕、粗糙的建筑中，没有什么掩盖一座监狱所固有的丑陋面貌。

古老的卡蒂厄什兰人为"莫贡"建造了一座异教神庙；"莫贡"是从前英国的神；这座神庙变成了埃特吕弗的宫殿和圣爱德华的堡

垒，然后一一九九年由无地约翰[1]提升到监狱的尊严，这就是索斯瓦克监狱。这座监狱先是被一条街道穿过，像什农索[2]被一条河穿过一样。在一两个世纪中有一个"gate"，就是一个城门，后来有人用墙堵住通路。在英国现在还有几座这类监狱。伦敦就有新门监狱，坎特伯雷就有西门监狱，爱丁堡就有卡农门监狱。在法国，巴士底狱起先是一座城门。

几乎所有的英国监狱都是一副模样，外面是高墙，里面是蜂窝般的牢房。就像哥特式的监狱，没有什么更凄惨的了。里面，蜘蛛和司法张开它们的罗网，约翰·霍瓦尔[3]这道强光还照不进去。所有的监狱就像布鲁塞尔的古老地狱，可以被称为"特勒伦堡"，也就是"泪屋"。

面对这些无情的野蛮的建筑，人们像古代的航海家面对普劳图斯所说的奴隶地狱一样，感到同样的心如刀割；这就是铁链锒铛的海岛（ferricrepiditœ insulœ），他们走近了就能听到铁链的响声。

索斯瓦克的监狱从前是驱魔和痛苦的地方，先是专门惩治巫师的，就像门洞上面的一块剥蚀的石头上刻着的两行诗所表明的那样：

Sunt arreptitii vexati dœmone multo.

---

1 无地约翰，1199—1216 年为英国国王。
2 什农索城堡在法国的图雷纳，是文艺复兴时期的杰作，先由狄安娜·德普瓦蒂埃，后由卡特琳·德·梅迪奇居住。
3 约翰·霍瓦尔（1726—1770），著名的英国慈善家，对英国和欧洲的监狱做过仔细的调查，他的著作有助于缓解欧洲的监禁制度。

Est energumenus quem dœmon possidet unus.[1]

这两句诗确定了魔鬼附身的人和着魔者的细微区别。

在这块题词上方，贴在墙上钉着一块梯子形状的石板，这是最高法院的标志，这块石板从前是木板，但由于在伍本[2]修道院附近名为阿斯普莱–戈维斯的地方被石化的泥土掩埋过，而变成了石板。

索斯瓦克监狱今日已拆除，朝向两条街，它以前作为城门时用作通行道，有两个门：大街上是豪华的门，专给官员使用，小巷上是"苦难门"，专给其他人使用。死人也用；因为监狱里死了一个犯人时，尸体由此出去。这是另一种形式的释放。

死亡，是扩展到无限中。

格温普兰正是通过"苦难门"刚刚被带到监狱里。

上文说过，小巷只是一条夹在相对的两面墙之间的石子小路。布鲁塞尔有这样的小通道，叫作"一人街"。两道墙高低不等；高墙是监狱，矮墙是坟墓。这面矮墙是监狱里堆放腐尸的墙垣，几乎不超过一个人的身材。墙上开了一个门，面对监狱的小门。死人只有穿过街道的小麻烦。只消沿着墙壁走二十来步，就可以进入坟墓。高墙上竖着一个绞刑架，对面的矮墙上雕刻着一个骷髅。这一面墙不给另一面墙带来快乐意味。

1　拉丁文：一个地狱在魔鬼附身的人身上肆虐。/同一个普通的魔鬼一起，只是一个着魔者。

2　伍本是一个城市，在贝德福德西南，19世纪以建立在旧修道院之上的贝德福德公爵的漂亮城堡闻名。

第六章
从前几个戴假发的法官

这时，谁从监狱的另一边，也就是从监狱的正面看去，就能看见索斯瓦克大街，并能看到监狱壮观的正门前面停着一辆旅行的马车，从它的"华丽马车的车厢"可以认出我们眼下所说的双轮轻便马车。一群看热闹的人围住这辆车。马车上有纹章，可以看到从车里走下一个人，进了监狱。人群猜测也许这是个法官；英国的法官往往是贵族，几乎总是有"免交税的权利"。在法国，纹章和法官长袍几乎互相排斥。圣西蒙公爵[1]提到法官时说："这种身份的人。"在英国，贵族绝不会当了法官就有失体面。

英国存在一种流动法官，叫作"巡回法官"，把这看作巡回法官的马车是再简单不过了。不那么简单的是，假设那个人不是从马车上，而是从前面的车座上下来，这个位置习惯不是主人的。另一个特点：在英国，这个时期有两种方式旅行，坐"公共马车"，每五英

1　圣西蒙公爵，17 世纪著名的法国回忆录作家，记录了路易十四末期至摄政时期的法国宫廷的生活。

里路要付一个先令，在驿站换奔跑的马，每英里路付三个铜板，每站还要付给驿站车夫四个铜板；坐自己的车，心血来潮，使用驿站的马，每一匹马、每一英里，应该和骑马的人付同样的铜板。但是，停在索斯瓦克监狱门口的马车，驾着四匹马，有两个驿站车夫，王爷的排场。最后，刺激和使人难以猜测的是，这辆马车关得严严实实，整块壁板也拉起来了。玻璃窗也被护窗板封住；所有目光能够穿入的缝隙都被遮住；从外面根本看不到里面，也可能从里面也根本看不到外面。再说，这辆车里不像有人。

索斯瓦克是在萨里州，索斯瓦克监狱是归萨里州州长管辖的。这种裁判权的划分在英国屡见不鲜。比如说伦敦塔，设想成不设在任何一个州里；就是说，从法律上讲，它有点像是在空中。伦敦塔除了自己的警官，叫作"custos turris"[1]，不承认其他司法长官。伦敦塔有自己的裁判权，自己的教堂，自己的法庭和自己特别的行政机构。"Custos"或者警官的权力伸展到伦敦以外二十一个"Hamlets"，可以译成"村庄"。由于在大不列颠法律的特殊性是互相交叉的，英国指挥炮手的职务是从属于伦敦塔掌管的。

其他一些法律习惯更加奇特。因此，英国海军法庭参考并应用罗得岛和奥勒龙岛（法国的海岛，曾经属于英国）的法律。

一个州的州长十分重要。他总是贵族，有时是骑士。他在古宪章里被称作"spectabilis"，"值得一看的人"。他的头衔介于"illustris"[2]和"clarissimus"[3]之间，[4]比第一个头衔小一点，比第二个大

1　拉丁文：守塔人。
2　拉丁文：显贵的。
3　拉丁文：很受尊敬的。
4　这是罗马帝国给予某些官员的头衔。

一点。州长从前由人民选择，但是爱德华二世[1]，在他之后是亨利六世[2]改由国王来任命，州长就变成王权的散发物了。所有州长都从国王那里接受委任，除了西莫兰的州长，他是世袭的，还有伦敦和米德尔塞克斯的州长，他们是在下议院大厅里由市政官员选出来的。威尔士和切斯特的州长拥有某些财政特权。所有这些官职在英国还存在，但是它们已经被历代的风俗和思想逐渐磨得陈旧了，不再具有从前的面貌。州长有护送和保护"旅行法官"的职责。就像人有双臂，他有两个官员，右手是副州长，左手是承法官。承法官由称为铁棒官的"百家法官"辅助，恐吓、审问人，在州长负责之下监禁人，再由巡回法官判决盗贼、杀人犯、暴动者、游民和所有的叛逆分子。对州长而言，在副州长和承法官之间等级的细微差别是，副州长是陪伴的，而承法官是辅助的。州长有两个法院，一个是固定的中心法院，即州法院，另一个是旅行法院，即巡回法院。州长这样代表整体和普遍地域。他可以看作在悬而未决的问题上由人协助和咨询的法官，戴一顶警察帽子，即"sergens coifœ"，这是一个法警，在他黑色的圆帽下戴着康布雷的白色布帽。州长可以出清监狱；他来到本州的一个城市时，有权简单地打发走囚犯，要么释放，要么是绞死，这叫作"释放监狱"（goal delivery）。州长起诉书提交给二十四个审判官，如果他们赞成，就写上"billa vera"[3]；如果他们不赞成，就写上"ignoramus"[4]；于是起诉被撤销，州长有撕毁起诉

1　爱德华二世，1307—1327 年的英国国王。
2　亨利六世，1470—1471 年的英国国王。
3　拉丁文：起诉书说的是真实的。
4　拉丁文：我们不知道。

书的特权。如果在讨论期间有一个陪审官死了，这就有权赦免被告，宣判他无罪，有权释放他。这就使得人们特别尊敬和害怕州长，因为他负责执行"陛下所有的意旨"；这个权力太可怕了。专制就安居在这些条规之中。称为执法的官员和验尸官簇拥着州长，市场的办事员也大力支持他，他有一队非常漂亮的骑马和穿制服的随从。张伯伦州长是"司法、法律和州的生命"。

在英国，有一种难以觉察的毁坏，不断地粉碎和瓦解法律和习俗。要强调的是，今日，无论州长、铁棒官还是承法官，都执行不了他们在那个时期所执行的职务。在以前的英国，有权限的混同，没有明确规定的权力归属导致了侵权，今天是不可能了。警察和司法已不再混淆。名称还存在，职能却改变了。我们甚至可以相信，"铁棒官"这个词改变了含义，它从前是一个官职，如今意味着地区划分；从前叫百家长，如今叫百家村（centum）。

另外，当时的州长把或多或少的东西结合起来，在王权和市政权中浓缩了法国从前叫作巴黎民政总监和警察总监的两个官吏。巴黎民政总监在这个古老的警察照会中说得相当清楚："民政总监先生不憎恨家庭纠纷，因为掠夺总是对他有利。"（一七〇四年七月二十二日）至于警察总监，这是个令人不安的人物，多变而模棱两可，他概括在一个最典型的人物之一的身上：勒内·德·阿尔让松，按圣西蒙的说法，他的脸上混杂着三个地狱判官。[1]

这三个地狱判官，读者已经在伦敦的主教城门见过了。

---

1 指马尔克-勒内·德·伏瓦伊埃（1652—1721），1697 年为警察总监，后为内政议会主席，首创国王密信。

第七章
战　栗

　　格温普兰听到小门关上，所有的门闩都插上时，他战栗起来。他觉得刚刚关上的这扇门是光明和黑暗通道的门，一边开向尘世的蚂蚁窝，另一边开向死亡世界，现在，太阳照亮的一切东西已经在他身后，他穿越了生命的边界，留在生命之外了。他的心猛地揪紧。别人要怎样处置他？这一切意味着什么？

　　他在哪里？

　　他周围什么都看不到，他处在黑暗中。关上的门使他暂时成了瞎子。气窗好像门一样关上了。没有通气窗，没有提灯。这是从前的一种小心措施。禁止照亮监狱里面的边沿，以便让新来的人什么都注意不到。

　　格温普兰伸出手去，左右都触到了墙壁，他在一条走廊里。慢慢地，不知从哪儿漏进来、飘浮在幽暗的地窖中的光亮，随着他的瞳孔张大，使他看清这儿那儿有一条线，走廊朦胧地显现在他面前。

　　格温普兰只通过于尔苏斯的夸大，约略知道一点刑罚的严厉，感到自己被一只看不见的大手抓住了。被法律的未知数操纵，这是可怕的。我们能够直面一切，但在司法面前就张皇失措了。为什么？这是因为人的司法只是黄昏，法官在那里摸索行动。格温普兰想起于尔苏斯对他说过需要沉默；他想再看到蒂；在他的处境中有难以形容的自由裁决权，他不想激怒它。有时想澄清就会使事情更糟。但是，从另一个角度看，这次遭遇的压力非常大，他终于让步了，他忍不住提出一个问题。

"诸位，"他问，"你们把我带到哪儿去？"

人家不回答他。

这是静悄悄的逮捕法，诺曼底的文件明文规定："A silentiariis ostio præpositis introducti sunt." [1]

这沉默使格温普兰心里冰冷。至今他以为自己很坚强，他对自己很满意，自我满足就是强大。他孤独地生活着，设想孤独是无法攻克的。现在突然感到自己被压在集体的恶势力之下。用什么办法来同这可恶的、不知名的东西即法律做斗争呢？他在这个谜之下瘫软无力。一种陌生的恐惧找到了他的盔甲的弱点。再说，他没有睡过觉，没有吃过东西；他仅仅把嘴唇碰过一下茶杯。他整夜有一种谵妄，现在身上发烧。他口渴，也许肚饿。胃不满意，干扰一切。从昨夜以来，他就受到意外事件的袭击。折磨他的激动支持着他；没有风暴的话，风帆会是破布。可是风能把这破布撕烂，他感到这破布的重大弱点存在于他身上。他感到就要瘫倒下来。他会毫无知

1　拉丁文：他们被负责看门和保持沉默的人带进来。

觉地摔倒在石子地上吗？昏倒是女人的办法，却是男人的耻辱。他挺直身子，但在发抖。

　　他觉得自己站不稳了。

第八章
呻　吟

他们在往前走。

在走廊里向前。

没有任何诉讼材料档案保管室。没有任何登记处。那时候的监狱根本不重视文件，只满足于对你关上门，往往不知道为什么。是监狱，就有囚犯，这对监狱就足够了。

这队人不得不拉长了，适应走廊的形状。几乎是一个跟着一个走：先是铁棒官，然后是格温普兰，再然后是承法官；随后，一队警察挤在一起走，好像瓶塞一样堵在格温普兰后面。走廊越来越窄，现在格温普兰的双肘触到墙壁。石子掺在水泥中的拱顶，不时露出做工奇特的凸出的花岗岩，必须低下头来通过；在这个走廊里无法奔跑，逃跑也不得不慢慢地走；这个管道曲里拐弯，肠子都是弯弯曲曲的，监狱的肠子就像人的肠子一样；这儿那儿，有时在右面，有时在左面，墙上有些方形缺口，有粗铁栅封住，让人看到梯级，有些朝上走，有些沉下去。他们来到一扇关着的门，门打开了，他们通过，门又关上了。然后，他们遇到第二道门，这道门让人通过，然后是第三道门，同样门在铰链上转动。这几道门好像自动打开又关上似的。看不到任何人。与走廊缩小的同时，拱顶也降低，最后到了只能低下头走路。墙壁渗出水来，从拱顶上往下滴水，走廊上铺的石板也有肠子的黏糊糊。代替光亮的弥漫的苍白色变得越来越昏暗了，缺乏空气。奇特地阴郁的是，这是往下降的。

必须留心才能看到是往下降。在黑暗中，缓缓的斜坡是阴森可怖的。没有什么像通过不知不觉的斜坡到达幽暗处那样可怕。

下降，这是进入可怕的未知处。

这样走了多少时候？格温普兰说不出来。

通过这不安的艰苦的考验，分分秒秒都无限地拉长了。

突然他们停了下来。

黑暗浓重。

走廊有点变宽。

格温普兰听见身边有个声音，只有中国的锣能给人这种概念，仿佛有样东西在深渊的横膈膜上敲了一下。

这是铁棒官刚刚用铁棒敲在一块铁板上。

这块铁板是一扇门。

不是旋转的门，而是能升上去和降下来的门。几乎就像狼牙闸门。

门槽发出一下尖锐的摩擦声，格温普兰眼前冷不丁出现一块方形的日光。

这是铁板刚刚在拱顶的缝隙中升起，就像捕鼠器的木板升起一样。

这是一个开口。

这光并不是日光，不过是光罢了。但对格温普兰大大扩张的瞳孔来说，这苍白的突然显现的光，先是有如闪电的一击。

过了一会儿他才看见东西。在晃眼中识别东西，和在黑暗中一样困难。

然后他的瞳孔逐渐适应光，就像适应黑暗一样；他最后识别清了；光最初在他看来太强烈了，随后在他的瞳孔中平和下来，变成铅灰色。他大胆往面前张开口的地方望去，他看到的情景十分恐怖。

在他脚下有二十来级台阶，又高又窄，磨损了，几乎是陡直的，左右都没有栏杆，是一种石脊，如同倾斜成台阶的一堵墙，深入到一个很深的地窖，一直通到下面。

这个地窖是圆的，新月尖形的拱顶，由于缺少水平的拱墩，这种解体适于过分沉重的建筑压在上面的所有地下室。

铁板遮住这道门，台阶通到那里；充当这道门的缺口凿成拱顶，从这个高度，目光深入地窖，就像深入到一口井里那样。

地窖地方很宽敞，如果这是井底，那就是一口巨井的底部。古语"有如低井之底"所勾起的概念，只能在设想狮子坑或者老虎坑的情况下，才能用于这个地窖。

地窖既不是石板地，也不是石块地，它是深洼地那种冰冷的湿土。

在地窖中央，四根难看的矮柱支撑着一个笨重的尖形穹隆的门廊，四根肋骨在门廊中间汇合，差不多构成一顶主教帽的内部。这个门廊好似从前放石棺的小尖塔，一直升到拱顶，在地窖形成一种中央房间，如果这个用四根柱子代替四面墙、四面敞开的隔间也能称作房间的话。

门廊的拱顶石吊着一盏铜灯，圆形的，像监狱的窗子一样有铁栅。这盏灯向周围、柱子、拱顶、在柱子后面约略看得见的环形墙壁投出苍白的光，光被切割成一条条黑影。

正是这灯光最初照得格温普兰晃眼。现在，对他来说，这只不过是一片几乎朦胧的红光。

在这个地窖里没别的亮光。没有窗，没有门，也没有通风窗。

在四根柱子中间，正好在吊灯的上方，在最亮的地方，平投到地下一个白色的可怕身影。

他是背脊躺在地上。可以看到一只脑袋，眼睛紧闭，身体躯干消失在说不清形状的一堆东西下面，四肢在圣安德烈的十字架[1]中和身躯连在一起，四根缠住手和脚的铁链拽向四根柱子。这些铁链通到每根柱子底部的一个铁环上。这种形式像在车裂的残酷姿态中一动不动，死尸一样冰冷而灰白。这是一个裸体，这是一个人。

格温普兰目瞪口呆，站在台阶高处望着。

突然他听到一声喘气。

这个尸体是活的。

这个幽灵附近，在门廊的尖形拱顶之一，从一大块平板石抬高的大扶手椅的两边，笔直站着两个包着黑色长裹尸布的男子，椅子

---

1 成 X 状，就像圣徒安德烈钉上十字架那样。

里坐了一个裹着红袍的老人，苍白，纹丝不动，阴沉沉，手里拿着一束玫瑰。

这束玫瑰能给一个不像格温普兰那样无知的人更多的信息。拿着一束花判决的权利，标志着既是王家又是市政府的官员。伦敦市长先生现在还这样审判。

帮助法官审判，这是季节到来第一朵玫瑰的职能。[1]

坐在扶手椅中的老人是萨里州的州长。

他拥有罗马皇帝一样尊贵的威严。

扶手椅是地窖里唯一的座位。

在扶手椅旁边，可以看到一张堆满文件和书籍的桌子，桌上放着州长的白色长杖。

州长左右两边站着的人是两个博士，一个是医学博士，另一个是法学博士；法学博士从他在假发上戴着的司法人员帽子可以认出来。两个人都穿黑袍，一个是法官黑袍，另一个是医生黑袍。这两种人都穿他们制造出来的死人丧服。

在州长后面，平板石的边缘，蹲着一个戴圆假发的书记官，他附近的石板上放着一个文具盒，他膝盖上有一个文件夹，文件夹上有一张羊皮纸。书记官手里有一支笔，摆出准备写字的姿态。

这个书记官是所谓"守口袋的书记"，这是指他面前脚边的一只口袋。这些口袋从前用在办案上，被称作"司法口袋"。

一个全身穿皮衣的人靠在一根柱子上，抱着手臂。这是刽子手

1　雨果从修道院院长柯伊埃的信中找到这个细节。

的一个仆人。

这些人在那个被锁住的人周围自得其乐地处在他们阴森森的姿态中。没有一个人动弹，也没有一个人说话。

笼罩在这一切之上的，是超出寻常的宁静。

格温普兰在这儿看到的是一个上刑罚的地窖。这些地窖在英国比比皆是。博钱塔的地下室长久以来用于此，和洛拉尔监狱的地下室一样。在伦敦曾经有过，现在还能看到在这类地方被称作"夫人广场的地牢"的低地。在最后一个房间，必要时有一个烧烙铁用的壁炉。

约翰王[1]时代的所有监狱，索斯瓦克监狱是其中之一，都有它们上刑罚的地窖。

下面描写的当时在英国是屡见不鲜的，严格地说，甚至今日还可能用在刑事诉讼上，因为所有这些法律始终存在。英国提供了这种怪现象：一部野蛮的法典和自由融洽相处。应该承认，这是和睦相处的一家人。

不过，如果对此有点不信，这不会不适当吧。要是危机突然降临，刑罚复苏不是不可能的。英国的立法是一只驯服的老虎，它有丝绒包住的爪子，但它总是有爪子。

斩去法律的指甲，这是明智的。

法律几乎不知道权利。一方面有刑罚，另一方面是人道。哲学家提出抗议，但是人类的正义和真正的正义结合起来，还要过一段

1　即无地国王。

时间。

尊敬法律，这是一句英国话。在英国，人们正常地尊重法律，从来不废除法律。人们要绝不执行法律，才能摆脱这种尊敬。一条古老的法律就像一个老婆子那样过时，但是这两种老婆子，都不杀死她们。不再跟她们来往，如此而已。就让她们始终认为自己年轻漂亮吧。让她们想象自己还存在。这种礼貌叫作尊敬。

诺曼底习俗已是满脸皱纹，这并不妨碍英国法官仍然对它含情脉脉。一件残酷施刑的古物，如果是诺曼底的，他们就心爱地保存起来。还有什么比绞刑架更残酷的吗？一八六七年，他们判决一个人[1]，大卸四块，献给一个人，即女王。

再说，英国不存在施加刑罚。历史书是这样说的。历史书也真说得出口。

马修·德·威斯敏斯特[2]注意到"非常宽容和温厚的撒克逊法"不处死罪犯，还说："他们只限于劓鼻，挖眼，去掉辨别性的部分。"如此而已！

格温普兰在台阶高处十分惊恐，开始全身发抖，哆嗦得厉害。他力图回想自己可能犯什么罪。随着铁棒官的沉默而来的是这幅酷刑的惨象。这是一个事实，是一个悲惨的事实。他感到自己被抓住的这个阴暗的法律之谜越来越黑暗了。

躺在地上的人形第二次发出喘息声。

1　即一八六七年五月，"芬尼社"伯尔克的案件。——原注
2　马修·德·威斯敏斯特，14世纪初还活着的英国编年史家，写过三卷本通史。至爱德华二世统治初年（1307）去世。

格温普兰感到有人在轻轻推他的肩膀。

这来自铁棒官。

格温普兰明白，他必须下去。

他服从了。

他一级又一级地走下台阶。台阶平坦的边沿很薄，有八九寸[1]高，又没有栏杆，只能小心翼翼地下去。铁棒官在格温普兰后面，离开两级台阶跟着他，笔直地拿着铁棒，在铁棒官后面，承法官隔开同样距离下去。

格温普兰走下这些台阶时，感到希望吞没了。这是一步步走向死亡。走下每一级台阶在他心中就熄灭一点光。他越来越变得苍白，终于到达台阶下面。

躺在地上被锁在四根柱子上鬼魂似的人继续喘息。

在半明半暗中有个声音说：

"走过来。"

这是州长在对格温普兰说话。

格温普兰上前一步。

"再走近些。"那个声音说。

格温普兰又走了一步。

"走到跟前。"州长又说。

承法官在格温普兰的耳边小声说，非常庄重，这耳语变得很庄严：

1　1寸约20—25厘米。

"你是站在萨里州的州长面前。"

格温普兰一直走到躺在地窖中央的受刑者那里。铁棒官和承法官待在原地，让格温普兰独自向前。

格温普兰来到门廊，就近看到刚才远远看见的那个可怜虫，这是一个活人，他的害怕变成了恐惧。

缚在地上的这个人赤身裸体，除了那块可以叫作"受刑者的葡萄叶"的遮羞破布，罗马人称为"succingulum"[1]，哥特人称为"chrisyipannus"[2]，我们高卢人的古语"cripagne"由此而来。赤身裸体躺在十字架上的耶稣只有一块破布。

格温普兰望着的那个可怕的受刑者，看来是一个五六十岁的老头。他是秃顶。白胡子在下巴倒竖着。他紧闭眼睛，张开嘴巴。瘦骨嶙峋的脸近乎死人的头。[3]他的手臂和腿，被铁链固定在四根石柱上，形成一个 X 形，胸前和肚子上有一块铁板，铁板上堆着五六块大石头。他的喘息时而像喘气，时而像吼叫。

州长没有放下那束玫瑰，他用另外一只空着的手拿起桌上的白色权杖，举起来说：

"忠于女王陛下。"

然后他把权杖放回桌上。

州长带着丧钟的缓慢，不做动作，像受刑人一样纹丝不动，提高声音说：

1　拉丁文：腰布。
2　拉丁文：基督的腰布。
3　被人残害的脑袋使他变成一个"笑面人"，就像孩子童年时看到的涂满柏油的绞刑犯。

"这里缚在铁链上的人，最后一次倾听正义的声音。你从地牢里押出来，来到这个监狱里。经过合法程序审问过你（formaliis verbis pressus），但你受到一个顽固不化的邪恶魔鬼的影响，不理会对你反复宣读的文件和通告，自我封闭，一声不响，拒绝回答法官。这是可憎恶的放纵行为，在法院口供记录的、该受惩罚的事实中，这构成了抗拒法院的罪行。"

站在州长右边的戴帽子法学家，打断了州长的话，带着冷漠而难以形容的阴郁说：

"'Overhernessa.'《阿尔弗雷德和戈德伦法》，第六章。"

州长又说：

"人人尊重法律，除了骚扰母鹿生小鹿的、树林中的盗贼以外。"

就像一口钟接着一口钟敲响那样，法学家说：

"Qui faciunt vastum in foresta ubi damœ solent fodninare."[1]

"拒绝回答法官的人，"州长说，"受到沾染上各种恶习的嫌疑。他被认为能做出一切坏事。"

法学家插进来说：

"Prodigus，devorator，profusus，salax，ruffianus，ebriosus，luxuriosus，simulator，consumptor patrimonii，elluo，ambro，et gluto."[2]

"所有的恶习，"州长说，"能够产生所有的罪恶。什么都不肯忏

1　拉丁文：法律仪式是一台阴郁的弥撒。
2　拉丁文：挥霍者，贪食者，无节制者，淫荡者，皮条客，酒鬼，色鬼，骗子，花光遗产的人，盗用公款者，乱花钱者，贪馋者。

悔。对法官的问题保持沉默的人，事实上是骗子和谋反者。"

"Mendax et parricida."[1]法学家说。

州长说：

"囚犯，以沉默来表示缺席是根本不允许的。假缺席给法律留下一道创伤。这就和伤了一位女神的狄俄墨得斯[2]相似。在司法面前沉默是一种反叛的形式。冒犯司法是大逆不道。没有什么更可恨和更大胆的了。谁逃避审问就是盗窃真理。法律对此已有对付的办法。对于类似的情况，英国人历来拥有监禁、绞架和锁铁链的权利。"

"见一〇八八年的'Anglica charta'[3]。"法学家说。

法学家始终用同样的机械庄重地又说：

"Ferrum，et fossam，et furcas，cum alis libertatibus."[4]

州长继续说：

"因此，囚犯，既然你不愿意打破沉默（虽然你神志清醒，完全清楚司法对你的要求），既然恶毒地倔强，你只落得难以忍受的痛苦，用刑法的语言来说，你要忍受'难熬的酷刑'的折磨。这就是你眼下所受的刑罚。法律要求我真正地通知你。你被带到这个地牢里，你被剥光衣服，你赤裸裸仰面躺在地上，你的四肢伸开，缚在四根法律的柱子上，一块铁板放在你的肚子上，在你的身上放了你能承受的石块。法律说是'还要多放'。"

1　拉丁文：骗子和谋反者。
2　狄俄墨得斯，战神阿瑞斯之子，养育食人的凶马，被赫拉克勒斯征服，被扔进马槽喂马。在《伊利亚特》中，他伤了阿芙洛狄特。
3　拉丁文：英国宪章。
4　拉丁文：铁链和监狱，绞架和其他权利。

"Plusque，"[1] 法学家确定说。

州长继续说：

"在这种情况下，在延长考验之前，我，萨里州的州长，曾经反复要求你回答和说话，虽然你在审问、铁链、镣铐、束缚和锁链的制服之下，却仍然邪恶地坚持沉默。"

"Attachiamenta legalia，"[2] 法学家说。

"鉴于你拒绝和顽固不化，"州长说，"法律的坚持要和罪犯的顽抗相等才算公平，就像法令和条文所要求的，考验仍然继续。第一天，既不给你喝的，也不给你吃的。"

"Hoc est superjejunare，"[3] 法学家说。

沉默了一会儿，只听到囚犯在一堆石头下可怕的丝丝呼吸声。

法学家补全他的引文：

"'Adde augmentum abstinentiœ ciborum diminutione. Consuetuto britennica，'[4] 第五百零四条。"

这两个人，州长和法学家，轮流说话。没有什么比这冷静的单调声音更加阴沉沉的，阴郁的声音回应不祥的声音，好像是教士和酷刑的副祭在庆贺法律的残忍弥撒。

州长又说话了：

"第一天，不给你喝的和吃的。第二天，给你吃的，但不给你喝的；给你吃三口大麦面包。第三天，给你喝的，但不给你吃的。三

1　拉丁文：还要多。
2　拉丁文：法律预见到的捆绑。
3　拉丁文：这强过斋戒。
4　拉丁文：要减少食物，提高节食。英国的习俗。

杯水分三次倒进你的嘴里，都是从监狱的阴沟里舀出来的。第四天到了，就是今天。现在，如果你继续不说话，就把你撂在这儿，一直到你死了。司法是这样要求的。"

法学家总是在帮腔，赞成说：

"Mors rei homagium est bonœ legi."[1]

"你会感到怎样惨死的，"州长又说，"不会有人帮助你，即便血从喉咙、胡子、胳肢窝里和身体的一切开口，从嘴巴到腰部流出来。"

"A throte bolla，"法学家说，"pabu et subhircis，a grugno usque ad crupponum."[2]

州长继续说：

"因犯，要注意。因为后果同你有关。如果你放弃可恶的沉默，如果你承认了，你只是被绞死，你还有权利享受'梅尔德弗'，这是一笔钱。"

"Damnum confitens，"法学家说，"'habeat le meldefeoh.'[3]《伊纳法》第二十章。"

"这笔钱，"州长强调说，"全按'多伊特京''苏斯京''加利霍尔彭斯'付给你，按照亨利五世三年颁布废除币制条例的规定，只有在这种条件下才可以通用，你会享受'scortum ante mortem'[4]的

---

1 拉丁文：罪犯的死亡是对法律贤明的颂扬。
2 拉丁文：从喉咙、胡子、胳肢窝，从嘴巴直到腰部。
3 拉丁文：坦白罪行者有权享受"梅尔德弗"。
4 拉丁文：死前的一个妓女。

权利，然后上绞刑架。招认的好处就是这样。你乐意回答司法的问题吗？"

州长住了口，等待着。受刑者仍然没有动作。

州长又说：

"囚犯，沉默是危险大于得救的避难所。固执是该下地狱的，罪大恶极的。谁在司法面前沉默就是对王冠的叛逆。绝不要坚持这种不忠的抗拒了。想想陛下吧。绝不要抗拒我们宽容的女王了。我对你说话，你就回答吧。要做一个忠顺的臣民。"

受刑者在喘息。

州长又说：

"你已经受了最初七十二小时的考验，现在是第四天了。囚犯，这是决定性的一天。法律确定对质是在第四天。"

"Quarta die，frontem ad frontem adduce。"[1] 法学家喃喃地说。

"法律的明智，"州长又说，"选择了这最后的时刻，以便进行我们的祖先称作'死亡般冰冷的审判'，既然这时人们根据是或否来确认。"

法学家支持说：

"'Judicium pro frodmortell，quod hominesscredenda sint per sunm ya et per suum na.'《阿德尔斯坦王宪章》（见343页）第一卷第一百七十三页。"

等了一会儿，然后州长将严峻的脸俯向受刑者。

---

1 拉丁文：第四天进行对质。

"身在地上的囚犯……"

他停了一下。

"囚犯,"他嚷道,"你在听我说话吗?"

囚犯没有动弹。

"以法律的名义,"州长说,"你睁开眼睛。"

囚犯的眼皮仍然紧闭。

州长转向站在他左边的医生。

"博士,你诊断一下。"

"Probe,da diagnosticum."[1]法学家说。

医生带着法官的僵硬从石板上下来,走近囚犯,将耳朵凑近受刑者的嘴巴,摸他手腕、胳肢窝和大腿的脉搏,站起身来。

"怎么样?"州长问。

"他还能听得见。"医生说。

"他看得见吗?"州长问。

医生回答:

"他能看见。"

州长做了一个动作,承法官和铁棒官走上前。铁棒官站在受刑者的脑袋旁边,承法官站定在格温普兰后面。

医生在柱子间后退一步。

这时州长举起那束玫瑰,就像教士举起他的圣水刷,高声叫受刑者,变得很可怕:

---

1 拉丁文:请诊断一下。

"啊！坏蛋，说话啊！法律在毁灭你之前请求你。你想装哑巴，想想沉默无言的坟墓吧；你想装聋，想想罚入听不见声音的地狱吧。想想比你还糟的死亡吧。考虑一下，你要被抛弃在这个地牢里。听着，我的同类，因为我也是一个人！听着，我的兄弟，因为我是基督徒！听着，我的孩子，因为我是一个老人！要留心我，因为我是你的痛苦的主人，待会儿我就要变成可怕的人。法律的恐怖造成法官的威严。想想看，我也在自己面前发抖。我自己的权力使我惊恐。不要把我逼到绝路。我感到自己充满了惩罚的神圣恶念。噢，不幸的人，要对司法具有获救和正当的恐惧，服从我吧。对质的时刻来到了，你应该回答。绝对不要固执地顽抗到底。不要弄到不可挽回的地步。想想毁灭你是我的权利。快死的人，听着！除非你乐意待在这儿几小时、几天、几星期等死，压在这些石头之下，独自在这个地下室，被遗弃，被遗忘，被消灭，给老鼠和黄鼠狼啃噬，被黑暗的动物咬嚼，长时间忍饥挨饿，在粪便中可怕地奄奄一息而死，而人们来来去去，你买我卖，马车在你头上的街道滚过去；除非你适于在绝望中毫无宽松地喘息，咬牙切齿，哭泣诅咒，没有医生来平息你伤口的疼痛，没有教士来给你的心灵提供一杯圣水；噢！除非你愿意慢慢地感到在你的嘴唇上出现坟墓恐怖的泡沫，噢！我恳求你，我祈求你，可怜你自己吧，做别人要求你的事，向司法让步，服从吧，转过头来，睁开眼睛，说吧，你是不是认识这个人！"

受刑者没有转过头来，也没有睁开眼睛。

州长轮流看一眼承法官和铁棒官。

承法官脱下格温普兰的帽子和大衣，抓住他的双肩，让他正面对着被锁住的囚犯那边的灯光。格温普兰的脸突现在整片黑暗中，显出奇异的浮雕，整个儿被照亮。

与此同时，铁棒官弯下腰，双手捧住受刑者的双鬓，把他毫无生气的头转向格温普兰，用两只拇指和两只食指撑开闭着的眼皮。受刑者露出凶神恶煞般的眼睛。

受刑者看到了格温普兰。

于是，他自己抬起头来，把眼睛张得大大的，望着格温普兰。他哆嗦起来，宛如大山压在胸膛上的人一样瑟瑟发抖。他嚷道：

"是他！是的！是他！"

他可怕地哈哈大笑起来。[1]

"是他！"他重复说。

然后，他让头重新倒在地上，又合上眼睛。

"书记官，记下来。"州长说。

格温普兰尽管害怕，至今一直几乎是忍耐着。受刑者的喊声："是他！"使他内心异常紊乱。这句"书记官，记下来"使他浑身冰凉。他似乎明白一个坏蛋把他拖向自己的遭际，而他，格温普兰却无法猜出是为什么，这个囚犯不可理解的招供对他封闭，如同枷锁的铰链一样。他想象这个罪犯和他绑在一对柱子上同时示众。格温普兰在这恐怖中脚站不稳，他在挣扎。他开始语无伦次地结结巴巴说话，带着无辜的心烦意乱，战栗，惊惶，昏头昏脑，随口发出来到嘴边的喊声和忧虑的话语，就像发出疯狂的子弹一样。

1　在受害者和撒旦般的刽子手的双重笑中显现出一个笑面人。

　　"不对，不是我。我不认识这个人。他不可能认识我，因为我
不认识他。今晚的演出还等着我。你们要我做什么？我要求得到我
的自由。还不仅如此。为什么把我带到这个地窖里来？那就再也没
有法律了。你们马上说吧，再也没有法律了。法官先生，我再说一
遍，不是我。不管别人怎么说，我是无辜的。我呀，我很清楚。我
想走。这不公道。在这个人和我之间什么事也没有。可以去调查嘛。
我的生平没有什么可隐瞒的。他们来抓我，像抓小偷一样。为什么
这样跑来？这个人，难道我知道是干什么的吗？我是一个流浪的小
伙子，在集市和市场上演闹剧。我是笑面人。有相当多的人来看我
演戏。我们在塔林左荒地。十五年来我清清白白地谋生，我二十五
岁。我住在塔德卡斯特客店，我叫格温普兰。请行行好，让我离开
此地，法官先生。不应该滥用可怜人的卑贱。愉悦一个什么事也没
做的人吧，他没有保护，也不能自卫。在你们面前的是一个可怜的
卖艺人。"

　　"在我面前的是，"州长说，"克朗查理和亨凯维尔男爵，西西里
的科尔莱恩侯爵，英国的上院议员，费尔曼·克朗查理爵士。"

　　州长站起身来，给格温普兰指着他的扶手椅，加上说：

　　"阁下，老爷请坐。"

第五卷

大海和命运在同样的
风吹动下波动

第一章
易碎物的坚韧

命运有时给我们喝一杯疯药。一只手从云端伸出来，突然给我们一只暗黑色的杯子，里面是不知名的迷药。

格温普兰不明白所以然。

他看看身后，想看是在对谁说话。过于尖锐的声音耳朵无法听见，过于尖锐的激动脑子无法理解。理解和听觉一样，有一定的限度。

铁棒官和承法官走近格温普兰，扶着他的胳膊，他感到别人让他坐在州长起身的那只扶手椅里。

他听之任之，弄不清这是怎么回事。

格温普兰坐下后，承法官和铁棒官后退几步，笔直地站在扶手椅后面，一动不动。

这时，州长把那束玫瑰放在桌子上，书记官递给他眼镜，从堆满桌子的文件下面抽出一张斑斑点点、发黄又发绿、有的地方被虫咬过和破碎的羊皮纸，这张纸看来曾经折得很小，一边写满了字。

他站在吊灯的灯光下，将纸凑近眼睛，用最庄严的声音读了起来：

> 以圣父、圣子、圣灵的名义，
>
> 今天，一六九〇年一月二十九日，
>
> 一个十岁的孩子，被人可恶地遗弃在波特兰的荒凉海岸上，意在让他因饥饿、寒冷和孤独而死去。
>
> 这个孩子在两岁时是被仁慈的陛下詹姆士二世国王下旨卖掉的。
>
> 这个孩子是已去世的林诺斯·克朗查理爵士、克朗查理和亨凯维尔男爵、意大利科尔莱恩侯爵、英国上院议员和已去世的安娜·布拉德肖的唯一合法儿子费尔曼·克朗查理爵士。
>
> 这个孩子是他父亲的财产和爵位的继承人。因他是由于仁慈的陛下的意志而被卖掉，成了残废，毁掉脸容，失去踪影的。
>
> 这个孩子受到抚养和训练，成为市场和集市的卖艺人。
>
> 他在两岁父亲死后被卖掉，国王得到十英镑，作为这个孩子的身价和各种让步、容忍和豁免的代价。
>
> 费尔曼·克朗查理两岁时被写下字据的我买下，由一个名叫阿尔卡诺纳的佛兰德尔人变成残废和改变脸容，只有这个佛兰德尔人掌握康奎斯特医生的秘密和方法。
>
> 孩子被我们特意变成一副笑的面具。"Masca ridens."[1]
>
> 阿尔卡诺纳根据这个意图，在孩子脸上做了手术 "Bucca

1　拉丁文：笑的面具。

fissa usque ad aure"[1]，在脸上放上了一个永恒的笑容。

孩子由于只有阿尔卡诺纳知道的方法，在做手术时睡着，失去知觉，不知道他接受的手术。

他不知道他是克朗查理爵士。

他听到格温普兰的名字时回应。

这是由于他被卖掉和买进时只有两岁，年龄很小，记忆也差。

只有阿尔卡诺纳知道进行"Bucca fissa"[2]的手术，这个孩子也是动过这手术的唯一幸存者。

这个手术唯一和独特的地方是，甚至在经年累月之后，这个孩子不再是孩子而是老人，尽管他的黑发变白发，也会立马被阿尔卡诺纳认出来。

在我们立这张字据的时候，确知所有这些事实、作为主要参与者的阿尔卡诺纳被关在奥兰治亲王殿下——俗称国王威廉三世——的监狱里。阿尔卡诺纳是被当作儿童贩子或者"琪拉"被逮捕的。他被关在查塔姆城堡主塔。

这个孩子是在瑞士日内瓦湖畔，洛桑和沃维尔之间，他父母逝世的那幢房子里，按照国王的旨意，被已故的林诺斯爵士的最后一个仆人卖掉，交给我们的；这个仆人像他的主人一样不久就过世，以致这件微妙的秘密至今世上无人得知，除了关在查塔姆的地牢里的阿尔卡诺纳和我们几个快要死的人。

1　拉丁文：把嘴巴割到耳朵。
2　拉丁文：割开嘴巴。

　　我们在下面签名的人，把这个国王卖给我们的小爵爷保存和扶养了八年，以便从中为我们的行业得利。

　　眼下，我们逃离英国，为的是不要遭到阿尔卡诺纳的厄运，由于国会颁布的刑事禁令和判决，出于胆小和害怕，在黑夜降临时，把那个孩子格温普兰，也就是费尔曼·克朗查理爵士抛弃在波特兰的海岸上。

　　然而，我们向国王发过誓保守秘密，但不是对上帝发誓。

　　今夜，在海上，由于上帝的意志，我们受到猛烈风暴的袭击，处在绝望和不安之中，跪在能够救我们性命，也许愿意救我们灵魂的上帝面前，对人已经没有什么指望，只有敬畏上帝，我们得救的办法就是忏悔我们的邪恶行为，耐心等死，满足于上天的正义得到满足，谦卑地忏悔，拍打自己的胸膛，做出这个声明，付与愤怒的大海，好意让大海用来服从上帝。愿圣母援助我们。阿门。签名如下。

　　州长停了一下，接着说：

　　"下面是签名。笔迹各种各样。"

　　他又读了起来：

　　杰哈杜斯·吉斯特门德博士。——阿森西昂。——一个十字，旁边是：巴尔巴拉·费尔摩伊，埃布德群岛的蒂里夫岛人。——加伊多拉，班长。——吉昂吉拉特。——雅克·卡图尔兹，又名纳尔博纳人。——吕克-皮埃尔·卡普加卢普，来自马翁苦役监。

州长又停下来，然后说：

"附记的笔迹和全文以及第一个签名是一样的。"

他又读起来：

三个船员中，船主被一股浪涛卷走了，只剩下两个船员。都签了名。——加尔德真。——夏娃-玛利亚，小偷。

州长将念和打断混合起来，继续说：

"在羊皮纸下面写着：'帕萨日海湾的海面，比斯开单桅船"晨星号"上。'"

州长补充说：

"这是首相府的一张羊皮纸，上面有詹姆士二世的水印。在声明的空白边上，用同样的笔迹写的一个附言：

这个声明是我们写在国王旨意的反面上的，国王要我们卖掉孩子才能卸除责任。把这页纸翻过来，就能看到国王的旨意。

州长把羊皮纸转过来，用右手举起它，放到灯光下。只见一张白纸——如果白纸这个词还能用在这样霉迹斑斑的纸上的话——中间写着这三个字：两个字是拉丁文"jussu regis"[1]，一个是签名：杰弗理。

---

1 拉丁文：按国王旨意。

"'Jussu regis'，杰弗理。"州长说，庄重的声音转成高声。

有人在梦中被一块宫殿的瓦片落在头上，这就是格温普兰。

他说起话来，仿佛是在无意识中说话。

"杰哈杜斯，是的，那是博士。一个忧郁的老人。我怕他。加伊多拉，班长，就是说头头。有两个女人，阿森西昂和另一个。然后是普罗旺斯人，叫作卡普加卢普，他在一个扁平的瓶里喝酒，瓶上写着红色的名字。"

"瓶子在这里。"州长说。

他把一样东西放在桌子上，书记官刚从司法口袋里抽出来。

这是一只有耳朵的葫芦，柳条编的套子。这只葫芦明显经历了不少险情。它必定在海里长期待过。上面粘着贝壳和海藻，结上了海洋的各种污垢。葫芦口上涂着柏油，表明是密封的。它已经启封。不过封口的绳头还留在壶颈上。

"就是在这只葫芦里，"州长说，"那些快要死的人把刚才读过的那份声明封上的。这封写给正义的信，被大海忠实地送过来了。"

州长提高他声调的庄严，继续说：

"正如哈罗山出产上等小麦，提供面粉的精华，给国王的餐桌上烤出面包一样，正如大海给英国尽可能地提供各种服务一样，一位爵爷失踪了，它把他找回来，并且送回来。"

他又说：

"在这只葫芦上确实有一个红字写的名字。"

他提高声音，转向一动不动的受刑者：

"这是你的名字，你这个坏蛋。因为真相虽然被吞没在人类行为的深渊中，仍然能通过幽暗的道路，从渊底这样到达表面。"

州长拿起葫芦，将漂浮物的一边拿到灯光下，这一边已被擦干净，也许是出于司法的需要。在柳条中间，可以看到一条弯弯曲曲的红色灯心草细带子，有的地方变成黑色了，这是海水和时间起的作用。这灯心草尽管有些地方断了，却清楚地在柳条上写着这个字：阿尔卡诺纳。

州长这时恢复特殊的声音，它什么也不像，可以称之为司法声调。他对受刑者转过身去：

"阿尔卡诺纳！当本州长第一次把这个写着你名字的葫芦拿出来，展示给你看的时候，你一开始就很高兴地认出这是属于你的东西。随后，在这张折好封在葫芦里的羊皮纸向你宣读过以后，你不愿再多说话，无疑你希望失踪的孩子不会找到，你会逃脱惩罚，你拒绝回答，由于拒绝回答，你受到严厉酷刑的惩罚。第二次对你宣读羊皮纸，上面写着你的同谋的声明和忏悔。毫无用处。今天，是第四天，对质法定的日子，一六九〇年一月二十九日被抛弃在波特兰的这个人带到你面前来了，你身上见鬼的希望才烟消云散，你打破了沉默，认出了你的受害人……"

受刑人睁开眼睛，抬起头来，用一种像临终前的古怪音调，带着难以描述的平静，混杂着喘息声，在这堆石头下可悲地说出几个字，每说一个字他都必须抬起压在身上的墓盖，他说了起来：

"我发过誓保守秘密，我已尽可能保守这秘密。在黑暗中生活的人是忠实的人，地狱里存在正直。今天，沉默变得无用了。是的。因此我说话。是的，是他。我和国王，我们两个人做出这事；国王通过他的意志，我通过我的技能。"

他望着格温普兰，添上说：

"现在永远笑吧。"

他开始笑起来。

这第二次笑，比第一次更加像凶神恶煞，可以被看成是呜咽。

笑声停止了，那人重新躺下。他的眼皮重新合上。州长让受刑者说完话，继续说：

"把这些话都记录在案。"

他给书记官写下来的时间，然后他说：

"阿尔卡诺纳，按照法律条款，经过事实的对质，第三次宣读过你的同谋的声明以后，此后经过你的承认和忏悔确认，并经过你反复的招认，你将被去掉这些桎梏，重新听候陛下的旨意，作为窃犯被绞死。"

"窃犯，"戴帽子的法学家说，"就是说买卖儿童的罪犯。《维西哥特法》第七卷第三篇'Usurpaverit'[1]条；《萨利安人法》[2]第四十一篇第二条；《弗里宗人法》第二十一篇'De Plagio'[3]条。亚历山大·纳卡姆说：'Qui pueros vendis，plagiaries est tibi nomen.'[4]"

州长把羊皮纸放在桌上，脱下眼镜，又抓住那束花，说道：

"严厉的酷刑结束了。阿尔卡诺纳，感谢陛下吧。"

承法官做了一个动作，穿皮衣的人行动起来。

1　拉丁文：非法占有。
2　萨利安的法兰克人的习俗法，508年在克洛维斯时期公布，排除妇女继承祖先土地。
3　拉丁文：论非法占有。
4　拉丁文：你贩卖儿童，你的名字是窃犯。——原注这个人是刽子手的仆人，古宪章叫作"绞刑架的侍从"。他走向受刑者，一块接一块搬走压在肚子上的石头，拿走铁板，露出这个可怜虫变了形的肋骨，然后解开手腕和脚踝系在柱子上的四条铁链。

受刑人虽然摆脱了石头和铁链，仍然躺在地上，闭着眼睛，手臂和脚叉开，就像一个从十字架上去掉钉子的人。

"阿尔卡诺纳，"州长说，"你起来吧。"

受刑人一动不动。

绞刑架的侍从拿起他的一只手，又松开它，这只手重新落下来。另一只手被抬起来，同样重新落下来。刽子手的仆人抓住一只脚，然后是另一只脚，脚后跟重新落下敲击地面。手指仍然不动弹，脚趾也一动不动。一个躺在地上的人赤裸的脚令人莫名地毛发直竖。

医生走了过来，从长袍的口袋中掏出一只小铜镜，放在阿尔卡诺纳张开的嘴巴前面，然后用手指撑开他的眼皮。眼皮不再落下来。玻璃状的瞳孔是呆定的。

医生挺起身来说：

"他死了。"

他又加上说：

"他笑过。这就杀死了他。"[1]

"没有关系，"州长说，"招认以后，死活只是一个形式而已。"

然后，他用玫瑰花束做了一个动作，给铁棒官下了这道命令：

"今夜就把这具尸体搬出去。"

---

1 雨果想给他的小说中的"笑"增添悲剧性。

铁棒官点头服从。

州长添上说：

"监狱的墓地在对面。"

铁棒官又点头服从。

书记官在笔录。

州长左手拿着花束，另一只手拿着白色权杖，笔直站在始终坐着的格温普兰面前，对他深深鞠躬，然后仰起头，摆出另一副庄严的姿态，直视格温普兰，对他说：

"面对在此的你，卑职萨里州的州长菲利普·但泽尔·帕桑斯，在接到陛下直接的特殊旨意和英国大法官大人的特许之后，立即在州政府的职员及书记官奥布里·多克米尼克侍从和一般官员的协助下，根据我们的授权和任务的职权，并依照海军部转来的文件，进行了审问，并记录在案。在审查了证物和签名，看过和听过各项声明之后，进行对质，但凡有关证明和调查的各项法律手续都进行完毕，得出了公正和正确的结论。为了让权利归于应该享受的人，我们向你表示和宣布，你是克朗查理和亨凯维尔男爵，西西里的科尔莱恩侯爵，英国上院议员费尔曼·克朗查理爵士。愿上帝保佑大人。"

说完他鞠躬。

法学家、医生、承法官、铁棒官、书记官，所有在场的人，除了刽子手，对格温普兰重复这敬意，鞠躬更低，一直到地。

"哎呀，"格温普兰嚷道，"把我喊醒吧！"

他脸色煞白地站了起来。

"我来就是要喊醒您。"一个我们还没有听见过的声音说。

一个人从柱子后面走了出来。自从那块大铁板给警察队伍的到来让开道以来，还没有人走进地窖，显然，这个人是在格温普兰到来之前就待在黑暗中，他的特殊角色是观察，他有待在那里的使命和职责。这个人是个胖乎乎的大块头，戴着宫廷假发，穿着旅行大衣，与其说年轻，还不如说年老，态度非常得体。

他向格温普兰鞠躬，恭敬而又自在，带着绅士的雅致，没有官员的笨拙。

"是的，"他说，"我是来喊醒您的。二十五年来，您沉睡不醒。您做了一个梦，必须从梦中走出来。您自以为是格温普兰，其实您是克朗查理。您以为是老百姓，其实您是大老爷。您以为在底层，其实您在最高层。您以为是个丑角，其实您是上议员。您以为贫穷，其实您大富大贵。您以为微贱，其实您是崇高的。醒来吧，老爷！"

格温普兰用一种很低沉的声音，其中透露出一点恐惧，喃喃地说：

"这一切是什么意思呢？"

"老爷，意思是说，"胖子回答，"我叫作巴基尔费德罗，我是海军部的军官，这个漂浮物，阿尔卡诺纳的葫芦，是在海边找到的，有人拿给我，由我来启封，似乎这是我的职位的权限和特权，我在海岸漂流物办公室当着两个发誓保守秘密的人面前打开它，这两个人是议员，一个是巴斯城的威廉·布拉斯威思，另一个是索萨姆普顿的托马斯·杰尔沃伊斯。这两个发过誓的证人记载并且证实葫芦的内容，在启封记录上签名，同我一起；我向陛下做了报告，根据女王的旨意，所有必要的法律手续，都以这种微妙的材料所要求的慎重去完成，最后的一道手续——对质也刚刚做过了；意思是说，您有一百万年金收入；意思是说，您是大不列颠联合王国的爵士、立法者和法官，最高的法官、最高的立法者，身穿深红色的貂皮衣服，与亲王平起平坐，地位相当于帝王，头上戴的是上院议员的冠冕，您要娶一位公爵小姐、国王的女儿。"

在这个沉雷压顶的命运改变之下，格温普兰昏倒了。

第二章
漂流的东西没有弄错 [1]

整个事情来自在海边捡到一个葫芦的士兵那里。

让我们叙述一下事实。

整个事实都依附于一个齿轮。

有一天，卡尔肖城堡的驻兵里四个炮手中的一个，退潮时在沙滩捡到一个柳条包住的葫芦。这个葫芦外面已全部发霉，有一个涂了柏油的塞子。士兵把葫芦交给城堡的上校，上校则把它转交给英国海军部。海军元帅就是海军部；对于漂流物来说，海军部就是巴基尔费德罗。巴基尔费德罗开启了葫芦，把它交给女王。女王马上给以重视，两个重要的顾问得到通知和咨询：一个是大法官，根据法律，他是"英国国王的良心守护者"，另一个是世袭宫廷典礼司长，他是"纹章和贵族后裔的法官"。天主教上议院议员诺尔富克公爵托马斯·霍华德是英国世袭的宫廷典礼司长，他派出典礼司的宾

1　在出版商要求雨果阐明巴基尔费德罗的做法和女王的态度的建议下，雨果在看校样时加上这一章的开头。

东伯爵亨利·霍华德表示他同意大法官的意见。至于大法官，那是威廉·考珀，绝不应该把这个法官和同名、同时代的比德洛[1]的解剖学注释家威廉·考珀[2]混同，后者在英国发表了《肌肉论》，几乎与埃蒂安纳·阿贝伊在法国发表《骨骼论》是同时；一个外科医生有别于一个爵士。威廉·考珀爵士之有名，是因为龙格维尔子爵的案件，他提出这个判决："从尊重英国宪法上说，一个上院议员的复位比一个国王的复位更加重要。"在卡尔肖找到的葫芦，引起了他极大的注意。一个格言的作者喜欢有机会付诸实行。这是一个让上议院议员复位的机会。进行过寻找。格温普兰在街上有招牌，很容易找到，阿尔卡诺纳也是这样。他没有死。监狱使人腐烂，但是保存他，如果看守也是保存的话。委托给巴士底狱的人很少被打扰。人们不太转换地牢，就像不改变棺材一样。阿尔卡诺纳还在查塔姆的主塔里。只消把手放在那上面。人们把他从查塔姆转到伦敦。同时，人们到瑞士去调查。事实被确认是准确的。他们在沃维尔和洛桑的地方文件里把流放中的林诺斯的证件、孩子的出生证件、父母的死亡证件都提取出来，"为了需要时使用"，都备了双份，当然经过证明。这一切极其秘密地进行，以当时所说的"王家速度"，而且是以培根[3]所嘱咐和实行的"鼹鼠的秘密"进行的，后来，这由布拉克斯通[4]起草成法律，用作大法官和国家案件的审理，以及所谓上院案件的

1　比德洛（1649—1713），荷兰医生、解剖学家，威廉三世请他给王子上课。
2　威廉·考珀（1666—1709），英国解剖学家，著有《人体解剖》（1697）。
3　培根（1561—1626），英国哲学家、散文家，在詹姆士一世时期担任高级司法职务，1621年成为子爵。
4　布拉克斯通（1723—1780），英国法学家，第一个在牛津开设民法和政治法，著有《英国法评注》。

审理。

"国王旨意"和杰弗理的签名也被证实了。对于在病理学上研究过所谓"乐意"这种任性的人来说，这"国王旨意"是非常普通的。詹姆士二世看来本应隐匿这样的行为，但他为什么甚至冒着妨害成功的危险，留下文字的痕迹呢？玩世不恭。高傲地满不在乎。啊！您以为只有妓女才不知羞耻！国家的理由也是一样。"Et cupit ante videri."[1] 犯下一件罪行，还绘上纹章，这就是事情的全部。国王像苦役犯一样，还刺上花纹。他们关心的是摆脱警察和历史，对事情深感不快，在乎别人知道和被认出来。看看我的手臂，注意这幅画，一座爱情的庙宇和一颗被箭射穿的火热的心，我就是拉塞内尔[2]。"国王旨意"。我是詹姆士二世。有人干了一件坏事，被打上了印记。以厚颜无耻来补全，自我揭露，让自己的坏事不会失手，这就是恶人无耻的虚张声势。克丽丝丁抓住莫纳德斯基[3]，让他忏悔，让人谋杀他，说道："我在法王那里仍是瑞典女王。"有的暴君隐藏起来，如提拜尔[4]，有的暴君自我炫耀，如菲利普二世。前者比蝎子还毒，后者比豹子还凶恶。詹姆士二世是第二类的变种。众所周知，他的脸开朗快活，在这一点上不同于菲利普二世。菲利普二世总是脸色阴郁，詹姆士二世则是快活，但仍然是残忍的。詹姆士二世是笑面虎。

---

1 拉丁文：想让人首先看到。见维吉尔《田园诗》第 3 首第 65 行：加拉泰向我投来一只苹果，发狂的女子逃向柳树边。

2 皮埃尔-弗朗索瓦·拉塞内尔（1800—1836 年 1 月 19 日被处决），著名的强盗和杀人犯，在监狱里写回忆录，作为浪漫的罪犯，反对社会。

3 莫纳德斯基，瑞典女王克丽丝丁的宠臣，在她退位后陪伴她旅行，女王下令暗杀了他，而且是在枫丹白露宫的回廊里当着她的面，无人知道是为什么。

4 提拜尔（公元前 42—前 37），古罗马皇帝，制造阴谋，可能是被谋杀的。

他像菲利普二世一样，干了坏事还很平静。他是受到上帝恩宠的怪物。因此，他没有什么可隐瞒和缓解的，他的暗杀受神权保护。他也乐意在自己身后留下一批西芒卡斯的档案[1]，把他所有的暗杀编号，注明日期，分门别类，插上标签，整理得井井有条，每一类都有一个格子，就像药剂师配药室的毒药一样。在自己的罪行面前签名是王家的做法。

所有犯罪的行为，是从不知名的付钱大人物身上抽取的票据。现在这个行为，加盖"国王旨意"不吉利背书的期票刚刚到期。

安妮女王善于保守秘密，这方面没有一点女人味，关于这件大事，她要求大法官给她一份"王耳报告"的机密报告。这一类报告在君主制时期是常见的。在维也纳，有"王耳顾问"，这是一个宫廷人物。这是加洛温时代的头衔，古老的《帕拉丁宪章》叫作"auricularius"，就是低声对皇帝说话的人。

考珀男爵、英国的大法官威廉[2]，受到女王信任，因为他像她一样是近视眼，而且还要近视得厉害。他起草过一份回忆录，开头是这样的："两只鸟儿服从所罗门[3]的命令，一只是鸡冠鸟，叫'胡德布德'，会说各种语言，还有一只是老鹰，叫'西穆冈卡'，用翅膀的影子盖住两万人的沙漠商队。天意也一样，不过形式不同。"等等。大法官证实了这是一个被拐走和造成残废，最后被重新找到的

1　这个城堡藏着自查理五世以来所有国家的档案和文件，数量极大，共有46箱，包括几百万份材料，从1480年至17世纪第一个四分之一的年代。
2　威廉·考珀，国会议员，负责保管安妮女王的玉玺（1705），次年被任命为英国大法官和上院议员，参加辉格党，直到1718年。
3　所罗门，《圣经》中的以色列王，大卫的儿子。

封爵的继承人。他绝不责备詹姆士二世，他毕竟是女王的父亲，他甚至找到替他辩护的理由。第一，有两个君主制时期古老的格言。"E senioratu eripimus. In roturagio cadat."[1]第二，存在国王有将人弄致死亡的权利。张伯伦证实过这一点。"Corpora et bona nostrorum subjectorum nostra sunt"[2]，詹姆士一世这样说，他博闻强识。为了王国的利益，几个王族的公爵的眼睛被挖了出来。有些亲王离王位太近，在两张褥子中被闷死，这被看作中风。闷死要比弄成残废好多了。突尼斯国王挖掉他父亲穆莱-阿桑的眼睛，他的大使们仍然受到皇帝[3]的接待。因此，国王能够下令废除一个人的肢体，就像废除一个官职一样，这是合法的，等等。但是，一个合法的行为并不去掉另一个。"如果一个落水的人回到水上，并没有死，这是上帝修改国王的行为。如果继承人又回来了，那就把王冠还给他。诺布顿布尔国王阿拉爵士就是样做的，他以前当过卖艺的。他对格温普兰也应这样做，他也是一个国王，就是说是个爵士。职业的卑贱，经历过重大力量的压制，绝不使纹章黯然失色；证据是，阿布多洛宁[4]是国王，也是园丁；证据是，约瑟夫是圣人，也是细木匠；证据是，阿波罗是神，也是牧羊人。"总之，这位博学的大法官的结论是：应该把假名叫格温普兰的费尔曼·克朗查理爵士的所有财产和爵位还给他，"只有一个条件，和坏蛋阿尔卡诺纳对质，并被他认出来。"对此，大法官，宪法上的国王良心守护人，安抚这良心。

1　拉丁文：我们把他拽出了领主权。就是让他回到平民的地位。
2　拉丁文：子民的生命和肢体属于国王。——原注
3　指西班牙国王查理五世，突尼斯国王穆莱 1553 年登基。
4　阿布多洛宁，王室后裔，因贫穷而种过地，亚历山大大帝决定封他为王。

大法官在附记里说，在阿尔卡诺纳拒绝回答的情况下，他应该受到"严厉酷刑"，以达到《阿德尔斯坦王宪章》所要求的"死亡般冷冰冰审判"的程度，对质要在第四天；有点麻烦的是，如果受刑人在第二天或第三天死去，就难以对质了，但法律应该得到执行。法律的弊病属于法律。

此外，在大法官的头脑里，由阿尔卡诺纳认出格温普兰无疑是做得到的。

安妮足够了解格温普兰的脸容改变，根本不想让她的妹妹犯错，克朗查理家的财产要由她来继承。女王幸灾乐祸地决定约瑟安娜公爵小姐要嫁给新爵士，就是说嫁给格温普兰。

费尔曼·克朗查理爵士的复位再说是很简单的事。对于旁系亲属要求继承有问题的父子关系或者"in abeyance"[1]的爵位，应该咨询上议院。因此，不需要上溯到更早，一七八二年伊丽莎白·佩里要求继承西德尼男爵夫人，一七九八年托马斯·斯塔普莱顿要求继承博蒙男爵领地，一八〇三年可敬的蒂姆韦尔·布赖奇要求继承钱多斯男爵领地，一八一三年克诺利斯少将要求继承班伯里州的贵族领地，等等。但这里完全不一样。没有任何悬而未决的问题，这是明显的合法，清楚而确定的权利，绝对不用去找上议院，女王得到大法官的协助，足以承认和同意这位新爵士。

巴基尔费德罗实施一切。

由于他，案子在暗地里进行，秘密被守口如瓶，无论约瑟安娜

还是大卫，都听不到在他们脚底下进行的这件不可思议的事情的风声，约瑟安娜非常高傲，像悬崖一样容易遭到封锁。她自我孤立。至于大卫爵士，人家把他派到海上，在佛兰德尔沿岸。他马上要丧失自己的爵位，却没有怀疑到。这里再说一个细节。一个名叫赫利伯顿的舰长，把法国舰队困在离大卫爵士指挥的英国海军停泊站十海里的地方。彭布罗克伯爵上了一个奏章，建议把赫利伯顿舰长提升为海军准将。安妮划掉了赫利伯顿，换上了大卫·迪里-莫伊尔爵士，让大卫爵士至少知道他不再是上议院议员时，当上准将能得到安慰。

安妮很满意。给她的妹妹一个可怕的丈夫，给大卫爵士升级。狡猾而仁慈。

女王就要演出喜剧。再说，她心想，她弥补了她威严的父亲滥用权力，又给上院恢复了一个成员，她像伟大的女王那样行事，她按照上帝的意志保护无辜者，正如上天处于神圣的摸不透的道路中一样。做一件义举，又能使自己不喜欢的人不快，这是很舒心的。

再有，知道她妹妹未来的丈夫畸形，对女王来说已足够了。这个格温普兰畸形到什么程度，这是一个怎样的丑八怪呢？巴基尔费德罗并没有着意告知女王，安妮不屑于去了解。这是君王深深的蔑视。但有什么关系呢？上议院只能表示感谢。有权威的大法官已经说过。给一个上议院议员复位，这是给整个贵族复位。在这种情况下，王权表现出是贵族特权的良好和值得尊敬的守护者。新爵士的脸不管怎样，一副面孔不是对权利提出异议。安妮多少想着这一切，简单地走向自己的目的，这女王的伟大目的，她感到满意。

当时女王在温莎，这使宫廷阴谋和公众之间有一定的距离。

只有绝对需要的人才了解即将发生事情的秘密。

至于巴基尔费德罗，他很快活，脸上反而添了一种阴郁的表情。

世上的事情可能最丑恶的就是快乐了。

他的快乐在于第一个尝到阿尔卡诺纳的葫芦里的东西。他的表情并不吃惊，惊讶属于头脑卑微的人。况且，他在命运的门前站了那么久，这难道不是应该的吗？既然他在等待，就应该发生一点事。

他的态度属于"nil mirari"[1]。应该承认，说到底，他很吃惊。如果有人能够把他在上帝面前将良心上所放的面具脱下来，就会感到这一点：就在此刻，巴基尔费德罗开始深信，他这个亲密而又衰弱的敌人，断然不可能在公爵小姐约瑟安娜的生活中打开一个裂口。因此他潜藏的敌意达到了疯狂的程度。他终于到达所谓泄气的顶点。正由于绝望，他就更加疯狂。强压住怒火，这是悲惨而真实的表白！一个恶人强忍住无能为力。巴基尔费德罗兴许到了放弃的时候，不是放弃让约瑟安娜倒霉，而是放弃对她使坏；不是放弃狂怒，而是放弃咬她。但是，真是一落千丈，居然撒手放弃！今后将他的仇恨就像博物馆里的匕首一样装在刀鞘里！真是奇耻大辱。

突然，正是时候，——宇宙间无限的事件喜欢这种巧遇——阿尔卡诺纳的葫芦随着浪涛翻滚，落在他的手里。在冥冥之中，有一种无名的驯服的东西，仿佛听从恶的命令。巴基尔费德罗在海军部发誓不声张的两个证人的协助下，打开葫芦口，找到了羊皮纸，拆

---

1 拉丁文：丝毫不用惊讶。

开来看……可以设想他像鬼怪般心花怒放！

　　想想真奇怪，大海、狂风、时空、涨潮与落潮、风暴、平静、微风，可以做出多大的努力，才终于造就一个恶人的幸福。这样合谋经历了十五年。神秘的事。在这十五年中，大海没有一分钟不在为此而努力。浪涛把浮瓶一个接一个传递，礁石回避对玻璃的撞击，葫芦没有产生任何裂痕，塞子没有受到任何磨损，海藻没有腐蚀柳条，贝壳没有吃掉阿尔卡诺纳这个名字，海水没有进入漂流物中，霉烂没有侵入到羊皮纸，潮湿没有使字迹漫漶，深渊要多么小心在意啊！杰哈杜斯就是这样扔给了黑暗的东西，黑暗又把它扔给了巴基尔费德罗，寄给上帝的信息到达了魔鬼那里。无限的天地滥用了信任，掺杂在事物中的幽冥的讽刺这样安排，使得这合法的胜利变得复杂，失踪的孩子格温普兰重新变成克朗查理爵士，把恶毒取得的胜利变成一个好的行动，让正义为罪恶服务。从詹姆士二世那里拽出受害者，给了巴基尔费德罗一个猎获物。扶起格温普兰是出卖约瑟安娜。巴基尔费德罗成功了。正是为了这个，在多少年里，浪涛、潮流、狂风颠簸、摇晃、推动、抛掷、折磨和尊重这玻璃葫芦，有多少人的生存参与其中！正为了此，在风、海潮和风暴之间协力同心！奇迹无边的激荡是在同情一个可怜虫！这是和一条蚯蚓的无限合作！命运就有这样的意志。

　　巴基尔费德罗身上掠过一道巨人般骄傲的一闪。他心想，这一切都是按照他的意愿完成的。他感到自己是中心和目的。

　　他弄错了。我们要替命运恢复声誉。这绝不是这件值得注意的事实的真正含义，巴基尔费德罗的仇恨只不过利用了这件事而已。

大海让自身成了一个孤儿的父母，给他的刽子手们送去风暴，粉碎了那只抛弃孩子的船，吞没沉船者合十的双手，拒绝所有的哀求，只接受他们的忏悔，风暴从死神手里接到一份委托，坏人乘坐的航船被装着悔恨的易碎葫芦代替，大海改变了角色，像一只喂奶的母豹，它摇晃的不是孩子，而是他的命运，他这时在长大，不知道深渊为他所做的一切，葫芦被扔进去的浪涛坚守着这往昔，里面有一个人的前途，风暴善意地在上面掠过，海流把易碎的漂流物吹越不可探索的水路，海藻、波浪、岩石、深渊的巨大泡沫都谨慎安排，保护一个无辜者，不可动摇的波浪像良心一样，混沌重建秩序，黑暗的世界通到了光明，全部黑暗用来达到真理这星球的出现；流放者在坟墓里得到安慰，继承者获得了遗产，国王的罪行被粉碎，神圣的预谋得到服从，小人物、弱者、被抛弃的人有无限作为保护者；这就是巴基尔费德罗在他获胜的事件中所能看到的；这也是他所看不到的。他并没有想，一切是为了格温普兰而成就的；他想，一切是为了巴基尔费德罗而成就的；他值得领受这份磨难。魔鬼就是这样。

再说，令人惊奇的是一个易碎的漂流物能够漂浮十五年而没有受到损害，为此必须认识一下大海深深的柔情。十五年，算不了什么。一八六七年十月四日，在十字架岛、加弗尔半岛的尖端和漂流者岩石之间的莫尔比昂，路易港的渔夫们发现四世纪的一只罗马古瓶，上面覆盖了海水镂刻的一条条花纹。这个古瓶漂流了一千五百年。

不管巴基尔费德罗外表想装得多么冷漠，他是又惊讶又快乐。

一切都提供了，一切都仿佛准备好了。就要满足他的仇恨的这个事件的片段，事先分散在他伸手可及的地方。他只消把它们凑拢来，焊接在一起。要做的是有趣的装配。一件镂刻品。

格温普兰！他熟悉这个名字。"Masca ridens"[1]！像大家一样，他去看过笑面人。他看过挂在塔德卡斯特客店的招牌，就像人们看吸引人群的戏的海报一样。他注意过他，他回想起广场上海报的细节，哪怕随后要证实一下。这张海报，在他脑子里闪电似的回想起来，重新出现在他深邃的目光中，放在遇难者的羊皮纸旁边，仿佛是问题旁边的答案，仿佛谜语旁边的谜底，还有这句话："在这里能看到格温普兰，一六九〇年一月二十九日的夜里，他在十岁时被罪恶的儿童贩子抛弃在波特兰的海岸边。"在他眼底下，这句话突然发出《启示录》的光彩。他有这个幻象：在集市的吹嘘中有着"Mane Thecel Pharès"[2]的闪光。这就形成约瑟安娜的全部生活。突然崩溃。失踪的孩子又找到了。克朗查理爵士有了。大卫·迪里-莫伊尔结束了。上院议员、财富、权力、地位，这一切都离开了大卫爵士，回到格温普兰那里。一切，城堡、猎场、森林、大厦、宫殿、领地，包括约瑟安娜，都属于格温普兰。约瑟安娜这是什么样的结局啊！眼下是谁站在她面前呢？她赫赫有名而高傲，而他是个小丑；她美丽而高贵，而他是个怪物。有谁想得到这样的结果呢？事实是，巴基尔费德罗非常兴奋。刻骨铭心的仇恨全部结合在一起，也超不过

---

1 拉丁文：笑的面具。
2 在巴尔塔查王宴会的墙上有一只手写下的三个字，意为"计算""掂量""分割"，这是预言巴比伦的毁灭。

这个意外事件的可怕显露。只要现实愿意，它能产生杰作。巴基尔费德罗感到自己所有的梦想都笨拙。这才是最好的。

即将由他造成的变化，哪怕对他不利，他也仍然愿意这样。存在一些不计自身得失的凶狠的昆虫，它们虽然知道蜇一下要送命，却依然要去蜇。巴基尔费德罗就是这样一只虫子。

但是这回，他并没有不计自身得失的价值。大卫·迪里-莫伊尔爵士丝毫不欠他什么，费尔曼·克朗查理爵士却就要一切归恩于他。巴基尔费德罗要成为保护人。谁的保护人？一个英国上院议员的保护人。他会有一个属于自己的爵士！一个要由他造成的爵士！巴基尔费德罗打算好好在他身上下一番功夫。这个爵士会是女王高攀的妹夫！他这样丑，会非常取悦女王，却会遭到约瑟安娜的厌弃。在这种恩惠的推动下，巴基尔费德罗穿上庄重而朴素的衣服，就可以变成一个重要人物了。他始终看重教会。他有一个当主教的朦胧想法。

在这期间，他很快活。

多么出色的成功啊！命运的这许多工作做得多么好啊！他的复仇，因为他管这个叫复仇，是波浪柔和地给他送来的。他并没有白白地埋伏。

礁石是他。漂流物是约瑟安娜。约瑟安娜要在巴基尔费德罗身上搁浅！这坏蛋真是心醉神迷了。

在别人的脑子里，割一道小小的裂口，把自己的一个想法放进去，这种技能就叫作暗示，他很擅长这样做；他待在一边，不像要插手其中，安排好让约瑟安娜到"绿箱子"木板屋，去看格温普兰。这不会有妨碍。卖艺者被人看到低微的身份，这是合成材料中的好配料。稍后这会显出滋味。

他事先悄悄地把一切准备好。他所希望的是突如其来。他所完成的工作只能用这几个奇特的字来表达：制造一个晴天霹雳。

准备工作结束后，他注意让所有想做的手续在合法的形式中完成。秘密绝对不容许泄露，沉默就是法律。

阿尔卡诺纳和格温普兰的对质进行过了，巴基尔费德罗看到了这个场面。读者刚刚见到了结果。

同一天，女王卫队的华丽马车突然出现，奉陛下的旨意，在伦敦寻找约瑟安娜小姐，要把她带到温莎，安妮此时在那里度假。约瑟安娜有一件心事未了，本想违抗，或者至少拖延一天服从，把动身放到第二天，但是宫廷生活是不允许这种违抗行为的。她只得立刻上路，抛开她在伦敦的住所亨凯维尔宫，动身到温莎的住地科尔莱恩行宫。

约瑟安娜公爵小姐离开伦敦，是在铁棒官出现在塔德卡斯特客店，夺走格温普兰，把他带到索斯瓦克上刑的地窖的当儿。

当她来到温莎时，看守觐见厅的黑棒官告诉她，女王和大法官关起门来，要到第二天才能接见她，因此她只得在科尔莱恩行宫等待陛下有空接见。陛下第二天早上醒来时会直接给她发出旨意。约瑟安娜非常气恼地回到自己的住地，气呼呼地吃了晚饭，得了偏头痛，辞退所有人，她的小侍从除外，然后把侍从也辞退了，虽然还是大白天，躺下睡觉。

她到达温莎时得知，大卫·迪里-莫伊尔爵士在海上接到集合，马上回来听取女王的旨意，也是第二天在温莎等候召见。

第三章
任何人从西伯利亚突然到塞内加尔都会失去知觉[1]（洪堡语）

一个人，哪怕最坚强和最有毅力，在命运的大棒猛然一击之下，都不知道遭到什么袭击。一个人受到意外事件的打击，就像一头牛遭到屠牛斧的一击那样。弗朗索瓦·德·阿尔贝斯科拉在土耳其港口摆脱铁链，被选为教皇时，有一整天失去知觉。[2]可是，从红衣主教到教皇，其间的跨度要小于从卖艺者到英国上院议员的距离。

没有比失掉平衡更加强烈的震动了。

当格温普兰恢复知觉，睁开眼睛时，已经天黑了。格温普兰在一个贴着深红丝绒的宽大房间中央的扶手椅里，墙上、天花板和地板也贴着这种丝绒。人行走在丝绒上面。他身旁站立着一个人，光

1 原文标明这是洪堡所言。此处指的也许是著名的博物学家和旅行家亚历山大·德·洪堡（1769—1859），他探索美洲和亚洲，著有《宇宙》，或名《对世界的物质描绘》。
2 弗朗索瓦·德·阿尔贝斯科拉·德·拉罗韦尔（1414—1484），1471年8月9日成为教皇西克斯图斯四世，提出进行一次"十字军东征"，攻打土耳其人。

着头，大腹便便，穿着旅行大衣，就是从索斯瓦克地窖的一根柱子后面走出来那个人。格温普兰独自和这个人待在一起。他从椅子中伸出手臂，可以触到两张桌子，每张桌子放着一只六支蜡烛的枝形烛台。在其中一张桌子上，放着文件和一只小箱子；在另一只桌子上有饭菜：冷鸡、葡萄酒、白兰地，放在一只镀金的银盘上。

透过一块从地板通到天花板的长窗玻璃，四月的明亮夜空让人看到，在外边半圆形的一圈柱子，围住一个主要院子，大门分三个小门，其中一个很宽，两个很低矮；中央通马车的门很大；右边是骑士之门，小一点；左边是步行门，很小。这些门用栅栏关闭，铁栅的尖顶闪闪发光，一个很高的雕塑高踞于中央大门。柱子也许是白色的大理石，就像院子的路面，同雪地一样，平面上嵌着拼花图案，在黑暗中约略可见。这拼花图案在白天看，无疑会以各种珐琅和各种色彩，给目光提供一个佛罗伦萨式的巨大纹章。曲曲折折的栏杆上下错落，表明平台的阶梯。在院子上方，竖立一个巨大的建筑，由于黑夜而影影绰绰的模糊不清。布满繁星的天空间隔地呈现宫殿的剪影。

可以看到一个特大的屋顶、螺旋上升的山墙、有遮檐的阁楼好像头盔、烟囱犹如塔楼、柱顶盘覆盖着一动不动的男女神祇。透过柱子，一座仙女喷泉在半明半暗中喷水，叮咚作响，从这个承水盆注入那个承水盆，将雨水和喷水糅合在一起，就像珠宝盒散开了，在风中狂撒钻石和珍珠，仿佛给周围的塑像消愁解闷。长排的窗户露出侧影，被圆拱形甲胄和小台座上的胸像分隔开。在饰座上，战利品和有羽翎的石盔与天神交替罗列。

在格温普兰所待的房间里，在尽里面，窗户对过，可以在一边看到一只和墙壁一样高的壁炉，在另一边，华盖底下是一张封建时代的那种宽大的床，要用梯子爬上去，可以横着睡。床的梯子在旁边。墙脚是一排圈椅，放在圈椅前面的一排椅子补全了家具。天花板是穹隆形的；法国式烧木柴的旺火在壁炉里熊熊燃烧；从火焰的旺盛和玫瑰红与绿色的条纹，内行人会看到这火烧的是榛木，非常奢侈；房间非常大，两只枝形烛台还照不亮。这儿那儿，门帘放下了，飘荡着，表明和其他房间相通。这个整体有詹姆士一世时代那种方正和厚实的外形，这是古老而华丽的风尚。就像房间的地毯和壁衣，华盖、床、矮凳、窗帘、壁炉、桌子罩布、圈椅、椅子，一切是深红丝绒。除了天花板，没有金子色彩。在离四个屋角的等距离上，平放着一个压纹金属的大圆盾，闪耀着炫目的纹章浮雕；纹章中有两个靠近的徽号，可以分辨出一个男爵冠冕，一个侯爵冠冕；这镀金的铜还是镀金的银？不知道。这像是金的。在天花板的中央，像壮丽的暗空，这耀眼的盾徽有着黑夜中的太阳阴沉的闪光。

一个混合着自由人的野蛮人，在宫殿里几乎就像在监狱里一样踟蹰不安。这个华丽的地方使人心烦意乱。壮丽无比生出恐惧。住在这庄严的地方，可能是什么样的人？这样的威严属于怎样的巨人？这个宫殿是什么狮子的洞穴？格温普兰还没有完全清醒过来，心里揪紧了。

"我在什么地方？"他问。

站在他面前的人回答：

"您在自己家里，老爷。"

第四章
入　迷

浮上水面需要时间。

格温普兰被人掷到惊讶之底。

人不能马上在未知中站稳脚跟。

思想溃散正如军队溃散，重新纠集绝不会一蹴而就。

人们有时感到自己支离破碎。他看到自身的古怪消失。

上帝是手臂，命运是投石器，人是石子。一旦被抛出去，就抵抗吧。

格温普兰，如果可以用这句话，是从一个惊奇跳到另一个惊奇。在公爵小姐的情书之后，是索斯瓦克地窖的显现。

人的命运一旦出现意外，就要准备好：一下会接着一下。这扇凶险之门一旦打开，意外的事就会冲进去。你的墙上出现缺口，事件就会乱糟糟地投进去。异乎寻常的事不会只发生一次。

异乎寻常的事是一种黑暗。这种黑暗落在格温普兰身上，他觉得他发生的事不可理解。一个深刻的震荡会在理解上留下烟雾，正如一场崩塌会留下烟尘一样；他通过这片烟雾看到了一切。震动是彻底的。没有一点清晰的东西展现在他眼前。不过，总是会逐渐变得清晰的。灰尘落下。极度惊讶越来越减少。格温普兰就像这样一个人：他的眼在梦中睁开，呆呆地盯着，竭力想看到梦里的东西。他拨开这层烟雾，然后重新把烟雾组合。他感受到精神遇到意外时的波动，这种意外轮番地把你推到能够理解的一边，然后又把你拉回到不能再理解的一边。谁的头脑没有经历过这种摆动呢？

逐渐地他的思想在事件的黑暗中扩展开来，如同他的瞳孔在索斯瓦克的地下室的黑暗中扩展一样。困难的是要做到把那么多积累起来的感受分隔开。要让这些混乱的思想激动，就是说理解，能够活动起来，必须在激动之间有空气。而这里缺少空气。实际可以说不能呼吸。在进入索斯瓦克可怕的地下室时，格温普兰等待的是苦役犯的枷锁；别人却把上院议员的冠冕戴在他头上。这怎么可能发生呢？在格温普兰恐惧的事和他发生的事之间，没有足够的位置，相继发生得太快了，他的恐惧过于突兀地变成别的东西，以致看不清楚了。两者对比过于贴近。格温普兰竭力想从这老虎钳中拔出他的思想。

他沉默了。这是极度惊愕时的本能，惊愕是超过人们想象的自卫。什么也不说，就是面对一切。你吐出一个字，被未知的齿轮抓住了，会把你整个拖进说不清的轮子下。

小人物怕被压死。群众总是担心被人踩在脚下。而格温普兰长久属于群众了。

人不安的特殊状态可以用这句话表现出来：看看下一步。格温普兰处在这种状态中。在这个猝不及防的局面中，人还未感到自身处在平衡状态里，监视着随后要发生的事，朦胧地等待着。看看下一步。等什么？不知道。等谁？看看吧。

大腹便便的人再说一遍：

"您是在自己家里，老爷。"

格温普兰摸摸自己。在惊讶时，人会观察，要确信事物是不是存在，然后摸摸自己，为了确信自身是不是存在。别人是在对他说话，可是他本人是另一个人。他已经没有短上衣和皮披风了。他穿的是银色的呢背心和一件缎子上衣，触摸时感到是刺绣的；他感到背心口袋里有一只装得满满的大钱包。一条上腰宽大的丝绒裤子覆盖住他小丑的狭窄的贴腿短裤，他穿着红高跟的鞋子。别人把他转到这座宫殿的同时，给他换了衣装。

那人又说：

"请阁下记住这个：我就叫巴基尔费德罗。我是海军部的办事人员。是我开启了阿尔卡诺纳的葫芦，使您的命运重见天日。在阿拉伯故事里，一个渔夫就是这样从瓶里放出一个巨人。"

格温普兰把目光盯住对他说话的那张笑脸。

巴基尔费德罗继续说：

"老爷，除了这座宫殿，您还有一座更大的亨凯维尔宫、克朗查理城堡，您的上议院议员就依仗这个，这是老爱德华时代的堡垒。您有十九个私人法官，还有他们管辖的村庄和农民。在您的爵士和贵族的旗帜下，您大约有八万名附庸和纳税人。在克朗查理，您是法官，是一切包括财产和人的法官，您主持您的男爵宫廷。国王只比您多一项造币权。'诺曼底法'把国王称为'贵族的首领',国王有司法、宫廷和'coin'就是造币。除此以外,您在您的贵族领地是国王,就像他在王国里一样。作为男爵,您有权在英国设一个有四根柱子的绞刑架,作为侯爵,您有权在西西里设一个有七根柱子的绞刑架;普通老爷的司法权是设两根柱子,领主的司法权是三根,公爵的司法权是八根。在诺瑟姆布尔的古老宪章里,您被称为亲王。您和爱尔兰的瓦伦西亚子爵波威尔一家是姻亲,和苏格兰的安法维尔伯爵安古斯一家也是姻亲。您像坎贝尔、阿德马纳什、麦克-卡卢莫尔一样是族长。您有八座城堡:雷卡尔弗、布勒克斯顿、赫尔凯特、亨布尔、莫里坎布、冈德雷思、特伦沃德雷等。您对皮林莫尔的泥炭层、特伦特的大理石采石场都有权利。再者,您有潘纳思-查斯全境,您有一座大山和上面的一座古城。古城叫作文可顿,大山叫作莫尔-恩利。这一切使您收入有四万英镑,也就是一百万法郎,一个法国人能有四十分之一就很满足了。"

正当巴基尔费德罗说话的时候,格温普兰越来越惊讶,陷入了回忆。记忆是一种吞噬,一句话就能搅动到底部。巴基尔费德罗说的所有名字,格温普兰都知道。它们都写在篷车里两块木板的最后几行字,格温普兰在篷车里度过自己的童年,由于他的目光时常机械地在木板上扫来扫去,他记在心里。被抛弃的孤儿来到威茅斯的篷车时,他的财产目录已在那里等着他。早上,当穷孩子醒来时,他毫无忧虑的、心不在焉的目光专注的第一件事,就是他的领地和贵族爵位。古怪的细节增加他所有的惊讶,十五年来,从一个十字路口流浪到另一个十字路口,作为一个流动戏台的小丑,一天又一天挣面包捡铜板，靠面包屑过日子，带着贴在他的贫困之上的财产目录旅行。

巴基尔费德罗用食指碰了一下放在桌子上的小箱子：

"老爷，这只小箱子里有两千几尼，是仁慈的女王给您送来满足您最初的需要的。"

格温普兰动了一下。

"给我的父亲于尔苏斯吧。"他说。

"是，我的老爷，"巴基尔费德罗说，"塔德卡斯特客店的于尔苏斯。送我们到这儿来的白帽法学家过一会儿就要回去，会把钱带给他。也许我会去伦敦。这样的话，就由我来做。我负责送到。"

"我亲自把钱带给他。"格温普兰又说。

巴基尔费德罗不再笑了，说道：

"这不可能。"

说话的声调在强调。巴基尔费德罗用的是这种声调。他停了下来，仿佛他说完这句话以后加上一个句号。然后他说下去，用的是感到自己是主人的奴仆、既尊敬又特殊的声调：

"老爷，您是在科尔莱恩宫的住所里，这儿毗邻温莎王宫，离伦敦二十三英里。您在这儿没人知道。您坐在索斯瓦克监狱门口等候的一辆封闭的马车里被送过来的。把您带到这座宫殿里的人不知道您是谁，但是认识我，这就够了。您被直接带到这个房间，用的是我掌握的一把钥匙。房子里的人都睡着了。因此我们有时间做解释，况且解释时间不长。我这就告诉您。我受到陛下的委派。"

巴基尔费德罗一面说话一面翻阅小箱子旁边的一叠卷宗。

"老爷，这就是您的上院议员证书。这就是您的西西里侯爵证书。这就是您的八个男爵领地的羊皮纸证件和证书，还有十一位国王的印章，从肯特国王巴尔德雷到英格兰和苏格兰詹姆士六世和一世。这就是您的租契以及您的采邑、自由地、从属领地、产业的证书和说明。在您头上，在天花板的这个纹章里，是您的两个冠冕，男爵的珍珠环带帽和侯爵的花叶饰圆箍帽。这里，旁边，在您的挂衣间，是您的红丝绒貂皮绲边议员袍子。甚至今日，几个小时以前，大法官和英国纹章局局长获悉您和儿童贩子阿尔卡诺纳对质的结果，接到了陛下的意旨。陛下很乐意地签署了，她的乐意和法律具有同等效力。所有手续都办好了。明天，最迟不超过明天，您就会被上议院接纳。几天以来，上议院在讨论王室提出的一项议案，目的是为了把女王丈夫肯伯兰公爵每年的津贴提高十万英镑，也就是二百五十万法郎；您可以参加讨论。"

巴基尔费德罗住了口，慢慢地喘口气，接着说：

"不过什么事还没有做。不是谁愿意谁就做英国上院议员。除非您明白，一切仍然可以废除和取消。一个事件还没有成熟就消失，这在政治上屡见不鲜。老爷，此刻还没有人说到您。上议院要到明天才知道这件事。为了国家利益，关于您的整个事情一直保守秘密，后果非常重大，重要人物此刻只知道您的存在和您的权利，如果国家利益要求他们忘掉，他们会立即统统忘掉。处在黑暗里的东西仍然处在黑暗里。除掉您很容易。尤其您有一个兄弟，这样做就更加容易。他是您父亲和一个女人的私生子，自从您父亲流亡以来，她是查理二世国王的情妇，这就使得您的兄弟待在宫廷里；可是，您的兄弟虽然是私生的，您的上议院议员资格仍然可以归属于他。您愿意这样吗？我想您不会愿意。那么，一切取决于您。必须服从女王。您只能在明天离开这个住地，坐在女王的马车里，到上议院去。老爷，您愿意当英国上议院议员还是不愿意当？女王对您寄予希望，要指定您与王家联姻。费尔曼·克朗查理爵士，这是决定性的时刻。命运绝不会打开一扇门而不关闭另一扇门的。不能向前走几步，再往后退一步。谁走进了变幻，身后就统统消失。老爷，格温普兰已经死了。您明白吗？"

格温普兰从头抖到脚，随后缓过神来。

"明白。"他说。

巴基尔费德罗笑了笑，鞠了一躬，把小箱子夹在他的大衣下，走了出去。

第五章
自以为记得，其实忘记了

在人的心灵里发生的奇特的观点变化是什么样的？

格温普兰同时被抬到顶峰，又跌落到深渊。

他头昏目眩。

双重的昏眩。

提升的昏眩和跌落的昏眩。

要命的混合。

他感到自己在上升，却没有感到跌落。

看到新的视野是很可怕的。

远景给你出主意。不一定都是好的。

面前有仙境的洞窟，指不定是陷阱，云层裂开，显露出深邃的蓝天。

那么深邃，以致是幽暗的。

他站在高山上，从山顶可以看到人间的王国。

尤其大山并不存在，它就显得更加可怕。在山顶上的人处在一个梦中。

那里的诱惑是深渊，诱惑的力量那么强烈，以致地狱希望在这山顶上腐蚀天国，魔鬼把上帝带到那里。

迷惑永恒，多么古怪的期望！

在撒旦诱惑耶稣的地方，人怎样斗争呢？

宫殿、城堡、权力、豪富，所有一切一望无际的人间幸福都包围着你，一张摊开在地平线上的半球图，一种以你为中心的光辉的地图；危险四伏的海市蜃楼。

请设想这样一幅景象：没有引导，没有事先穿越的梯级，没有小心提防，没有过渡，那是多么混乱啊。

一个人睡在鼹鼠洞，醒来时在斯特拉斯堡的钟楼[1]尖顶上，这就是格温普兰。

昏眩是一种可怕的清醒。尤其是同时把你拖向白日和黑夜的昏眩，由两个相反方向的旋涡组成。

看到的太多，却还不够。

看到一切，却什么也没看见。

正如本书作者在什么地方说过的"眼花缭乱的瞎子"[2]。

格温普兰剩下一个人时，大步走了起来。沸腾是在爆发之前。

通过这种激动，无法待在原位，他沉思起来。这种沸腾是一种清算。他在召唤自己的记忆。奇特的事是：我们总是以为听清了，却几乎没有听到！州长在索斯瓦克地窖里宣读的那份遇难者的声明，完全清晰而又明白地返回，他记得每一个字，他在底下重新看到自

1　这是 12—15 世纪的建筑杰作，尖端最高处到 142 米。
2　在《静观集》第 6 卷的《黑夜中的哭泣》(1856)。

己的整个童年。

突然他站定了，双手反背在身后，望着天花板、天空，不管什么，在上空的东西。

"报复！"他说。

他就像将头露出水面的人那样。他觉得自己在突然的一注闪光中看到了一切，过去、未来、现今。

"啊！"他嚷道，因为在思想深处也有喊声，"啊！原来是这样！我原来是爵士。一切都暴露出来了。啊！有人把我偷走，出卖，毁掉，剥夺继承，抛弃，暗害！我命运的尸体在海上漂流了十五年，突然，它触到了陆地，站了起来，复活了！我再生。我再生！我感到在我的破衣烂衫下跳动着不是一个可怜虫的心，当我转向人们那边时，我清楚感到他们是羊群，我不是牧羊犬，而是牧羊人！老百姓的牧羊人，人的引导者，向导和主人，我的父辈就在那里；他们过去是那样，我如今就是这样！我是贵族，我有一把佩剑；我是男爵，我有一顶头盔；我是侯爵，我有一顶羽翎帽；我是上议院议员，我有一顶冠冕。啊！有人夺走了我这一切！我曾是光明世界的居民，有人把我变成黑暗世界的居民！那些把父亲流放的人卖掉了他的孩子。我的父亲死时，他们从头下抽走他用作枕头的流放之石，把它套在我的脖子上，把我扔到阴沟里！噢！这些折磨我的童年的强盗，是的，他们在我最深的记忆中蠕动和挺立起来，是的，我又看见他们。我是在一个坟墓上被一群乌鸦啄食的肉块。我流血，在这些可怕的身影下喊叫。啊！他们把我抛弃在那里，被来来去去的人践踏，被所有人乱踩，处在人类的最底层，比农奴地位还低，比奴隶地位还低，在混沌一片垃圾堆的地方，在世界消失的深处！我就是从那里出来的！我就是从那里升上来的！我就是从那里复活的！我在这里。报复！"

他坐下，又站起来，双手捧住头，走了起来，这风暴的独白继续在他心里进行：

"我在哪里？在山顶上！我在哪里挣扎？在峰顶！这雄伟的顶端，这权力无限的世界屋脊，就是我的家。这空中的庙宇，我是其中的天神之一！不可接近的地方，我居住在里面。我从下面仰视的高处，从那里落下万道光芒，我只得闭上眼睛，这不可夺取的贵族领地，这不可攻克的幸福者的堡垒，我踏进去了。我就在那里。我属于那里。啊！决定性的轮盘赌！我以前在下面，如今在上面。永远高高在上！我眼下是爵士，我会有一件深红色的披风，我在头上会有花叶饰，我会参与国王的加冕，他们要在我的双手之间宣誓，我会宣判大臣和亲王，我要存在下去。我会从被人投入的深渊，重新喷射到天顶。我在城里和乡村有宫殿，有府邸、花园、猎场、森林，我会立法，我会选择幸福和快乐。流浪者格温普兰以前没有权利在草地上采摘一朵花，却将能上九天去摘星星！"

心灵从黑暗中返回是悲惨的。在格温普兰心中情况就是这样，他曾经是个英雄，应该承认，他也许并没有中止这样，精神的伟大被物质的巨大代替了。这是可悲的过渡。一群经过的魔鬼把美德毁坏了。在人软弱的一面出现了惊诧。被人称为一切下等事物，野心、本能暧昧的愿望、情欲、贪婪，由于不幸的净化，已被格温普兰清除得很远，又闹嚷嚷地重新占有这颗宽宏的心。这怎么占有他的心呢？是大海送来的漂流物中一张羊皮纸所发现的。显而易见，这是命运对良心的侵犯。

格温普兰大口喝下自尊心之酒，这使得他的心灵变得灰暗。悲剧之酒就是这样。

他变得昏昏沉沉，比同意更进一步，他在品味。这是长期干渴的结果。别人是不是用酒杯使他失去理智呢？他始终朦胧地想这样做。他不断地望着大人物那边，望就是想。雏鹰不会不受损害地从巢里出生。

成为爵士。现在，在某些时刻，他感到这样非常简单。

才过了几个钟头，昨天已经多么遥远了啊！

格温普兰遇到了"好"的仇敌即"更好"的埋伏。

让人们所说的"他多么幸福"的人不幸！

人在逆境里比在顺境里更能坚持不屈。遭遇厄运时比交好运时更能安全无虞。沙里布德是贫困，西拉是富有。在雷霆下挺立的人会被闪电击倒。你并不害怕悬崖，却担心被云彩和梦幻的翅膀卷走。提升会抬高你，也会使你变得渺小。神化有一种击倒人的不祥力量。

认识到自己是幸福的，这不是易事。命运只是乔装打扮。什么也不像这副面孔那样能骗人。这是天意吗？还是命运使然？

一道亮光可能不是一道亮光。因为光明是真理，一道光可能是骗人的。你以为它在照亮，不，它在放火燃烧。

天黑了；一只手在黑暗的门窗洞边放上一支蜡烛。飞蛾扑过去。

飞蛾要负什么责任呢？

火光迷惑飞蛾，正如蛇的目光迷惑鸟儿一样。

飞蛾和鸟儿不往那儿飞，这可能吗？树叶能不听从风的吹动吗？石头能抗拒引力吗？

物质问题也是精神问题。

收到公爵小姐的信后，格温普兰又振奋起来。他心中深深的依恋在抗拒。但是，风暴在竭尽了天际那边的风以后，从另一边重新开始，命运就像大自然一样顽强。第一次打击动摇了，第二次打击连根拔起。

唉！橡树怎么会倒下呢？

因此，这个人十岁时孤零零待在波特兰的悬崖上，准备进行战斗，呆呆地盯着他就要打交道的对手，望着卷起他打算乘坐的单桅船的狂风，夺走他的救命板的深渊，威胁着要后退的张开口的空虚，拒绝给安身地的陆地，拒绝给他一颗星星的天顶，无情的孤独，没有视力的黑暗，大海，天空，无限中所有的暴力，在另外一个无限中所有的谜。这个人在未知世界的巨大知音面前没有颤抖；这个人很小的时候，对抗黑夜，就像古代的赫拉克勒斯对抗死神一样；这个人在巨大的冲突中向所有的厄运挑战，他虽然还是个孩子，却收养了一个孩子，尽管自己又累，身子又弱，却给自己添了一个重负的麻烦，使自己更容易受到衰弱折磨，给自己解开在他四周埋伏的黑暗妖怪的嘴套；这个人作为未成年的格斗士，刚走出摇篮，就马上同命运肉搏；这个人虽同搏斗不成比例，却并不阻止他搏斗；这个人突然看到他周围可怕地灭绝人迹，却仍然接受这种隐没，豪迈地继续前行；这个人知道勇敢地面对又冷又渴又饿；这个人身材矮小，心灵却是个巨人；这个格温普兰战胜了在风暴和贫困这双重形式下的飓风，却在虚荣心的微风中踟蹰不前！

当命运竭尽了不幸、贫困、风暴、怒吼、灾难、临危时,这个人仍然站立,它微笑起来,这个人变得醉醺醺,跟跟跄跄了。

命运在微笑。设想还有什么更加可怕的?这是考验人的无情的心灵试验者最后的一招。命运中的老虎有时露出丝绒的爪子。可怕的准备动作。怪物丑恶的温柔。

凡是人都可以在自身看到衰弱和强大的偶合。突然的增长分解和给予兴奋。

格温普兰脑子里有一群新事物,令人昏眩的旋涡,变形的半明半暗,说不清的奇特对照,过去和未来的冲突,两个格温普兰,他自己也成了两个人:背后是一个衣衫褴褛的孩子,从黑暗里走出来,流浪,瑟瑟发抖,饥肠辘辘,令人发笑;前面是一个光彩奕奕、奢华、壮丽、使伦敦光华四射的贵族领主。他摆脱了一个,混合到另一个之中。他从卖艺者出来,进入到爵士。皮肤换了,有时候心灵也换了。这不时像做梦。这很复杂,又好又坏。他想到自己的父亲。令人悲怆的事。父亲是个陌生人。他力图想象出来。他想到这个别人对他刚刚提起的兄弟。这样,是一个家!什么!一个家!是属于格温普兰的!他迷失在奇异的构想里。他看到了荣华的显现,陌生的壮丽化成云彩在他面前掠过,他听到奏乐声。

"随后,"他说,"我会是一个雄辩家。"

他想象自己光彩夺目地走进上议院。他到达时脑子里充满了新事物。他有什么不能说的呢?他提供了多少东西!这个人见过、触摸过、忍受过、熬过痛苦,待在他们中间,占有多么有利的地位,能够对他们喊道:"我曾经待在离你们遥远的地方!"他会把现实的真相扔在这些充满幻想的贵族的脸上，他们会发抖，因为他是真实的，他们会喝彩，因为他是伟大的。他将出现在那些比他们更有力量的权势赫赫的人中间；他将手持火炬出现，因为他要展示真理，而且手持宝剑，因为他要向他们展示正义。这是多大的胜利啊！

他这样胡思乱想，脑子既清醒又混乱，做出谵妄的动作，意志消沉地随便倒在一把圈椅中，一会儿打盹，一会儿惊醒过来。他来来去去，望着天花板，观察那些冠冕，朦胧地研究纹章上难以辨认的字，触摸墙壁上的丝绒，移动椅子，翻开羊皮纸，阅读名字，拼读头衔，布勒克斯顿、亨布尔、冈德雷思、亨凯维尔、克朗查理，比较蜡印和印章，抚摸在王家印章上的丝带，倾听喷泉的潺潺声，察看雕像，带着梦游人的耐心数着大理石柱子，说道："是这样。"

他抚摸自己的缎子衣服，问自己：

"是我吗？是的。"

他内心刮起了风暴。

他在这种风暴中感到自己的衰弱和疲倦吗？他喝过、吃过和睡过吗？即使他都有过，自己也不知道。在某些强烈的局面中，本能会随意得到满足，而思想不用参与其中。再说，他的思想不大像思想，而像烟雾。正当火山爆发的黑色火焰从充满旋风的井壁喷涌而出时，火山口会意识到在山脚下吃草的牧群吗？

几个小时过去了。

黎明出现，天亮了。一道白光射进房间，同时也射进格温普兰的脑子里。

"而蒂呢！"光亮对他说。

第六卷

于尔苏斯的各种面貌

第一章
厌世者所说的话

　　于尔苏斯看到格温普兰进入索斯瓦克监狱的大门以后，他待在观察的角落里惶恐不安。他长时间耳朵里有门和锁的轧轧声，这仿佛监狱吞噬一个可怜虫的欢叫声。他在等待。等待什么？他在窥伺，窥伺什么？这些无情的门一旦关上，不会马上再打开；它们由于在黑暗中待久了而关节僵硬，它们做动作困难，尤其是要释放人。进去，好的；出来，困难。于尔苏斯知道这个。但是，等待是一件不能随意中止的事；不由自主地等待；我们所做的行为释放出一种力量，甚至在没有对象时仍然持续下去，掌握我们，拖住我们，在一段时间内迫使我们继续做此后没有对象的事。无用的观察是我们在这种情况下都有的迟钝行为，关注一件消失了的事，是所有人会机械地做出的浪费时间。没有人逃得过这确定的规律。人们带着心不在焉的激烈坚持下去，却不知道为什么仍然待在眼下这个地方，就是不动。积极地开始的东西，却被动地继续下去。精疲力竭地坚持，疲乏不堪地离开。于尔苏斯虽然和别人不同，却像常人一样，出于这种带着监视的梦想钉在原位不动，能够影响我们，我们却对之无能为力的事件会把我们沉入这种梦想中，他轮番注视着两堵黑墙，时而看低的墙，时而看高的墙，时而看上面有骷髅的门；他似乎被监狱和墓地组成的老虎钳给夹住了。这条偏僻的、人不多的街道路人那么少，根本没有人注意于尔苏斯。

他终于从遮蔽他的墙角走出来，这是一种哨所，他是里面的哨兵。他迈着缓慢的步子。天暗下来，他看守的时间很长。他不时转过脖子，望一下格温普兰关在里面的可怕小门。他的目光无神，痴呆。他来到小巷的尽头，踏上另一条路，然后又是另一条路，模糊地重新找到几小时前他经过的路线。他不时回过身来，仿佛他还可以看见监狱门，尽管他已不在监狱所在的那条街上。他逐渐走近塔林左荒地。邻近集市广场的小路是在花园的墙垣中的荒僻小径。他弯着腰沿着篱笆和沟渠走。突然他停了下来，叫道："好极了！"

与此同时，他在自己头上打了两拳，然后在大腿上又打了两拳，这表明他是一个用正确的态度判断事物的人。

他在内心开始嘀咕起来，时而也发出声音：

"干得好！啊！乞丐！强盗！无赖！流氓！反叛者！是他说政府的话把他带到那儿去的。这是一个反叛的家伙。我家里出了个反叛者。我得到解脱了。我运气好。他连累我们。关到苦役监了！啊！好极了！法律好在这里。啊！忘恩负义的家伙！是我把他养大了！花了多少心血啊！他有什么必要说话和议论呢？他干预国家问题！我倒要问你一下！他一面玩弄铜板，一面议论捐税、穷人、老百姓、与他无关的事！他让自己思考便士！他恶毒而狡猾地评论王国的铜板！他侮辱陛下的铜钱！一个小钱也和女王本人一样啊！神圣的铸像，见鬼，神圣的铸像。你眼里还有没有女王？要尊敬她的铜绿。一切都保持在政府中。必须认识这一点。我呀，我是过来人。我知道这些事。有人会对我说：'那么你放弃了政治？'政治，我的朋友们，我关心它就像关心一头毛驴粗糙的毛。有一天我挨了一个准男爵[1]的一拐杖。我心里想：'这够了，我懂得政治。'老百姓只有一个铜板，交了出去，女王拿走了，老百姓表示感谢。没有什么更简单的了。其他的事要看爵士们。贵族包括精神爵士和世俗爵士。啊！格温普兰被关起来了！啊！他在做苦役！这是正确的。这是公道的，出色的，值得的，合理的。这是他的错误。乱说话是被禁止的。你是一个爵士吗，傻瓜？铁棒官抓住了他，承法官把他带走了，州长把他留下。此刻他应该受到白帽法学家的严格审查。这些灵活的家伙在剖析你的罪行！关进监狱，我的怪人！活该他倒霉，应该我走运！说实话，我很高兴。我天真地承认，我运气好。我收留这个孩子和这个小姑娘做得真荒唐！奥莫和我，我们从前过得那么太平！这两个穷小子跑到我的木板屋来干什么？他们很小，我把他们拉扯大！我套上车拉他们！多出色的救助啊！他丑得怕人，她的双眼瞎掉！而你什么都缺乏！我为他们去吃'饥荒'老太婆的奶！他们长大了，谈情说爱了！残废人的调情，我们正在这个阶段。癞蛤蟆和鼹鼠在演田园牧歌。我的家里就有这个。这一切应该以司法做结束。癞蛤蟆谈政治，这很好。现在我解脱啦。铁棒官来的时候，我先是

---

1 英国的贵族称号，地位在男爵之下，1611 年由詹姆士设立，有继承权，但无权进入议会上院。

很蠢，人总是怀疑自己的幸福，我以为我看见的不是我所见，这不可能，这是一个噩梦，这是梦中的闹剧。但是不，没有什么更真实的了。千真万确。格温普兰可不是坐牢啦。这是上天的打击。谢谢，贵夫人。正是这个怪物吵吵闹闹，吸引人注意我的设施，揭发我可怜的狼！我摆脱了他们两个。一颗石子，两个疙瘩。因为蒂要为此而死去。当她再也看不见格温普兰时——她看见他，这个女白痴！——她就再也没有理由活下去，她会想：'我留在这世上做什么呢？'她也会走掉。一路走好。这两个人都见鬼去吧。这两个人，我总是憎恨他们！死吧，蒂。啊！我多么高兴啊！"

第二章
他所做的事

他回到塔德卡斯特客店。

六点半敲响了，英国人的说法是"六点过半小时"。这已经接近黄昏了。

尼克莱斯老板在门槛上。他惊慌的脸从早晨起没有放松下来，恐惧停留在上面。

他老远就看到于尔苏斯。

"怎么样？"他喊道。

"什么怎么样？"

"格温普兰就要回来吗？他会赶上时间。观众很快要来了。今晚有笑面人演出吗？"

"笑面人是我。"于尔苏斯说。

他发出一声响亮的冷笑，望着客店老板。

然后他直接上了二楼，打开客店招牌旁边的窗户，弯下腰，伸手按住笑面人格温普兰的招牌和《被征服的混沌》的招牌，从钉子上摘下来，把这两块木板夹在他的胳膊下面，重新下楼。

尼克莱斯老板一直注视着他。

"你为什么摘下这个？"

于尔苏斯发出第二下笑声。

"你为什么笑？"客店老板又问。

于尔苏斯回答：

"我回到自己的生活中去。"

尼克莱斯老板明白了，命令他的下手戈维柯姆伙计对来看戏的人宣布，晚上没有演出了。把收钱用的木桶从门口拿走，放到低矮大厅的一个角落里。

过了一会儿，于尔苏斯登上"绿箱子"。

他把两块招牌放在一个角落里，走进他叫作"女子房间"的里面。

蒂在睡觉。

她和衣躺在床上，裙子的腰身松开了，好像在午睡。

维纳斯和费贝在她旁边坐着，一个坐在凳子上，另一个坐在地上，都在沉思。

尽管天色不早，她们还根本没有穿上她们的仙女毛衣，这是深深泄气的标志。她们仍然裹在粗呢无袖胸衣和粗布裙子里。

于尔苏斯注视着蒂。

"她试着更长的睡眠。"他喃喃地说。

他粗鲁地叫费贝和维纳斯。

"你们两个人，你们知道。音乐完了。你们可以把你们的喇叭放进抽屉。你们没有穿仙女衣服做得很对。你们这样显得很丑。保留你们的粗布裙子吧。今晚没有演出。明天也没有，后天也没有，大后天也没有。不再有格温普兰。我见不到格温普兰。"

他又开始注视蒂。

"这要给她多大的打击啊！就像吹灭了一根蜡烛那样。"

他鼓起腮帮。

"噗！——什么也没有了。"

他干笑了一下。

"少了格温普兰，就少了一切。这仿佛我失掉了奥莫一样。还要更糟。她比别人更孤独。瞎子，比我们更加徘徊在悲哀之中。"

他走向尽里面的天窗。

"白天多么长啊！七点钟还能看得清东西。点燃油脂灯吧。"

他打一下火石，点燃了"绿箱子"天花板上的吊灯。

他俯向蒂。"她要着凉的。你们两个女人，你们把她的上衣松得太开了。法国的谚语说：四月天气，不能脱衣。"

他看到地上有一根针在闪光，便捡了起来，插在自己的袖管上。然后在"绿箱子"里踱步，一面指手画脚。

"我的官能完全正常。我很清醒，非常清醒。我感到这件事很正确，我赞成所发生的事。等她醒来后，我会把事情清清楚楚地告诉她。灾难不期而至。格温普兰不在了。晚安，蒂。一切都安排得很好！格温普兰在监狱里。蒂在坟墓里。他们会面对面。魔鬼的狂舞。两个人的命运回到后台。整理好衣服。锁好行李箱。行李要看作棺材。这两个人都是残废者。蒂瞎了眼睛，格温普兰面目不全。在天上，好上帝会还给蒂光明，还给格温普兰美貌。死亡会恢复原貌。一切变好。费贝、维纳斯，把你们的鼓挂在钉子上吧。你们搅得闹哄哄的本领要束之高阁了，美女们。我们再也不演戏了，再也不吹喇叭了。《被征服的混沌》被征服了。笑面人完蛋了。十音节诗也完蛋了。这个蒂始终睡着。她也做得对。在她的地位，我也不会醒过来。啊！她会很快再睡着。这个瘦弱的女孩子会马上死掉。这就是过问政治的好处。多么惨痛的教训！政府是多么讲理啊！格温普兰在州里，蒂在掘墓人手里，这是平行的。有教益的对称。我希望客店老板堵起大门。今天晚上，我们将合家死在一起。不是我，也不是奥莫。而是蒂。我呢，我继续赶篷车。我是流浪生活曲折的命。我会辞退两个姑娘，一个也不保留。我有倾向做一个浪荡的老头子。浪荡鬼家里的女仆，这是木板上的面包。我不想要这种诱惑。这不再属于我这种年龄。'Turpe senilis amor.'[1]我独自一个和奥莫一起赶路。奥莫会吃惊的！格温普兰在哪儿？蒂在哪儿？我的老伙计，我们又在一起了。哟，我很高兴。他们牧歌式的爱情使我难堪！啊！格温普兰这个无赖甚至不会回来！他把我们杵在那里。很好。现在轮到蒂。时间不会很长。我希望事情结束。我不会弹一下魔鬼的鼻子尖，阻止她死。死，明白吗？啊！她醒了！"

蒂睁开眼皮，因为很多瞎子闭上眼睛是为了睡觉。她柔和的不知道事情的脸光彩焕发。

"她在微笑，"于尔苏斯小声说，"我呢，我在笑。很好。"

1　拉丁文：在一个老人身上爱情是可耻的事。

蒂在叫人。

"费贝！维纳斯！应该到演出的时间了。我相信睡了很久。来帮我穿衣服。"

无论费贝还是维纳斯都没有动弹。

但蒂那难以形容的瞎子目光刚刚遇到于尔苏斯的眸子。他颤抖起来。

"喂！"他喊道，"你们究竟在干什么？维纳斯、费贝，你们听见你们的女主人在叫吗？你们是聋子吗？快点！演出就要开始了。"

两个女人惊愕地望着于尔苏斯。

于尔苏斯大声地喊。

"你们没有看见观众进来了。费贝，给蒂穿衣服。维纳斯，打鼓。"

费贝服从了。维纳斯很被动。她们两人是服从的化身。她们的主人于尔苏斯对她们来说总是一个谜。从来不被理解是一个总是服从的理由。她们很简单地想，他发疯了，便执行命令。费贝解下衣服，维纳斯解下鼓来。

费贝开始给蒂穿衣服。于尔苏斯放下女眷内室的门帘，在门帘背后继续说：

"你看，格温普兰！院子里已经挤满一半人了。戏院门口人很拥挤。观众真多！费贝和维纳斯好像没有看见，你说是怎么回事？这两个不生孩子的女人多么愚蠢！埃及人多蠢啊！不要掀开门帘。要知道羞耻，蒂在穿衣服。"

他停了一下，传来这个喊声：

"蒂多漂亮啊！"

这是格温普兰的声音。费贝和维纳斯全身震动一下，回过身来。这是格温普兰的声音，但是从于尔苏斯嘴里发出来的。

于尔苏斯从门帘打开的缝中做了一个手势，不让她们惊讶。

他又用格温普兰的声音说：

"天使！"

然后他用于尔苏斯的声音说：

"蒂，一个天使！你疯了，格温普兰。能飞的哺乳动物只有蝙蝠。"

他补上说：

"瞧，格温普兰，把奥莫解下来。这更理智一些。"

他很快走下"绿箱子"后面的踏级，像格温普兰那样轻快。蒂可以听到这模仿的啪啪声。

他在院子时告诉客店伙计，这个意外事件使伙计无事可做，充满了好奇心。

"把你的两只手伸出来，"他对伙计低声说。

他将一把铜板倒在伙计手中。

戈维柯姆很感激这种慷慨。

于尔苏斯在他耳畔小声说：

"伙计，你待在院子里，跳呀，舞呀，敲呀，大声说话，大喊大叫，吹口哨，咕咕地叫，像马那样嘶鸣，喝彩，顿脚，哈哈大笑，打碎东西。"

尼克莱斯老板屈辱而又气恼地看见来看笑面人的观众往回走，涌向集市广场的其他木板屋，已关上了客店的大门；他甚至放弃，晚上不卖酒，避免别人提问题的烦恼；取消演出而无所事事，他拿着一只烛台，从阳台高处望着院子。于尔苏斯小心翼翼地用双手的手掌合在嘴上，用异样的声音对他喊道：

"先生，像您的伙计那样做，尖声叫喊，怪叫，吼叫。"

他又登上"绿箱子"，对狼说：

"尽量嗥叫。"

又提高声音：

"观众太多了。我相信我们的演出会挤得够呛。"

维纳斯敲起鼓来。

于尔苏斯继续说：

"蒂穿好衣服了。演出立马开始。我后悔放了那么多观众进来。他们你推我挤！看啊，格温普兰！这些下等人都发狂了！我保证今天我们会有更多收入。使劲啊，你们两个怪女人，奏乐啊！费贝，到这儿来，抓住你的喇叭。好，维纳斯，擂起你的鼓。狠狠地敲。费贝，摆出信息女神的姿态。小姐们，我觉得你们这样穿得不够露出肉体。脱掉你们的收腰上装。用薄纱代替粗布。观众喜欢女人的形体。让道学家去大发雷霆好了。要有点放荡，见鬼。要有肉欲。奏起疯狂的曲子。吹起喇叭，轰轰地响，像军乐一样，擂起鼓来！这么多人啊，可怜的格温普兰！"

他停住了：

"格温普兰，帮我一下。降下板壁。"

但他打开自己的手帕。

"先让我在手帕里吼一声。"

他使劲擤鼻子，每一个口技家都要这样做。

他把手帕放回口袋里，抽出滑车的销，像平时一样发出吱吱的响声。板壁放了下来。

"格温普兰，用不着把幕布拉开。在演出之前，不用动幕布。我们就会不像在自己家里。你们，你们两个到前台来。小姐们，奏乐！嘭！嘭！嘭！下面有各种各样的人。这是老百姓的残渣。有多少人哟，天啊！"

两个不生孩子的女人服从得愚钝了，带着乐器安顿在板壁的两个角落她们平时的位置上。

这时于尔苏斯变得异乎寻常。这不再是一个人，而是一群人。他不得不在没人中生出许多人，寻求他的奇异的口技来帮助。他拥有的人声和野兽叫声的整个交响乐队同时发动起来。他变成了一个军团。谁闭上眼睛，都会以为这是节日或者暴动的一天在公共广场上。从于尔苏斯那里冒出来的话语声和喧嚣声，像唱歌，像闹嚷，像说话，像咳嗽，像吐痰，像打喷嚏，像吸鼻烟，像对话，像一问一答，这一切同时发出。发出的单音节互相插入。在这个什么人也没有的院子里，却听到男男女女和孩子们的声音。嘈杂声清晰地混合在一起。透过吵闹声，好似轻烟一样，曲折地传来噪音、小鸟的鸣声、猫的打架声、吃奶孩子的啼哭声。可以分辨出酒鬼的嘶哑声。在人们脚下的狗呜呜叫的不满声。声音来自忽远忽近、忽高忽低处、最前面和最后面。合在一起是喧嚣，分开是一个个声音。于尔苏斯用拳敲，用脚踢，对院子尽头掷出声音，然后又使声音从地底下发出来。像暴风骤雨，令人熟悉，从喃喃的话语声到嘈杂声，从嘈杂声到闹哄哄声，从闹哄哄声到风暴声。他是一个人，又是所有人。

自言自语又通晓多种语言。他有办法骗人眼睛，又有办法骗人耳朵。普罗透斯[1]能骗过视觉，于尔苏斯能骗过听觉。没有什么比这种模仿一群人的本领更加奇妙的了。他不时拨开一点女眷房间的门帘去看蒂。蒂在倾听。

在院子里，伙计也在闹腾。

维纳斯和费贝在认真地吹喇叭和打鼓。尼克莱斯老板是唯一的观众，像她们一样，平静地给自己解释，于尔苏斯疯了，再说这只不过是给他的愁惨增加一点灰色的意味。正直的老板喃喃地说："真是乱成一团！"他很严肃，就像一个想到有法律存在的人一样。

戈维柯姆很高兴对混乱局面有用，几乎和于尔苏斯一样疯狂。这使他觉得有趣。再者，他挣到钱。

奥莫陷入沉思。

于尔苏斯在闹腾时还说话：

"这像平时一样，格温普兰，那些搞阴谋的人又来了。我们的竞争者破坏我们的成功。喝倒彩给我们的胜利做调料。再说人太多了。他们很不自在。邻座的手肘拐角也使人不舒服。但愿他们不要砸碎凳子！疯狂的老百姓要使我们受罪。啊！如果我们的朋友汤姆-吉姆-杰克在这里就好了！但是他不再来了。你看看这些人山人海的头吧。那些站着的人看来不高兴，尽管按加利安的说法，站着是一种运动；这个伟人称作'强身运动'。我们要缩短演戏。由于海报上写明《被征服的混沌》，我们就不再演《落后的熊》。这样总是占点便

1　普罗透斯，海神。能变多种人形，并能预知未来。

宜的。闹闹嚷嚷得多厉害啊！观众的盲目喧闹！他们给我们造成损
失！不能像这样继续下去。我们不能演出了。观众一句话也听不到
的。我对他们说去。格温普兰，把幕布拉开一点。公民们……"

说到这里，于尔苏斯用激动的尖锐嗓子对自己喊道：

"打倒老头子！"

他用自己的声音又说：

"我认为老百姓在侮辱我。西塞罗说得对：'plebs，fex urbis.'[1] 没
关系，要谴责群氓。我要费好大的劲才能让人家听我说话。但我还
是要说。人啊，行使你的职责吧。格温普兰，你看这个泼妇在那儿
咬牙切齿呢。"

于尔苏斯停了一下，他咬了咬牙。奥莫受到挑衅，也咬了咬牙，
戈维柯姆第三个咬牙。

于尔苏斯继续说：

"女人比男人更坏。时机不太有利。没有关系，让我们尝试一下
演说的效力。对有口才的人来说什么时候都合适。——你听这个，
格温普兰，婉转的开场白。——男女公民们，我是熊。我砍下自己
的头来对你们说话。我谦卑地要求你们沉默。"

于尔苏斯模仿观众的叫声：

"格伦夫尔！"

他继续说：

"我尊敬我的听众。格伦夫尔是一个结束语，和别的结束语一

---

1 拉丁文：民众是城市的糟粕。

样。你们好，闹嚷嚷的百姓们。你们都是坏东西，我毫不怀疑。这并不抹去我的尊敬。深思熟虑的尊敬。吵吵闹闹的人，你们用自己的行动尊重人，我对你们有最深的尊敬。你们中间有残废的人，我一点都无所谓。瘸腿先生、罗锅先生在自然界中有的是，骆驼有单峰和双峰的，獾的左腿比右腿短，亚里士多德在他的《动物是怎样走路的》确定了这个事实。你们中间有两件衬衫的人，一件穿在身上，另一件在高利贷者那里，我知道怎么回事。阿尔布凯克[1]拿自己的胡子作抵押，圣德尼[2]拿自己的光环做抵押。犹太人甚至指着光环起誓。伟大的榜样。有债务就是有点东西，我尊敬你们是乞丐。"

于尔苏斯用深沉的低音打断自己的话：

"三倍的笨驴！"

他用最客气的声调回答：

"同意。我是一个学者。我尽可能原谅自己。我理直气壮地蔑视科学。无知是供养人的现实；科学是让人饥饿的现实。一般说，我们不得不选择：当学者就要饿瘦；吃草就变成驴子。噢，公民们，吃草吧！科学抵不上一口好吃的东西。我宁愿吃一块牛排，也不愿知道它的学名叫作腰肌。我呀，我只有一个优点。就是有干眼珠。就像你们所看到的那样，我从来不哭，必须说，我从来没有高兴过。从来没有高兴过。甚至对自己也不高兴。我蔑视自己。但是，我让在场的反对者表示一下，于尔苏斯是否只是一个学者，格温普兰却

1　阿尔布凯克（1453—1515），葡萄牙航海家和殖民者，参加征服印度（1503）、马达加斯加（1505），被任命为西印度群岛的副王。

2　圣德尼，高卢的传道者，第一位巴黎主教（约250年）。作为受难者被砍头，据传其将头捧在手里继续行走至墓地。

是个艺术家。"

他又用鼻子吸一下气:

"格伦夫尔!"

他接着说:

"还是格伦夫尔! 这是表示反对。但是我略而不谈。格温普兰,噢,先生太太们,他身边有另外一个艺术家,正是这个多毛的显贵人物伴随我们,就是奥莫老爷,以前是野狗,今天是文明化的狼,陛下忠实的臣民。奥莫是一个才能炉火纯青的滑稽剧演员。你们要注意和集中心思。待会儿你们会看到奥莫像格温普兰一样演出,必须尊重艺术。这才适合大国风度。你们是猩猩吗? 我同意。这样的话,'sylvœ sint consule dignœ'[1]。两位艺术家抵得上一个执政官。好。他们刚拿白菜根投掷我。但是我没有挨到。这并不能阻止我说话。相反。危险躲开了使人喋喋不休。朱维纳尔说,'Garrula pericula'[2]。各位,你们当中有酒醉的人,其中也有女的。很好。男人发臭,女人难看。你们有各种理由挤在酒店的凳子上,无所事事,懒得出奇,偷窃中休息一下,喝黑啤酒、淡色啤酒、浓烈的黑啤酒、麦芽酒、白兰地、杜松子酒,两性之间互相吸引。好极了。转向开玩笑在这里会有广阔的地盘。但人就免了。奢华,是的。但必须让狂饮也有节制。你们很快活,但是吵吵闹闹。你们出色地模仿野兽的叫声;当你们和一位女士在一间破屋里谈情说爱时,如果我在你们后面学

---

1 拉丁文:让树林与执政官相称。选自维吉尔《田园诗》第 4 首第 3 行。

2 这里只引了朱维纳尔(约 55—约 140)的《讽刺诗》第 7 首的部分诗句。诗人对他的朋友叙述刚刚奇迹般摆脱了沉船,"水手们长篇地喋喋不休:他们避免了危险之后有叙述危险的快乐"。

狗叫消磨时间，你们会说什么呢？这会妨碍你们。那么，你们这样妨碍我们。我允许你们沉默。艺术和放荡一样值得尊敬。我对你们说的是实实在在的话。"

他斥责说：

"让寒热扼死你，连同你黑麦穗一样的眉毛！"

他回驳说：

"可敬的先生们，我们不要找黑麦穗的麻烦。硬要找出植物和人或者动物相似的地方，这是亵渎的行为。另外，发烧不会致人死命。虚假的隐喻。行行好，请安静！请容许我对你们说，你们缺少一点标志英国真正绅士的庄重。我看到，在你们中间，那些鞋子露出脚趾的人，把鞋子搁在他们前面观众的肩膀上，这就让太太们注意到，鞋底总是在跖骨尖端的地方开花。收回一点你们的脚，收回一点你们的手。我从这里看到几个坏蛋把他们灵巧的爪子伸到愚蠢的邻座的衣袋里。亲爱的扒手们，要知羞耻。如果你们愿意，可以饱以邻座老拳，但是不要扒窃他们。你们偷他们一个铜板，比打肿他们一只眼睛，更使他们生气。打伤鼻子，是的。市民更重视他的钱，而不是他的美观。再说，请接受我的同情。我绝不是责备扒手的老学究。罪恶是存在的。人人都要忍受，而且人人都在犯罪。谁也免不了自己罪恶的害人虫纠缠。我只说这一点。我们不都是身上有痒的地方吗？上帝就在魔鬼所待的地方搔痒。我呀，我犯过错误。'Plaudite，cives'！"[1]

---

1 拉丁文：公民们，鼓掌吧！——罗马的演员，特别是在普劳图斯的喜剧结束时，通过这句话征求观众的同意。

于尔苏斯发出长长的抱怨，他用最后这几句话控制住了：

"各位老爷，各位先生，我看到我的讲话有幸使你们不高兴。我请你们暂停一下嘲骂。现在我安上我的脑袋，演出马上开始。"

他离开演说的声调，换成自己的声音。

"放下幕布。让我们喘口气。我刚才太甜言蜜语了。我说得不错。我称他们是老爷和先生们。这是甜蜜蜜的语言。可是没有什么用。格温普兰，你对所有这些坏蛋有什么看法？四十年来，由于这些尖刻恶毒的人的激动，英国所受的罪，我们感受多深啊！以前的英国人好战，这些英国人却忧愁，受到启迪，以蔑视法律和看轻王权为荣。我做了人类的雄辩所能做的一切事情。我对他们大量换喻，像一个年轻人花样的脸颊那样柔美的比喻。他们变得柔和了吗？我怀疑。这些人食量惊人，大量抽烟，以致在这个国家，文人写作时嘴里还抽烟斗！没有关系，我们演戏吧。"

只听到幕布铁环滑动的声音。两个不生孩子的女人的鼓声停止了。于尔苏斯取下他的手摇弦琴，奏出序曲，小声说："喂，格温普兰，多么神秘啊！"然后他和狼挤在一起。

在他取下手摇弦琴的同时，他也从钉子上取下一个十分粗糙的假发，把它掷在伸手可及的地板一角上。

《被征服的混沌》几乎像平时一样开始演出，少了蓝光的效果和仙境的照明。狼真心实意地演戏。蒂到时候出现了，用她颤抖的圣洁的声音召唤格温普兰。她伸出手臂，寻找那只脑袋……

于尔苏斯扑向假发，把假发弄乱，戴在头上，慢慢往前，屏住呼吸，他这样耸起的脑袋被捧在蒂的手里。

然后，他使出全身本领，模仿格温普兰的声音，带着难以形容的深情，咏唱怪物对精灵呼唤的回答。

模仿极其成功，这一回，两个不能生育的女人又用目光寻找格温普兰，因看不到他却听到他的声音而害怕。

戈维柯姆被激发起来，又是顿足，又是喝彩，又是鼓掌，产生像奥林匹斯山上那样的欢腾，独自一人在笑，却像一群天神在笑。这个伙计，应该承认，展现出罕见的观众才能。

费贝和维纳斯好像于尔苏斯在牵线的木头人，用铜管和驴皮鼓混合的乐器演奏出平时的喧闹，标志演出结束，伴送观众离开。

于尔苏斯满身大汗地站了起来。

他低声对奥莫说："你明白这是为了争取时间。我相信我们是成功了。我摆脱了困境，而我本来有权失魂落魄。格温普兰从现在到明天有可能回来。用不着马上让蒂死去。我对你将事情解释一下。"

他脱下假发，擦拭额头。

"我是一个天才的口技家，"他小声说，"我有多么了不起的才能啊！我比得上法王弗朗索瓦一世的口技专家布拉邦特[1]。蒂深信格温普兰在这里。"

"于尔苏斯，"蒂说，"格温普兰在哪里？"

于尔苏斯回过身来，吓了一跳。

蒂站在戏台尽里天花板的吊灯下面。她脸色苍白，像幽灵的苍白。

1　路易·布拉邦特，弗朗索瓦一世的侍从，腹语家。

她带着难以形容的绝望笑容又说：

"我知道。他离开了我们。他走了。我很清楚，他有翅膀。"

她向无限的远方抬起泛白的眼睛，加上说：

"我什么时候去呢？"

第三章
复杂化

于尔苏斯目瞪口呆。

他没有产生幻觉。

难道是他口技的错误？当然不是。他已成功地骗过了费贝和维纳斯，她们有眼睛，却没有骗过蒂，而她是瞎子。这是因为费贝和维纳斯只有眼睛看得清，而蒂用心灵在看。

他回答不出一句话。他心里在想："Bos in linga."[1] 惊呆的人舌头上有一条牛。

在复杂的激动中，屈辱是第一种出现的情感。于尔苏斯心想："我浪费了我的口技。"

就像一个做梦的人被逼到采取应急措施的墙角，他在骂自己："完全失败。我用尽了和谐的模仿手法，却完全失败。我们眼下会变成什么样呢？"

---

1 拉丁文：舌头上有一条牛。

他望着蒂。她沉默了，越来越苍白，一动不动。她失去的目光盯着远方。

恰巧发生了一件事。

于尔苏斯看到院子里的尼克莱斯老板，手里拿着蜡烛台，在对他做手势。

尼克莱斯老板没有看到于尔苏斯演出的假想喜剧的结束。这是由于有人敲客店的大门。尼克莱斯老板去开门。两次有人敲门，这使尼克莱斯老板离开了两次。于尔苏斯沉浸在上百次的独语中，没有发现这个情况。

在尼克莱斯老板无声的召唤下，于尔苏斯走下来。

他走近老板。

于尔苏斯把一只手指放在嘴上。

尼克莱斯老板也把一只手指放在嘴上。

两个人这样面面相觑。

两人都似乎要向对方说："让我们谈谈，但是别作声。"

客店老板默默地打开客店低矮大厅的门。尼克莱斯老板走了进去。于尔苏斯也进去了。除了他们没有别人。临街的门窗都关上了。

客店老板推开身后院子的门，这门当着好奇的戈维柯姆的面关上了。尼克莱斯老板把蜡烛放在一张桌子上。

对话开始了。声音低低的，仿佛在窃窃私语。

"于尔苏斯掌柜的……"

"尼克莱斯老板？"

"我终于明白了。"

"啊!"

"你本想让可怜的盲女相信,这里一切都和平常一样。"

"任何法律都不禁止口技。"

"你很有本事。"

"不。"

"你做你打算做的事,这真了不起。"

"我对你说没有什么。"

"现在我要对你谈谈。"

"是谈政治吗?"

"我对政治一无所知。"

"我也不想听。"

"是这样。你在演戏,只有你一个人当观众时,有人敲客店的大门。"

"有人敲客店的门?"

"是的。"

"我不喜欢有人敲门。"

"我也不喜欢。"

"后来呢?"

"后来我去开了门。"

"是谁敲门?"

"有个人同我说话。"

"他说了什么?"

"我听他说话。"

"你怎么回答?"

"什么也没回答。我回来看你们演出。"

"后来呢? ……"

"后来又有人敲门。"

"是谁? 同一个人吗?"

"不。另一个人。"

"还有个人对你说话吗?"

"这人什么也没对我说。"

"我更喜欢他。"

"我不喜欢他。"

"你解释一下, 尼克莱斯先生。"

"你猜第一个来敲门的人是谁?"

"我没有空做俄狄浦斯 [1]。"

"是马戏团的老板。"

"附近的一家?"

"附近的一家。"

"有疯狂乐队那一家?"

"是的。"

"怎么样?"

"于尔苏斯掌柜的, 他向你提出建议。"

"建议?"

---

1 指忒拜王子猜中了司芬克斯的谜, 逼迫怪物跳崖。

"建议。"

"为什么?"

"因为……"

"你比我有优势,尼克莱斯老板,因为你呀,刚才你了解我的谜,而我呢,现在我不了解你的谜。"

"马戏团的老板委托我对你说,今天上午他看到一队警察经过,他呀,马戏团老板想对你证明,他是你的朋友,他向你提出用五十镑现钱,买下你的'绿箱子'、你的两匹马,你的铜号和吹号的女人,你的剧本和在戏里唱歌的盲女,你的狼和你本人。"

于尔苏斯露出傲慢的笑容。

"塔德卡斯特客店的老板,你告诉马戏团的老板,格温普兰会回来的。"

客店老板拿起椅子上遮蔽在黑暗中的一样东西,朝于尔苏斯转过身来,举起双臂,一只手提着一件大衣,另一只手提着一件皮披风、一顶毡帽和一件上衣。

尼克莱斯老板说:

"第二个敲门的人是一个警察,他进来和出去没说一句话,带来了这些东西。"

于尔苏斯认出这是格温普兰的披肩、上衣、帽子和大衣。

第四章

MŒNIBUS SURDIS CAMPANA MUTA[1]

于尔苏斯摸了摸毡帽、呢大衣、哔叽上衣和皮披肩，不能怀疑这些是遗物，他一言不发，做了一个命令式的简单手势，给尼克莱斯指着客店的门。

尼克莱斯老板打开了门。

于尔苏斯冲出客店。

尼克莱斯老板的目光跟随着他，看到于尔苏斯尽量施展他老腿的力量，朝着上午铁棒官带走格温普兰的方向奔跑。一刻钟后，于尔苏斯气喘吁吁地来到索斯瓦克监狱后门所在的小街上，他在那里已经观察过好几小时。

这条小巷不需要等到午夜才不见人影。白天它令人愁惨，夜晚令人不安。过了某一时辰，谁也不敢贸然闯入。似乎担心两堵墙壁会合拢来，如果对监狱和坟墓产生幻想，会担心两者会拥抱。这是

---

1 拉丁文：哑钟对聋墙。这种钟指丧钟。

黑夜产生的效果。巴黎沃韦尔小巷 [1] 截断的柳树，就有这样的坏名声。据说这些残留的树干会变成巨手，抓住过路的人。

上文说过，索斯瓦克的居民本能地躲开在监狱和坟墓之间的这条街。从前，到了夜晚，它被一条铁链拦住。毫无作用；用最好的铁链封住这条街，是因为它产生了恐惧。

于尔苏斯毅然决然地闯了进去。

他有什么想法？丝毫没有。

他到这条街来打听消息。他要敲监狱的大门吗？当然不。这种可怕而徒然的做法不会在他的脑子里孕育。企图闯进去询问一下吗？简直是发疯！监狱对想进去的人比对想出来的人更多地打开。它们的铰链只根据法律转动。于尔苏斯知道这一点。那么他到这条街要干什么？看看吗？看什么？什么也看不到。不知道。看可能发生的事。重新面对格温普兰消失在里面的那扇门，这算是一点事吧。有时候，最黑最粗糙的门也会说话，从石头缝中会透出一点光来。有时候会从一堆紧密排列的黑暗的建筑中漏出一点朦胧的亮光。观察一个包住的事实，这对哨兵是有用的。我们都有本能在与我们有关的事实和我们之间，只留下尽可能小的距离。因此，于尔苏斯回到监狱的小门入口所在的那条小巷。

正当他踏入小巷时，他听到一下钟声，然后是第二下。

"啊，"他心想，"已经是午夜了？"

他开始机械地计数。

---

1 成语：到见鬼的沃韦尔去，即到非常遥远的、令人不快的地方。

"三下，四下，五下。"

他思忖：

"这口钟怎么间隔时间敲得这样长！敲得真慢！——六下，七下。"

他提出这个想法：

"声音多么悲哀！——八下，九下。——啊！再简单不过了。这是在监狱里，这使钟也悲哀起来。——十下。——再说，墓地在那里。这口钟向活人报时，向死人报永恒。——十一下。——唉！对失去自由的人报时，这也是报永恒。——十二下。"

他止住了。

"是的，是午夜。"

钟敲了第十三下。

于尔苏斯吓了一跳。

"十三下。"

接着是第十四下，然后是第十五下。

"这是什么意思？"

钟声继续间隔很长。于尔苏斯在倾听。

"这不是一口报时的钟。这是哑钟。因此我说：子夜怎么敲了那样长的时间！这口钟不在敲，它在鸣响。这儿发生了什么悲哀的事？"

从前所有的监狱就像所有的修道院一样，都有自己的所谓的哑钟，是留给愁惨的时刻用的。哑钟的钟声很低沉，似乎尽量不被人听见。

　　于尔苏斯回到那个便于窥伺的角落，他在那里大部分白天能够观测监狱。

　　钟声接二连三，彼此相隔阴森森地长。

　　丧钟在空间造成一种险恶的间断。它在每个人的思绪里表明的是不祥的段落，丧钟就像人的临终喘气声。这是临终的预示。如果这儿那儿，在房屋中，在这口震荡的钟的附近，有人处在做乱梦和等待之中，这丧钟就会把梦切成一段段。不明确的梦是一种避难所；不安中说不清的散乱能让希望有所突破；丧钟令人悲哀，却起确定的作用。它消除了这种散乱，在不安的令人悬而未决的混乱中，它确定了沉淀的作用。丧钟对每一个人说出忧虑和恐惧的意义。悲哀的钟和你有关。这是警告。没有像这种节奏在降落的独语更加阴沉的了。同样间隔的返回表示一种意图。钟这铁锤在思想这铁砧上锻造什么呢？

　　于尔苏斯朦胧地数着丧钟的鸣声，虽然这没有任何目的。他感到自己在滑行，他竭力不作任何猜测。猜测是一个斜坡，人会走到很远的地方而毫无用处。可是，这钟声到底意味着什么呢？

　　他望着黑暗，他知道监狱大门在那儿。

　　突然，就在这个地方，出现了一个黑洞，透出一股红光。这红光在增大，变成一团亮光。

　　这红光毫不朦胧。它随即出现一个形状和棱角。监狱门刚刚在铰链上转动。这红光勾画出它的拱形和框架。

　　这不如说是开了一条缝，而不是全打开了。一个监狱，门不轻易打开，只是打哈欠而已。也许出于烦恼。

从门里走出一个人，手里拿着一支火把。

钟声还在继续。于尔苏斯感到自己有两种期待；他站着不动，耳朵在谛听，目光望着火把。

在这个人后面，开了一道缝的门完全打开了，另外两个人走了出来，然后是第四个人。这第四个人是铁棒官，在火把的亮光下清晰可见。他手里攥着那根铁棒。

随着铁棒官，一些静悄悄的人两个一排，秩序井然地列队而出，从小门走了出来，就像木桩一样僵硬地往前走。

这黑暗中的队列两人一排地穿过小门，犹如苦行修士的游行队伍中的侏儒，络绎不绝，不发出任何声响地，小心翼翼、庄重地、几乎缓慢地走着。一条出洞的蛇就有这种小心谨慎。

火把照出了人的侧面姿态。粗野的侧面，阴森森的姿态。

于尔苏斯认出所有这些警察的面孔，上午，他们把格温普兰带走。

毫无疑问。这是同一批人。他们又出现了。显而易见，格温普兰也就要出现。

他们把他带到那里，他们又把他带走。

这是很清楚的。

于尔苏斯的眸子越发盯紧。他们要释放格温普兰吗？

两排警察缓慢地从低矮的拱门出来，就像水一滴一滴地流。根本没有停止的钟声，仿佛在给他们的步伐打拍子。队列从监狱出来，背对着于尔苏斯，向右转，走到和他守着那条街的相反方向。

第二支火把在门口闪亮。

这表明这支队伍走完了。

于尔苏斯就要看到他们带走的东西。囚徒。一个人。

他们押走的东西出现了。

这是一口棺材。

四个人抬着一口覆盖黑布的棺材。

在他们后面，走着一个人，扛着一把铁锹。

第三支燃亮的火把，是一个在看一本书的人拿着，他应该是小教堂的牧师，给队伍殿后。

棺材跟着已向右转的警察后面。

与此同时，队伍的前头停了下来。

于尔苏斯听到锁匙转动的声音。

监狱对面沿着街的另一边矮墙上，第二道门被一支从门洞里经过的火把照亮了。这扇门上面，可以清晰地看到一个骷髅，这是墓地的门。

铁棒官进入这个门，然后是其他人，第二支火把跟着第一支火把。这队人好像返回的爬虫一样缩进里面；整队警察走进这扇门那边的黑暗里，然后是棺椁，然后是扛着铁锹的人，然后是拿着火把和书的牧师，门重新关上。

在这堵墙上方只有亮光。

传来话语声，然后是沉闷的敲击声。

这无疑是牧师和掘墓人面对棺材，一个念着经文，另一个在铲土，往里扔。

话语声停止了，敲击声也停止了。

出现了一个动作，火把在闪烁，铁棒官高举火把，重又经过墓地再打开的门，牧师拿着他的书重新出现，两排警察同样沉默无言，在两扇门之间走着同样的路线，但方向相反，墓地的门重新关上，监狱的门重新打开，墓地拱门展现在亮光中，走廊的黑暗朦胧可见，监狱浓黑，深沉的夜呈现在目光之中，这整个景象又返回黑暗里。

丧钟停息了。寂静这不祥的黑暗之锁封闭了一切。

景象消失了，如此而已。

一个路过的幽灵消逝了。

逻辑上汇合在一起对照，最终构成似乎明显的事实。格温普兰被捕，逮捕他的默默的方式，由警察送回他的衣服，他被带到这个监狱的丧钟，再加上抬到墓地的棺材，应该说，同这悲惨的事是配合的。

"他死了！"于尔苏斯喊道。

他跌坐在一块界石上。

"他死了！他们杀死了他！格温普兰！我的孩子！我的儿子！"

他号啕大哭。

第五章
国家利益关注大事，也关注小事

　　于尔苏斯，唉！他自诩从来没有哭过。他的泪容器储满了。他漫长的一生，一滴一滴地，痛苦接着痛苦，积累起来，储存得这样满，不会一下子空掉。于尔苏斯呜咽了很久。

　　第一滴眼泪是一种穿刺。他哭格温普兰，哭蒂，哭自己，哭奥莫。他像一个孩子那样哭泣。他像一个老人那样哭泣。他哭泣以前他发笑的所有事情。他清理欠债。人哭泣的权利是不会过时的。

　　再说，刚刚入土的死者是阿尔卡诺纳，于尔苏斯当然不知道。

　　好几小时过去了。

　　天开始破晓；早晨的白桌布摊开在保龄球草地上，朦胧地有些黑影的皱褶。黎明染白了塔德卡斯特客店的正面。尼克莱斯老板没有睡过觉，因为有时同一件事会让好几个人失眠。

　　灾难向四面八方辐射。将一颗石子投到水里，溅起多少涟漪啊。

　　尼克莱斯老板感到自己受到打击。家里出了事，是非常令人不快的。尼克莱斯老板不放心，约略看到事情复杂，正在沉思。他后悔客店里收留了"这些人"。"他早知如此就好了!"他们终于会给他惹来麻烦的。现在怎么把他们撵出去呢?他和于尔苏斯有过合同。如果他摆脱了他们,那是多么好啊!怎么办才能把他们赶走呢?

突然有人嘭嘭地敲客店的大门。在英国,这样敲门说明这是个"人物"。敲门的声音是和社会等级相符的。

这根本不像一个爵士敲门,这是一个官员敲门。

客店老板全身哆嗦,打开了一点气窗。

确实是个官员。尼克莱斯老板凭着微光,在门口看到一队警察,为首的是两个人,其中一个是承法官。

尼克莱斯老板那天上午见过承法官,认出他来。

他不认识另外一个人。

这是一个肥胖的绅士,蜡黄的面孔,戴上流社会的假发,身穿旅行的短披风。

尼克莱斯老板对第一个人,就是承法官非常害怕。如果尼克莱斯老板在宫廷待过,他还要更怕第二个人,因为这是巴基尔费德罗。

这队人中的一个第二次激烈地敲门。

客店老板额上冒出豆大的冷汗,过去开门。

承法官用带着警务在身、流浪汉深知角色的声音,提高了嗓门,严厉地问:

"于尔苏斯老板在哪儿?"

客店老板脱下帽子回答:

"阁下,就在这儿。"

"我知道,"承法官说。

"当然，阁下。"

"叫他来。"

"阁下，他不在店里。"

"他在哪儿？"

"我不知道。"

"怎么回事？"

"他没有回来。"

"他一大早就出去了吗？"

"不是。他昨天很晚出去的。"

"这些流浪汉！"承法官说。

"阁下，"尼克莱斯老板柔和地说，"他来了。"

于尔苏斯确实刚出现在墙的拐角上。他回到客店。他在监狱那边度过几乎一整夜；中午，他看见格温普兰进去，午夜，他在墓地听到填墓坑的声音。由于悲伤和清晨，他显得格外苍白。

黎明露出的光有如幼虫破茧的状态，让活动着的物体混杂在夜色里。于尔苏斯苍白而恍惚，慢慢走着，就像在梦游的人。

在这种忧虑造成的心不在焉状态中，他是没戴帽子从客店出去的。他甚至没有注意到他没戴帽子。他的几根灰白头发在风中飘拂。他张开的眼睛好像不在看东西。人经常醒的时候却是睡着，而睡着时又醒着。于尔苏斯像个疯子。

"于尔苏斯老板，"客店老板喊道，"过来。这几位大人想对你说话。"

尼克莱斯老板一心只想缓解一下事件，脱口而出，同时也想保留称呼的多数：这几位大人，对这群人表示尊敬，但也许得罪了头头，这样把他和属下混为一谈。

于尔苏斯吓了一跳，如同一个深深睡熟的人滚落到床下一样。

"什么事？"他问。

他看到了警察，警察中为首的是官员。

又是严厉的震动。

刚才是铁棒官，现在是承法官。似乎一个把他扔给另一个，古代传说中，暗礁就会这样。

承法官对他做了个手势，到客店里去。

于尔苏斯服从了。

戈维柯姆刚刚起床，在扫大厅，停了下来，缩在桌子后面，让扫地歇一歇，屏住呼吸。他把手插在头发中，似乎在搔头，这表示他在注意事情的发展。

承法官坐在一张凳子上，面对一张桌子；巴基尔费德罗坐在椅子上。于尔苏斯和尼克莱斯老板仍然站着。警察留在外面，聚集在重新关闭的大门前面。

承法官用法官般的眼睛盯住于尔苏斯，说道：

"你有一头狼。"

于尔苏斯回答：

"不完全是。"

"你有一头狼。"承法官又说，用断然的声调强调"狼"字。

于尔苏斯回答：

"这是因为……"

他住口不说了。

"这是不法行为。"承法官又说。

于尔苏斯大胆辩护:

"这是我的仆人。"

承法官把伸开的五根手指平放在桌子上,这是非常优雅的权威手势。

"街头卖艺者,明天,在同样时刻,你和你的狼,你们离开英国,否则,狼会被抓住,送到登记处,然后杀死。"

于尔苏斯心想:"继续屠杀。"但他一声不吭,只不过浑身哆嗦。

"你听到吗?"承法官又说。

于尔苏斯点了点头。

承法官强调说:

"然后杀死。"

静默无声。

"扼死或者淹死。"

承法官瞧着于尔苏斯。

"而你进监狱。"

于尔苏斯小声说:

"法官……"

"你必须在明天早上之前走掉。要不然,就要执行命令。"

"法官……"

"什么?"

"它和我,我们必须离开英国吗?"

"是的。"

"今天?"

"今天。"

"怎么办得到呢?"

尼克莱斯老板很高兴。他一直害怕的这个官员来帮助他。警察成了他尼克莱斯的助手。警察帮他摆脱"这些人"。他寻找的方法,警察给他送来了。他想赶走这个于尔苏斯,警察把他赶走。不可抗拒的力量。没有什么能反对的。他乐不可支,插了进来:

"阁下,这个人……"

他指着于尔苏斯。

"……这个人问今天应该怎样做才能离开英国?没有更简单的了。每日,白天黑夜,在泰晤士河伦敦桥两边,都有到各国的船停泊在那儿。可以从英国到丹麦、荷兰、西班牙,由于打仗,不到法国。今夜有好几艘船在凌晨一点钟涨潮时分出发。其中有鹿特丹的'伏格拉号'。"

官员朝于尔苏斯那边用肩膀做了个动作:

"是的。你坐第一艘船动身。坐'伏格拉号'。"

"法官……"于尔苏斯说。

"怎么样?"

"法官,如果像从前那样,我只有一辆带轮子的小板屋。那是可能的。车放在船上。但是……"

"但是什么?"

"但是因为我有'绿箱子',这是一辆套着两匹马的大车子,不管船多么大，也装不下它。"

"这关我什么事？"承法官说，"我们就把狼杀死。"

于尔苏斯瑟瑟发抖，感到自己仿佛被一只冰冷的手抓住了。"魔鬼！"他想，"他们只知道杀人。"

客店老板微笑，对于尔苏斯说：

"于尔苏斯老板，你可以卖掉'绿箱子'。"

于尔苏斯望着尼克莱斯。

"于尔苏斯老板，不是有人提出要买吗？"

"谁？"

"提出买车。提出买两匹马。提出买两个不能生育的女人。提出……"

"谁？"于尔苏斯又问。

"附近的马戏团老板。"

"不错。"

于尔苏斯想起来了。

尼克莱斯老板转身朝向承法官。

"阁下，交易甚至可以在今天完成。附近的马戏团老板想买下这辆大车和两匹马。"

"这个马戏团老板做得对，"承法官说，"因为他正需要。一辆车和两匹马，对他有用。他也要今天走，索斯瓦克教区可尊敬的牧师都抱怨塔林左荒地下流的吵闹。州长采取了措施。今晚，在这个广场上再也没有卖艺人的木板屋。吵闹要结束了。屈尊到这儿来的可敬绅士……"

承法官向巴基尔费德罗致敬，停了下来，巴基尔费德罗对他还礼。

"……屈尊到这儿来的可敬绅士，昨晚从温莎到达。他带来了命令。陛下说：必须一扫而尽。"

于尔苏斯思索了一整夜，不能不对自己提出几个问题。毕竟他只看到一口棺材。能确定格温普兰就在里面吗？地底下可能不是格温普兰，而是别的死人。这口经过的棺材不是写名字的死人。随着逮捕格温普兰，埋葬了一个死人。这不能证明什么。"Post hoc, non propter hoc."[1] 等等。于尔苏斯又怀疑起来。希望仿佛石脑油漂浮在水上一样燃烧，对着不安发光。这飘拂的火焰飘荡在人类的痛苦上。于尔苏斯终于说：有可能他们埋葬的不一定是格温普兰。谁知道呢？格温普兰也许还活着。

于尔苏斯对承法官鞠躬。

"可敬的法官，我会走掉。我们会走掉。坐'伏格拉号'走。到鹿特丹。我服从。我会卖掉'绿箱子'、两匹马、喇叭、两个波希米亚女人。但有一个人、一个伙伴和我在一起。我不能撂下不管。格温普兰……"

"格温普兰死了。"有个声音说。

最后一线光熄灭。毫无疑问，格温普兰死了。

这个人应该知道。对此他显得阴森森的。

于尔苏斯鞠躬。

---

1 拉丁文：在这之后，不是由于这个。

尼克莱斯老板除了怯懦以外，是个很好的人。但他害怕，所以残忍。恐惧会产生极度残忍。

他嗫嚅着说：

"事情简单。"

他在于尔苏斯身后搓搓手，自私自利的人所特有的动作意味着：我解脱了！在篷斯-皮拉特[1]的铜盆之上似乎就是这样做的。

受到压抑的于尔苏斯低下头。对格温普兰的判决已经执行了，死刑；至于他，对他的判决是流放。只得服从。他在沉思。

他感到有人触他的手肘。这是另一个人物，承法官的同伙。于尔苏斯颤抖一下。

刚才说"格温普兰死了"那个声音，在他耳边小声说：

"这是有个想对你做好事的人给你的十英镑。"

巴基尔费德罗将一个小钱袋放在于尔苏斯面前的桌子上。

读者记得巴基尔费德罗带来的小箱子。

从两千几尼中取出十个几尼，这是巴基尔费德罗所能做的一切。从良心上说，这已足够了。如果他再多给一点，他就吃亏了。他好不容易发现了一位爵士，他开始进行经营，这个矿的第一笔收入属于他是正确的。那些人把这看成是卑劣的，这属于他们的权利，可是惊讶是错了。巴基尔费德罗喜欢钱，特别是偷来的钱。嫉妒者包藏着吝啬鬼。巴基尔费德罗不是没有缺陷。犯罪免不了有恶习。老虎也长虱子。

---

1 篷斯-皮拉特，罗马官员，他在铜盆里洗过手后，同意赦免小偷，判处耶稣死刑。

再说，这是培根学派的作风。

巴基尔费德罗转向承法官，对他说：

"先生，就此结束吧。我很忙。陛下的驿站马车还在等我。我必须飞快地再赶到温莎，两个钟头之内到达那里。我要汇报，并听候新的意旨。"

承法官站起身来。

他走到只挂上锁舌的门边，打开了门，一言不发地看了看那队警察，用食指向他们发了一道命令。整队人静悄悄地进来，可以看出事态严重的情况临近了。

尼克莱斯老板对结局迅速，复杂局面得以解决感到满意，看到警官这样表现，生怕在他客店里抓于尔苏斯，很高兴摆脱了这团乱麻。在他的客店里一次接一次抓人，一次是抓格温普兰，然后是抓于尔苏斯，这会损害客店声誉，喝酒的人绝不喜欢警察打扰。现在是一次适当的请求和宽容的干预。尼克莱斯老板将微笑的脸转向承法官，微笑中尊敬冲淡了信赖。

"阁下，我请阁下注意，这几位可敬的警察先生根本不用费心了，犯罪的狼就要被带离英国，而且这个于尔苏斯不做任何抗拒，阁下的命令会一丝不苟地得到执行。阁下会认为警察可敬的行动如果对王国是必要的，却对我的店带来损害，而我的客店是与之无关的。'绿箱子'的卖艺者就像女王陛下所说的那样被清除出去，我在这里再也看不到犯法的人，因为我设想，盲女和两个不能生育的女人不会犯法，我恳求阁下免去调查，请走刚进来的可敬的先生们，因为他们在我的店里没什么事可做。如果阁下允许我提出一个谦卑的问题，证明我说的话正确，并证明这几位先生在场无用：既然这位于尔苏斯执行命令离开，他们能在这儿逮捕谁呢？”

“逮捕你。”承法官说。

一剑将你穿透，就用不着讨论了。尼克莱斯老板瘫软在不管什么地方，桌子边，凳子上，能待的地方，吓呆了。

承法官提高声音，要是广场上有人，他们能听得见。

“尼克莱斯·普伦特尔老板，这个客店的主人，这是需要解决的最后一点。这个卖艺人和这头狼是流浪的。他们被驱逐了。但罪魁祸首是你。这是在你的客店里，并得到你的同意，法律受到侵犯，你持有营业执照，被授予负有公共责任，你却让丑事出在你的客店里。尼克莱斯老板，你的执照被收回了，你要付罚款，你要进监狱。”

警察围住客店老板。

承法官指着戈维柯姆，继续说：

“这个伙计，你的同伙，也被捕了。”

警察的手腕落在戈维柯姆的衣领上，他好奇地望着警察。伙计不是很惊惶，不太明白，他已见过不止一件古怪的事，寻思这场喜剧的结果如何。

承法官按了按头上的帽子，双手交叉叠在肚子上，这是极度的庄严，他又说道：

“尼克莱斯老板，说定了，你将被带进监狱，关押起来。你和你的伙计。这个客店，塔德卡斯特客店，将被关闭，被判封存。以儆效尤。那么，你跟我们走。”

第七卷

提坦女神[1]

1　提坦是天神和地神的子女总称，共 6 男 6 女。

第一章
惊　醒

"蒂!"

格温普兰在科尔莱恩行宫正望着破晓，这时塔德卡斯特客店出事了，他仿佛觉得这喊声来自外面，其实是在他心里发出的。

谁听不到心灵深沉的喊声呢？

再说，天光已大亮。

黎明是喊声。

如果太阳不惊醒阴郁的沉睡者——良心，它有什么用呢？

光亮和美德是同一类型的。

不论上帝叫基督还是叫爱情，也总是有时被人忘掉，甚至被十全十美的人忘掉。我们大家，甚至圣人，都需要一种使我们回忆的声音，黎明是让我们心中崇高的警钟发出声音。良心在责任面前喊叫，如同公鸡在天亮时啼鸣一样。

人心，这混沌听见了"Fiat lux"[1]。

1　拉丁文：发出光亮吧。上帝在创世第一天所说的话。

格温普兰——我们继续这样称呼他；克朗查理是爵士，格温普兰是人——格温普兰仿佛复活了。

是时候把来龙去脉联结起来。

他心中的正直感在逃逸。

"蒂！"他说。

他感到脉管中像在输血。有益的喧嚣的东西在他身上奔腾。善良的思想激烈地侵袭，就像一个回家的人找不到钥匙，老实地去撞自己家的墙。越墙而入是好的，破墙而入就不好了。

"蒂！蒂！蒂！"他一再地叫。

他的心又坚强起来。

他高声提出这个问题：

"你在哪里？"

他几乎奇怪没有人回答。

他望着天花板和墙壁，带着神志回复却仍然迷乱的人那样的神态又说：

"你在哪里？我在哪里？"

在这个房间中，在这个笼子里，他像困兽一样走来走去。

"我在哪里？在温莎。你呢？在索斯瓦克。啊！天哪！这是第一次我们之间隔开一段距离。究竟是谁挖掘这距离的？我在这里，你在那里！噢！没有这回事，将来也不会有。他们究竟对我做了什么事？"

他住了口。

"究竟是谁对我提起了女王？我认识女王吗？变了！我变了！为

什么？因为我是爵士。你知道发生了什么事吗，蒂？你是夫人。发生的事令人惊讶。啊！问题是我要找到回去的路。他们让我迷路了吗？刚才有一个人带着阴沉沉的神态对我说话。我记得他对我说的话：'老爷，一扇门打开了，关上了另一扇门。留在身后的不复存在。'换句话说：'你是一个懦夫！'这个家伙是个坏蛋！在我还没有清醒时，他对我这样说。他利用我初时惊魂甫定。我像他手中的猎获物，他在哪儿，让我来侮辱他！他带着做梦的阴郁微笑对我说话。啊呀！我重新变成原有的地位！很好。如果他们认为克朗查理可能任他们摆布。那就错了！英国上议院议员，是的，带着夫人，就是蒂。条件呢！难道我会接受？女王？女王关我什么事！我从来没见过她。我当爵士不是为了做奴隶。我自由地进入圈子。难道他们认为把我解救出来不为什么？他们解开了我的嘴套，如此而已。蒂！于尔苏斯！我们在一起。以前你们是什么人，我就是什么人。现在我是什么人，你们就是什么人。来吧！不。我去你们那儿。马上。我等的时间太久了。他们没看见我回去会怎么想呢？这笔钱！我想我曾经给他们寄过一笔钱！他们需要的是我。我记起来了，这个人，他对我说过，我不能离开这里。走着瞧吧。喂，一辆马车！一辆马车！叫人套车。我想去找他们。仆人在哪里？这里应该有仆人，因为有一个老爷。我是这里的主人。这是我的家。我会扭弯门闩，我会砸碎门锁，我会用脚踢开门。谁拦我的路，我就用剑戳穿他的身体，因为如今我有一把剑。我想看看谁会抵挡我。我有一个妻子，就是蒂。我有一个父亲，就是于尔苏斯。我的家是一座宫殿，我把它赠给于尔苏斯。我的名字是一顶王冠，我把它赠给蒂。快！马上！蒂。我在这里！啊！我会跨过这段距离，行！"

他掀起第一道门帘，冲动地走出房间。

他来到走廊上。

他往前走。

出现第二条走廊。

所有的门都是打开的。

他随意乱走起来，从一个房间到另一个房间，从走廊到走廊，寻找出口。

第二章
宫殿和一座森林相仿

科尔莱恩行宫属于意大利式的宫殿，这类宫殿门非常少。到处是窗帘、门帘、壁毯。

这个时代，每座宫殿内部都有奇奇怪怪一大堆房间和走廊，里面充满豪华的物件：镀金器皿、大理石制品、木雕、东方丝绸；角落布置谨慎，黑影幢幢，其他角落则亮堂堂的。富丽欢快的顶楼，砌上荷兰瓷砖或者葡萄牙的蓝色彩釉瓷砖、闪闪发光，上过漆的小房间，被阁楼截断的长窗，全部玻璃的办公室，漂亮的可以放东西的提灯。墙壁很厚，挖空了可以住人。到处优雅的小屋是舒适的所在，这叫作"小套房"。有人就在这儿犯罪。

如果需要杀死吉兹公爵[1]，或者把西尔弗卡纳漂亮的女校长引入歧途，或者后来要窒息勒贝尔[2]带来的小孩子的喊声，这里是合适

1　吉兹公爵（1550—1588），攻打新教徒，支持圣巴特勒米大屠杀，建立天主教联盟，对国王构成威胁，国王 1588 年派人在布洛亚暗杀了他。

2　勒贝尔·沙罗莱伯爵（1700—1760），以残暴闻名，有许多情妇，包括女演员和上流人物。

的。复杂的住宅，一个新来者很难理解。劫持人的好地方，无人知晓的内部，要迷失在里面。在这些优雅的洞穴里，亲王们和领主们安放他们的战利品。沙罗莱伯爵把行政法院审查官的妻子库尔尚夫人藏在里面，德·蒙图来先生把圣朗弗罗瓦十字架的佃农奥德里之女藏在里面，孔蒂亲王把亚当岛的两个美丽的面包房女工藏在里面，白金汉公爵把可怜的彭尼韦尔藏在里面，等等。在这里完成的事，就像罗马法所说的，"vi, clam et precario"（用武力，秘密地，短时间）。到了这里就得听主人摆布。这是金碧辉煌的地牢。这儿又是修道院和后宫。楼梯曲曲弯弯，上升，下降。螺旋形的互相镶嵌的房间把你引到起点。一个走廊的尽头是祈祷室。忏悔室安置在一个凹室上面。枝蔓丛生的珊瑚和海绵的空洞，也许就用作这些王家和贵族领主的"小套房"建筑的原型。分岔不可分解。在开口旋转的肖像让人出与入。这是机关。必须如此，里面演的是惨剧。这个蜂房一层层从地窖到阁楼。这些镶嵌在所有宫殿里的石珊瑚，从凡尔赛开始，宛若在提坦住宅中的侏儒住地。走廊、休息室、巢穴、蜂房、密室。各种各样的洞穴，大人物的卑劣隐藏在里面。

　　这些地方斗折蛇行，墙壁封住，使人想起游戏，遮住眼睛、用手摸索、忍住笑声、捉迷藏[1]，同时使人想起阿特里代家族[2]、普朗塔热

1　这些孩子游戏和卑劣的政治屠杀相对照。
2　阿特里代家族，希腊神话中，指阿特柔斯的儿子们，即指阿伽门农和墨涅拉俄斯，通奸和弑父是其命运的标志。

内家族¹、梅迪奇家族²、埃尔兹³野蛮的骑士、里奇奥⁴、莫纳德奇⁵。想起在一间又一间屋子里追逐逃走者的斗剑。

古代也有这种神秘的住宅，那里的豪华和恐怖相适合。在埃及的某些坟墓中，地下也保存着这种样品，比如帕萨拉瓜发现的普萨梅蒂库斯王的地下陵墓⁶。在古代诗人的作品里，可以找到对这些可疑建筑的恐惧。"Error circumflexus，locus implicitus gyrus."⁷

格温普兰是在科尔莱恩行宫的那些小套房里。

他急于要离开，到外面去，重新看到蒂。这些纷乱如麻的走廊、单人房间、暗门、意料不到的门在阻挡他，使他放慢步子。他本想奔跑，但不得不在里面徘徊。他以为只有一扇门要通过，却要解开一团乱麻。

一个房间之后又是一个房间。然后是一些像十字路口一样的大厅。

他碰不到一个活人。他在谛听。没有任何动静。

有时他仿佛在走返回的路。

时而他以为看到一个人向他走来。没有人。这是他在一面镜子中，穿着领主的服装。

---

1 普朗塔热内家族，从亨利二世掌权（1154）至亨利四世上台（1485）的英国历代王朝，暗杀、叛变、处决激荡着这个家族的历史，经历两次玫瑰战争。
2 梅迪奇家族，14—15世纪在佛罗伦萨起过巨大作用的家族，有过不少杀戮的经历。
3 雨果1862年在莱茵河沿岸旅行，访问过埃尔兹城堡，描绘了里面阴森的建筑。
4 可能指公主的第二个丈夫达恩莱，他是女王的情人，被暗杀；女王在另一个情人的帮助下，杀死自己的丈夫。
5 瑞典女王的情人，后被女王派人暗杀。
6 这是一座巨大的埃及迷宫。帕萨拉瓜是柏林博物馆馆长。
7 拉丁文：绕圈旋转而行，曲里拐弯之地。

样子不大像他。他认出了自己，不过不是马上认出来。

他踏入面前出现的所有通道。

他踏入错综复杂的内部建筑中。这儿是一个精致地油漆和处处雕刻的书房，有点淫猥，但十分有分寸；那儿是像个小教堂，镶着螺钿和珐琅，还有用放大镜才能看得清的象牙雕刻，就像鼻烟壶上面的装饰；这儿是佛罗伦萨式的宝贵隐蔽处所，适于妇女精神衰弱时使用，后来人们称作"闺房"。天花板、墙壁，甚至地板上，到处都是丝绒做的或者金属做的鸟儿和树木的形象、缀满珍珠的奇异植物、带流苏的突饰，台布上有墨玉做成的战士、女王、蛇腹有鳞片的半人半鱼海神。切割成菱形的水晶斜面，增强了柱体的反光效果。玻璃器皿和宝石争相斗艳。碧玉般的玻璃和旭日的金光以及发光的斜面交相辉映，飘浮出鸽子颈毛一样的云彩，使人闹不清那是一面面小镜子，还是偌大的碧玉。既精致又巨大的豪华。这是宫殿里最小的角落，也是最大的珠宝箱。是麦布[1]的一座房子，或者是乔奥[2]的珠宝室。格温普兰在寻找出口。

他没有找到。不可能辨别方向。第一次看见豪华的情景，没有什么更醉人的了。另外，这是一个迷宫。每一步，豪华的东西就阻挡着他。这仿佛要抵挡他离去。这好像不愿意放走他。他有如待在一种奇迹的黏胶里。他感到自己被抓住，无法脱身。

"多么可怕的宫殿啊！"他想。

他在这个迷宫里徘徊，忐忑不安，寻思这是怎么回事，他是不

1　麦布，女王，英国民间诗歌中的仙女。
2　乔奥，又叫加亚或乔，希腊神话中的大地，从中生出天神。

是在监狱里，心里愤愤不平，渴望自由空气。他一再喊："蒂！蒂！"仿佛有人牵着一根不让断掉，却能让他离开的绳子。

他不时叫唤：

"喂！来人！"

没有回答。

这些房间没完没了。荒凉、静悄悄、辉煌、阴森森。

可以这样想象迷人的城堡。

在这些走廊和房间里，隐藏的暖气口保持一种夏天的温度。六月似乎被某个魔术师抓住了，封闭在这个迷宫里。不时闻到香味。人在一阵阵香气中穿越，仿佛这地方有看不见的花朵。令人感到热。到处是地毯。简直可以脱光衣服散步。

格温普兰从窗户望出去，景色改变了。他有时看到花园，里面充满春天和清晨的凉爽；有时看到新的建筑正面，拥有其他塑像；有时看到西班牙式的院子，在大房子中夹着四方小院，铺着石板，苔藓丛生，冷冷清清；有时看到一条河，就是泰晤士河；有时候看到一座很大的塔楼，这是温莎城堡。

外面是一大清早，根本没有路过的人。

他停下脚步，在倾听。

"噢！我要离开，"他说，"我要和蒂在一起。不能硬把我留下。让企图不让我出去的人倒霉吧！这个庞大的塔楼是怎么回事？如果有一个巨人，一条地狱的恶犬 [1]，一条塔拉斯克龙 [2]，在这座有魔法

1　这条狗叫刻耳帕罗斯，有三只头，守在地狱门口。
2　塔拉斯克龙，传说中普罗旺斯的一种龙。

的宫殿里守门，我会统统消灭掉。如果是一支军队，我会吞没它。蒂！蒂！"

突然他听到一个轻轻的、十分微弱的声音，仿佛流水声。

他处在一个狭窄、幽暗的走廊里，离他几步远挂着一道帘子，当中裂开一条缝。

他走向这道帘子，撩开它，走了进去。

他走进一个料想不到的地方。

第三章
夏　娃

这是一个八角形的客厅，拱顶形成篮子的把手，没有窗户，被从上而下的一注光照亮，墙壁、地面和拱顶都是淡粉红色大理石；在客厅中央有一个贝壳大理岩的金字塔形华盖，火炬形的柱子，属于伊丽莎白式呆板而迷人的风格，暗影幢幢地覆盖住一个同样的黑色大理石浴池；浴池中央喷出的细流香气氤氲，水是温热的，慢慢地充满了水池。他眼前就是这幅景象。

黑色的浴池能使白色肉体变得光辉耀眼。

他听到的正是这水声。在浴池的适当高度设置了排水管，不让水外溢。浴池冒着热气，但微乎其微，大理石之上仅仅只有一层水汽。纤细的水柱如同一根柔软的钢条在微风中弯曲。

没有任何家具，除了浴池旁边那种很长的沙发床。能让女人躺在上面，脚边能待一条狗，或者她的情人，"can-al-pie"[1] 由此而来，

1　西班牙文，脚边的狗。

我们改成"canapé"（长沙发）。

这是一张西班牙的长椅，底部是银的。垫子和隆起部分是白缎子的。

浴池的另一边靠在墙上，竖起一个很高的银梳妆台，放着各种梳妆用具，中间一个银架子镶着八面威尼斯的小镜子，象征一扇窗户。

在长沙发的最边上，墙壁中间挖了一个小方洞，好似一扇天窗，用一块红色的银板堵住。这块板好像护窗板一样有铰链。红色的银板上有一只王冠金光闪闪。板的上方墙上，挂着和固定着一只不是金就是银铸造的小铃。

格温普兰突然停了下来。在这间客厅入口对面，也就是在格温普兰对面，大理石的断墙消失了，由一个同样大小的开口代替，直达拱顶，由一道宽而高的银色幕布封住。

这幅幕布质地极细，近乎透明。可以透视。

这蛛网中央，在蜘蛛平时盘踞的地方，格温普兰看到一个异乎寻常的东西，一个裸体女人。

严格地说不是裸体。这个女人是穿衣服的。而且从头到脚都穿衣服。衣服是一件衬衫，非常长，就像圣像画中天使的长袍，可是料子很薄，仿佛是湿漉漉的。所以几乎是一个裸体女人，比干脆裸体还要危险和需要提防。据历史记载，公主和贵妇的迎神队伍夹在两行教士中间，蒙庞西埃公爵夫人[1]以赤脚和谦卑为借口，也穿着一

---

1 蒙庞西埃公爵夫人（1627—1693），行为乖戾而大胆。

件花边衬衣，这样在全巴黎露面。缓和一下：手里拿支蜡烛。

银色的幕布有如玻璃一样透明，只在上面固定，可以掀起来。它隔开浴室的大理石客厅和一个卧室。这间卧室很小，是一种镜子的洞穴。到处是威尼斯镜子，彼此相连，安排成多面体，由金色小棒相接，反映出中间的床。床同梳妆台和长沙发一样是银色的，床上睡着这个女人。她沉睡着。

她的头往后仰，其中一只脚压在被褥上，犹如和熟睡男人性交的女恶魔，梦在她上方展翅飞翔。

凸花的花边枕头落在地毯上。

在她的裸体和格温普兰的目光之间，有两层障碍：她的衬衣和银色的纱帘，两者都是透明的。这间房不如说是放床凹室而不是房间，被浴室的反光很有保留地照亮。女人指不定没有廉耻，而亮光倒有。

床没有柱子，没有华盖，也看不见天空，以至于女人睁开眼睛时，能够在她头顶的镜子中成百上千次看到自己的裸体。

被窝因睡眠激动而弄乱。皱褶很美，表明料子细腻。在这个时代，女王想到自己可能下地狱，这样想象地狱：床被很粗糙。

再说，这种裸体睡觉的时尚来自意大利，上溯到罗马时代。贺拉斯说："Sub clara nuda lucerna." [1]

一件古怪丝绸的便袍，显然是中国的，因为在皱褶中可以看到一只相当大的金色蜥蜴，便袍扔在床脚下。

床之外，在凹室的尽头，可能有一扇门，被一扇相当大的镜子

1　拉丁文：在灯光下裸体。见《讽刺诗》第 2 卷第 7 首第 48 行。

遮住，标志得很清楚，镜子上画着孔雀和天鹅。在这个幽暗的房间里，一切都闪闪发光。在水晶器皿和金光闪闪的器皿中的空间，塞满了在威尼斯叫作"玻璃胆汁"[1]的发亮物质。

床头上固定了一张银书桌，上面有蜡烛台，铁架能够转动；书桌上可以看到一本打开的书，标题是红色的字母："Alcoranus Mahumedis."[2]

格温普兰根本不看这些细节。女人，这是他要看的东西。

他既看呆了又心烦意乱，互相排斥的东西却同时存在。

这个女人，他认出来了。

她的眼睛闭着，面孔朝向他。

这是公爵小姐。

她，这个神秘的人，未知事物的一切光辉混杂在她身上，这个女人使他做过多少无法袒露的梦，给他写过一封如此古怪的信！对这个世上唯一的女人，他可以说：她见过我，她想要我！他驱除过梦，他烧掉了信。他把她打发到离他的梦和他的记忆之外尽可能远的地方，他不再想她，他忘掉了她……

他又重新看到她！

他又重新看到可怕的她。

裸体的女人，这是武装的女人。

他呼吸不上来。他感到自己被抬到光环中，被人推着。这个女

1　博物学家布封把玻璃在坩埚熔解时形成的泡沫，称为"玻璃胆汁"，这泡沫由不纯的物质和盐组成，发亮但不纯，象征约瑟安娜。

2　拉丁文：穆罕默德的《古兰经》。表明约瑟安娜的博学。

人在他面前！这可能吗？

在戏台那边，那是公爵小姐。在这里，她是海神，河流和泉水的女神，仙女。始终是幽灵。

他想逃跑，感到这办不到。他的目光变成两条锁链，把他缚在这个幻象上。

她是一个姑娘吗？她是一个处女吗？两者都是。梅萨琳[1]也许在冥冥之中出现，应该微笑；狄安娜应该保持警醒。在这个美女身上有着不可接近的光辉。没有比这种贞洁和高傲的形态更加纯洁的了。有些从未被触动过的白雪是一望而知的。瑞士的荣格弗雷峰圣洁的雪白，这个女人就有。从她无忧无虑的额头，从这散乱的鲜红色的头发，从这低垂的睫毛，从这隐约可见的蓝色脉管，从她的乳房、臀部和膝盖雕塑般的圆鼓鼓，在衬衣玫瑰色显露下轮廓分明，在这一切中散发出来的，是庄重睡眠的神圣。这种不顾羞耻在光彩夺目中消散了。这个女人那么娴静的裸体，仿佛她有神圣的玩世不恭的权利，她有着奥林匹斯山的女神的安全，知道自己是深渊之女，能够对海洋说：父亲！她献身给所有路过的人，献身给别人的目光、愿望、疯狂、梦想，却是不可接近和崇高的，在这张闺房的床上骄傲地睡眠，就像维纳斯睡在无边的泡沫上。

她是在夜里睡着的，睡眠一直延长到大白天；信任在黑暗中开始，在阳光灿烂时仍继续。

格温普兰在颤抖，也在欣赏。

---

1 梅萨琳，克洛德皇帝的第三任妻子，以淫荡和无法餍足的性欲闻名，克洛德得知她和一个情人秘密结婚后，派人暗杀了她（48）。

不健康地赞赏，过于关注了。

他害怕。

命运的玩偶盒绝不会竭尽花样。格温普兰原以为到了尽头。他重新开始。所有这些闪电不停歇地落在他头上，最终是猝然而来的沉雷，把一个沉睡的女神掷在他这个浑身发抖的人面前，究竟是怎么回事？天门相继开启，最后他所期望又感到恐惧的梦从中而出，这是怎么回事？陌生的诱惑者的殷勤一个接一个，给他带来模糊的渴望、混乱的念头，直至变成活生生的肉欲的邪念，以迷人的一连串不可能之中抽取出现实来折磨他，这是怎么回事？反对他这个可怜虫的整个黑暗，是有阴谋的吗？他四周是阴险命运的所有微笑，他要落到什么地步？故意弄得他头晕目眩是怎么回事？这个女人！在这儿！为什么？怎么回事？没有解释。为什么选中他？为什么是她？是专门为了这个公爵小姐，才让他做英国上院议员吗？是谁把他们撮合在一起？是谁受蒙骗？谁是受害者？为了谁滥用诚意？是在欺骗上帝？所有这些事，他都不能判断，他在自己的脑海里的一片片乌云中隐约看到这些。这个不怀好意的魔窟，这个古怪的宫殿，像监狱一样紧抓住人不放，也跟这个阴谋有关吗？格温普兰感到一种吸纳。不知其所以然的力量神秘地捆住他。一种万有引力缚住他。他的意志被滗清，离开了他。怎么坚持住？他很惊慌，又被迷住了。这回，他感到自己无可救药地疯狂了。持续地垂直跌落到头晕目眩的深渊里。

女人还在睡觉。

对他来说，心绪混乱越发严重，她不再是姑娘、公爵小姐、贵妇；这是个女人。

对正道的背离潜伏在人的身上。恶习在我们的机体里有一条准备好的隐蔽通道。甚至清白的人，表面纯洁，内心也是这样。没有污点，不是没有缺憾。爱情是一条规律。肉欲是一个陷阱。有酒醉，也有酗酒。酒醉是要一个女人，酗酒是要所有女人。

格温普兰不由自主地发抖。

怎么对付这次邂逅呢？没有成堆的衣服，没有宽大的丝绸，没有烦琐的雅致的打扮，没有半隐半露的卖弄的夸张，没有云遮雾罩。这是可怕的简明的裸体。一种神秘的汇聚，厚颜无耻的伊甸园方式。人的黑暗面全部在这里。比撒旦更坏的夏娃。人和超人混合在一起。不安的入迷，通往本能对责任的粗暴胜利。美的至高无上的轮廓是不可抗拒的。等到它离开理想，要变为现实时，人就接近悲惨了。

公爵小姐不时在床上软绵绵地挪动一下，宛如雾气在蓝天中隐约的移动，改变姿态如同云彩改变形状。她曲线起伏，构成又化解了迷人的曲线。所有水的柔软，女人都有。公爵小姐好像水一样，有难以捉摸的东西。说不清的是，她在那里，肉体横陈，又像在幻觉中一样。她可以触摸，但像在远方。格温普兰注视着，心荡神摇，脸色苍白。他倾听这胸膛跳动，以为听到了幽灵在呼吸。他被吸引了，在竭力挣扎。怎样反抗她？怎样反抗自己？

他等待遇到一切，除了这一个。在穿越大门时遇到一个凶恶的守门人，要和面目狰狞的狱卒搏斗，这是他本来的打算。他预见到的是刻耳帕罗斯，却遇到赫柏[1]。

1　赫柏，宙斯和赫拉的女儿，青春女神，负责在天神的餐桌倒玉液琼浆，但在动物园是指水蛇。

一个裸体女人。一个睡着的女人。

多么凶险的搏斗啊！

他闭上眼皮。眼睛里晨曦太多了是一种痛苦。可是，透过闭上的眼皮，他马上又看到她。更加邪恶，但同样美丽。

逃跑是不可能的。他尝试过，但做不到。他就像在梦里一样生了根。我们想退回去，诱惑却把我们的脚钉在地上。向前是可能的，后退则不可能。罪恶看不见的手从地下伸出来，把我们拖下斜坡。

人人都接受一个庸俗的见解，就是激动使人变得迟钝。没有什么更加谬误的了。这仿佛是说，硝酸滴在伤口上能消痛和使人入睡，车裂使达米安[1]麻木。

事实是感觉越加强就越尖锐。

格温普兰从惊讶到惊讶，到达了顶点。他的理智这个地窖，在新的惊呆之下，感受满溢而出。他感到心中一种可怕的觉醒。

他再也没有指南针。他面前只有一样确定的东西，就是这个女人。难以形容的无可补救的幸福半开半掩，活像一次沉船。再也找不到方向。一股不可阻挡的潮流，还有一块礁石。礁石不是岩石，而是美人鱼。磁石在深渊之底。格温普兰要摆脱这个吸力，但是怎么办呢？他再也找不到支撑点。人的变动是无限的。一个人可以像一艘船那样失去操纵。铁锚就是良心。可悲的是，良心会断裂。

他甚至连这种办法也没有了："我破了相，面貌可怕。她会推拒

1　达米安，试图暗杀路易十五（其实并不想刺杀国王，因为是用刀去刺）先受酷刑的折磨，1757 年 3 月 28 日被车裂。

我。"这个女人给他写过信：她爱他。

危难时有一个处境微妙的时刻。在我们超越恶，超过支撑善的时候，我们向错误伸出的部分最终取胜，会把我们抛下去。对格温普兰来说，这个悲哀的时刻来临了吗？

怎么逃遁呢？

这就是她！公爵小姐！这个女人！他面前是她，在这个房间里，在这个不见其他人的地方，沉睡，听人摆布，独自一人。她任他摆布，他掌握她！

公爵小姐！

人们在天空中已看到一颗星星，赞赏它，它是那么遥远！一颗固定的星星有什么可怕呢？一个白天，一个夜晚，人们看到它在移动。在它周围可以分辨出光的颤抖。这颗星星本以为它是静止不动的，却在移动。这不是星星，这是彗星。这是天空中一个无限大的纵火者。星星在前进，在增大，摇动着朱红色的头发，变得异常巨大。它朝你这边过来。恐怖啊，它向你过来！彗星认得你，彗星想你，彗星要你。天体可怕的接近。照到你身上的光太强烈了，使人看不见东西，过度的生命力是死亡。天顶对你的调情，你拒绝了。深渊给你的爱，你抛弃了。你用手捂住眼皮，遮住自己，你逃避，你以为得救了。你张开眼皮……可怕的星星在那儿。这不再是星星，它是世界，未知的世界，熔岩和炭火的世界。吞噬着深渊的奇观。它充满了天空，除它以外什么都没有了。无限深处的维纳斯，远处是钻石，近处是炉火。你包在它的火焰里。

你感受到天堂的热力开始燃烧你。

第四章
撒　旦

突然，睡着的女人醒了过来。她坐起来，突兀的姿态庄严而和谐。她的头发是生丝的金黄色，柔和而散乱地撒在胸前；她垂落下来的衬衣露出肩膀，一直露到下面很低的地方；她用细巧的手摸了一下玫瑰色的脚趾，看了一会儿自己赤裸的脚，值得伯利克里[1]钟爱的脚，菲狄亚斯[2]也会当作模型；然后像母老虎在旭日中伸伸懒腰，打个哈欠。

格温普兰可能在呼吸，就像人们吃力地呼吸时那样。

"有人吗？"她问。

她一面打哈欠一面说，妩媚动人。

格温普兰听到这个他并不熟悉的声音，迷人女子的声音，声调高傲而美妙，妩媚的音响缓解了命令的习惯。

1　伯利克里（约公元前 495—前 429），雅典的著名将军和演说家。
2　菲狄亚斯（约公元前 490—前 430），古希腊雕刻家，佩里克莱斯委托他监造阿克罗波尔（雅典卫城）。

　　与此同时，她跪坐起来，有一个古代这样跪着的雕塑，裹在千百条透明的皱褶中。她把睡衣拉过来，扔到床下，赤裸地站着，只一眨眼工夫，随即穿衣服。又一转眼，绸衫就覆盖住她。袖子很长，盖住了她的手。只看得到她的脚趾，白色的小脚趾甲，好像孩子的脚。

　　她从背上拉出波浪似的头发，掷到睡衣外面，然后跑到床后凹室的尽里面，把耳朵贴在有绘画的镜子上，镜子确实遮住了一扇门。

　　她弯曲食指，用弯曲处敲敲镜子。

　　"有人吗？大卫爵士！您已经来了吗？几点钟了？是你吗，巴基尔费德罗？"

　　她回过身来。

　　"不是。不是这边。浴室里有人吗？回答呀！事实上没人，没有人能从这边过来。"

　　她走到银色布帘那边，用脚尖踢开它，走进大理石房间。

　　格温普兰感到像临终时的冰冷。没有躲藏的地方。要逃走为时已晚。再说，他已没有力气。他真想地皮裂开，钻进地底下。没有任何办法不被人看见。

　　她看见了他。

　　她注视他，惊讶之极，却没有任何颤抖，既高兴又轻蔑：

　　"哟，"她说，"是格温普兰！"

　　突然她猛地一跳，因为这牝猫是一只豹子，她扑到他的脖子上。

　　她把他的头抱紧在她赤裸的手臂里，在冲动中，袖子脱落下来。

　　她突然推开他，两只像爪子似的小手落在格温普兰的肩膀上，站在他面前，他也站在她面前，她开始奇特地注视他。

她以毕宿星[1]的眼睛死死地盯住他，这是混杂着难以形容的暧昧和恒星般明亮的目光。格温普兰注视着这蓝色的眸子和这黑色的眸子，在这天国的注视和地狱的注视双重的定格中晕头转向。这个女人和这个男人互相送出不祥的赞赏。他们被彼此迷惑，他是通过畸形，她是通过美貌，两人都被恐惧控制。

他一声不吭，仿佛被掀不起的重负压抑着。她大声说：

"你很聪明。你来了。你知道我不得不离开伦敦。你跟随着我。你做得对。你在这里真是不同寻常。"

互相占有的愿望是一种闪电。格温普兰受到一种朦胧的、粗俗而又坦诚的恐惧模糊的警告，想要后退，但是在他肩膀上痉挛的粉红色指甲抓住了他，形成了一种无情的东西。他是在一个兽类女人的洞穴里，他自己也是个兽类的男人。

她又说：

"安妮，这个傻女人，——你知道吗？就是女王，——她让我来到温莎，我却不知道为什么。我来到后，她和她的白痴大法官关在屋子里。可是，你是怎么跑到我这里来的？这才是我所说的男子汉。障碍，没有障碍。受到召唤就跑来了。你打听过吗？我的名字是约瑟安娜公爵小姐，我想你是知道的。是谁把你带来的？一定是侍童。他很聪明。我会给他一百几尼。你是怎么被抓住的？告诉我。不，不要说。我不想知道。解释就会贬低。我喜欢你能让人吃惊。你丑

1　毕宿星，一等亮星，颜色有点红，又叫金牛星。

得怕人，反而更好。你从九霄¹落下来，要不然是从第三层地狱升上来的，通过厄瑞波斯的活板翻门²。没有什么更简单的了，要么天花板裂开，要么地板开了缝。要么从云端降下来，要么是从硫磺的火焰中升上来，你就这样来到了。你值得像天神一样进来。说好了，你是我的情人。"

格温普兰失魂落魄地听着，越来越感到他的思想在动摇。完了。不可能怀疑。那天夜里的信，被这个女人证实了。他，格温普兰，是一个公爵小姐的情人，被她爱上的情人！长着千百只脑袋的、无比高傲的怪物，在他不幸的心中翻腾不已。

虚荣心是藏在我们心里和我们作对的巨大力量。

公爵小姐继续说：

"既然你在这里，这是天意。我不求更多。在天上或者在地下有一个人，把我们撮合在一起。是冥河³和黎明的订婚。违反一切法律的、疯狂的订婚！我看见你那天，我说过：'就是他。我认出他。这是我梦中的怪物。他将属于我。'必须帮助命运。因此我给你写信。一个问题。格温普兰，你相信命定吗？我呀，自从我在西塞罗的著作中看到了'西皮翁之梦'⁴，我就相信了。啊，我还没有注意到呢。一件绅士的衣服。你穿得和贵族老爷一样。为什么不行呢？你是卖艺的。多一个理由。一个卖艺的抵得上一个爵士。再说，爵士

1 在古代，4个天顶的最高处，幸福的人居住的地方。
2 古代神话中，地狱最黑暗的部分。混沌产生了厄瑞波斯和黑夜。
3 冥河，即斯堤克斯，在古代神话中，是幽冥黑暗之神和厄瑞玻斯之女。
4 西塞罗（公元前106—前43）的《论共和国》论及城市的发展、法和作为神的意图完成的历史之间的关系，以柏拉图方式的神话达到完美，即"西皮翁之梦"。

是什么东西？小丑。你有高贵的身材，身段很俊美。你在这里真是见所未见。你什么时候到来的？你在这里多少时间了？你看到我裸体吗？我很美，不是吗？我要洗澡了。噢！我爱你。你看过我的信了！你是自己看信的吗？别人看到你看信吗？你识字吗？你应该是没有知识的。我向你提出问题，但你不要回答。我不喜欢你的声音。它是柔和的。像你这样一个无可比拟的人，不应该说话，但要咬牙切齿。你唱歌，声音动听。我憎恶这个。这是你身上唯一令我厌恶的地方。其余的一切都很了不起，其余的一切都很优美。在印度，你是神。你生来脸上就有这副可怕的笑容吗？不，不是的。这无疑是刑罚的毁容。我希望你犯过罪。到我的怀抱里来吧。"

她跌坐在长沙发上，并让他倒在自己身边。他们俩待在一起，却不知怎么回事。她所说的话仿佛一股强风掠过格温普兰。他几乎很难理解这旋风似的疯话的含义。她眼里有欣赏。她以又狂乱又柔和的声音杂乱而又疯狂地说着话。她的话音是一种音乐，但格温普兰像听到风暴一样听着这音乐。

她重新盯着看他。

"我感到自己在你身边是堕落，多么幸福啊！作为殿下，多么乏味啊！我是尊贵的，没有什么更加令人讨厌的了。堕落是休息，我受到尊敬的包围，我需要蔑视。从维纳斯、克莱奥帕特拉[1]、什弗勒

1　克莱奥帕特拉（公元前 69—前 30），被她的兄弟赶下王位后，仰仗恺撒重新在埃及登位，给恺撒生了一个儿子。后来安东尼爱上她，但被屋大维打败而自杀，她则被蛇咬死。

兹公爵夫人[1]和龙格维尔夫人[2]一直沿袭下来，最后是我，我们所有人都有点怪诞。我要炫耀你，公之于众。这件风流事会给我所属的斯图亚特家族一个打击。啊！我能喘一口气了！我找到了出路。我摆脱了高贵的束缚。降低等级，这才是解脱。粉碎一切，冒犯一切，敢做一切，这才是生活。听着，我爱你。"

她住了口，露出令人惊恐的微笑。

"我爱你不仅是因为你畸形，而且因为你卑贱。我爱怪物，我爱丑角。一个情人受到蔑视、嘲笑，滑稽、丑陋，在所谓的戏台这示众柱上供人乐，这有不同寻常的味道。这是咬深渊的果子。一个受人侮辱的情人很有味道。牙齿下咬的不是天堂而是地狱的苹果，这就是吸引我的东西，我有这种饥渴，我是这个夏娃。深渊的夏娃。你可能不自知是个魔鬼。我以梦的面具来守身。你是一个木偶，一个幽灵牵着线。你是地狱般的狂笑的幻象。你是我等待的主人。我必须有美狄亚[3]和卡尼狄亚[4]那样的爱情。我深信会遇到黑夜那种巨大的奇遇。你是我想要的人。我对你说的一大堆话，你大概听不懂。格温普兰，没有人占有过我。我像炽热的炭火一样纯洁地献身给你。你显然不相信我，不过你要知道，我并不在乎！"

1　什弗勒兹公爵夫人（1600—1679），王后安娜·德·奥地利的总管，风流，多次参加反对黎世留的阴谋。

2　龙格维尔夫人（1619—1679），非常漂亮，年轻时嫁给龙格维尔公爵，但公爵更喜欢旧情妇。她以典雅趣味和爱情关系多而闻名。

3　美狄亚，希腊神话中的女魔术师，帮助伊阿宋寻找金羊毛，被他抛弃后，以杀死自己的几个孩子来报复。

4　卡尼狄亚，真名为格拉蒂狄亚，妓女、女巫，贺拉斯《讽刺诗》中的人物。

她的话好像火山爆发一样没有秩序。埃特纳[1]的山腰上戳一个洞，就能对这火焰的喷射有一个概念。

格温普兰嗫嚅着说：

"夫人……"

她将手按在他的嘴唇上。

"别说话！我在端详你。格温普兰，我是无瑕疵的，又是疯狂的。我是女灶神，又是酒神巴克斯的女祭司[2]。没有男人了解过我的身体，我可以做得尔菲的皮提亚[3]，我的脚下是青铜器的三只脚，祭司的肘弯靠在皮通[4]的皮上，向看不见的神悄声提出问题。我的心是石头的，但是很像海水冲到蒂河[5]口亨特利·纳布岩石脚下的那些神秘石子，如果砸碎石子，可以找到一条蛇。这条蛇是我的爱情。强大无比的爱情，因为它让你来了。我们之间有无可限量的距离。我在天狼星，你在玉衡星。[6]你跨过这特大的距离，来到这里。很好。不要说话。占有我吧。"

她住了声。他瑟瑟发抖。她微笑起来。

"你看，格温普兰，梦想就是创造。一个愿望就是一个召唤。制

1　埃特纳，意大利的火山，在西西里岛的东北面，直径30公里，高3295米，欧洲最高的活火山。

2　酒神巴克斯的女祭司庆贺酒神节，以无节制和淫荡闻名。而在罗马人中间，女灶神也是女祭司，但献身于贞洁。两者是矛盾的，即是说既是无瑕疵的，又是疯狂的。

3　得尔菲的皮提亚，得尔菲在帕尔那索斯山下，阿波罗在此修筑自己的神庙，这里的祭司叫皮提亚，男预言者向皮提亚提出问题，皮提亚的回答被看作阿波罗的意志。

4　皮通，是条蛇，骚扰得尔菲附近的居民，被阿波罗用箭射死。

5　蒂河是英国北面的一条河。

6　天狼星在巨犬座，是最美最亮的星，看起来好像距离近；玉衡星是大熊星座上的第一颗星。

造幻想，就是向现实挑战。强大而可怕的黑暗不让人蔑视。它满足我们。你在这里。我敢毁掉自己吗？敢。我敢做你的情妇、你的姘妇、你的奴隶、你的东西吗？非常乐意。格温普兰，我是女人。女人是渴望变成污泥的黏土。我需要蔑视自己。这是给骄傲做调料。高贵要和卑贱混杂。没有什么结合得更好的了。别人轻视的你，蔑视我吧。卑贱之下的卑贱，多么痛快啊！这是耻辱的双重花朵！我采摘下来。把我践踏在脚下吧。你只会为此更加爱我。我呀，我知道这一点。你知道我为什么崇拜你吗？因为我蔑视你。你远远在我之下，因此我把你放到祭坛上。将高与低混合，这是混沌，而混沌使我高兴。一切都以混沌开始和结束。混沌是什么？一个巨大的污泥坑，上帝创造了光和这个阴沟，上帝创造了世界。你不知道我多么违反常情。在污泥中揉出一个星球，就会是我。"

这个可怕的女人这样说着，松开她的睡衣，赤条条地露出她处女的躯体。

她继续说：

"对所有人来说我是一头母狼，对你来说我是一条母狗。人们会多么惊奇啊！傻瓜的惊奇是柔和的。我呢，我明白自己。我是一个女神吗？安菲特里忒[1]献身给库克洛佩斯[2]（Fluctivoma Amphitrite）。我是一个仙女吗？乌尔杰尔[3]献身给布格里克斯，后者长着八只有蹼的手。我是一个公主吗？玛丽·斯图亚特宠幸里齐奥。三个美女，三

---

1 安菲特里忒，海洋女神，波塞冬之妻。
2 库克洛佩斯，希腊神话中的独目巨人族。
3 仙女乌尔杰尔取自杜尼的一出喜歌剧（1765），后人不断提及。

个怪物。我比她们更高贵，因为你比他们更丑。格温普兰，我们是天造地设的一对。你在外表是怪物，我在内心是怪物。我的爱情由此而生。任性，是的。风暴是什么？任性。我们之间有星宿的亲缘关系：我们两人都是属于黑夜的，你通过面孔，我通过才智。现在轮到你来创造我。你来了，我的心灵露出来。我不了解它，它是惊人的。你到来使我这个女神身上的七头蛇出来了。你使我显现出我真正的本性，你让我发现我自己。你看看我多么像你。你看我就像照镜子一样。你的脸就是我的心灵。我不知道它可怕到这个程度。我呀，我也是一个怪物！噢，格温普兰，你消除了我的烦闷。"

她现出一个孩子的古怪笑容，凑近他的耳朵，低声对他说：

"你想看到一个疯癫的女人吗？这就是我。"

她的目光插入到格温普兰心里。一道目光是一副春药。她的睡衣敞开，使人可怕地心烦意乱。盲目的、兽性的迷乱侵入格温普兰心中。迷乱中有着致人死命的东西。

这个女人说话时，他感到好像火焰在喷射。他感到涌现出无可补救的东西。他没有力气说一句话。她停止说话，端详着他。她喃喃地说："噢，怪物！"她显得很凶狠。

突然，她抓住他的双手。

"格温普兰，我是王座，你是露天戏台。让我们平起平坐。啊！我跌下来了，多么幸运啊！我想让所有人都能知道我卑贱到什么田地。他们要进一步跪拜，因为越是厌恶，就越是匍匐在地。人类生来就是这样。怀有敌意，但在地上爬行。是条龙，却是虫豸。噢！我就像天神一样堕落。人们永远不能排除我是一个国王的私生女。

我像女王一样行动。罗多普[1]是何许人？一个爱上普泰赫[2]的女王，这是个有鳄鱼头的人。她建造了纪念他的第三座金字塔。邦泰齐莱[3]爱上一头公牛，公牛叫作萨吉泰尔[4]，这是一个星座。你怎么评论安娜·德·奥地利？马扎兰相当丑![5] 你呀，你不丑，你畸形。丑渺小，畸形伟大。丑是魔鬼在美的背后装鬼脸。畸形是崇高的背面。这是另外一边。奥林匹斯山有两个斜坡：一个在阳光中，给出阿波罗[6]；另一个在黑暗中，给出波吕菲摩斯[7]。你呢，你是提坦。你是森林中的贝希摩斯[8]，海洋中的勒维亚坦[9]，混沌中的提丰[10]。你是崇高的。在畸形中有霹雳。你的脸被雷电扭曲。在你脸上的，是火焰的巨拳的愤怒歪扭。它在你脸上倒腾一下，就走开了。阴暗的暴怒在发狂中把你的灵魂黏在可怕的超人面孔底下。地狱是一个上刑罚的炉子，里面烧得通红的烙铁就是我们所称作的命运；你被这烙铁打上了印记。爱你就是懂得伟大。我取得了这胜利。做阿波罗的情人，多么出色的努力！光荣要按惊愕的程度来衡量。我爱你。我想你有多少

1　罗多普，特拉斯的妓女，与伊索同时代，也是同一家中的奴隶。传说埃及国王普萨梅蒂库斯恋上她，娶了她。

2　普泰赫，埃及的神，被看作一个矮胖的畸形的人。

3　希腊神话中的女战士之王，为阿基里斯所杀，但因她的美貌而哭悼她。

4　萨吉泰尔，半人半马（Centaur），他死时被缪斯置于天体之中，成为黄道十二星座中的一个星座。

5　安娜·德·奥地利（1601—1666），西班牙国王菲利普三世的长女，嫁给法国国王路易十三，国王死后她摄政，任命红衣主教马扎兰为首相，可能与他秘密结婚。

6　阿波罗是宙斯的儿子，艺术之神，美的象征。

7　波吕菲摩斯，《奥德修斯》中的独眼巨人，可怕、暴烈，要置尤利西斯和他的同伴们于死地。

8　贝希摩斯，《约伯书》中提到的怪兽，形状像河马，在希伯来文中意为"野兽"，只有上帝能驯服它。

9　勒维亚坦，也译为利维坦（Leviathan），《约伯书》中提到的怪兽。

10　提丰，埃及的神，被看作一切罪恶的源泉，有一百只蛇头，口中喷火，而在希腊人中变成代表邪教的巨人。

夜晚，多少夜晚，多少夜晚啊！这里是我的宫殿。你会看到我的花园。在树叶下有泉水，有可以在那里拥抱的岩洞，有非常美丽的大理石雕像，是贝尼尼[1]骑士雕塑的。还有鲜花。花太多了。春天，玫瑰花像火场。我对你说过，女王是我的姐姐了吗？你对我可以随心所欲。我生来是让朱庇特吻我的脚，而撒旦往我脸上啐唾沫。你信教吗？我呢，我是教皇派。我的父亲詹姆士二世死在法国，一堆耶稣会士簇拥在他周围。我从来没有感受过在你身边那样的快乐。噢！我愿意晚上和你在一起，有人奏乐，我们俩靠在同一个软垫上，在金色小船的朱红色华盖下，在海洋的无限温柔中荡漾。侮辱我吧。打我吧。支付用过我的钱吧。像对待贱人一样对待我。我崇拜你。"

抚爱可能是咆哮。你怀疑吗？请进入狮子笼。恐惧就在这个女人身上，和妩媚糅杂在一起。没有更具悲剧性的东西了。可以感到利爪，又感到天鹅绒。这是柔媚的攻击，掺杂着后退。在这一来一去中有游戏也有杀戮。她傲慢地崇拜。结果是传达出癫狂。这种要命的语言，难以表达地既强烈又温和。侮辱人的东西并不侮辱人。崇拜的话语反而侮辱人。践踏人的话反而把人奉若神明。她的声调给愤怒的情话说不清的普罗米修斯式的伟大。埃斯库罗斯[2]所歌唱的伟大女神的节庆，给星空下寻找林神[3]的女人史诗式的癫狂。在多多纳[4]的树枝下，这些情景发展到顶点，使阴森的舞蹈变得复杂。如果

1　贝尼尼（1598—1680），有才华的巴罗洛艺术家、雕塑家、建筑师，特别负责罗马的圣彼得大教堂的建造。
2　埃斯库罗斯（公元前525—前456），希腊三大悲剧家之一，被雨果称为人类的天才。
3　林神长着羊角和羊足，会演奏笛子，勾引仙女。
4　多多纳，古希腊的大教堂，附近森林树叶的簌簌声形成神的话语。

有可能变得与天神相反，这个女人就会变形。她的头发像鬃毛一样抖动；她的睡衣先是收拢，然后又敞开；没有什么像这充满粗野喊声的胸脯更加迷人的了；她的蓝眼睛的目光混杂着黑眼睛的火焰；她是超凡脱俗的。格温普兰浑身无力，感到被这样一次接触深深的插入所征服了。

"我爱你！"她喊道。

她用吻咬了他一下。

荷马用云彩笼罩朱庇特和朱诺，也许这云彩对格温普兰和约瑟安娜要变得必不可少了。对格温普兰来说，被这样一个女人爱：她有视力，看得见他，他的畸形嘴唇感到神圣嘴唇的压力，这是美妙的，闪电般的。他在这个像谜一样的女人面前，感到一切在他身上都消散了。记起蒂，在这阴影中小声地挣扎着。有一个古代的浮雕表现司芬克斯在吞吃爱神，柔弱的爱神的翅膀在凶恶而笑吟吟的牙齿中间淌着血。

格温普兰爱这个女人吗？男人好像地球那样有两极吗？我们在永远不变的轴上是旋转的球体，远看是天体，近看是污泥，日夜交替吗？心有两边，一边在光明中爱恋，另一边在黑暗中爱恋吗？这儿女人是光线，那儿女人是污水坑。天使是必不可少的。有可能魔鬼也是一种需要吗？心灵会有蝙蝠的翅膀吗？对所有人来说，黄昏时刻已经致命地敲响了吗？错误属于我们不可抗拒的命运的组成部分吗？在我们的本性中，罪恶难道要和其余部分笼统地接受下来吗？是一笔要偿还的债吗？令人浑身战栗。

但有一个声音对我们说，软弱是犯罪。格温普兰所感受到的是难以形容的：肉体、生命、恐惧、肉欲、受压抑的迷醉，以及在骄傲中的无限羞耻。

她一再说："我爱你！"

她发狂地把他抱紧在胸前。

格温普兰喘着气。

突然，在他们身边，一只小铃坚实而清脆的声音响了起来。这是封闭在墙中的铃声在响。公爵小姐回过头来说：

"这是什么意思？"

突然，随着弹簧门移动的声音，镌刻着王冠的银门板打开了。

一个转门的内部贴上的王家蓝色丝绒显露出来，金盘里放着一封信。

这封信很厚，四方形，露出一个大印，盖在红色封蜡上。铃声在响。

打开的木板几乎碰到长沙发，他们两个就坐在上面。公爵小姐俯下身，一只手臂勾住格温普兰的脖子，伸出另一只手臂，拿起盘子上的信，把门板推回去。转门重新关上，铃声停止了。

公爵小姐用手撕开封蜡，拆开信封，打开里面两张折好的纸，把信封扔在地上、格温普兰的脚下。

撕破的蜡印还能看清上面的东西，格温普兰可以分辨出一个王冠，上面有一个字母 A。

撕开的信封两边摊平了，可以同时看到写在上面的字："致公爵小姐阁下"。

装在信封里的两张纸，一张是羊皮纸和一张是小牛皮纸。羊皮纸很大，小牛皮纸很小。羊皮纸上印着大法官的大印，绿色的封蜡，称作爵爷蜡印。公爵小姐浑身激动，眼神迷醉，做了个几乎看不见的、厌烦的噘嘴动作。

"啊！"她说，"她给我送来的是什么玩意儿？一张废纸！这个女人真令人扫兴！"

她把羊皮纸放在一边，打开一点小牛皮纸。

"是她的笔迹。是我姐姐的笔迹。真叫我腻味。格温普兰，我问过你识字吗。你识字吗？"

格温普兰点头表示识字。

她躺在长沙发上，几乎像一个睡着的女人，仔细地把双脚藏在睡衣下面，把手臂藏在袖子里，带着奇特的害臊，只让人看到胸脯。她用热烈的目光盯住格温普兰，向他伸出小牛皮纸。

"那么，格温普兰，你是属于我的。开始为我效劳吧。亲爱的，给我念女王给我写的信。"

格温普兰接过小牛皮纸，打开了信，用抖抖索索的声音念起来。

小姐：

我们有礼地给您送去我们的仆人、英吉利王国的大法官威廉·考珀证实和签署的口供实录副本。由此得出这个极其重要的事实：林诺斯·克朗查理爵士的合法儿子刚被确认和找到，他的名字是格温普兰，处在流浪人的卑贱生活中，和卖艺者混在一起。身份的取消上溯到幼年时。根据王国的法律和他的继承权，林诺斯·克朗查理的儿子费尔曼·克朗查理，从本日起，被接受和进入上议院。因此，为了善待您，并让您保存克朗查理·亨凯维尔爵士的财产和领地，我们让他代替大卫·迪里-莫伊尔爵士，承受您的青睐。我们让费尔曼爵士到您科尔莱恩行官的府邸。作为女王和姐姐，我们命令并且希望，至今一直叫作格温普兰的费尔曼·克朗查理爵士做您的丈夫，您要嫁给他，这是我们王室所乐意的。

格温普兰念信时，声调几乎每个字都迟疑不定，公爵小姐从长沙发的垫子上抬起身，倾听着，目光呆定。格温普兰念完时，她把信夺了过来。

"安妮，女王。"她说，看着签名，带着梦幻的声调。

然后她从地上捡起刚才扔下的羊皮纸，用目光搜索一遍。这是"晨星号"遇难者的声明，根据索斯瓦克州长和大法官签署的口供实录抄件。

看完口供实录，她又看女王的信。然后她说：

"好吧。"

她平静地用手指着他刚才进来那道走廊的门帘，说道：

"出去。"

格温普兰呆若木鸡，一动不动。

她又冷冰冰地说：

"既然您是我的丈夫，出去。"

格温普兰一声不吭，目光像罪犯一样垂下，但是不动弹。

她又说：

"您没有权利待在这里。这是我情人的位置。"

格温普兰仿佛钉在那里。

"好吧,"她说,"那么是我,我走开。啊!您是我的丈夫!再好没有。我憎恨您。"

她站起来,在空中做了一个无人理解的诀别的高傲手势,走了出去。

走廊的门帘在她身后又合上了。

第五章
相识，又不相识

只剩下格温普兰一个人。

一个人面对这热气腾腾的浴池和这张被褥凌乱的床。

他思绪纷乱，达到顶点。他所思所想不像是思想。散乱，弥漫，处在难以理解的不安中。他仿佛梦中在逃命一样。

进入陌生世界不是易事。

从侍童送来了给公爵小姐的信以来，对格温普兰来说，开始了一系列令人惊异的时刻，而且越来越难以理解。直到此时，他像在梦中，但是看得很清晰。眼下他在其中摸索。

他不思索。他甚至不再梦想。他在忍受。

他仍然坐在长沙发上，就在公爵小姐把他留下的地方。

突然，在黑暗中传来一阵脚步声。这是一个男人的脚步。这脚步声来自与走廊相反的方向，公爵小姐就从那里出去。脚步声走近了，声音沉闷，但很清晰。格温普兰尽管心里紊乱，但仍侧耳倾听。

突然，在公爵小姐半掩的银色帘子外面，在床背后，那扇很容易被怀疑在有画的镜子下面的门敞开了，一个快乐的男人放开喉咙唱歌，在镜子房间中抛出一首古老法国歌曲的迭唱：

　　三只小猪仔在粪堆上
　　像轿夫一样说粗话。

一个男人走了进来。

这个人身上有佩剑，手里拿着一顶羽翎帽，上面有绦子和帽徽，身穿一件镶上饰带的华丽海军服。

格温普兰站起身来，仿佛弹簧让他站直。

他认出了这个人，这个人也认出了他。

从他们两张吃惊的嘴中，同时发出这双重的叫声：

"格温普兰！"

"汤姆-吉姆-杰克！"

拿着羽翎帽的男人朝格温普兰走来，后者抱着手臂。

"你怎么在这里，格温普兰？"

"你呢，汤姆-吉姆-杰克，你怎么来这里？"

"啊！我明白。约瑟安娜！一个任性的人。一个卖艺者，是个怪物，太美了，无法抵挡。你是化了装来这里吧，格温普兰。"

"你也是这样，汤姆-吉姆-杰克。"

"格温普兰，这身爵爷的衣服意味着什么？"

"汤姆-吉姆-杰克，你这身军官服装意味着什么？"

"格温普兰，我不回答问题。"

"我也不回答，汤姆-吉姆-杰克。"

"格温普兰，我不叫汤姆-吉姆-杰克。"

"汤姆-吉姆-杰克，我不叫格温普兰。"

"格温普兰，这里是我的家。"

"这里也是我的家，汤姆-吉姆-杰克。"

"我不许你学我的话。你话里有讽刺，但我有手杖。你的滑稽模仿就算了吧，可恶的家伙。"

格温普兰变得脸色苍白。

"可恶的东西！你侮辱我，必须向我道歉。"

"在你的板屋里，只要你愿意。尝尝我的老拳。"

"这里，尝尝我的剑。"

"格温普兰朋友，用剑是贵族的事情。我只和地位同等的人决斗。我们在拳头面前是平等的，在剑面前不平等。在塔德卡斯特客店，汤姆-吉姆-杰克可以和格温普兰比拳。在温莎，这就不同了。你要知道这一点：我是海军准将。"

"而我呢，我是上议院议员。"

格温普兰看作汤姆-吉姆-杰克的那个人哈哈大笑。

"为什么你不是国王？你确实是对的。一个丑角能演各种角色。告诉我，你是雅典公爵忒修斯[1]。"

"我是英国上议院议员，我们决斗吧。"

"格温普兰，时间就会变得长了。不要跟一个会抽你鞭子的人玩

1　忒修斯，希腊英雄，在可怕的迷宫中杀死半人半牛怪物。

花样。我叫大卫·迪里-莫伊尔爵士。"

"我呢，我叫克朗查理爵士。"

大卫爵士第二次哈哈大笑。

"说得真好。格温普兰成了克朗查理爵士。确实，需要有这个名字才能占有约瑟安娜。听着，我原谅你。你知道为什么吗？这是因为我们是两个情人。"

走廊的门帘撩开了，一个声音说：

"你们是两个丈夫，爵爷们。"

他们两个回过身来。

"巴基尔费德罗！"大卫爵士嚷道。

果然是巴基尔费德罗。

他带着微笑，对两位爵士深深鞠躬。

在他身后，离开几步，可以看到一个脸容恭敬、严肃的绅士，他手里拿着一根黑色的棍棒。

这个绅士走向前，对格温普兰鞠了三个躬，说道：

"爵爷，我是黑棒掌门官。我根据陛下的意旨来寻找爵爷。"

第八卷

卡比托利欧山和周围事物[1]

1　俗语，"卡比托利欧山和佩伊埃纳岩只差一步"。意思是说，有时最高
　　荣耀之后是毁灭和毁誉。古罗马英雄在卡比托利欧山获得胜利，阴谋者
　　从附近的佩伊埃纳岩的高处被投下来。这个标题指明格温普兰的经历，
　　升至上议院，又突然跌落。

第一章
庄严事物的剖析

多少时间以来，可怕的地位上升对格温普兰变换着炫目的印象，把他带到了温莎，又送往伦敦。

在他眼前，幻象般的事实相继而过，没有停止下来。

无法回避。这一个过去，另一个紧接而来。

谁见过玩杂耍的，也就看见了命运。这些抛掷物落下，上升，又落下，这是命运手中的人。

抛掷物和玩具一样。

当天晚上，格温普兰待在一个异乎寻常的地方。

他坐在一张有百合花徽的凳子上。他在衣服外面套了一件白色塔夫绸里子的红丝绒袍子，并罩上貂皮短披风[1]，肩上有两条金边的貂皮带子。

他周围有各种年龄的人，有年轻和年老的，像他一样坐在百合

---

1 这是英国上议院议员的无袖披肩。

花雕饰上，像他一样身穿貂皮和红丝绒的衣服。

他在自己面前看到其他人跪在那里。这些人穿着黑绸袍。跪着的人中有几个在写字。

在他对面隔开一段距离，他看到几级台阶，一个平台，一个华盖，在狮子和独角兽[1]之间闪闪发光的宽大盾牌，在华盖下，平台上，台阶的高处，一张金色的、有王冠的椅子靠着这盾牌。这是一个王座。

大不列颠的王座。

格温普兰本人是上议院议员，眼下他待在英国上议院中。他是怎样进入上议院的呢？现在就来说一下。

自从他一整天，从早到晚，从温莎来到伦敦，从科尔莱恩行宫来到西敏寺大厦，一级一级往上升，每一级都有新的目眩神迷。

他从温莎坐在女王的马车中被带走，带着一个上院议员护送队。给以荣耀的卫队，酷似守卫的卫队。

这一天，从温莎到伦敦大路两旁的行人，看见一支领取女王抚恤金的绅士所坐的马车疾驰而过，每辆马车上面有两张椅子，王座一样气派豪华。第一辆马车坐着黑棒掌门官，手里拿着权棒。第二辆马车上可以分清一顶白色羽翎宽边帽，遮住一张脸，别人看不清。是谁经过呢？是一个亲王吗？是一个囚犯吗？

这是格温普兰。

看来这是把一个人送到伦敦塔，要不然就是把一个人送到上

---

1 神话中的动物，马身、鹿头，额头中央一只独角。狮子和独角兽是大不列颠盾牌上的武器。

议院。

女王做事很出色。由于这关系到她未来的妹夫，她派出了自己的卫队。

黑棒掌门官骑马走在队伍前面。

他的马车座位上和折叠式座位上放着一只银色的垫子。垫子上放着一只印有王冠的黑色皮包。

一辆四匹马驾辕的镶玳瑁的华丽马车，四个仆从待在后面，两个车夫副手骑在前面的马上，一个车夫戴着假发。车轮、踏脚、皮挽带、车辕，这辆华丽马车的整体都是金色的。马匹套上银色的马具。

这辆华丽马车外形高贵，不同寻常，弹眼落睛地忝列在卢博[1]给我们留下的五十一辆华丽马车的图画中。

黑棒掌门官下车，脚踏在地上，他的军官也一样。

军官从马车的折叠座椅上抽出银色的呢垫子，上面放着有王冠的皮包，双手捧着，站在掌门官身后。

黑棒掌门官打开华丽马车的车门，马车空无一人，然后打开格温普兰的车门，低垂眼睛，尊敬地请格温普兰坐上华丽马车。

格温普兰从座椅上下来，登上华丽马车。

掌门官拿着棍棒，军官拿着垫子，在他之后登上马车，坐在矮凳上，在以往典礼上所用的马车中，这是给侍从准备的。

1　雅克–安德烈·卢博，18 世纪的细木工，1769 年给科学院呈献一篇《细木工艺术》，获得赞赏。

华丽马车内部裱的是白缎子，用的是班什[1]的衬布，银色的镶边和穗子。顶部画着纹章。

他们刚下车的那两个座位上的车夫副手，身穿王家的刺绣上衣。他们所坐的那辆车的车夫、车夫副手和仆从，身穿另一种号衣，非常华丽。

格温普兰虽然在昏头昏脑、梦游人似的状态中，仍然注意到这种奢侈的仆人服装，他问黑棒掌门官：

"这是什么号衣？"

黑棒掌门官回答：

"您家的号衣，爵爷。"

这一天，上议院要在晚上开会。"Curia erat serena"[2]，古老的记录这样写道。在英国，议会生活自然是夜生活。众所周知，谢立丹有一次在半夜开始演讲，在旭日东升时才结束。

有两张椅子的那辆马车空车返回温莎；格温普兰所坐的那辆华丽马车，朝伦敦驶去。

四匹马驾辕的有玳瑁装饰的华丽马车，慢悠悠地从布伦特福德驶往伦敦。车夫戴假发的尊严要求他这样做。

车夫庄严的外表使得格温普兰也感到仪式的尊严。

再说，从表面看来，这样迟缓是事先算好的。下文可以看到可能有的原因。

还没有入夜，但是已经差不多了。这时有玳瑁装饰的华丽马车

---

1 班什，比利时城市，以刺绣闻名。
2 拉丁文，议院在晚上开会。

在国王大门前停了下来，这是在连通白宫[1]和西敏寺的小塔楼之间扁圆形的沉重大门。

领取抚恤金的绅士队伍在华丽马车旁围成一圈。

其中一个跟班跳到地上，打开车门。

黑棒掌门官，身后跟着捧垫子的军官，从华丽马车里出来，对格温普兰说：

"爵爷，请下车。请老爷戴上帽子。"

格温普兰在旅行披风下，穿着缎子衣服，他从昨夜起没有离开过。他没有带佩剑。

他把披风留在华丽马车里。

在国王大门通马车的拱门下，有一个小边门，高出路面几级台阶。

在豪华排场中，走在前面是表示尊敬。

黑棒掌门官身后是他的军官，他走在前面。

格温普兰跟着走。

他们登上台阶，走到边门下。

一会儿，他们来到一个宽大的圆厅里，中央有柱子，这是小塔楼的底层大厅，由狭窄的尖形窟窿照亮，就像长矛形的狭窄窗户，即使在正午，也应是幽暗的。光亮少，有时显出庄严。幽暗是威严的。

在这个厅里，站着十三个人。三个在前面，第二排六个人，四

1　白宫是坐落在泰晤士河左岸的一座宫殿，1529 年，亨利八世的宠臣失宠后，不得不离开这个华丽的住宅。

个人在后面。

前面三个人中，一个穿着浅红色丝绒的骑兵，在盔甲上罩着外衣，另外两个人穿着紫红色的这种外衣，不过是缎子的。三个人都在肩上绣上英国国徽。

第二排的六个人穿的是白色马海毛华丽长袍，每个人胸前都有一个不同的纹章。

最后四个人穿的都是黑色马海毛，彼此区分清楚，第一个穿蓝色短斗篷，第二个胸前有一个鲜红的圣乔治勋章，第三个在胸前和背上共有两个深红的十字，第四个有一条黑貂皮领子。所有人都光头戴假发，身边有佩剑。

在半明半暗中勉强能看到他们的脸。他们却不能看到格温普兰的脸。

黑棒掌门官举起他的棍棒说：

"费尔曼·克朗查理爵爷，克朗查理和亨凯维尔男爵，我，黑棒掌门官，觐见厅的首席军官，我将您交给英国纹章主管嘉德。"

身穿丝绒长袍的人留下其他人，向格温普兰一躬到地，说道：

"费尔曼·克朗查理爵爷，我是嘉德骑士，英国纹章主管。我是世袭的伯爵-元帅、诺福克公爵恩赐冠冕的军官。我宣过誓服从国王、上议院议员和嘉德爵士。我受封之日，英国的伯爵-元帅将一盅葡萄酒浇在我头上，我庄严地答应效忠于贵族，避免与臭名昭著的人为伍，宁愿原谅而不是谴责有身份的人，帮助寡妇和处女。正是我负责照料上议院议员的葬礼，仔细保留他们的纹章。我听候老爷您的吩咐。"

穿缎子长袍的另外两个人中的第一个，行了一个礼，说道：

"爵爷，我是英国纹章第二主管克拉伦斯。我是照料在上议院议员之下的贵族葬礼的军官。我听候老爷您的吩咐。"

另外一个穿缎子长袍的人鞠躬说：

"老爷，我是诺罗伊，英国纹章第三主管。我听候老爷您的吩咐。"

第二排的六个人一动不动，也不鞠躬，走了一步。

在格温普兰右边的第一个人说：

"爵爷，我们六个人是英国纹章分院主管。我是约克的。"

然后，每个管王家杂事的或者分院主管依次说话，报出自己的头衔。

"我是兰卡斯特的。"

"我是利什蒙德的。"

"我是切斯特的。"

"我是索梅塞特的。"

"我是温莎的。"

他们在胸前的纹章就是他们所说名字的州和城市的纹章。

穿黑衣服，站在管王家杂事的人后面的四个人，保持沉默。

嘉德纹章主管用手向格温普兰指着他们说：

"爵爷，这是四个纹章院的副手。——这个是蓝斗篷。"

穿蓝斗篷的点头致意。

"这位是红色龙骑兵。"

戴圣乔治勋章的人致意。

"这位是红十字。"

有红十字的人致意。

"这位是狼牙闸门。"

貂皮领子的人致意。

在纹章主管的示意下，纹章院副手中的第一个蓝斗篷走向前，从掌门官手里接过银色呢垫子和绘有王冠的皮包。

纹章主管对黑棒掌门官说：

"就这样。我很荣幸接到了爵爷。"

这些繁文缛节和随后的一些礼节，都是亨利八世[1]以前的古礼，安妮在一段时间里试图复活。所有这些今日已不复存在。但上议院认为是不可更改的；如果哪里还有往昔礼仪的话，这里就有。

然而礼节在改变。"E pur so muove."[2]

比如说，五月高竿（may pole）变得怎样了呢？伦敦城在上院议员前往议院的路上竖了这根高竿。最后一根是在一七一三年竖立的。后来，高竿消失了。过时了。

表面是一动不动的；实际上在改变。"阿尔布马尔勒"（Arbemarle）这个头衔就是这样。它看来是永恒的。在这个头衔下经历了六个家族：奥多、曼德维尔、贝图纳、普朗日内、博尚、蒙克。在这个头衔下，罗彻斯特相继经历过五个不同的名字：博蒙、布勒沃斯、杜德莱、西德内、科克。在林肯的头衔下，经历了六个

---

1 亨利八世，1509—1547 年的英国国王。
2 意大利文：但它在转动。伽利略（1564—1642）由于支持哥白尼的理论，认为地球围绕太阳转动，在 1633 年被宗教裁判所监禁。他虽然被迫放弃自己的主张，但在离开法庭时，仍然念念有词：" 但它在转动。"

名字。在彭布罗克这个头衔下经历了七个名字，等等。在不变更的头衔下，家族在改变。肤浅的历史学家相信永恒不变。实际上，没有持久不变的东西。人只能是一个波浪；浪涛是人类。

贵族把妇女看作耻辱的"变老"看作骄傲；但妇女和贵族都有同样的幻想：保存下去。

兴许上议院绝不会承认上文所说的和下文要说的，就像昔日漂亮的女人不愿有皱纹一样。镜子总是受到指责，它逆来顺受。

要做得一模一样，这是历史学家的全部责任。

纹章主管对格温普兰说：

"爵爷，请跟我走。"

他又说：

"别人会向您鞠躬。爵爷只消抬高一下帽檐。"

一行人朝着圆厅深处的一扇门走去。

黑棒掌门官开道。

然后是捧着垫子的蓝斗篷；然后是纹章主管；在纹章主管后面是格温普兰，他的头上戴着帽子。

其他纹章主管、管王家杂事的人、副手，待在圆厅里。

格温普兰走在黑棒掌门官前面，在纹章主管的引导下，走过一间又一间厅，走的路线今日已不可能再找到，英国议院的老房子已经拆毁了。

其中他穿过一间哥特式会议室，詹姆士二世和蒙茅斯公爵[1]曾在

1　蒙茅斯公爵（1649—1685），蒙茅斯反对未来的詹姆士二世，即约克公爵，1683年不得不流亡到荷兰；詹姆士二世上台后返回，被斩首。

此举行最高级会见，怯懦的侄子在凶残的叔叔面前徒劳地下跪。在这间会议室周围，墙上按日期排列着九幅以前的上议院议员全身像，并注明他们的姓名和纹章：南斯拉德龙爵士，一三〇五年；巴利奥尔爵士，一三〇六年；贝内斯泰德爵士，一三一四年；康蒂卢普爵士，一三五六年；蒙贝贡爵士，一三五七年；蒂博托爵士，一三七二年；科德诺的佐什爵士，一六一五年；贝拉-阿瓜爵士，无日期；布洛伊伯爵、哈伦和苏雷爵士，无日期。

黑夜来临，走廊里间隔地亮起灯。插蜡烛的铜吊灯在各个厅里燃亮了，就像教堂的侧道一样勉强照亮。

里面只遇到必不可少的人。

在这队行列穿过的一个房间里，四个掌管印章的文书和国家档案文书恭敬地低着头，站立着。

在另一间房间里，站着索梅塞州布赖姆普顿的领主、可尊敬的菲利普·西登哈姆方旗爵士。方旗骑士是战争时期国王在随风招展的王旗下册封的。

在另一个房间里，站着爱德蒙·培根爵士、尼古拉爵士的继承人、英国最古老的准男爵，被称为"primus baronetorum Angliœ"[1]。爱德蒙爵士身后是手持火铳的、他手下的随从武士和手持乌尔斯特[2]武器的侍从，准男爵是爱尔兰乌尔斯特州先天的捍卫者。

在另一个房间里，是财政大臣，伴随着四个会计师和两个担任分割税收的侍从官代表。再加上货币主管，他张开的手里有一枚

---

1 拉丁文：英国首位准男爵。
2 乌尔斯特，爱尔兰西北部的历史地区，从 12 世纪开始归属英国管辖。

英镑，就像通常造币机器中的英镑那样。这八个人向新爵士鞠躬致意。

在连通下议院和上议院的、铺着一张席子的走廊入口，格温普兰受到马尔冈的托马斯·曼塞尔爵士的致意，他是女王宫廷饮食监督官，格拉莫冈的议员；在出口处，受到"五港"男爵"二比二"的代表致意，他们排列在他的左边和右边，四个一组，"五港"是八个人。威廉·阿斯伯恩汉代表哈斯丁，马修·埃尔莫代表杜弗尔，约西亚斯·布尔歇特代表桑德维什，菲利普·博特勒爵士代表海思，约翰·布勒韦代表新鲁姆内，爱德华·索思韦尔代表赖伊城，詹姆士·海伊斯代表温切尔西城，乔治·内洛尔代表西福德城。

纹章主管像格温普兰那样，正要还礼，低声提醒他注意礼仪。

"爵爷，只消碰一下帽边。"

格温普兰照他指明的去做。

他来到一间画室，里面并没有画，只有几幅圣像，其中有圣徒爱德华[1]，放在被木板一分为二的椭圆形长窗的拱形曲线下，西敏寺大厅在它下面，上层是画室。

在横穿过画室的木栏之外，站着三个国务秘书，这是显贵的人物。这三个官员中的第一位权限分别在英国南部、爱尔兰和殖民地，外加法国、瑞士、意大利、西班牙、葡萄牙和土耳其。第二位领导英国北部，另外监督荷兰、丹麦、瑞典、波兰和莫斯科一带。第三位是苏格兰人，管辖苏格兰。前两位是英国人。其中一位是罗伯特·哈莱[2]，新拉德诺城的议员。一个苏格兰的代表门戈·格拉汉，

1　圣徒爱德华（1004—1066），忏悔师，继征服者诺尔曼的威廉之后为国王。
2　罗伯特·哈莱（1661—1724），牛津伯爵，安妮女王的财务主管。

蒙特罗斯公爵的亲戚，无爵位绅士，也在场。所有人都默默地向格温普兰致意。

格温普兰碰碰帽檐。

木栏看守抬起铰链上的木臂，让人进入画室的后半部，这是专门保留给爵士们的，有一张铺着绿毯的长桌。

桌上有一盏点燃的多枝形大蜡烛台。

格温普兰的前导是黑棒掌门官、蓝斗篷和嘉德骑士，他进入这个特设的套间。

木栏看守在格温普兰身后重新关上入口。

纹章主管在穿越木栏之后，站住了。

画室很宽敞。

在尽里面，可以看到两个窗户之间王家徽章下面，站着两个老人，身穿红丝绒袍子，肩膀上有金色折边的两条貂皮带子，假发上戴着白色的羽翎帽子。从袍子的缝隙中露出他们的丝绸衣服和佩剑把手。

在他们后面有一个穿黑色锦纶衣服的人，高举着一根金色长棒，棒尖上有一只戴王冠的狮子。

这是英国上院议员的持权杖者。

狮子是他们的标志："狮子就是男爵和议员，"贝特朗·杜盖斯克林[1]的编年史手稿这样说。

纹章主管对格温普兰指着那两个穿丝绒袍子的人，在他耳畔说：

1　贝特朗·杜盖斯克林（1320—1380），查理五世的王室总管，打败英国人，重新征服法国。

"爵爷,他们和您是同等地位。您准确地按他们行礼的方式还礼。这里出席的两位领主都是男爵,由大法官指定做您的教父。他们年纪很大,几乎瞎了。正是他们要把您带到上议院。第一位是菲茨瓦尔特爵士查理·米尔德梅,男爵席中第六位;第二位是特雷里斯的阿伦德尔爵士奥古斯图斯·阿伦德尔,男爵席中第三十八位。"

纹章主管朝两位老人走上一步,提高声音说:

"克朗查理男爵、亨凯维尔男爵、西西里的科尔莱恩侯爵、费尔曼·克朗查理向两位爵爷致意。"

两位爵士伸长手臂举起他们的帽子,然后又戴上。

格温普兰以同样方式还礼。

黑棒掌门官,然后是蓝斗篷,然后是嘉德骑士向前走。

金棒武士插在格温普兰前面,两位议员在他两边,菲茨瓦尔特爵士在他右边,阿伦德尔爵士在他左边。特雷里斯的阿伦德尔爵士是两位爵士中年纪最大的,非常衰弱。他在第二年就去世了,把他的爵位留给他未成年的孙子约翰;这个爵位到一七六八年就泯灭了。

这队行列从画室出来,踏入一条壁柱走廊,壁柱之间哨兵交替出现,分别是英国持槊兵和苏格兰持戟兵。

苏格兰持戟兵是一支出色的光腿部队,后来在丰特努瓦[1]与法国骑兵和国王的胸甲骑兵对阵,他们的上校对他们说:"各位能手,戴好你们的帽子,我们就要光荣地冲锋了。"

持槊兵队长和持戟兵队长向格温普兰和两位任教父的爵士举剑

---

1 丰特努瓦,在比利时的海诺省,1745 年在奥地利王位继承战争中,法军取得对英军和荷兰军的胜利。

致意。士兵们有的持槊，有的持戟致意。

在走廊尽头，一扇大门闪闪发光，那样辉煌，就像两块金板。

在大门两边，有两个人一动不动。从他们的制服可以看出是"守门卫士"（door-keepers）。

快要到达这扇门时，走廊变宽了，有一个装上玻璃门的圆厅。

在这个圆厅中，有一个人因袍子和假发之大显得庄严，坐在一把巨大的靠背椅子上。这是英国大法官威廉·考珀。

比国王身体更衰弱是一个优点。威廉·考珀是近视眼，安妮也是近视眼，但不是那么严重。威廉·考珀的近视使女王对自己的近视感到高兴，使他得到女王的挑选，作为大法官和王家良心的守护者。

威廉·考珀的上嘴唇很薄，下嘴唇很厚，这是一个半好心的标志。

装玻璃门的圆厅在天花板有一盏灯照亮。

大法官坐在高靠背椅上十分庄重，他的右边有一张桌子，旁边坐着王家书记官，左边有一张桌子，旁边坐着议会书记官。

两个书记官的每一个，面前都有一本打开的记录本和一个墨水缸。

在大法官的椅子后面，是他的金棒武士，手执有王冠的棍棒。还有牵袍裾的和拿钱包的，都戴着一个大假发。所有这些职位现在还存在。

在椅子旁边的一张小桌子上，有一把金柄宝剑，剑鞘和腰带都是橘红色的。

在王家书记官身后，站着另一个官员，双手捧着一件加冕用的敞开袍子。

在议会书记官后面，另一个军官拿着另一件打开的袍子，这是议会袍。

这两件袍子都是白塔夫绸里子的红丝绒，肩部有两条金边的貂皮带子，彼此相像，只是加冕长袍有一条更宽的貂皮披带。

第三个官员是"捧书官"，在一个佛兰德尔的方形皮垫子上托着一本红封皮书，这本小书用银色摩洛哥羊皮装订，书中记载着上议院和下议院的议员名单，还有一些空白页和一支铅笔，照例是交给每一个新入院议员的。

由格温普兰殿后，夹在他的两个教父议员之间的行列，停在大法官的椅子前面。

两个教父爵士脱下他们的帽子。格温普兰效法他们。

纹章主管从"蓝斗篷"手里接过银色呢垫子，跪了下来，把黑色皮包放在大法官的垫子上。

大法官拿起皮包，递给议会书记官。书记官恭敬地接了过来，然后坐下来。

议会书记官打开皮包，站了起来。

皮包里有两份常用的公文：女王给上议院的证书，给新来者的诏书。

书记官站着，恭敬而缓慢地大声朗读这两份公文。

给费尔曼·克朗查理爵士的诏书，以习惯的方式结尾："……鉴于您对我们应有的信念和效忠，我们严格地照章办事，召您亲自前来，在西敏寺占有议会一席之地的主教和议员们之中落座，以便您凭着荣耀和良心，对王国和教会的事务发表您的高见。"

公文朗读完毕，大法官提高声音说：

"圣上旨意宣读完毕。费尔曼·克朗查理爵士，阁下要放弃圣体的转换[1]、对圣徒的崇敬和弥撒吗？"

格温普兰鞠躬。

"旨意得到证实。"大法官说。

议会书记官又说：

"阁下通过了考验。"[2]

大法官加上一句：

"费尔曼·克朗查理爵爷，您可以坐下了。"

"是这样。"两位教父说。

纹章主管又站起来，从桌上拿起宝剑，把腰带系在格温普兰的腰身上。

诺曼底的古宪章说："事后，议员拿起他的剑，登上他的座位，参加会议。"

格温普兰听到他身后有个人对他说话：

"我让阁下穿上议员长袍。"

与此同时，对他说话并拿着这件袍子的官员，把袍子披在他身

---

1 在神学上，面包和酒的实体，转换成耶稣的肉体和血。这是天主教会的理论基础，同时包括崇敬圣徒和弥撒。
2 1673 年的一条法律，强迫所有官员发誓不相信转换，而做英国国教的仪式。1678 年禁止天主教徒占有议会的席位。这条把非国教徒排除出政治生活的法令在 1828 年被取消。

上，在他颈上缚上貂皮披风的黑丝带。

如今，格温普兰的深红袍子穿在背上，身佩金色的宝剑，像他左右两边的爵士一样。

捧书官向他呈上红封皮书，放在他上衣的口袋里。

纹章主管在他耳边低声说：

"爵爷，您进去时，要向王座致意。"

王座就是王位。

两个书记官都在自己的桌上记录，一个写在王家记录本上，另一个写在议会记录本上。

两个人一个跟着一个，把他们的记录本递给大法官签署。

大法官在两个记录本上签好名后，站了起来：

"克朗查理男爵、亨凯维尔男爵、意大利的科尔莱恩侯爵、费尔曼·克朗查理爵士，欢迎您来到上院议员之中，他们是大不列颠的精神和世俗的爵士。"

格温普兰的两个教父碰一下他的肩膀。他回过身来。

走廊尽头的金色大门，两扇门都打开了。

这是英国上议院的大门。

自从格温普兰被另一个行列簇拥着，走进索斯瓦克监狱的铁门以来，还不到三十六个小时。

在他头上掠过的这些乌云速度惊人；乌云就是一个个事件；速度就是袭击。

第二章
不偏不倚

创立和国王平等的贵族，在野蛮时代是一个有用的设想。在法国和英国，这个基本的政治策略产生了不同的后果。在法国，贵族是一个假国王；在英国，这是一个真正的亲王，不如在法国那么强大，但更加实在。可以说：更弱一些，但更糟糕一些。

贵族爵位产生在法国。时间并不确定：根据传说是在查理曼时期；根据历史是在"贤人"罗贝尔[1]时期。历史并不如传说那样更加确定事实。法万[2]写道："法国国王想通过巴黎出色的头衔把他国家的大人物吸引到他那边，仿佛他们是平等的。"

贵族爵位很快分开发展，过渡到英国。

英国的贵族爵位曾是一个重要的事件，几乎是一件大事。它

1　"贤人"罗贝尔（970—1031），法国国王，于格·卡佩的儿子，由于他的宗教信仰，绰号"虔诚者"。他不得不面对封建领主的反对，但不顾一切将相对和平强加于王国。

2　安德烈·法万，16世纪末生于巴黎的律师，也以历史著作闻名，特别是《纳瓦尔史》（1622）和《论法国王冠的最早职能》（1613）。

的前身是撒克逊的"wittenagtmot"¹。丹麦的"thane"²和诺曼底的"vavasseur"³融合在男爵中。男爵和"vir"⁴是同一个字，翻译成西班牙文是"varon"，准确的意思是"人"。从一〇七五年起，男爵们引起了国王的注意。哪一个国王？"征服者"威廉⁵。一〇八六年，男爵们给封建制奠定了根基。这个根基是"Doomsday-book"⁶。"末日审判书"。在无地约翰时期，冲突发生了；法国的领主凌驾于大不列颠之上，法国贵族要求英国国王出席法庭。英国男爵们极为愤慨。在"庄严者"菲利普加冕时，英国国王像诺曼底公爵一样，举起第一面方形旗，吉叶纳公爵举起第二面方形旗，"领主战争"爆发了，反对这个外国的封臣国王。男爵们给可怜的约翰国王强加《大宪章》，⁷上议院由此而出。教皇袒护国王，把爵士们开除出教会。时间是在一二一五年。这位教皇是英诺森三世⁸，他写出"Veni sancte Spiritus"⁹，送给无地约翰四枚金戒指，象征四种主要品德¹⁰。爵士们

1　即撒克逊国王们，他们是战争首领，受到战友簇拥，并得到"贤人会议"的协助。

2　起誓忠于首领，在其指挥下作战的武士。

3　中世纪的拉丁文"vassus vassorum"（封臣的封臣），指本人不是封臣，却占据封建贵族最低的等级，特别在诺曼底。

4　拉丁文：人。

5　"征服者"威廉（约1027—1087），诺曼底公爵，英国国王"忏悔者"爱德华的表兄弟，后者把他看作继承人，他在哈斯丁战役后当了英国国王，取得对哈罗德国王的胜利，将盎格鲁-撒克逊的领土推至诺曼底。

6　或者是"Doomsday Book"，"末日审判书"。在"征服者"威廉一世的命令下，用于政府、军队和税收的目的。但"庄严者"菲利普在宫廷上援引他（1202），为了劫持伊莎贝尔·德·昂古莱末。

7　由于缺乏法国封地而判决约翰国王，"无地约翰"的名字由此而来。无地约翰的统治多方面是灾难性的：他引起男爵们的叛乱，他们强迫国王接受《大宪章》（1215），扩大封建权力，由王国的大议会控制税收。

8　英诺森三世（1160—1216），和法国国王"庄严者"菲利普关系不和。

9　拉丁文：《祈求神圣降临》，这是一首歌。

10　即勇敢、正义、谨慎和节制，在无地约翰时期没有执行。

坚持己见。长时期的斗争，持续了好几代人。彭布罗克[1]进行斗争。一二四八年签署了《牛津的圣职委任》。二十四个男爵限制国王[2]，与国王讨论，为了参与扩大的争端，号召每个州派出一名骑士。这是下议院的端倪。后来，爵士们又在每个城市加上两个公民，每个镇加上两个市民。结果是，直到伊丽莎白执政，上议院议员是审查下议院议员资格的法官。从他们的裁决产生这句格言，"议员没有'三不'得不到任命"："sine Prece, sine Pretio, sine Poculo！"[3]这并不能阻止村镇腐败[4]。一二九三年，法国的贵族朝廷还以英国国王为裁判官，俊男菲利普把爱德华一世传到面前[5]。爱德华一世就是那个吩咐他儿子在他死后把他的尸身煮烂，带着他的骨头作战的国王。由于国王的疯狂，爵士们感到需要加强议会；他们把议会分成两院，即上下两院。爵士们狂妄地保留最高权力。"倘若有个下院议员胆敢毁谤上议院，就把他传到法庭接受改错，有时把他送到伦敦塔里。"[6]在投票中同样有区别。在上议院，是逐个投票，由最后一个所谓"年纪小的"男爵开始。每个被叫到的议员回应"满意"或"不满意"。在下议院是集体一起投票，像羊群一样回答是或否。下议院提出指

1　彭布罗克伯爵（约1146—1219），即威廉・马歇尔，在无地约翰去世后，他的儿子未成年期间，他成为英国摄政。

2　这是亨利三世对西蒙・德・蒙特福特领导的叛乱男爵的让步，由二十四个男爵起草，指定一年开三次会，组成国王身边的常务会议，由每个州的骑士任命，这是下议院的雏形。

3　拉丁文：不恳求，不行贿，不喝酒。

4　意为地方把没有不偏不倚指定的代表送到下议院，选举人受到地方有影响集团的压力。1832年的改革法案试图结束这种做法。

5　法国国王俊男菲利普四世（1268—1314），在吉叶纳和英国的爱德华一世（1239—1307）开战。后者通过对西蒙・德・蒙特福特的胜利，结束男爵们的叛乱，但不得不承认议会对同意税收的权利。

6　张伯伦《英国现状》第二卷第二部分第四章第64页，1688年。——原注

责，上议院做出裁判。上议院议员蔑视数字，托付下议院议员监督"棋盘"；后者从中提取利益；按照某些人把英国的国库这样叫作"桌毯"，因为是呈现棋盘形状的。而其他人叫作"古老大柜的抽屉"，在一道铁栅后面，英国国王的财富就放在那里。年度汇编"约克书"是从十三世纪末开始的。在两次玫瑰战争期间，可以感到爵士们的分量。有时是在兰开斯特公爵约翰·德·冈特方面，有时是在约克公爵埃德蒙方面有分量。瓦特·泰勒、洛拉兹家族[1]、"国王制造者"沃里克[2]，所有这些制造混乱的人，为的是获得解放，都以英国封建制作为公开的或秘密的支撑基础。爵士们嫉妒国王是有用的；嫉妒是监督。他们限制国王的主动权，缩小叛国罪的罪行，鼓动那几个假理查去反对亨利四世[3]，成为仲裁人，判决约克公爵和玛格丽特·德·安茹[4]之间三顶王冠的问题，必要时也举起武器，进行战斗。在斯勒斯伯里、特凯斯伯里、圣阿尔邦，有时被打败，有时取得胜利。十三世纪，他们在刘易斯取得胜利，他们将国王的四个兄弟逐出王国，他们是伊莎贝尔和拉马尔什伯爵的私生子，四个人都

1　瓦尔特·洛拉兹被看作异教徒，指责天主教会的教条和圣事。被宗教裁判所烧死（14 世纪）。他的拥护者洛拉兹家族在德国受到迫害，逃到英国。约翰·维克利夫在1365 年成为康托贝里学院的负责人。他否认转换说，反对罗马教会制造瓦特·泰勒起义（1381），受到伦敦主教会议的谴责（1382），隐蔽起来，他的立场是赞赏英国教会在亨利三世时期的改革。
2　沃里克伯爵，理查德·内维尔，把他的妹妹嫁给约克的理查，鼓动后者谋取英国王位。他在两次玫瑰战争中所起的作用使他获得"国王制造者"的绰号。
3　在理查二世（1368—1400）时期，亨利·德·兰开斯特在被逐出王国之后，武装反对约克家族，让理查退位，以亨利四世的名义登上王位。
4　玛格丽特·德·安茹（1429—1482），勒内国王和英国王后的女儿，嫁给亨利四世（1445），因国王有精神病，治理王国，引起男爵们的不满，他们受到野心勃勃的约克公爵（未来的爱德华四世）的撺掇。两个阵营长期斗争。亨利四世最后退位，被谋杀。王后在圣阿尔邦（1455）和特凯斯伯里（1471）被打败，流亡到法国后去世。

是高利贷者，通过犹太人盘剥基督徒；一方面是亲王，另一方面是骗子[1]，这种事后来可以再见到，但是当时不受到重视。直到十五世纪，诺曼底公爵仍然在英国国王中可以见到，议会的文书都是用法文写的。从亨利七世[2]开始，通过爵士们的意愿，议案用英文来写。英国在乌泰尔·彭德拉根时期用不列颠语，在恺撒时期用罗马语，在七王国时期用撒克逊语，在哈罗尔德时期用丹麦语，在威廉以后用诺曼底语[3]，由于爵士们力争，议案才用英文。随后英国改国教。[4]在国内有自己的宗教，这是一个很大的力量。一个外部的教皇滢清民族的生活。一个麦加[5]是一条章鱼。一五三四年，伦敦撵走罗马，对贵族爵位采取了改革，爵士们接受路德。这是对一二一五年被逐出教会的回击。这适应亨利八世，但在其他方面，爵士们妨碍他。一只斗牛狗面对一头熊，这是上议院面对亨利八世。当沃尔塞从民族那里窃取白宫，亨利八世从沃尔塞那里窃取白宫时，是谁发出咆哮呢？四个爵士：彻斯特的达尔西、布莱特索的圣约翰、蒙蒂奥伊和蒙蒂格尔（两个诺曼底人的名字）。国王篡位。贵族蚕食。世袭权包含不可腐蚀性；由此爵士们进行反抗。甚至在伊丽莎白[6]面前，男爵们也在骚动。杜尔汉姆的酷刑由此而来。残暴的女王的裙子染

1　雨果在这里首先想到路易·拿破仑·波拿巴，他是君王，又是骗子。

2　亨利七世（1457—1509），英国国王，结束两次玫瑰战争，建立都铎王朝。

3　这一罗列在于表明英国的历史，彭德拉根是不列颠人联盟首脑所用的名称。从5世纪开始，英国在撒克逊人的统治之下，后来产生了七王国。北方人的入侵使丹麦人在卡纽时期（1016）掌权。随后，哈罗尔德不合法地上台，在黑斯廷斯战役（1066）后被诺曼底公爵"征服者"威廉一世（约1027—1087）驱逐。

4　英国国教是在亨利八世时期改革的宗教，造成与罗马天主教会的分裂。

5　这里是指天主教会和梵蒂冈。

6　伊丽莎白一世（1533—1603），英国女王，她削弱议会权力，加强个人权力，伊丽莎白一世时代成为英国史上最辉煌的时期之一。

上了鲜血。一条裙子下有一个木砧[1]，就是伊丽莎白。伊丽莎白尽量少开议会，把上议院压缩到六十五个成员，其中只有一个侯爵温彻斯特，没有一个公爵。另外，法国国王们也有同样的嫉妒，进行同样的排除。在亨利三世[2]时期只有八个公爵爵位，使国王极为头痛的是门特男爵、库西男爵、库洛米埃男爵、沙托纳夫-昂-蒂姆雷男爵、费尔-昂-拉尔德努瓦男爵、莫尔泰涅男爵和另外几个人，他们维持着法国的男爵爵位。在英国，国王乐意看到贵族爵位泯灭；这里仅举一例，在安妮时期，从十二世纪以来排除爵位的数字最终达到五百六十五个。两次玫瑰战争已开始排除公爵，玛丽·都铎[3]用斧头最终完成了排除。这是砍掉贵族的头。无疑这是好政策，但腐蚀胜过砍头。这是詹姆士一世所感到的。他重建公爵爵位。他让宠臣维利埃成为公爵，而后者却把他说成猪[4]。封建公爵转变成宫廷公爵。这会大量繁殖。查理二世把他的情妇中的两个：巴尔布·德·索塔姆通和路易丝·德·桂罗尔，变成公爵夫人。在安妮时期，有二十五个公爵，其中三个是外国人：肯伯兰德、康布里奇和松伯格。这些由詹姆士一世创造的宫廷手法，获得成功吗？没有。上院议员感到被阴谋玩弄，愤慨起来，反对查理一世，顺便说一句，查理一世也许就像玛丽·德·梅迪奇[5]杀死了她的丈夫那样，杀死了他的父

1　被砍头者的脑袋放在上面。

2　亨利三世（1551—1589），法国国王。

3　玛丽·都铎（1516—1558），绰号"血腥的玛丽"。亨利八世和阿拉贡的卡特琳的女儿，成为英国女王，重建天主教，实行极其严厉的政策，增加死刑。

4　维利埃把詹姆士一世称作"猪猡陛下"。——原注

5　玛丽·德·梅迪奇（1573—1642），法国王后，亨利四世的妻子，国王死后，她以儿子路易十三的名义摄政。由于阴谋反对黎世留而失权，不得不流亡。

亲。查理一世和贵族决裂。在詹姆士一世时期，爵士们审判过培根
的盗用公款罪，在詹姆士一世时期审判过斯特拉福德[1]的叛国罪。他
们判处了培根，也判处斯特拉福德。一个失去了荣耀，另一个失去
了生命。查理一世随着斯特拉福德，被砍掉脑袋。爵士们支持下议
院议员。国王在牛津召开议会，革命在伦敦召开议会[2]；四十三位议
员跟国王走，二十二议员跟着共和国走，爵士们接受了人民，产生
了《权利条约》，这是《人权宣言》的草图，也是英国革命在未来深
处对法国革命投下的模糊阴影。

　　这就是爵士们效力的所在。不是自愿的，不错。而且代价昂贵，
因为贵族是巨大的寄生虫。但这是巨大的效力。路易十一、黎世留
和路易十四的专政，苏丹式的建构[3]，对平等采取的压制，通过权杖
所给的棒打，通过降低地位拉平民众，爵士们在英国阻止这种在法
国实施的土耳其式的工作。他们把贵族变成一堵墙，一边挡住国王，
另一边保护人民。他们通过对国王的狂妄，赎买对人民的狂妄。莱
彻斯特伯爵西蒙对亨利三世说："国王，你撒谎。"爵士们把束缚强
加给王权；他们在敏感的地方即打猎上伤害国王。凡是爵士，经过
御花园时，都有权杀死一头鹿。爵士在国王的领地内，就像在自己
的领地内。在伦敦塔，国王的津贴不比一个贵族的高，每周十二英

1　斯特拉福德伯爵，即托马斯・温特沃斯（1593—1641），在查理一世和议会斗争时，
　　接近国王，议会反对派的一位首领指责他犯了叛国罪，被判处死刑。国王不得不签
　　署逮捕他最亲近的顾问。
2　指议会反对查理一世，发动内战的预兆。
3　路易十一（1423—1483）的统治标志着对大贵族的斗争，以便建立越来越强大的王权。
　　黎世留（1585—1642），路易十三的首相，建立王权对大贵族的阴谋的斗争。路易十四
　　（1638—1715）是绝对君主的典型。他们可与奥斯曼帝国的君主苏丹的权力和专制权力
　　比较。

镑，这应该得自上议院。更有甚者，国王被罢黜，也应该来自上议院。爵士们废除了无地约翰，[1] 剥夺爱德华二世的王权，废黜理查二世，粉碎亨利六世，使克伦威尔的作为获得可能。在查理一世身上有着多少路易十四的因素啊！由于克伦威尔，他潜藏不露。顺便说一下，另外，克伦威尔本人觊觎贵族爵位，任何历史学家都没有注意到这个事实；正是这促使他娶了一个姓克伦威尔的后裔和继承人伊丽莎白·鲍尔希埃；鲍尔希埃爵士在一四七一年泯灭，而另一个姓鲍尔希埃的罗伯萨尔爵士，其爵位早在一四二九年灭绝。克伦威尔经历事件的可怕发展，感到通过取消国王比通过要求贵族爵位更容易获得统治。爵士们有时不吉祥的仪式，损害到国王。伦敦塔的两个佩剑武士，肩上扛着斧头，一左一右站在法庭上被控的爵士旁边，他们对国王和其他一切爵士都一样合适。在五个世纪中，古老的上议院有一个计划，坚定地遵循它。可以算出它分心和软弱的日子，例如这奇特的时刻：它受到尤利乌斯二世[2] 用大帆船给他送来的大量奶酪、火腿和希腊葡萄酒的引诱。英国贵族惴惴不安、高傲、不容置疑、专心、多疑地爱国。正是它在十七世纪末，通过一六九四年的第十条法令，剥夺了索桑普顿州斯托克布里奇镇派遣议员到议会的权利，逼迫下议院废除这个镇的选举，那里沾染了教皇的舞弊。它把一六七三年的法令强加给约克公爵詹姆士。由于他

1　无地约翰在接受了男爵们强加给他的《大宪章》后，拒绝在文件上签字；男爵们于是推举未来的路易十三当国王，后者在 1216 年在英国登陆，只有约翰之死才让他的儿子继位。

2　尤利乌斯二世（1443—1513），教皇（1503—1513），建立了罗马教廷对意大利贵族的权威，绰号"可怕的"，在当时的欧洲起了巨大作用。

的拒绝，把他赶下了王位。但詹姆士仍然统治，爵士们终于重新抓住了他的错误，把他驱逐出去。这个贵族阶级长期有倾向于进步的本能。总是从中发出一些可敬的光辉，除了现在快到末日的时候。在詹姆士时期，它在下议院保持三百四十六名平民对九十二名骑士的比例；"五港"的十六名有特权的男爵，足以抵消二十五个城市的五十名公民。这个贵族阶级虽然十分腐败和自私，但在某种情况下，特别不偏不倚。它受到严厉的判决。历史是好意对待下议院的；这一点值得争论。我们相信爵士们十分伟大的作用。寡头政治是野蛮状态的独立，但毕竟是独立。请看名义上的王国、真正的共和国波兰[1]。英国贵族怀疑王位，将王位置于保护之下。在许多场合，爵士们比下议院更懂得令国王不悦。他们将国王的军。因此，一六九四这值得注意的一年，三年一次的议会被下议院否决，因为威廉三世不愿召开，却被爵士们投票通过[2]。威廉三世恼怒了，取消巴斯伯爵据有彭德尼斯城堡，取消莫尔道特子爵的所有职务。上议院就是英国王朝中心的威尼斯共和国。将国王降为总督，这就是它的目的，它从国王那里剥夺了所有东西，让民族成长。

王权懂得这一点，所以憎恨贵族。双方都力图削弱对方。削弱有利于人民力量增长。两种盲目的强大力量：专制王权和寡头政治，没有发现它们在为第三者——民主出力。在上一世纪，能够将一个

1　波兰从 16 世纪起，至 18 世纪，王朝是由贵族选举出来的，建立"贵族共和国"。这样大大削弱了王权。

2　威廉三世希望得到战争所需要的补助金，不得不在 1694 年接受三年一次开会的法案，这个法案保证第三年选出一个新议会，限制国王立宪的权力。

爵士费雷尔斯绞死，对宫廷来说是多么快乐的事啊！

再说，是用一条丝带把他绞死的。多么文雅。

"我们不会绞死一个法国爵士。"黎世留公爵高傲地说。同意。是把他斩首。更加文雅呢。蒙莫朗西－唐卡维尔的签名是："法国和英国的爵士"，这样把英国爵位放在第二位。法国爵士地位更高，而权力较小，更注重地位而不是权力，更注重优先权而不是治理权。他们和英国爵士的区别，正如虚荣心和骄傲的区别。对法国的爵士来说，压倒外国亲王，高过西班牙的最高贵族，超过威尼斯的贵族，让法国的元帅们、统领和海军元帅坐在议会的下席，哪怕是图卢兹伯爵和路易十四的儿子[1]；辨别哪些公爵是从父系继承来的，哪些是从母系继承来的，在普通伯爵如阿尔马涅克或者阿贝尔和议员伯爵如埃弗勒之间保持距离，在某种情况下有权在二十五岁时佩戴蓝色绶带或者金羊毛绶带[2]；比较宫廷中最老的爵士拉特雷莫瓦尔公爵和议会中最老的爵士于泽斯公爵；要求选举人坐华丽马车需要有多少侍从和马匹，让首席院长称为"阁下"；讨论梅纳公爵是否像厄伯爵那样从一四五八年起有议员资格；从对角线或者从旁边穿过大厅；这些都是大事。对爵士来说的大事，是航行法令[3]、测试，在欧洲招募人员为英国服务，海洋霸权、斯图亚特王族，[4]对法国的战争[5]。这

1 即路易·亚历山大·波旁（1678—1737），图卢兹伯爵，路易十四和蒙泰斯邦的第三个合法的儿子，5岁时就被任命为法国海军元帅。

2 蓝色绶带最有名，法国国王只作为最高奖赏授予。金羊毛绶带在1429年由"善人"菲利普设立，随后传到奥地利和西班牙。

3 航行和海运法令在1651年克伦威尔时期通过，目的在于鼓励英国商船航行，并采取措施对抗外国船只，获得最大的利益。

4 1688年在詹姆士二世时期结束。

5 在威廉三世时期，英国在巴拉丁王位继承战争（又称奥格斯堡同盟战争）中反对法国。在《里斯维克和约》中，威廉三世得到路易十四的承认。

里，首先是礼仪；那里，首先是支配权。英国的贵族有猎获物，法国的贵族有虚无缥缈的东西。

总之，英国的上议院曾是一个出发点；从文明方面说，这是无限的。它有开始一个民族的荣耀。它曾是人民团结的第一个化身。英国人的抵抗，这无比强大的隐蔽的力量，是在上议院里产生的。男爵们通过一系列对君王的粗暴行为，准备了最后的退位。上议院今日对它不知不觉所做的事有点惊讶和悲哀。尤其这是无法挽回的。让步是什么？是归还。老百姓不是一点都不知道。国王说，我授予。人民说，我收回。上议院以为创造了贵族的特权，却产生了公民的特权。贵族这头秃鹰孵育了这只老鹰的蛋——自由。

今日，蛋壳破了，鹰在飞翔，秃鹰快死了。

贵族奄奄一息，英国却壮大了。

但是，要对贵族公道。它曾使王朝平衡；它曾是平衡力量。它阻挡了专制；它曾是障碍。

我们要感谢它，并把它埋葬。

第三章
古老的大厅

靠近西敏寺修道院，有一座古老的诺曼底宫殿，在亨利八世时期被烧毁，剩下了两个侧翼。爱德华六世[1]把上议院放在其中一个侧翼里，把下议院放在另一个侧翼里，无论两个侧翼还是两个大厅，现今已不存在；已经全部重建了。

上文说过，而且必须坚持，在今日的上议院和从前的上议院之间，没有任何相似之处。旧宫殿已经拆毁了，多少也拆毁了以前的习俗。十字镐在纪念性建筑中的挖掘，在习俗和宪章中有着间接影响。一块石头倒下，不会不带走一个旧法律。把一个方厅的参议院安置在一个圆形大厅里，参议院就会是另一个样子了。改变了壳的贝壳类动物，也改变了软体。

如果你想保存一样旧事物，不论是人类的还是神圣的，是一个法典还是一个信条，是贵族还是圣职，绝不要重新制作它，甚至不

1　爱德华六世是亨利八世的儿子。

要制作它的外表。比如，耶稣会是加在天主教上面的一块补丁。建造建筑就像对待制度一样。

阴影应该待在废墟中。衰老的权力在新装饰过的住宅里不会舒适。破烂的制度必须配以破旧的宫殿。

展示从前上议院的内部，就是展示陌生的东西。历史，这是黑夜。在历史上，没有第二道景致。在舞台的东西会逐渐减少和没入黑暗之中。布景去掉了，就是抹掉、遗忘。往昔有一个同义词，就是不再知晓。

英国的爵士就像在法庭上一样，坐在西敏寺大厅，又像在高等立法院那样，坐在一个名为"爵士之家"（House of the lords）的特别大厅里。

除了只在国王召集下才开会的英国上议院，还有两个英国的大法庭，低于上议院，但高于其他一切司法机构，都坐在西敏寺的大厅里。在大厅上层，有两个套间彼此相连。第一个法庭是御席法庭，被认作由国王主持；第二个法庭是大法官的法庭，由大法官主持。一个是正义法庭，另一个是慈悲法庭。由大法官建议国王开恩；情况稀少。这两个法庭，现今还存在，解释法律，稍做修改；法官的艺术在于把法典剖开成法律原则。通过这种技巧，尽可能产生出公道。法律在这神圣的地方，即在西敏寺大厅中制造和得到执行。这个大厅有一个栗木的拱顶，上面不可能有蜘蛛网；法律中的蜘蛛网已经够多了。

作为法庭开庭和作为议会开会，这是两码事。这种双重性构成了最高权力。这时间漫长的议会¹，在一六四〇年十一月开始，感到了这双刃利剑的革命需要。因此，它像上议院一样，宣称既有司法权又有立法权。

这双重权力在上议院时间已不可追忆了。上文说过，爵士们作为法官，占据了西敏寺大厅；作为立法者，他们有另一间大厅。

这另一个大厅，也就是爵士之家，是狭长形的。由四扇深深地嵌在顶楼里的窗户照亮。白天，从屋顶接收日光，另外，在国王的华盖上方，还有一个六块玻璃的牛眼窗，带上窗帘；晚上，除了十二盏设在墙壁里半圆的枝形蜡烛以外，没有其他光亮。威尼斯参议院的大厅照明还要暗。这些有巨大权力的猫头鹰喜欢某种幽暗。

在爵士们聚会的大厅上面，一个有金色藻井的、高高的拱顶形成多面体的圆形。下议院只有一个平顶。君主制的建筑都有一个意义。在上议院长条形的大厅尽头，是一扇门；在另一头，对面是王座。离门几步路的地方，有一道栅栏横在那里，类似边界，标志老百姓止步和领主老爷席位开始的地方。在王座右首，有一个壁炉，顶部有纹章，面向两座大理石浮雕，一座表现五七二年在库斯沃尔夫对不列颠人的胜利²；另一座表现邓斯塔普尔镇的地图，这个镇有四条街，类似世界的四个部分。三级台阶抬高了王座。王座就是"国王的椅子"。两面墙上以连续的画幅，面对面展开伊丽莎白赠给爵士们的一块宽大壁毯，表现无敌舰队从西班牙出发，直至在

<hr>

1　议会在 1640 年 11 月由查理一世开始，至 1653 年 4 月被克伦威尔解散，经历了革命和处决查理一世。

2　库斯沃尔夫，盎格鲁–撒克逊人，571 年在贝德康福德攻打不列颠人，占领 4 个领地。

英国面前覆灭的全过程。战舰水线以上是由金银色丝线绣的，已经发黑了。在相隔地被固定在墙上的枝形蜡烛分开的壁毯上，王座右边靠着三排主教座，左边是三排公爵座、侯爵座和伯爵座，一排排座位，由上马凳隔开。在第一区域的三排凳子上坐着公爵们，在第二区域的三排凳子上坐着侯爵们，在第三区域的三排凳子上坐着伯爵们。子爵们的凳子成直角，面对王座，后面，在子爵们和栅栏之间，有两排给男爵们坐的凳子。王位右边，在高凳子上，是坎特伯雷和约克的两个大主教；在中间一排的凳子上，是伦敦、杜汉姆和温彻斯特的三位主教；其他主教坐在下面的凳子上。在坎特伯雷大主教和其他主教之间，有巨大的区别，大主教是"上天指定的"，而其他主教只是"上天认可的"。在王座右边，可以看到一张给威尔士亲王[1]准备的椅子，左边的折叠椅是给王族公爵们准备的，在折叠椅后面有一排凳子是给未成年的年轻爵士们准备的，他们还根本没有权出席会议。到处是百合花；四面墙上，在爵士们和国王的上方是巨大的英国国徽。爵士们的儿子和贵族的继承人观看辩论，站在华盖和墙壁之间王座的后面。王座在最里面；大厅的三面，三排爵士们的凳子留出一个方形宽大空间。在这个覆盖着英国国徽地毯的空间中，有四个羊毛垫子，一个在王座前面，在权杖和印章之间坐着大法官，一个在公爵、侯爵和伯爵们前面，坐着国务秘书们，一个在子爵和男爵们前面，坐着王家书记官和议会书记官，两个书记官副手跪坐在上面记录。在方形空间中，可以看到一张宽大的铺上台

1　威尔士亲王，从 1301 年起赐予"英国国王长子"的称号。

布的桌子，上面摆满了文件、登记册、记录簿，还有大只的金银器墨水缸，四只角上是高烛台。爵士们按年份次序，并根据爵位设立日期出席会议。他们按照爵位入座，同样的爵位又按照年份先后排列。栅栏边站着黑棒掌门官，手里拿着棍棒。门里站着传达军官，门外是黑杖司仪官，他的职务是开会时用法语高喊三次："开庭！"庄严地把重音放在第一个字上。在司仪官旁边是大法官拿槌子的执达吏。

在王家仪式中，世俗的爵士们戴冠冕，有神职的爵士们戴主教帽。大主教戴的主教帽有公爵的冠冕，主教的排位在子爵后面，所戴的主教帽有男爵的珍珠环带。

一个有教育意义的古怪现象是，这个王座、主教席和男爵席组成的方形空地，有官员跪着，这是法国最早两个王朝的古老议会。法国和英国有同样的权力外貌。安克马尔在八五三年的"de ordinatione sacri palatii"[1]中描述的正如十八世纪西敏寺的上议院开会情形。会议记录在九百年前就写好了。

历史是什么？即往昔在未来的回声。未来对往昔的反映。

议会每七年必须召开一次。

爵士们关起门秘密讨论。下议院的会议则是公开的。声誉似乎降低了。

爵士的数目是不限的。任命爵士，这是对王权的威胁。也是统治的手段。

1　拉丁文：《论神圣王宫的组织》。安克马尔（约806—882），845年为兰斯的大主教，为洛林王秃头查理加冕，成为他的顾问。

在十八世纪初，上议院已经人数很多。此后它还在增加。稀释贵族是一种策略。伊丽莎白也许把爵位压缩至六十五个爵士是犯了一个错误。贵族不那么多会更加紧凑。在议会中，人数越多，头儿就越少。詹姆士二世把上议院增加到一百八十八名爵士，是感觉到这一点；如果扣除了寝宫里的朴次茅斯和克利夫兰的两个公爵夫人，就是一百八十六名。在安妮时期，爵士的总数，包括主教，是两百零七名。

如果不把女王的丈夫肯伯兰公爵算上，就有二十五位公爵，第一个是诺福克公爵，他作为天主教徒，绝不出席，最后一个是剑桥公爵，他作为汉诺威的选帝侯出席，尽管是外国人。温彻斯特作为英国独一无二的侯爵，如同阿斯托加[1]是西班牙独一无二的侯爵一样，由于他是雅各宾派[2]，没有出席。有五个侯爵，第一个是林赛，最后一个是洛蒂安；有七十九个伯爵，第一个是德尔贝，最后一个是伊斯来；有九个子爵，第一个是希尔福德，最后一个是龙斯达尔；有六十二个男爵，第一个是阿伯加弗尼，最后一个是赫维。赫维爵士作为最后一个男爵，被称为"殿后上议员"。德贝由于被牛津、斯留斯贝里和肯特所超越，在安妮时期变成第一位伯爵。有两位大法官的名字从男爵的名单中消失了：韦吕拉姆，历史上后来变成了培根；韦姆，历史上后来变成杰弗理。培根、杰弗理，变成了不同的可悲的名字。在一七〇五年，二十六个主教只剩下二十五个，彻斯

---

[1] 阿斯托加是西班牙的古老贵族。在法国征服西班牙时期，阿斯托加侯爵在反对拿破仑的战争中起了重要作用。他拥有30多个侯爵领地和伯爵领地。
[2] 雅各宾派，1688年革命以后，在英国给詹姆士二世的追随者及其后裔所取的名字。

特[1]的席位空缺了。在主教之中，有几个是很大的贵族：像牛津主教威廉·塔尔博[2]，是他的家族新教一支的首领。其他的都是杰出的博士，就像约克的大主教、诺维克以前的教长约翰·沙尔普，罗彻斯特的主教、患中风的老人、诗人托马斯·斯普拉特，还有那个林肯主教，他死时应该是坎特伯雷大主教、博须埃的对头韦克[3]。

在重要时期，接到国王召集上议院时，这一群庄重的人，穿上长袍，戴上假发和主教的冠冕或者羽翎帽，排列成行，一排排的脑袋陈列在上议院的大厅里，沿着可以约略看到表现风暴摧毁无敌舰队的墙壁。言下之意是：风暴听从英国的命令。

1　彻斯特，英国西北部的州。
2　威廉·塔尔博，1730 年继承了牛津、萨鲁姆和杜汉姆的主教后去世。
3　韦克（1657—1737），林肯主教（1705），后为坎特伯雷大主教（1716），参与激烈的宗教论战，著有《英国教会的学说陈述》（1686），反对法国的主教、新教的敌人博须埃（1627—1704）。

第四章
从前的上议院

格温普兰的授爵仪式，从他进入国王门直到玻璃圆厅里接受审查为止，都是在半明半暗中进行的。

威廉·考珀爵士绝不允许别人给他、英国大法官，过于详细地介绍年轻的费尔曼·克朗查理的破相，他感到了解一个爵士并不漂亮是降低自己的尊严，并感到让一个下级大胆地告诉他这类信息有损地位。一个下层老百姓乐意这样说是肯定的：这个王爷是个罗锅。因此，对一个爵士来说，成为残废是使人难受的。听到女王曾经对他说过的几句话时，大法官仅仅说："对爵士来说，爵位就是他的面孔。"简而言之，从他应该证实和确信的记录中，他已经明白了。由此他小心翼翼。

新爵士的面孔从他进入议院时，就可能引起一些震动。重要的是预防这一点。大法官采取了措施。尽量不要出事，这是确定的概念和严肃的人的行为规范。敌视出乱子属于庄严之列。重要的是做得让接受格温普兰毫无障碍地通过，就像其他所有继承爵位的人获得接受那样。

因此，大法官把接受费尔曼·克朗查理爵士确定在晚上的会议中进行。大法官是守门人，"quodammodo ostiarius"[1]，诺尔曼的宪章这样说，"januarum cancellorumque potestas"[2]，泰尔图利安[3]这样说。他可能是军官，在门口之外执行任务。威廉·考珀爵士利用他的权力在玻璃圆厅完成费尔曼·克朗查理授爵的仪式。再者，他把时间提前了，让新爵士甚至在开会以前就进入议院。

至于一位爵士在门口授爵，甚至不是在议院外面进行，已经有先例。第一位世袭的男爵，由霍尔卡斯特尔的约翰·德·博尚特许设立，一三八七年由理查二世册封为吉德敏斯特男爵，就是这样接纳的。

另外，大法官重新援用这个先例，给自己制造一个麻烦，过了不到两年，在接受纽哈文子爵进上议院时，他看到了不利的情况。

众所周知，威廉·考珀爵士是近视眼，几乎看不到格温普兰的破相；两个作为教父的爵士，也完全看不到破相。这是两个几乎瞎了的老人。

大法官特意选择了他们。

更有甚者，大法官只看到格温普兰的身材和仪表，感到他"相貌堂堂"。

正当守门人在格温普兰面前打开双扇大门时，在大厅里仅仅有

1　拉丁文：某种程度的看门人。

2　拉丁文：门的威力和障碍。

3　泰尔图利安（约150—160，至约222），拉丁语基督教作家。

几个爵士。这些爵士差不多都是老人。议院中的老人是守时的，同样，他们在女人身边是殷勤的。在公爵席上，只看到两个公爵，一个全白头发，另一个灰白头发，他们是利兹公爵托马斯·奥斯本和斯孔堡的儿子斯孔堡[1]，后者出生时是德国人，由于元帅的权杖成了法国人，而由于爵位成为英国人，作为法国人同英国人打仗，但他被南特敕令驱逐，作为英国人同法国人打仗。在神职爵士席上，只有坐在上面的英国宗主教坎特伯雷大主教和坐在下面的埃利主教西蒙·帕特里克博士，他正在和多尔彻斯特侯爵伊夫林·皮埃尔蒙特聊天，侯爵在向他解释堡篮和碉堡之间的护墙以及木栅和尖桩的区别。木栅是帐篷前的一排木桩，用来保护营帐；尖桩是堡垒护墙下的一圈尖桩，以阻止围攻者的攀爬和受围攻者的逃跑。侯爵教给主教如何给棱堡设置尖桩：将尖桩一半埋在土里，一半露在外面。威茅斯子爵托马斯·蒂恩接近一个枝形烛台，观察一张他的建筑师的图样，以便在威尔郡的朗利特花园里建造一块所谓的"分开草坪"，用的是黄沙、红沙、河里的贝壳和细泥炭形成的方块。在子爵席上杂乱地坐着一些老爵士：埃塞克斯、奥索尔斯通、佩尔格林、奥斯本、威廉·朱莱斯坦、罗什福德伯爵，其中有几个年轻人，属于不戴假发的一伙人，他们围着赫尔福德子爵普赖斯·德弗鲁，在讨论阿帕拉什山[2]的枸骨叶冬青的浸剂是不是茶。奥斯本说："差不多。"埃塞克斯说："完全是。"博林格布罗克的侄子波莱·德·圣

1　斯孔堡公爵（1618—1690），生于德国，在法国军队中效力。路易十四在1674年让他指挥卡塔洛涅的军队，并授予元帅杖；南特敕令后，为威廉·德·奥兰治效力，后者成为英国国王后，封他为骑士。

2　阿帕拉什山，位于北美东部，与大西洋平行的山脉。

约翰在侧耳倾听，伏尔泰后来近于成为他的学生，伏尔泰开始在波雷[1]神父那里学习，而在博林格布罗克那里结业。在侯爵席上，女王的侍从长肯特侯爵托马斯·德·格雷在向英国侍从长林赛侯爵罗伯特·伯尔蒂确定，正是两个法国的逃亡者：从前是法国议院的顾问勒柯克先生和布列塔尼的贵族拉弗内尔先生，获得了一六一四年英国彩票的大奖。威姆斯伯爵在看一本书，名叫《女预言者预言的有趣实录》。格林威治伯爵约翰·坎贝尔，以长下巴、快乐和八十七岁闻名，在给他的情妇写信。尚多斯爵士在修指甲。今天要开的会应是御前会议，女王由特派员代表，两个助理守门卫士把一张蓝色丝绒长凳放在王座前面。在第二张羊毛垫子上坐着圣事档案主管（sacrorum scriniorum magister），当时他的住宅是以前的改宗犹太人之家。在第四个垫子上，两个书记官助理在翻阅记录册。

大法官在第一个羊毛垫子上落座，议院的官员们也安顿下来，有些坐下，有些站着，坎特伯雷大主教站起来念祈祷，会议开始了。格温普兰已经进来了一会儿，没有人注意到他。第二个男爵席是他的位置所在，与栅栏相连，他只消走几步路。他的两个教父爵士坐在他的右边和左边，这几乎遮住了新来者的出现。没有人引起注意，议院的书记官在小声宣读，可以说，柔声细气地读着关于新爵士的几份文件，大法官也在公报所说的"普遍不注意"中宣布承认新爵士。人人都在说话。在议会的嘈杂声中，会做出各种各样昏头昏脑的事，有时候，过后会使与会者感到惊讶。

1　查理·波雷（1675—1741），伏尔泰在路易大帝中学的老师之一。

格温普兰默默地坐在两个爵士菲兹·瓦尔特和阿伦德尔之间，没有戴帽子。

需要补充说，巴基尔费德罗就像一个真正的密探一样，决意要在他的阴谋诡计中获得成功。他面对大法官，在他正式讲话时，一定程度上减轻费尔曼·克朗查理的破相，强调这个细节：格温普兰能够随意消除这个笑容，把他扭曲的脸恢复到表情严肃。巴基尔费德罗甚至可能夸大这种能耐。再说，从贵族方面看来，这样做是为了什么？威廉·考珀爵士不是这个格言的立法作者吗："在英国，一个爵士的复位不比一个国王的复位更加重要吗？"无疑，美貌和尊严本应不可分割，一个爵士变得畸形是令人遗憾的，这是对命运的侮辱；但是我们要强调，这减少了什么权利呢？大法官小心翼翼，他有理由这样做，但是，说白了，不管是否小心，谁能阻止一个爵士进入上议院呢？贵族和王权不是高于破相和残废吗？野兽的叫声难道不是继承的吗？就像在一三四七年爵位灭绝的布尚伯爵这古老的一家，难道从老虎的吼声中能认出苏格兰的上议员？他脸上丑陋的血斑点妨碍恺撒·博尔吉亚[1]成为瓦朗蒂努瓦公爵吗？瞽目阻挡得了约翰·德·卢森堡成为波希米亚国王吗？驼背阻挡得了理查三世[2]成为英国国王吗？看清事物的本质，带着高傲的无所谓接受残废和丑陋，远远不与伟大相矛盾，反而是加以肯定和证实。贵族那么庄严，

1　恺撒·博尔吉亚（1476—1507），教皇亚历山大六世的儿子，1498年被路易十二任命为瓦朗蒂努瓦公爵。血斑点这种生理上的缺点也是他政治行动的反映。据说，他的所作所为给马基雅维利的《君主论》提供了素材。

2　理查三世（1452—1485），英国国王，驼背，谋害他兄弟爱德华四世的孩子们，为未来的亨利七世所杀。

破相根本撼动不了它。这是问题的另一方面，而且不是最小的方面。正如人们所看到的，什么也不能阻挡上议院接受格温普兰，大法官的小心翼翼从策略的低级角度看是有用的，而从贵族原则的高级观点看，则是过分的。

进来的时候，格温普兰根据纹章主管给他的嘱咐，两个教父爵士对他重申一遍，他已向王座鞠躬。

这样结束了。他成了爵士。

这个高度，在它的光辉下，他一生一直看到他的主人于尔苏斯恐惧地对之弯腰曲背，这惊人的高峰，他看到在他脚下了。

他处在英国光辉而又幽暗的地方。

六个世纪以来，这是被欧洲和历史注视的封建的古老峰顶。一个黑暗世界的吓人光轮。

他走进了这光轮之中。这是无法改变的进入。

他是在自己家中。

他在自己家里的座位上，如同国王在自己的宝座上。

他在这儿，今后，没有什么东西能够把他赶出去。

他在这华盖下看到的王冠，是他的冠冕的姐妹。他是这个王座的贵族。

面对君权，他是贵族。地位低些，但相似。

昨天，他是什么人？小丑。今天，他是什么人？王爷。

昨天什么也不是。今天是一切。

贫穷和权势突然对质，在一个人的命运的思想深处面对面接近，突然变成一个良心的两个半边。

两个幽灵，逆境和顺境，占有了同一个心灵，每个幽灵都朝自己身边拽。一个智力、一个意志、一个脑袋，在两个敌对的兄弟穷幽灵和富幽灵之间动人的瓜分。亚伯和该隐[1]在同一个人身上。

---

1 在《创世纪》中，亚伯和该隐是亚当和夏娃的两个儿子，都向上帝献礼，但上帝只看重亚伯的礼物；该隐杀死他的兄弟来报复，受到诅咒。雨果以此来分析格温普兰的悲剧意识。

第五章
高谈阔论

议会的席位逐渐坐满了人。爵士们开始到达。今日的议程是对女王的丈夫肯伯兰公爵、丹麦的乔治的年度津贴增加十万英镑的提案进行表决。另外，还通知过，女王同意有几份议案要由陛下的特派员送达议会，给予批准，这就将会议提升为御前会议。每位爵士都在他们的朝服或便服上套上一件议员长袍。这件袍子就像格温普兰的袍子一样，人人所穿相同，除了公爵有五条金边的貂皮，侯爵有四条，伯爵和子爵有三条，男爵有两条的区别以外。爵士们成群进来。在走廊里相遇，继续刚开始的谈话。有些人单独进来。服装是庄重的，举止和语言就不是了。人人进来时向王座鞠躬。

爵士们涌了进来。这一系列庄重的名字几乎不讲究礼节，因为没有观众。莱彻斯特进来和利什菲尔德握手；然后是佩特博卢格和芒莫特伯爵查理·莫尔登，他是洛克的朋友，曾经在洛克的发起下，提议重新铸造货币；然后是劳顿伯爵查理·坎贝尔，侧耳倾听布罗克爵士弗尔克·格勒维尔讲话；然后是卡埃纳封伯爵多尔姆；然后是利克辛通男爵罗伯特·萨通，他的父亲曾建议查理二世驱逐史官格雷戈里奥·利蒂[1]，利蒂没有深思熟虑，想当历史学家；然后是漂亮的老头、法尔康堡子爵托马斯·贝拉赛斯；还有三个姓霍华德的表兄弟，他们是宾东伯爵霍华德、伯克州伯爵霍华德、斯塔福德伯爵斯塔福德-霍华德；然后是洛弗拉斯男爵约翰·洛弗拉斯，他的爵位在一七三六年灭绝，让理查逊[2]把洛弗拉斯放进他的小说里，在这个名字下创造了一个典型。所有这些人物分别是政治上或者战争中的名人，其中有几位给了英国声誉，他们谈笑风生。就像历史被随随便便地观察。

在不到半小时内，议院里几乎坐满了人。这很简单，因为这是御前会议。不那么简单的是，谈话十分热烈。议会刚才还是死气沉沉的，现在就像一只不安的蜂巢嗡嗡地乱成一片。把蜜蜂惊醒的是那些爵士们的迟到。他们带来了消息。奇怪的是，在会议开始时已经在会场的爵士们绝不知道发生的事，那些不在场的人倒是知道。

好几个爵士从温莎到来。

几个小时以来，格温普兰的事传得沸沸扬扬。秘密是一个网；一个网眼破了，一切就撕开了。从早晨开始，随着上述的事情，在一个露天戏台上找到一个爵士、一个卖艺者被承认为爵士的整个故事，在温莎的王宫私下里爆出新闻。亲王们在谈论，然后是仆人们在窃窃私语。事件从宫廷传到城里。事件也有分量，物体下降速度

---

1 格雷戈里奥·利蒂（1630—1701），历史学家。他在英国受到查理二世的接纳，让他写英国史。
2 理查逊（1689—1761），英国感伤主义小说家，著有《帕美拉》（1740）、《克拉丽丝·哈洛》（1748）。

的平方规律适用于此。它们落在公众之中，以闻所未闻的速度扩散。七点钟，在伦敦还没有听到一点这件事的风声。八点钟，格温普兰便是城里的传闻了。只有赶在会议开始前准时到的爵士不知道此事，由于他们不在城里，那时已经闹得满城风雨了，他们是在议院，一无所知。因此，他们静静地待在席位上，被激动的到来者粗声大气地呼来喝去。

"怎么啦？"蒙塔柯特子爵弗兰西斯·布朗问多尔彻斯特侯爵。

"什么？"

"这可能吗？"

"什么？"

"笑面人！"

"笑面人是什么？"

"您不知道笑面人？"

"不知道。"

"这是一个小丑。一个集市上卖艺的。一副面孔无法形容，两个铜板就能看到。一个卖艺的。"

"然后怎样呢？"

"您刚接受他为英国上议员。"

"笑面人，这是您，蒙塔柯特爵爷。"

"我没有笑，多尔彻斯特爵爷。"

蒙塔柯特子爵对议会书记官做了一个手势，后者从羊毛垫子上站起来，向两位爵士证实接受新爵士的事实。还说了详细情形。

"啊，啊，"多尔彻斯特爵士说，"我在和埃利主教谈话呢。"

年轻的阿内斯莱伯爵走近老爵士尤尔，尤尔只有两年可活，因为他应在一七〇七年去世。

"尤尔爵爷？"

"阿内斯莱爵爷？"

"您认识林诺斯·克朗查理爵士吗？"

"认识。这个人已经故世了。"

"他死在瑞士吗？"

"是的。我们是亲戚。"

"他在克伦威尔时期是共和派，在查理二世时期仍然是共和派。"

"共和派？根本不是。他是赌气。这是国王和他之间的一场个人争论。我得到可靠的消息，如果国王把海德[1]爵士的大法官位置让给他，克朗查理爵士就会和王上合作。"

"您令我惊讶，尤尔爵爷。人家告诉我，这个克朗查理爵士是个正直的人。"

"正直的人！这存在吗？年轻人，没有正直的人。"

"但卡通呢？"

"您呀，您相信卡通。"

"但是阿里斯泰德[2]呢？"

"让他去流亡是做得很对的。"

---

1 爱德华·海德，克拉伦东伯爵，1658 年任大法官。

2 阿里斯泰德，即著名的雅典人（公元前 5 世纪），由于他的美德和公共事务中的诚实而获得"正直者"的绰号。

“但是托马斯·莫拉斯[1]呢？”

“砍掉他的脖子是做得很对的。”

“照您看，克朗查理爵士呢？”

“属于这一类。再说，一个愿意流亡的人，真可笑。”

“他死在异乡了。”

“一个落空的野心家。噢！我是认识他的！我相信他。我是他最好的朋友。”

“尤尔爵爷，您知道他在瑞士结了婚吗？”

“差不多知道。”

“说是婚后有了一个合法的儿子？”

“是的。儿子死了。”

“他还活着。”

“活着！”

“活着。”

“不可能。”

“是真的。得到了证明。证实过了。得到认可。进行了登记。”

“那么这个儿子要继承克朗查理的爵位啰？”

“不是就要继承。”

“为什么？”

“因为他已经继承了。已经办好了。”

“办好了？”

1　托马斯·莫拉斯或莫尔（1478—1535），英国政治家，人道主义者，埃拉斯姆的朋友，他谴责亨利八世的离婚，忠于天主教信仰，被亨利八世处死。

"尤尔爵爷，您回过头来。他坐在男爵席您的后面。"

尤尔爵士回过身来；但是格温普兰的脸隐藏在他浓密的头发中。

"啊！"老人说，他只看到格温普兰的头发，"他已经采用了时髦的打扮。他没有戴假发。"

格兰撒姆走近科尔佩普。

"有一个人被命中了。"

"是谁？"

"大卫·迪里-莫伊尔。"

"为什么这样？"

"他不再是爵士。"

"怎么回事？"

格兰撒姆伯爵亨利·奥弗古克对科尔佩普男爵约翰叙述整个"轶事"：漂流的葫芦被送到海军部，儿童贩子的羊皮纸，国王的命令，杰弗理的背书，索斯瓦克上刑罚的地窖里的对质，大法官和女王对所有这些事实的认可，在玻璃圆厅里举行的审查，最后在会议开始时接受费尔曼·克朗查理爵士。两位爵爷竭力要看清菲兹·瓦尔特爵士和阿伦德尔爵士之间新爵士那张脸，大家对此议论纷纷，但是不比尤尔爵士和阿内斯莱爵士辨别得更清楚。

再说，格温普兰要么是出于偶然，要么是他的两个受到大法官提醒的教父的安排，坐在相当幽暗的地方，避开人们的好奇心。

"在哪儿？他在哪儿？"

这是所有到达的人的喊声，但是谁也不能真切地看到他。有几个在"绿箱子"见过格温普兰的人，好奇得很激动，可是白费劲。

正如有时候有人把一个年轻姑娘谨慎地藏在一群寡妇中一样，格温普兰就像被好几层厚厚的虚弱而且无动于衷的老爵士遮挡住。患痛风症的老人对别人的事不怎么敏感。

大家正在传阅一封两行字的信，据说那是公爵小姐写给她的姐姐女王的回信，女王对她下令嫁给新爵士、克朗查理的合法继承人费尔曼爵士。这封信是这样写的：

夫人：

我也喜欢这样。我可以让大卫爵士成为我的情人。

签名是：约瑟安娜。这封短信不管是真是假，成功地引起大家了解的劲头。

一个年轻爵士莫亨男爵查理·德·奥克哈姆通，属于不戴假发一伙，高兴地看了又看这封信。费弗沙姆伯爵刘易斯·德·杜拉斯，一个有法国精神的英国人，望着莫亨，露出微笑。

"那么，"莫亨爵士大声说，"我就愿意娶这样的女人！"

两位爵士的邻座听到杜拉斯和莫亨的这场对话：

"莫亨爵士，就娶约瑟安娜公爵小姐吧！"

"为什么不呢？"

"哟！"

"那会很幸福的！"

"会使好几个人幸福的。"

"一个人难道不总是好几个人吗？"

"莫亨爵士，您说得对。讲到女人，我们大家拥有的都是剩下的。谁是第一个开始的呢？"

"也许是亚当。"

"甚至不是。"

"实际上是撒旦。"

"亲爱的，"刘易斯·德·杜拉斯下结论说，"亚当只是一个假借的名字。可怜的受骗者。他把人类扛在自己身上。男人是魔鬼为女人所做出来的。"

肖尔姆莱伯爵雨果·肖尔姆莱是法学家，受到纳塔纳埃尔·克雷从主教席上询问，克雷是双重爵士，作为世俗爵士是克雷男爵，作为精神爵士是杜拉姆主教。

"这可能吗？"克雷说。

"这正常吗？"肖尔姆莱说。

"新来者的授爵是在议院之外进行的，"主教又说，"有人确定已有先例。"

"是的。在理查二世时代是博尚爵士。在伊丽莎白时代是切内爵士。"

"在克伦威尔时代是布罗吉尔爵士。"

"克伦威尔不算在内。"

"您对这一切是怎么想的呢？"

"情况不同。"

"肖尔姆莱伯爵，这个年轻的费尔曼·克朗查理在议院里坐在什么席位上？"

"主教爵士，由于共和议员插入旧席位中，今天，克朗查理坐在巴纳德和萨默尔斯之间的爵士席位上，因此，费尔曼·克朗查理爵士轮到第八个发表意见。"

"说实话！这是公共广场的一个卖艺者啊！"

"主教爵士，事件本身倒不使我惊奇。这种事会发生。而且会更加惊人。两次玫瑰战争难道不是一三九九年一月一日贝德福德州的乌兹河突然干涸而引起的吗？可是，如果一条河竟至于能干涸，一个贵族也能沦为奴役地位。伊塔克王尤利西斯干过各种职业。费尔曼·克朗查理在小丑的外表下仍然是爵士。衣服的低劣丝毫不触及血亲的贵族。但是议院在外面进行审查和授爵，尽管严格说来是合法的，仍可能引起异议。我赞成必须了解以后是否需要在国务会议中询问大法官。在几个星期以后，看看需要做什么事。"

主教加上说：

"不管怎样，这是自格斯博杜斯伯爵以来的一件奇事。"

于是，格温普兰、笑面人、塔德卡斯特客店、"绿箱子"、《被征服的混沌》、瑞士、希隆、儿童贩子、流亡、毁容、共和、杰弗理、詹姆士二世、国王的命令、在海军部打开的葫芦、做父亲的林诺斯爵士、合法儿子、费尔曼爵士、私生子、大卫爵士、可能的冲突、约瑟安娜公爵小姐、大法官、女王，所有这一切在席位之间不胫而走。窃窃私语是火药线。人们抓住每一个细节。这整个事件在议院中广泛地引起议论。格温普兰像在梦幻的井底中，朦胧地听到这嗡嗡声，却不知道这是他引起的。

但他奇特地特别注意，不过注意底部而不是表面。过分的注意转向孤独。

议院中的喧嚣绝不能阻止会议进行，就像一颗尘埃不能阻止一支军队前进。法官们在上议院只是普通的参与者，只能在受到询问时才能说话；他们在第二排羊毛垫子上落座，而三个国务秘书坐在第三排垫子上。爵位的继承者涌进他们在王座后面同时内外都有的套间。未成年的爵士待在他们特殊的台阶上。一七〇五年，这些小爵士还不少于十二人：亨丹格东、林肯、多尔赛、沃里克、巴斯、伯尔林格通、要悲惨地死去的德尔文瓦特[1]、龙格维尔、龙斯达尔、杜德莱、瓦尔德、卡特雷。这群孩子出了八个伯爵、两个子爵和两个男爵。

会场内的三层席位上，每个爵士重新在自己的座位上坐下。几乎所有的主教都在那里。公爵人很多，从索梅尔赛公爵查理·塞穆尔开始，以汉诺威的选侯、剑桥公爵乔治·奥古斯图斯为止，从时间上看他是最后一位，因此排在最后。所有人都是根据年龄次序就座的：德冯州公爵卡文迪什，他的祖父曾把九十二岁的霍布斯藏在哈德维克里什蒙公爵莱诺克斯；三个菲茨-罗伊，即索塔姆通公爵、格拉夫通公爵和诺吞伯兰公爵；奥尔蒙公爵伯特勒；博福特公爵索梅尔塞；圣阿尔班公爵博克莱克；博尔通公爵包莱特；利兹公爵奥斯本；贝德社德公爵弗里奥特斯莱·卢塞尔，他的纹章题词和格言是"Che sara sara"[2]，就是说听天由命；伯克金格姆公爵舍菲尔

---

1 即詹姆士·拉德克利夫（1689—1715），特别关注斯图亚特王族，力图建立其权威，制造了1715年叛乱，但不成功，并被判处死刑。
2 拉丁文：要发生的事总要发生。

德；勒特兰德公爵马纳斯，以及其他人。无论诺尔福克公爵霍华德，还是斯雷斯伯里公爵塔尔博特，由于是天主教徒，都没有入座；也没有马尔波罗公爵（我们管他叫马尔布鲁格）丘吉尔，当时他在同法国打仗。当时根本没有苏格兰公爵，昆斯贝里、蒙特罗斯和罗克斯堡只是在一七〇七年才被接纳。

第六章
高与低

突然，议会亮起强烈的灯光。四个守门卫士捧着四个高高的插满蜡烛的枝形烛台，放在王座两边。王座这样被照亮，呈现在一种紫红色的光辉里。王座没有人，却很庄严。女王坐在里面，也不见得增加多少光彩。

黑棒掌门官举着棍棒进来了，说道：

"女王陛下的特派员爵爷来到。"

所有的嘈杂声平息下来。

一个戴假发和穿长袍的书记官出现在大门口，捧着一只绣有百合花的垫子，上面摞着羊皮纸。这些羊皮纸是议案。每一只上面悬挂着一条丝带，叫作"bille"或"bulle"的圆球，有时是金的，英国人称为"bills"，罗马人称为"bulles"。

在书记官后面，走着三个穿长袍的爵士，头上戴着羽翎帽。

这三个人是女王的特派员。第一个是英国的财政大臣[1]戈多尔芬

---

1 英国的财政大臣位于高官的第三位，第四位是议会主席，第五位是玉玺大臣。

爵士，第二个是议会主席彭布罗克，第三个是玉玺大臣纽卡斯特[1]。

他们一个挨着一个后面走着，按照官职大小，而不是按照爵位的次序，戈多尔芬领头，纽卡斯特殿后，尽管他是公爵。

他们来到王座前的席位那儿，向王座表示了敬意，脱下又戴上他们的帽子，坐在席位上。

大法官望着黑棒官说：

"传下议院议员到木栅前面。"

黑棒官出去了。

那个书记官是属于上议院的，他把放议案的垫子放在羊毛垫方块的桌子上。

这段插入持续了几分钟。两个守门卫士把一个三级凳放在木栅前面。这个凳子铺的是深红色丝绒，上面的金钉排列成一朵朵百合花。

关上的大门又打开了。一个声音喊道：

"忠诚的英国下议院议员到。"

这是黑棒官宣布议院的另一半成员来到。

爵士们戴上他们的帽子。

下议院的成员进来了，都没戴帽子，前面是议长。

他们在木栅前停了下来，都穿着便服，大半是黑色的，挎着佩剑。

---

1 纽卡斯特公爵（1662—1711），王国中的富人，享有权力，1705 年 3 月 26 日被任命为玉玺大臣。

议长是可敬的约翰·史密斯，骑士侍从[1]，安多韦[2]镇的议员，登上木栅当中的三级凳。这位下院的雄辩家穿一件缎子的华丽长袍，宽袖，前后衣裾装饰着肋形胸饰，假发比大法官的小些。他很庄重，不过很谦卑。

所有的下议员，包括议长和成员，都站在坐着的戴帽爵士前面等待，没戴帽子。

可以在下院议员中看到切斯特的裁判长约瑟夫·吉基尔，还有三个女王的执法官霍普、波伊斯和帕克，以及总顾问詹姆士·蒙塔古、总监察长西蒙·哈考特。除了几个准男爵、骑士和九个礼仪爵士：哈廷通、温莎、伍德斯托克、莫尔登特、格兰伯、斯居达莫尔、菲茨-哈定、海德和爵士之子和继承人伯克莱，其余的是平民。一群阴郁的沉默的人。

当这群进来的人脚步声止息时，黑杖司仪官在门口喊道：

"开会啰！"

王家书记官站起来，拿起放在垫子上的羊皮纸，打开宣读起来。这是女王的谕旨，指示三位特派员代表她出席议会，并有权批准议案。"这三位是，"书记官念到这儿提高了声音：

"戈多尔芬伯爵锡德尼，"

书记官向戈多尔芬鞠躬。戈多尔芬爵士掀起帽子。书记官继续念：

"……彭布罗克和蒙戈默里伯爵托马斯·赫伯特，"

---

1 在张伯伦时期，这是最低一级小贵族，比骑士还低，但比绅士高些。
2 安多韦，离伦敦西南偏西 68 公里的城市。

书记官向彭布罗克爵士鞠躬。彭布罗克爵士碰碰他的帽子。书记官又念道：

"……纽卡斯特公爵约翰·霍尔斯。"

书记官向纽卡斯特爵士鞠躬。纽卡斯特爵士点了点头。

王家书记官重新坐下。议会书记官站了起来。他的副手本是跪着的，也在他背后站起来。两个人都面对王座，背对着下院议员。垫子上有五份法案。这五份法案由下院议员投过票，并得到爵士们赞同，等待女王批准。

议会书记官宣读第一份议案。

这是下院的一份提案，要让国家承担支付一百万英镑，修缮女王的住宅汉普顿宫。

书记官宣读完毕后，向王座深深鞠躬。书记官助理更深地鞠躬，然后将脑袋半转向下院议员，说道：

"女王接受你们善意的献礼，准奏。"

书记官宣读第二份议案。

这是一份法案，要将躲避民兵服役者处以监禁和罚款。这种所谓民兵（可以随意调动的部队）不领军饷，在伊丽莎白时代，西班牙无敌舰队接近的时候，提供了十八万五千名步兵和四万骑兵。

两位书记官又向王座鞠躬；然后，书记官助理侧身对下院议员说：

"女王准奏。"

第三份议案提高利什菲尔德和科文特里主教区的什一税和大教堂给大主教的提成，这是英国最富有的主教区之一，同时让大教堂享受一笔年金，增加议事司铎的数目，扩大教长住宅和得益，序言里说，"为了供应我们神圣宗教的需要"。第四份议案增加新税收的预算：一种是彩虹色的纸税；一种是出租马车税，伦敦限定出租马车八百辆，每辆每年缴纳五十二镑；一种是律师、检察官和辩护讼师税，每年每人缴纳四十八镑；一种是皮革税，序言说"不能顾及皮革工匠的诉苦"；一种是肥皂税，"不能顾及大量生产斜纹哔叽和呢绒的埃克斯特[1]城和德冯州的申诉"；一种是酒税，每桶征四先令；一种是面粉税；一种是大麦税和啤酒花税，四年调整一次，序言说，"国家的需要应该放在商业的指责之前"；吨位税，从西方来的船每吨征六镑，从东方来的船最高征一千八百镑。最后，法案宣布本年度已经征收的人头税不够，整个王国的全部附加税每个人头四先令，或者四十八个铜板，还提及那些拒绝向政府重新宣誓的人，应缴纳双倍税金。第五份议案规定任何病人如果不预付一英镑，用作万一死亡时的丧葬费，则拒绝接受入院。后三项议案像前两项一样，念完后书记官助理也向王座鞠躬，并轻蔑地对下院议员说了"女王准奏"四个字，一项一项地获得批准，成为法律。

然后书记官助理重新跪在第四块羊毛垫子上，大法官说：

"就按众人的愿望执行。"

御前会议就这样结束。

下院议长在大法官面前深深鞠躬，从三级凳上倒退下来，理好身后的长袍；下院的议员们鞠躬到地，上议院不理会所有这些礼节，重新开始中断了的议程，下院的议员们退走了。

---

1 埃克斯特，英国南部城市，在德冯州。

第七章
人类的风暴比海洋的风暴更猛烈

　　大门重新关上；黑棒掌门官回来了；特派员爵士离开了政府官员的席位，过去坐在公爵席的前头，这是他们职务的席位，大法官开了口：

　　"各位爵爷，关于提出女王的丈夫亲王殿下增加年俸十万英镑的议案，上议院的讨论已经进行了几天，辩论已经终结，马上就要进行表决。按照习惯，要从男爵席开始表决。每个爵士听到他的名字，要站起来，回答'满意'或'不满意'，如果他认为合适的话，可以自由阐明自己的动机。书记官，开始表决吧。"

　　议会的书记官站着，打开金色书桌上的一本对开本册子，这是爵士名册。

　　当时上议院最年轻的是约翰·赫维爵士，他是一七〇三年成为男爵和上议院爵士的，布里斯托尔侯爵是这个男爵的后裔。

　　书记官喊道：

　　"约翰爵爷，赫维男爵。"

一个戴金黄假发的老人站了起来说：

"满意。"

然后坐了下来。

书记官助理记录了他的票。

书记官继续喊道：

"康韦·德·吉尔鲁塔男爵弗兰西斯·塞莫尔。"

"满意。"一个面孔像侍从的标致年轻人半抬起身，低声说，他绝对没有想到自己是赫尔福德侯爵的爷爷。

"赫维男爵约翰·利维松爵爷。"书记官又说。

这个男爵的后代出了几个苏瑟兰公爵，他站起来又坐下说：

"满意。"

书记官继续说：

"根西男爵赫尼杰·芬什爵爷。"

他是埃莱斯福德几位伯爵的祖父，和赫尔福德侯爵的祖先一样年轻，一样文雅，为他的格言辩解："Aperto vivere voto"[1]，大声表达他的同意。

"满意。"他喊道。

他重新坐下时，书记官喊第五个男爵：

"格兰维尔男爵约翰爵爷。"

"满意。"格兰维尔·德·波特里奇爵士回答，马上站起来，又坐下，他的爵位由于没有子嗣，在一七〇九年就灭绝了。

---

1 文字游戏："活着表达自己的愿望"变成了"活着表达自己的投票"。

书记官叫到第六位。

"哈利法克斯男爵查理·茅塔古爵爷。"

"满意。"哈利法克斯爵士说,这个爵位在萨维尔的名字下灭绝了,而本应在茅塔古的名字下灭绝。茅塔古和蒙塔古、茅塔古特不同。

哈利法克斯爵士加上说:

"乔治亲王作为女王丈夫有一笔年俸;他像丹麦亲王一样有另外一笔年俸,像坎伯兰公爵一样有另外一笔年俸,像英国和爱尔兰的海军元帅有另外一笔年俸,但是他像大元帅一样没有年俸。这是不公平的。为了英国人民的利益,应该让这种混乱截止。"

随后哈利法克斯赞颂基督教,谴责天主教,投票赞成给津贴。

哈利法克斯爵士重新坐下,书记官又说:

"巴纳德男爵克利斯朵夫爵爷。"

巴纳德爵士的后代出了几位克利夫兰公爵,他听到叫自己的名字便站了起来。

"满意。"

他慢吞吞地重新坐下,他的花边大翻领值得让人注意。再说,巴纳德男爵是一个正直的绅士和骁勇的军官。

巴纳德男爵重新坐下时,习惯念名字的书记官迟疑了一下。他戴正了眼镜,俯身加倍注意名册,然后抬起了头说:

"克朗查理和亨凯维尔男爵,费尔曼·克朗查理爵爷。"

格温普兰站了起来。

"不满意。"他说。

所有的脑袋都转了过来。格温普兰站着。放在王座两边的成束蜡烛强烈地照亮他的脸，使它在幽暗的大厅里更加突出烟雾般背景中的一副面具。

格温普兰努力控制自己，读者记得，在紧要关头，他能够这样做。他集中能驯服老虎的意志力，成功地暂时把自己的脸上龇牙咧嘴的狞笑拉回到严肃表情。一时之间，他不笑了。这不能持续很久；不服从属于我们规律或者命运的努力是短暂的；有时，海水抵挡地心吸力，膨胀成龙卷风，形成山那样高，但不得不重新落下。这就是格温普兰的斗争。出于意志惊人的紧张，有一分钟他觉得自己巍巍然壮伟，但是这不比一道闪电持续得更长，他已把心灵的阴沉面纱抛到他的脸上；他悬挂着自己无法治愈的笑容；在这副别人给他雕刻的脸上，他已收回了快乐，他只显得狰狞可怕。

"这个人怎么回事？"有人喊了一声。

一阵难以描述的战栗掠过所有的席位。这丛林般的头发，这眉毛下的黑眼窝，这别人看不到的一只眼睛深沉的目光，这颗将黑暗和光明丑陋地交织在一起的脑袋凶巴巴地隆起，这是令人惊骇的。这超越一切。怎样谈论格温普兰都是白搭，看到他才是可怕的。甚至那些有心理准备的人也料想不到。在天神聚集的山上，在宁静的夜晚欢庆中，全体聚会的全知全能的天神，不管如何想象被秃鹰啄食得不成样子的普罗米修斯的脸，好似一轮血淋淋的月亮兀地出现在天边。奥林匹斯山看到了高加索山，多么可怕的景象啊！年老的，年轻的，目瞪口呆的，都注视着格温普兰。

一个全体议员都尊敬的老人，他见过许多人和许多事，有希望当上公爵，这个瓦尔通伯爵托马斯惊惶地站了起来。

"这是怎么回事？"他大声说，"是谁把这个人带到议会中来的？把这个人赶出去。"

他高傲地斥责格温普兰：

"你是谁？你从哪里来？"

格温普兰回答：

"从深渊来。"

他交叉抱起手臂，望着爵士们。

"我是谁吗？我是贫困[1]。爵爷们，我要对你们讲话。"

掠过一阵战栗，然后是一片寂静。格温普兰继续说。

"爵爷们，你们高高在上。很好。必须相信上帝有理由这样安排。你们有权力、有财富、有快乐。在你们的天顶，太阳一动不动，你们威望无边，享受不与别人分享，把别人抛在脑后。好吧。但是在你们下面有样东西。兴许在你们上面。爵爷们，我给你们带来一个消息。人类是存在的。"

议员们好像孩子；事件是他们的玩偶盒，他们对此又害怕又喜欢。有时，好像弹簧一动，就可以看到一个魔鬼从洞里跳出来。在法国，米拉波也是这样，他也是个丑八怪。

这时，格温普兰心里觉得自己在奇怪地增大。听他讲话的这群人是一个皮提亚[2]。可以说，他是站在灵魂的山峰上。在他脚下是人类内心的颤动。格温普兰不再是昨天晚上几乎是渺小的人物。他突然青云直上，搅得他心烦意乱的这烟雾变得清淡和透明，在格温普

1　雨果在 1849 发表过论贫困的演讲，由此变成一个共和派的演说家。
2　皮提亚，阿波罗神殿的女祭司。

兰受到虚荣心诱惑的地方，如今他看到一种使命。最初使他变得渺小的东西，现在把他抬高了。他被来自责任的一道闪电照亮了。

格温普兰周围的人从四面八方喊道：

"听啊！听啊！"

但他在抽搐，超人的努力终于在他脸上保持严肃的阴沉的收缩，笑脸像一匹野马准备逃跑那样愤怒。他又说：

"我来自深渊。爵爷们，你们是大人物，又有钱。这很危险。你们利用黑夜。但是小心，有一个伟大的力量，那是黎明。黎明不会被战胜。它就要来到。它本身有着白昼不可抵御的光芒。谁会阻挡这个投石器把太阳扔到天空中呢？太阳就是权利。你们呢，你们是特权。恐惧吧。房子真正的主人就要来敲门了。特权之父是什么人？是命运。它的儿子是什么人？滥用。无论命运还是滥用都靠不住。它们彼此都有一个不妙的明天。我来提醒你们。我来揭穿你们的幸福。它是由别人的不幸造成的。你们有一切，这一切由别人的一无所有构成。爵爷们，我是绝望的律师，我为完蛋的案子辩护。这个案子，上帝会使它胜诉。我呢，我什么也不是，只是个声音。人类是一张嘴，我是这嘴里发出的声音。你们在听我说话。我来到你们英国的爵士们面前，为你们打开人民的重罪法庭，这个主宰者是受刑人，这个罪人是法官。我在要说的话中弯下腰来。从哪儿开始？我不知道。我从广泛散布的痛苦中捡拾一大堆散乱的辩护词。现在拿它怎么办？它压抑着我，我把它乱扔在我面前。我预见到这样吗？不。你们很惊讶，我也是。昨天我是一个卖艺者，今天我是一个爵士。深不可测的游戏。谁的游戏？未知者的游戏。让我们大家都颤抖吧。爵爷们，整个蓝天都在你们一边。从这广袤的宇宙，你们只看到节日；须知有黑暗。我在你们中间叫作费尔曼·克朗查理，但我真正的名字是一个穷人的名字'格温普兰'。我是一个可怜虫，一个国王在大人物的料子里剪裁了我，这是他的一个乐趣。这就是我的故事。你们当中有几个人认识我的父亲，而我不认识他。正是通过封建的关系，他接触到你们，而我呢，我通过他被流放的关系加入到他当中。上帝所创造的是好的。我被投到深渊里。为了什么目的？为了让我看看深渊的底层。我是一个潜水者，我采集珍珠，就是真理。我说话，是因为我知道。爵爷们，你们在听我说话。我感受过。我见过。痛苦么，不，不是这个词，幸运的先生们。穷困，我从穷困中长大；冬天，我瑟瑟发抖；饥饿，我尝够了滋味；蔑视，我忍受过；疾病，我曾经有过；耻辱，我吞在肚里。我把它吐在你们面前，各种穷困的喷吐溅到你们脚上，要发出熊熊火焰。我被带到现在这个地方之前，曾经犹豫过，因为我在别处还有其他责任。我的心不在这里。在我心中发生的事与你们无关；当那个你们叫作黑棒官的人，按你们称作女王的那个女人的吩咐来找我时，我曾经想拒绝。可是我觉得，上帝那只看不见的手把我推到这边，我服从了。我感到，我必须来到你们中间。为什么？由于我昨天所穿的破衣烂衫。这是为了在你们这些吃饱喝足的人中间讲话，上帝才把我掺杂到忍饥挨饿的人之中。噢！发发慈悲吧！噢！你们认为所属的这个不幸的世界，你们根本不认识它；你们地位这样高，你们游离在外；我呀，我要对你们说出世界是什么。我有这方面的经验。我来自压迫的底层。我可以告诉你们几斤几两。噢！你们是主人，你们是什么，你们知道吗？你们做了什么，你们看见吗？没有。啊！一切非常可怕。一个夜晚，一个风暴的夜晚，我那么弱小，是个被抛弃的孤儿，独自待在广大的天地里，我踏进了被你们称作社会的黑暗之中。我看到的第一件事，是在绞架的形式下的法律；第二件事是财富，你们的财富，是一个被冻饿而死的女人的形式下的财富；第三件事是在一个垂死的孩子的形式下的未来；第四件事是在一个流浪汉的形象下的善、真、正义，他以一头狼为伴、为朋友。"

这时，格温普兰被揪心的激动抓住了，感到呜咽涌上他的咽喉。

不祥的是，他爆发出哈哈大笑。

传染立即发生。在会场上有一片乌云；它可以爆发为恐惧；它却爆发为快乐。笑声，这扩展开来的疯狂，占据了整个议院。这一群有至上权力的人求之不得要乐它一下。他们这样来报复刚才的严肃。

国王们的笑和天神们的笑相似，总有一点残忍的讽刺。爵士们开始玩这种游戏。冷笑使笑声变得更响。他们围在讲话者身边拍巴掌，并且侮辱他。杂乱的快乐感叹声，好似欢快而能伤人的冰雹，落在他身上。

"好啊，格温普兰！——好啊，笑面人！——好啊，'绿箱子'的猪脸！——好啊，塔林左荒地的野猪头！——你来给我们演出一场。很好！说吧！——这个人给我消愁解闷呢！——这个畜生，他笑得多好！——你好，木偶！——向小丑爵士致意！——得，讲话吧！——这是英国的一个爵士呢！——继续说！——不，不！——说吧，说吧！"

大法官感到很不自在。

一个耳聋的爵士詹姆士·巴特勒，奥尔蒙公爵，用手在耳朵上弯成一个听筒，问圣阿尔班公爵查理·博克莱克：

"他投什么票？"

圣阿尔班回答：

"不满意。"

"当然了，"奥尔蒙说，"我相信是这样。你看他那副嘴脸！"

一群人走了出来——聚集的人就是人群——因此要把他们抓住。雄辩是一副马嚼子；如果马嚼子断裂了，听众就会发狂，奔跑过去，直到把演说者拽下马来。对这种情况我们知道不多。拉紧缰绳似乎是一个办法，不过不是唯一的办法。所有演说家都尝试过。这是本能。格温普兰也试了一下。

他注视了一会儿这些在笑的人。

"那么，"他大声说，"你们在侮辱贫困。安静下来，英国的爵士们！法官们，请听我的控诉吧。噢！我请求你们，可怜一下吧！可怜谁？可怜你们。谁在危险之中？是你们。难道你们没有看到，你们是在一架天平中，在一个秤盘里是你们的权力，在另一个秤盘里是你们的责任。上帝在称你们的重量。噢！别笑。好好思索一下。上帝的天平的摆动，就是你们的良心的颤抖。你们并不是恶人。你们是像其他人一样的人，不好也不坏。你们自以为是天神，但明天生了病，就会看到你们的神性发烧、打哆嗦。我们大家彼此价值相当。我在对正直的人说话，这儿有这样的人；我在对有高度智慧的人说话，这儿也有这样的人；我在对心灵豪爽的人说话，这儿有这样的人。你们是父亲、儿子和兄弟，因此你们常常会感动。你们之中谁在早晨看到他的小孩子醒过来，就是善良的。人心是一样的。人类不过是一颗心而已。在压迫者和被压迫者之间，只有他们所住的地方不同。你们的脚踩在别人的头上，这不是你们的错。这是社会巴别塔的错。建筑有问题，整个儿就会东倒西歪。一层楼压在另一层楼之上。听我说，我要对你们讲讲。噢！既然你们有权势，就要兄弟般相处；既然你们是高尚的，就应该仁慈。如果你们知道我所见到的事就好了，唉！在下层，那是多么悲惨啊！人类是在地牢里。有多少无辜的人被定了罪！没有阳光，没有空气，缺乏美德；没有希望；可怕的是，他们在等待。请考虑一下他们的苦难吧。有些人虽生犹死。有的小姑娘在八岁时就开始卖淫，二十岁就变成老太婆了。至于刑罚的严酷，就骇人听闻了。我说得有点随意，不加选择。我说的是来到我脑子里的话。就在昨天，我所在的地方，我看见一个被锁链拴住、身子赤裸的人，石块压在他的肚子上，在折磨中奄奄一息。你们知道这个吗？不知道。如果你们知道所发生的事，你们当中就没有人敢说自己幸福了。谁去过新堡？在煤矿中有人嚼碎煤来填饱肚子。瞧，在兰卡斯特州的里布尔彻斯特城，由于贫困，城市变成了村庄。我认为丹麦的乔治亲王不需要这额外的十万几尼。我更喜欢穷人生病不要预付丧葬费。在卡埃纳尔封，在特雷斯摩和在特雷斯比尚，穷人走投无路，情景可怕。在斯特拉福德，由于缺钱，不能使沼泽变干。在整个兰卡州，呢绒工场都关了门。到处是失业。[1]你们知道哈勒斯的捕鲱鱼的渔夫，当捕不了鱼的

1　雨果举出英国各地的例子：新堡－昂蒂恩在英国西北部，卡埃尔纳封在威尔士的西北部，兰卡州是英国纺织业的摇篮。

时候就吃草吗？你们知道在伯尔通-拉泽尔，还有被搜捕的麻风病人。如果他们从巢穴中出来，就向他们开枪吗？在你们一位爵士的家乡埃尔伯里，是常年闹饥荒。在科文特里邦克里奇，你们刚刚在那里建造了一个大教堂，养富了主教，在木板屋里没有床，人们在地上挖洞，让他们的小孩睡在里面，以致不是从摇篮开始，他们是从坟墓开始成长的。我见到这些情况。爵爷们，你们投票赞成的捐税，你们知道是由谁来付吗？是那些奄奄待毙的人。唉！你们受骗了。你们走错了路。你们增加了穷人的贫困，来增加富人的财富。要做的应该是相反的事。什么，从劳动者那里夺取，去送给游手好闲的人，从破衣烂衫的人那里夺取，去送给有钱人。从穷人那里夺取，去送给亲王！噢，是的，我的血管里流着老共和派的血液。我对此感到骄傲。这些国王，我憎恨他们！女人们是多么无耻啊！有人告诉过我一个悲惨的故事，噢！我憎恨查理二世！我父亲爱过的一个女人自动献身给这个国王，而我的父亲这时死在流亡途中，这个妓女！查理二世、詹姆士二世，一个是无赖，另一个是坏蛋！国王身上有什么？一个人，一个瘦弱的、寻找需要和残疾者的家伙。国王有什么用？这个懒惰的王权，你们喂得饱饱的。这条蚯蚓，你们把它变成一条蟒蛇。这条绦虫，你们把它变成一条龙。可怜一下穷人吧！你们为了王位的利益增加苛捐杂税。小心你们批准的法令，小心你们践踏的忍受痛苦的蚂蚁窝。垂下眼睛吧。看看你们的脚下。你们这些大人物啊，有小人物呢！可怜一下他们吧。是的，可怜一下你们自己！因为广大的人群已经处于垂死状态，下层奄奄一息，会让上层也死去。黑夜来临时，没有注意到它还有白光的一角。

你们自私吗？救救其他人吧。沉船对任何乘客都不是毫无关系的。不会是让这一部分人沉没，而不让另一部分人被吞没。噢！须知，深渊对大家都是一样的。"

笑声变本加厉，抑制不住。再说，为了让会场欢腾，只消话说得狂妄就是。

外表是可笑的，而内心是悲哀的，没有更加使人屈辱的痛苦了，没有更加深沉的愤怒了。格温普兰身上正是这样。他的话想从这个方向行动，而他的脸却从另一方面行动；局面相当尴尬。他的声音突然爆发出尖利的响声。

"这些人，他们是快乐的！很好。讽刺面对垂死。讽刺侮辱临终时的喘息。他们有强大的权力！这是可能的。好吧。等着瞧。啊！我是他们之中的一员。我也是他们当中的一个。噢，你们这些穷人啊！一个国王把我卖掉，一个穷人把我收容。是谁让毁了我容貌？一个国王。是谁治好我和养活我？一个穷得吃不饱的人。我是克朗查理爵士，但我仍然是格温普兰。我与大人物相连，而我属于小人物。我在那些享受的人和受苦人的中间。啊！这个社会是虚幻的。总有一天真正的社会要来到。那时就不再有领主，而是有自由的人。再也没有主人，有的是父亲。这是未来。不再有卑躬屈膝，不再有卑劣无耻，不再有愚昧无知，不再有做牛做马的人，不再有卖淫嫖娼，不再有奴仆，不再有国王，唯有光明！我有权利，我要使用它。这是一个权利吗？不，如果我是为了我自己的话。是的，如果我为了大家来利用它。我作为爵士的一员，我要对爵士们说。我在下层的兄弟们啊，我要对他们说出你们的困苦。我要站起来一把拿起百姓的破衣烂衫，我要把奴隶们的贫困在主人们的头上摇晃。他们虽然生来有幸，狂妄自大，但他们再也无法摆脱想起不幸者的贫穷，他们这些亲王，无法摆脱穷人的受煎熬，如果是虫子那就活该倒霉，如果它落在狮子身上那就好极了！"

说到这里，格温普兰转向跪在第四个羊毛垫上记录的书记助理。

"这些跪着的人在干什么？你们在那里做什么？都起来吧，你们也是人。"

格温普兰对一个爵士甚至不应该一顾的这些下级官员突然发出斥责，使会议中的欢乐达到顶点。大家刚才喊"好啊"，如今在喊："乌拉"！从鼓掌转到顿脚。可以相信是在看"绿箱子"的表演。不过，在"绿箱子"，笑声是在庆贺格温普兰，而在这里，笑声是在毁灭他。杀人是嘲笑的结果。人的笑有时会尽其所能去杀人。

笑变成了粗暴行为。冷嘲热讽像雨一样落下。诙谐是会场里的愚蠢行动。俏皮愚蠢的冷笑避开了事实，而不是去研究它，谴责问题本身，而不是去解决它。一个意外事件是一个问号。发出笑声，是嘲笑一个谜。司芬克斯不笑，是待在谜的后面。

只听见互相的喧嚣声：

"够了！够了！"——"再来！再来！"

莱姆普斯特男爵威廉·法尔默用里克·奎奈[1]攻击莎士比亚的话投向格温普兰：

"小丑！模仿者！"

---

1 雨果在《威廉·莎士比亚》中已经发挥过这件轶事：里克·奎奈想求助于莎士比亚，遭到拒绝，便污辱莎士比亚：小丑！模仿者！

沃安爵士，男爵席上第二十九位，是个好说教的人，嚷道：

"我们又回到禽兽高谈阔论的时代啦。在人的嘴巴中，一副禽兽的嘴脸说起话来了。"

"让我们听听巴兰[1]的驴子说话。"雅穆斯爵士加上一句。

雅穆斯爵士有一只圆鼻子和一张歪嘴巴，模样显得很聪明。

"叛徒林诺斯在坟墓里受到惩罚。儿子就是对父亲的惩罚。"利什菲尔德和科文特里的主教约翰·豪格说，格温普兰刚才谈过他的俸禄。

"他撒谎，"立法专家肖尔姆莱爵士断言，"他所说的折磨，是指严厉无情的刑罚，这是很好的刑罚。折磨在英国并不存在。"

拉比男爵托马斯·文沃斯责备大法官。

"大法官爵爷，散会吧！"

"不！不！不！让他继续说下去！他在嘲弄我们！乌拉！嗬！嗬！嗬！"

年轻的爵士们这样喊叫着；他们的快乐是疯狂。尤其有四个人充满夸张的快乐和仇恨。他们是罗彻斯特伯爵劳伦斯·海德、塔奈伯爵托马斯·图弗通，还有哈通伯爵和蒙塔古公爵。

"回到你的窝里去吧，格温普兰！"罗彻斯特说。

"打倒他！打倒他！打倒他！"塔奈伯爵嚷道。

哈通伯爵从口袋里掏出一枚便士，扔给格温普兰。

而格林威治伯爵坎贝尔、里韦尔伯爵萨维奇、哈弗沙姆男爵汤

---

1 据《旧约》叙述，上帝的使者奇迹地出现在巴兰的母驴子面前。会说话的驴子显示了天使对主子的存在。

普森、瓦里通、埃斯里克、罗莱斯通、罗金哈姆、卡特雷、兰达尔、巴内斯特、梅纳尔德、亨斯东、卡埃尔纳封、卡文迪什、伯林通、霍尔德奈斯伯爵罗伯特·达尔西、普利莫斯伯爵奥塞·温莎一齐鼓掌。

犹如地狱里或者万神殿里的闹嚷嚷，格温普兰的话就淹没其中。只分辨得清这个词：当心！

蒙塔古公爵拉尔夫近日离开牛津，还只是初生髭须，他从公爵席下来，那里坐着十九位公爵。他走到格温普兰对面，抱起手臂。刀刃有最锋利的地方，声音有最侮辱人的调门。蒙塔古操着这种调门，对着格温普兰的面嘲弄，喊道：

"你在乱嚷嚷什么？"

"我在预言。"格温普兰回答。

笑声重新爆发。笑声下面传来持续的低声怒吼。没成年爵士中的一个，多尔塞和米德尔塞克斯伯爵利奥奈尔·克兰塞尔德·萨克维尔，站在他的席位上，并没有笑，就像一个未来的立法家那样庄重，一言不发，带着十二岁孩子的稚嫩面孔瞧着格温普兰，一面耸耸肩。这使得圣阿萨弗的主教俯身对着坐在他身边的圣大卫主教的耳边，指着格温普兰对他说："这是个疯子！"又指着孩子说："这是个哲人！"

从嘲笑的混乱中产生朦胧的感叹声。——"戈耳戈[1]的嘴脸！"——"这样闹是什么意思？"——"对议会的侮辱！"——"这样一个人真

1　戈耳戈，希腊神话中的三女怪（其中最可怕的是美杜莎），看见她们的人会化为石头。

是不可思议！"——"可耻！可耻！"——"散会吧！"——"不！让他说完！"——"说吧，小丑！"

刘易斯·德·杜拉斯爵士双手叉在腰上嚷道："啊！笑是一件好事！大笑多么好啊。我提议投票，用'上议院感谢绿箱子'这句话来酬谢他。"

读者记得，格温普兰梦想的是另一种欢迎。

谁爬过令人昏眩的深谷上面松软陡直的山坡；谁感觉到自己的手、指甲、手肘、膝盖和双脚下面支点在逃脱、滑掉；谁在这抗拒人的悬崖上想前进反而后退，担心下滑，想爬上去反而下降，每一个想爬上峰顶的努力，都进一步证实灭亡，每一个想逃脱危险的动作，都是进一步完蛋，感到落入深渊不可避免，骨头中感觉到深渊的可怕寒冷，大口张开在下面；这个人就有格温普兰的感受。

他感到他的攀爬在身下坍塌，他的听众是一个悬崖。

总是有人说出一句总结性的话。

斯卡尔达尔爵士把会场的印象转成一个喊声：

"这个怪物来这里干什么？"

格温普兰狂乱而愤怒地站起来，处在极度的惊骇中。他目不转睛地望着所有的人。

"我来这里干什么吗？我是来显示恐怖的。你们说我是一个怪物。不，我是老百姓。我是个例外吗？不，我是所有的人。例外是你们。你们是梦幻，我是现实。我是人类。我是可怖的笑面人。他笑什么？笑你们。笑他。笑一切。他的笑是什么？笑你们的罪恶和我所受的酷刑。这个罪行，他把它扔在你们的头上：这酷刑，他把它吐在你们的脸上。我在笑，意思是说：我在哭。"

他停了下来，大家沉默了。笑声在继续，但声音很低。他可以相信大家恢复了一点注意力。他呼吸一下，继续说：

"在我脸上的笑容，是一个国王把它放上去的。这笑容表达了全人类的痛苦。这笑容是想表达仇恨、被迫的沉默、狂怒、绝望。这笑容是折磨的产物，这笑容是强迫的笑。如果撒旦有这种笑容，这笑容就会定上帝的罪。但是，永恒绝不相同于灭亡的东西；它是绝对的，也是正义的。上帝憎恨国王们所做的事。啊！你们把我看作一个例外！我是一个象征。噢，你们是有权有势而又愚蠢的，你们睁开眼睛吧。我化身为一切。我代表人类，就像主子们所塑造的那样。人是残废者。有人把我造成那样，也是这样对待人类的。扭曲了人的权利、正义、真理、理性、智慧，像我的眼睛、鼻孔和耳朵那样；也像我那样在人心中放上了愤怒和痛苦的垃圾坑，在脸上放上一个满意的面具。上帝的手指放在哪儿，国王的爪子便按上去。可怕的重叠。主教、爵士和亲王们，百姓身处苦海，不过表面上在笑。爵爷们，我对你们说，百姓就是我。今天，你们压迫百姓，今天，你们嘲骂我。但是，未来，就会解冻了。石头的东西会变成波涛。表面结实的东西会变成洪流。咔嚓一下，什么都完了。这样的时刻会到来：抽搐一下就会粉碎你们的压迫，怒吼会反驳你们的吼叫。这个时刻已经来临了。——我的父亲啊，你已经见过它了！它叫作共和国，有人把它驱逐出去，它又回来了。在这期间，你们记得，一系列用剑武装起来的国王们，被用斧头武装起来的克伦威尔砍断了连续性。你们发抖吧。改变不了的结局临近了，被剪掉的指甲又长了出来，被拔掉的舌头又飞起来，变成散布在黑暗的狂风中的火舌[1]，在无限的空中怒吼；饥饿的人露出他们空闲的牙齿，建筑在地狱之上的天堂摇摇欲坠，人们在受苦，人们在受苦，人们在受苦，高高在上的人俯下身子，底层的人微微睁开眼睛，黑暗要求变成光明，注定下地狱的人跟选民讨论，我对你们说，老百姓来了，人类在上升，末日开始了，这是灾难红彤彤的曙光，这就是这笑容中包含的东西，而你们却在讥笑它！伦敦永远在过节。是的。英国从头到尾都在欢呼。是的。但请听着：你们所看到的是我。你们感到欢乐，这是由于我的笑。你们在结婚、在举行主教圣职礼和加冕礼，这是由于我的笑。你们庆贺亲王出生，这是由于我的笑。你们头上响起霹雳，这是由于我的笑。"

爵士们对这样的话实在是忍无可忍了！笑声重新开始，这次令人难以忍受。从人的嘴里喷出来的所有岩浆中，最有腐蚀性的岩浆就是快乐。欢乐地做坏事，任何人群都抵挡不住这种传染。并非所有的行刑都是在断头台上执行，人聚集起来，不论是一群人也好，是一个集会也好，在他们之中总是有一个刽子手准备好，这就是讽刺。没有什么酷刑能与对一个被耻笑的可怜虫相比的了。这酷刑，格温普兰在忍受。因他而起的兴高采烈，就是投掷石头和弹丸。他是拨浪鼓和木偶、土耳其人头和靶子。他们又蹦又跳，大喊再来一个，捧腹大笑，顿足跺脚，互相拉扯领饰。地方的庄严，袍子的红色，貂皮的纯洁，假发的分披，都不起作用。爵士们笑啊，主教们

1　这意象借自《使徒行传》。

笑啊，法官们笑啊。老人们皱纹展开，孩子们笑弯了腰。坎特伯雷大主教用手肘去推约克大主教。伦敦主教亨利·康普同是诺桑普顿的兄弟，捧住两肋。大法官低下头，掩盖他可能有的笑容。木栅那边，黑棒掌门官好似毕恭毕敬的塑像，也在笑。

格温普兰脸色苍白，抱着手臂；他周围是所有这些年轻和年老的面孔，洋溢着荷马式的欢笑，在拍手、顿足和乌拉声的漩涡中，在这滑稽的疯狂中；他在这欢乐的灿烂发泄中是个中心，在这巨大的欢乐中，他却有着坟墓的感觉。这是完结了。他再也不能控制自己的脸反映自己的愤怒，也不能控制他的听众侮辱他。

永恒的要命的规律，滑稽和庄严相结合，传达出怒吼的笑，骑在绝望上面的滑稽模仿，相似和本来如此两者之间的不合逻辑，这些都从来没有以更加可怕的方式爆发出来。更加阴郁的光亮从来没有照亮过人类深沉的黑夜。

格温普兰以哈哈大笑参与了他的命运的最后解析。不可挽救的事实就在这里。跌倒了还能爬起来，压碎了就爬不起来了。这荒谬的最高讽刺把他粉碎了。此后没有什么可能做的了。一切都取决于环境。在"绿箱子"行得通的东西，在上议院是灾难。那边的鼓掌在这里是诅咒。他感到他的面具翻了过来。这面具的一边有着老百姓接受格温普兰的同情，另一边是大人物抛弃费尔曼·克朗查理爵士的仇恨。一边是吸引，另一边是排斥，两边都把他引向黑暗。他感到自己好像被人从背后打击。命运有对反叛的打击。一切后来都会有解释，但这期间，命运是陷阱，人跌倒在陷阱里了。他曾以为在上升，这笑声是欢迎他；尊为神祇，结局却是凄惨的。有一个可怕的字眼：清醒了。悲惨的智慧就是从迷醉中产生的。格温普兰被这快乐而又残酷的风暴包裹着，陷入沉思。

狂笑犹如顺水漂流。一个陷入快乐中的会议，是毁掉了的罗盘。再也不知道往哪儿去，也不知在干什么。必须散会。

大法官宣布"由于意外"，投票延期到第二天进行。散会了。爵士们向王座行礼后走了。可以听到笑声在延续，消失在走廊里。除了正门以外，会场在壁毯中、浮雕背后、线脚中有各种各样的暗门，就像花瓶有裂缝一样，人都走空了。不一会儿，大厅空荡无人。瞬间变得如此，几乎没有过渡。这个嘈杂的地方，马上又恢复了寂静。

陷入沉思会导向很远，由于思索，最后会像到了另一个星球。格温普兰突然有一种惊醒的感觉。他是独自一个。大厅空寂无人。他甚至没有看到散会。所有的爵士都消失了，甚至那两个教父。这里那里只有议院的低级军官，等待这位爵爷离开之后，放上罩布和熄灯。他机械地戴上帽子，离开他的席位，朝面向走廊敞开的大门走去。正当他穿过木栅出口时，一个守门卫士脱去他的爵士长袍。他几乎没有注意。过了一会儿，他来到走廊里。

在那里的工作人员吃惊地注意到，这位爵士没有向王座行礼就出去了。

第八章
若不是好儿子，就会是好兄弟

走廊里再也没有人。格温普兰穿过圆厅，那里已经搬走了椅子和桌子，再没有他授爵典礼的痕迹。隔开安置的多枝烛台和吊灯表明了出口路线。靠了灯光指引，他很容易在一连串的大厅和走廊中，重新找到他跟纹章主管和黑棒掌门官来到时走过的路。他没有遇到任何人，这儿那儿只有几个走得很慢的老爵士，他们沉重地迈着步子，一面往回瞧瞧。

突然，在所有这些没人的大厅的岑寂中，清晰的话语声传到他那里，在这样一个地方，这是一种古怪的夜间吵闹声。他朝传来声音的地方走去，冷不防来到一个灯光微弱的宽敞前厅里，就在议院的一个出口处。可以看到一扇敞开的玻璃大门、一个台阶、仆人和火把；外面是一个广场；几辆华丽马车在台阶下等待着。

他听到的声音正是从这儿来的。

大门里面前厅的反射灯下，有一群闹嚷嚷的人，手舞足蹈，沸反盈天。格温普兰在半明半暗中走近了。

他们正在争吵。一边有十到十二个年轻爵士想出去，另一边是一个人，他像他们一样戴着帽子，身板挺直，头颅高昂，挡住他们的路。

这个人是谁？汤姆-吉姆-杰克。

那些爵士中有几个人还穿着长袍；其他爵士脱下了议院长袍，穿着便服。

汤姆-吉姆-杰克戴一顶羽翎帽，不是像爵士们的白帽，而是绿色的，带橘红色的卷边；他从头到脚的衣服绣花，镶饰带，袖口和脖子上缀满丝带和花边，左手激动地摆弄着他斜挂在腰间的长剑柄，挂带和剑鞘饰有海军上将的锚徽。

正是他在说话，他斥责所有的年轻爵士，格温普兰听到他说：

"我告诉你们，你们是懦夫。你们要我收回我的话，好吧。你们连懦夫都算不上。你们是白痴。你们所有人反对一个人。这不算怯懦啊。好。那么这是愚蠢。别人对你们说话，你们不懂。这里年纪大的耳聋，年纪轻的没有理智。我是你们中的一个，有权告诉你们真相。这新来的人很古怪，他给你们讲了一大堆疯狂的话。我承认在这些疯话中有真实的东西。这些话模糊、杂乱无章、不得体；是的；他总是重复'你们知道吗，你们知道吗'；一个昨天还是市集上的卖艺人，却不得不像亚里士多德和萨利斯伯里的主教吉伯特·伯尔奈[1]博士那样说话。虫子啦，狮子啦，对书记官助理的斥责啦，这些话都品位低劣。当然！谁对你们说不是这样呢？这是没有理智的、

---

1 吉伯特·伯尔奈（1643—1715），英国历史学家，萨利斯伯里的主教，反对天主教，支持威廉·德·奥兰治。

不连贯的、颠三倒四的话，但不时说出一些真实的情况。一个人没有职业，能说出这样的话已经是很不错了，我愿意对你们指出这一点！他所说的伯尔通-拉泽尔的麻风病人是不可否认的事实；再说，他不是第一个说这种傻话的人；最后，我呀，爵士们，我不喜欢好几个人对付一个人，这是我的脾气，各位大人，我要求得到被冒犯的权利。你们使我讨厌，我很生气。我呀，我不怎么信上帝，但是使我相信他，是他做好事的时候，这不会每天都发生。因此，如果他存在的话，我感谢他，感谢这个好上帝，从生活的底层拔出这个英国爵士，把他的遗产还给这个继承人，我不担心这是否搅乱我的事，我觉着突然看到鼠妇变成老鹰，格温普兰变成克朗查理是好事。爵爷们，我不许你们有不同于我的见解。我对刘易斯·德·杜拉斯不在这里感到遗憾。爵爷们，费尔曼·克朗查理曾是爵士，而你们曾是卖艺小丑。至于他的笑容，这不是他的错。你们嘲笑他的笑容。人们不应嘲笑不幸。你们是白痴，而且是残酷的白痴。如果你们以为别人不会嘲笑你们，你们就搞错了；你们很丑，穿得很差。哈韦萨姆爵爷，我有一天看见过你的情妇，她很丑陋。她是公爵夫人，却是个母猴。嘲笑别人的先生们，我再说一遍，我想看看你们试着连续说三四句话。很多人会像鸟儿叽叽喳喳叫，却不会说人话。你们设想自己有点知识，因为你们在牛津或者剑桥懒散地混过，因为在成为英国爵士之前，你们在西敏寺大厅的席位上，在冈维尔和卡伊乌斯学校的座位上做过驴子！我呀，我在这里，我要面对着你们。你们刚刚对这位新爵士很无耻。一个怪物，是的。不过落在一群畜生中。我宁愿是他而不是你们。我参加了会议，在我的座位上，就像作为爵位的继承人，我什么都听到了。我没有权利说话，但我有权利成为一个绅士。你们快乐的神态令我厌烦。我不满意，我要去彭德尔希尔山去采集'浮云草'，虽然谁采集它就会遭雷击。因此，我来到出口等待你们。谈话是有用的，我们需要安排一下。你们意识到对我是不是有点失敬？爵爷们，我决意杀死你们当中的几个。你们所有人都在这里。塔奈伯爵托马斯·图弗通、里韦尔伯爵萨维奇、罗彻斯特伯爵劳伦斯·海德，你们，格雷·德·罗莱斯通、卡里·亨斯东、埃斯克里克、罗金哈姆，你、小卡特雷，你、霍尔德奈斯伯爵罗伯特·达尔西，你，哈通伯爵威廉，我、大卫·迪里-莫伊尔，舰队的一名士兵。我督促你们，呼唤你们，命令你们火速提供助手和介绍人，我在今晚、马上、明天、白天、黑夜、大太阳下、火把下，面对面，胸对胸等待你们，时间和地点由你们决定，要有足够的地方施展两把长剑，你们最好检查一下你们短枪的火石和你们的剑刃，因为我有意将你们的爵位造成空缺。奥格尔·卡文迪什，你小心，想想你的格言：'Cavendo tutus.'[1] 马尔马杜克·兰格达尔，你最好像你的先辈根多尔德那样，让一辆棺材车跟随在后。瓦林格通伯爵乔治·博斯，你将看不到彻斯特的王权领地、克里特式的迷宫[2]和登哈姆·马西的高耸小塔楼。至于沃汉爵士，他相当年轻，以致说出不得体的话，又太老了，以致不能对此负责；我会要求他的侄子、墨里奥内斯镇的议员理查·沃汉为他的话负责。你呢，格林

1　拉丁文：做好戒备就安全了。
2　指克里特王的著名迷宫（关闭半人半马怪物）。

威治伯爵约翰·坎贝尔，我要杀死你。就像阿冲杀死马塔斯一样[1]，不过是一拳打死，而不是从背后刺死，由于我习惯对双刃剑的剑尖露出我的心窝而不是背脊。一言为定，爵爷们。对此，如果你们愿意，就用巫术吧，咨询用纸牌算命的女人吧，皮肤上抹点刀枪不入的油膏和药，脖子上挂上魔鬼或者圣母的小香袋，不管你们被祝福过或者被诅咒过，我都和你们决斗，而且我绝不检查你们身上是不是有魔法。在地面上或者骑马都行。如果你们愿意，在十字街头，在皮卡第利或者在查林格-克罗斯，除掉街上的铺路石，以便一决高下，如同去掉卢浮宫院子里的铺石，让吉兹和巴松皮埃尔决斗一样[2]。所有人，你们明白吗？我愿意和你们所有人决斗。卡埃尔纳封伯爵多尔姆，我要让你吞下我的剑，一直吞到剑的护手为止，就像马罗尔对利斯尔-马里沃所做的那样[3]。爵爷们，如果你们还在笑，我们再看后来会怎样。你呢，伯尔林格通，你才十七岁，像个大姑娘。你可以选择在你米德尔塞克斯家里的草坪，或者约克州龙德斯堡的漂亮花园，我告诉你们各位爵爷，我不容许别人在我面前无耻。你们嘲笑费尔曼·克查理爵士，我觉得很不像话。他要胜过你们。他像克朗查理一样，有贵族身份，像你们也有一样。他像克朗查理一样有思想，而你们没有。我把他的事业当作我的事业，把他的咒骂

1　16 世纪的武士阿冲骑士和马塔斯男爵克洛德·德·布尔德伊决斗，马塔斯缴了他的械，但让他活命，可是阿冲又捡起他的武器，骑马追赶男爵，从背后刺穿男爵的身体。

2　1605 年，亨利四世面对吉兹公爵，表现出嫉妒巴松皮埃尔为昂特雷格小姐开火。公爵向国王提出决斗来为他报仇。国王接受了。决斗在瑞士厅举行。巴松皮埃尔肚子上中了一枪，奇迹般获救。

3　亨利四世被刺杀后，一个绅士利斯尔-马里沃发誓不想活下去，扔出一份挑战书，马罗尔接受了，把他杀死。

当作我的咒骂，把你们的嘲笑当成我的愤怒。我们要看一看谁能从这件事中活下去，因为我向你们的侮辱挑战，你们明白吗？用任何武器，以各种方式，你们选择自己愿意的死法吧，因为你们虽是绅士，又是没有教养的人，我根据你们的身份选择挑战，我给你们各种自杀的方式，从亲王的宝剑到莽汉的拳击！"

对这话语的疯狂爆发，这一群高傲的年轻爵士报以微笑。他们说："同意。"

"我选短枪。"伯尔林格通说。

"我呢，"埃斯克里克说，"我选古老的场地决斗：用狼牙棒和匕首。"

"我呢，"霍尔德奈斯说，"用一长一短两把刀决斗，光着上身肉搏。"

"大卫爵士，"塔奈伯爵说，"你是苏格兰人。我拿苏格兰宽剑。"

"我呢，长剑。"罗金哈姆说。

"我呢，"拉尔夫公爵说，"我更喜欢拳击。这更加高贵。"

格温普兰从黑暗中走出来。

他走向那个至今称为汤姆-吉姆-杰克那个人，眼下他开始在他身上看出这个人不同凡响。

"我谢谢您，"他说，"不过事情关系到我。"

所有人朝他转过头来。

格温普兰往前走。他感到自己走向这个他听到别人称为大卫爵士的人，这个人是他的保卫者，也许更进一步。大卫爵士后退。

"啊！"大卫爵士说，"是您！您在这里！这样正好。我也有一句话要对您说。刚才您谈到一个女人，她爱过林诺斯·克朗查理以后，又爱过查理二世。"

"不错。"

"先生，您侮辱了我的母亲。"

"您的母亲？"格温普兰大声说，"这样的话，我猜出来了，我们是……"

"兄弟。"大卫爵士回答。

他给了格温普兰一记耳光。

"我们是兄弟，"他又说，"这使得我们可以决斗。人们只在平等的人之间决斗。有谁比我们兄弟更加平等呢？我会把我的助手派到您那儿去。明天，我们互相切断咽喉吧。"

第九卷

毁　灭

第一章
从极度富贵到极度贫困

　　圣保罗大教堂敲响了午夜的钟声，有个人刚刚穿过伦敦桥，进了索斯瓦克的小巷里。这儿根本没有路灯，伦敦就像巴黎那样，是习惯在十一点钟熄灭公共路灯的，就是说在需要路灯的时候取消路灯。街道黑黝黝的，空无一人。没有路灯，行路人就会很少。这人大步走着。他穿着古怪，在这样的时刻走在街上。他穿一件刺绣的丝绸衣服，身边佩带一把剑，戴一顶白色羽翎帽，没有穿大衣。看到他走过的哨兵说："这位爵爷在跟人打赌。"他们出于对一个爵士和一宗赌注的尊敬分开了。

　　这个人是格温普兰。

　　他逃跑了。

　　他眼下在哪里？他不知道。我们说过，心灵也有旋风，这是可怕的回旋，一切都混杂其中：天空、海洋、白天、黑夜、生和死，卷在一种难以理解的恐惧中。现实变得不适合呼吸了。人被难以相信的事物压垮。虚无变成风暴。天穹变得苍白。无限一片空虚。人们处在缺失的状态中，感到死了，渴望有颗星星。格温普兰感到什么？一种渴望，想看到蒂。

他只感到这一点。回到"绿箱子"和塔德卡斯特客店，这个响亮的，明晃晃的客店，充满百姓热情欢乐的笑声；重新找到于尔苏斯，重新看到蒂，回到生活中！

幻想破灭好似弓箭一样，带着悲哀的力量松弛了，把人这支箭射向现实。格温普兰心急火燎地走近塔林左荒地。他不再走，他在跑。他的眼睛探到前面的黑暗中。他的目光在前面探索：从港口到地平线贪婪地寻找。他就要看到塔德卡斯特客店照亮的窗户，那是多么激动的时刻啊！

他来到保龄球草地的入口中。他绕过墙角，他面前是草地的另一头，离开一段距离是客店，读者记得，客店是市集广场上唯一的房子。

他望过去。没有光。黑乎乎的一团。

他瑟瑟发抖。然后心里想，天已很晚，客店已经关门，这很简单，人们睡觉了，只得叫醒尼克莱斯或者戈维柯姆，必须来到客店敲门。他向客店走去，他不是跑过去。他冲向那里。

他来到客店，呼吸不上来。他处在心潮激荡之中，在看不见的心灵痉挛中挣扎，再也不知道是死是活，正如对所爱的人百感交集；真正的心由此可以看出来。一切都吞噬了，这时温情浮现。不要突然惊醒蒂，这是格温普兰马上出现的念头。戈维柯姆就是睡在那里的；这个小屋与低矮的大厅毗邻，有一扇窗面对广场，格温普兰轻轻敲玻璃。叫醒戈维柯姆就够了。

戈维柯姆的住屋没有任何动静。格温普兰心想，在这种年龄，会睡得很死。他用手背轻轻敲了一下窗户。没有动静。

他更重地敲了两下。小屋里没有响动。于是，他有点发抖，走到客店门口敲门。

没有人回答。

他开始感到心里冰凉，暗想：尼克莱斯老板年纪大了，孩子们睡得很死，老人们会酣睡。得！敲得重点！

他轻轻地拍打，轻轻地敲，再重重地敲。他撞门。这使他回想起很早以前，他很小的时候，抱着小不点的蒂，在威茅斯敲门的情形。

他就像一个真正的爵士那样，使劲地敲门。

屋子里寂静无声。

他感到自己变得失魂落魄。

他不再保持分寸了。他叫人："尼克莱斯！戈维柯姆！"

与此同时，他望望窗户，看看有没有蜡烛点燃。

客店里什么灯光也没有。没有一点声音。没有一点响声。没有一点亮光。他走向出入车马的大门，撞门，推门，疯狂地摇，一面喊着："于尔苏斯！奥莫！"

狼没有嗥叫。

一滴冷汗沁出他的额头。

他环顾四周。夜晚漆黑，但有足够的星光让市集广场显得清晰。他看到一幅凄惨的景象，广场上一切都消失了。在保龄球草地，连一间木板屋也没有。马戏场没有了，一个帐篷也没有。一个露天舞台也没有。一辆车也没有。在那里人头攒动的、闹声震天价响的卖艺人，让位于难以形容的黑黢黢、空荡荡。一切都没有了影儿。

他感到焦急不安。这是什么意思？究竟发生了什么事？难道连人也没有了吗？他的生活难道在他身后溃散了吗？对他们，对所有人做了什么事？啊！天哪！他有如风暴卷向房子，他敲便门，敲通车马的大门，敲护窗板，敲墙壁，拳脚相加，害怕和担忧得发狂了。他叫尼克莱斯、戈维柯姆、费贝、维纳斯、于尔苏斯、奥莫。他把吵声、闹声都掷向这面墙壁。他不时停下来静听，房子依旧沉默、死寂。于是他气急败坏，重新开始。撞击、敲打、叫唤、拳头在擂动，到处都是回声。好像是想唤醒坟墓的雷声。

达到一定程度的恐怖，就会变得可怕。什么都担心的人，就什么也不害怕。他用脚去踢司芬克斯，他咒骂不认识的人。他变换各种形式的吵闹，停下又开始，叫喊得筋疲力尽，向这阴森森的寂静进攻。

他把可能在那里的人叫了上百遍，叫唤所有的名字，除了蒂。他小心谨慎，心里有这种朦胧的想法，虽然迷乱，但他还有这种本能。

大喊大叫用尽了，只剩下爬墙。他心想：必须进入屋里。但是怎样进去呢？他打碎戈维柯姆小屋子的一扇玻璃窗，把拳头伸进去，划破了手，打开窗框的插销，打开了窗。他发现他的剑会妨碍他，便愤怒地拽掉剑、剑鞘和皮带，扔到石子地上。然后他爬到墙头，虽然窗口很狭窄，他可以穿越而过。他进入了客店。

戈维柯姆的床隐约可见，就在小屋里，但戈维柯姆不在那里。

戈维柯姆不在他自己的床上，很明显，尼克莱斯也不在他的床上。整个屋子黑漆漆的。在这黑暗的屋内，可以感到空虚的神秘的一动不动和这种意味着没有人的朦胧的恐怖。格温普兰痉挛着，穿过低矮的大厅，撞在墙壁上，在餐具中踩踏，掀翻凳子，踢倒水罐，跨过家具，走到面向院子的门口，膝盖一撞，撞飞了插销。门在铰链上旋转。"绿箱子"不在那里。

第二章
残　余

　　格温普兰从房子里出来，开始在塔林左荒地的各个方向探索；他四处走动，凡是前一天有过一个戏台、一个帐篷或者一个窝棚的地方他都去过了。什么也没有。他在板棚敲敲，尽管知道里面没有人居住。他在凡是好像一扇窗户、一扇门的地方敲打。没有一个声音从这幽暗的地方传出来。仿佛死神来过这里。

　　蚂蚁窝被踩烂了。很明显，警察采取过行动。用今日的话来说就叫作查抄。塔林左荒地已扫荡一空，惨不忍睹。各个角落都令人感到有一只利爪搜刮过。可以说把这可怜的市集场地翻了个儿，全都掏空了。格温普兰搜索过一遍以后，离开了保龄球草地，进入名叫"东边"的尽头弯弯曲曲的街道，朝泰晤士河走去。

　　他曲折地穿过这个街道网，那里只有墙壁和篱笆，随后他在空气中嗅到水的清凉气息，听到河流的潺潺流水声，突然他来到一道护墙前。这是埃弗罗克石壁的护墙。

　　这护墙围着一段很短、很窄的码头。护墙下是高高的埃弗罗克石壁，陡直地下到幽暗的河水中。

格温普兰停在这护墙前，手肘支在上面，双手捧着脑袋，思索起来，河水在他脚下。

他望着水吗？不。他望着什么？黑暗。不是他身外的黑暗，而是他心中的黑暗。

在他不去注意的忧郁的夜景中，在他的目光根本探不进的外在深邃中，可以分辨出桅桁和桅杆的影子。在埃弗罗克石壁下面，只有波涛，可是下游的码头在降低，栏杆并不明显，经过一段距离，到达一处河岸，有几条船停靠在那边，有些是抵达河岸。有些即将起航，它们靠用石块、木头或者跳板建造的系缆小平台和陆地沟通来往。这些船中有些系缆，有些抛锚，一动不动。既听不到有人走动，也听不到有人说话；水手的好习惯是尽可能睡觉，只在干活时才起来。如果这些船中有人要在夜里涨潮时出发，那么他还没有醒过来。只能看到黑色的、圆鼓鼓的、壶腹似的船身和绳梯交错的索具。但灰蒙蒙的看不清。这儿那儿一盏红色的舷灯划破了雾气。

格温普兰根本没有瞧见这一切。他注视的是命运。

他在思索，迷乱的幻想面对无情的现实。

他仿佛听到身后有地震的声音。这是爵士们的笑声。

他刚从这笑声中出来。他是挨了耳光出来的。

挨了谁的耳光？

挨了他兄弟的耳光。

带着这耳光从笑声中出来，像受伤的鸟儿，逃到自己的巢里，逃离仇恨，寻找爱情，他找到了什么？

黑暗。

没有人。

一切都消失了。

这黑暗，他比作他做过的梦。

多么凄清的覆灭啊！

格温普兰刚刚到达这阴森森的边沿——空虚。"绿箱子"走掉了，世界消失了。

他的心灵刚刚封闭。

他在沉思。

可能发生什么事呢？他们在哪里？很明显有人劫持了他们。命运给他格温普兰的打击是荣华富贵，对他们相反的打击是消灭。显而易见，他永远也看不到他们了。为此有人采取了小心措施。同时有人掠夺了待在市集广场上的一切，从尼克莱斯和戈维柯姆开始，让他得不到任何信息。无情的散失。这可怕的社会势力，在上议院粉碎了他的同时，也在可怜的板屋中碾碎了他们，他们完蛋了。蒂完蛋了。因他而完蛋了。永远失去了。全能的主啊！她在哪里？他当时不在那里保护她呀。

对所爱的失踪的人作猜想，这是在拷问自己。他给自己这种折磨。他深入到每一个角落，做出每一个猜测，内心都发出一声哀号。

通过一连串痛苦的回忆，他想起那个自称巴基尔费德罗的人，很明显，这个人对他是不祥的，在他的脑子里写过一个模糊的字，现在显现出来了，这个字用非常可怕的墨水写成，如今变成了火焰的字母，格温普兰看见在自己的思想深处闪烁放光，这句谜一样的话如今解释为："命运打开这扇门，不会不关上另一扇门。"

一切都玩儿完了。最后的黑暗笼罩着他。但凡人在自己的命运中，都可能有对自己来说的末日。这叫作绝望。心灵充满了陨落的星星。

这就是他眼下的处境！

一阵烟雾掠过去了。他曾卷进这烟雾里。烟雾在他眼前变得浓厚，进入了他的脑海里。在外面他是瞎子，在里面他醉醺醺的。这种感觉所持续的只是烟雾过去的时间。然后一切都消失了，包括烟雾和他的生活。他从这梦中醒来时，又是孑然一身。

一切消失。一切逝去。一切完蛋。黑夜。荡然无存。这就是他的前景。

他是单身独处。

只有一个同义词：死亡。绝望是一个会计师。它坚持要结算。什么也逃不过它。它把一切都加在一起，它不放过一分一厘。它责备上帝的雷击和针戳。它知道对命运坚持什么。它说理、衡量和计算。

他表面是阴沉、冷静，但内心继续流动着炽热的熔岩。

格温普兰审察自己，也审察命运。

回顾；可怕的总结。

来到山顶时，望着悬崖。跌到深渊时，望着天空。

心里想：我在这里！

格温普兰处在不幸的底部。事情来得多么突然啊！不幸的迅速来到是吓人的，它那么沉重，人们以为它来得慢。绝不是。雪因为是冷的，似乎应有冬天的麻痹，由于是白的，应有裹尸布的静止不动。这一切被雪崩推翻了！

雪崩，这是雪变成了熔炉。它仍然是冰冷的，但能吞噬。雪崩裹住了格温普兰。他像一件破衣那样被撕碎，像一棵树那样被连根拔起，像一块石头那样被抛下去。

他回顾自己的跌落。他向自己提出要求，又做出回答。痛苦是一份审讯记录。任何法官都不像了解自己案情的良心那样细致。

他在绝望中有多少悔恨啊！

他想了解和解剖良心；痛苦的活体解剖。

他不在这里，产生了一次灾难。不在这里取决于他吗？在刚过去的一切事件中，他是自由的吗？绝不。他感到自己当了俘虏。抓住他、拘留他的是什么？一个监狱？不是。一条锁链？不是。那么是什么？是黏胶。他待在荣华富贵的泥淖里。

谁没有遇到过表面自由却感到被缚住翅膀的情形呢？

可以说犹如张开了一张网。乍看是诱惑，最终受到囚禁。

但是，在这一点上，他的良心在困扰他，他自我呈现的东西，使他简单地承受下来吗？不。他接受了的。

在某种程度上，对他实施的是暴力和突袭，这是真实的；但是他那方面，在某种程度上，他任人宰割。他被带走，这不是他的错；他受到陶醉，这是他的软弱所致。曾经有一个时刻，一个决定性的时刻，问题提出过；这个巴基尔费德罗把他放在两难面前，清楚地给了格温普兰一个机会，一句话就能解决自己的命运。格温普兰可能说：不。可他说了：是。

他昏昏然地说出这个"是",一切都来自于此。格温普兰明白这一点。同意产生了苦涩的回味。

他在挣扎,要回到自己的权利,回到自己的遗产,自己的继承,自己的家,作为贵族回到自己祖先的队伍,作为孤儿回到自己父亲的姓氏,难道这是大错特错吗?他接受了什么?恢复原有的东西。谁给的?上天。

于是他感到一种反抗。愚蠢的接受!他做的是什么交易!多么愚蠢的交换!他同上天做了蚀本的交易。什么!为了得到两百万年金,为了七八个领地,为了十到十二座宫殿,为了在城里有大厦和乡下有城堡,为了一百名仆从、几队猎犬和几辆华丽马车,为了几个纹章,为了做审判官和立法者,为了像国王一样戴上冠冕和穿上红袍,为了做男爵和侯爵,为了成为英国上议员,他给出了于尔苏斯的篷车和蒂的微笑!为了沉没其中的海水,他给出了幸福!为了海洋,他给出了珍珠。疯子啊!傻瓜啊!冤大头啊!

但这时,从坚实的地方产生了异议,在曾经攫住他的大富大贵的狂热中,并非一切都是不健康的。也许在放弃中有自私自利,也许在接受中有责任。他突然变成爵士,应该做什么呢?事情的复杂性产生思想的困扰。这是他所发生的事。责任给出相反的命令,在各个方面同时出现的责任,错综复杂的责任,几乎是矛盾的,他曾经有过这种惊愕。正是这种惊愕使他瘫痪无力,特别是在从科尔莱恩行宫到上议院的过程中,他没有做出抗拒。生活中我们称作上升的东西,就是从普通的路程走向令人不安的路程。此后直线在哪里?首要责任是对谁而来的?是对他的亲人吗?是对人类吗?难道不应该从小家庭转到大家庭吗？上升时感到自己的正直受到的压力在增长。升得越高，就感到责任越大。权利的扩大使责任也扩大。我们感到困扰，兴许同时有好几条路出现的幻想，在每条路的入口，都会看到良心指路的手指。往哪儿去？是出去，留下，还是后退？怎么办？责任有这么多的路口，真是怪事。责任可能是个迷宫。

一个人有一种想法，他是一个事实的化身，既是一个骨肉之躯，又是人的象征，他的责任不是还要更加混乱吗？格温普兰柔顺而又默默无言的不安由此而来；他顺从地坐在上议员席位的要求由此而来。思索的人往往是被动的人。他仿佛听到了责任的命令。走进一个能够讨论压迫，与之战斗的地方，难道不是实现他最深沉的愿望吗？他是可怕的社会样品，是六千年以来人类喘息之下国王乐趣的活标本；让他发言，他有权利拒绝吗？他有权利把天上降到他头上的火舌摆脱吗？

在他的良心隐秘而混乱的挣扎中，他在想些什么？是这样的："老百姓默默无言。我要做这沉默的伟大律师。我会为沉默者说话。我会对大人物谈谈小人物，对强者谈谈弱者。这正是我的命运遵循的目的。上帝想做他愿做的事，而且他做了。因此，这只阿尔卡诺纳的葫芦带着格温普兰变成克朗查理爵士的秘密，令人惊奇的是，它在海上、在波涛里、在激浪里、在狂风里漂流了十五年，所有的愤怒都没有损害到它。我看到是什么原因。其中有神秘的命运；我呀，我掌握我命运的钥匙，我打开了我的谜。我是命中注定的！我有一个使命。我将是穷人的爵士。我要为所有的绝望沉默者说话。我要表达他们的怒吼、呼喊、细语、难以理解的声音和所有这些做牛马的人的喊声，由于愚昧和痛苦，有人让他们发出这样的喊声。他们的声音就像风声一样模糊不清；他们在高喊。可是别人不理解，因此喊声等于沉默，沉默解除了武装。被迫解除武装要求救助。我呀，我要去救助。我呀，我要去揭露。我是人民的喉舌。由于我，别人理解了。我会是口衔被拽掉的血淋淋的嘴巴。我会说出一切。这会很了不起。"

是的，替沉默者说话是美好的；但对聋子说话是悲哀的。这是他的冒险经历的第二部分。

唉！他失败了。

他无可救药地失败。

他所信赖的上升、富贵、表象，在他身下崩溃了。

一落千丈！倒在笑声的波涛中。

他以为自己很坚强，多少年来一直在痛苦的无边扩散中谨小慎微地漂流，他从这片黑暗中带来悲苦的喊声。他来到这巨大的礁石——幸福者的轻浮——上搁浅。他以为自己是个复仇者，却是个小丑。他以为炸出沉雷，却是在搔痒。他非但没有激怒别人，得到的却是嘲笑。他在呜咽，别人却转入欢天喜地。他在这种欢乐下沉没了。令人沮丧的沉没。

他们笑什么？笑他的笑容。

因此，他永远保留伤痕的这无情的暴行，这变成永恒的笑的破相，这咧嘴的烙印作为人民在压迫者下面假设满意的意象，这通过酷刑造成的快乐面具，他戴在脸上这嘲弄的深渊，这意味着"国王命令"的伤疤，国王对他犯下的罪行证明作为王国对全体人民犯下

罪行的象征，正是这一切战胜了他，正是这一切压抑着他，这是对
刽子手的控诉，刽子手却转过来判决受害者！这是不可思议的拒绝
审判。王权惩罚了他的父亲以后，又惩罚了他。过去所犯的罪恶，
用作还要作恶的借口和原因。爵士们对谁愤怒？对酷刑愤怒吗？不。
对受刑者愤怒。王座在这里，而人民在那里；这里是詹姆士二世，
那里是格温普兰。因此，这种对质阐明了一种侵犯和一种罪行。什
么是侵犯？控诉。什么是罪行？忍受痛苦。要让苦难隐藏起来，保
持沉默，否则就是大逆不道。这些人以嘲笑恶毒侮辱格温普兰的人
是人吗？不是，不过他们也有自己的命运；他们是幸运的。他们是
刽子手而不自知。他们心境好得很。他们感到格温普兰没有用。他
剖开自己的肚子，挖出自己的心肝，露出五脏六腑，爵士们向他高
喊："上演你的好戏吧！"令人难受的是，他自己也笑了。可怕的链
条锁住他的心灵，妨碍他的思想呈现在他的脸上，正当他的良心愤
怒时，他的脸却背道而驰，嬉笑起来。这就完了。他是笑面人，头
上顶着哭泣世界的像柱。他背负灾难世界，永远被围困在别人的欢
乐、讽刺和娱乐之中，他是化为欢乐的不安；他是所有受压迫者的
化身，和他们一起分享这可诅咒的命运，而其悲痛得不到重视；他
们拿他的不幸取乐；他是一个难以形容的极端小丑，从不幸的可怕
浓缩中出来，逃离他的苦役监，被看作天神，从贱民的义愤上升到
王座脚下，混在星座中间，在给罪民们开心之后，给选民开心！他
身上的慷慨、热情、雄辩、心思、心灵、愤怒、爱情、难以表达的
痛苦，达到这样：哈哈大笑！就像他对爵士们所说的那样，他看到
这绝不是一个例外，这是正常的、一般的、普遍的事实，和生活常

规结合得非常紧密的极端广大的事实，人们不再注意到。饿得要死的人在笑，乞丐在笑，苦役犯在笑，妓女在笑，孤儿为了谋生在笑，奴隶在笑，士兵在笑，老百姓在笑；人类社会是这样形成的，所有的沉沦、所有的贫困、所有的灾祸、所有的热病、所有的脓疮、所有的极度苦恼，在深渊上面都化成了一个欢乐的可怕怪脸。这个完整的怪脸，他就是这样的。它就是他。上天的法律，这掌控一切的陌生力量，企图让一个看得见和触摸得到的幽灵，一个有血有肉的幽灵，概括成我们称之为世界的鬼怪般的滑稽模仿；他就是这幽灵。

这是无法挽救的命运。

他曾经高喊："对受苦人行行好吧！"可是徒劳。

他曾想唤醒怜悯；他唤醒了恐惧。这是幽灵显现的法则。

与幽灵同时，他是人。这就是他令人揪心的复杂之处。外在是幽灵，内在是人。也许比任何人更是人，因为他双重的命运概括了全人类。在他内心有人性的同时，他感到人性离开了他。

在他的生命中有不可逾越的东西。他是什么？一个被剥夺继承权的人？不是，因为他是一个爵士。他是什么？一个爵士？不是，因为他是一个反叛者。他是带来光明的人[1]，可怕的令人扫兴的人。当然他不是撒旦，而是卢客斐耳。他手里拿着一支火把，不祥地到达。

对谁来说不祥？对不祥的人。对谁来说是可怕的？对可怕的人。

---

[1] 即卢客斐耳，在拉丁民族中是维纳斯的名字，灿烂的星，或者叫晨星，和儿童贩子的船名相同。在基督徒中，这是撒旦的名字，在反抗上帝的斗争中变成黑暗之王。普罗米修斯在神话中也是"带来火"之神。

因此他们抛弃他。进入他们之中？被他们接受？决不。他脸上的障碍是吓人的，但他在头脑里的障碍更难克服。他的话比他的脸更加畸形。他在这个大人物和有权势者的世界中，不可能有相同的想法，命运使他出生在他们中间，而另一种命运使他从中出来。在人们和他的脸之间，有一副面具，在社会和他的思想之间，有一堵墙。他从童年起，作为流浪的卖艺人，混在所谓群众的、有生命力的、健壮的广大阶层中，浸润在人类广阔的心灵里，他在整个世界的常理中失去了王权阶层的特殊意识。他不可能待在上层。他终于在真理之井 [1] 的水中浸得湿漉漉。他有深渊的恶臭。他讨厌那些用谎言来喷香自身的王爷们。渴望奉承的人意外地喝下真理，也要再吐出来。他，格温普兰，带来的是拿不出手的东西；这是什么？理性、智慧、正义。他们厌恶地拒绝了他。

那儿有主教。他把上帝带给他们。这个入侵者是什么？

两极互相排斥。没有混合的可能。缺乏过渡。没有其他结果，只听到一声愤怒的呼喊，这可怕的对立：一边是所有的贫困集中在一个人身上，另一边是所有的骄傲集中在一个等级上。

指责是没有用的。证实就足够了。格温普兰在他命运的边沿进行思考时，看到他的努力毫无作用。他看到上层闭目塞听。享受特权者不去听被剥夺继承者。这是享受特权者的错误吗？不是。唉，这是他们的法则！原谅他们吧。感动就会是让位。对贵族老爷们和王爷们，不应该有任何等待。心满意足的人是无情的。对饱食者来

---

1 俗话说，真理藏在水中，因为它很难发现。

说，饥饿者根本不存在。幸福者无知，孤立自身。在他们的天堂门口正如在地狱门口，必须高喊："把一切希望都留在门外。"[1]

格温普兰刚刚受到一个幽灵进入天神之中的接待。

这时，他心中所有的一切愤然而起。不，他不是幽灵，他是一个人。他对他们这样说过，他对他们这样叫喊过，他是人。

他不是一个幽灵。他是会颤动的肉体。他有脑子，他会思想；他有一颗心，他在恋爱；他有一个心灵，他在期望。期望太多，这甚至就是他的全部错误。

唉！他夸大了期望，直至相信社会存在于这光辉而又幽暗的东西中。他本来待在外面，但他已走了进去。

社会一下子同时给了他三样东西，给了他三份赠予：婚姻、家庭、阶级。婚姻吗？他在门口看到了卖淫。家庭吗？他的兄弟打了他耳光，第二天手握宝剑等着他。阶级吗？它刚刚当着他这个贵族、这个可怜虫的面哈哈大笑。他几乎还没有被接受，就被抛弃了。他在这个黑洞洞的社会里的前三步，在他脚下打开了三个深渊。

他的灾难正是从这骗人的改变中开始的。这灾难带着尊他为神的面孔接近他！上升意味着下降！

他和约伯恰恰相反。正是通过幸运，反面来到了。

人生悲惨的谜啊！多么可怕的陷阱！孩子时，他曾和黑夜做斗争，他比黑夜更强大。成人后，他曾和命运做斗争，他把命运打倒在地。他破了相，却让自己熠熠生辉，他是不幸者，却成为幸运

1　这是但丁描写的、写在地狱门口的题词。

者。他把流浪变成一个避难地。他是流浪汉，却同空间做斗争，作为天空中的鸟儿，他找到了面包屑。他粗野而孤单，却同人群做斗争，为自己找到一个女友。他是大力士，同人民这头狮子搏斗，驯服了狮子。他很贫穷，同不幸做斗争，面对艰难的生存需要，由于他把心灵的所有快乐和不幸结合起来，他把贫穷变成了财富。他可能相信自己是生活的战胜者。突然，从未知领域的深处，新的力量来攻击他，不再是用威胁，而是用抚慰和微笑；他充满了天使之爱，肉欲的严峻的爱却出现了；他生活在理想的爱中，可是肉欲却抓住了他；他听到过好像发狂的喊声的肉欲话语；他感到女人的手臂犹如蛇的缠绕一样勒紧；真实的光辉被虚假的迷惑代替；因为不是肉体真实，而心灵才是真实的。肉体是灰，心灵才是火焰。被贫困和劳动亲近，也就是真正的自然家庭所联结的这一群人，被社会的家庭代替；这是血统的家庭，不过是混血的，甚至在进入这家庭之前，他已经面对具备雏形的骨肉相残。唉！他任由自己被接纳进这个社会，他没有看过其作品的布朗托姆[1]说过："儿子可以正当地要求和父亲决斗。"不祥的命运曾对他高喊："你不是属于群众的，你是属于精英的！"就像打开天空中的一扇活板翻门一样，打开了他头上的社会天花板，通过开口把他扔了出去，让出乎意料和莽撞的他出现在王爷和主子们中间。突然，在他周围，不是向他欢呼的群众，他看到的是诅咒他的贵族老爷。可悲的变化。可耻的地位升高。曾是他幸福的一切突然被抢掠！被嘘声掠去他的生活！格温普兰、克朗

1　布朗托姆（1540—1614），法国散文家，脱离政治活动以后，写作《名媛传》及《风雅女人传》，搜集淫荡的轶事。他还写过《论著名的决斗》。

查理、爵士、卖艺人、他先前的命运、他新的命运，都被这些老鹰的嘴啄食！

通过战胜障碍，马上开始生活，有什么用呢？先取得胜利有什么用呢？唉！必须加紧步伐，否则命运就不能完美无缺。

因此，在铁棒官之后，他就半推半就地和巴基尔费德罗打起交道来，在绑架中他是同意的，离开了现实，跑到幻想中；离开了真实，跑到虚假中；离开了蒂，跑到约瑟安娜那里；离开了爱情，跑到骄傲中；离开了自由，跑到强权中；离开了自豪的工作和贫穷，跑到充满不清不楚责任的豪富中；离开了上帝所在的阴暗，跑到魔鬼所在的光焰中；离开了天堂，跑到奥林匹斯山上！

他咬的是金苹果[1]，吐出满嘴的灰烬。

可悲的结局。失败，破产，落到毁灭，被嘲笑谴责的一切希望受到无耻的排斥，过度的幻灭。今后怎么办？他望着明天，会看到什么呢？一把出鞘的剑，剑尖顶住他的胸膛，把手在他兄弟的手里。他只看到这把剑丑恶的闪光。其余的，约瑟安娜，上议院，处在身后充满鬼影幢幢的半明半暗中。

这个兄弟，在他看来就像具有骑士精神和骁勇！唉！这个汤姆-吉姆-杰克保护过格温普兰，这个大卫爵士，保卫过克朗查理爵士，他勉强瞥见过这个人，他来不及爱这个人，就被打了一个耳光。

多么沮丧啊！

现在，走得更远是不可能了。四面八方都崩溃了。再说，何必

1　金苹果是原罪中的禁果。

呢？绝望之中感到筋疲力尽。

已经受过考验，不需要重新开始了。

格温普兰就像一个一张又一张打出了王牌的赌徒。他任凭自己被拖进可怕的赌场。他没有考虑自己在干什么，因为幻想的灵巧毒药就是这样的。他打出蒂去对抗约瑟安娜，他得到了一个怪物；他打出尔苏斯对抗一个家庭，他得到的是一场侮辱；他用他的小丑戏台去对抗一个爵士席位，他得到了喝彩，又得到了羞辱；他最后一张牌刚刚落在空无一人的保龄球草地致命的绿毯上，格温普兰输了。他只得付钱。可怜虫，付钱吧！

遭到雷击的人很少动弹。格温普兰一动不动。谁从远处看到黑暗中的他，在护墙边挺直站着，毫无动作，会以为看到一尊站立的石像。

地狱、蛇和梦幻是纠缠在一起的。格温普兰走下深沉思索阴森森的旋梯。

他刚刚看到的这个世界，他怀着临终那种冷冰冰的目光注视它。有婚姻而没有爱情；有家庭而没有兄弟友爱；有财富而没有良心；有美貌而没有廉耻；有法律而没有公道；有秩序而没有均衡；有权势而没有智慧；有权利而没有正直，有辉煌而没有光明的。这是无情的总结。他在自己的思想陷入其中的最高幻想里兜了一圈。他相继审察命运、环境、社会和他自己。命运是什么？是仇恨。环境是什么？是绝望。他自己是什么？被打败的人。他在自己的心灵深处喊道："社会是后娘，大自然是母亲；社会是肉体的世界，大自然是心灵的世界。前者直达棺材，墓坑里冷杉的匣子，去喂虫子，在那里完结。后者直达张开的翅膀，在曙光里改变形象，升到天穹，在那里重新开始。"

逐渐地，他的情绪达到顶点。这是不祥的盘旋。快要结束的生命会有最后的闪光，从中重新看到一切。

审判人需要对质。格温普兰注视着社会对他所做的事和大自然对他所做的事。大自然对他多么好啊！心灵尽力救过他！他的一切都被夺走了，包括他的脸；心灵把一切都还给他。一切，包括脸；因为人间有一个天仙似的盲女，专门为他而设，她看不到他的丑陋，却看到他是美的。

他让自己离开的竟是这个！是这个可爱的人，是这颗心，是这收养，是这种温柔，是这盲女神圣的目光，这是使他生活在世上唯一的东西，他却让自己远离！蒂，这是他的妹妹；因为他感到从她到他，有着蓝天伟大的兄妹情谊，这种包含了整个天空的神秘。他幼年时，蒂是他的童贞女；因为凡是孩子都有一个童贞女，生命总是开始时就有完全无邪的完美的心灵婚姻，这是两个天真无知的小孩缔结的婚姻。蒂是他的妻子，因为他们在婚姻之树最高的枝杈上拥有同一个巢。更有甚者，蒂是他的光明；没有她，一切便是虚无和空虚，他看到她的头发像光线。没有蒂会变成怎样？他一个人怎么办呢？没有她，他身上什么也活不了。他怎么能有一刻看不到她呢？不幸的人啊！在他的星座和他之间，他留下了空隙，在可怕的未知晓的引力中，空隙马上变成了深渊！这星星在哪里？蒂！蒂！蒂！唉！他失去了他的光明。去掉了这颗星星，天空是什么样子？一片漆黑。但是，为什么这一切都消失了呢？噢！他曾经多么幸福啊！上帝为他重造了伊甸园，——唉！造得太好了！——直至让蛇返回！可是这一回，受到诱惑的是男人。他被引诱到外面，那儿是可怕的陷阱，他落入狞笑这个地狱的混沌里！不幸啊！不幸啊！引诱他的东西是多么骇人听闻啊！这个约瑟安娜，是什么人？噢！可怕的女人，几乎是野兽，几乎是女神！格温普兰如今是在他上升的反面，他看到令他眼花缭乱的另一边。这是令人悲哀的。贵族阶级是丑陋的，王冠是丑陋的。这红袍是丧服，这些宫殿有毒气，这些战利品、这些塑像、这些纹章是可疑的，在那里呼吸到的是不健康的有碍于人的空气，使人发疯。噢！小丑格温普兰的破衣服光华灿烂！噢！"绿箱子"，贫穷，快乐，仿佛燕子一样一起流浪的甜蜜生活哪里去了？那时，他们从不分离，晚上，早晨，所有时间互相看到，在饭桌上手肘推着手肘，膝盖碰到膝盖，用同一只杯子喝酒，太阳光从窗户进来，他就是太阳，蒂就是爱情。夜晚，大家睡觉，感到离开不远，蒂的梦落在格温普兰身上，格温普兰的梦神秘地展开在蒂的上方！在醒来时，不敢肯定是否在梦的蓝色云彩里交换过吻。在蒂身上是纯洁无邪，在于尔苏斯身上是奇思妙想。大家从一个城市流浪到另一个城市；老百姓有吸引力的爽朗快乐，是他们旅途中的食粮和滋补剂。他们是流浪的天使，有丰富的人性，行走在人间，但完全没有翅膀，不能飞翔。如今，这些都失去了！这一切在什么地方？一切都抹去是可能的吗？吹过了什么坟墓的罡风？因此一切都隐而不见！完全消失了！唉！压在小人物身上的无声的伟力掌握着所有的黑暗势力，什么坏事都能做！有谁对他们使坏？他呀，他不在这里保护他们，阻止事情发生，像爵士一样，以他的姓

氏、地位和剑，像卖艺者一样用他的拳头和指甲保卫他们！这时，
凄苦的思考，也许是所有的思考中最凄苦的思考，突然而来。不，
他并不能保卫他们！正是他毁了他们。正是让他，克朗查理爵士摆
脱他们，正是让他的尊严摆脱他们的接触，卑劣的社会最高权力才
沉重地压在他们身上。对他来说，保护他们的最好方式，就是自己
消失，就再也没有什么理由迫害他们。没有了他，就会让他们平静
无事。他的想法使他的心凉了半截。啊！为什么他让自己同蒂分开
呢？他的首要责任不是保护蒂吗？为百姓服务，保护百姓？蒂就是
百姓！蒂是孤儿，是瞎子，是人类！噢！对他们做了些什么呀？悔
恨是多么残酷的煎熬啊！他不在场让灾难肆无忌惮。他本该分担他
们的命运。要么劫持并带走他们，要么他同他们一起被吞噬。眼下，
没有了他们，后果会变成怎样？格温普兰没有了蒂，活着难以为
继！少了蒂，就是少了一切！啊！完了。这亲爱的一群人，永远消
失在无可挽救的吞噬中。一切都竭尽了。再者，像格温普兰那样受
到判决，成为罪人，何必还要更长久地斗争下去呢？无论对人也罢，
对老天爷也罢，再没有什么可等待的了。蒂！蒂！蒂在哪儿？她完
了！什么，她完了！一个失去心灵所爱的人，只有到一个地方，就
是死神那儿才能把她找回来。

　　格温普兰迷乱而悲伤，坚定地把手放在护墙上，仿佛按在一个
解决的办法上，望着河流。

　　这是他第三夜没有睡着。他有寒热。他的思想，他认为是清楚
的，其实是混乱的。他感到迫切的睡眠需要。他这样有一会儿俯向
水面；黑暗向他呈现出平静的大床，这片无边的黑暗。这是不祥的

诱惑。

他脱掉衣服，折起来放在护墙上。然后他解开背心。他正要脱下来，他的手在口袋里碰到一样东西。这是上议院的图书管理员交给他的红册子。他从口袋里掏出这本小册子，在朦胧的夜色里察看它，看到里面有一支铅笔，便拿了起来，在打开的第一页白纸上写上这两句话：

"我要走了。但愿我的兄弟代替我，祝他幸福。"

他签上名：英国上院议员费尔曼·克朗查理。

然后他脱掉背心，放在外衣上面。他脱下帽子，放在背心上面。他把第一页写上字的红册子放在帽子里面。他看到地上有一块石头，捡了起来，放到帽子里。

做完以后，他望着头顶上方无边的黑暗。

然后他慢慢地低下头，仿佛被深渊看不见的线牵引着那样。

在护墙墙基的石头上有一个洞，他把一只脚踩在上面，让他的膝盖越过护墙的高处，只消一使劲就能跨越过去。

他背起手，俯下身。

"就这样。"他说。

他的目光盯住深深的河水。

这时，他感到一条舌头在舔他的手。

他一阵哆嗦，回过身来。

在他身后的是奥莫。

结局

海和夜

第一章
看门狗可以成为守护天使

格温普兰喊出一声：

"是你啊，狼！"

奥莫摇摇尾巴。它的眼睛在黑暗中闪亮。它望着格温普兰。

然后它又开始舔他的手。格温普兰有一会儿仿佛沉醉了。希望返回汹涌而来，他就有这种震撼。奥莫多么神奇的显现啊！四十八小时以来，他尝尽了可以称为各种各样的雷击；只剩下接受快乐的雷击；这一击刚刚落在他身上。重新有了自信，或者至少有了引到自信的光明，这是难以形容的宽容突然而来的干预；这种宽容兴许就在命运中，生活在说："我在这里！"在坟墓最黑暗之处，在不再指望什么的时刻，猝不及防显现了救治和解脱，有样东西犹如在崩溃最危急的时刻重新找到支撑点。奥莫就是这一切。格温普兰看见狼处在一片光辉之中。

但奥莫回转身去。它走了几步，朝后面看看，仿佛想知道格温普兰是不是跟着它。

格温普兰跟着它走。奥莫摇摇尾巴，继续走它的路。

狼所走的这条路，是埃弗罗克石壁码头的斜坡。这条斜坡通到泰晤士河的河岸。格温普兰由奥莫引导，走下这条斜坡。

奥莫不时回过头来，想弄清楚格温普兰是不是跟随在后。

在某些极端情景下，没有什么如同多情的畜生的普遍本能那样，具有什么都明白的智慧。动物是清醒的梦游者。

有时候，狗感到需要紧跟它的主人，而有的时候它感到需要走在主人前面。这时，狗便是掌握精神的领导。在我们头脑朦胧的时候，冷静的嗅觉能隐约分得清。让自己当向导，在动物看来，就像一种需要。它知道会走错一步，必须帮助人跨过这一步吗？也许不需要；也许需要；无论如何，有人替它知道；上文说过，在生活中，人们以为来自下边的珍重救助，却来自上天。人们不知道上帝可能拥有的一切形象。这头畜生是什么呢？天意。

狼来到河岸上，沿着泰晤士河的狭长半岛，朝下游走去。

它不发出任何声音，也不嗥叫，默默地走着。奥莫任何时候都循着本能，尽自己的职责，具有被放逐者深思的保留神态。

走了五十步以后，它停了下来。障碍栅出现在右边。在障碍栅的尽头，桩基上有一处像码头，可以看到幽暗的一团，那是一只相当大的船。在这条船的甲板上，接近船首，有一片几乎分辨不清的亮光，近似一盏快要熄灭的守夜灯。

狼最后一次确定格温普兰是在那里，然后跳到栅状突堤上，这是一条铺着涂了柏油的木板长走廊，由一个厚木板的栅栏支撑着，走廊下面流淌着河水。奥莫和格温普兰不一会儿到了尽头。

停在栅状突堤尽头的船是双重上甲板的那种荷兰大肚子船，一个上甲板在船头，另一个上甲板在后头，是日本式的。两个甲板之间是一个没有盖的很深的隔间，由一条陡直的梯子走下去，里面堆满了货舱的包裹。这就形成两个尖端，一个在船头，另一个在船尾，如同我们古老的内河小战船，当中是凹进去的。这空间装了货物能起压舱作用。孩子们做的纸船几乎就有这形状。甲板下面的船舱由舱门和这中央隔间相通，亮光由舷窗照亮。货物装舱时，在包裹中间留出通道。这些大肚子船的两根桅杆装在前后甲板上。船头的桅杆称为"保尔桅"，船尾的桅杆称为"皮埃尔桅"。船由它的两根桅杆引导，就像教会由它的两位使徒引导那样。天桥形成一条中国桥一样的旱桥，在中间的隔间上方，从一条甲板通到另一条甲板。在坏天气时，天桥的两道护栏一左一右用器械降低，在隔间上方形成一个屋顶，使得船在波涛汹涌的大海上严密地封闭。这些船非常厚实，有一根大梁作为船舵，舵的力量应该和船身的沉重相适应。三个人，船老大和两个水手，再加上一个孩子，就是见习水手，足以操纵这沉重的海上机械。大肚子船的前后甲板，上文说过，没有舷墙。这条大肚子船，全黑的船身肚子很宽，可以在船身看到白色的字，尽管是在夜里：伏格拉号，鹿特丹。

这时节，海上发生不同的事件，最近，在卡尔纳罗海岬，波英蒂男爵的八艘船失事；在迫使法国的整个舰队折回直布罗陀后，这八艘船曾经扫荡了英吉利海峡，在伦敦和鹿特丹之间的航路上清除了所有战舰，使得商船不用护航，自由来往。

格温普兰走近了这艘写着"伏格拉号"的船，它的后甲板船舷触到码头，几乎和码头齐平。这仿佛在往下走；奥莫只一跳，格温普兰跨了一步，都来到船上。两者都待在后甲板上。甲板上没有人，什么动静也没有，如果有乘客的话，这是可能的，他们都在船上，因为船正准备出发，装货已经结束，空隔间装满了大包裹和箱子，表明这一点。但是他们无疑已经睡下，也许在甲板下的中舱睡熟了，夜里就要开航。在这样的情况下，乘客只会在第二天早晨醒来时才出现在甲板上。至于船员，兴许在等待出发临近时，在当时称为"水手舱"的里面喝汤。因此，船尾和船头被旱桥连接的两个点孤寂无人。

刚才狼在码头上几乎是奔跑；在船上，它开始慢悠悠地走路，仿佛小心谨慎起来。它重新摇起尾巴，并不是快乐，而是像不安的狗无力地悲哀地摇尾。它始终在格温普兰的前面，穿过后甲板，又穿过旱桥。

格温普兰走上旱桥，看到前面有灯光。这是他在岸上就看到的亮光。一盏提灯放在前桅脚下的地上：这盏灯的反光在黑暗中勾画出四只车轮的影子。格温普兰认出是于尔苏斯以前的篷车。

这可怜的木屋既是大车又是木板屋，他的童年就在里面度过，如今停在桅杆脚下，由粗绳拴住，可以看到车轮中有绳子的结。它那么长时间不再使用，绝对老朽了；什么也不像闲着那样使人和东西变得老旧；它可怜巴巴地歪斜着。废弃不用，使它完全瘫痪了，加之，它有不可治愈的疾病：年老。它歪七歪八和腐蚀的侧影，带着摧毁的姿态伤筋动骨了。它构成的全部材料，呈现出损坏的模样，铁器生锈，皮子洞穿，木头蛀烂。裂缝把玻璃划成一道道，灯光从中穿过。车轮像膝外翻。车厢、地板和车轴仿佛筋疲力尽，整体有着难以形容的不堪重负和乞哀告怜的样子。车辕的两个竖起的尖端，像两条臂膀伸向天空。整个木屋都脱臼了。可以分辨出奥莫的锁链垂挂在下面。

重新找回他的生活、他的幸福、他的爱情，失魂落魄地奔赴过去，扑到上面，仿佛这是规律，大自然也愿意这样。是的，除了要忍受深刻的震动。全身心受到震荡，迷失方向，摆脱了一系列如同背叛一样的灾难，就会变得谨慎，甚至在快乐之中，担心把他的厄运带给他所爱的人，感到自身受到不祥的传染，小心翼翼地走进幸福。天堂重新打开门；在进去之前，先要观察一番。

格温普兰在激动中跟跟跄跄，一面在打量。

狼默默地走到它的锁链旁边躺下。

第二章
巴基尔费德罗瞄准了老鹰却打中鸽子

　　篷车的踏板放了下来；门半开半掩；里面没有人；从前面玻璃窗射进来的些许光线，朦胧地勾勒出木板屋的内部，阴惨惨地半明半暗。于尔苏斯颂扬爵士们的崇高题词，在衰朽的木板上明晰可见，这木板在外面是墙，在里面是护墙板。格温普兰在门附近的一颗钉子上，看到挂着他的外衣和上衣，好像陈尸所里死人的衣服。

　　他呢，这时既没有背心，也没有上衣。

　　篷车遮住了桅杆脚下摊在甲板上的一样东西，被提灯照亮了。这是垫子的一角。垫子上有一个人可能躺在上面。可以看到身影在蠕动。

　　有人说话。格温普兰被篷车在前面遮住，他在倾听。

　　这是于尔苏斯的声音。

　　这声音从表面听来很生硬，内里却很温柔，从童年起那样粗暴地对待格温普兰，又那样好好引导他，眼下再也没有明智而生动的颤音。它是模糊的，低沉的，在每个句子末了消失在叹息中。它只朦胧地和于尔苏斯从前普通而坚定的声音相似。它仿佛是幸福已然逝去的话语声。声音也能变成幽灵。

于尔苏斯不如说在独语，而不是在对话。再说，读者知道，自言自语是他的习惯。他因此而被看作有怪癖。

格温普兰屏住气息，不漏过于尔苏斯所说的每句话。这是他所听到的：

"这种船很危险。没有船舷。如果滚落到海里，没有什么能阻止得了。如果天气恶劣，就必须下到甲板下面，这是很可怕的。一个不慎，一个惊吓，动脉瘤就会破裂。我见过这种例子。啊！天哪！我们会有什么结果呢？她睡着了吗？是的。她睡着了。我相信她睡着了。她失去知觉了吗？没有。她的脉搏相当有力。她准定睡着了。睡眠是拖延时间。这是看不见东西的好处。怎样才能不让人在这儿荡来荡去呢？先生们，如果甲板上有个人，我请你不要发出声音。不要走近，如果这对你无所谓的话。你知道，身体脆弱的人，必须要照顾一下。她在发烧，你看。她很年轻。这是一个小姑娘在发烧。我把这床垫放在外边，让她呼吸到一点新鲜空气。我这样解释，是为了引起注意。她累得倒在床垫上，仿佛失去了知觉。不过她睡着了。我宁愿不要叫醒她。我是在对女人说话，如果这儿有女士的话。一个年轻姑娘，应该怜悯她。我们只不过是可怜的卖艺人，我请求你们发点善心，如果让大家不出声，需要付点钱的话，我会付钱。女士们，先生们，我谢谢你们。那边有人吗？没有。我相信没有人。我是白白说话。这样更好，先生们，如果你们在这里，我感谢你们，如果你们不在这里，我也感谢你们。——她的额角全是冷汗。——

好吧，让我们回到苦役监吧。——贫困返回了。我们又顺水漂流啦。一只手，我们看不见的可怕的手，但我们总是感到在我们身上的手，突然把我们又推到命运黑暗的一边去了。是的；我们有勇气。只不过，她不该生病。我独自这样大声说话模样真蠢，可是如果她突然醒来，应该让她感到有人在她身边。但愿不要有人突然把她弄醒！老天爷在上，不要发出声音！一下震动使她惊醒，绝不是好事。有人从这边走过，令人讨厌。我相信船上的人都睡着了。谢谢上天做出让步。喂，奥莫呢，它在哪儿？在一片乱糟糟中，我忘了拴住它。我再不知道自己在做什么，我已有一个多小时没有看到它，它兴许到外面寻找它的晚饭了。但愿它不要遇到不幸！奥莫！奥莫！"

奥莫用尾巴轻轻碰了一下上甲板。

"你在那里！啊！上帝保佑！奥莫要是丢掉了，那就太糟了。她动了一下胳膊。她也许会醒过来。别出声，奥莫。退潮了。一会儿就起航。我想，今夜天气会好。没有刮北风。旗帜垂挂在桅杆上，我们会顺利航行。我不知道月亮的位置。云彩几乎不移动。她的脸苍白。这是虚弱。不，她的脸红彤彤的。这是发烧。不，她的脸玫瑰红。她身体很好。我看不清楚了。可怜的奥莫，我看不清楚了。因此，必须重新开始生活。我们要重新开始工作。你看，只有我们两个。我们，你和我，我们要为她工作。她是我们的孩子。啊！船在动了。出发了。再见，伦敦！晚安，晚安，见鬼去吧！啊！可怕的伦敦！"

船确实是出发前无声地震动一下。在码头和船尾之间出现空当。在船的另一端——船头，可以看见站着一个人，无疑是船老大，他刚从船舱里出来，解开船缆，操纵着舵。这个人只注意航道，他将荷兰人和水手的双重冷静结合在一起，十分得体，除了水和风，什么也不听，也不看，在舵柄尖端下面弯曲身子，没入黑暗中，在后甲板上慢慢地走，从右舷走到左舷，活像幽灵，肩上扛着一根梁木。他一个人在甲板上。只要是在河上，就绝不需要其他水手。在几分钟里，船顺流而去，既不颠簸，也不摇摆，朝下游驶去。泰晤士河很少受到退潮的起伏影响，十分平静。潮水拖着船走，船迅速远离。船后，伦敦黑漆漆的背景在雾中缩小。

于尔苏斯继续说：

"不要紧，我会让她吃点毛地黄[1]。我担心她会极度兴奋。她手心里有汗。我们对上帝做过什么孽啊？整场不幸来得多么快！灾祸来得迅雷不及掩耳。一块石头落下，它有爪子，像老鹰抓云雀似的。这是命运。我可爱的孩子，你就躺下了！我们来到伦敦时说：这是个大城市，有漂亮的建筑。索斯瓦克是个美丽的郊区。我们在那里安顿下来。现在，这成了可诅咒的地方。你叫我们怎么办？离开伦敦我很高兴。今天是四月三十日。我总是不相信四月；四月有两天是幸福的日子，就是五日和二十七日，还有四天不幸的日子，就是十日、二十日、二十九日和三十日。这是卡尔丹的推算所确定的。我期望这一天过去。离开使人轻松。天亮时我们会到格拉费桑，明天晚上会到鹿特丹。当然，我会重新开始以前在篷车的生活，我们拖着她走，对不，奥莫？"

---

1 毛地黄形状像手指，主要功效能减低心跳频率。

一下轻轻的敲击表明狼的同意。

于尔苏斯继续说：

"如果离开痛苦就像离开一座城市那样就好了！奥莫，我们还会幸福的。唉！总归有一个人不在了。阴影始终笼罩在活着的人身上。你知道我想说谁，奥莫。我们曾是四个，我们只剩下三个。生活不过是长久失去我们所爱的人。留在自己身后的是一长串痛苦。命运以诉说不可忍受的痛苦使我们目瞪口呆。然后我们惊奇，老年人喜欢唠叨。绝望使人变笨了。我的好奥莫，从后面刮来的风会持续。再也看不到圣保罗大教堂的圆顶了。我们待会儿会经过格林威治[1]。我们要走整整六英里地[2]。啊！我永远背对这些充满教士、法官和贱民的可恶都城。我宁愿看到树叶在林中颤动。——额角上始终有汗！我不喜欢她前臂上紫色的粗脉管。这是体内在发烧。啊！这一切都要我的命。我的孩子，睡吧。是啊，她睡着了。"

说到这里，有一个声音响起来，难以形容的声音，仿佛来自远处，同时来自高处和深处，又圣洁又悲惨，这是蒂的声音。

格温普兰至此所感受到的不算什么。他的天使说话了。他似乎听到从生命以外的世界，从天国那边的昏厥中说出的话语声。

这声音在说：

"他走掉做得对。这个世界不是他所需要的。只不过我必须跟他一起走。父亲，我没有生病，我听到你刚才在说话，我很好，我身体健康，我睡着了。父亲，我会很幸福。"

1　格林威治靠近伦敦，在泰晤士河右岸。
2　1 英里等于 1609 米，因此约近 10 公里。

"我的孩子，"于尔苏斯带着忧郁的声调问，"你这话是什么意思？"

回答是：

"父亲，您不要难过。"

停了一下，仿佛歇一口气，然后这几句话慢慢地说出来，传到格温普兰那里：

"格温普兰不在了，我现在才是瞎子。我不认识黑夜。黑夜，就是不在。"

声音又一次停下来，然后继续：

"我总是害怕他飞走；我感到他是属于天上的。他突然飞走了。应该这样结局。一个心灵，就像一只鸟儿那样飞走。但是心灵的巢是在一个深处，那里有巨大的磁石吸引一切，我知道到哪里去找到格温普兰。我不会对走什么路犯难，得了。父亲，是在那边。稍后您会和我们相聚。奥莫也是这样。"

奥莫听到叫它的名字，轻轻拍打甲板。

"父亲，"声音又说，"您明白，自从格温普兰不在了，事情就完结了。即使我愿意留下，我也办不到，因为人不得不呼吸。不应该要求办不到的事。我和格温普兰在一起，这很普通，我那时生活着。如今，格温普兰不在了，我要死了。这是同一回事。要么他必须回来，要么我走掉。死是好事。这一点不难。父亲，在这儿熄灭的在别处会重新点燃。在我们所处的土地上生活，心要揪紧了。人不可能始终不幸。于是到了您称为星星那儿，我们就结婚，永远再也不离开，我们相爱，我们相爱，我们相爱，这就是上帝的所愿啊。"

"你别生气。"于尔苏斯说。

声音继续说：

"比方说去年，去年春天，我们在一起，我们很幸福，如今不同了。我记不起我们是在哪个小城市里，那里有树，我听到莺在唱歌。我们来到了伦敦，情况就变了。我不是在责备。我们来到一个地方，无法知道会怎样。父亲，您记得吗？一天夜晚，在雅座里有一个女人。您说：'这是一个公爵小姐！'我很忧虑。我认为最好待在小城市里。然后，格温普兰做得对。现在轮到我了。正是您对我说，那时我很小，我的母亲死了，夜里我躺在雪地上，雪落在我身上。他呢，也很小，也是孤零零的，他把我捡起来，正是这样我活下来，您不会不惊讶，今天我绝对需要走掉，我想到坟墓去看看格温普兰是不是在那里。因为生活中能够存在的唯一东西是心，在生命之后是灵魂。您理解我所说的话，是不是，父亲？有什么东西在动啊？我觉得我们是在一个活动的房子里。可是我听不到车轮的声音。"

停了一下，声音又说：

"我分不太清昨天和今天。我不抱怨。我不知道发生的事，但应该出过事。"

这些话以难以抚慰的深深的温馨说出来，格温普兰听到一下叹息，这样结束：

"我必须走了，除非他回来。"

于尔苏斯阴沉而小声地咕噜着：

"我不相信有幽灵。"

他又说：

"这是一只船。你问为什么房子会动，这是因为我们是在船上。安静下来吧。不应该说话太多。我的女儿，如果你对我有一点爱心，就不要激动，不要让自己发烧。像我这样年老体衰，我撑不住你得病。对我行行好，不要生病。"

声音重新开始说：

"在人间寻找何必呢？既然只能到天上去找。"

于尔苏斯几乎试图用权威的语气反驳：

"安静下来吧。有时候你完全不聪明。我吩咐你躺着休息。再说，你要知道血管凹陷是怎么回事。如果你平静了，我也就平静了。我的孩子，你也为我做点事吧。他捡了你，但我收留了你。你让自己生病了。这是坏事。你必须平静下来睡觉。一切都会好的。我以我的名誉担保，向你发誓，一切都会好的。再说天气很好。仿佛今夜是有意安排的。我们明天就会到鹿特丹，这是荷兰的一个城市，在默兹河河口。"

"父亲，"那声音说，"您看，从小我们俩总是在一起，这不应该受到打扰，因为必须死了，甚至没有办法做不同的事。我毕竟很爱您，但是我感到，虽然我不和他在一起，我和您也不再完全在一起了。"

"得了，"于尔苏斯坚持说，"尽量再睡一会儿吧。"

那声音回答：

"我缺少的不是这个。"

于尔苏斯用颤抖的声音又说：

"我对你说，我们到荷兰的鹿特丹去，那是一个城市。"

"父亲,"那声音继续说,"我没有生病,如果这使您不安,您可以放心,我没有发烧,我有一点觉得热,如此而已。"

于尔苏斯嗫嚅着说:

"在默兹河河口。"

"父亲,我身体很好,但您看,我感到自己快死了。"

"不要再提这样的事了。"于尔苏斯说。

他加上一句:

"天啊!尤其不要让她受到打击。"

沉默了一会儿。

突然,于尔苏斯喊道:

"你做什么?为什么你起来了?求求你躺在那里!"

格温普兰浑身哆嗦,探出头来。

第三章
又找到了人间天堂

　　他看见了蒂。她刚刚直挺挺地坐起在垫子上。她穿一件仔细裹紧的白色长袍，只露出肩头和细腻的脖颈弯处。袖子遮住了她的手臂，裙裾的褶子盖住她的脚。可以看到她的手上，发烧的脉管网络好像蓝色的树枝那样肿胀。她瑟瑟发抖，宁可说摇晃不已，而不是踟蹰不前，宛如芦苇一样。提灯从下面照亮了她。她标致的面孔难以形容。散开的头发在飘拂。面颊上没流下一滴眼泪。眸子里有的是火焰和黑暗。她脸色苍白，有如神圣生活反映在人脸上的透明。她美妙而脆弱的身子仿佛掺杂和溶化在长袍的皱褶中。她同火焰的抖动一起在全身波动。与此同时，可以感到她开始变得就像幽灵一般。她的眼睛睁大了，闪闪放光。好像是从坟墓里出来，站在曙光中的一个灵魂。

　　格温普兰只看到于尔苏斯的背，后者惶惶然举起手臂。

　　"我的女儿！啊！天哪！极度兴奋抓住了她！极度兴奋！这正是我所担心的。不该受刺激，因为这会置她于死命，而她又需要来点刺激，阻止她发狂。要么死，要么发狂！是什么状况啊！天哪，怎么办？我的女儿，重新躺下！"

蒂在说话。她的声音几乎模糊不清，仿佛她和人世之间已经放上天上的一层厚壁了。

"父亲，您弄错了。我一点没有狂热。我听得很清楚您对我所说的话。您对我说有很多观众，他们在等待，今晚我必须演戏，我很想演戏，您看，我神志清醒，可是我不知道怎样做，因为我死了，因为格温普兰死了。我呀，我还是来了。我同意演戏。我在这里；但是格温普兰已不在了。"

"我的孩子，"于尔苏斯再说一遍，"得了，听我的话。躺到你的床上去吧。"

"他不在了！他不在了！天多么黑啊！"

"黑！"于尔苏斯喃喃地说，"这是第一次她说出这个词！"

格温普兰没有发出一点声响，滑行过去，登上木屋的踏板，走了进去，取下他的外套和上衣，穿上上衣和外套，又从篷车下来，始终藏在篷车、索具和桅杆的阻隔后面。

蒂继续喃喃自语，她翕动嘴唇，逐渐地这喃喃声变成了曲调。她带着狂热的断断续续和间歇，制作一种神秘的召唤，她多少次在《被征服的混沌》中对格温普兰这样说。她开始唱起来，这歌声仿佛蜜蜂的嗡嗡声一样朦胧和柔弱。

Noche，quita te de alli,
El alba acnta ...[1]

---

1 黑夜！走开！黎明响起号角声。——原注

她中断了：

"不，这不是真的，我没有死。我在说什么来着？唉！我活着。我活着，而他死了。我在人间，而他在天上。他走了，而我呢，我留下。我再也听不到他说话和走路。上帝在人间给过我们一点天堂，他收回去了。格温普兰！完了。我再也感觉不到他在我身边。永远不在了。他的声音！我再也听不到他的声音了。"

她唱道：

Es menester a cielos ir ...

... Dexa，quiero，

A tu negro

Caparazon！ [1]

她伸出手，仿佛寻找在无限中可以支撑的地方。

格温普兰突然出现在惊呆的于尔苏斯身边，跪在她面前。

"永远不在了！"蒂说，"永远不在了！我再也听不到他的声音了！"

她重又悠悠忽忽地唱起来：

离开你的

臭皮囊！

1　必须到天上……离开吧，我愿意这样，离开你的臭皮囊！——原注

这时候，她听到一个声音，亲爱的人的声音，声音在回答：

O ven！ama！

Eres alma，

Soy corazon.[1]

与此同时，蒂感到她的手下面是格温普兰的脑袋。她发出一声难以表达的喊叫："格温普兰！"

一柱星光显现在她苍白的脸上，她跌跌撞撞。

格温普兰把她接在怀里。

"他活着！"于尔苏斯嚷道。

蒂又叫了一声："格温普兰！"

她的脑袋弯下来抵住格温普兰的面颊。她低声说：

"你下来了！谢谢。"

她抬起额角，坐在格温普兰的膝上，被他紧抱在怀里，她把温柔的脸转向他，她既充满黑暗又充满光线的眼睛盯住格温普兰的眼睛，仿佛在注视他：

"是你啊！"她说。

格温普兰吻遍她的衣服。人有的话语同时是句子、喊声和呜咽。迷醉和痛苦融合在一起，杂乱地爆发出来。这毫无意义，却和盘托出。

---

1 噢！来哟！灵魂！你是灵魂，我是心。——原注

"是的，是我！是我，格温普兰！你是我的灵魂，你明白吗？你是我的孩子、我的妻子、我的星座，我的呼吸！你是我的永生！是我！我在这里，我把你抱在怀里。我活着。我是属于你的。啊！我想刚才我就要完了！再多一分钟！要是没有奥莫！我回头再告诉你。绝望真是多么靠近欢乐啊！蒂，我们活着！蒂，请原谅我！是的！永远属于你！你是对的，摸摸我的额头，你放心吧，是我。如果你知道就好了！什么也不能再让我们分开。我从地狱里出来，重新回到天上。你说我下来了，不，我升天了。我又重新同你在一起。永远，我对你说！在一起！我们在一起！这话是谁说的？我们又重逢了。一切灾祸结束了。在我们面前只有欢乐。我们会重新开始我们的幸福生活，我们会紧紧闭上那道门，厄运再也不能从中返回。我会把一切告诉你。你会惊讶的。船起航了。没有人能阻止船出发。我们在路途中，是自由的。我们要到荷兰，我们要结婚，我对谋生并不犯难，谁能阻挡这样呢？再也没有什么可害怕的了。我崇拜你。"

"不要这样快！"于尔苏斯咕噜着说。

蒂抖抖索索，带着抚摸天神似的颤抖，用手摸遍格温普兰的面孔。他听到她对自己说：

"上帝就是这模样。"

然后她摸他的衣服。

"外套，"她说，"上衣。什么也没有改变。一切像从前那样。"

于尔苏斯惊讶、乐开了花、笑着，老泪纵横，望着他们，对自己说出一番独白。

"我一点也不明白。我是一个荒谬的白痴。我看见他关进了牢里啊！我又哭又笑。这就是我所知道的。我是又蠢，又像恋爱似的。这是因为我是这样的。我爱他们两个。老傻瓜，得了吧！太激动了。太激动了。这是因为我担心。不，这是我所愿意的。格温普兰，要照顾好她。确实，让他们拥抱吧。这与我无关。我见到了这个场面。我所感到的真滑稽。我是他们幸福的寄生虫，我有自己那份幸福。我与此无关，但我觉得我在其中也有份。我的孩子们，我祝福你们。"

在于尔苏斯自言自语时，格温普兰大声说：

"蒂，你太漂亮了。我不知道这几天我的理智到哪儿去了。世上绝对只有你一个人。我又看见你了，我还不相信呢。在这条船上！请告诉我，究竟发生了什么事？他们把你们弄到这个地步！'绿箱子'在哪儿？他们抢劫了你们，把你们赶出去。真卑鄙。啊！我会替你们报仇。蒂！我来做这事。我是英国上院议员。"

于尔苏斯仿佛被一颗行星当胸撞上，后退一步，仔细注视格温普兰。

"他没有死，这很清楚，但是他疯了吗？"

他怀疑地支起耳朵。格温普兰又说：

"放心吧，蒂。我会向上院提出申诉。"

于尔苏斯还在审察他，用手指尖敲敲自己的额头中央。

然后，他打定主意：

"这对我无所谓，"他喃喃地说，"事情毕竟会好的。格温普兰，如果你愿意，就疯狂好了。这是人的权利。我呢，我很高兴。这一切是什么意思呢？"

　　船继续平稳地迅速滑行，夜色越来越浓重，来自大洋的浓雾渗入天顶，没有任何风将雾气吹走，难得有几颗大星星看得见，一颗接一颗变得暗淡，过了一会儿，一颗星也没有了，天空全黑，无边无际而温馨。河流扩展开来，左右两岸只是两条几乎和黑夜混合在一起的棕色细线。从这片黑暗中生出深沉的平静。格温普兰半坐着，搂住蒂。他们在说话，在嚷嚷，在呶呶不休，在喁喁低语。没头没脑的对话。欢乐啊，怎样描绘你呢？

　　"我的生命！"

　　"我的天空！"

　　"我的爱情！"

　　"我所有的幸福！"

　　"格温普兰！"

　　"蒂！我醉了。让我吻你的脚。"

　　"终究是你啊！"

　　"此刻，我有太多的话一起对你说出来。我不知道从何说起。"

　　"吻一下！"

　　"我的妻子啊！"

　　"格温普兰，不要对我说我漂亮。漂亮的是你。"

　　"我又找到了你：我把你按在心窝上。就这样。你是属于我的。我没有做梦。这确实是你。这可能吗？我重新获得了生命。你知道，发生了各种各样的事件。蒂！"

　　"格温普兰！"

"我爱你!"

于尔苏斯喃喃地说:

"我快乐得像老祖父。"

奥莫从篷车下面出来,从这个人走向那个人,小心翼翼,不要求受到注意,到处去舔,有时舔于尔苏斯的大鞋,有时舔格温普兰的上衣,有时舔蒂的长袍,有时舔垫子。这是它祝福的方式。

船越过了查塔姆和梅德威河口,接近了大海。周围黑暗宁静,驶向泰晤士河入口毫无困难;不需要任何操作,没有一个水手被召唤到甲板上。在船的另一端,船老大总是独自在掌舵。船尾只有这个人;船头,提灯照亮了这三个幸福的人,他们在突然变成幸福的不幸深处,刚刚意料不到地汇合。

第四章
不，在天上

　　突然，蒂挣脱格温普兰的搂抱，站了起来。她双手捂住心窝，仿佛不让心跳出来似的。

　　"我这是怎么啦？"她说，"我有种感觉。欢乐，这使人喘不过气来。这没有什么。这很好。格温普兰啊，你重新出现，给了我一击。幸福的一击。整个天空进入你的心里，这是一种陶醉。你不在时，我感到要咽气。正在离开的真正的生命，你还给了我。我心中仿佛有过一种撕裂，黑暗的撕裂，我感到了生命在往上涌，这热烈的生命、狂热而欢乐的生命。你刚给我的生命这样不同寻常。它是这样卓绝，令人感到有点儿难受。这好似心灵在扩张，很难留在我的身体里。这六翼天神的生命，这种饱满，一直涌到了我的头中，贯穿我的身体。我的胸膛里仿佛有翅膀在扇动。我感到很奇特，但是很幸福。格温普兰，你使我复活了。"

　　她脸色红一阵白一阵，又红一阵，她摔倒下来。

　　"哎呀！"于尔苏斯说，"你把她害死了。"

格温普兰向蒂伸出手臂。极度的不安突然在极度的迷醉中来到，像五雷轰顶！要不是他抱住她的话，他自己也要倒下了。

"蒂!"他一面颤抖一面喊着，"你怎么啦?"

"没有什么，"她说，"我爱你。"

她躺在格温普兰的怀里，仿佛捡起来的一块白布一样。她的双手垂挂下来。

格温普兰和于尔苏斯将蒂平放在垫子上。她有气无力地说：

"我躺着喘不过气来。"

他们俩把她扶起来。

于尔苏斯说：

"拿只枕头来!"

她回答：

"为什么? 我有格温普兰。"

她把头靠在格温普兰的肩上；他坐在她身后，扶住她，眼睛充满不幸的迷惘。

"啊!"她说，"我多么舒服啊!"

于尔苏斯抓住她的手腕，数脉搏的跳动。他没有摇头，一言不发，从他眼皮的快速眨动，痉挛地一张一闭，无法猜出他在想什么，这仿佛在阻止眼泪簌簌地流下来。

"她怎么啦?"格温普兰问。

于尔苏斯把他的耳朵靠在蒂的左胸上。

格温普兰热切地又问了一遍，对于尔苏斯不回答他感到发抖。

于尔苏斯望着格温普兰，然后又望着蒂。他脸色刷白，说道：

"我们应该在坎特伯雷附近。从这里到格雷弗桑距离不是很远。今夜天气很好，不用担心来自海上的攻击，因为敌人舰队在西班牙海岸。我们航行会顺利的。"

蒂弯着身子，脸色越来越苍白，在她痉挛的手指中捏紧她的袍子。她叹息一下，难以表达地心事重重，嗫嚅着说：

"我明白是怎么回事。我要死了。"

格温普兰刿目鉥心般站了起来。于尔苏斯扶住蒂。

"死！你要死！不，不会的。你不能死。现在就死！马上就死！不可能。上帝并不凶狠。把你还回来，同一时刻又把你抓走啊！不。这种事不会发生。那么上帝是要让人怀疑他。那么，一切，大地，天空，孩子的摇篮，母亲的哺育，人心，爱情，星星，都会是陷阱！那么上帝就会是背信弃义，人就会受骗上当！那么就什么也不存在！那么就必须侮辱造物！那么一切就是个陷阱！蒂，你不知道自己在说什么！你会活下去。我要你活着。你应该服从我，我是你的丈夫和你的主人。我不许你离开我。天啊！可怜的人啊！不，不能这样。在你死后我仍然活在世上啊！那是多么可怕，就会再也没有太阳了。蒂！蒂！振作起来吧！这忧虑的一刻就会过去。有时会有颤抖，然后就不再想它。我绝对需要你身体好，你不再难受。你要死！我对你做了什么事呢？一想到这一点，我就失去理智了。我们彼此相属，我们彼此相爱。你没有理由走掉。这不公平。我犯了罪吗？再说你已经原谅了我。噢！你不想让我变成一个绝望的人、一个恶人、一个疯狂的人、一个罪人吧！蒂！我求你，我哀求你，我合十双手请求你，不要死。"

他的手在头发里乱抓，怕得要命，哭得透不过气来，他跪倒在她脚下。

"我的格温普兰,"蒂说,"这不是我的错。"

这时她的嘴唇冒出一点红色的泡沫,于尔苏斯用袍子的一角擦去,不让跪着的格温普兰看到。格温普兰捧住蒂的双脚,用各种各样模糊不清的字句哀求她。

"我对你说我不愿意。你要死!我没有力量阻止。是的,要死就一起死。不能别的样子。蒂,你要死!无论如何我不同意。我的女神!我的爱!要明白我在这里。我对你发誓你要活着。死!可是你没有设想过在你死后我会变成怎样。如果你想到过我不能失去你,你就会看到这实在是不可能的。蒂!你看,我只有你。在我身上发生的事是不同寻常的。你想象不出我刚在几小时里穿越了整个一生。我认出了一件事,就是什么也不变,你呀,你活着。如果你不在了,这世界就没有什么意义。留下来。可怜一下我吧,既然你爱我,就活着。我刚刚又找到你,那是为了要保住你。你等一下。我们刚刚重逢不久,不能这样一走了之。不要急不可耐。啊!我的天,我多么痛苦啊!你不怨我,是不是?你明白,我不能不这样做,因为是铁棒官来找我的。你会看到待会儿你就能呼吸得畅快一些。蒂,一切刚刚安排好。我们就会幸福的。不要让我陷入绝望。蒂!我没有什么对不起你!"

这番话不是说出来的,而是哽咽出来的。可以感到沮丧和逆反组合的情绪。从格温普兰的胸膛里发出能吸引鸽子的呻吟和能吓退狮子的呼叫。

蒂用越来越模糊的声音回答他,几乎一字一顿:

"唉！没有用。亲爱的，我看出来你尽了你力所能及的办法。一小时前我想死，现在我不再想死。格温普兰，我所爱的格温普兰，我们曾经多么幸福啊！上帝把你放在我的生活中，又把你的生活从我那里拉走。如今我要走了。你会记得'绿箱子'，是不是？记得你可怜的瞎眼的小蒂吧？你会记得我的歌曲。别忘了我的声音和我对你说话的方式：我爱你！晚上，当你睡着时，我会回来对你这样说。我们又重逢了，快乐得过了头。这应该马上结束。准定是我先走。我很爱我的父亲于尔苏斯和我们的兄弟奥莫。你们是好人。这里缺乏空气。打开窗子吧。我的格温普兰，我没有告诉过你，有一次来了一个女人，我产生嫉妒了。你甚至不知道我想说谁。不是吗？请盖好我的手臂。我有点冷。费贝呢？维纳斯呢？她们在哪儿？一个人最后会爱所有的人。你会和见过你幸福的人友好相处。你会感谢他们在你幸福的时候也在那里。为什么这一切过去了呢？我不明白这两天来发生的事。现在，我要死了。你们会让我穿着袍子。有时穿上袍子，我想这会是我的裹尸布。我想保留它。那上面有格温普兰的亲吻。噢！我多么想再活下去。在我们可怜的旅行篷车里，我们有过多少迷人的生活啊！我们唱歌。我听到鼓掌！永远不分开，这多么好啊！我觉得我同你们在云彩里，我什么都意识到，我能分清这一天和另外一天，虽然我是瞎子，我认得出这是早晨，因为我听见格温普兰的声音，我认得出这是黑夜，因为我梦到格温普兰。我感到自己周围有一样包裹我的东西，那是他的灵魂。我们温柔地彼此相爱。这一切快要过去了，不再有歌唱了。唉！再生活下去不可能了！亲爱的，你要想到我。"

她的声音越来越软弱无力。临终时生命悲惨的萎缩使她失去气息。她把大拇指缩在其他手指下面，这是最后一刻临近的标志。天使期期艾艾的话语开始变得好像显现在这个处女轻轻地喘气中。

她低声说：

"你们会想念我的，是不是，因为，如果不想念我，我死时会很悲惨的。我有时有点凶。我请求你们原谅。我深信，如果上帝愿意，由于我们占不了多少位置，格温普兰，我们还会幸福的，因为我们会谋生，我们会一起到另一个地方去，但是如果上帝不愿意这样。我完全不知道为什么我会死。既然我不抱怨是瞎子，这不冒犯任何人。我宁愿只求总是当瞎子，待在你身边。噢！走掉是多么悲哀啊！"

她的话喘息着说出来，一句接一句消逝，仿佛有人对着吹气。几乎再也听不到她的话语声了。

"格温普兰，"她又说，"不是吗，你会想念我？我死了，需要你这样。"

她加上说：

"噢！你们留住我吧！"

然后，停了一下，她说：

"你要尽早来同我汇合。没有你，即使和上帝在一起，我也会非常不幸的。亲爱的格温普兰，不要让我长时间单独一个人！这里是天堂，上面只不过是天空。啊！我憋不过气来！亲爱的，亲爱的，亲爱的！"

"可怜她吧！"格温普兰喊道。

"永别了！"她说。

"可怜她吧！"格温普兰又说。

他把嘴贴在蒂冰凉的美丽的手上。

有一会儿她仿佛不再呼吸。

随后她撑起手肘，一道深沉的闪光掠过她的眼睛，她有一个难以名状的笑容。她爆发出充满生气的声音。

"光！"她喊道，"我看见了。"

她断了气。

她直挺挺地，一动不动地又躺到垫子上。

"她死了。"于尔苏斯说。

可怜的老人似乎在绝望下压垮了，秃顶的脑袋匍匐下来，他把抽泣着的脸藏在蒂脚上袍子的皱褶里。他待在那里，昏厥过去。

这时格温普兰可怕得很。

他站了起来，抬起额角，注视着他头顶上无边的黑夜。

然后，没有人注意到他，不过也许有个看不见的人在黑暗中注视着他，他朝上空的深处伸出双臂，说道：

"我来了。"

他走起来，朝甲板的边缘走去，仿佛有个幻象在吸引他。

再走几步就是深渊。

他徐徐走着，不看脚下。

他脸上挂着蒂刚才有的微笑。

他笔直往前走。他觉得看到有样东西。他的眸子里有一道光，有如在远处能看到的一个灵魂的反光。

他喊道："好的！"

他每走一步就离船边更近。

他举起双臂，头往后仰，目光呆定，动作像幽灵一样，直挺挺地走着。

他不慌不忙，没有迟疑，带着要命的准确，仿佛他不在张开口的深渊和坟墓旁边。

他喃喃地说："放心吧，我跟随着你。我看得很清楚你给我的信号。"

他的目光不离开天空的一点，在黑暗最高之处。他在微笑。

天空黑咕隆咚，不再有星星，但是他显然看到其中的一颗。

他穿过甲板。

他僵硬地阴沉沉地走了几步，来到最边缘处。

"我到了，"他说，"蒂，我来了。"

他继续走。没有舷墙。他的前面是空间。他把脚踩上去。

他跌下去了。

黑夜浓得抹不开，万籁俱寂，水深不见底。他沉没下去。这是平静的凄惨的消逝。没有人看见，也没有人听见。船继续航行，河水继续流动。

不一会儿，船驶进大海。

于尔苏斯苏醒过来时，他再也看不到格温普兰，他在船边看到奥莫，它望着大海，朝黑暗嗥叫。

图书在版编目（CIP）数据

笑面人：全二卷／（法）维克多·雨果（Victor Hugo）著；郑克鲁译. —上海：复旦大学出版社,2020.9
（雨果小说全集）
ISBN 978-7-309-15024-7

Ⅰ.①笑…　Ⅱ.①维…②郑…　Ⅲ.①长篇小说-法国-近代　Ⅳ.①I565.44

中国版本图书馆 CIP 数据核字（2020）第 076377 号

笑面人：全二卷
（法）维克多·雨果（Victor Hugo）　著　郑克鲁　译
出　品　人／严　峰
责任编辑／谷　雨

复旦大学出版社有限公司出版发行
上海市国权路 579 号　邮编：200433
网址：fupnet@ fudanpress. com　http：//www. fudanpress. com
门市零售：86-21-65102580　　团体订购：86-21-65104505
外埠邮购：86-21-65642846　　出版部电话：86-21-65642845
上海盛通时代印刷有限公司

开本 890 × 1240　1/32　印张 24.875　字数 530 千
2020 年 9 月第 1 版第 1 次印刷
印数 1—6 100

ISBN 978-7-309-15024-7/I · 1226
定价：88.00 元

如有印装质量问题,请向复旦大学出版社有限公司出版部调换。
版权所有　　侵权必究